조선족 소설사

최병우 崔炳宇

　문학박사. 강릉원주대 국어국문학과 명예교수. 한국문학교육학회 회장, 한중인문학회 회장, 한국현대소설학회 회장을 역임하였다. 저서로 『문학교육론』(공저, 1988) 『한국 근대 일인칭소설 연구』(1993) 『한국 근대소설의 미적 구조』(1997) 『한국 현대문학의 해석과 지평』(1997) 『문학 작품을 어떻게 가르칠 것인가』(공역, 2001) 『다매체 시대의 한국문학 연구』(2003) 『리근전 소설 연구』(2007) 『조선족 소설의 틀과 결』(2012) 『이산과 이주 그리고 한국 현대소설』(2013) 『한국 현대문학의 풍경과 주변』(2019) 『조선족 소설 연구』(2019) 등이 있고, 산문집으로 『칭다오 내 사랑』(2011), 공동수필집으로 『우정의 길, 예지의 창』(2008) 『사계의 전설』(2011) 『지나고 보니 보이는 꽃』(2013) 등이 있다.

조선족 소설사

초판 1쇄 인쇄 · 2022년 7월 5일
초판 1쇄 발행 · 2022년 7월 15일

지은이 · 최병우
펴낸이 · 한봉숙
펴낸곳 · 푸른사상사

주간 · 맹문재 | 편집 · 지순이 | 교정 · 김수란, 노현정 | 마케팅 · 한정규
등록 · 1999년 7월 8일 제2-2876호
주소 · 경기도 파주시 회동길 337-16(서패동 470-6)
대표전화 · 031) 955-9111~2 | 팩시밀리 · 031) 955-9114
이메일 · prun21c@hanmail.net
홈페이지 · http://www.prun21c.com

ISBN 979-11-308-1930-3　93800
값 49,000원

학술총서 60

History of the Korean-Chinese Novels

조선족 소설사

최 병 우

푸른사상
PRUNSASANG

2022년 올해는 연변조선족자치주 설립 70주년이 되는 해이다. 일제가 패망하고 벌어졌던 국공내전에서 승리한 중국공산당은 1949년 10월 1일 중화인민공화국 수립을 선포하였다. 새로운 국가체제를 마련하고, 민족 구역 자치를 시행한다는 중국공산당의 소수민족 정책에 따라 1952년 9월 3일 조선족 밀집지역인 북간도에 연변조선족자치주를 설립하였다. 이후 70년의 세월이 지나는 동안 여러 차례 간난의 시기가 있었으나 조선족은 그 모든 어려움을 극복하고 민족의 언어와 문화를 유지하며 중국 소수민족으로서 조선족 문학과 예술을 일구어왔다.

조선족 문학을 지켜온 데에는 무엇보다 연변작가협회의 공이 컸다. 올해 창립 66주년을 맞은 연변작가협회는 연변 지방은 물론 동북과 관내 여러 지역에서 활동하는 조선족 작가를 하나로 묶어 조선족 문학의 공간을 마련하고, 조선족 작가의 창작 활동을 지원하는 데 노력해왔다. 특히 협소한 조선족 사회에서 작가를 발굴하는 작업을 올곧게 진행하여 조선족 문학이 위기에 처할 때마다 문단에 활력을 불어넣은 것은 무엇보다 커다란 의의를 지닌다. 그 대표적인 예로 반우파투쟁 이후 조선족 문단이 절멸의 위기에 놓였을 때 공모를 통해 문학에 관심 있는 노동자를 작가로 성장시킨 일, 문화대혁명 후 조선족 문인을 양성하기 위해 연변대학에 창작반을 운영한 일, 2010년대에 들어 인터넷 동호회에서 활동하던 문학청년을 대상으로 신진작가를 선발한 일 등을 꼽을 수 있는바, 이러한 연변작가협회의 노력은 조선족 문학의 유지, 발전에 결정적인 역할을 하였다.

조선족 문학이 70년의 역사를 지탱하게 해준 또 하나의 공은 그간 꾸준히 조선어문으로 활동해온 신문과 문예지 그리고 방송에 돌려야 한다. 조선족 사회에는 독자 부족에 따른 경제적 어려움 속에서도『연변일보』(연길),『길림신문』(장춘),『흑룡강신문』(하얼빈),『료녕신문』(심양) 등 조선문 신문과 각 신문의 문예부간 그리고『연변문학』(연길),『장백산』(장춘),『도라지』(길림),『송화강』(하얼빈) 등 조선문 문예지가 꾸준히 발간되어 문학작품의 발표 공간을 마련해주었다. 그리고 연변방송국에서 조선어로 제작한 드라마와 문예 관련 대담이나 다큐멘터리 등을 라디오와 텔레비전 방송으로 송출하여 조선족 문학과 문화의 발전에 크게 이바지하였다.

조선족 문학은 해방 이후 중화인민공화국의 수립으로 중국 소수민족으로 편입된 조선족의 문학이다. 연변조선족자치주 수립 이후 연변작가협회과 함께 성장해온 조선족 문학은 반우파투쟁과 문화대혁명 등으로 커다란 시련을 겪었다. 문화대혁명이 끝나고 사상 해방의 분위기의 영향으로 조선족 사회에 불어온 문학과 문화에 대한 열의로 유례없이 많은 문예지가 간행되었고, 이에 힘입어 역량 있는 작가가 대거 등장하여 조선족 문단이 전에 없는 호황을 맞이하고, 조선족 소설도 화려한 성과를 이루었다.

그러나 시장경제에 따른 상업주의가 문화계에도 영향을 미쳐 경영이 어려워진 문예지들이 폐간하거나 종합지로 전환하여 문학이 침체 일로를 걷고, 조선족의 한국 이주가 증가하여 독자가 감소하고 문학의 수요가 줄어 조선족 문학은 이중의 위기에 빠졌다. 21세기에 들어와서 중국 경제의 규모가 커져 국가 차원의 문예사업에 대한 지원이 증가하고, 새로운 작가가 계속 등장하여 조선족 문학은 개혁개방 초기의 활기에는 못 미쳐도 이 시대를 감당할 문학적 역량을 축적하고 있다.

조선족 문학은 중국 소수민족의 문학이면서 동시에 세계 한인문학의 일원이라는 이중적 가치를 지닌다. 이런 점에서 조선족 문학 연구는 넓은 의미에서 중국문학의 전체상을 파악하기 위한 연구이자 세계 한인문학의 실상을 파악하는 필수적인 연구가 된다. 세계 한인문학은 한국문학과 북한문학이라는 한반도 내의 문학과 조선족 문학, 재일교포 문학, 고려인 문학 등 조선조 말과 일제강점기에 이산한 조선인 후예의 문학 그리고 미주, 유럽, 호주 등지의 해방 이후 이주한 한인의 문학 등을 포함한다. 한국과 북한의 문학이 세계 한인문학의 근간이겠지만 재외한인의 문학 중에서 가장 역사가 깊고 작품의 양과 질을 담보해주는 조선족 문학은 세계 한인문학의 중요한 자산이 아닐 수 없다.

이 책은 세계 한인문학의 귀중한 자산인 조선족 문학 중, 현실 반영성이 뚜렷하여 조선족의 삶과 의식의 변화를 가장 잘 살필 수 있는 소설을 역사적으로 조망하는 데 목적을 두었다. 이를 위해 중국의 현대사와 조선족의 특수한 역사와 현실의 자장에서 성장 발전해온 조선족 소설을 대상으로, 중국의 시대 상황과 조선족 사회의 변화와 관련하여 조선족 소설이 보여준 주제와 제재 그리고 서사 기법 등의 변화 양상을 사적으로 정리하였다.

조선족 소설은 중국의 정치 중심의 문예이론에 지배되어 오랜 기간 각 시대의 정책과 이념을 선전·선동하는 도구의 위치에 있었으나 개혁개방과 사상 해방이 본격화된 후 문학성을 추구하였다. 그리고 일제강점기에 한반도에서 만주 지역으로 이산되어 항일투쟁과 중국 해방전쟁의 역사를 중국인과 함께하며 그 지역을 고향으로 일구어온 역사는 조선족의 자긍심인 동시에 조선족 소설의 한 뿌리가 되었다. 이러한 조선족 역사의 특수성을 고려하여 조선족 소설을 사적으로 정리하는 일은 조선족 소설의 실체를 파악하고 조선족 문학을 정리하는 학문적 의의를 지니며, 나아가 세계 한인문학의 현황이나 역사를 정리하기 위한 기초 작업이 될 것으로 기대한다.

기존에 몇 차례 조선족 문학사가 출간되었을 뿐, 조선족 소설사는 대학 교재 수준의 책 한 권이 전부인 상황에 연변조선족자치주도 아닌 한국의 학자가 조선족 소설사를 집필하는 것은 무모하다는 견해가 없지 않았다. 그러나 중국의 조선족 사회가 서서히 와해되어 조선족 소설의 미래가 불투명한 현실에서, 조선족 소설에 관한 기억과 자료가 마저 사라지기 전에 조선족 소설사를 정리해야 한다는 절박함에 집필을 서둘렀다. 이 책은 조선족 학자가 쓴 참고할 만한 조선족 소설사가 존재하지 않는 상황에서 집필되어 조선족 소설에 대한 역사적 평가에 조선족 학계가 아닌 외부자의 관점이 강하게 반영되었을 위험을 내포한다. 그러나 최초의 영국 문학사가 프랑스 학자에 의해 집필되었듯이 외부자의 자유로운 입장이 오히려 거침없이 조선족 소설을 역사적으로 정리하는 원동력이 될 수 있다고 생각해 집필을 시작하고 마무리하였다.

　책을 집필하는 데 상당한 시간이 소요되었다. 원고를 출판사에 넘기는 시점에서 그간의 과정을 정리해보면, 2017년 초 조선족 소설사론 정도의 작은 책을 기획했고, 2018년 가을 연변대에서 몇몇 교수와 함께한 조선족 문학사에 관한 토론 과정에서 소설사의 집필을 결정하고, 귀국하자마자 전체 얼개를 마련하여 2019년부터 자료 수집과 검토에 집중하였으며, 2021년 1월에 집필을 시작하여 이제 원고를 마무리했다. 지나고 보니 기획하고 5년, 자료 검토 후 3년, 원고 집필에만 16개월이 걸린 작업이었다. 본격적인 작업을 시작하자 불어온 코로나 팬데믹으로 자료 확인과 구득차 중국을 드나들 수가 없어 더욱 힘들고 긴 시간이었으나, 고희가 된 올해 학문적으로 의미 있는 책을 발간하게 되어 감회가 남다르다.

　책을 준비하면서 그동안 출간한 조선족 소설 연구서와 마찬가지로 외우 연변대 김호웅 교수의 도움을 넘치게 받았다. 책의 전체 얼개를 상의하고, 수시로 메일로 보낸 자료 요구와 위챗으로 던진 질문과 부탁에 성실히 답해준 데 감사의 마음을 전한다. 연변대 김미란 교수는 필요한 자료나 작품을 파일로 사진으로 구해주고 수많은 질문에 자세하게 답해주어 이 책의 집필에 엄청난 도움을 주었다. 이 자리를 빌려 그간의 고마움에 감사하며 건강을 빈다. 연변 군중예술관의 김호 선생은 엄청난 분량의 신진작가 작품을 구해주고 최근 문단의 현황과 관련한 질문에 빠른 답을 보내주어 원고 진행을 가능하게 해주고, 조선족 작가 약력을 정리해 책의 가치를 높여주었다. 김호 선생의 노고에 심심한 사의를 표한다.

선생님, 이제야 16년 전 여름에 드린 약속을 마무리했습니다. 책이 출간되면 찾아뵙겠습니다. 늘 함께하며 격려해주시는 로고포께 감사드립니다. 그리고 정년 하고도 서재에 쭈그려 앉아 궁싯거리는 남편을 챙겨주는 아내에게 고마움을 전합니다.

푸른사상사 한봉숙 사장님, 항상 저의 책을 규모 있게 출간해주어 고맙고, 앞으로 늘 건강하기 바랍니다.

연변조선족자치주 70년과 연변작가협회 66년의 역사를 기념하며
2022년 7월 어느 아름다운 날에
신정동 우거에서 저자

차례

제1부

조선족 소설사의 인식

제1장

조선족 소설의 범주

이 책에서 역사적으로 정리하는 대상은 재중동포인 조선족의 소설이다. 중국 지역으로 이주해 간 한인의 문학 활동은 그 역사가 백 년을 넘어선다. 조선조 말부터 중국으로 이주해 간 조선인들은 집거지 연변 지역과 만주국의 수도 장춘(신경)을 중심으로 왕성하게 문학 활동을 하고 있었고, 북경이나 상해 등지로 이주해 간 조선인들도 꾸준히 문학 활동을 지속해왔다. 일제 패망 후 중국 여러 지역에서 활동하던 조선인 문인의 대다수가 해방된 조국으로 귀국하여 재중 조선인 문학은 진공 상태에 놓였다. 일제 패망 이후 귀국을 포기하고 연변 지역에 남은 소수의 문인과 연변으로 이동해 온 항일연군 문공단 요원들 그리고 항일 근거지에서 문예 활동에 종사하던 인원이 힘을 합해 조선인 문인 단체를 만들어 문학 활동을 시작하여 현재에 이르렀다.

현재까지 조선족 연구자들이 집필한 논문이나 저서에서는 조선족 문학의 범주에 일제강점기의 재중·재만 조선인 문학과 중화인민공화국 수립 이후 중국 소수민족의 하나가 된 재중한인, 즉 조선족의 문학 모두를 포함하는 것이 일반적이다. 조선족 문학사를 기술하는 데 있어 조선족 문학의 뿌리에 해당하는 일제강점기의 재중·재만 조선인 문학을 다룸으로써 조선족 문학의 역사성을 확보할 수 있고, 일제 패망 이후 중화인민공화국 수립까지 초기 조선족 문학의 형성과 관련한 문학사적 기술의 정합성을 담보할 수 있기 때문이다. 반면 한국문학 연구자들은 북경과 상해 등지에서 활동하던 김광주, 신채호, 주요섭, 최상덕 등 재중 조선인 작가와 강경애, 김창걸, 박영준, 안수길, 최명익, 현경준, 황건 등 만주국 시절 장춘(신경)과 용정 등지에서 활동한 재만 조선인 작가의 작품 모두를 일제강점기 문학의 한 부분으로 취급하여 한국문학사에 포함하고 있다. 이는 한국문학사 일관성이라는 점에서 일제강점기 재중 또는 재만 조선인 문학을 당대 한국문학의 지역문학으로 판단한 결과이다.

일제강점기 재중·재만 조선인의 문학을 조선족 문학에 포함할 것인가에 관하여 윤윤진은 조선족이라는 호칭이 한반도에 거주하지 않은 중국 국적 한인의 호칭이므로 재중·재만 조선인 문학을 조선족 문학사에 편입하는 것이 타당하지 않다는 의견을 제시했으나, 대다수 조선족 연구자는 이에 대해 비판적인 시각을 드러내고 있다. 일제강점기는 한민족 역사상 국가는 부재하고 민족은 존재하는 독특한 시기였고, 국가가 부재한 상태에서 조선인들은 어느 곳에 있든 자신들은 한민족이라는 자긍심과 함께 문화적 동질성을 보존함으로써 자신의 정체성을 유지할 수 있었다. 따라서 일제강점기에 정치적·경제적 이유로 중국으로 이주한 재중·재만 조선인이나 연해주로 이주해 간 조선인이나 한반도 내의 조선인이나 모두 다 나라 잃은 민족으로서 정체성과 동질성을 지니고 있었다.

그러나 일제 패망 후 한반도에 거주하는 한국인과 중국, 소련, 일본 등지에 거주하는 재외한인은 다른 국가 체제 속에 사는 한민족으로 존재하게 되었다. 조선족은, 중화인민공화국이 수립되고 한국전쟁을 겪으면서 국교가 단절되고 국가의 체제도 달라져 한국인과는 서로의 존재도 알지 못한 채, 서로 다른 정치·경제·사회적 환경 속에서 한국인과는 상당히 이질적인 문화를 형성하게 되었다. 조선족이 처한 이러한 역사적·문화적 특수성은 문학에서도 마찬가지여서 일제강점기 재중·재만 조선인 문학은 한반도 내의 문학의 장에 속해 있었으나, 일제 패망 후 조선족 문학은 한국문학과는 단절되고 중국문학의 장 속에서 그 영향을 크게 받으면서 조선족의 문화적 특성을 유지해 한국문학과는 결이 다른 조선족 문학의 독자성을 형성해왔다.

이 책에서 조선족 소설에 관심을 두는 것은 조선족 소설만이 가지고 있는 이러한 독자성에 기인한다. 따라서 이 책에서는 조선족 소설의 범주를 일제 패망 이후 중국 특히 연변조선족자치주를 중심으로 한 조선족 공동체에서 생산된 조선족 소설로 한정한다. 조선족 소설사를 기술하면서 일제강점기 중국 내지와 만주 지역에서 활동한 작가의 소설을 제외하는 것은 연구의 범주를 좁히는 우를 범하는 것이고, 조선족 소설의 연속성을 상실하게 한다는 지적이 가능하다. 이러한 우려에도 불구하고 조선족 소설사를 집필하면서 조선족 소설의 범주를 일제 패망 이후 중국에 거주한 중국 소수민족으로서 조선족의 소설로 한정한 것은 조선족 소설사를 통하여 같은 시기의 한국문학과는 다르게 발전해온 조선족 문학의 특징적 면모를 기술하기 위한 결정이다.

제2장

기존 조선족 소설사 검토

조선족 문학은 그 출발을 일제 패망 이후로 잡든 조선족이 중국의 소수민족으로 자리매김한 중화인민공화국 수립 이후로 잡든 70년 정도의 역사를 가지게 되었다. 이 기간에 조선족 문단을 대표하는 문학 월간지『연변문학』은 통권 700호를 넘기었고, 문학작품도 엄청난 양이 축적되었다. 이 같은 조선족 문단의 풍성한 창작 성과에 발맞추어 조선족 문학에 관한 비평과 연구도 간단없이 계속되어 100권이 넘는 조선족 문학 관련 비평서와 문학 연구서가 발간되는 성과를 이루었다. 그리고 이러한 연구 성과를 바탕으로 조선족 문학에 대한 사적 정리도 조선족 학자들에 의해 여러 차례 시도된 바 있다.

현재까지 공식적으로 발간된 조선족 문학사는 권철·조성일·최삼룡·김동훈,『중국조선족문학사』(연변인민출판사, 1990), 북경대학 조선문화연구소 편『중국조선민족문화사대계 2 : 문학사』(민족출판사, 2006), 오상순·김동훈·최삼룡·장춘식,『중국조선족문학사』(연변인민출판사, 2007), 김호웅·조성일·김관웅,『중국조선족문학통사』(연변인민출판사, 2012), 리광일·김호웅·권철,『조선족문학사』(연변대출판사, 2013) 등이 있고, 이와는 조금 결을 달리한 조선족 문학사 연구서로 김춘선,『개혁개방 후 조선족 문학의 변화 양상 연구』(한국학술정보, 2017)가 있다.

권철 외의『중국조선족문학사』는 1950년대 말 국가적 사업으로서 추진된 중국 소수민족 문학사의 한 부분으로 기획되어 연변대학 권철 교수의 주도로 조문학부 학생들이 자료 조사와 수집에 나서 1961년 내부용 등사본『연변문학사』를 발간하고는 문화대혁명으로 작업이 중단되었다. 문화대혁명이 마무리된 1979년 연변대학 민족연구소를 중심으로 문학사 발간 작업이 재개되어 기존 연구 결과를 바탕으로 조선족 문학에 대한 전반적이고 총체적인 조사를 거쳐 집필을 완료하여 문학사 집필 작업이 시작된 지 30년이 넘는 시점에 발간되었다. 이 문학사는 최초의 조선족 문학사라는 역사적 의의를 지닌다.

이 책은 중국 문학사의 시기 구분을 원용하여 일제 패망 이전의 조선족 문학을 1920년대를 기준으로 근대문학과 현대문학으로 나누고, 중화인민공화국 수립 이후를 당대문학으로 설정하였다. 그리고 조선족 문학사에 해당하는 당대문학사 시기 구분에서 역사적 계기를 문화대혁명으로 하여 그 이전과 이후의 문학을 나누고, 두 시기의 문단 상황과 문학 경향 그리고 대표적 시인과 작가의 생애를 소개하고 대표 작품을 정리하였다.

이 책의 특징적인 문학사 시기 구분으로 1945년 일제의 패망 이후 1949년 중화인민공화국 수립까지 4년을 현대문학의 끝부분에, 10년의 문화대혁명 기간을 하나의 문학사적 시기로 설정한 점을 들 수 있다. 중국 문학사의 당대문학이 중화인민공화국 수립과 같이한 점을 받아들여 일제 패망 이후 중화인민공화국 수립까지의 조선족 문학을 일종의 과도기 문학으로 처리한 것은 조선족 문학사의 특수성을 고려하지 않고 중국 문학사의 시기 구분을 과도하게 받아들인 결과이다. 그리고 정치적 제약이 엄중하여 중국 주류문단에서는 미발표 창작, 즉 잠재 창작이 미미하게 존재했고, 조선족 문학 작품이 거의 발표되지 않은 문화대혁명 기간 10년을 하나의 문학사적 시기로 설정한 것은 적절하지 않다. 이러한 문제점을 반영하여 이후의 조선족 문학사에서는 당대문학의 시작을 일제가 패망한 1945년으로, 문화대혁명 시기는 반우파투쟁기와 하나의 시기로 설정하고 있다.

이 책의 문학사 기술은 제3편 당대문학 제1장을 '1949년~1966년의 문학'으로 설정하고 그 아래 '문단의 정비와 민족문학 건설―문예사상투쟁과 문예운동―17년의 시문학―17년의 소설문학―17년의 극문학' 등 5개의 절에서 해당 시기의 시대 상황과 문단 흐름을 설명하고, 그 기간의 시, 소설, 극을 개관하였다. 그리고 2장부터 4장까지에서 '리욱, 김학철, 임효원, 황봉룡' 등 그 시기를 대표하는 시인, 소설가, 극작가 3~4명의 생애와 문학작품과 문학 세계를 소개하고 있다. 이렇듯 이 책은 문학사 기술의 기준을 '시대―장르―문학 경향―주요 작가 작품' 순으로 고려하는 연대기적인 기술에 두고 있다.

이 책은 문화대혁명 직후에 집필을 시작해 1990년에 출간하여 개혁개방이 본격적으로 시작된 1980년대 중반 이후의 문학을 대상으로 다루지 못했다. 그 결과 문화대혁명 이후 조선족 문학의 부흥기를 맞아 등단한 작가들에 의해 조선족 문학이 엄청난 발전을 보인 1980년대 후반 이후의 작품을 다루지 못한 한계를 보인다. 그러나 이 책이 선택한 '시대―장르―작가 작품'이라는 문학사 기술의 기준과 각 시기의 시대 상황과 문단의 움직임 그리고 문단의 조직이나 문학운동 양상 등과 함께 다양한 작가군의 존재와 그들의 작품에 대한 소개 방식 등은 이후 조선족 문학사의 전범이 되었다.

북경대학 조선문화연구소 편『중국조선민족문화사대계 2 : 문학사』는 문화대혁명이 끝난 1988년 소수민족 문화사를 정리하는 프로젝트의 일환으로 정판룡, 최응구, 김동훈, 리선한, 류은종 등 중국 여러 대학의 조선족 학자들이 힘을 합쳐 18년여에 걸쳐 집필 출간된 언어사, 문학사, 예술사, 교육사, 사상사, 종교사, 민속사, 신문출판사, 과학기술사, 의료보건사, 체육사 등 11권으로 출간된『중국조선민족문화사대계』의 한 부분이다. 이 책은 조선족 문학사 기술을 위해 우선 시문학사, 소설사, 산문사, 아동문학사, 구비문학사, 문학평론사 등 여섯 부로 나누고, 각 편은 중국 현대사의 흐름에 맞추어 '만주국 이전―만주국 시기―해방과 반우파투쟁기―극좌 운동과 문화대혁명 시기―개혁개방 이후' 등으로 나누는 것을 원칙으로 하나 일제 패망 이후 조선족 문학사의 시대 구분은 장르마다 조금씩 편차를 보인다.

이 책에서 조선족 소설사는 일제 패망으로부터 반우파투쟁이 시작된 1957년까지, 반우파투쟁기부터 문화대혁명이 결속된 1979년까지 그리고 1979년부터 1989년까지 등 세 시기로 나누고 있다. 문학사 시기 구분에 있어 일제 패망 직후부터 중화인민공화국 수립까지의 시기를 조선족 당대문학으로 설정한 것은 조선족 문학사의 특성을 고려한 것으로 보인다. 그리고 반우파투쟁기부터 문화대혁명 시기까지를 정치 공명의 시기로 하나로 묶은 것은 천쓰허 교수의 시기 구분을 원용한 것으로 이후 조선족 문학사에서 공통된 경향으로 나타난다. 구체적인 문학사 기술은 문학사 시기별로 시대 상황과 함께 문단의 중심이 된 문학 이론을 정리하고, 그 시기 소설의 경향을 간단히 정리한 후, 해당 시기를 대표하는 한두 작가를 소개하고 있다. 예를 들자면 반우파투쟁기 이전 시기의 작가로는 김학철을, 반우파투쟁부터 개혁개방까지의 작가로 리근전과 김학철을, 그리고 개혁개방 이후 작가로 림원춘과 리원길을 중심으로 작가의 생애와 대표 작품을 소개하고 그 소설 세계를 기술하고 있다.

이 책은 문학사 기술의 기준에 있어 시대보다 장르가 우선된 점이 독특하고, 한 시대의 소설을 사적으로 정리하면서 그 시대의 역사적 정황을 간결하게 정리하고, 그 시기 문학작품과 대표적 작가를 기술하면서 작품을 살피는 근거로 당대의 문단 상황과 그 시기 소련과 중국 주류문단 그리고 조선족 문단에서 유행한 문학론의 전개 등 문학론에 관한 관심이 두드러진 것이 특징적이다. 그러나 해당 시기 중심이 되었던 소설론에 대한 정리에 많은 지면을 할애하여 소설사로서 가져야 할 각 시대의 소설의 특성과 경향 그리고 다양한 작가군에 대한 설명이 부족한 것 등은 문학사로서의 한계로 지적할 수 있다.

오상순 주필의『중국조선족문학사』는 조선족 문학사의 시기를 '이민 시기-정치공명의 시기-다원화 시기' 등으로 나누어 1999년까지의 조선족 문학을 대상으로 서술하고 있다. 문학사 시대 구분을 일제 패망 이전의 문학을 만주국 수립에 맞추어 1931년을 경계로 전후기로 나누고 조선인들의 만주 이주 시기와 일제 패망 그리고 문화대혁명과 개혁개방이라는 중국 근현대사의 흐름을 그대로 따른 점은 권철 외의『중국조선족문학사』와 대동소이하다. 그러나 정치공명 시기의 문학을 1957년을 경계로 나누어 살핀 것은 권철 외의『중국조선족문학사』를 극복한 북경대학 조선문화연구소 편『중국조선민족문화사대계 2 : 문학사』를 수용한 것으로 보인다.

이 책에서 구체적인 시대별 문학사 기술을 보면 해당 시기의 문학작품 가운데 정치공명 시기의 문학은 시와 소설로, 다원화 시기의 문학은 시, 소설, 극, 산문으로, 이렇게 장르별로 나누어 그 시기 작품의 전반적 특성을 개괄하고 중요 작가의 작품을 중심으로 살핀 점도 권철 외의『중국조선족문학사』의 문학사 기술 방식의 틀을 벗어나지 못하고 있다. 다만 소설사 부분에서는 다원화 시기의 후기에 해당하는 1990년부터 1999년까지의 조선족 소설의 전반적 특징과 함께 여성소설을 하나의 절로 나누어 설정한 것이 특징적이다.

김호웅 외의『중국조선족문학통사』는 연변대학 211공정 제3기 프로젝트로 진행된 방대한 조선족 문학사이다. 이 책은 일제 패망 이전의 조선족 문학을 조선인 이주 역사의 관점에서 이민 시기의 문학으로 규정하고, 이민 초기(19세기 말~1919), 이민 중기(1920~1931), 이민 후기(1931~1945)로 나누어 사적으로 정리했다. 조선족 당대문학은 문화대혁명까지를 정치공명 시기의 문학으로 이후 2000년까지의 문학을 개혁개방 시기의 문학으로 크게 나누고, 개혁개방 시기의 문학을 1990년을 기준으로 전기와 후기로 나누고 있는 바, 이는 중국의 당대사와 당대문학사의 관점이 상당히 반영된 것이다. 그리고 각 시기의 문학사 기술을 살펴보면 시, 산문, 소설, 극, TV드라마, 영화, 민간문학, 문학비평 등 다양한 장르의 해당 시기 작품의 문학적 경향을 정리하고, 해당 시기의 대표적인 작가를 소개하고 작품 세계를 정리하여 권철 외의『중국조선족문학사』의 문학사 기술 방식과 대동소이한 양상을 보인다.

이 책은 권철 외의『중국조선족문학사』와 마찬가지로 '시대－장르－문학적 경향의 순으로 문학사를 정리하면서 중국 현대사와 조선족의 역사를 조선족 문학사 변화의 중요한 변인으로 고려하여 각 시기의 문학적 경향을 설명하고 중국 현대문학사의 흐름도 일정하게 반영한 점 등이 돋보인다. 그리고 문학사 기술에 있어 자료의 방대함에서나 각 시기 문학 경향에 관한 기술의 치밀함 등에서 이전의 조선족 문학사에 비해 한 단계 발전했다는 평가가 가능하다. 그러나 중국 당대문학사의 흐름에 맞춘 조선족 문학사의 기술 방식과 작가와 작품을 나열하고 대표 작가 중심으로 따로 장을 만든 것 등은 권철 외의『중국조선족문학사』가 보여준 연대기적 문학사를 크게 벗어나지 못한 한계를 보인다.

리광일 외의『조선족문학사』는 연변대학 211공정 제3기 중점학과 건설 프로젝트의 일환으로 연변대학의 조선족 문학사 교재로 편찬되었다. 이 책에서는 이주 시기부터 1945년까지의 조선족 문학사를 9·18 사변과 만주국 수립의 역사성을 고려해 1931년을 경계로 두 시기로 나누었다. 그리고 일제 패망 이후의 2000년까지의 조선족 문학은 반우파투쟁(1957), 개혁개방(1979), 무명의 시대(1989)를 경계로 4개의 시기로 구분하고 있다. 시기별로 시대 상황을 간략하게 정리하고, 시와 소설만을 대상으로 절을 나누어 해당 시기를 대표하는 문인의 작품을 먼저 살피고 기타 작가의 문학을 간단히 정리하는 방식을 사용하여 기존의 조선족 문학사와는 달리 조선족 문학을 대표하는 작가 중심의 문학사 기술 방식을 보여준다. 이 책이 전체 구성과 기술 방식에서 그 시대의 문학적 경향 일반을 살피는 데 치중하기보다 대표 작가를 중심으로 기술하는 방식을 선택한 것은 대학 교재라는 책의 성격을 고려한 결과로 보인다. 이 책은 교육 현장에서의 교수-학습의 편의와 학생들의 수용 능력을 고려해 시대 상황 설명은 간단히 하고, 대중성이 부족한 문학 장르를 생략하고, 시와 소설 분야 역시 대표적인 문인을 중심으로 설명하고 있어 본격적인 조선족 문학사로는 부족한 부분이 적지 않다.

김춘선의『개혁개방 후 조선족 문학의 변화 양상 연구』는 2장에서 일제 패망 이후 조선족 문학의 형성 과정을 다소 개괄적으로 정리하고, 3장에서 개혁개방 이후의 조선족 문학의 변화를 주제적 측면에서 다섯 가지로 나누어 살펴 개혁개방을 경계로 조선족 문학의 변화를 이해하는 데 도움을 주나, 4장은 남영전, 박옥남, 윤림호 등 세 작가에 관한 개별 논문을 수록하여 부록 같은 느낌을 준다. 이런 점에서 이 책은 도서명에서 밝혔듯이 본격적인 조선족 문학사이기보다는 개혁개방 이후 조선족 문학의 변화라는 주제와 관련하여 몇 편의 논문을 엮은 문학사적 연구에 해당한다.

조선족 문학의 장르사는 아직 그 성과가 미미하다. 시사로 황송문,『중국조선족 시문학의 변화양상 연구』(국학자료원, 2003)가, 소설사로 오상순,『중국조선족소설사』(료녕민족출판사, 2000)가, 비평사로는 전성호 외,『중국조선족문학비평사』(민족출판사, 2007)가 출간되어 있을 뿐이다.

황송문의『중국조선족 시문학의 변화양상 연구』는 일관된 관점으로 기술된 시사가 아니고 조선족 시의 변화 양상을 살핀 9편의 논문을 중심으로 앞뒤에 서론과 결론을 붙인 연구서 성격이 강하다. 그러나 일제 패망 이후 조선족의 시를 국공내전 시기, 중화인민공화국 수립 이후 문화대혁명까지, 문화대혁명 시기, 문화대혁명 이후 등 조선족 역사의 계기를 중심으로 나누어 각 시기의 조선족 시의 양상을 밝힌 점은 조선족 시의 사적 정리로서 일정한 의의를 지닌다.

오상순의『중국조선족소설사』는 일제 패망 이전의 소설사를 1931년부터 1945년까지와 일제 패망 이후 1949년까지로 설정한 점이 특이하다. 그리고 일제 패망 이후 소설사는 크게 중화인민공화국 수립 후 30년과 1979년 개혁개방 이후로 시기로 나누고, 개혁개방 이전은 1957년 반우파투쟁기를 경계로 두 시기로, 개혁개방 이후는 1990년을 중심으로 두 시기로 구분하고 있다. 이 책이 보여준 소설사 시대 구분은 앞에서 살핀 오상순 외의『중국조선족문학사』과 구분의 이유나 기준이 거의 동일하다. 그리고 이 책의 소설사 기술은 일제 패망 이후 1956년까지의 소설에서는 김학철을, 1957년에서 1965년까지의 소설에서는 리근전을 중심으로 다루면서 그 시기 소설의 특성과 문제점을 언급하고, 일제 패망 이후의 소설은 개혁개방을 전후한 양 시기의 주제적·미학적 특성을 살피는 방식으로 이루어져 있다. 이 책은 조선족 소설사의 기점을 1931년으로 설정한 근거가 분명하지 못하고, 1995~1996년의 소설을 따로 절로 설정하여 여성소설에 대해 논한 점 등은 소설사 기술상 문제점으로 지적할 수 있다.

전성호 외의『중국조선족문학비평사』는 조선족 문단에서 이루어진 비평의 양상을 20세기 초~1931년, 1932~1945년, 1946~1976년, 1977년 이후 등 네 시기로 나누어 각 시기의 문학비평의 전개 양상을 사적으로 정리하였다. 이 책의 시기 구분은 만주국 수립과 일제 패망 그리고 문화대혁명과 개혁개방이라는 중국 근현대사의 흐름과 거의 일치하고 있다는 점에서 문학의 독자성에 대한 고려가 부족하다는 평가가 가능하다. 그러나 조선족 문학의 전 시기에 문학적 담론의 전개 양상을 정리함으로써 조선족의 문학이 어떻게 전개되었는지에 대한 메타적 검토가 가능하게 해주었다는 점에서 그 의의가 적지 않다.

조선족 소설에 관한 연구서 중에 조선족 소설의 사적 전개에 대한 시각이 두드러진 성과도 발견된다. 오상순,『개혁개방과 중국조선족 소설문학』(월인, 2001), 이광일,『해방 후 조선족 소설문학 연구』(경인문화사, 2003), 이해영,『중국 조선족 사회사와 장편소설』(역락, 2006) 등이 그것이다. 이 세 저술은 문학사적 시각에서 해당 시기의 조선족 소설의 변화와 특성 등을 고찰하고 있기는 하나 학위논문이 요구하는 분량과 체제 등의 제약으로 논고가 선택한 시기의 조선족 소설의 특성을 일반화하는 데 치우쳐 문학사로서는 한계를 드러낸다. 그러나 각각의 저술이 다루고 있는 시기의 조선족 소설이 가진 다양한 특성을 구체적으로 해명함으로써 조선족 소설사의 연구에 있어 중요한 참고자료로 활용할 수 있다는 점에서 큰 의미를 지닌다.

오상순의『개혁개방과 중국조선족 소설문학』은 개혁개방 이전의 조선족 소설을 개관하고 개혁개방 이후의 조선족 소설을 80년대, 90년대 상반기, 90년대 하반기로 나누어 각 시기 소설의 미학적 특성과 주제적 경향을 살펴 이전의 조선족 문학사에서 보여준 소설의 사적 정리에 비해 세밀한 부분까지 다루었다. 오상순은 시기 구분의 기준이 개혁개방이라는 역사적 시점을 설정하고 이후 조선족 소설의 시기 구분은 문단의 변화에 초점을 맞추어 이전과는 다른 문학사적 시각을 보여준다.

이광일의『해방 후 조선족 소설문학 연구』는 일제 패망 후 조선족 소설을 1957년까지를 재건 시기, 1978년까지를 정치공명 시기, 이후 1989년까지를 다원화 시기로 나누어 사적으로 정리하였다. 이 책의 시기 구분에서는 개혁개방 이전의 조선족 문학을 반우파투쟁이 시작되는 시기를 중심으로 나누어 살핀 것이 눈에 뜨인다. 이는 중국공산당의 정책 변화와 그에 따른 조선족의 삶과 문단 현실의 변화에 초점을 맞추어 시기 구분을 한 것으로 나름의 의미를 지닌다. 또 이 책은 중국공산당의 문예정책 관련 자료가 다수 동원되어 있어 조선족 소설사 기술에 있어 많은 참고가 되고 조선족 소설사를 바라보는 새로운 시각을 가능하게 해준다. 특히 각 시기의 중국과 조선족 사회의 상황과 조선족 문단의 변화 등을 상세히 기술하고 각 시기의 조선족 소설에 흐르고 있는 다양한 특성을 체계적으로 정리했으며, 해당 시기를 대표하는 작가의 소설 세계를 상세히 정리하여 학위논문을 넘어 조선족 소설사 연구의 기초 작업으로서 큰 의의를 지닌다.

이해영의『중국 조선족 사회사와 장편소설』은 전체 시기의 조선족 소설을 검토하지 않고 조선족이 중국 역사에 편입되던 시기와 개혁개방 초기에 발생한 중국과 조선족 사회의 변화 속에서 김학철의『해란강아 말하라』와『격정시대』, 리근전의『범바위』와『고난의 년대』, 리원길의『설야』, 최홍일의『눈물 젖은 두만강』등 여섯 편의 장편소설을 중심으로 조선족 소설이 중국 사회의 시대적 변화에 어떻게 대응하였는가를 살피고 있다. 이 저술은 조선족 소설사로는 부족한 점이 많지만, 조선족이 자신의 역사를 어떻게 소설화하였는가와 그들의 소설 문체가 어떻게 형성되었는가를 살펴 일제 패망 이후의 조선족 소설의 사적 전개를 이해하는 데 있어 새로운 시각을 마련해준다.

기존의 조선족 문학사는 중국 현대사와 중국 주류문단의 변화와의 관련하에 기술되어 조선족 문학사가 바라본 조선족 문학의 변곡점은 반우파투쟁과 문화대혁명으로 대표되는 이념 지향과 개혁개방과 시장경제로 대표되는 경제 지향이라는 두 축이다. 일제 패망 직후 느꼈던 기쁨과 국공내전 후 신국가 수립으로 희망에 사로잡혔던 중국인들은 불과 몇 년 후 극좌적 이념을 지향하는 정치 우위의 시기에 많은 어려움을 겪었다. 그리고 문화대혁명 이후 사회주의 경제의 실패를 인정하고 개혁개방과 시장경제로 나서면서 중국 사회는 새로운 시대로 나아갈 수 있었다. 이러한 시대의 변화에 따라 정치와 이념과 함께하는 공명의 문학이 정치와 분리되어 문학의 독자성이 강조된 무명의 문학으로 나아갔다는 것은 중국 당대문학사의 공통된 문학사 인식 방법이고 이는 조선족 문학사에도 그대로 적용되고 있다.

조선족 문학은 문화대혁명과 개혁개방이라는 중국 당대사의 양대 사건이 조선족에 미친 영향과 한국과의 교류에 따른 조선족 사회의 변화를 예민하게 감지하여 문학적으로 형상화해왔다. 따라서 조선족 소설사는 조선족의 삶과 사회의 변화에 따라 조선족 소설이 변화하는 양상을 추적하여 소설을 해석하면서 기술되어야 할 것이다. 이런 점을 생각할 때 조선족 소설의 변화에 영향을 미치는 요소로 중국 당대사의 역사적 계기들과 함께 조선족의 특수성, 즉 조선족이 체험한 중국 소수민족으로서의 삶과 조선족이 유지해온 조선족의 전통과 문화 그리고 한중수교 이후 경험한 민족정체성과 국민정체성의 혼란 등도 함께 고려되어야 한다. 이러한 조선족의 문화적 특수성과 함께 조선족 소설이 갖는 중국 주류문단과의 상호연관성, 북한문학과 한국문학이 조선족 소설에 미친 영향에 대한 검토가 함께 이루어질 때 비로소 제대로 된 조선족 소설사가 가능해질 것이다.

조선족 문학을 연구 대상으로 한 논저는 적지 않은 양이 출간되었으나 대부분은 일정한 시각에 따라 집필되기보다는 기존에 발표한 조선족 문학에 관한 평문들을 모았기에 문학사적 연구로는 한계를 보인다. 특히 조선족 연구자들은 조선족 문학과 문화 관련 연구자의 수적 한계로 인해 많은 연구자가 자신의 전공 분야를 특정하지 않고 현대문학과 고전문학 나아가 조선족 문화와 역사까지 넘나들어 그들이 출간한 연구서는 대체로 현대문학의 여러 분야와 고전문학과 민속문화까지 아우르는 경우가 많아 조선족 문학의 한 분야에 집중한 연구서는 그리 많지 않다.

조선족 연구자에 의한 조선족 소설 연구는 조선족 사회의 김학철에 관한 관심과 존경을 반영한 듯 김학철의 생애와 소설 그리고 산문 등을 다룬 연구서가 적지 않다. 김학철 문학 연구서로는 연변문학예술연구소 편『김학철론』(흑룡강조선민족출판사, 1990), 박충록의『김학철 문학 연구』(이회문화사, 1996), 김성호의『투사와 작가』(흑룡강조선민족출판사, 1999), 김호웅·김해양의『김학철 평전』(실천문학사, 2007), 강옥의『감학철 문학 연구』(국학자료원, 2010) 등이 있고, 김학철문학연구회에서 김학철과 그의 문학 연구 성과와 새로운 발굴 자료들을 모아 8권의 방대한 책으로 발간한 바 있다. 이들의 연구는 조선족 소설사에서 중요한 자리를 차지하는 김학철의 다양한 면모를 확인할 수 있다는 점에서 연구사적 의의를 지닌다.

조선족 소설을 중심으로 한 연구 결과를 모아 상재한 저서로는 송현호 외의 『중국조선족문학의 탈식민주의 연구Ⅰ, Ⅱ』(국학자료원, 2008), 임향란의 『조선족문학에 나타난 삶의 현장과 의식 변화』(한국학술정보, 2008), 김형규의 『민족의 기억과 재외동포소설』(박문사, 2009), 오상순의 『조선족 정체성의 문학적 형상화』(태학사, 2013) 등이 있다. 송현호 외의 『중국조선족문학의 탈식민주의 연구Ⅰ, Ⅱ』는 한국학술진흥재단의 프로젝트로 이루어진 조선족 문학 연구서로 조선족 시와 소설에 대한 다양한 시각을 가진 연구자들의 연구 성과를 보여준다. 임향란의 『조선족문학에 나타난 삶의 현장과 의식 변화』는 다섯 편의 논문을 실은 작은 저서로, 재만조선인 시, 조선족 소설, 조선족 민간문학 등을 다루고 있다. 김형규의 『민족의 기억과 재외동포소설』은 책의 제목에서 알 수 있듯이 조선족과 재일교포의 문학을 함께 다루고 있고, 오상순의 『조선족 정체성의 문학적 형상화』은 조선족 소설 연구가 주를 이루나 재만조선인 시와 소설 연구, 조선족 시와 극 그리고 수필 등의 연구 성과를 함께 싣고 있다. 이들 연구서는 조선족 소설 연구서로는 다소 한계가 있으나 각 저술이 독특한 시각으로 조선족 소설을 대상으로 연구하여, 조선족 문학사 연구에 참조자료가 된다.

조선족 소설만을 다룬 연구서로 최병우의 『리근전 소설 연구』(푸른사상사, 2007), 『조선족 소설의 틀과 결』(새미, 2012), 『조선족 소설 연구』(푸른사상사, 2019) 등이 있다. 『리근전 소설 연구』는 조선족 작가 리근전의 전체 작품 특히 『범바위』와 『고난의 년대』를 중심으로 연구한 5편의 연구 성과를 담았고, 『조선족 소설의 틀과 결』은 조선족 소설과 관련해 다양한 주제를 공시적 시각에서 살핀 논문 12편을 수록하고 있으며, 『조선족 소설 연구』는 조선족 소설을 대표하는 15명의 작가에 관한 연구 논문을 수록하였다. 이 저술들은 조선족 소설을 연구하는 몇 가지 주제와 조선족 문단을 대표하는 작가에 관한 성과로서 조선족 소설 연구와 조선족 소설사 연구를 위한 좋은 자료가 된다.

그리고 이들 연구서 외에도 한국과 중국에서 발간된 개인 저서나 편집 저서에 수록되었거나, 학술지나 문학지 또는 신문 등 여러 유형의 간행물에 발표된 조선족 소설에 관한 연구 성과는 이미 엄청난 축적을 이루었다. 조선족과 한국 연구자들에 의해 이루어진 조선족 소설에 관한 비평문과 연구 논문들은 다양한 시각에서 조선족 소설의 의미와 의의를 해명하고 그 가치를 평가하여, 조선족 소설을 문학사적으로 연구하는 데 있어 중요한 자료가 된다.

제3장

조선족 소설사 시기 구분

그간 발간된 조선족 문학사의 전체적인 얼개는 반우파투쟁과 문화대혁명 그리고 개혁개방이라는 중국 현대사를 변화시킨 역사적 사건을 중심으로 문학사의 시기를 구분하고, 각 시기마다 먼저 시대 상황을 설명하고 이어서 장르별로 해당 시기 문학의 경향과 특성 등을 소개한 후 그 시대를 대표하는 작가와 작품을 살펴 사적으로 정리하는 방식을 사용하고 있다. 특히 천쓰허 교수가 중국 당대문학사의 시대적 경향을 정리하기 위해 사용한 정치공명과 무명이라는 개념은 2000년 이후 출간된 조선족 문학사의 시기를 구분하는 중요한 근거가 되었다.

조선족 소설사 기술을 위하여 일제 패망 이후 현재까지의 문학사를 정리한 기존 조선족 문학사가 보여준 당대 조선족 문학의 시기 구분과 그 근거를 검토한다. 이를 위해 조선족 문학사로서의 완전한 구색을 갖추고 있는 권철 외의『중국조선족문학사』, 북경대학 조선문화연구소 편『중국조선민족문화사대계 2 : 문학사』, 오상순 외의『중국조선족문학사』, 김호웅 외의『중국조선족문학통사』, 리광일 외의『조선족문학사』등 5권의 조선족 문학사(조선족 소설사로서 완전한 형태를 갖춘 오상순의『중국조선족소설사』는 오상순 외의『중국조선족문학사』의 시기 구분과 동일하여 제외함)가 설정한 당대 문학의 시기 구분을 정리하면 아래와 같다.

저자	책명	시기명	시기
권철 조성일 최삼룡 김동훈	『중국조선족문학사』	1949~1966년의 문학	
		1966~1976년의 문학	
		1976~1986년의 문학	
북경대학 조선문화연구소	『중국조선민족 문화사대계 2 : 문학사』 2편 소설사	1945~1957년의 소설	
		1957~1979년의 소설	
		1979~1989년의 소설	
오상순 김동훈 최삼룡 장춘식	『중국조선족문학사』	정치공명 시기의 문학	1945~1978년
		다원화 시기의 문학	1979~1989년
			1990~1999년
김호웅 조성일 김관웅	『중국조선족문학통사』	정치공명 시기의 문학	1946~1976년
		개혁개방 전기 문학	1977~1990년
		개혁개방 후기 문학	1990~2010년
리광일 김호웅 권철	『조선족문학사』	1945~1957년의 문학	
		1957~1979년의 문학	
		1979~1989년의 문학	
		1989~2000년의 문학	

조선족 소설의 시작을 일제 패망 직후로 하든 중화인민공화국 수립 이후로 하든 큰 차이는 없겠지만 대부분의 조선족 소설사는 일제의 패망, 즉 조선의 해방을 조선족 소설의 출발로 보았고, 권철 외의『중국조선족문학사』는 1945년부터 1949년까지를 현대문학의 마지막으로 자리매김했다. 권철 외의 조선족 문학의 시점은 중국 문학사에서 중화인민공화국 수립을 당대문학의 시작으로 설정한 것과 맞추기 위한 것이기도 하고, 일제강점기의 재만 조선인 문학과 조선족 문학을 구분하려는 조치이기도 하다. 그러나 조선족 소설의 시점을 어느 때로 잡든 1945년부터 1949년까지는 국공내전으로 인한 혼란으로 소

설 창작이 거의 이루어지지 않았다는 점에서 크게 문제가 되지 아니한다.

중화인민공화국 수립 이후의 조선족 소설사 시기 구분에서 몇몇 문학사가 유의미하게 공유하는 연도는 1957년, 1979년, 1989년이다. 권철 외의『중국 조선족문학사』는 이러한 연도상의 공유가 존재하지 않는데 이는 이 책이 문화대혁명이 결속된 직후 이루어진 작업으로 1986년까지만 다룬 정황과 관련이 있다. 이 책에서는 거의 문학작품이 산출되지 않은 문화대혁명 기간인 1966년부터 1976년까지를 하나의 장으로 만들고 이전과 이후로 나누다 보니 1966년, 1976년, 1986년이라는 10년 주기의 시기 구분이 이루어졌으나 중국현대사의 변화를 세밀하게 반영하지는 못하였다.

조선족 문학사가 시기 구분에서 공유하는 세 개의 연도는 문화대혁명 (1966~1976)과 함께 중국 역사와 조선족 문학에 커다란 파문을 일으킨 사건이 발생한 해이다. 북경대학 조선문화연구소 편『중국조선민족문화사대계 2 : 문학사』 2편 소설사와 리광일 외의『조선족문학사』가 설정한 1957년은 반우파투쟁이 발발한 해이다. 중화인민공화국 수립 이후 국가의 이념을 통일하기 위한 작업으로 지식인 사회에 만연한 우파를 색출해 비판하고 모든 권리를 박탈한 반우파투쟁은 중국 전체에서 50만 명이 넘는 지식인을 우파로 몰아 탄압함으로써 지식인 사회에 커다란 상처를 남겼다. 연변에서의 반우파투쟁은 유난히 치열하게 전개되어 중국작가협회 연변분회 소속 조선족 문인 36명의 절반이 넘는 19명이 우파로 몰려 창작의 권리를 박탈당하고 노동 개조를 하게 되었다. 그 결과 조선족 문단은 황폐해지고, 신변의 위협을 느낀 조선족 문인들이 자기 검열을 강화하면서 조선족 문학은 상당 기간 심각한 침체에 빠지고 말았다. 특히 이때 우파로 분류되어 비판받고, 강제 노동당하고, 10년간 감옥 생활을 하고, 24년 동안 창작의 권리를 박탈당하는 곡경을 치른 김학철의 존재는 조선족 소설사 기술에서 1957년을 하나의 기준으로 삼는 중요한 이유가 된다.

1979년은 중국 현대사에서 중요한 변곡점이 된 해이다. 1976년 9월 마오쩌둥(毛澤東)이 사망하고 사인방이 체포되어 문화대혁명이 막을 내린 후, 중국이 나아갈 방향에 관한 정책 당국의 논의 결과 1978년 12월 중공 11기 3중전회에서 덩샤오핑(鄧小平)의 개혁개방 노선이 승리하였다. 이에 따라 중국 당국은 농촌 자유화 정책을 공식화하였고, 1979년 7월에 광둥성의 선전(深圳), 주하이 (珠海), 산터우(汕头)와 푸젠성의 샤먼(廈門)에 경제특구를 건설하여 개혁개방을 본격화하였다. 이로써 사회주의 계획경제를 실현하기 위한 집단 영농에서 호별 영농으로 전환하고, 개인의 기업 활동이 전면 허용되자 공동체 내에서 생활하던 개인이 돈벌이에 나서 중국 사회가 급변하였다. 또 문단에서는 반우파투쟁 이후 극좌적 정책으로 우파로 분류되어 창작 권리를 박탈당한 문인들이 복권되고, 소수민족 정책이 복원되어 중국작가협회 연변분회가 다시 활동을 시작하게 되었다. 이러한 개혁개방으로 자유가 허용되자 조선족 문단에서는 새로운 문인들을 배양하기 위한 노력을 통해 조선족 문단이 새로운 전기를 마련할 기틀을 만들었다. 이런 점에서 1979년은 중국 현대사나 중국 문학사는 물론 조선족 문학사에서도 중요한 시기 구분의 기준이 된다.

　20세기 말까지의 조선족 문학을 대상으로 한 문학사는 모두 1989년을 조선족 소설의 시기 구분의 중요한 기준으로 설정하였다. 1989년은 6월에 천안문 사태가 있었고, 이는 미완의 운동으로 끝났으나 중국 지식인의 의식에 미친 영향은 적지 않았다. 그러나 이에 대해 공식적으로 언급하기 어려운 중국의 현실로 인해 김호웅 외의『중국조선족문학통사』에서는 '1989년 6월을 전후하여 중국의 개혁개방은 한동안 우여곡절을 겪기는 했지만 1992년 등소평의 남순강화 이후 보다 심도 있고 광범위하게 전개되었다'고 두리뭉실하게 적고 있다. 이는 직접 언급은 하지 않았지만 천안문 사태는 정치적 개혁개방을 요구한 운동이었고, 그것은 몇 년에 걸친 당내의 조정 끝에 중국 당국이 경제적 개혁개방을 강화하는 것으로 실천되었음을 알게 해준다. 오상순 외의『중국조선족문학사』는 1989년을 시기 구분의 기준으로 설정하면서 문학 환경이 변화하여 독자가 줄어들고 문학잡지가 폐간되어 작가들이 공명에서 무명으로의 변화를 보여 모더니즘을 수용하는 등 다양화가 시도된 점을 그 이유로 들고 있다. 또 리광일 외의『조선족문학사』도 1990년대 들어 조선족 문인의 사유 패턴이 바뀌고, 문단의 양상이 중국 주류문단의 경향인 주제와 경향의 부재 현상을 반영하고, 한중수교로 한국문학에 편향되는 양상이 두드러진 점을 고려해 이러한 문학의 흐름이 시작된 1989년을 조선족 문학의 전환점으로 결정하였다. 1989년을 문학사 시대 구분의 경계로 삼은 위의 세 조선족 문학사는 천안문 사태라는 정치운동이 실패로 끝나고 경제적 개혁을 대안으로 제시하여 중국 사회가 이념보다는 돈을 중시하는 속류의 시장경제로 급변하면서 문학이 공명보다는 무명을 지향하고, 조선족 문학이 중국 주류문단의 영향을 일정 정도 벗어나 한국문학의 영향을 수용하는 현실을 반영한 것이다.

　이러한 이유로 보아 1989년을 시기 구분의 경계점으로 설정한 것은 일견 타당하다. 그러나 중국 현대사와 함께 조선족의 현실을 살피면 시기 구분을 조금은 달리할 필요성을 느끼게 된다. 1989년 6월 천안문 사태가 있었고, 1990년 10월 동서 독일이 통일되었으며, 1991년 8월 사회주의 종주국 소련이 해체되면서 전 세계는 현실 사회주의의 몰락을 경험하였다. 이에 국가의 체제가 와해될지도 모른다는 위기감을 느낀 중국공산당은 1992년 1월 덩샤오핑의 남순강화로 사회주의 시장경제로 나아가는 대안을 마련하였고, 그해 10월 중공 14전 대회에서 이를 국가의 기본 정책으로 채택했다. 즉 중국은 명목상 공산주의를 유지하고는 있으나 실상 자본주의 경제 체제로 변화한 것이다. 이에 중국 사회는 개혁개방의 최종 단계인 사회주의 시장경제 체제에 도달하여 중국 국민은 치열한 경쟁이 요구되는 자본주의 체제로 내몰리게 되었다. 그리고 그해 8월 한국과 중국이 「대한민국과 중화인민공화국 간의 외교관계 수립에 관한 공동성명」을 교환하면서 양국 관계는 비약적으로 발전하였다.

　1989년부터 1992년 사이에 급격하게 전개된 일련의 사건과 조치는 중국인은 물론 조선족에게 커다란 영향을 미쳤다. 개혁개방의 최종 단계로서 사회주의 시장경제 체제가 도입되면서 조선족 사회에서는 돈벌이를 위한 관내로의 이동이 증가하였고, 한중수교로 한중 간의 교류가 자유로워져 1980년대 중반부터 시작된 한국 열풍이 점점 심해지면서 조선족 개인의 삶은 물론 조선족 공동체 전체를 크게 바꾸어놓았다. 이런 점에서 중국 조선족 문학사에서 시기 구분의 기준은 중국 사회의 역사적 계기와 조선족 삶의 변화를 함께 고려하여

1989년이 아니라 1992년으로 설정하는 것이 타당하리라 본다.

1989년부터 현재까지의 조선족 문학을 사적으로 정리한 오상순 외의『중국조선족문학사』와 김호웅 외의『중국조선족문학통사』 그리고 리광일 외의『조선족문학사』 등은 2000년(오상순 외, 리광일 외)과 2010년(김호웅 외)까지의 문학을 정리하는 것으로 문학사 기술을 마무리하고 있다. 이는 1989년 이후 반우파투쟁, 문화대혁명, 개혁개방, 사회주의 시장경제로의 전환 같은 역사적 전기가 없었다는 점과 이들 책이 2010년을 전후한 시기에 발행되어 또 하나의 시기를 설정하기 어려운 점을 고려한 결과일 것이다. 그러나 이 책을 집필하는 현재로서는 1992년 이후 현재까지 30년이 넘는 시간이 경과하여 조선족의 현실도 크게 변화했고, 조선족 소설 역시 새로운 면모를 보인다는 점에서 조선족 소설에 변화를 준 하나의 변곡점을 찾아 시기 구분을 하여야 할 필요가 있다.

1993년부터 현재까지의 조선족 문학사의 시기 구분을 하기 위해 일견 떠오르는 것은 2000년이다. 2000년은 밀레니엄의 전환이라는 상징성과 개혁개방 이후 태어난 세대가 2000년에 성인이 되는, 즉 80후 세대의 시작이라는 점에서 충분한 의미를 지닌다. 정치와 이념이 사회 전체를 지배하던 사회주의 중국을 경험하지 못한 개혁개방 이후 세대인 80후 세대는 이전 세대와 달리 통일된 이념에 매이지 않으려는 자유주의와 전체보다는 자기를 중시하는 개인주의 성향이 강해 이전 세대들과 여러 면에서 단절된다는 평을 받는다.

1982년부터 개혁개방 정책을 시행하여 문호를 개방하고 시장경제를 받아들여 경제 발전에 박차를 가한 중국은 2000년대 들어 급속한 경제성장을 거듭하였다. 이러한 경제성장을 바탕으로 중화인민공화국 수립 60주년을 기념하기 위해 2008년도에 올림픽을 개최하여 대내외적으로 발전된 중국의 위상을 선전해 중국인들에게 자긍심을 심어주었다. 그리고 2010년에 중국이 그토록 염원하던 G2로 성장하면서 중국인들은 이전과는 달리 국가적 자신감을 바탕으로 고전 중화 문화를 헌양하며 고전을 바탕으로 한 새로운 중국 문화를 창조하려는 자신감으로 충만해 있다. 이들의 생각과 정서가 반영된 문학이 2000년대에 들어 하나의 경향을 형성해간다는 점을 고려하면 중국문학의 시기 구분에서 2000년을 하나의 전환점으로 설정할 수 있을 것이다.

그러나 문학사 기술에 있어 시기 구분은 해당 인민들의 삶에 변화를 일으키고 문학을 변화시키는 전기가 되는 시점을 기준으로 해야 한다는 것을 고려하면, 80후 세대의 등장과 중국의 고전문화를 바탕으로 한 새로운 문학의 등장 등은 중국문학 전체의 변화로서 의미를 지닌다. 그러나 조선족 문학의 변화에는 중국 주류문단의 문학과는 또 다른 요인이 작용하는바, 조선족 삶과 정서에 영향을 미친 한국과의 관계를 고려하여야 한다. 조선족은 중국 소수민족으로서 국민 정체성과 세계 한인의 일원으로서 민족 정체성을 함께 갖는다. 조선족은 그들과 같은 언어를 사용하는 동일한 민족을 한반도에 두고 있어 개혁개방 이전에는 북한과 그 이후에는 한국과 밀접한 관련을 맺었다. 특히 한중수교 이후 조선족은 삶은 한국과의 관련을 떼어놓을 수 없을 지경에 이르렀다. 이런 점에서 21세기에 들어 중국 사회에 만연한 사회의 변화와 중국 주류문단의 흐름만을 조선족 소설사의 시기 구분의 기준으로 설정하기는 어렵다.

이 책에서는 조선족 소설사의 시기 구분은 조선족의 삶에 큰 전기가 되고 조선족 문학의 변화를 유발하는 계기가 되는 시점을 기준으로 해야 한다는 전제하에, 한국에 호적이 남아 있는 동포의 손자까지 재외동포 자격을 부여해 해외 이주 시기에 따른 재외동포 자격에 관한 차별을 없앤 재외동포법 개정 (2003.9)을 조선족 소설의 전환점으로 설정하고자 한다. 재외동포법의 개정으로 조선족을 비롯한 일제강점기에 해외로 이산한 조선인의 자손이 재외동포로 인정되어 개정 전에 비해 한국 이주가 쉬워졌고, 점차 한국에서 직업 선택이 자유로워지고, 국적 취득도 쉬워지는 방향으로 변화해갔다. 이러한 이주 조건의 변화로 조선족의 한국 이주는 더욱 심화되고, 대한민국 국적 취득자도 급증하여 연변조선족자치주를 비롯한 중국의 조선족 사회가 와해의 위기에 내몰리는 상황에 이르렀다.

21세기에 들어 조선족 작가들은 중국 사회와 주류문단의 변화를 수용하면서 한국이라는 외부적 요인에 의해 조선족 삶이 급격히 변화하고 조선족 공동체가 붕괴하는 현실에 문학적으로 대응하기 위해 노력하고 있다. 즉 조선족 사회가 붕괴에 직면하여 조선족의 과거와 현실에 관해 심각하게 고민할 수밖에 없는 상황에서 조선족 소설에는 점차 불안해져가는 조선족의 미래에 대응하는 방향을 모색하는 새로운 경향이 등장하였다. 이러한 조선족 소설의 변화를 유발한 2003년을 조선족 문학사 시기 구분의 한 장으로 삼는 것은 큰 무리가 없으리라 판단한다.

이상의 논의를 바탕으로 이 책에서는 조선족 소설사를 아래와 같이 다섯 시기로 구분하고자 한다.

중화인민공화국 수립과 신시대의 도래 : 1945년 ~ 1956년
이념 과잉 시대의 정치적 억압   : 1957년 ~ 1978년
개혁개방과 시장경제로의 전환   : 1979년 ~ 1992년
한중수교 이후 조선족의 정체성 혼란   : 1993년 ~ 2003년
중국의 경제성장과 조선족 사회의 위기 : 2004년 ~ 현재

제4장

조선족 소설사 기술 방법

　문학사를 기술하기 위해 시간의 경과에 따라 활동한 작가와 발표된 작품을 정리하는 연대기적 방법, 시대의 변화와 문학의 상호 관련을 중시하는 역사주의적 방법, 시대별로 대표 문인을 소개하고 문학 세계를 검토하는 작가주의적 방법, 각 시기 작가들이 내세운 문학론이나 창작 기법을 중심으로 검토하는 형식주의적 방법, 하나의 제재나 주제가 시대에 따라 작품화하는 양상을 중심으로 살피는 주제론적 방법, 시대의 이념과 문학 사이의 상동성 변화를 살피는 문예사회학적 방법, 작품의 주제와 구조의 상호 관련의 시대적 양상을 추적하는 구조주의적 방법 등 다양한 방법을 동원할 수 있다.

　앞의 2장에서 살펴보았듯이 기존의 조선족 문학사는 연대기적 방법을 사용하였다. 연대기적 문학사는 문학사의 전개 양상과 문학사적 사건을 시대적으로 확인하는 데에는 매우 효과적이나 각 시대 문학이 지향한 바를 확인하는 데에는 일정한 한계를 지닌다. 따라서 이 책에서는 연대기적 문학사가 지니는 이 같은 한계를 벗어나기 위하여 시대의 변화와 문학의 상호 관련을 중시하는 역사주의적 방법을 동원하여 조선족 문학사의 시기마다 조선족 소설이 해당 시대의 상황과 그 시대 인민들이 지향하는 바를 어떻게 주제화하였는가를 살필 것이다. 즉 조선족 소설사의 시기마다 해당 시기에 사회와 인민이 지향한 바를 반영한 조선족 소설에 일정한 경향성을 갖고 등장하는 주제를 항목화하여, 이러한 경향을 보이는 작품들을 살피는 것으로 조선족 소설사를 정리하고 자 하는 것이다.

이러한 조선족 소설사 기술 방법은 소설이 여타의 문학 장르에 비해 현실 반 영성이 두드러진다는 점에 착안한 것이다. 이 책에서 설정한 조선족 문학사의 시기마다 중국 당국은 일정한 이념과 정책을 시행하였고, 여기에 따라 정치 · 경제 · 사회 · 문화적 상황이 형성되어 중국 사회와 중국 인민의 삶은 일정한 방향성을 지니게 되었다. 조선족 사회와 조선족의 삶 역시 지역적 · 민족적 · 문화적 조건에 의해 조금씩 결을 달리하기는 하지만 중국 주류 사회의 그것 과 거의 유사한 양상을 보였다. 소설은 이러한 사회와 인민의 변화를 반영하 여 그 시대를 살아가는 인민의 삶과 정서 그리고 꿈 등을 소설의 언어로 표출 하였다. 따라서 각 시대의 소설이 집중한 주제와 제재는 그 시대 문학이 지향 한 바를 압축하고 있고, 그 시대를 지배한 욕망과 시대를 살아간 사람들의 삶 과 꿈을 알게 해준다. 조선족 소설사 기술을 위해 각 시기의 주제적 경향을 중 심으로 동 시기의 소설을 살피는 것은 조선족 소설의 역사를 살피는 한 방법 이 될 것이며 소설로 본 조선족의 역사를 기술하는 것일 수 있다.

이러한 원칙에 따라 정해진 이 책의 조선족 소설사 기술의 일반 원칙은 다음 과 같다.

첫째, 이 책을 접할 한국인 독자들이 중국 당대 역사와 문학에 관한 이해가 부족할 수 있기에 조선족 소설사의 시기별로 나눈 각 부의 첫 장에서 중국의 시대 상황과 조선족 사회의 변화 그리고 중국 주류문단과 조선족 문단의 흐름 을 절로 나누어 살핀다. 각 절의 내용을 상세하게 정리하기에는 분량의 제한 이 따르고 너무 소략하여서는 내용 이해에 한계가 있을 것이므로 양자를 고려 하여 적절한 선에서 개관한다. 책의 내용에 관한 자세한 정보가 필요하다면 해당 분야의 전문서를 참고하기 바란다.

둘째, 시대 개황에 이어서 시기별로 소설의 주제 변화를 항목화하여 장으로 나누고 장별로 항목화된 주제를 다룬 소설을 사적으로 정리하되 가급적 많은 작품을 다루는 것을 원칙으로 한다. 따라서 조선족 소설을 대표하는 몇 작가에 치우치기보다 다양한 작가의 작품을 검토하여 해당 시기 조선족 소설이 보여준 주제 경향의 특성을 상세화한다. 다만 각 장에서 다루는 작품 중에서 효과적인 형상화, 독특한 시각, 새로운 서사 방식 등을 보여주는 작품에 논의를 집중한다.

셋째, 조선족 소설사라는 책의 특성상 조선족 소설을 대표하는 작가에 관한 기본적인 정보가 필요하다. 이를 위해 소설사 기술 중 해당 작가가 처음 등장할 때 작가의 경력을 간단히 소개하는 방법이 있으나, 이 경우 본문에 포함해 설명하든 각주로 처리하든 전체 논지 전개를 단절시키거나 혼란하게 할 우려가 있다. 이러한 우려를 불식하기 이 책에서는 부록으로 '조선족 작가 약력'을 정리해 필요한 경우 참조하도록 하였다.

제2부

중화인민공화국 수립과 신시대의 도래
(1945~1956)

제1장

시대 개관

1. 종전과 중화인민공화국 수립

1945년 8월 10일 일제가 포츠담 선언을 수락했다는, 즉 일제의 무조건 항복 가능 소식에 중경 시민들은 종전을 기념하는 민중대회를 열었다. 이 대회가 보여주듯 길게는 아편전쟁 이후 100년이 넘는 시간 동안의 혼란과 전쟁, 짧게는 8년에 걸친 중일전쟁에 지친 중국인들은 국토 회복, 사회 안정, 일상 회복, 경제적 번영, 정치의 민주화 등을 기대했다. 그리고 중국과 함께 일본과 전쟁을 치른 미국과 소련도 중국에서 다시 내전이 발생하는 것을 원하지 않았다. 이러한 2차 세계대전 이후 내전을 반대하는 중국 내의 민심과 평화를 주장하는 열강의 요구를 외면할 수 없었던 국민당과 공산당은 동북, 화북 등지에서 발생한 소규모 군사충돌을 더 이상의 확전으로 발전시키지 않고 평화를 위한 협의를 지속하였다.

1945년 8월 중국 국민의 여망을 받아들여 장제스(蔣介石)와 마오쩌둥(毛澤東)은 국민당 임시정부가 자리한 중경에서 만나 화평교섭회담을 개최하여 내전 회피, 정치협상 개최, 각 정파의 평등 지위 보장 등을 약속한 쌍십협정을 발표하며 내전을 피하고 신중국을 건설하기로 합의하였다. 이 협정 과정에서 국민당의 힘의 우위를 확인한 공산당 측은 1946년 1월 국민당과 공산당 그리고 국공 양당에 속하지 않은 중국민주동맹, 중국청년당, 무당파 등 다자가 참석한 정치협상회의를 개최하여 향후의 정부 조직, 국민대회 개최, 평화적 건국, 군사 문제, 헌법 초안 등 시급한 5대 정치과제를 결의하고, 연립정권을 수립하는 안을 도출하였다.

국민당에서는 정치협상회의의 합의가 당의 정체성을 훼손한다는 점에서 반발이 심해 1946년 6월 상해 지역 공산당원에 대한 테러, 7월 운남성에서 언론인 리궁푸(李公僕)와 작가 원이둬(文一多) 암살 등 전국 각지에서 공산당에 대한 테러를 자행하였다. 같은 해 11월 국민당은 정치협상회의에서의 합의를 공식적으로 부정하고, 헌법제정국민회의를 개최하여 이듬해 1월 국민당의 일당 독재를 가능하게 한 중화민국 헌법을 공포하였다. 그러나 중국을 대표하는 정파 전체가 이루어낸 정치협상회의의 결의를 부정한 국민당에 항의해 공산당과 중국민주동맹 등 모든 정파가 이에 불참하여 국민당은 정치적 입지가 축소되고 국민의 지지를 잃어 최종적으로 공산당을 포함한 반국민당 측에게 패배하는 결과를 낳게 된다.

정치협상이 계속되는 동안에도 국민당과 공산당 양당은 이후의 내전에 대비한 전략·전술적인 군사 움직임을 계속하였다. 1945년 8월 공산당은 공산군의 일부를 당시 중국에서 가장 선진 공업 지역인 동북으로 이동시켜 소련군과 협력하여 동북의 요충지를 점령하고 해방구를 설치하도록 하였다. 마찬가지로 국민당도 국민군의 상당수를 동북으로 이동시켜 얄타 협정에 따라 소련군으로부터 해방된 동북 각 지역을 접수할 것을 지시하였다. 다른 한편으로 장제스와 마오쩌둥이 중경에서 회담하던 1945년 9월 공산군은 산서 지역의 옌시산(閻錫山) 군을 공격하여 상당 전역에서 승리함으로써 화북 지역에 대한 지배를 공고히 하였다. 또 1946년 6월 장제스가 국민군에게 화북 지방 해방구에 대한 공격을 지시하여 국민당과 공산당의 내전이 본격화하였다. 1947년 3월 국민군은 공산당 본거지인 연안을 점령하여 공산당 지휘부가 섬서성과 하북성의 산악지대를 전전하게 되었다. 동북 지방에서도 국민군이 강한 군사력을 바탕으로 중대 도시를 점령하자 공산군은 동북 변방의 농촌을 중심으로 해방구를 설치하여 반격을 준비하였다.

공산군은 동북 지역의 농촌 지역에 설치한 해방구에서 토지개혁을 시행하여 농민들의 참군을 이끌어 병력을 증강하고, 소련군에게서 일본군의 무기를 이양받아 전투력을 강화하는 한편 대중이 가진 국민군에 대한 공포심을 선동하여 1948년 봄부터 전세를 유리하게 돌이켰다. 공산군은 1948년 가을부터 겨울에 걸친 동북 지역의 전략적 요충인 요심 전역에서 11월 2일 선양을 함락해 전세를 뒤집고, 이후 관내로 전선을 옮겨 1949년 1월 초에 회해 전역을, 1월 말에 평진 전역을 승리로 이끌고, 6월 초에 장강도하 작전에 성공함으로써 국공내전을 마무리 단계로 이끌었다.

변방 지역에서 국민군과의 전투가 진행 중이던 1949년 10월 1일 중국공산당과 반국민당 성향을 지닌 여러 민주 정파가 천안문에서 중화인민공화국 수립을 선포함으로써 4년에 걸친 국공내전은 마무리되고 중국은 새로운 역사 단계로 접어들었다. 새로 수립된 중화인민공화국은 중국공산당과 중국민주동맹 그리고 다양한 정치적 성향을 지닌 10여 개 정파의 연합정권으로 집단 경제를 지향하는 사회주의와 중소자본을 옹호하는 자본주의가 결합한 신민주주의를 국가이념으로 채택하였다. 그러나 신민주주의라는 신중국의 이념은 국민당을 반대한 여러 정파가 정치적으로 타협한 결과여서 권력 중심부에 상반된 정치적 입장이 존재하고 있었고, 이는 이후의 험난한 정치 투쟁을 예고하였다.

2. 동북(연변)의 정치 상황

중일전쟁의 종전을 앞둔 시기에 중국공산당은 동북의 전략적 중요성을 인식하고 1945년 8월부터 민주연군을 동북으로 이동시켜 만주 지역으로 진출한 소련군과 협력해 요충지를 확보하고 동북에 인민정권을 수립해, 인민을 동원하여 지주와 한간을 청산하는 투쟁을 벌이고 국민당과의 전쟁에 대비한 근거지를 설치하기로 결정하였다. 이에 따라 동북으로 이동해 온 조선의용군을 1,

3, 5, 7지대로 편성하여 1지대는 길림성 남부와 요녕성으로, 3지대는 흑룡강 성으로, 5지대는 연변으로, 7지대는 길림 지구로 이동하도록 조치했다. 연변을 비롯한 조선인 집거 지역으로 진출한 조선의용군은 일제의 행정력을 접수하고, 조선인에 대한 정치 교육과 토지개혁 등을 담당하고, 국공내전에의 참군을 독려했다. 조선의용군의 활동으로 3년간 계속된 국공내전에 참군한 조선인의 수가 당시 동북 지역 조선인 남성 인구의 15%를 상회하는 6만 5천 명에 달했고, 후방부대에서 전쟁을 지원한 조선인까지 합치면 30만여 명이 국공내전에 참여하였다. 특히 연변 지역은 국민당의 영향권 밖에 존재했고, 동북의 다른 지역에 비해 일제강점기부터 활발했던 공산주의자의 영향으로 공산당에 우호적이어서 소련군의 진주를 환영하고, 동북민주연군 특히 조선의용군의 활동에 적극적으로 동조했다.

1945년 8월 8일 대일본 선전포고를 하고 20일경 안도현을 제외한 연변 전 지역을 장악한 소련군은 점령된 만주 지역에 장기적으로 주둔할 계획이 아니어서 만주국 시절 행정기구를 그대로 유지하고 있었다. 이에 연변 각지의 조선인들은 치안을 확보하고 조선인들의 이익을 담보하기 위한 군중 단체를 조직하기 시작하여 노동자, 농민, 청년, 여성 등 다양한 단체가 만들어졌고, 점차 상호 협조적이고 조직적인 활동을 위해 통합의 필요성이 대두했다. 그에 따라 9월 초 노농청조직주비위원회를 조직하고, 9월 19일 600여 명의 대표가 참석해 노농청대표회의를 개최하여 30여 명으로 구성된 노농청총동맹 집행위원회를 선출하고 조선인 군중 단체의 통합을 위한 조직적 기초를 확립하였다.

이러한 만주국 시절부터 연변 지역에서 활동하던 조선인들의 자체적인 조직과는 별도로, 중국공산당 동북위원회에서는 중일전쟁 승리 후 동북 지역의 공산당 조직을 재건하기 위해 강신태, 박낙권, 최명석 등 조선인 당원으로 구성된 동북항일연군 연변 분견대를 파견했다. 9월 18일 연길에 도착한 강신태는 주요 조선인 활동가를 중국공산당에 입당시켜 노농청총동맹 지도부를 포섭하여 중공연변위원회를 설립하였다. 그리고 10월 27일 이 조직의 지원 아래 노농청총동맹을 연변인민민주대동맹(민주대동맹)으로 재조직해 27명의 집행위원회(위원장 지희겸)를 구성하였고, 11월 초까지 왕청, 훈춘, 돈화, 안도 지역까지 민주대동맹 하부조직을 확대하여 회원이 15만 명에 달했고, 그중 90% 이상이 조선인이었다.

이러한 조직의 변화는 중일전쟁 직후 연변의 조선인 활동가들이 만든 노농청총동맹이 동북항일연군 계열, 즉 중국공산당의 지도를 받는 민주대동맹으로 확대 개편된 것이다. 이후 민주대동맹은 현 소재지에 본부를 설치하고 구와 촌까지 지부를 설립하는 등 조직을 일신하였으며 기관지 『연변민보』를 창간하고 정치강습소를 운영하는 등 중국공산당 정책에 대한 선전 활동에 총력을 기울였다. 이와 함께 민주대동맹은 각종 사회개혁을 추진하는 데 노력을 기울여 소작료 조정, 8시간 노동제, 공유지 분배, 야학 및 교육기관 설립 등 다양한 활동을 하였고, 1946년 봄까지 연변 지역 토비 진압에 노력을 기울여 대부분의 토비를 진압하고 지역사회의 질서를 회복하는 데 크게 기여하였다.

1945년 8월 중국공산당은 연안 및 관내 해방구의 간부를 낙양에 집결시켜 동북의 정세를 안정시키고 당 조직을 공고히 하는 건당 공작을 위해 일부 간부를 만주로 파견하였다. 이들 중 옹문도를 비롯한 33명은 연변의 정세를 공고화하라는 길림성사업위원회의 결정에 따라 11월 12일 연길에 도착하였다. 이들 연안에서 온 간부들은 11월 15일 회의를 소집해 중공중앙 동북국과 길림성사업위원회의 연변 지역 당 조직 건설과 관련한 방침을 전달하고 강신태 등이 조직한 연변위원회를 해산한 뒤, 7명으로 구성된 중공연변지방위원회(연변지위)를 조직하여 옹문도가 지위서기를 맡아, 1949년 5월 조선의용군 출신 주덕해가 지위서기가 될 때까지 연변지위는 연안에서 온 간부를 중심으로 운영되었다.

연변 지역의 당 지휘부를 조직한 중국공산당은 11월 20일 연길에서 연변인민대표회의를 개최하여, 간도성 임시정부를 해소하고, 연변정무위원회의 설립을 선포하였다. 그리고 이 위원회의 결의에 의거하여 연변행정독찰 전원공서(연변전원공서)를 설치하고, 연변전원공서 정무위원회는 강신태, 임계학, 지희겸, 박근식, 강동주 등 조선인 5명을 포함 13명의 위원으로 구성하였다. 그리고 연변전원공서 산하에 연길, 화룡, 왕청, 훈춘, 안도 등 5개 현을 편성하여 현장과 현위서기는 연안에서 파견된 간부들이 담당하여 중국공산당의 정책을 조속히 실천될 수 있도록 하였다.

연변지위와 연변전원공서를 수립하여 연변 사회에 대한 당과 행정조직의 통치를 담당할 상급 조직체계를 구축한 중국공산당은 연변 지역의 안정적인 통치체계를 수립하기 위하여 통치력을 기층사회로 확장해야 했다. 이를 달성하기 위한 핵심적인 방법이 군중을 동원하여 기층사회의 정치권력을 장악하는 것이었다. 중국공산당 동북국은 이를 위하여 군중 동원을 통해 농회를 건립하고, 이를 실질적인 농촌의 기층정권으로 삼고자 하였다. 이런 점에서 1946년부터 본격화된 토지개혁 과정은 토지개혁 중에 확인된 적극분자를 당으로 흡수하고, 새로운 조직을 만들어 직무를 부여하고, 당원과 간부들에게 철저한 교육을 실시하여 그들에 대한 통제력을 강화해나간 점에서 기층정권을 수립하는 과정과 다름이 없었다.

이러한 기층정권을 체계화하기 위한 노력을 1948년 하반기부터 본격화하여 중국공산당 동북국과 길림성위, 연변지위가 당 조직의 확충과 함께 촌, 구, 현의 3급 정권을 건설하기 시작하였다. 동북국은 이 무렵부터 토지개혁 과정에서 형성된 임시적인 정권 조직을 합법적인 기층정권 조직으로 개편하기 위한 건정 공작을 추진하였다. 이를 위하여 향촌 단위에서는 농민대표회와 촌정위원회를 건립하여 인민의 의사를 집결함으로써 동북 해방구에 민주집중제의 원칙에 입각한 정권 구조를 수립할 수 있었다.

중화인민공화국이 수립되고 1년도 안 된 시점에 한국전쟁이 발발하였다. 한국전쟁에서 북한이 미국에 패배하여 신생국 중화인민공화국이 세계의 최강국 미국과 마주하는 위험한 상황을 면하기 위해 10월 8일 중국공산당 중앙에서는 항미원조를 결정하였다. 이는 국민당 세력과의 전투가 완전히 마무리되지 않은 상황을 감내하고 미제국주의에 저항하고 국공내전 때 직접적인 도움을 준 조선을 원조한다는 명분으로 인민해방군을 한국전쟁에 파견하겠다는 결정이었다. 이에 따라 유엔군이 38선을 돌파해 압록강으로 진격해 오자 펑더화이

(彭德懷)를 총사령관으로 한 중국인민지원군은 한국으로 진격해, 휴전 때까지 연인원 207만 명이 참전하여 14만여 명 사망, 22만여 명 부상, 3만여 명 실종 또는 포로라는 인적 피해와 함께 엄청난 전비를 소모하였다.

한국전쟁 기간 중 한반도와 맞닿아 있는 연변 지역 조선족의 피해도 적지 않았다. 한국전쟁 발발 2개월 전에 조선족으로 구성된 인민해방군 3개 사단 2만 5천 명 정도가 평양으로 이동하여 조선인민군에 편성되었다. 이외에 중국인민지원군으로 참전한 조선족이 2만여 명으로 추정되고, 통역원, 간호원, 종군공작대원, 운전대원, 단가대원, 수송대원 등 비전투요원 1만 5천여 명이 참가해서 적지 않은 인명피해를 입었다. 또 조선족 집거 지역에서는 애국생산운동과 애국헌납운동을 전개하였고, 후방에서 군수물자를 지원하는 등 항미원조에 총력을 기울였다. 조선족이 국공내전에 헌신적으로 공산당을 지원하고, 한국전쟁 당시 항미원조에 적극적으로 참여한 결과 중국 사회에서 조선족에 대한 평판이 높아졌고, 조선족에게 중국 공민으로서 또 조선족으로서의 자긍심을 갖게 해주었다.

3. 연변 지역의 토지개혁

연변 지역의 토지개혁은 1946년 5 · 4 지시를 통해 토지의 몰수 및 분배를 인정하면서 시작되었다. 국공내전 과정에 동북의 농촌 근거지에서 단행된 토지개혁은 당원 중에서 토지개혁에 대해 교육받고 촌락마다 파견된 2~3인의 토지개혁공작대원이 빈고농 중심으로 농회를 설립하여 군중 상대의 선전공작을 통해 지주에 대한 투쟁대회를 개최하고 투쟁의 과실을 분배하는 방식으로 진행되었다. 이렇듯 토지개혁이 빈농단 주도의 군중 운동 방식으로 전개되어 추다보소(抽多補少)의 토지 조정이라는 최초의 취지가 타란평분(打亂平分)의 전면적 토지 재분배로 변질되어 '중농의 이익을 보장한다'는 원래의 규정이 유명무실해지고 말았다.

토지개혁은 크게 3단계에 걸쳐 진행되었다. 첫 단계는 1946년 봄부터 1946년 말에 걸친 반간청산으로 지주나 부농에 대한 투쟁이 아니라, 일본, 만주국, 만척 소유의 공유지, 일본인의 사유지, 특무, 주구, 한간 등의 토지를 몰수하여 토지가 없거나 적은 농민에 분배한 것이다. 이는 감조감식 이외의 토지개혁 방안이 확정되기 전에 만주국과 친일부역자의 토지를 몰수한 것으로 전후의 자연스러운 조치였다. 둘째 단계는 1946년 말부터 1947년 10월 사이에 첫 단계에서 발견된 문제점과 철저하지 못했던 점을 바로잡기 위한 공작으로 군중 동원을 강화해 토지 분배를 철저히 하고, 토지개혁이 된 곳의 성과를 재검토하고, 지주와 부농이 은닉한 재산을 색출하여 빈고농에게 분배하였다. 그리고 셋째 단계는 1947년 7월부터 9월까지 열린 전국토지회의에서 제기된「중국토지법대강」의 핵심인 '지주의 토지소유권 일체를 폐지한다', '토지개혁 이전의 모든 채무를 폐지한다', '몰수한 토지는 남녀노소를 불문하고 평균 분배한다'는 토지개혁의 대원칙에 따라 빈고농 노선을 집행한 단계이다. 길림성위는 연길에서 전성현위서기회의를 소집하여「중국토지법대강」시행 방안에 따라 토지의 철저한 평균 분배를 시행하였다.

재만 조선인 농민들은 19세기 말 살길을 찾아 만주로 건너갔거나 일제의 이민 정책으로 집단이주했거나 간에 농토에 기대어 기아를 면하고 가난에서 벗어나겠다는 목적이 있었다. 이런 조선인들로서는 농민에게 토지를 무상분배하는 공산당의 토지개혁에 따라 토지를 소유할 기회를 뿌리치기 어려웠다. "현재 간도에 있는 한국인 대다수는 그들이 고향에 있을 때보다 더 나은 재정 상태에 있고 만주와 한국이 해방될 때 간도에 남기를 선택할 것이다. 이러한 선택의 이유는 간도의 한국인 대부분이 농부라는 사실"이라는 미국무부 비밀 자료의 지적대로 재만 조선인 농민의 대부분은 귀국하기보다 공산당과 함께 국민당을 몰아내고 농토를 획득하여 중국에 정주하는 길을 선택하였다.

토지개혁이 마무리되어 토지를 분배받은 농민들은 농사에 필요한 농우와 농기구가 부족한 현실을 극복하고 생산량을 높이기 위하여 가까운 이웃끼리 조를 이루어 농사를 짓는 호조조를 만들었다. 1949년 토지개혁이 마무리된 직후부터 한국전쟁이 끝난 1953년까지 진행된 호조조 운동은 공산당이 지향하는 토지 집단화의 시작이기는 하였으나, 국공내전 참군과 항미원조로 인해 부족해진 노동력을 이웃끼리 상부상조함으로써 극복하여 생산성을 높이기 위한 현실적인 선택이었다. 호조조 운동의 성과를 바탕으로 중국 정부에서는 1차 5개년 경제계획의 실현을 위해 1953년부터 여러 호조조를 묶어 30~50가구가 개인 소유의 토지, 농우, 농기구, 노동력을 제공하여 공동으로 경작하고, 생산량을 각 농가의 출자와 노동력에 근거해 배분하는 초급 합작사를 추진하여 적지 않은 성과를 얻었다. 이에 고무된 중국 정부는 농업 집단화를 적극적으로 추진하여 1955년 말부터 200호가 넘는 농가를 집단화하는 고급 합작사에 이어 인민공사를 설립하여 공동 작업으로 수확한 생산량 중에서 원가, 세금, 공동 축적금 등을 제한 나머지를 각자가 제공한 노동력에 따라 분배하는 사회주의적 농업 경영을 시도하였다. 그러나 집단의 규모가 커지면서 토지에 대한 배당의 약화, 가축에 대한 보상의 축소, 노동력 평가 방식에 대한 불공정 등이 심화하여 농민들의 참여가 소극적으로 변화하여, 그 생산성이 초급 합작사의 증산 성과에 미치지 못하거나 감소하는 결과를 낳고 말았다.

토지개혁은 토지를 분배한 직후 합작화가 진행된 결과 토지개혁의 농업생산 증대 효과는 확인이 어렵고, 경자유전이라는 본래적 의미도 상실했다. 그러나 토지개혁의 과정에서 농민의 힘으로 국가와 농민 사이의 중간자, 즉 농촌 엘리트를 제거하여 지방 권력의 구조 자체를 변혁시켰고, 이 과정에서 촌-구-현-성-중앙으로 연결되는 전국적 행정체계, 즉 삼급제의 기층정권을 확립함으로써 새로 수립된 중화인민공화국의 체제를 확립하고 그 영도력을 강화하는 데 기여하였다. 그리고 토지개혁은 농업 집단화로 급변함으로써 농민의 경제적 성장에서는 큰 의미를 부여하기는 어렵지만, 한국전쟁에서 미국과 전쟁을 치르면서 중공업의 중요성을 인식한 중국 정부가 중공업 중심의 경제 개발을 추진하는 과정에서 자본주의 발달 초기의 본원적 자본 축적 단계를 사회주의적 본원적 축적 단계로 일정 정도의 결과를 얻어내는 성과를 얻었다.

4. 조선족 자치구역의 성립

1949년 5월 연변지위 서기와 연변전원공서 전원으로 임명된 주덕해는 연변 지역에 터잡은 지 100여 년이 된 조선인들이 민족 구역에서 자치를 시행해야 중국 공민으로서 조선족 발전을 이룰 수 있다고 역설하였다. 이후 한국전쟁이 발발하여 조선족 자치에 대한 논의는 잠재했으나 1952년 8월 9일 정무원 20차 회의에서 결정된 「중화인민공화국 구역 자치 실시 요강」이 공포되자, 8월 27일 연변 전원공서가 제1차 인민대표회의를 개최하여 항일 승리 기념일인 9월 3일을 연변조선족자치구 수립일로 선포하였다. 이 회의에서 주덕해를 자치구의 주석으로 선출하고, 자치구 운영에 필요한 각종 조례를 통과시켜 연길현, 훈춘현, 화룡현, 왕청현, 안도현을 아우르는 연변조선민족자치구를 공식적으로 출범시켰다. 이로써 연변 지역에 거주하던 조선인들은 중국 소수민족의 하나인 조선족으로서 신중국의 공민이 되었다.

연변조선족자치구는 1955년 12월 연변조선족자치주로 축소되었고, 1958년에는 돈화현을 자치주에 추가하고, 자치주의 인구가 증가하여 여러 현이 현급시로 개편되어 현재 6개 현급시(연길, 도문, 용정, 화룡, 돈화, 훈춘)와 2개 현(왕청, 안도)으로 구성되어 조선족 언어와 문화를 유지하는 구심점이 되고 있다. 그리고 연변조선족자치주 이외의 동북 지역에 산재한 조선족이 집거하는 지역도 민족 자치구역을 실시하게 되었다. 길림성 백산시 남쪽 압록강을 사이로 북한의 양강도와 접한 지역에 장백조선족자치현이, 또 길림성, 요녕성, 흑룡강성, 내몽고 등지에 48개의 조선족 자치향이 성립되어 조선족의 언어와 고유문화를 유지하는 데 큰 역할을 하였다.

5. 중국 주류문단의 흐름

중화인민공화국 수립 직전인 1949년 7월 2일 북경에서 제1차 중화전국문학예술종사자대표회의를 개최했다. 국공내전에서 중국공산당과 힘을 같이한 민주 세력의 승리가 확정적인 시기에 중일전쟁 이후 최초로 열린 이 문학예술인 대회에는 해방구와 국통구 출신의 문학예술 종사자들이 정식 대표와 초청 대표를 포함해 824명이 참가하였다. 이 대회에서 전국 문학예술인들은 국통구 문예 운동에 대해 전면적인 역사적 총결을 내리고, 중화인민공화국이 지향하는 혁명문예의 기원은 연안을 핵심으로 하는 해방구임을 확인하였다. 또 마오쩌둥의「연안 문예좌담회에서의 연설」의 문예사상을 높이 평가하고, 혁명문예를 영도하는 핵심 사상이 마오쩌둥의 문예사상임을 명시한 혁명문예의 기초를 정리하여 혁명문예의 기본적인 체제와 규범을 세웠다. 그리고 이 대회에서 전국 규모의 중화전국문화예술계연합회(1953년 중국문화예술계연합회로 개칭)를 설립하고, 문예 기관지 발간을 결정하여 1949년 9월에『문예보』를, 10월에『인민문학』을 창간함으로써 명실상부한 신중국의 중심 문화예술 단체로 자리매김하였다. 이 대회는 신중국이 지켜나갈 문예 창작의 규범 제시, 문학예술계 내부 제도 건립, 문예 전통의 계승, 작가층의 교체 등을 결정함으로써 신중국 초기 문학 창작의 방향을 결정한 점에서 역사적 의의를 지닌다.

이 시기 신중국의 문학 창작의 주체적인 역량은 주로 해방구와 혁명 근거지 출신 작가와 신중국이 길러낸 작가로 구성되었다. 그들은 신중국이 지향하는 바 문학의 이념을 실천하는 데 앞장설 수 있는 역량과 열정을 가지고 문학에 임하였다. 그러나 해방구에서 성장한 작가와 달리 1930~40년대에 등단하여 함락구나 국통구에서 활동하던 작가들은 오랜 기간 문학의 자율성 이론의 세례를 받은 세대들로 신중국 수립 이후 창작에 어려움을 경험할 수밖에 없었고, 이후 몇 편의 작품을 쓰고 붓을 꺾거나 정치적인 혼란 속에서 비판의 대상이 되기도 하였다.

중국의 문예사상과 문학 창작의 실제는 1942년 마오쩌둥의「연안 문예좌담회에서의 연설」에 제시된 인민 문예를 현실화하기 위한 탐색의 과정이었으나 그것을 실천한 문예 형태는 중화인민공화국이 수립되고 10년이 지나도 생산되지 못했다. 이 시기에 시도된 다양한 문학적 시도는 중화인민공화국 수립 이후 벌어진 영화 〈무훈전〉 비판, 『홍루몽』 연구 비판, 후스(胡適)의 자산계급 문화사상 비판, 후펑(胡風) 반당 집단 비판 등에서 보았듯이 당이 지향하는 바와 상치되는 문학은 인민문예와 대립하는 자본주의적 문예로 청산되고, 모든 문화 활동은 하나의 이념으로 통일되어 정치문화에 예속되었다. 마오쩌둥은 1964년 5월부터 7월 사이에 북경에서 개최된 경극 공연대회에서 공연된 여덟 편의 모범극에서 인민 문예의 형태를 보았고, 이 새로운 문예는 문화대혁명 시기 유일한 합법성을 지니게 되었다. 그러나 이들 문학은 시대가 요구하는 인민 문예와는 너무나 동떨어진 형태의 문예였기에 이후 그 존재 자체가 사라지고 마는 결과에 이르고 말았다.

6. 조선족 문단의 흐름

일제가 연합군에 항복함으로써 항일투쟁은 승리로 끝나고, 조선족은 말과 글을 되찾고 자유롭게 문화 사업을 할 수 있게 되었다. 이에 연변 지역에 거주하던 조선족 지식인을 중심으로 계몽운동과 문화 사업을 전개했다. 이러한 움직임은 조선족 집거 지역 중심으로 『동북조선인민보』(『연변일보』로 개명 : 연길), 『인민신보』(목단강), 『민주일보』(하얼빈), 『단결일보』(통화), 『건군』(164사) 등의 신문과 『대중』 『문화』 『민주』 『불꽃』 『연변문화』(이상 연길), 『건설』(목단강), 『효종』 (영안) 등의 잡지로 대표되는 조선어로 된 언론매체의 족출과, 길동군구 문공단, 송강로신 예술극단, 양양극단, 연변 문공단, 이스크라 극단, 164사 선전대, 166사 선전대, 리홍광지대 선전대, 송강군구 제3지대 선전대 등 극단, 연극사, 문공대 등 전문적이거나 반전문적 문예 공연단체의 활동으로 나타났다. 그리고 조선인 문화예술인들은 모임을 갖고 자신들의 활동을 보다 효과적으로 전개하기 위하여 간도문예협회(연길), 동라문인동맹(연길), 동북신흥예술협회(목단강), 중로농예술동맹(도문), 소한문화협회(연길) 등의 문예 단체를 설립하였다.

일제의 항복으로 우후죽순처럼 등장한 조선인 문예 단체들은 전국 문예운동과 연계하여 새로운 시대의 문예를 만들기 위한 노력을 경주하였다. 1946년 9월부터 10월까지 동북신흥예술협회 추천으로 『인민신보』에 마오쩌둥의 「연안 문예좌담회에서의 연설」을 번역 게재하여 새 시대의 문학을 학습하였고, 연변 지역의 문화예술인들을 지도하기 위해 『중국 문예의 새로운 방향』을 출간하였다. 그리고 1948년 3월 심양에서 개최된 동북문예공작자회의, 1949년 7월 북경에서 열린 제1차 중화전국문학예술일군대표회의 등에서 새로운 문예의 경향을 적극적으로 수용하였다. 그리고 연변 지역의 문화예술인들은 그 대표회의의 정신을 받들어 1950년 1월 연변문예연구회를 설립하여 분산적으로 활동하던 문화예술인들을 조직하여, 명확한 창작 정신 아래 집단적 창작 활동을 추진함으로써 새로운 시대에 맞는 문예 일꾼으로 성장하기 위한 노력을 지속하였다.

1951년 4월 조선인 문화예술인들은 능동적인 문예 활동을 전개하기 위해 연변문예연구회를 해산한 뒤, 연변문학예술계연합회 주비위원회를 결성하고 『연변문예』 발간을 결정하였다. 일제 패망 이후 처음 출간된 조선인 문예지인 『연변문예』는 비록 6호로 폐간되었으나 다양한 문예 활동으로 이후 연변 지역 조선인의 문예지 출간의 전범이 되었다. 연변조선족자치주가 수립되자 연변 문화예술인들의 염원을 모아 1953년 7월 연변조선족자치주 문학예술일군련합회(연변문련)를 창립하고, 폐간된 『연변문예』를 복간하기 위해 노력하여 1954년 1월 『연변문예』(1956년 12월 35호로 폐간)를 재출간하였다. 그리고 연변문련 소속 문인들은 1956년 8월 15~16일 제1차 연변조선족자치주 작가대표회의를 개최하고 중국작가협회의 결정에 따라 문화예술인의 연합적 성격의 연변문련과는 별도로 문인들만의 조직인 중국작가협회 연변분회(이하 연변작가협회)를 창립하고 기관지로 『아리랑』(전신은 『연변문예』. 1959년 1월 『연변문학』으로 개칭)을 발간하였다.

일제의 억압을 벗어나 새로운 나라에서 민족문학을 건설하려는 열망이 높아지면서 전국 각처에 산재해 있던 조선족 작가들이 민족문학의 발전을 위해 만주국 시절의 용정을 대신하여 연변 지역의 새로운 정치, 경제, 문화의 중심지가 된 연변조선족자치주의 주도 연길로 모여들어 조선족 문학의 중심을 형성하였다. 만주국 시절 만주 지역에서 활동하던 김조규, 박영준, 박팔양, 신서야, 안수길, 염상섭, 유치환, 함형수, 현경준, 황건 등 대표적인 문인들이 해방된 조국으로 귀국하여 조선족 문단은 상당히 취약해져 있었다. 만주국 시절 재만조선인 문단의 큰 성과로 평가되는『재만조선인작품집』(1942), 재만조선인 소설집『싹트는 대지』(1942), 시집『만주시인집』(1943) 등에 작품을 발표한 25명의 문인 중 소설가 김창걸, 시인 리욱 2명을 제외하고는 모두 한국과 북한으로 귀국한 것이었다.

조선족 문단을 일으켜 세운 문인들로는 건국 전부터 연변에서 활동하고 있었던 김순기, 김창걸, 김창석, 리욱, 마상욱, 서헌, 설인, 채택룡, 최형동, 현남극, 홍성도 등과 흑룡강성의 목단강과 하얼빈 지역에서 활동하다 연변으로 이주한 김동구, 김례삼, 김태희, 리홍규, 최수봉, 최현숙, 황봉룡 등의 문인들과 조선의용군 출신으로 연안에서 활동하던 고철, 최채, 조선의용군 1지대 출신 백남표, 조선의용군 3지대 출신인 백호연, 임효원, 조선으로 나갔다 뒤늦게 합류한 김학철, 정길운, 주선우, 최정연 그리고 신진작가로 김성휘, 김철, 리근전, 리행복 등 30여 명이 있었다. 초기 조선족 문단을 형성한 작가 중 문학을 전문적으로 공부한 사람이 적었고, 대다수가 조선의용군 출신이거나 공산당에서 성장한 사람들이었다. 해방 후 조선족 작가층이 당과 군 출신 중심으로 개편된 것은 이후 조선족 문단이 당의 정책을 수용하여 문학이 빠르게 변화하고, 당의 정책을 극단으로 밀고 나가는 이유가 되었다.

조선족 문단 형성기를 이루어간 30여 명의 문인 중 소설가로는 김동구, 김창걸, 김학철, 리근전, 리홍규, 마상욱, 백남표, 백호연(목일성), 최현숙 등이 있다. 이들 중 조선족 문단 형성기 이전에 작가로 활동한 사람은 학창 시절부터 사회주의 운동에 적극적인 동시에 소설 창작에도 힘써 만주국 시절 작가로서 왕성한 활동을 한 김창걸과 조선의용대로 항일전쟁에 참전했다 포로가 되어 나가사키 형무소에서 해방을 맞은 후 한국과 북한에서 여러 편의 단편소설을 발표하고, 한국전쟁 중에 중국으로 이주해 북경에 자리한 중국중앙문학연구소 연구원으로 근무하며 중화전국문화예술계연합회의 전업작가로 활동한 김학철뿐이었다. 이외의 작가들은 해방 전 교사로 있으면서 습작을 했거나 리근전처럼 군이나 당에서 맡겨진 사업을 하며 소설 창작에 관심을 둔 경우가 대부분이었다.

중국 당대문학의 기초적인 이념은 마오쩌둥의「연안 문예좌담회에서의 연설」의 핵심인 '문학은 인민을 교육하고, 정치를 위해 복무해야 한다'는 것으로 압축할 수 있다. 주덕해는 1951년 6월『연변문예』창간호에 실은 축사에서 "인민의 문예공작자는 인민정부의 각항 방침정책을 정확하게 관철하고 인민군중들의 실정을 제대로 반영하여야 한다"고 적어 마오쩌둥의 연설 내용을 보다 구체화해 적시하였다. 중국의 주류문단이 설립된 후, 마오쩌둥이 연안 시대부터 강조하고 문인들에게 교육한 인민문예론과 같은 문학론과 전통적인 사회주의적 사실주의가 중국 당대문학의 이념이 되었지만, 주류문단의 문인 중에서도 해방구가 아닌 국통구나 함락구에서 활동하던 작가들에게는 매우 낯선 문학이론이었다.

더욱이 만주국에서 생활하던 조선족 작가들이 손쉽게 참조할 수 있는 대상인 일제강점기의 한국문학은 1930년대 이후 사회주의 문학과 결별되어 있었기에 조선족 작가들이 사회주의적 사실주의를 수용해 창작하려 할 때 참조할 문학 전범이 존재하지 않았다. 이런 난관을 돌파하기 위해 조선족 작가들은 소련의 사회주의 사실주의 문학작품이나 해방구의 문학작품을 참조할 수밖에 없어 소련과 중국의 대표적인 문학작품을 구해 읽어야 했지만, 러시아어나 중국어로 된 문학작품을 읽고 그것을 자기 문학으로 승화시킨다는 것은 불가능에 가까웠다. 따라서 중국어보다 조선어에 능했던 조선족 작가들은 북한에서 조선어로 번역된 소련 문학작품이나 중국어에 능통한 문인들이 번역한 해방구의 문학작품을 중개자로 하여 새로운 문학 이론을 수용할 수밖에 없었고, 다른 한편으로 조선족 작가들은 북한 문학작품 중에서 사회주의적 사실주의를 올바로 실천하였다고 평가되는 작품들을 구해 읽으며 창작 수업을 해야 하는 어려움을 겪었다.

제2장

새 시대의 새로운 인물 형상

일제의 항복은 재만 조선인들에게 새로운 시대에 대한 기대를 키웠지만 동시에 미래에 대한 불안감도 적지 않았다. 만주국의 공권력이 사라지자 만주 지역에는 치안 부재 상태가 도래하였고, 소련군이 진주한 이후에도 불안정한 정국은 계속되었다. 국가의 체계가 무너지고 공권력이 사라지자 만주 전역에는 비적이 창궐하여 소일본인이라 불리던 조선인에 대한 재산 탈취와 살인 등이 심해져 농촌 마을에 거주하던 조선인들은 그래도 치안이 조금 확보된 도시로 이주하기도 하였다. 동북의 정세가 국공내전으로 향하는 시기에 조선인이 주로 거주하던 농촌 지역에는 공산당에 의해 해방구가 만들어져 토지개혁으로 조선인들은 자신 소유의 토지를 획득하였고, 농촌 지역에 기층정권이 수립되어 사회가 안정되어 조선인의 삶도 조금씩 평온을 되찾았다.

토지개혁과 정치적인 안정으로 삶의 안정을 되찾은 조선족들은 삶의 터전으로 선택한 중국 동북 지역에서 새로운 시대를 열어가고픈 열망을 갖게 되었다. 주로 이민족의 지배를 받았던 시기에 농지를 찾아 고향을 떠나 만주로 이주해 온 가난한 조선족 농민들은 자신의 토지를 소유하고 조선족 지도자 밑에서 자치적으로 살아가는 것이 평생 열망하던 바였다. 더욱이 신중국이 수립된 후 조선족들은 비록 고향 땅은 아니지만, 모든 인민이 자유롭고 평등하게 잘 살 수 있다는 사회주의 국가 중화인민공화국의 국민으로서 새로운 시대를 열어가고픈 욕망이 없지 않았을 것이다.

중화인민공화국 수립 직후 조선족 작가들은 그들의 소설에서 새로운 시대에 대한 기대와 미래에 대한 열망 그리고 새로운 시대를 어떻게 살아야 할 것인가 등 목적성이 강한 제재를 다루었다. 이는 문학이 정치에 복무하여 인민을 교육하고 당의 정책을 선전·선동하여야 한다는 신중국의 문예관을 적극적으로 반영한 것으로 이후 오랜 기간 조선족 소설의 중요한 경향으로 자리잡았다.

재만 조선인들은 만주국 시절 일제가 식민지 지배 논리로 만든 교육과정에 의해 종속적이고 타율적이며 권력에 순응하는 인간으로 교육되었다. 그러나 일본제국주의 체제가 끝나고 중화인민공화국 수립으로 인간이 모두 평등한 사회주의 사회를 발전시켜나갈 자율적이고 창의적이고 이타적인 인재를 교육하는 일이 중요해졌다. 과거와 같이 정해진 틀에 의해 아이들을 재단하고 교사가 알고 있는 지식을 전달하던 교육방법을 벗어나 학생 개개인이 처한 상황에 맞게 교육하여 새 시대에 필요한 인재를 키우기 위한 교사들의 헌신이 요구되었다. 교육을 통한 새 시대가 요구하는 인물의 양성은 단지 교사만의 일은 아니어서 교육과 관련된 여러 분야의 인재들이 공동 노력해야 할 과제였다. 해방 이후 조선족 작가들은 이러한 시대 분위기에 발맞추어 교육을 통해 새로운 시대에 필요한 인재를 양성하여야 한다는 주제를 담은 소설을 다수 발표하였다.

백호연은 이 시기 목일성이라는 필명으로 미래의 인재를 교육하는 일의 중요성을 강조한 두 편의 소설 「꽃은 새 사랑 속에서」(『교육통신』 1950.6)와 「앞으로」(『문화』 1950.9)를 발표하였다. 「꽃은 새 사랑 속에서」는 새로운 시대에 차세대 인재를 배양하는 교사로서 맡은 바 임무에 최선을 다해 제자를 양성하는 참 교사의 모습을 그리고 있다. 이 작품의 주인공인 교사 명훈은 모든 교사가 맡기 싫어하는 학생 기봉의 담임을 맡게 되었다. 기봉은 네 살 때 아버지가 사상 혐의로 옥사하고 아홉 살 때 어머니가 갑자기 세상을 뜬 후 학교생활에 적응하지 못하고 도반수(말썽꾸러기)로 찍혀 학교의 모든 교사가 고개를 돌린다는 것을 알게 된 명훈은 기봉의 처지와 마음을 이해하고 올바로 성장시키려 최선을 다하였다. 명훈은 새로운 시대를 맞이하여 누구나 동등하게 교육받고 올바로 성장하여 이 사회를 위해 무언가 할 수 있는 능력과 마음을 지닌 인간을 키워야 한다는 교사로서 자신이 맡은 바에 최선을 다해 기봉의 마음을 열고 올바른 길로 이끌었다.

교사들의 제자에 대한 사랑과 교육에 대한 열정과 헌신만이 새 시대가 요구하는 제자를 양성할 수 있다는 것을 강조한 이 작품은 조선족 소설 중에서 교육 문제를 본격적으로 다룬 첫 작품이라는 점에 의의가 있다. 그러나 이 작품은 말미에서 명훈의 일기를 통해 "자, 교육 전선에 나선 젊은 혁명가여! 이 일에 자만을 말고 또 새 일을 찾아 전진하자! 사업을 사랑할 줄 모르는 자가 무엇을 사랑하겠는가?"라고 작품의 주제를 직접 노출하여 이 시기 조선족 소설이 가진 한계를 드러내었다.

「앞으로」는「꽃은 새 사랑 속에서」와 달리 교육의 문제를 공산당의 정책과 관련지어 혁명열사의 자녀 교육을 끝까지 책임지는 공산당의 정책을 선전·선동하는 데 바쳐지고 있다. 원철은 형이 동북에서의 국공내전을 거쳐 강남에서 해방전쟁에 참여해 전사한 열사이고, 노동 모범이었던 엄마는 53세로 사망한, 가족 모두가 국가를 위해 희생된 소학교 학생이다. 그의 미래에 대해 상의한 교사들은 소학교 졸업생 57명 중 우등 졸업인 원철에게 졸업식장에서 답사 낭독을 맡기고, 원철의 앞으로의 교육을 당지도부가 책임지기로 결정하였다.

이 작품에서 담임 선생 상도가 졸업식 날 촌지부서기와 원철을 만나 나누는 대화의 자리에서 원철에게 "원철아, 씩씩하게 배우며 자라라. 너의 앞길은 우리 당과 정부가 돌본다. 오직 앞으로 이에 보답할 수 있는 훌륭한 인재가 되기에로 내달아야 한다……"는 지극히 교훈적인 이야기를 하여 작품의 주제를 직접 노출하였다. 이는 당과 국가 그리고 인민을 위해 헌신한 혁명열사의 가족을 국가에서 끝까지 책임지고 교육해 당과 국가와 인민을 위해 헌신한 사람들의 공을 기리고 유가족을 인민을 위해 헌신할 수 있는 인물로 키워낸다는 당의 정책을 선전하려는 작품의 의도가 직접 노출되어 「꽃은 새 사랑 속에서」가 보여준 소설적 한계를 동일하게 드러내 보였다.

최학윤은 학교를 공간적 배경으로 하여 새로운 조국에서 어떻게 살아야 할 것인가를 보여주는 「녀총무주임」(『동북조선인민보』 1953.6.1)과 「애숭이 교원」(『동북조선인민보』 1953.8.2)을 발표하였다. 「녀총무주임」에서는 실사구시의 자세로 학생들의 편안과 건강을 위해 헌신적으로 노력하는 어느 학교의 숙사 주임 주일심이라는 인물을 창조하였다. 이 작품에서 주일심 주임은 누가 보든 말든 숙사의 많은 시설을 일일이 점검하고 이상이 있는 것들을 성의껏 수리하여 학생들의 안전과 편의를 챙기고, 학생들의 건강을 위해 시장에 직접 나가서 식품을 구매하고 농장으로 찾아가 신선한 야채를 구입하였다. 그리고 만주국 때부터 부패한 숙사 관리를 한 전임자들의 행태를 보며 형성된 낙후한 사상으로 나태하게 행동하는 숙사 관리원들에게 솔선수범하여 실천함으로써 학생들을 위해 헌신하도록 만들기도 하였다. 주일심 주임이 학생들을 위해 열정적으로 일하는 모습은 새 시대를 이끌어 나아갈 인민을 위해 헌신하는 인물의 전형을 보여주었다.

「애숭이 교원」은 고중 출신으로 중학교에 배치된 신임 교원 리춘식과 학력이 낮고 교육 경력도 짧은 리춘식을 우습게 보는 대학 출신 고참 교원 최 선생을 비교하여 참된 교사란 어떠해야 하는지를 보여주었다. 고중을 졸업하고 교사로 발령난 리춘식은 학력은 부족하나 교육에 대한 열정과 아이들에 대한 사랑 그리고 치열한 학구열로 성실하게 교사의 직을 수행하였다. 그러나 대학을 졸업하고 오랜 시간 교사 생활을 한 최 선생은 늘상 리춘식의 열정에 찬 교직 활동을 비판하였다. 학교의 지도자들이 성실한 교사 리춘식을 긍정적으로 평가하자 최 선생은 시범 수업을 통해 리춘식의 자질 부족을 알리려 했으나, 학생들의 수준에 맞추어 평이하게 수업을 진행한 리춘식이 수업 심사를 나온 상급으로부터 높은 평가를 받아 난감한 처지에 빠지고 말았다. 이 작품은 교원의 열정과 실사구시의 정신을 찬양하여 새로운 시대를 이끌어나갈 교원이 어떠해야 하는가를 분명하게 제시하였으나, 긍정적 인물을 강조하기 위해 대비적으로 설정한 부정적 인물 최 선생이 현실성이 부족하고, 작품 말미에서 리춘식을 통해 주제를 직접 제시하여 소설적 형상화에 실패하였다.

위에서 보듯이 새 시대에 필요한 인재 양성이라는 주제는 초기 조선족 소설의 중요한 주제 중 하나였고, 다른 한편에서는 여러 조선족 소설이 자신의 직업이 무엇이든 자신이 맡은 바 자리에서 사회와 인민을 위해 최선을 다하는 인물을 서술하였다. 이처럼 이 시기 조선족 소설은 현재보다 나은 미래를 만들기 위해 당대를 살아가는 인민이 무엇을 위해서 어떻게 살아야 하는가를 교육하려는 목적의식을 분명하게 드러내 보였다.

차창준은 「박 촌장」(『동북조선인민보』 1953.7.17)에서 마을의 발전을 위해 일심으로 노력한 박 촌장을 예찬하여 새 시대에 필요한 인민을 위해 헌신하는 기층간부를 그리고 있다. 이 작품은 서술자의 목소리를 감추고 마을의 발전을 위해 헌신하던 박 촌장의 전근을 아쉬워하는 마을 사람들의 이야기를 직접 서술하는 방식을 사용하여 증산, 절약, 기술혁신, 집단영농 등과 같은 당 정책을 직접 홍보하던 당대 소설의 한계를 벗어나 인물들의 목소리를 통해 기층간부의 고귀한 정신을 찬미하여, 진정으로 인민을 위한 기층간부란 어떠해야 하는가를 보여주었다.

김학철은 차창준이 보여준 기층간부의 자세라는 주제를 「구두의 역사」(1955)에서 조금 더 소설적으로 형상화하였다. 이 작품은 구두와 운동화를 짝짝이로 신고 절뚝거리며 다니는 젊고 헌신적인 생산대장이 신발을 짝짝이로 신는 유래를 밝혀 진정한 삶의 가치에 대해 생각하게 해주었다. 어린 시절 어려운 살림에 신발을 제대로 신지 못하고 지낸 생산대장은 어느 날 어렵게 구한 운동화 한 짝을 잃어버리자 한 짝을 보관하였고, 구두를 사게 되자 오른발은 구두, 왼발은 운동화를 신는 방식으로 신을 아끼며 살다가 이러한 행동을 이해하는 여인과 결혼하였다. 그는 짝짝이 신발을 신고 1년 동안 생산대 일에 최선을 다해 번 돈으로 신을 사기보다 전액을 마을의 미래를 위한 생산 장비 구입에 투여하였다. 이 작품은 다소 작위적이기는 하지만 짝짝이 신발을 신는 생산대장의 유래를 통해 농사를 지어도 구두를 신을 수 있는 새 시대를 찬미하고, 짝짝이 신을 신어도 사회주의 큰길로 나아가겠다는 젊은 세대의 꿈을 그렸다.

이들 작품은 마을 사람을 위해 헌신하는 기층간부를 다루었다. 토지개혁 때 빈고농 출신 중에 통솔력도 있고 마을 일에 적극적인 열성분자들은 당의 심사를 거쳐 촌장이나 생산대장과 같은 농촌의 기층간부로 자리하게 되었다. 그들은 무상분배 받은 토지를 기반으로 마을 사람들을 통솔하고 지도하여 당의 정책을 실행하는 핵심적인 역할을 담당하였다. 기층간부의 농촌 문제에 대한 이해와 마을 사람들에 대한 장악력과 통솔력에 따라 농촌에 하달된 정책의 성공 여부와 농민들의 경제적 여건이 결정되었기에 당시 소설은 농촌 문제의 벼리를 쥐고 있는 기층간부의 헌신을 강조하였다. 이들 작품에서 보여준 기층간부의 능력과 헌신을 제재로 한 소설은 이후 오랫동안 조선족 소설의 중요한 경향이 되었다.

새 시대로 나아가기 위해서는 기층간부는 물론 사회의 평범한 보통 사람들 역시 각자 자기의 자리에서 자기가 할 수 있는 최선을 다하고 타인을 위해 희생하고 헌신하여야 한다. 이 시기 조선족 소설에도 어느 사회나 지향하는 가치인 타인을 위해 자신을 희생하는 인물을 창조하여 인민들의 의식에 변화를 주려는 목적을 가진 작품들이 적지 않게 발표되었다.

김학철은 콩트에 가까운 「지나온 다리」(『동북조선인민보』 1953.6.26)에서 타인을 위해 자신의 불편을 감수하는 행동에 커다란 의미를 부여하였다. 이 작품은 폭풍우 속에 차를 몰고 달리던 기사와 조수가 다리를 건너다가 다리에 이상이 있는 것을 발견하고는 다음에 올지도 모를 알지 못하는 사람을 위해 다리를 고친 뒤, 편한 마음으로 떠나가는 모습을 그렸다. 폭풍우 속에서 운전하던 기사는 지나온 다리가 무너질 위기임을 감지하고는 차를 세우고 밖으로 나가고 조수 역시 문을 열고 나갔다. 영문을 모르는 '나'는 차에서 기다리면서 길이 늦을 것만 걱정하고 있는데 기사가 돌아와 고함쳤다.

"저, 차에 실은 발판 널을 한 장 써야겠습니다."
"건, 또 왜?"
"이제 건너온 그 다리 한쪽의 각목이 거의 다 썩어놔서요……"

"내버려두오. 이전 다 건너왔는데, 뭘? 어서 가기나 허기오! 난 또 차가 어디 못 쓰게 됐다구……."

뱉어버리듯 말하고 나는 이맛살을 찌푸렸다. 갈 길이 바쁜데 공연히 안 해도 좋을 딴 짓을 하고 있는 그가 못마땅하여서였다. 그러나 그는 평소 같지 않게 내 앞에서 자기의 주장을 세우려 들었다.

"아닙니다! 뒤에 여느 차가 만약 오기만 헌다문, 낙자 없이 실술허게 됩니다. 거기다 둘러쳐박구야 맙니다!"

나는 그의 이 설명을 듣고는 그만 아무 대답도 하지 않았다. 아니! 안 한 것이 아니라 못 한 것이다.

이 작품은 이 뒤에 조금 더 이야기가 진행되며 '나'가 기사와 조수와 힘을 합쳐 다리를 고치는 것으로 작품의 주제를 분명히 하지만, 이 대화만으로 모든 상황은 다 짐작할 수 있고, 작품의 주제는 선명하게 드러났다. 폭우로 목적지에 늦을지도 모르고 폭풍우가 몰아치는 상황에서 위험에 빠질 수도 있지만, 자신을 조금 희생하여 다리를 건너올 뒷사람을 안전하게 하는 것이 진정한 사회주의적 인간이 되는 길이다. 이 작품은 2천 자 정도의 소품이지만 극적이고 단순한 사건을 치밀한 구성으로 전개하여 소설적 긴장감이 넘치는 가운데 타인을 위한 헌신이라는 주제를 효과적으로 제시하였다.

조선족 소설사 초기에 몇 작품을 발표한 마림은 4천 자가 조금 못 되는 짧은 단편소설 「보섭」(1953)에서 새 시대를 열기 위해서는 각자 자기가 자리한 곳에서 최선을 다하는 것이 중요하다는 주제를 극적으로 형상화하였다. 이 작품은 성림농업생산합작사 수전(논농사)조의 조장인 김옥녀와 전진농구공장 주물차간 주임 동호가 농기구 보섭(보습)과 관련해 겪은 일화의 형식을 취하고 있다. 논을 가는 데 필요한 새 보습이 망가져 농사일을 못 하게 된 옥녀가 어렵사리 농구 공장에 찾아와 동호에게 상황을 이야기하자 동호는 작업 시간이 끝났음에도 그 자리에서 보습을 만들어주었다. 옥녀가 작업 시간 외에 보습을 만들어준 일에 대해 감사를 표하자 동호는 '노동자가 농기구를 만들고 농민이 그것으로 농사지어 노동자들이 먹고사는 이치'라며 감사할 일이 아니라고 대답했다. 이 작품은 짧은 분량이지만 그 속에 각자가 자기 일에 최선을 다할 때 사회의 발전이 가능하다는 비교적 깊이 있는 주제를 두 인물 사이의 행동과 대화로 구체화해 보여주었다.

김창걸은 「행복을 아는 사람들」(『연변문예』 1954.5)에서 개인의 욕심에 따라 자기의 미래를 결정하기보다는 국가와 인민이 필요로 하는 곳에서 그 일에 최선을 다하는 것이 새 시대의 지식인으로서 자세임을 이야기하였다. 이 작품의 주인공인 상훈은 대학 졸업 후 직장 배치에 자신의 의견이 반영되지 않고 원치 않는 지역으로 배정된 것에 대해 불만을 품었다. 그러나 졸업 전 마지막 학생 행사로 북경 답사 여행을 간 상훈은 국경절 행사에서 먼발치로나마 모 주석을 뵙고 대오각성하여 자신이 필요한 곳에 가는 것이 진정한 지식인의 자세라는 다짐을 하게 되었다. 이 작품에서 보여준 바 인간의 욕망보다는 국가의 필요가 우선해야 한다는 주제는 사회주의 중국의 미래를 위해 꼭 필요한 것이겠지만, 절대적 존재로서 모 주석을 먼발치에서 본 것만으로 상훈의 가치관이 급작스레 변화하여 소설적 핍진성이 부족하다. 이 작품에서 모 주석을 언뜻 보는 것만으로 사상의 전환이 이루어졌다는 설정은 이후 중국 사회에 만연하는 모 주석 절대화와 신성화를 소설적으로 선취한 것이라 하겠다.

강철의 「어머니와 아들」(『연변문예』 1955.11)은 위의 「행복을 아는 사람들」과 유사한 주제를 다루고 있으나 소설적인 형상화 면에서 돋보인다. 이 작품에서 형준은 고중을 졸업하고는 사회주의 새 농촌을 건설하려는 꿈을 안고 귀향하여, 고향의 늙은 농부를 스승으로 삼아 배우고 실천하고 사상과 기술을 연마하여 믿음직한 농촌 건설자로 성장하였다. 이런 점에서 형준은 지식을 바탕으로 큰 이상을 품고, 난관을 두려워하지 않고 농촌 건설의 선봉으로 나선 새 시대 청년 지식인의 전형으로 평가할 수 있다. 이 작품은 형준의 형상을 통해 고상한 정신적 풍모와 과단성 있는 실천력을 지닌 새로운 조국의 청년 세대에 대한 희망을 구체화하고, 사건의 구성과 전개가 치밀하며, 인물의 성격화와 내면 묘사의 섬세함 등이 돋보여 동시대에 유사한 주제를 다룬 소설 중 뛰어난 수준을 보여주었다.

리근전의 「박창권 할아버지」(『연변문예』 1956.4)는 당의 정책에 따라 개인이 할 수 있는 최선을 다하는 헌신적인 인물을 그렸다. 이 작품은 농촌이 합작 체제로 변화하면서 합작사의 증산 계획을 실천하기 위해 헌신하는 박창권이라는 노인의 행적을 통해 당의 정책을 실현하기 위해 헌신할 것을 선전하였다. 합작사에서 지역의 실정을 도외시하고 벼의 증산을 결정하자 봄이 늦게 찾아오는 고원에 자리한 마을의 농민들은 볏모 키우기의 어려움을 걱정하였으나 농사일에 밝은 박창권 할아버지가 이 일에 자청하고 나섰다. 장백산 고원 지대의 봄추위에서 볏모를 얼리지 않기 위해 애를 쓰는 중에 한국전쟁에 참전한 아들의 전사통지서가 도착하여도 박 할아버지는 논에서 볏모 관리를 그치지 않았다. 추운 밤에는 볏모를 물에 잠갔다가 아침에 되면 물을 빼는 방식으로 밤잠을 안 자고 볏모를 지켜 볏모 키우기에 성공하였다. 자식이 전사하는 슬픔 속에서도 더 많은 소출을 얻으려는 일념으로 볏모 키우기를 멈추지 않는 박창권 할아버지는 합작사를 통해 농업 생산성을 높이려는 당의 정책을 실천하기 위해 헌신하는 인물 즉 새 시대가 요구하는 진정한 사회주의자의 전형으로 제시되었다.

구체적인 삶의 조건 속에서 어떻게 행동함으로써 인민의 삶과 미래에 기여할 것인가를 다룬 위의 작품과 달리 새 시대를 맞이한 젊은 세대들이 앞으로 어떻게 살아야 하는가 하는 문제의식을 주제로 한 소설도 적지 않았다. 특히 농촌 사람들이 도시를 동경해 이농하는 현실을 되돌리기 위해 농촌을 미화하거나 자본주의적 가치관을 버릴 것을 강조하는 것 등이 이들 작품이 보여주는 일반적인 방법이었다.

최현숙은 「이사」(『동북조선인민보』 1953.6.14)에서 도시와 농촌을 대비하여 농촌의 미래에 대한 기대를 보여주었다. 이 작품의 주인공 박달은 토지개혁으로 농토를 분배받았으나 도시의 화려한 삶을 동경해 가산을 정리하고 도시로 이주하였다. 농촌에서 일하는 만큼 열심히 일한다면 도시에서도 얼마든지 성공할 수 있으리라는 생각이었던 것이다. 그러나 막상 도시로 나간 박달이 직장을 못 구해 도시빈민으로 생활하다 거지꼴로 귀향하자 마을 사람들은 그를 배척하지 않고 정착에 도움을 주어 얼마 지나지 않아 박달은 고향 마을에 안정적으로 정착하여 새로운 농촌 건설에 앞장섰다. 도시 이주라는 헛된 꿈을 비판하고, 새 시대를 맞이해 농촌의 변화와 농촌의 발전 가능성을 강조하고 있는 이 작품은 농민들이 도시로 이주해 대규모 실업을 발생시켜 도시사회의 혼란이 발생하게 된 현실을 변화시키기 위한 중국 당국의 정책을 소설화하였다.

또 최현숙은 「나의 사랑」(『연변문예』 1956.3.27)에서 결혼의 조건과 농촌 발전에 대한 청년의 의지를 담아 새 시대를 살아가는 청년의 올바른 삶의 길을 제시해주었다. 이 소설은 농촌으로 시집가서 가난과 노동에 시달리는 친구 영숙을 걱정하는 옥별의 편지에 대한 답장 형식의 서간체 소설이다. 영숙은 고중을 졸업한 후, 눈먼 어머니와 동생 여럿이 딸린 농촌의 청년단 지부서기이자 청년생산돌격대 대장 동원과 결혼한 여성이다. 옥별은 도시 생활을 버리고 농촌으로 들어가 여유롭지 못하고 노동에 시달리는 삶을 선택한 영숙을 걱정하며 자신이 중매꾼을 통해 내세운 결혼 조건이 월급생활자, 맏이 아닌 지차, 경제적으로 부유, 가사일을 하지 않아도 된다는 것 등이라 자랑하였다. 옥별이 말한 집안 살림을 책임지지 않고 도시에서의 월급으로 경제적 여유가 있어 가정부를 두고 사는 것은 평균적인 여성들이 기대하는 결혼의 모습이다. 그러나 영숙은 옥별의 편지를 반가워하면서도 결혼과 미래의 삶에 대해서는 자기가 가장 잘 알고 또 나를 잘 이해하는 사람, 나도 모르게 마음이 끌려서 보고 싶고 돕고 싶은 동원과 결혼하였다고 주장하면서, 조건부로 대상을 구해 안위를 얻을 것이 아니라 사랑하는 사람과 화목한 가정을 꾸려 힘을 합쳐 농촌을 개척하여 꿈꾸던 농장을 건설해 행복하고 아름다운 삶을 일구는 것이 더 보람차다는 분명한 자기 의견을 내세웠다.

이 작품은 결혼에는 다른 어떤 조건보다 사랑이 중요하다는 주장과 함께 농촌을 발전시켜 새로운 이상향을 만들겠다는 꿈과 의지를 강조하여, 개인의 안락한 삶만을 추구하는 청년들에게 새 시대의 삶의 목표와 방향을 제시하고자 하는 의도가 뚜렷이 드러나 있다. 즉 개인의 안락만을 추구하는 것은 자본주의의 유산으로 폐기되어야 할 삶의 목표이고, 진정한 가치와 전체 사회의 발전을 추구하는 것이야말로 사회주의 새 시대를 살아가는 청년들의 삶의 지표가 되어야 한다는 것이다. 그러나 이 작품에서와 같이 이 시기 조선족 소설이 농민 호구는 도시로 나아갈 수 없는 도농이원구조 속에서 농촌으로 돌아가라고 강요하는 것은 대부분의 지식인 청년들이 도시로 나아가려는 현실을 바꾸어야 한다는 당대 사회의 문제의식이 강하게 드러난 것이라 하겠다.

이와 비슷한 주제를 다룬 작품으로 리근전의 「참된 사랑」(『연변문예』 1956.3)이 있다. 이 작품은 작품이 발표되던 시기 중국 농촌의 핵심 관심사였던 합작사에서의 증산운동이 소재로 등장하나 농촌 혁명의 대열에 참가하는 두 남녀의 진정한 사랑이 작품의 중심을 이룬다. 이 작품의 주인공 명렬은 중국 혁명에 참군하고 이어 한국전쟁에 참전하여 혁혁한 전과를 거두었지만, 고지 탈환 전투 중에 실명하여 귀국 조치되었다. 정숙은 명렬이 참군하여 집을 떠난 후 명렬의 어머니를 모시고 생활하면서 마을 일에 혼신의 노력을 다했다. 명렬이 눈을 다쳐 군인병원에 입원해 있다는 소식이 마을에 전해지자 정숙은 병원으로 달려가 명렬을 간호하다가 자신의 사랑을 밝혔다. 눈이 보이지 않아도 당을 위하여 사상운동을 못 할 바는 아니지만, 사랑하는 정숙의 짐이 되지 않겠다는 생각에 먼 곳으로 떠나려던 명렬은 정숙의 고백에 감동되어 그녀의 사랑을 받아들였다. 고향 마을로 돌아온 명렬과 정숙은 사랑의 힘으로 함께 농촌에서 이루어낼 아름다운 미래를 꿈꾸었다.

이 작품에는 명렬이 전쟁터에 나간 시기에 정숙이 마을을 위해 또 당의 정책에 따라 합작사 일을 추진하고 증산을 실현하기 위해 헌신하는 모습이 잘 그려져 있지만, 그것이 이 작품의 중심을 이루지는 않는다. 이 작품은 헌신적이고 진실한 사랑으로 현실의 어려운 조건을 극복하고 눈먼 애인과 함께 사회주의 이상을 실천하려는 여성을 통해 새 시대를 맞이하여 이상적인 미래를 개척하려는 꿈을 실천하는 인물의 전형을 그림으로써 인민을 교육하려는 목적을 실천하였다.

제3장

토지개혁과 농업 집단화 과정

한반도에서 살길을 찾아 쪽박만 매고 만주로 이주해 소작 생활을 하며 가난에 시달리던 조선족에게 자기 소유의 농지를 갖게 해준 토지개혁은 역사적 사건이었다. 1946년 5 · 4지시에 따라 동북의 해방구에서부터 시작된 반간 청산 운동으로 만주국이나 만척 소유의 공유지, 일본인 소유의 사유지, 그리고 한간의 토지를 몰수하여 농민에게 무상분배하였으므로 만주 지역의 조선족 농민은 자신의 토지를 갖게 되었다. 생전 처음으로 자신 명의의 토지를 갖게 된 조선족은 토지문서를 앞에 놓고 고사를 지내거나 자신의 농지에서 잔치를 벌일 정도로 커다란 감동을 받았다. 토지개혁으로 농지를 소유하게 된 조선족은 국공내전에서 국민당이 승리하면 자기 소유가 된 토지를 다시 빼앗길 수 있다는 공산당 측의 선전 · 선동에 이끌려 적극적으로 공산당에 협조하여 국공내전에 참군하는 청년이 급증하였다.

토지를 분배받은 조선족에게 닥친 가장 큰 현실적인 문제는 노동력과 농기구의 부족이었다. 자신의 농지에 농사를 짓기 위해서는 각종 농기구와 농우가 필요했으나, 대부분의 조선족 농민은 토지개혁 이전에 지주의 농기구와 농우를 빌려 농사지은 소작인이었기에 자기 소유의 농기구나 농우가 없었다. 농기구와 농우가 절대적으로 부족한 조선족 농민들은 필요한 농기구는 급한 대로 나무로 만들어 사용할 수 있었으나, 농우가 없이 인력으로 쟁기를 끌어야 해서 논과 밭을 가는 데에는 엄청난 노동력이 필요했다. 더욱이 조선족 사회에 국공내전에의 참군 열풍으로 남성 청장년 6만 5천 명 정도가 지원하고 연인원 30만 명 정도가 후방 지원 노동에 동원되어 농촌 사회에는 노동력이 절대적으로 부족하였다. 조선족 농민들은 토지는 있으나 노동력이 부족한 상황을 극복하기 위하여 가까운 이웃끼리 농기구와 노동력을 공유하여 농사짓는 전통적인 상부상조의 두레와 같은 농사 방식을 동원하였다.

농민들이 노동력 부족을 극복하기 위해 선택한 상부상조의 농업이 농촌에 정착되어 농업생산성이 증가하자 국가 차원에서 호조조 운동을 벌여 이를 장려하고 나아가 합작사 운동으로 발전시켰다. 토지개혁 이후 토지를 소유한 농민들이 희망찬 미래를 그리며 즐겁게 농사를 짓는 모습이나, 노동력 부족을 극복하고 농업의 증산을 위한 호조조와 합작사 같은 농업 집단화의 여러 면모를 그리는 것은 초기 조선족 소설의 한 경향으로 자리 잡았다. 이는 조선족 소설이 농촌에 기반을 둔 조선족 사회의 핵심 문제를 다룬 것이기도 하고, 증산을 위한 다양한 방법 특히 집체화에 대한 당국의 정책을 선전하기 위해 선택된 것이기도 하였다.

리홍규는 5천 자 분량의 소품 「거름 사건」(1948.6)에서 노동력 부족의 문제를 극복하기 위해 주변 사람을 돕는 상조의 정신을 통해 미래에 대한 낙관과 기대를 보여주었다. 철수가 참군하고 아내 영순은 출산하여 노동력이 없어진 상황에서 누군가 영순네 밭에 거름을 져다 뿌려놓자, 아무도 몰래 일어난 일에 놀란 마을 사람들은 토지개혁으로 밭을 빼앗긴 황 주사가 국민군이 들어오면 되돌려받으리라 생각하고 한 짓일 것으로 짐작하였다. 그러나 농회 주임 석수가 영순을 찾아와 마을의 상농군 문오 영감이 영순네 집에 일할 사람이 없어 농사일이 시작되는 봄에 거름을 내지 못해 폐농할까 걱정이 되어 남몰래 영순네 밭에 거름을 져다 주었음을 알려주었다. 이 작품에는 토지를 분배받고 자신의 땅에 열심히 농사지어 소득을 올리는 농민들의 기쁨과 공산당이 밀려나고 국민당 천하가 되어 토지를 빼앗기지 않을까 하는 우려 그리고 문오 영감과 같이 이웃의 어려움을 외면하지 않고 상부상조하는 모습 등 토지개혁 이후 변화한 농민들의 삶의 현장이 약여하게 그려져 있다. 이 작품은 해방 후 공산군이 지배하는 지역에서 시행된 토지개혁의 의의와 함께 노동력이 부족한 이웃을 돕는 상부상조를 보여주어 여러 농가가 서로 도와 농사짓는 호조조 같은 집체농업으로 전환하는 것이 역사적 당위임을 보여주었다.

렴호렬은 「새 길을 찾아서」(《문화》 1949.10)에서 호조조 참여 여부를 두고 갈등하는 농촌의 모습을 보여주었다. 민병중대장으로 촌민을 지도하던 최양옥은 자기 혼자 농사를 지으면 남보다 더 많은 소출을 전부 자기 것으로 할 수 있다는 욕심 때문에 호조조를 포기하고 개체로 농사지었다. 그러나 양옥이 개체농사를 지어보니 여럿이 함께하는 호호조 농사에 비해 작업 속도도 느리고, 혼자 일하다 보니 일하는 즐거움이 없고, 가을이 되어 소출도 줄어드는 현실에 좌절하고 말았다. 양옥이 개체농사에 실패하고 크게 좌절해 건강을 상한 것을 알게 된 민병중대장 광택과 초기부터 호조조를 꾸려왔던 창득은 양옥의 농사에 실질적인 도움을 주면서 천천히 설득하여 호조조에 가입하게 하였다. 이를 통해 양옥이 가지고 있었던 "돈을 벌어야지! 돈 있는 사람이 아무 때나 쓸모가 있는 것이야"라는 식으로 개인만 잘 살면 된다는 생각이 오류임을 보여주고, 협동하는 농사 호조조를 통해 다 함께 잘 사는 농촌을 만들어야 한다는 것을 강조하였다. 그러나 이 작품은 당의 지도 노선인 호조조 운동을 선전 · 선동한다는 목적의식이 앞서 주제를 관념적인 문장으로 서술하여 소설적 형상화가 부족해진 한계를 보였다.

렴호렬의 「소골령」(《문화》 1950.2)은 3천 5백 자 정도의 소품으로 「새 길을 찾아서」의 양옥과 유사한 현실 인식을 가진 남수가 공량 납부 과정에서 크게 깨닫는 내용을 그리고 있다. 남수는 토지개혁으로 자기 농사를 짓게 되면서 늘 "내게 리익이면 그만이다. 나라에서도 농민에게 잘 벌어 잘 살라는데 문제될 것 무어냐. 다섯 식구가 잘 입고 잘 먹으면 다른 사람이야 어떻게 되었든 사회가 무엇을 요구하든 내 알 바 아니라"고 생각해왔다. 그래서 가을걷이 이후 공량을 정선하는 데 신경 쓰지 않고 곡물을 싣고 납부장소에 갔다가 공량 등급이 나빠 납부를 거절당하는 과정에서 공량이 국가의 발전과 인민의 삶을 위한 것이기 때문에 공량 정선이 중요하다는 사실을 깨닫고, 다음 납부에는 공량정선에 최선을 다해 한 번에 납부하는 데 성공하였다. 공량 납부 실패를 통해 공량 정선의 중요함을 깨닫는 남수를 통해 공량 납부와 정선의 중요성을 선전하는 목적이 두드러진 이 작품 역시 콩트를 조금 넘는 분량 탓으로 「새 길을 찾아서」와 마찬가지로 주제의 직접 서술이 두드러져 형상화에 실패하였다.

김창걸의 「새로운 마을」(『동북조선인민보』 1950.4.7~21)은 소조장 최갑식이 새로운 사회주의에 걸맞은 마을을 만들기 위해 노력하는 모습을 통해 농업의 집체화를 소설적으로 형상화하여 주제, 제재, 인물 설정, 묘사의 치밀성 등 이 시기 소설의 한 경지를 보여주었다.

> "여기여차라!"
> 한 동무가 선소리 먹이면
> "내 땅에서 내 힘으로"
> 다른 동무가 성수 나게 받는다
> "내가 가꿔 내가 먹는"
> 또 다른 동무가 인차 받아넘긴다.

만주국 시대부터 소설가로 활동한 김창걸은 집체농업의 즐거움을 마치 눈앞에서 벌어지는 일처럼 사실적으로 그려내었다. 농군들이 모여 농사를 지으면서 선후 소리를 주고받는 이 장면은 소설로 읽어도 실제 농사 현장에서 주고받는 모습이 여실하게 떠오른다. 함께 농사를 지으면서 개체농사를 짓다 새로 집체농업에 가입한 동무에게 "이렇게 품 들여 집체로 일을 하니 어떻수? 혼자 꼬물꼬물하기보다 어떤가 말이우?"라고 말함으로써 집체농사가 일하면서도 신명이 나는 것임을 강조하였다. 그리고 또 공동으로 농사짓고 쉬면서 필요한 경우 마을 일에 관해 논의도 할 수 있다면서 집체농사의 좋은 점이 하나 둘이 아님을 강조하였다.

"여럿이 일하니 일이 축나구, 재미나구, 또 쉼에는 좋은 이야기두 듣구, 토론두 하구, 참 얼마나 좋은가 말이우."

하고 다른 동무가 받는다.

"쏘련 콜호즈는 첨부터 단통 오늘 같이 된 건 아니구……"

갑식이는 농회 강습 때에 구워서기로부터 들은 이야기를 또한 이 기회를 놓치지 않고, 품앗이 일과 콜호즈를 결부시켜서, 실지 집체로동을 통해서 개인주의적 사상이 개조되어 사회주의 사회가 건설되도록 콜호즈에까지 발전할 수 있다는 것을 좀 짜른 지식으로서나마 차근차근 이야기하여 들렸다.

"조장 동무, 우린 언제 뜨락또르루 밭을 갈구, 거둬들이구, 마당질까지 할 수 있을까? 우리 뒤(代)에 될 수 있을까?"

집체농사를 하던 농민들이 함께 쉬는 시간에 호호조를 넘어 합작사 나아가 인민공사(콜호즈)까지 언급하고 농업의 기계화까지 농업 집단화가 나아갈 방향을 이야기하는 이 부분은 마을의 농민들끼리 자기가 아는 범주 내에서 주고받는 대화와 갑식의 생각을 정리해둠으로써 현실성을 확보하였다. 또한 토지개혁에 따라 자기 농사짓는 일의 즐거움을 갖게 되었다고 토지개혁을 예찬하고, 농민들이 농업을 집체화함으로써 노동의 효율성을 고양하였고, 남는 시간에 부업을 활성화하여 가난을 극복하였으며, 농한기인 겨울에 문맹인 마을 사람에게 문자를 가르칠 수 있게 되었다고 주장하였다. 특히 이 작품에서는 부업과 겨울에 하는 문자 교육 즉 동학을 매우 중시하는데 농업의 증산과 부업을 통한 소득 증대와 문맹 퇴치 같은 시대적 과제를 모두 농업 집단화와 연결하고 부업과 동학에 불성실해지는 것은 묵은 사회의 개인주의 보수 사상에서 나온 것이라 총결을 맺는 것 등은 이 작품 역시 이 시대의 과제였던 농업 집단화의 선전·선동이라는 목적에 충실히 따랐음을 보여주었다.

김학철의 「새 집 드는 날」(『동북조선인민보』 1953.5.27)은 해방을 맞아 새 나라가 들어서면서 날이 갈수록 살기 편해지는 농촌의 모습을 그렸다. 이 작품은 동준이 새 나라 수립 이후 토지개혁과 농민을 위한 여러 국가정책 덕택에 경제적 여유가 생겨 새 집을 지어 들어가는 날 아버지와 동준이 집의 구조를 두고 일으킨 갈등을 소재로 하였다. 젊은 세대인 동준은 새 집을 지으면서 외양간을 살림집 밖에 따로 내다 지었는데 외양간이 집 밖으로 나가면 소가 추워서 안 된다는 아버지의 걱정을 들었다. 연변 지방은 한반도의 관북 지방과 같이 겨울이 길고 추워서 살림집 안에 외양간을 두는 밭전(田) 자 형태의 가옥구조가 일반적이다. 동준의 아버지는 부엌 옆에 자리한 외양간에 소중한 가축을 두어야 그 온기에 가축이 얼어 죽지 않는다는 생각이지만, 새 집에 들어와 튼튼하고 보온이 잘 되게 지어진 외양간을 보고는 걱정을 덜고 참 좋은 세상이라 생각하였다. 이 작품은 토지개혁과 국가정책으로 살기 좋아진 새 시대 농촌을 예찬하는 데 바쳐져 있다.

「새 집 드는 날」을 쓴 얼마 후 김학철은 새로운 농촌에 대한 기대를 드러내는 서간체 소설 「뿌리박은 터」(《동북조선인민보》 1953.7.17)를 발표하였다. 이 소설에서 편지를 쓴 서술자는 오랜 시간 동안 전장에서 삶과 죽음을 넘나드는 시련을 겪은 전사로 고향 땅에 뿌리박기로 결심하게 된 과정을 편지로 썼다. 그러나 이 작품은 서술자가 고향에 돌아와 농촌의 미래에 대한 꿈을 안고 농촌에 정착하려 결심했다고 하지만, 구체적인 사건이나 행동이 없이 농촌 발전이라는 관념과 생경한 이념만을 노출해 소설적 형상화에 실패했다. "나는 잘 모르기는 하겠지만—사회주의, 공산주의란 각자가 다 자기의 뿌리박은 터를 사랑하고 존중하고 그 터의 무한한 번영을 위하여 노력, 분투하면 자연히 이루어지는 게 아닐는지"라는 마무리 부분은 이 작품이 소설적 형상화에 실패한 수준 미달임을 보여준다. 이렇듯 「뿌리박은 터」가 관념의 나열로 그친 것은 서간체라는 형식이 구체적 형상을 드러내기 어려웠다는 점과 작가의 농촌에 대한 이해의 부족이 서사적 구성에 한계로 작용한 결과라 하겠다.

호조조와 농업 집단화가 모든 농민의 절대적인 호응 속에서 이루어진 것은 아니었다. 자신의 농지를 소유한 농민들은 노동자와는 달리 소자본가적 속성을 지닐 수밖에 없다. 그들은 필요할 때는 농사일에 타인과 협동하겠지만 근본적으로 자기 땅에서 나는 소출은 자기 것이라는 소유욕을 가질 것이기 때문이다. 따라서 집체농사를 하더라도 노동력이 부족한 집안과 함께 농사를 지어 자기 농사에 조금이라도 손해가 발생할 수 있다고 생각하면 개체로 돌아설 가능성은 상존한다. 이러한 농민들의 의식을 변화시켜 당이 지향하는 농업 집단화를 이루어내기 위해서는 당의 정책을 헌신적으로 실행에 옮기는 인물들이 앞서 농민을 이끌어 나아가야 했다.

김동구의「물」(《동북조선인민보》 1953.7.20)은 호조조에 가입한 농민과 가입하지 않은 농민 사이의 갈등이 해소되는 과정을 보여준 작품이다. 이 작품의 기본 갈등은 머슴 출신으로 호조조의 진실된 일꾼인 종호와 호조조에 들지 않고 개체농사를 하며 옛 농사법을 주장하는 상농군 강 영감 사이에 가뭄에 대처하는 방안을 두고 발생하였다. 한 해 논농사를 다 망쳐버릴 정도로 심한 가뭄이 들자 용바위 샘물을 끌어들이고 늪을 파서 논에 물을 대자는 종호를 비롯한 호조조 사람들과 용바위는 건드릴 수 없는 신령한 바위이니 하늘을 움직여 비가 오게 하려면 산신령께 빌어야 한다는 강 영감을 비롯한 개체 농민들이 대립하였다. 호조조 측과 강 영감이 팽팽하게 대립하고 있을 때 갑작스러운 폭우가 몰려와 제방이 무너질 위기에 처하자 종호는 호조조 대원들과 제방 방어에 총력을 기울이고 강 영감도 도움에 나섰다. 둑 아래에 있는 농토와 공장의 보존을 위해 온 마을 사람들이 사투를 벌일 때 공장 노동자들이 몰려와 도움으로써 위기를 극복하고, 이 과정에서 종호와 강 영감이 화해해 전 촌민이 하나 되어 집체농업으로 나아가게 되었다.

이 작품은 산신령을 찾는 완고한 구세대와 수로를 만들려는 과학적 신세대의 가치관 차이, 개체농사와 집체농사라는 농업 집단화의 문제, 노동자와 농민의 협력 등 다양한 주제를 짧은 작품 안에 담아 주제가 혼란스럽고, 가뭄 극복 서사에서 급작스레 홍수 방어 서사로 전개되어 구성상 적지 않은 혼선을 드러내었다. 그러나 이 작품이 집체농업과 개체농업의 선택과 관련하여 나타난 농민 사이의 갈등을 소설화한 것은 호조조에서 합작사로 이행하는 과정에서 조선족 농촌 사회에 나타난 사회적 갈등을 소설의 제재로 한 점에서 큰 의미를 지닌다.

마림의「세투리 밭」(《동북조선인민보》 1953.7.30)은 4천 자 정도의 단편소설로 앞의 「물」이 다룬 주제를 보다 구체적으로 농기구와 농법 문제와 연관시켜 소설화하였다. 호호조 조장인 영숙은 호조조 일에 반대를 일삼는 말썽쟁이 최영감과 사사건건 갈등을 일으켰다. 마을 한쪽의 수수밭에 세투리(씀바귀)가 너무 우거져 김을 매는 데 노동력이 많이 들어가게 되자 최 영감은 파종이 늦어져 농사를 작폐하지 말고 메밀을 심자고 주장하였다. 최 영감과 갈등하던 영숙이 당지서기가 개발한 제초기를 사용하니 김매기가 수월해지고, 이로써 세투리 밭을 매고 수수를 파종하여 최 영감과의 갈등을 해소하였다. 이에 영숙은 농법과 농기구를 개발하여 호조조가 합작사를 거쳐 집체농장으로 나아가야 한다고 생각하였다. 이 작품은 사회주의 농촌의 발전과 번영에 최선을 다하는 농민의 모습과 함께 농법의 개량과 농기구의 개발, 나아가 기계화를 통해 농업 집단화로 나아가야 함을 선전하였다.

백남표의 「쌍무지개」(『연변문예』 1954.6)는 「세투리 밭」이 제기한 기계화를 통한 농업 집단화라는 주제를 붉은 별 집단농장 생산 소조장인 스무 살 여장부 고송죽을 통해 그려내었다. 열정적인 농군인 고송죽은 붉은 별 집단농장에서 신농업의 첫 사회주의 산물인 또락또르(트랙터)를 운전해 논밭을 갈며 농사꾼으로서 보람과 긍지를 느꼈다. 벼농사를 시작하는 철에 집단농장에서 농촌 기계화를 위해 새로운 농법인 건답직파법을 시행하기로 하자, 무논에 씨를 뿌리는 전통적인 농법인 산종에는 다 이유가 있다며 현 영감과 마을 노인들의 저항이 거셌다. 실제로 마른 논에 건파기로 씨를 뿌리고 논에 물을 대자 볍씨가 모두 떠버려 마을 노인들의 반대가 설득력을 갖게 되었다. 이에 농업 기계화가 불가능해질 것을 걱정한 고송죽이 각고의 실험 끝에 건파기로 뿌린 볍씨가 뜨는 이유와 해결법을 찾아 단기간에 건파기로 집단농장의 모든 논에 파종을 마쳤다. 이 작품은 집단농장의 수월성을 강조하는 것과 함께 집단농장 농민 스스로 농업 기계화 방법을 찾아가는 사회주의적 인간형을 제시하였다.

농업 집단화에 대한 인민의 다양한 시각을 보여준 작품으로 김학철의 중편소설 「번영」(연변교육출판사, 1957)이 있다. 조선족 최초의 중편소설로 평가되는 「번영」은 한국전쟁이 끝나고 참전용사들이 귀향하는 시기 진달래산 아래 밀봉촌 마을을 시공간적 배경으로 하여 지주 출신 박만수 집안을 제외한 모든 촌민이 합작사로 편입하는 닷새간의 사건을 그리고 있다. 이 작품에는 중편소설답게 다양한 인물이 등장한다. 그 중심에는 입대하지 못하고 마을에 남아 단서기로 일하는 청명, 제대 군인인 두 친구 봉식과 호각 그리고 여군으로 참전했다가 4년 만에 제대하고 돌아온 봉실과 금련 등이 있다. 봉실과 금련이 고향으로 돌아와 젊은 주인공들이 모두 만나 생활하다 보니, 참전하고 돌아온 청년 중 봉식과 봉실 남매는 청명을 도와 고향에서 새로운 농촌을 건설하는 과업을 이루려 하고, 호각과 금련은 참전용사라는 경력을 이용하여 도시로 나가 당에서 제공해주는 사업을 하고자 하였다.

단서기인 청명의 노력으로 밀봉촌 주민 거의 전체가 집체화되어 합작사로의 개편이 목전에 와 있으나 지주 박만수와 그 집안 사람인 조달선 등이 집체화에 반대하여 합작사가 출범하지 못했다. 또 도시로 나가 사업을 하고 싶은 호각과 금련 같은 청년이 마을 청년들에게 좋지 않은 영향을 미쳐 합작사 추진이 난관에 부딪혔다. 밀봉촌에 개인의 이익만을 추구하는 세력과 마을 전체의 번영을 위해 노력하는 세력 사이에 심각한 갈등이 발생한 것이다. 그러나 도시의 직장만을 고집하며 허송세월하던 호각과 금련이 봉식과 봉실과의 만남을 통해 허영심을 버리고 고향에서 꿈을 이루기로 결정하고, 청명의 설득으로 조달선도 합작사에 합류하여 지주 계층으로 분류된 박만수를 제외한 전 촌민이 사원으로 가입한 합작사가 출범하여 희망 가득한 미래의 새 농촌을 기약하게 되었다.

이 작품은 개인적이고 이기적인 사람들과 공동체 의식을 가지고 마을의 발전을 위해 노력하는 사람들이 갈등을 극복하고 모두 농촌 마을의 새로운 미래를 위해 함께하기로 변화하는 과정을 보여주었다. 이 작품이 제시한 합작사로 농업을 집단화하여 새로운 농촌을 열어 사회주의의 승리로 나아가자는 주제와 이를 소설화하여 다양한 인물이 갈등을 극복하는 과정이 진리의 길이자 당위의 길임을 보여준 점은 충분한 의의를 지닌다. 그러나 중편소설이라는 분량에 맞추어 인물의 설정이 다양하고 갈등의 양상이 매우 복잡함에 비해 주제가 단순한 점은 중편소설로서 일정한 한계를 지닌다. 그리고 작품 전체의 전개에서 닷새에 걸쳐 여러 사건이 발생하여 갈등이 복잡하게 전개되다가 급작스레 사회주의의 승리로 결말 지은 것은 합작사의 타당성을 강조해야 한다는 목적성에 빠진 결과라는 비판을 피하기 어렵다.

이 작품의 구성상 특이성으로 지적할 수 있는 점은 봉실이 호각에게 이 소설의 작가 김학철이 쓴 다른 작품인 「구두의 력사」와 「뿌리박은 터」 등을 제목만 바꾸어 읽어볼 것을 요구하고, 작품 내용을 요약 소개하거나 상당 부분을 인용하는 일종의 메타픽션의 기법을 사용한 것이다. 김학철은 후에 여러 소설이나 산문에서 필요한 경우 자기 작품을 직접 인용하거나 상호 인용하는 경우가 적지 않은바, 이러한 김학철의 창작 방법은 이 시기부터 사용되었음을 확인할 수 있다.

이 시기에 리근전은 조선족 소설사 최초의 계급투쟁을 주제로 한 작품으로 평가받는 「홍수 질 때」(『연변문예』 1955.9)를 발표하였다. 중국 주류문단에서 농촌 합작화 운동 과정에 나타난 농민의 입장 변화를 치밀하게 형상화한 리준(李准)의 「그 길을 갈 수 없다」(1953)와 합작사를 둘러싼 자본주의와 사회주의의 격렬한 투쟁을 소설화한 자오수리(趙樹理)의 「삼리만」(1955)과 같은 소설의 영향을 받아 창작된 이 작품은 홍수를 막기 위한 제방을 쌓는 문제를 둘러싼 합작사 사원들과 지주 사이의 갈등을 다루었다. 홍수가 나자 당의 결정에 따라 제방을 보강하기로 하여 합작사를 중심으로 마을 사람들이 며칠 밤낮을 노력하여 제방을 완성하였다. 그러나 마을의 지주 한동문은 합작사를 와해시키기 위해 자신에게 약점이 잡혀 있는 떠돌이 박영만을 시켜 한밤중에 제방을 무너뜨리려 하지만 제방 붕괴를 막기 위해 순찰을 돌던 마을 청년 창길과 순희의 희생적인 노력으로 제방을 지켜내고 범인을 잡아내었다.

이 작품은 사리사욕에 눈이 어두운 지주와 마을과 농사를 지키기 위해 헌신하는 마을 사람들을 대비시켜, 당의 결정에 따라 마을 공동체의 발전을 위해 헌신하는 진정한 사회주의자의 모습을 형상화하고, 반혁명분자를 제거하는 일의 중요성을 강조하였다. 사회주의 초기 단계에 공동체의 경제적 자립보다는 개인의 이익에 치중하는 인물이 적지 않았고, 이러한 반혁명분자를 색출해 사회주의 혁명을 완수하는 일이 시대적 과제로 대두되었다. 이 작품은 이러한 상황을 반영하여 계급투쟁을 새로운 사회운동의 과제로 결정한 당의 정책을 농업 집체화를 제재로 하여 훌륭하게 소설화하였다.

리근전은 「홍수 질 때」를 발표하고 2년 정도의 시간이 지난 후 농업 집단화 과정에서의 계급투쟁이라는 주제를 심화해 중편소설 「승리의 길에서」(『아리랑』 1957.1~6)을 발표하였다. 이 작품은 「홍수 질 때」에서 보여준 인물과 사건의 단순성을 극복하는 방안으로 다양한 인물을 등장시켜 합작사 건립 과정에서 농민들 사이에 빚어지는 계급 갈등으로 확장하였다.

승리촌 마을에 합작사 건립을 추진하던 1950년대 중반을 시공간적 배경으로 한 이 작품에는 합작사와 관련하여 세 계층의 인물이 갈등한다. 신흥촌 합작사 사원으로 가입한 빈고농 출신 송익준, 강련원, 정광인, 장유민, 장춘, 최할머니 등을 이끌어 합작사를 잘 운영하고 있는 신동규(사주임)와 아들 수민 그리고 향숙(여성부장)과 그녀의 남편 리대길(부주임) 등 핵심분자와 지주 출신 한동문과 연길의 특무 출신 박철 그리고 한동문에 포섭된 사치와 육욕에 눈먼 의붓딸 려순과 작은 이익을 탐내는 동네 주민 송만인과 김길민 등 반란파 그리고 합작사 가입을 보류하고 사태의 추이를 살피고 있는 리봉석과 같은 중도파 등이 신흥촌의 미래를 어떻게 할 것인가를 두고 갈등을 일으켰다.

합작사를 설립해 농업 집단화를 이행하려는 신동규는 그를 따르는 인물들의 노력에도 불구하고 한동문 측의 비열한 방해 공작으로 난관에 부딪히지만, 한 걸음 한 걸음 자신의 신념을 실천해 나가면서 한동문의 딸 순희를 설득하여 정의로운 길을 선택해 한동문과 의붓딸 려순 그리고 특무 출신 박철의 악행을 고발하게 하였다. 그 결과 합작사 간부들을 부정하고 추악한 집단으로 음해하여 합작사를 와해하고 연길의 박철과 짜고 농산물을 뒷거래해 사익을 챙기려던 한동문 측의 방해공작은 실패로 끝나고, 성공적으로 합작사가 설립되었다. 이런 점에서 신흥촌 합작사 주임 신동규는 사회주의 농촌의 기반 마련을 위해 헌신하는 기층간부의 전형으로 평가할 수 있다.

이 작품의 핵심 갈등은 승리촌 합작사를 추진하는 신동규와 사익을 추구하는 지주 출신 한동문 사이에 발생하는 합작사를 통한 농업 집체화의 길에 대한 갈등, 즉 사회주의의 길로 나아갈 것인가 자본주의의 길로 되돌아갈 것인가와 관련한 계급 갈등이다. 리근전은 이 작품에서 토지개혁 이후 농업 집단화 과정에 나타난 계급투쟁을 작중 인물의 다양한 활동과 그들을 통해 생산된 갈등과 해소의 과정을 통해 소설적으로 형상화하였다. 이는 지주와 농민 사이의 계급투쟁을 제방 쌓기라는 단순한 사건으로 처리한 단편소설 「홍수 질 때」의 한계를 극복하기 위해, 다양한 인물 사이의 복합적인 갈등의 설정이 가능한 중편소설로 재창작하여 토지개혁 이후 농촌에서 나타나는 계급 갈등을 진정한 계급투쟁의 서사로 창조해낸 것이다. 중화인민공화국 수립 후에도 지속되는 사상과 이념의 갈등을 계급투쟁으로 파악한 이 작품이 보여준 갈등과 해결의 방식은 이후 계급 갈등을 다루는 소설의 한 정형이 되었다.

제4장

노동 생산 운동의 선전

산업사회의 기본 동력인 공업은 같은 조건에서 더 높은 노동생산성을 요구한다. 생산시설과 원료가 동일한 조건에서 조금이라도 생산성을 높여 보다 많은 이익을 창출하기 위해서는 노동자의 희생에 기댈 수밖에 없다. 산업사회의 자본가가 노동자의 업무 동기를 유발하고 노동에의 몰입을 이끌어 생산성을 높이기 위해 도입한 업무 달성의 결과를 금전으로 보상하는 성과급은 노동생산성을 높이기 위한 대표적인 방법이다. 후발 산업사회인 사회주의 국가들은 개인의 생산력을 높여 전체 생산량을 늘리는 방법으로 대중운동 방식의 노동 경쟁 캠페인을 시행하였다.

사회주의 국가에서의 노동 경쟁은 1935년 소련에서 노동자 스타하노프의 높은 노동생산성을 본받아 새로운 시대에 걸맞은 사회주의적 인간이 되자는 스타하노프 운동에 기원을 두고 있다. 이 운동은 다른 노동자에 비해 월등한 노동생산성을 보이는 스타하노프 같은 노동자에 대해 그 헌신을 높이 사서 모범노동자로 지정하여 사회적 명망을 수여하는 것은 물론 다양한 물질적 보상도 함께 부여했다. 이러한 모범노동자를 선정하는 방식은 다른 노동자들이 이 칭호를 받기 위해 노동에 적극성을 띠어 동일한 생산 조건 내에서 최대한의 경제적 성과를 올리는 방법으로 동원되었다.

중국에서도 1940년대 초 연안에서 소규모 생산 시설이기는 했으나 소련의 스타하노프 운동을 본떠 노동 경쟁을 정책적으로 시행한 바 있다. 그리고 만주국 패망 후, 동북 공업지대를 장악한 중국공산당은 1946년 말 전쟁으로 파괴된 시설에서 노동생산성을 높이기 위한 노동모범운동, 1947년 10월 파괴된 공장을 재건하기 위해 망실된 기재를 헌납하자는 생산입공운동 등 다양한 노동 경쟁을 시행하였다. 특히 선양에서 시행하여 큰 반향을 불러일으킨 노동 경쟁인 신기록 창조 운동은 동일한 노동 조건에서 남보다 높은 생산성을 올린 노동자 개인 또는 노동 집단에 명예를 부여하는 방식으로 1948년 11월부터 1952년까지 지속하여 일정한 성과를 거두었다. 그리고 이후 노동생산성을 높이기 위한 운동은 1950년 10월 항미원조 운동의 일환으로 시작해 1952년까지 지속된 애국주의 노동 경쟁이나 1951년부터 이듬해까지 시행된 정부와 국영 기업에서의 증산 절약 운동 등 중국 산업의 여러 분야에서 반복되었다.

이러한 노동 경쟁은 사회주의 중화인민공화국이 이상적으로 생각한 노동자상을 확인하게 해준다. 신중국의 노동자에게는 국가와 인민에 대한 사랑, 근면과 성실, 자발성과 창조성, 타 노동자와의 경쟁과 협동, 높은 생산성 등의 덕목을 갖출 것이 요구되었다. 요약하면 이 시대가 모범노동자에게 요구하는 첫 번째 덕목은 국가와 인민을 위한 헌신이었다. 이 시기 조선족 소설은 당이 요구하는 이러한 모범노동자의 형상을 창조하는 데 상당한 노력을 기울였다.

최현숙은 「첫 승리」(『연변문예』 1954.1)에서 경력이 짧은 노동자이면서도 노동에 대한 신심으로 어떤 어려움도 극복하고 인민을 위한 일에 최선을 다하는 전형적인 인물을 제시하였다. 이 작품에는 의류공장 염색반의 신입 노동자인 성철과 자신의 선임노동자로 염색 일을 가르쳐준 스승이자 상사인 만수와 만수의 조카딸인 미술 교사 혜선이 중심인물로 등장한다. 성철은 자신들의 공장에서 생산한 내의에서 물이 빠지는 문제를 해결하기 위해 백방으로 노력하지만, 염색은 어쩔 수 없이 물이 빠질 수밖에 없다는 그간의 지식에만 매여 있는 만수는 성철의 그러한 행동을 고깝게 생각하였다.

그러나 성철의 열정에 감복한 미술 교사 혜선의 도움과 작업반장의 지원으로 성철은 오랜 노력 끝에 염색물의 물 빠짐 문제를 해결하여 공장에 엄청난 혜택을 주는 성과를 이루어내었다. 성철의 결과물을 보고 크게 깨달은 만수는 학습반에 자원해 새로운 염색 이론을 공부하리라 결심하였다. 이 작품은 그간 해오던 기존의 작업 방식의 문제를 깨닫고 자발적으로 새로운 방법을 찾아가는 노동자들의 창의성을 강조하고, 한 개인의 성과가 다른 노동자들에게 자극을 주어 노동 현장 전체에 긍정적인 영향을 미친다는 것을 보여주었다.

김동구는 「제2호기」(『연변문예』 1954.6)에서 제지공장을 공간적 배경으로 「첫 승리」와 비슷한 노동자의 창의성을 주제로 다루었다. 성택은 30년 이상 제지 기계공으로 일한 아버지를 따라 기계를 다루는 기술을 배워 훌륭한 노동자가 되겠다는 포부를 가지고 고중 진학을 포기하고 아버지의 후임 노동자로 근무하였다. 학교에서 공부하여 사회로 나가기보다 생산 현장에서 기술을 익혀 새 시대의 일꾼이 되려는 성택의 건전하고 성실함을 높이 산 아버지는 자신이 평생의 노동을 통해 터득한 기계에 대한 모든 지식을 전수해 성택이 훌륭한 기계 노동자로 성장하게 해주었다.

그러나 낡은 제2호기의 작업 효율이 떨어져 상급에서 회사에 배정한 작업 목표에 도달하기 힘들어지자, 제2호기의 성능을 상승시켜 작업 목표를 달성하기 위해 기계를 수리해야 한다는 성택과 낡은 기계를 수리해 억지로 성능을 상승시키면 기계가 파손될 위험이 있다는 아버지 사이에 갈등이 발생하였다. 이에 성택은 낡은 기계의 성능을 상승시키는 것이 불가능하지 않다고 그간 자신이 공부한 기계 이론을 바탕으로 아버지를 설득해 제2호기 수리에 성공하였다. 이 작품은 노동 현장의 긴박감 넘치는 묘사를 바탕으로 새 시대 노동자의 성장 과정과 노동으로 인민에게 기여하려는 노동자의 열정과 헌신적인 자세 그리고 사심 없이 경제 건설에 앞장서는 노동자의 마음을 형상화하여 노동자 소설의 진정한 면모를 실현해내었다.

김학철은 「내선 견습공」(『연변문예』 1956.8)에서 초중 졸업 후 전기관리국에 배치받은 내선 견습노동자 서윤봉이 노동에 긍지를 갖게 되는 과정을 통해 사회주의 체제에서 자신의 직업에 최선을 다하는 선진노동자의 중요성을 강조하고, 선진노동자가 어떻게 만들어지는지를 형상화하였다. 윤봉은 편한 일만 골라 하려는 다른 노동자와 달리 어려운 일일수록 배울 것이 많다고 생각하여 남들이 하지 않으려는 일에 자진해서 나서고, 동료들이 노동자라는 직업이 천하다고 생각해 직장을 떠나도, 노동자의 긍지를 지키려는 의지를 다졌다. 그런데 오랜만에 만난 초중 동기가 윤봉의 직업을 얕잡아보고 홀대하자 윤봉은 전기 노동자로서의 긍지를 잃고 소극적 노동자로 변하고 말았다. 그러나 모교 선생님의 타이름에 어느 정도 노동자의 자긍심을 회복하고, 양봉실 여대원들이 두엄 달구지를 몰면서도 전혀 위축되지 않는 모습을 보고 심각한 반성을 통해 노동자가 부끄러운 직업이라는 자기 생각이 오류임을 각성하게 되었다. 이 작품은 서윤봉의 심리적 각성을 선진적인 노동자의 모범 행동에서 비롯된 일로 이야기함으로써 사회주의 새 시대에 노동의 중요성을 강조하고, 역경 속에서도 맡은 바 임무를 다하는 노동자를 형상화하여 사회주의 체제에서 노동자가 어떠해야 하는가를 보여주었다.

김학철은 「고민(시공검사원)」(『연변문예』 1956.10)에서 초중을 졸업하고 전기노동자로 나선 몇 년 후 시공검사원 직무를 배당받은 '나'와 고참 직원 현창수와의 갈등을 통해 모범노동자의 상을 제시하였다. 시공검사원은 공사가 끝나고 송전하기 직전에 공사를 감리하여 합격 여부를 판정하는 직무를 담당하였다. 그러나 전기공사가 끝난 뒤에 합격 판정하여 퓨즈를 연결해 송전시키는 일은 좋으나, 공사의 하자를 발견하고 불합격 판정을 내려 가설해놓은 전선 전체를 재가설하게 하는 일은 불편한 일이었다. 그러나 공사의 수명이나 이후의 안전을 위해서는 불합격 판정을 내릴 수밖에 없어 시공검사원은 전기공사 현장에서 밉상이 되기 일쑤였다.

'나'가 시공검사원이 된 후 내선반의 설치공사를 불합격 처리한 일이 있었는데 그 내선반의 반장인 현창수는 그 일로 전기노동자들에게 '나'에 대한 비방과 모함을 일삼았지만 '나'는 그에 굴하지 않고 시공검사원의 직무를 견실히 수행하였다. 그러다 한 번 현창수의 속임수에 넘어가 합격증을 발급해준 공사에서 송전한 후 며칠 후에 누전 사고가 나자 '나'는 검사 오류로 타격을 입고 이에 대해 자신의 처지에 대해 고민하기 시작하였다.

합격증을 내준 뒤에 발생한 사고니까 두말없이 그 책임은 검사원이 짊어져야 했습니다. 나는 억울하고 분해서 속으로 울었습니다. 내색하지 않고 속으로 울었습니다. 뭐니 뭐니 해도 이 세상에서 가장 두려운 형벌은 역시 고립이라는 걸 그때 비로소 깨달았습니다. 한동아리가 돼가지고 계획적으로 먹이는 골탕을 무슨 수로 안 먹는단 말입니까. 나는 그때 자기가 숱한 미움살이 집중되는 과녁이라는 걸 새삼스럽게 똑똑히 인식했습니다.

그러나 '나'는 이에 후퇴하지 않고 시공검사를 더욱 면밀히 시행하고, 여러 방법을 동원해 검사에서 발생할 수 있는 오류를 극복해나갔다. 현창수와 대리인 류동무가 술을 대접하며 청탁할 때에도 부정과 타협하지 않고 동료들과의 친분도 구걸하지 않았다. 자신에게 시공검사원이라는 직책을 맡겨준 상급과 인민의 신뢰를 저버리지 않고 더욱 꼼꼼히 시공 결과를 검사하여 전기공사 현장에 부정과 부패가 자리하지 못하도록 과감하게 자신의 사업을 실천하는 모범노동자로 성장해나간 것이다. 이 작품은 시공검사원 '나'와 내선반장 현창수 사이의 갈등과 자신의 직책 때문에 불편을 입은 노동자들의 비난에도 불구하고 맡은 바 직무에 최선을 다하는 노동자를 형상화해 노동자는 국가와 인민을 위해 복무해야 한다는 정책적인 주제를 잘 형상화하였다.

제5장

조선족과 한족의 협력과 공존

다민족 국가에서는 각 민족이 폐쇄적인 생활을 하고, 각 민족 간의 정치 · 경제 · 문화적 차이가 심해 국가 통치에 장애가 되는 경우가 있다. 국민의 대다수를 차지하는 한족과 여러 소수민족이 공존하고 있는 중국에서 국민당과 공산당은 소수민족에 관한 입장의 차이를 드러내었다. "빛나고 위대한 민족주의를 발양하여 장, 몽, 회, 만을 우리 한족에게 동화시켜 민족국가를 건설하는 것, 이것은 한인의 자결에 달려 있다"는 쑨원(孫文)의 민족에 관한 견해는 국민당의 일관된 입장이었다. 이에 비해 중국공산당은 역사적으로 일관된 모습을 보이지는 않았으나 소수민족을 차별하지 않으려 한 점이 국민당의 입장과 구별되었다.

중국공산당의 소수민족 정책은 1949년 발표된 '정협강령'의 제50조에 "중화인민공화국 내의 모든 민족은 평등하다. 각 민족은 서로 돕고 통합하며, 제국주의와 그들의 공적에 대항함으로써 중화인민공화국의 모든 민족으로 구성된 하나의 우애와 협동적인 가족이 되도록 한다. 대민족주의와 국수주의를 반대하고, 차별, 탄압, 민족 간의 단합(통합)을 저해하는 일체의 행위를 금한다"고 천명되어 있다. 그리고 1982년 개정된 헌법에도 "중화인민공화국의 각 민족은 모두 평등하다. 국가는 각 소수민족의 합법적인 권리 및 이익을 보장하고 각 민족의 평등, 단결, 상부상조의 관계를 유지 발전시킨다. 어느 민족에 대한 차별 및 억압도 금지하며, 민족 단결을 파괴하거나 민족 분열을 야기하는 행위를 금지한다"고 제시하여 '정협강령'의 기본 정신과 대동소이하다. 이에서 중화인민공화국이 한족중심주의와 소수민족 차별에 반대하고 민족 간의 평등과 단결을 통해 하나의 국민으로 되는 길을 강조하고 있음을 알 수 있다.

중국 소수민족 중에서 유일한 과경민족인 조선족은 중국 변강에 자리 잡은 역사도 길지 않고, 같은 언어를 사용하는 조선족끼리 농촌 공동체를 이루어 강한 결속력으로 자신들의 전통문화를 유지해왔다. 한민족의 신화와 전설을 공유하는 조선족은 한반도와 강한 유대감을 가져 중화인민공화국 수립 초기까지도 조선족은 자신의 조국을 조선으로 생각하는 사람이 적지 않았다. 또 중국의 정치나 경제 사정이 좋지 않을 때는 언제라도 강을 건너 북한으로 건너가 상황을 지켜보는 일도 적지 않은 조선족에게 한족과 소수민족의 평등과 단결 속에 공존과 번영을 강조하는 국가정책을 홍보할 필요가 있었다. 이에 조선족 작가들은 신중국의 공민으로 자리 잡은 조선족에게 중국 공민으로서의 정체성과 중국 인구의 대다수를 차지하는 한족과 소수민족으로서 조선족의 공존을 주제로 한 소설을 다수 발표하였다.

김학철은 한국전쟁에 중국인민지원군이 참전하여 전쟁이 한창인 1951년 한국전쟁을 배경으로 조선인민군과 중국인민지원군의 단결을 다룬 「군공메달」과 「송도」를 중문으로 발표하였다. 「군공메달」은 한국전쟁의 어느 전투에서 함께 개인화기만으로 탱크를 파괴하는 공을 세운 중국인민지원군 전사 호문평과 조선인민군 전사 양운봉이 그들에게 주어진 군공메달을 자기보다 큰 공을 세운 상대방에게 양보한다는 내용으로 되어 있다. 이 작품은 중국과 조선의 전사가 한국전쟁에 참전하여 미제국주의와 맞서 싸우는 국제주의 정신과 전승을 세우고도 전공은 동료에게 양보하는 인민 전사의 고상한 품성을 예찬하였다.

역시 한국전쟁을 배경으로 한 「송도」는 「군공메달」에 비해 작품의 분량이 조금 더 많고 사건의 전개도 조금 더 다양한 양상을 보여준다. 한국전쟁 중에 조선인민군 연대장 보경과 중국인민지원군 연대장 호문평은 각기 자기의 부대원을 이끌고 송도라는 지역에 도착하였다. 오랜만에 고향 송도에 온 보경은 예전에 송도에서 이웃에 살던 화교 서생평과 소나무 껍질에 '조중'이라 새기고 결의형제를 맺었던 일이 생각나 옛 기억을 되살려 소나무를 찾았다. 보경이 언덕을 올라 소나무에 도착하니 이미 호문평 연대장이 와서 그것을 골똘히 보고 있는 것을 보고는 얼싸안고 상봉의 기쁨을 나누었다. 이 작품은 보경과 호문평의 결의와 재회라는 다소 억지스러운 설정으로 조선과 중국이 원래 친형제와 같은 사이임을 강조하였다.

그리고 이 작품은 "일본 제국주의가 두 나라 백성을 반목시킬 목적에 두 나라 인민의 가슴속에 각각 묻어둔 증오의 씨는 싹트지 못하고 말았다. 도리어 그것을 밑거름으로 단결의 싹이 트고 연합의 아지가 뻗었다"는 작가의 전지적 서술로 마무리된다. 작품의 주제에 대한 요약적 제시로 된 이 서술은 이 작품의 전반부에서 보여준 인물 사이의 억지스러운 재회 과정을 통해 보여준 조중의 단결이라는 주제를 다시 정치적 언술로 마무리하여 주제를 생경하게 노출시켜 소설적 형상화에 실패하였다.

김학철은 후에 자서전 『최후의 분대장』에서 "(이 두 작품을 인민문학사에서 발표하고 나서는) 당시에는 머리가 뜨거워나서 (어찌하다 발행부수가 10만을 돌파하는 바람에) 제법 괜찮다고 '내가 1류반(一流半) 작가쯤은 된 게 아닌가'라는 생각을 했었으나 나중에 머리가 식은 뒤에 다시 생각해보니 그것은 순 교조주의자의 잠꼬대, 낯뜨거울 정도의 쓰레기 문학이었다"고 반성한 바 있다. 이 작품을 쓰던 시기에 김학철은 이미 한국에서 조선의용대 시절의 체험을 소설화한 여러 편의 소설을 발표하여 작가적 명성을 확보한 작가였다. 그러한 그가 북경 중앙문학연구소 연구원으로 재직하며 「군공메달」과 「송도」 같은 소설적으로 파탄 지경의 작품을 쓰게 된 것은 이해하기 어려운 점이 적지 않다. 굳이 그 이유를 생각해본다면 김학철이 중국에서 오래 생활하기는 하였으나 모국어 사용자가 아니었기에 중문으로 사건을 긴박감 있게 서술하고 인물의 행동이나 심리를 세밀하게 묘사하여 소설적으로 형상화하기에는 언어적 한계가 있어 주제를 추상적으로 서술할 수밖에 없었다는 점을 지적할 수 있다. 이들 두 작품은 중화인민공화국의 공민으로서 조선족과 한족을 다루지는 않았으나 당시 조선인들이 자신들의 뿌리를 조선이라 생각하는 현실에서 조선과 중국은 하나라는 주제를 다룸으로써 크게 보아 조선족과 한족의 협력과 공존을 역설한 작품으로 파악해볼 수 있다.

이 시기에 조선족과 한족의 협력과 공존을 매우 치밀하게 형상화한 작품으로 조선족과 한족이 역사적으로 하나이며 앞으로도 함께 살아야 이웃이라는 점을 보여준 백남표의 「김 동무네와 왕 동무네」(『연변문예』 1954.2)를 들 수 있다. 뒤지골의 청년 간부인 조선족 김길남과 한족 왕찡후의 아버지는 항일투쟁을 하다 함께 체포되자 탈옥해서 가족을 사람의 왕래가 거의 없는 뒤지골로 이주시켜 마을의 터를 잡았다. 그 후 왜놈의 추적에 쫓기게 된 아버지들은 다시 집을 떠나 항일투쟁에 나섰으나 해방이 된 후에도 귀가하지 못하였고, 동갑이던 김길남의 여동생과 왕찡후의 남동생은 국공내전에 참군하여 양자강 도강 작전까지 함께하고 전사하였다. 이러한 대를 이은 열사 집안 출신인 김길남과 왕찡후는 이웃사촌으로 호조조 논의 물꼬를 관리하는 책임을 맡고 있었다. 폭우가 쏟아져 물이 범람하여 마을 전체가 폐농의 위기에 몰리자 왕찡후는 김길남의 밭 쪽으로 물꼬를 터뜨려 김길남의 밭을 망가뜨리고 마을의 농토를 구하였으나, 호호조 회의에서 송 영감을 비롯한 마을 사람들은 호조조와 상의도 없이 일을 벌여 김길남의 밭을 망가뜨린 왕찡후를 맹비난하였다. 그러나 김길남이 나서 마을 전체의 폐농을 막은 왕찡후의 행동을 칭찬하고 마을 사람들의 불만을 잠재웠고, 이후 김길남과 왕찡후는 뒤지골에 사는 조선족과 한족을 묶어 하나의 호조조를 꾸려 성공적으로 운영함으로써 조선족과 한족이 힘을 합쳐 잘 사는 농촌을 만들었다.

　　이 골 안에는 마흔두 집이 사는데 설흔 집이 조선족이고 나머지 열두 집이 한족이다. 이들은 뭉쳐야 한다는 말은 늘 버릇처럼 했으나 두 민족 사이에는 어쩐지 딱 들어맞는 것 같지 않았었다. 그런데 삼 년 전 이 마을 인민 대표들인 김길남이와 왕찡후가 사뭇 애를 쓴 탓으로 조선족인 곽 동무를 조장으로 하고 골 안에서 처음 두 민족 사이에 호조조가 일떠났다. 처음 호수는 적었으나 지금은 배이상 불어 조선족 아홉 호에 한족 다섯 호이다. 이것이 본보기로 되어 두 민족 사이에는 철에 따라 품을 앗아하는 계절 호조조도 나오기 시작했다. 이에 따라 두 민족 사이에는 생산로동을 통하여 오순도순 토론하는 정답고도 새로운 모습이 자연히 벌어졌다.

인용에서 보듯이 이 작품은 농촌에서의 호조조 설립이 중요한 제재로 사용되고 있으나 작품의 핵심 주제는 조선족과 한족은 연대의 역사가 길고, 앞으로도 협력하고 공존해야 한다는 데 있다. 이 작품은 단편소설이기에 아버지 세대의 항일투쟁이나 형제 세대의 국공내전에 대한 자세한 서사는 등장하지 않는다. 그러나 이들에 대해 짧게 정리된 서사를 통해 조선족과 한족이 항일투쟁기로부터 국공내전기까지 중화인민공화국을 세운 혈맹이자 형제임을 보여주어 조선족과 한족이 문화적 차이로 인해 타자로 존재하는 현실이 잘못된 것임을 강조하였다. 특히 김길남과 왕찡후가 보여준 민족의 차이를 넘어선 우정과 믿음은 조선족과 한족의 협력과 공존을 통한 번영이 가능한 현실임을 분명하게 보여주었다.

김동구의 중편소설 「꽃쌈지」(『꽃쌈지』, 연변교육출판사, 1957)는 백두산 근처 하늘 아래 첫 동네라 불리는 조선인 30호와 한인 50호가 모여 사는 배나무골(되골)의 역사와 현실을 통해 조선족과 한족이 협력하고 공존하여야 함을 강조하였다. 배나무골은 조선족과 한족 사이에 오랜 과거가 있는 마을이다. 배나무골은 왜적에 저항하다 1936년 일본 토벌대에 의해 주민 전원이 참살당하고 마을 전체가 소실된 아픈 역사가 있다. 그리고 마을이 사라지고 몇 년 후 박홍철의 부친 박덕수와 류칭의 부친 류따예가 이주해 살기 시작하고 인구가 증가하여 조선족과 한족이 화목하게 지냈으나, 친일파 황 참봉의 악행으로 웃말 한족과 아랫말 조선족으로 나뉘어 심하게 갈등하여 되골이라는 마을 이름이 생겼다. 그러나 공산당이 토지개혁 과정에 황 참봉을 사형시키는 과정에 마을 사람들이 갈등한 것이 황 참봉의 계략이었음을 알게 되어 조선족과 한족이 다시 화목해지고 마을 이름도 배나무골로 되돌아갔다.

어느 해 왕가뭄이 들어 폐농의 위기에 몰리자 기우제를 지내야 한다, 하늘을 노하게 한 한족 짱과부의 묘를 파묘해야 한다 등으로 마을 청년과 노인들 사이에 갈등이 시작되었다. 이 갈등을 이용해 마을 사람을 이간시키려는 만주국 시절 밀정 달삼의 모략으로 웃말 한족과 아랫말 조선족 사이에 기우제와 짱과부 묘의 파묘 문제를 두고 갈등이 일어났다. 이때 폭우가 쏟아져 가뭄은 해소했으나 홍수의 위기가 닥치고, 달삼의 모략으로 한족들이 박홍철을 폭행해 마을이 어수선해지자, 달삼은 혼란을 틈타 수로를 파괴하려 하고 이를 제어하려던 이일순이 위험에 빠졌다. 그러나 마을 사람들의 총단결하여 수재를 극복하는 과정에서 조선족과 한족은 달삼의 악행을 징치하고 화해하여 조·한 두 민족의 갈등으로 과거의 되골로 되돌아가지 않게 되었다.

이 작품은 중편소설답게 다양한 인물을 등장시켜 신시대 건설의 열정, 조선족과 한족의 협력과 공존, 완고와 진보 간의 갈등 등 여러 주제를 잘 보여주고 있다. 물론 부분적으로 서술자의 개입이 등장하나 다양한 인물과 적절한 플롯, 서술의 생동감, 대화의 적절한 사용 등으로 주제를 효과적으로 형상화하여 이러한 주제를 다루는 이 시기 소설 중 최고 수준을 보여주었다.

제6장

객관적 인식을 통한 현실 비판

북경의 중앙문학연구소 연구원으로 활동하던 김학철은 1952년 10월 연변 조선족자치주 정부의 초청으로 조선족 문학과 문화의 발전이라는 원대한 꿈을 품고 연길로 이주하였다. 이미 해방된 한국에서 자신의 조선의용군 시절의 체험을 제재로 한 몇 편의 소설을 발표하고, 북경의 중앙문학연구소에서 문학 창작을 공부하고 인민문학출판사에서 여러 편의 중문 소설을 발표하여 작가적 명성을 얻은 김학철로서는 새로운 조선족 문학이 어느 방향으로 나아가야 할 것인가에 대한 고민이 없을 수 없었다. 당의 정책에 순종하여 교훈적인 작품을 창작하는 당대 소설의 주류에 따른 작품을 여러 편 중문으로 발표하여 작가적 명예를 얻었던 김학철은 연길에 도착한 이후 조문으로 소설을 쓰면서 사회주의의 승리에 열광하고 당의 지도를 찬양하는 당대 소설, 특히 자기 작품에 대해 회의하기 시작하였다.

김학철은 작가가 현실을 예리하게 관찰하고 치열하게 고민하지 아니하고 당이 제공한 과제만을 소설로 씀으로써 역사와 현실에 대한 비판 정신을 놓친다면 진정한 사회주의적 사실주의 작가가 될 수 없다는 문학관을 갖고 있었다. 이 시기에 김학철은 당의 정책을 선전·선동하는 소설을 쓰더라도 자신의 체험을 중심으로 현실의 이면에 숨은 의미를 해석하여 주제화하여 현실감 있는 소설을 써야 한다는 자각에 이르렀다. 이는 모국어 창작자라면 소설적 장치와 언어의 힘으로 주제가 형상화되고 독자가 재미있게 읽는 가운데 주제가 스며들 수 있게 해야 한다는 방향으로 구체화되었다. 그 결과 김학철이 당의 정책이라는 주어진 주제를 생경하게 직접 노출하는 방법을 벗어나 사실주의적 창작 방법으로 떠올린 것은, 사회 곳곳에서 발견할 수 있는 부정적 현실을 누구나 공감할 수 있는 다소 희극적 상황으로 비틀어 해학적인 문제로 형상화함으로써 독자들이 재미있게 읽는 가운데 작품의 주제를 받아들일 수 있게 하는 것이었다.

이러한 창작 방법은 김학철이 연변으로 온 지 1년도 되지 않아 발표한 「맞지 않은 기쁨」(『동북조선인민보』 1953.6.12)에서 실현되었다. 2천 자가 안 되는 콩트인 이 작품은 서술자가 비 오는 날 길을 가다 달구지꾼들이 임시로 진흙탕에 깔아둔 벽돌 부스러기로 만든 임시 흙다리 주변에서 노는 아이들 모습을 관찰한 바를 제재로 하였다. 아이들은 하학길에 길에 서서 흙다리를 건너오는 자전거를 보고 그 자전거가 개인의 것인지 직장의 것인지를 알아맞히는 놀이를 하고 있었다. 아이들은 흙다리를 서슴없이 건너는 것은 직장 소유의 자전거이고, 자전거에서 내려 손에 껴들고 조심스레 건너는 것은 개인 소유의 자전거라는 단정을 내리는 것이었다.

> 이 광경을 목도하고 나는 어쩐지 한심한 생각이 들었다. 마음이 우울했다. 해도 어쩐지 그 자리를 그냥 뜨고 싶지는 않아서 혹시나 하는 막연한 희망을 안고 멀거니 그대로 서 있었다. 한데 불쾌하게도 아이들의 예측은 매번 다 영락없이 들어맞았다. 신통할 정도로 자전거를 내려서 껴들고 건너는 사람의 것은 거개 다 개인의 자전거요, 그냥 타고 건너는 사람의 것은 례외 없이 단위의 명칭이 표식된 것들이었다. 나는 실망을 한 나머지 혀를 쯧 차고 그 자리를 떴다.

아이들은 좁은 흙다리를 자전거가 흙탕이 되든 말든 쌩 하고 건너오는 용감한 어른들과 자전거가 더러워질 것을 걱정해 자전거를 들고 힘들게 건너오는 어른들을 보고 왜 그런 차이를 보이는지 알아차렸다. 아이들은 재미 삼아 자전거의 소유를 알아맞히는 놀이를 한 것이고, 서술자는 아이들 놀이를 보고 크게 깨닫는 바 있어 아이들의 예상이 틀리기를 기대하며 유심히 관찰하지만, 끝내 예상이 '맞지 않은 기쁨'을 맛보지 못하였다.

이 작품은 국가나 지방정부에서 시민들에게 흔히 홍보하는 '공공기물을 아끼자'라는 구호를 떠올리게 한다. 그러나 「맞지 않은 기쁨」은 작품 내에서 '공공기물을 아끼자'라는 관념이나 주장은 사용하지 않고, 아이들의 놀이와 그것을 본 서술자의 행동과 생각만을 서술하여 사회에 흔한 공유물을 사유물만큼 아끼지 않는 보편적인 인심을 보여주어 독자들이 그것을 깨닫게 할 뿐이다. 이는 우리 주위에서 흔히 발견되는 평범한 삶에서 인간에 내재한 모순적인 심성이나 부정적이고 부패한 현실을 비판하는 방식으로, 주어진 주제를 관념화하여 작품에 노출시킨 그의 「군공메달」이나 「송도」에 비해 커다란 소설적 발전으로 이해된다. 이러한 소설 창작 방식에는 길을 가다 눈에 뜨이는 아주 사소한 듯한 일에서 중요한 삶의 지혜와 사회 비판을 전개할 수 있는 작가의 관찰 능력과 그것을 주제화하고 소설화할 수 있는 구성 능력 그리고 생동감 있는 문체로 표현해내는 언어 구사력 등이 요구된다. 김학철은 후에 소설 창작을 포기하고 산문으로 나아가는데, 그때 산문에서 사용한 방식에는 이 시기 소설에서 보여주던 현실 비판의 방식이 원용되었다.

김학철의 「새암」(1955)은 같은 마을에 사는 춘식이가 창석에게 느끼는 시샘 때문에 발생한 우스꽝스러운 사건을 이야기하여 사소한 이유로 타인이 잘못되기를 기대하는 모순된 인간의 심리를 비판하였다. 춘식은 이웃에 사는 창석의 처가 자기 처보다 고운 것이 샘이 나고, 같이 구해 키워도 창석이네 돼지가 더 잘 자라는 것도 배가 아팠다. 어느 날 밤에 창석의 돼지우리에 승냥이가 든 것을 보고는 쌤통이라 생각하고 돼지가 물려 죽은 후에 남은 고기 맛을 볼 욕심에 승냥이를 삽으로 쳤으나 승냥이는 도망가고 승냥이를 쫓던 춘식은 발목을 삐고 말았다. 이후 어느 날 밤에 춘식이가 총소리를 듣고 밖에 나가보니 자기 집 돼지는 지난번 창석이네 돼지우리에서 자기 손에 맞았던 승냥이에 물려 죽고, 승냥이는 창석이 쏜 총에 맞아 죽어 있었다.

이 작품은 돼지를 잡아먹으려는 승냥이와 관련한 사건을 이야기한 것만으로 사소한 이유와 작은 이익 때문에 이웃을 질투하고 잘못되기를 기원하는 저열한 인간의 심리를 잘 보여주었다. 그리고 이처럼 타인을 질시하고 그들의 불행을 즐기는 부정적인 심리를 박멸해야만 건전한 공동체가 이루어질 수 있다는 점을 강조하였다. 「새암」에서 비판하고 있는 춘식이와 같이 이유 없이 타인을 시샘하고 물어 먹는 것은 인간의 보편적인 심리의 하나인바, 이는 이어진 반우파투쟁기 이후 문화대혁명까지 중국 사회에 만연한 모순된 인간관계를 떠올리게 해준다.

김학철의 「괴상한 휴가」(『아리랑』 1957.1)는 2천 자 조금 넘는 콩트로 비평가와 독자의 찬양과 비난 속에 살아가는 작가가 독자의 찬양이 자자할 때는 겸허한 자세를 보이고, 비평가와 독자들의 비난이 폭발할 때는 담담한 모습을 보이는 것을 제재로 다루었다. 작중화자인 '나'가 작품을 발표하고 엄청나게 비난받고 있는 작가 차순기를 위로하러 찾아가자 그는 우울한 빛 하나 없이 막내아들과 즐겁게 놀고 있었다. 얼마 후 그의 작품을 비난했던 비평가들의 오류가 지적되고 작품이 성공작으로 평가되어 그를 축하하러 찾아가니 우울한 표정을 짓고는 자신에게는 진정한 독자가 없다고 하소연하였다.

차순기는 작품이 좋은 평을 받으면 독자들이 집을 방문하고 편지를 보내와 답장하기에 벅차 자기 시간을 가질 수 없으니 불편하고 작품도 쓸 수가 없고, 평이 나쁠 때는 아무도 거들떠보지 않으니 오히려 자신은 한가해져 차분하게 작품을 쓸 수 있는 즐거운 휴가가 되니 오히려 좋다고 말하였다. 이는 비평가와 독자의 찬양과 비난에 휘둘리지 않고 작가로서 자기 작품에 대한 자신의 판단만을 믿고, 심각한 고민과 탐구를 멈추지 말아야 한다는 김학철 자신의 문학관을 보여준다.

이러한 문학관은 문학은 당과 인민을 위해 복무하고, 인민을 교육해야 한다는 당시 중국의 문예이론과는 상당히 거리를 지닌 것으로, 당에 복무하는 송가나 선전용 문학을 거부하고 주변의 일상사에서 제재를 선택하여 인간의 심리나 가치관을 소설화하는 사실주의적 문학으로의 전환을 시사한다. 이들 작품에서 보여준 김학철의 창작 방법은 당대 주류의 문학론에 배치되는 소설론이기는 하나 편향된 목적론에 의한 소설 창작만을 지속하던 작가들에게 새로운 창작 방식으로 받아들여져 몇몇 작가가 이를 수용한 작품을 발표하였다.

김동구의 「개고기」(『아리랑』 1957.7)는 2천 자 조금 넘는 소품으로 권력에 아부하고 자기 이익을 위해 남을 물어 먹는 비열한 인간을 풍자하였다. 리철갑 주임은 자기의 비서가 과잉 적발해 무고한 탓에 공사 20급 과원으로 강등되었다가 성위원회의 심사로 복직되어 공사로 돌아오던 중 비서 내외를 만났다. 리철갑이 반색하자 비서는 귀찮은 표정으로 하대하면서 이것저것 질문하다가, 그가 복직되어 온다는 말을 듣고는 입에 문 상아 물부리를 떨어뜨리고 갑자기 존댓말을 하며 아부하기 시작하였다. 또 알은체도 하지 않던 비서 아내는 부끄러운 줄도 모르고 자기 집에 개고기를 삶았으니 먹고 가라고 권하였다. 리철갑이 구역질이 나는 것 꾹 참고, 원래 개고기는 먹지 않고 속에서 받지 않는다고 말하고 그 자리를 떠나자 비서 내외는 리철갑이 골목을 돌아갈 때까지 허리를 굽히고 절하였다.

이 작품은 소품임에도 불구하고 묘사와 대화를 중심으로 정직하게 직무에 충실한 인물과 권력에 아부하고 타인을 물어 먹는 비열한 인간을 대비하여 인간의 타고난 심성을 인상적으로 풍자하였다. 더욱이 「개고기」는 서술 방식에서 인물과 장면 설정의 기발함, 인물 사이의 첨예한 갈등, 생동감 넘치는 세부 묘사, 사실감 있는 대화 등을 사용하여 주제를 효과적으로 그려낸 점에서 사건의 단면에서 삶의 진리를 찾아내는 단편소설의 묘법을 잘 보여주었다.

김순기의 「돼지장」(『아리랑』 1957.10)은 새끼돼지 세 마리를 팔러 장에 간 옥녀가 경험한 시장 풍경을 사실적으로 묘사하여 인간의 이기심을 예리하게 비판하였다. 이웃집 할머니의 빚 독촉에 시달리던 옥녀가 목돈을 만들려 키우던 새끼돼지 세 마리를 이고 지고 장에 나서자 이웃집 할머니는 옥녀와 동행하였다. 늦은 시간에야 장에 도착한 옥녀는 동행한 이웃집 할머니 빚도 갚아야 해서 급하게 한 마리는 제값에 팔았으나 나머지 두 마리는 사려는 사람이 없어 파장이 가까워도 팔지 못하였다. 그러자 이웃집 할머니는 남은 두 마리를 자기에게 넘기라고 하여 빚 때문에 어쩔 수 없어 싼값에 팔았고, 돼지를 몰고 갈

줄 모르는 할머니네 집까지 끌어다 주었다.

이 작품은 생활고에 시달려 뭐든 돈 되는 것은 내다 팔려는 농민, 남의 물건에 흠을 잡아 헐값에 사려는 손님, 내 물건 팔려고 새끼돼지를 사려는 손님을 내쫓는 노파 등 시장 풍경과 장터에 모인 사람들의 인심 그리고 사람이 사는 모습 등을 생동감 있게 그려냈다. 「돼지장」은 시장 풍경을 통해 당시 사람들의 삶의 모습과 작은 이익을 얻기 위해 이웃에게 피해를 주기도 하는 가난한 사람들의 악착한 인심 등을 사실적으로 묘파한 수작이지만, 후에 비평가들에 의해 신중국 이전 농민들의 가난한 현실을 공산당이 영도하는 현실에 덧씌웠다는 이유로 혹독한 비판의 대상이 되었다.

리홍규의 「개선」(『연변청년』 1957.10~11)은 작중화자가 현지 체험을 위해 송림촌으로 가던 중 얻어 탄 수레에서 농민과 주고받은 이야기 형식으로 상급의 지시에 맹종하지 않고 실사구시의 정신으로 촌민에게 봉사하는 농업사 주임 박창석의 행적을 예찬하였다. 박 주임은 산전에 조를 심으라는 상급 지시가 적절하지 않다고 판단해 추위에 잘 견디는 감자를 심어 풍작을 이루어 촌민에게 큰 이익을 제공하였다. 그리고 개인의 부업과 영농을 금지하는 정책에도 불구하고 벽돌 생산, 목재 부업, 정미소와 철공소 운영 등으로 많은 수입을 창출하고, 밭 둔덕에 배추를 재배하고 산에서 고사리와 산나물을 채취하는 것을 허용하여 촌민에게 경제적으로 실제적인 도움이 되도록 조치하기도 했다. 그러나 대학을 갓 졸업하고 현에서 내려온 간부는 박 주임을 반대하는 사람들의 험담을 듣고 박 주임의 결점과 탐오를 이유로 농업사 주임의 개선을 요구해 마을 주민 사이에 갈등이 발생하였다. '나'를 수레에 태워 마을로 오며 저간의 사정을 이야기해준 농민은 마을 입구에서 한족 왕보림에게서 박 주임 개선을 위한 회의가 마을회관에서 진행 중이라는 말을 들었다. 그는 예전에는 박 주임과 관계가 좋지 않았으나 지금은 농업사 사원들을 위해 애쓰는 박 주임 편이 된 왕보림과 함께 현에서 온 간부의 개선 의도를 저지하기 위해 회의장으로 달려갔다.

이 작품은 액자소설의 형식으로 합작사 운영 과정에서 나타나는 여러 문제를 다루었다. 고급 합작사가 운영되어 농민들의 집단영농이 본격화되자, 개인들의 사업이나 영농 행위는 소자본주의라는 이유로 금지되었다. 이러한 집단화 추세 속에서 대부분의 조선족 소설은 농업 집단화가 농민을 잘 살게 하고 국가를 부강하게 하는 일이라고 예찬하였다. 그러나 리홍규는 당대 농촌 현실에 대한 객관적 인식을 바탕으로 농촌 집단화가 심해지는 과정에서 농민들의 경제 활동이 위축될 위험이 있다는 현실 인식으로 무조건적인 농촌 집단화에 대한 비판적 인식을 드러내었다.

「개선」은 농촌 현실을 잘 알아 진심으로 촌민을 위하는 박 주임과 농촌에 대해 알지 못하고 상급의 지시만을 따르는 현에서 내려온 간부를 대비하였다. 이러한 두 인물의 대비를 통해 농촌에서 실사구시의 자세로 농촌의 문제에 접근해야 함을 강조하고, 당 간부 사이에 만연한 주관주의와 관료주의를 비판하였다. 이러한 당의 정책에 대한 비판적 자세는 후에 이 작품이 당의 영도 밑에 진행된 정치운동과 당의 정책을 비방하고 노동 인민을 모함했다는 비판을 받는 결과를 낳았다.

제7장

항일투쟁과 해방전쟁 역사의 소설화

19세기 중반 심한 가뭄으로 먹고살기 힘들어진 한반도 북부 지역에 살던 조선인들은 봉금으로 월경 자체가 금지되었던 만주로 몰래 잠입하여 농사짓는 사이섬 농사를 시작했고, 봉금령이 공식적으로 해제된 1897년 이후에는 조선인의 만주 지역으로의 이산이 본격적으로 시작되었다. 이 시기에 경제적 이유로 만주로 이주한 조선인들은 청나라 국적을 소지한 사람들에게만 토지소유권을 부여하는 정책 때문에 중국인 지주들의 억압 속에서도 그들과 타협해야만 하는 어려운 삶을 살았다.

일제의 한국 침탈이 본격화되어 한반도 내에서는 무장투쟁이 불가능하다고 판단한 조선인 선각자들은 지속적인 항일투쟁의 근거지를 만들기 위해 만주로 정치적인 이주를 감행하였다. 그들은 투쟁 근거지를 만드는 일부터 중국인들과 협조해야 했고, 그들과 함께 일제와의 투쟁을 계속하였다. 특히 1930년을 전후해 만주 지역으로 진출한 중국공산당은 코민테른의 정책에 따라 중국공산당원에 가입한 조선인 사회주의자들과 항일연군을 편성하여, 조중 공동으로 일제와 투쟁하였다. 특히 중국공산당은 국민당의 대중화주의와 달리 민족의 자율권을 인정하고 여러 민족이 공존한다는 기본 정책을 내세워 조선인들이 국민당보다는 공산당에 관심을 가지는 계기가 되었다.

조선족은 항일전쟁에서 국공내전에 이르기까지 중국공산당과 힘을 합쳐 싸워 승리한 위대한 역사를 갖고 있다. 한일합방 이전부터 항일투쟁을 이끌던 민족주의 계열이 1921년 자유시 참변으로 와해되어 이후 조선인의 항일 무장 투쟁은 사회주의 계열이 이끌었고, 이들은 1920년대 말부터 만주로 진출한 중국공산당과 연계하여 1930년대부터 적극적이고 지속적인 항일투쟁을 계속했다. 또 중앙육군군관학교(전신 황포군관학교) 졸업 후 국민당군에 소속되어 항일투쟁을 하던 조선의용군의 주력이었던 화북지대가 공산당 관할 지역으로 건너가 팔로군에 편입되어 중국공산당과 함께 항일전쟁을 치렀고, 종전 후 동북으로 진출해 조선인을 참군시켜 국공내전에서도 큰 공을 세웠다.

조선족에게 이러한 항일투쟁과 국공내전에서 중국공산당과 함께한 역사는 커다란 민족적 자긍심으로 작용하였다. 이에 조선족에게 중화인민공화국의 역사에 자리한 조선족의 위상을 알려 민족적 자존심을 갖게 하고, 조선족으로 살게 된 한민족의 역사를 후대에 교육하고자 하는 의도에서 조선족 작가들은 항일투쟁과 해방전쟁의 역사에서 조선인의 모습이 어떠했는지를 소설화하였다.

조선족 작가 중에서 항일투쟁의 역사를 가장 먼저 소설화한 작가는 김학철이다. 김학철은 한국문학사에서 독특한 위상을 차지한다. 해방 직후 김학철이 한국에서 발표한 「지네」「균렬」「담배국」등 10여 편의 단편소설은 한국 문단에 엄청난 충격으로 다가왔다. 당시 한국 문단의 거의 모든 작가는 식민지 조선에서 일제의 식민지 정책에 맞추어 문학 창작을 한 인물들이었다. 그들에게 조선의용군 시절의 체험을 바탕으로 항일투쟁의 서사를 최초로 보여준 김학철은 낯설고 불편한 작가였다. 김학철이 이 시기에 발표한 항일투쟁을 제재로 한 소설은 전쟁의 치열함이나 비극성보다는 항일무장 투쟁에 나선 젊은이들의 혁명적 낭만성을 바탕으로 조선의용군의 삶을 제대로 그리는 데 치중하였다. 해방공간에 한국에서 발표한 항일무장 투쟁을 제재로 한 소설들은 후에 조선족 문단에서 재발표되어 김학철의 항일무장 투쟁을 제재로 한 서사의 원형이 되었고, 이후『항전별곡』과『격정시대』로 나아가는 출발점으로서 소설사적 의의를 지닌다.

김학철은 월북한 후 1946년 한국에서 발생했던 10월 인민항쟁을 제재로 하여 낙동강 연안 돌배나무골 주민의 신뢰를 받는 박장손과 농민들이 철도노동자 출신 조직 전문가 심권과 북한에서 파견된 선전선동가 김승하의 지도로 한국 최초의 인민유격대를 조직하여 미군과 국군 유격대와 싸워 승리하는 내용을 담은 중편소설「범람」을 1947년 조선문학예술동맹 기관지『문학예술』에 발표하였다. 이 작품은 김학철이 북경 중앙문학연구소 연구원으로 근무하던 시기에 중문판『泛濫』(손진협 역, 인민문학출판사, 1952)으로 출간해 10만 부 이상이 팔리는 성과를 얻어 김학철에게 작가적 영예를 안겨주었다. 또 이 작품의 서두 부분 돌배나무골 농민들이 지주와 경찰을 상대로 승리하는 장면까지를 발췌해「돌배나뭇골 사건」이라는 제목으로 단편소설집『뿌리박은 터』(연변인민출판사, 1953)에 수록하였다.

후에 작가 자신은「범람」에 대해 낯부끄러운 쓰레기 문학이었다고 평가한 바 있다. 그러나 이 작품은 지주의 착취에 생존이 어려워지면서 소작 현실에 대해 각성하기 시작한 농민들이 공산당의 지도를 받아 농민 조직을 만들고, 지주와 계급적 갈등을 일으키다 소작쟁의를 하고, 당의 영도 아래 조직의 역량을 키워 무장투쟁으로 나아가는 서사구조를 사용하였다. 이 작품은 '길이 시작되자 이야기는 끝났다'는 명제대로 미래를 기약하는 소설의 일반적 양상과는 달리 돌배나무골 농민의 소작쟁의와 무장투쟁이 승리한다는 희망적인 결말로 끝낸 것은 북한에서 썼다는 정치적 상황의 영향이었다는 점을 제외하면 농민의 계급투쟁 서사로서 결점이 없다. 더욱이 농민의 계급투쟁을 소설화하는 창작 방법이 제대로 마련되지 않은 조선족 소설계에 이 작품은 신선하게 다가올 수 있었을 것이다. 그리고 이 작품의 서사구조는 장편소설『해란강아 말하라』로 나아가는 중간 단계로서의 의의를 지니며, 이후 많은 농민의 계급투쟁을 다루는 조선족 소설의 창작 방법을 제시한 점에서 소설사적 의의를 지닌다.

조선족 문단에서 최초로 발표된 항일투쟁과 해방전쟁의 역사를 소설화한 작품은 김창호의「그들의 길」(『민주일보』, 1948.10.16~11.23)로 1947년 조선족 사회에 불었던 참군 열풍을 잘 보여주었다. 이 작품의 주인공 영칠은 일제강점기 3차 공산당 사건으로 연루되어 공개 사형당한 아버지의 존재로 인해 일제에 대한 저항심이 강하고 공산당에 대해서는 우호적이었다. 영칠은 해방 직후 독립동맹 북만특위 산하 지부위원회를 만들어 활동하다 1945년 10월 참군하였다. 중국어가 능통한 영칠은 항일의용군 제3지대에서 395려 8탄의 조선인으로 편성된 중대의 중대장으로 전투에 참여해 용감히 싸우다 부상당해 끝내 전사하였다. 영칠의 애인이자 아내였던 옥련은 해방 이후 사회주의 운동에 앞장서 맹활약을 하다가 영칠이 전사했다는 소식을 듣고는 참군을 결정하고, 옥련의 참군에 고무되어 토지개혁 때 지주로 투쟁당한 집안의 딸이자 옥련의 친구인 순희도 어렵게 참군하게 되었다.

이 작품은 전체적으로 장면 묘사나 대화가 거의 없이 사건의 개요와 관념을 서술하는 것으로 일관하여 참군 경험자의 수기 같은 느낌을 준다. 예컨대 "중국 혁명은 곧 조선의 혁명이다. 국경 없는 우리 계급은 다 같이 싸워서 승리를 쟁취하자"와 같은 선동적인 구절에서 보듯 소설적 형상화보다 주제 서술이 과잉 사용되었다. 그러나 이 작품은 이 같은 소설적 한계에도 해방 후 조선인의 참군열풍을 보여준 점은 큰 의미를 지니고, 이후 이러한 유형의 소설 창작에 있어 '항일투사의 자녀-참군열풍 시 국공내전 참전-한국전쟁 참전'과 같은 인물 설정의 한 원형이 되었다는 의의를 지닌다.

백호연(목일성)은 「어머니」(『문화』 1950.12)에서 아들 두 명 모두를 군대로 보내는 어머니를 그려 참군의 의미를 다시 생각하게 해주었다. 주인공 어머니의 큰아들 대섭은 일제의 징병을 피해 팔로군을 찾아간 인물로 해방전쟁 중에 어머니가 사는 성의 비적 퇴치 작전에서 선두로 성벽 넘어 공격로를 뚫다가 적의 총탄에 맞아 장렬하게 전사하였다. 우연히 먼발치에서 대섭의 전사 장면을 본 어머니는 전투에서 큰 공을 세운 대섭의 장례를 지내는 자리에서 대섭의 부대장에게 작은아들 대산을 참군시켜달라고 요청하였다. 인민의 적과 싸우는 해방전쟁에 참군하는 것은 국민의 신성한 임무라 생각하고 두 아들 모두를 참군시킨 어머니 모습은 조금은 작위적이지만 해방전쟁에 피 흘린 조선족의 희생을 강조하기 위한 장치로서의 의미를 지닌다.

그리고 이 작품은 작품의 도입부 말미에서 작전을 성공시키기 위해 성벽을 넘는 전투 장면을 현장감 있게 서술하였다.

그 용사는 어데까지나 선두의 자리를 잃지 않았다. 우리 군이 쏘는 적탄포 소리가 요란해졌다. 수류탄이 꼬리를 저으며 성안에 떨어지고 있었다. 눈은 아직 멎을 기색이 보이지 않는다. 이윽고 선두의 용사와 많은 전사들이 벌떼처럼 일어섰다. 여기에는 지휘가 필요 없었다. 용사들은 성벽에 스스로 다가붙어 서로 껴안고 사람 사다리를 만들었다. 어깨를 짚고 성을 뛰여넘으려는 것이다. 화력은 더욱 치렬해졌다. 먼 동문 쪽을 지키던 비적 무리들이 도주하는 것이 보이였다. 아마 불리한 형세를 보고 도망칠 모양이다. 선두의 용사는 이 층으로 된 사람 사다리를 짚고 성마루 턱에 기여 올랐다. 오르면서 수류탄을 던지며 새벽에 하던 것처럼 동지들에게 손짓을 하는 것이였다. 련신 많은 사다리가 이루어졌다. 이 순간 선두의 용사가 담을 넘으려는 그 순간 안으로부터 쏘아대는 탄환에 맞아 무어라 높은 고함을 지르며 떨어지는 것이였다. 뒤미쳐 또 한 용사가 낭떨어졌다.

인용 부분은 치열한 전투 상황에서 용감히 성벽을 넘는 전사들의 모습을 멀리서 본 어머니의 시점에서 서술하는 형식으로 되어 있다. 이 부분은 조선의 용군 제3지대 출신 작가 백호연의 작품답게 전투 장면에 관한 서술과 묘사가 마치 영화의 한 장면처럼 박진감 있게 이루어져 현실감을 획득하였다. 이러한 장면 묘사와 서술의 직접성은 관념 서술이 주가 되던 초기 조선족 소설과 달리 참신한 묘사를 사용한 점이 돋보인다.

이 시기에 항일투쟁의 역사를 다룬 대표적인 작품으로 김학철의 장편소설 『해란강아 말하라』(연변인민출판사, 1954)를 들 수 있다. 이 작품은 3부작으로 1954년 4월과 8월 그리고 12월에 각 부가 발표되었다. 발표 당시 독자들의 반응이 매우 뜨거웠으나, 반우파투쟁기에 김학철이 우파로 분류되면서 이 작품도 독초로 분류되어 많은 비평가로부터 혹독한 비판을 받았고, 김학철이 복권되던 1980년 말까지는 독자들이 작품 자체를 접할 수 없었다. 이후 재출간되어 독자들의 열광적인 호응을 받았고, 1988년 한국에서 출간하여 한국 독자들에게도 상당한 반향이 있었다.

김학철은『해란강아 말하라』의 머리말에서 이 작품이 "자유를 사랑하는 사람들에 의하여, 심지어는 그것을 위하여 자기의 귀중한 생명까지를 내여 바친 선렬들에 의하여 엮어진 력사 사실을, 그도 극히 적은 일부분을 추려내여 정리하여 알기 쉽게 하였음에 불과"하다고 밝히고 있다. 원산에서 태어나 서울에서 고등학교에 다니다 독립운동을 하겠다는 의지 하나만으로 중국에 건너가 관내에서 조선의용군 생활을 하고, 일본의 감옥과 서울, 평양, 북경을 거쳐 연변에 들어온 김학철로서는 연변 지역의 항일투쟁사에 관해 정확히 아는 바가 없었다. 따라서 이 작품의 집필 과정에서 많은 선배와 연변을 사랑하는 동지들의 도움을 받았다.

머리말에서 이 작품을 집필하는 데 도움을 준 항일투사 중 실명을 밝힌 사람만도 김신숙, 김치옥, 리삼달, 황사길, 진원묵, 김덕순 등 적지 않다. 김학철이 자신의 항일 체험을 바탕으로 한「지네」「담뱃국」을 비롯한 많은 작품을 발표하였음에도 긴 시간의 대담을 통해 연변 지역의 항일투쟁 체험을 수집하여 작품을 집필한 것에 대해 1990년 2월 연변문학예술연구회에서의 대담에서 선전부에서 임무를 맡겨서 의무감으로 썼다고 말한 바 있다. 이는 이 작품이 1954년 당시 조선족 문단의 유일한 전업작가였던 김학철이 공산당으로부터 임무를 부여받아 당의 역사적 관점에 맞추어 일제강점기 연변 지역 항일투쟁의 역사를 진실되게 드러내는 데 치중한 작품임을 알게 해준다.

이 작품은 연변 연길현 해란구(현재의 용정시) 버드나무골을 공간적 배경으로, 넓게는 동아시아 좁게는 연변 지역의 정치적 격변기인 한 1931년부터 1932년까지를 시간적 배경으로 하고 있다. 19세기 후반 근대화에 성공한 일본은 청일전쟁 승리 후 대만을 점령하고 러일전쟁 승리로 대련을 조차지로 확보하고 조선을 식민지로 병탄한 후 점차 제국의 꿈을 키웠다. 이후 20년 정도의 시간이 지난 1931년 9월 18일 선양 부근에서 류탸오후(柳條湖) 사건을 조작하고, 이를 빌미로 만주국을 수립해 반식민지로 삼음으로써 동아시아 전체를 장악하여 제국으로 나아가려는 야욕을 드러내었다. 1932년 3월 1일 만주국을 수립한 일제는 그해 4월부터 관동군을 앞세워 만주 전역에 산재한 항일무장 세력에 대한 대규모 소탕 작전을 개시하였다. 소위 치안공작을 불리는 무지막지한 일제의 토벌 작전으로 만주국 수립 직전 22만 명에 달하던 조선인과 중국인들로 이루어진 만주 지역 항일무장 세력이 1937년에 이르자 1만 5천 명 정도밖에 남지 않아 투쟁 역량을 보존하기 어렵게 되었다. 이렇듯 만주 지역이 일제의 영향권 안으로 들어오자 일제는 1937년 중일전쟁을 일으켜 동아시아 전역이 8년간의 중일전쟁의 참화 속으로 나아갔다. 이런 점에서 김학철이『해란강아 말하라』의 시간적 배경을 일제의 만주 지배가 현실화되는 만주국 수립 전후 시기로 설정한 것은 조선인의 항일투쟁사를 소설화하기에 매우 적절한 선택이었다.

만주국 수립 직후 일제의 만주 지역의 항일무장 세력에 대한 토벌 작전은 일제에 대한 저항이 누구보다 강한 조선인이 가장 많이 모여 사는 동만 지역에서 시작되었다. 만주국이 수립되고 얼마 되지 않은 1932년 4월, 일제는 당시 항일투쟁의 중심지였던 동만 지역을 평정하기 위해 엄청난 수의 관동군과 경찰 등으로 구성된 토벌대와 막강한 화력 그리고 항공기까지 동원하여 대규모 토벌을 감행했다. 토벌대는 모두 죽이고, 모두 불태우고, 모두 빼앗는 삼광정책을 동만 전역에 시행하여 동만 지역의 조선인들은 엄청난 인적, 물적 피해를 입었다. 1932년 동만 일대에서 일제에 의해 자행된 조선인에 대한 토벌은 엄청난 규모여서 수많은 조선인 마을이 불타고 주민의 대다수가 도륙당하여 해란강 지역에서만 1933년 봄까지 90여 차의 토벌을 통해 1,700명이 넘는 조선인 혁명가들이 학살당했다. 김학철이『해란강아 말하라』에서 해란강 대참안이라 기억되는 시기의 해란강 지역 조선인의 투쟁과 피해를 시공간적 배경으로 한 점만으로도 문제적이다.

3부로 구성된 이 작품의 개요만을 정리하면 다음과 같다. 1부에서는 1931년의 추수투쟁을 제재로 하고 있다. 반동세력의 억압과 착취에 시달리던 버드나무골 농민들이 공산당의 교육을 통해 계급의식과 반일의식이 각성되어 자신들의 이익을 보호하기 위해 스스로 조직을 만들어 마을 사람들의 힘만으로 추수투쟁을 벌여 성과를 이루었다. 2부에서는 1932년 춘황투쟁을 중심으로 스토리가 전개된다. 추수투쟁에서 승리한 버드나무골 농민들은 계급의식과 반일의식이 더욱 제고되고 투쟁의식이 각성되어 중국공산당의 도움을 받아 농민협회를 조직하고 그 역량을 강화하여 춘황투쟁을 성공으로 이끌고, 무장을 탈취하여 항일투쟁 역량을 강화하여 일제 주구를 압박하기 시작하였다. 그리고 3부는 만주국 수립 이후 일제의 강화된 토벌 작전의 결과를 보여준다. 농민협회를 중심으로 조직을 강화해 마을 전체를 투쟁을 위한 체제로 변화시키고 직접적인 항일 무장투쟁으로 나아가 적에게 적지 않은 피해를 입히나, 중무장한 토벌대의 공격으로 조직 자체의 존속이 위험해지자 중국공산당의 조언을 받아들여 지속적인 투쟁을 위해 마을을 소개하고 왕우구에 자리한 항일연군의 유격 근거지로 이동하였다.

『해란강아 말하라』는 1930년대 초 조선 민족이 처한 기본적 모순인 일제와의 투쟁을 소설화하기 위해 서사적 공간을 크게 네 개의 상징적 구역을 나누어 설정하였다. 소설의 주요 서사 공간은 가난한 농민들이 현실을 자각하고 의식이 제고되어 소작쟁의와 항일투쟁에 일어선 해란강 지역의 조선인촌과 버드나무골, 버드나무골에서 십 리가량 떨어진 산골 마을로 중국공산당 동만특위 해란구위원회가 자리한 화련, 일본영사관을 비롯해 항일 조직을 탄압하는 친일 반동 단체가 밀집한 국자가, 버드나무골 사람들에게 경찰력을 집행하는 중화민국 공안 분주소가 자리한 마반산 등이다. 이들 네 공간에 존재하는 갈등이 직접 부딪혀 투쟁의 대결 공간이 되는 곳은 버드나무골이다. 따라서 버드나무골 주민은 남녀노소 누구나 혁명과 반혁명 어딘가에 위치해 대결하게 되고, 그 결과에 따라 촌민 개개인의 운명과 마을의 미래가 결정되는 극한적인 상황에 놓이게 되었다.

『해란강아 말하라』에서의 항일투쟁은 조선을 식민지화하여 조선인의 삶을 황폐화시킨 일본제국주의를 타도하고, 농민을 착취하고 억압하는 지주와 일제의 주구를 청산하려 한다는 점에서 반제반봉건 혁명의 성격을 지녔다. 작품 내에서 혁명과 반혁명이 직접 부딪히는 중심 공간인 버드나무골에서 항일투쟁 세력과 이를 제압하려는 세력을 생동감 있게 형상화한 대표적인 인물로는 항일투쟁을 주도하는 두 인물 한영수와 림장검 그리고 그들의 투쟁을 파멸시키려는 두 인물 박승화와 최원갑을 들 수 있다.

한영수는 조실부모하고 어려서부터 박승화네 소작농으로 지내며 가난에 파묻혀 살다 보니 늘어난 빚에 장가도 못 가고 누이동생 영옥과 함께 살고 있었다. 기회가 되면 조상들의 고향 조선으로 나갈 생각에 버드나무골에 안착하지 못하고 지내던 그는 중국공산당을 만나 현실을 바라보는 시각이 넓어져 버드나무골에 정착해 마을을 변화시키겠다고 결심하였다. 정치의식이 높아진 한영수는 공산당에 가입하고 본격적인 활동을 시작해 마을 사람의 의식을 변화시켜 버드나무골 농민조직을 만들고 지부장으로 활동하였다. 그는 피신한 지하당원 두 명을 허련화 집 헛간 지하에 숨겼다가 피신시키고, 3.7제 소작률로 바꾸는 추수투쟁과 춘황투쟁을 이끌며 박승화와 대립각을 세우는 등 일제 주구를 청산하는 운동을 본격화하였다. 그는 추수투쟁 이후 박승화가 총으로 자신을 암살하려 하고, 주변 마을 지주들이 우물에 독을 풀고, 도검으로 농민들을 살해하는 등 폭력으로 대처하자 무장 없이 일제의 비호를 받는 세력과의 투쟁을 지속할 수 없음을 깨닫고, 무장 탈취 운동을 전개하여 마을 주민들을 모아 적위대와 유격대를 조직하여 본격적인 무장투쟁의 길로 나섰다. 또 그는 박승화 집 머슴인 림장검을 방조하여 공산당에 입당하게 하여 용감한 적위대 대장으로 성장시키고, 혁명의 과정에서 만났으나 현실 인식이 부족하여 남편에 대한 사랑만으로 움직이던 아내 허련화를 자기의 동생 한영옥과 함께 혁명의 길로 나서게 하였다. 이런 점에서 한영수는 현실의 모순을 깨닫고 그것을 변혁하기 위해 헌신하는 문제적 인물이자 주변 사람들을 교육하여 사회 변혁에 나서게 하는 매개적 인물이다.

림장검은 어릴 때 굶주림으로 죽은 어머니 품에서 살아남은 인물로 자기에게 불행만을 선사한 현실에 대한 반항심과 불같은 성격에 강한 의지를 지닌 인물이다. 어린 나이부터 외사촌 매부인 박승화 집에서 머슴으로 지내며 천덕꾸러기로 살던 그는 교활하고 돈에 악착스러운 박승화의 악랄함에 분노를 품고 박승화 집을 나왔다. 림장검은 박승화와의 갈등을 박승화의 개인적인 욕심과 악랄함에서 비롯한 것으로 인식하고 있었으나 한영수와의 만남을 통해 현실 인식이 변화하였다. 빈부의 차와 현실의 부조리를 개인의 운명으로 인식하는 봉건의식에서 사회구조의 문제로 인식하는 계급의식으로 각성한 림장검은 정치적으로도 성장하여 중국공산당에 가입하고 적위대 대장으로 활동하였다. 혁명을 지휘하는 자리에 있으면서도 그의 마음에 가득한 불만과 불같은 성격은 잦은 실수를 유발하였지만, 혁명가들과의 지속적인 만남과 계속되는 실천적 행동으로 정신적으로나 정치적으로나 크게 성장하였다. 그 결과 림장검은 마반산에 자리한 분주소에 들어가 총을 구해 오고, 일본군 토벌 부대 트럭을 공격해 전복시키고, 토벌대가 마을을 점령한 상황에서 촌민의 식량 부족을 해결하기 위해 적의 식량과 군마를 끌고 오고, 김달삼의 변절로 마을이 궤멸 상황에 닥쳤을 때는 무모하지만 적의 지휘관과 기관총수를 공격해 동지들이 안전하게 퇴각하도록 엄호하다 부상을 입고 체포되어 교수대에 올랐다. 림장검은 죽음의 순간까지 끝까지 적에게 비굴한 모습을 보이지 않았다. 교수대에 오르는 순간 박승화가 "공산당이 나쁘다"라는 한마디만 하면 살려준다고 회유하자 림장검은 "공산당은 나쁩니다. 공산당은—일본 살인자들과 자위단 강도놈들에겐 확실히 나쁩니다!"라 고함치며 미래에 대한 희망을 품고 죽음을 맞이하였다. 그는 한영수에 의해 매개된 인물이지만 정치적으로 성장하면서 대의를 실천하는 인물로 변화하여 투쟁을 이끄는 핵심 인물로 성장하였다. 림장검은 강한 카리스마로 지휘하고 동료들을 위해 체포되어 죽음으로써 남은 자들에게 꿈과 희망을 남겨, 비할 수 없는 용기와 인민에 대한 사랑을 간직한 헌신적인 혁명투사의 표상이 되었다.

박승화는 아버지가 평생 인민을 착취해 축적한 재산을 물려받은 버드나무골 일대의 지주이자 촌장이다. 그는 물려받은 재산을 보존하고 증식하는 것이 삶의 목표인 인물로 재산을 늘리기 위해 일제와 결탁하고, 국자가에 반동단체인 조선민회를 설립하여 해란강 지역의 지주와 부농들과 연합하여 농민의 투쟁에 대응하고, 자신들의 재산 증식에 방해되는 항일무장 투쟁과 공산당의 계급투쟁을 막기 위한 반일, 반공, 반혁명 활동에 앞장섰다. 박승화는 소작 농들이 한영수의 활동으로 의식이 각성되어 자신에 대해 적의를 갖게 되고, 추수투쟁과 춘황투쟁 등으로 청산당하자 악귀로 변하여 위선과 교활로 소작 민을 착취하던 방법을 벗어나 폭력을 동원해 악랄하게 농민들을 공격하였다. 그는 우두머리를 제거해 농민협회를 와해시키기 위한 모략으로 최원갑을 시 켜 중농 김행석을 청부 폭행하고, 타 동네 추수투쟁에 동행하지 않은 리 서방 을 청부 살해한 뒤 한영수에게 누명을 씌우기도 하였다. 그리고 리 서방 시신 에서 베어온 귀 두 쪽을 가져가 공산당원을 잡았다고 신고해 황국신민 칭호와 포상금 그리고 권총을 수여 받아 그 총으로 한영수를 암살하려다 실패하고 국 자가로 도망쳐 농민협회와의 대결을 이어갔다. 그리고 농민협회가 무장을 확 보하여 적위대와 유격대를 만들어 투쟁을 시작하자 박승화는 일제가 항일 세 력과 공산당을 퇴치하기 위해 조직한 하동 무장자위단의 단장이 되어 버드나 무골의 무장세력과 전면전을 벌여 궤멸시켰다. 지주 출신으로 농민을 착취하 고, 자신의 부를 지키기 위해 일제에 협력하며, 무장자위대를 이끌고 빨치산 퇴치에 앞장선 박승화는 반공 반혁명 세력의 전형이 되었다.

최원갑은 나루터 사공 출신으로 돈과 명예를 탐해 오랜 기간 자기와 함께했 던 버드나무골의 소작민을 배반하고 박승화의 앞잡이가 되어 마을 사람을 괴 롭히는 인물이다. 그는 게으르고 탐욕이 심하고 돈 앞에서는 비굴해지는 인 물로 권력자와 부자에게는 아부하지만, 힘없고 가난한 사람을 업신여기는 속 물이다. 그는 마을의 지주인 박승화에게 돈과 여자로 포섭되어 그의 수족으로 온갖 간계와 악행에 앞장섰다. 박승화가 한영수 패거리를 분리시킬 계략으로 김행석을 손보라고 하자 없애 치울까 반문하고는 반죽음을 만들고, 마을의 착 한 농민 리 서방을 살해하고 귀 한 짝을 잘라 오라는 지령에 두 짝 모두 갖다 바치고, 토벌대 1차 침공 때 귀순한 유인호의 장인을 도끼로 살해해 시체를 토 막 내어 가마에 삶는 등 잔인성을 발휘하였다. 최원갑은 박승화의 명령에 순 종하여 해란강 동안에 설치한 하동 반공자위단 버드나무골 분단장이라는 직 위에 올라 버드나무골의 적위대와 유격대를 토벌하는 일에 앞장서 마을 사람들을 공포에 떨게 하다가 적위대에 체포되어 사형당하였다. 이러한 잔인한 행적으로 작품에서 큰 인상을 남긴 최원갑은 어느 시대에나 개인적인 욕심과 탐욕에 사로잡혀 권력에 붙어 권력이 시키는 일을 처리하고 그 결과 손에 쥐어진 작은 권세를 휘두르며 자기만족에 빠지는 권력 추수형 인물의 전형이다.

이러한 대표적인 네 인물 외에 이 작품에는 다양한 인물이 등장하여 버드나무골의 농민투쟁을 형상화하는바, 그 대표적인 인물만을 간단히 소개하면 아래와 같다. 버드나무골 사립민중학교 교장으로 농민협회 선전 간사인 김달삼은 추수투쟁 때 아버지 김행석 집 투쟁에 앞장설 정도로 투사였으나, 박승화의 덫에 걸려 협박을 받고 또 지식인의 연약한 심성으로 혁명세력을 배반하고 토벌대의 진공을 열어주나 마지막 전투에서 사망하였다. 허련하는 15세에 늙은이에게 시집갔다 과부가 되어 돌아와 한영수 남매의 이웃으로 살며 한영수를 사모해 그의 일을 돕다가 집에 숨겨준 지하당원에게서 계급과 혁명에 대한 인식을 키워 영수의 아내이자 동지가 되고, 후에 감옥에서 낳은 아들을 한국전쟁에 지원군으로 참전시켰다. 한영옥은 용감하고 영리한 영수의 여동생으로 림장검을 사랑하여 항상 그를 돕고 농민협회 일에도 열심이나 마지막 전투에서 토벌대에 체포되어 사살되었다. 리성길은, 아버지는 박승화에게 어머니는 일본군에게 살해당한 고아로 용감하고 영리하여 농민협회 일에 크게 기여하여 소년단원(피오네르)으로 성장하고, 마지막 전투에서 전사를 위장했다가 생존하여 화련에 도착하였다. 이들 인물 하나하나가 작품 내에서 인상적인 활동을 통해 소설의 사실성을 확보해주었다.

이외에도 자수성가한 중농으로 갈등이 증폭하는 가운데 양측에서 서로 제편을 만들려는 김달삼의 아버지 김행석, 농민협회의 적극분자로 림장검과 많은 투쟁을 함께한 박화춘, 투쟁의 뒷꽁무니만 따라다니다 마지막 전투 날 보초를 서던 중 대규모 토벌대의 침공을 보고 겁을 먹고 도망친 류인호, 리성길의 형인 지적장애아 쌍가마, 쌍가마 형제 아버지로 최원갑에게 살해되는 리서방, 버드나무골의 유일한 한족으로 농민협회 조직간사인 왕남산, 중국공산당 동만특위 위원으로 해란강 부근 각종 투쟁의 조직자인 장극민, 해란구 위원회 위원 양문걸, 해란구 위원회 위원 배상명 등 버드나무골의 투쟁을 이끌어간 인물은 수없이 많다. 이들을 통하여 소설의 사건과 갈등은 더욱 풍성해지고 혁명의 과정이 한 영웅의 것이 아닌 각각의 인민이 모여 이루어내는 것임을 분명하게 보여주었다.

이상에서 보았듯이 이 작품은 한영수, 림장검, 박승화, 최원갑 등 주된 인물들의 성격화가 작품의 갈등을 발생시켜 고조시키는 역할을 담당하며 항일투쟁의 경과를 사실적으로 그렸다. 그리고 이 작품에 등장하는 김달삼, 허련화, 한영옥, 리성길을 비롯한 수많은 보조적 인물들이 항일투쟁의 과정에 현실성과 다양성을 제공해주었다. 이 작품은 기본 서사는 크게 보아 농민이 단결하여 일제와 그 주구인 지주들과 투쟁하다 실패로 끝나고 미래를 기약하는 것으로 요약할 수 있지만, 이러한 서사 속에는 개개인의 심성과 욕망의 차이 때문에 투쟁의 과정에 서로 다르게 반응하고 행동하는 인간의 다양한 면모가 보인다. 이러한 다양한 인간군의 설정으로 모든 투쟁에는 아군과 적군만이 존재하는 것이 아니라, 그 사이에는 상당히 결이 다른 많은 인간군이 존재하고 있음을 보여줌으로써 이 작품은 항일투쟁의 전개 과정의 진정한 면모를 핍진성 있게 형상화할 수 있었다.

『해란강아 말하라』는 항일투쟁을 소설화하면서도 혁명과 반혁명에 참여한 인물들이 인간임으로 인해 발생하는 여러 변수도 놓치지 않고 꼼꼼히 소설화하였다. 첫째, 버드나무골 농민은 일제의 억압과 지주들의 착취에 저항해 한영수라는 문제적 인물의 지도를 받아 자발적 조직을 만들어 투쟁하였기에 당원으로서의 통일성보다는 인간으로서의 개별성이 강하다. 과부인 허련하는 사모하는 농민협회 회장 한영수의 요청으로 숨겨준 비밀요원으로부터 팔자소관이라는 관념을 극복하고 새 시대를 만드는 혁명사업을 함께 하는 동지가 되어야 한다는 조언을 듣고 현실에 눈을 떴다. 이후 그녀는 간고한 삶을 살면서도 또 감옥에서 낳은 아들이 성장하여 한국전쟁에 지원군으로 나갈 때까지 이 말을 잊지 않았다. 그러나 허련하는 혁명사업에 참여한 것을 영광으로 여기면서도 그것이 사랑하는 한영수를 즐겁게 해주는 것이라는 데 만족하는 모습을 보이기도 한다. 그녀에게 있어 혁명사업이란 이같이 양면적인 속성을 지니는 것이었다. 이러한 양면성은 한영옥이 공산당의 이념을 실현하는 혁명보다는 사랑하는 림장검과 함께 하는 일에 더 집착하는 점에서도 나타난다. 이는 김학철이 자신의 항일투쟁 체험에서 깨달은 바, 인간은 이념보다는 욕망에 더 충실하다는 인식을 드러낸 것이었다.

또『해란강아 말하라』의 등장인물들은 완전한 영웅이거나 완전한 악인으로 형상화되기보다 인간의 양면성을 보여주었다. 혁명을 이끄는 인물들이 상황에 따라 실수를 범하기도 하고, 상황 전개에 따라 신념이 흔들려 변절하기도 하는 것이다. 한영수가 우군으로 끌어들여야 할 중농 김행석을 투쟁했다든지, 장극민이 비적 대장 등충을 동지로 끌어들이려다 별 소득을 얻지 못했다든지, 박승화의 계략에 빠진 농민학교 교장 김달삼이 자신과 아버지의 목숨을 구하기 위해 농민을 배반하는 것 등은 그 예이다. 또 지주이자 일제의 주구이며 반혁명 세력의 상징인 박승화가 농민을 착취하고 겁박하고 심지어는 살해하는 잔혹한 면과 함께 아이들에 대해서는 인자한 사랑을 베푸는 양면적인 면모를 드러내는 것 또한 그 예이다.

이렇듯『해란강아 말하라』에 등장하는 인물들은 혁명투사로서의 강인하고 철저한 모습과 회의하고 고민하고 실수하는 면모를 함께 가지고 있고, 악인이면서도 어느 한 면에는 착한 심성이 있음을 보여주는 등 인간으로서의 한계와 이중적 면모를 사실적으로 드러내 보였다. 김학철이『해란강아 말하라』에 등장하는 인물들에게서 이러한 다양한 인간적 면모를 그리고 있는 것은 인간은 절대적으로 착하거나 전적으로 악하지는 않다는 작가 자신의 인간관을 드러내 보인 것이라 하겠다.『해란강아 말하라』가 가진 이러한 역사와 현실 그리고 인간에 대한 정확한 이해를 바탕으로 한 사실주의적인 작품은 김학철이 반우파투쟁으로 비판받은 뒤, 항일투쟁의 역사를 왜곡하고 지주와 농민의 이해에서 반동성을 드러내고 지주를 찬양하고 당원의 오류를 과장하였다는 집중적인 공격을 받는 근거가 되었다.

버드나무골 사람들이 벌이는 투쟁은 기아에서 벗어나기 위한 몸부림이며 인간답기 위한 노력이었다. 그들은 신교육을 받고 돌아와 사립민중학교를 세우고 헌신하는 김달삼과 공산당에 가입하고 농민협회를 만들어 농민운동을 주도하는 한영수와 함께 농민조직을 만들고 중국공산당 해란구 지구당과 연계하였다. 특히 머슴을 살던 림장검은 집을 뛰쳐나와 이웃 한영수의 집에서 함께 살며 해방운동에 투신하여 영웅적인 활동을 전개하였다. 버드나무골 농민들이 이러한 현실 인식에 도달한 것은 한영수라는 문제적 인물이 선전하고 김달삼 같은 지식인이 교육한 결과였다. 그러나 마을 농민이나 림장검이 강한 혁명성을 갖게 되는 데는 쌍가마 아버지 리 서방이 예전에 송아지를 찾으러 러시아령으로 들어갔다가 보고 들은 바 러시아의 착취 없는 새로운 세상 이야기에서 받은 영향도 적지 않았다.

> 그곳 농민들은 (중략) 쌍가마 아버지들이 처음 보는 훌륭한 가구들을 가리키며 저런 것을 당신네도 가지고 있느냐고도 물었다. 무엇으로 땅을 가느냐, 가을은 어떻게 하느냐고도 물었다. 그리고는 자기네의 신식 농구들을 내보이며, 와서 좀 시험하여보라고까지 하였다.
> 그러나 젊은, 총을 멘 수비병이 머리를 가로 흔들었다. 그들더러 더 지체 말고 이젠 송아지를 찾았으니 도루 넘어가라고 하였다. 쌍가마 아버지들은 자기네는 갈 의향이 없노라고 떼질하였다. 거기 아주 눌어붙을 작정을 하였다.
> 그랬더니 그 젊은 수비병은 웃으면서 총을 들어 적을 쏘는 형용을 하며 타이르기를, 남의 만들어놓은 것을 부러워만 말고 당신네도 돌아가서 이런 살기 좋은 세상을 만들면 되지 않느냐, 이것은 여기 농민들이 노동자 형제들과 같이 자기네의 피를 흘리며 싸워 얻은 것이라고 하였다.

피 흘려 투쟁함으로써 착취를 벗어나 경제적인 안정과 함께 인간다운 삶을 쟁취했다는 러시아 사람의 이야기는 버드나무골 사람들에게 희망으로 다가왔다. 자신들이 힘을 합쳐 지주 계층과 투쟁한다면 보다 나은 삶을 유지할 수 있다는 진실을 스스로 깨닫게 된 것이다. 특히 림장검에게 이 말은 자신의 고통스러웠던 삶과 한영수의 방조와 함께 상승 작용을 하여 세상을 변화시켜야 한다는 열망을 북돋워 혁명전사로 성장하게 한 원동력이 되었다.

림장검을 비롯한 많은 버드나무골 농민은 자신들의 꿈을 실천하기 위해 중국공산당 동만 특별위원회 해란구 위원회의 지도와 지원으로 투쟁 방향을 결정하고 지주 청산 시 협조를 구하기도 하였다. 또 해란구 지부에서 조직적 투쟁을 기획하고 실행하면 다른 마을 사람들과 함께 투쟁하기도 했다. 이런 점에서 버드나무골 농민들에게 있어 공산당과 공산주의는 새로운 세상을 알려주는 이념이면서 그 이념을 실천해나가는 과정에 도움을 주는 협조자로 존재하였다.

조선족 소설에서 조선족이 중국 혁명의 당당한 일원이었다는 자긍심을 드러내는 것은 조선족이 중국 공민이 될 충분한 자격을 확인해주는 일이었고, 중화인민공화국 수립 이후 재만 조선인이 중국을 선택해 조선족이 된 것이 단순한 이념의 선택이 아니라 역사적 필연이라는 확신의 표현이었다. 『해란강아 말하라』 역시 조중 단결로 이루어낸 항일투쟁의 역사를 통해 민족 역사에 대한 기억을 회복하고, 중화인민공화국 내에서 조선족의 민족적 자긍심을 고양하고자 하는 목적이 두드러진다. 이 작품은 직접 해란강 대참안 시기 투쟁에 참여했던 제보자들이 가지고 있던 항일투쟁사에 대한 자긍심과 귀중한 생명까지 바친 선열들이 엮어낸 역사적 사실을 소설화해야 한다는 작가의 의식이 작품 여기저기서 직접 노출되어 문학의 목적성이 자율성을 간섭하는 한계를 드러내기도 하였다.

조선족 소설사에서 『해란강아 말하라』가 갖는 문학사적 의의는 아래와 같이 정리해 볼 수 있다.

첫째, 이 작품은 조선족 소설사 최초의 장편소설이라는 의의를 지닌다. 김학철은 해방 이후 한국에서 자신의 항일의용군 체험을 바탕으로 한 단편소설을 창작하였고, 북한에 있던 시기에 자신의 최초의 중편소설 「범람」을 쓰고 중국에 이주해 와서 조선족 최초의 중편소설 「번영」을 발표한 바 있다. 이렇듯 작가 개인적으로나 조선족 소설의 발전에 있어 『해란강아 말하라』가 갖는 의의는 적지 않다. 이 작품이 발표되고 8년 후 리근전이 장편소설 『범바위』를 발표하는 바, 김학철이 조선족 소설 문단에서 당시 작가들과 비교해 어느 정도 앞서 있었으며 또 그가 미친 영향이 어느 정도인지 알게 해준다.

둘째, 이 작품은 조선족 소설사에서 중요한 한 주류를 이루고 있는 항일투쟁, 반제반봉건 투쟁 서사의 원형이라는 의의를 지닌다. 1910년대 이후 만주 지역은 항일투쟁의 중심 무대였고, 재만 조선인은 일본군과 항일무장 세력의 전투 중에 엄청난 피해를 입었다. 먹고살기 위해 만주로 건너와 중국인에게 차별받고 일제와 투쟁하며 가꾸어온 역사는 조선족 이주사의 뿌리이자 조선족의 민족적 자긍심의 근거였다. 조선족 장편소설의 상당 부분을 차지하는 조선족 이주사를 다룬 소설이 이 작품으로부터 받은 바 영향이 적지 아니하였다.

셋째, 이 작품은 조선족 소설사에서 작가가 체험자와의 직접 면담을 통해 제재를 취재하여 작품을 집필한 최초의 예이다. 김학철은 당 선전부에서 임무를 맡겨 정치적 의무감으로 몇 달에 걸쳐 김신숙, 김치옥을 비롯한 용정 지역의 항일투사들의 제보로 선조들의 피어린 역사에 관한 자료를 수집해 이 작품을 썼다. 김학철 자신은 기교가 없어 오랜 기간 취재를 했다지만, 이는 관내에서 항일의용군 생활을 했던 김학철이 연변 지역의 항일투쟁사를 자세히 알지 못해 체험자들에게서 자료를 모을 수밖에 없어 선택한 제재 수집 방법이었고, 이러한 취재를 통한 창작은 전업작가라는 신분 덕분에 가능한 것이었다.

이념 과잉 시대의 정치적 억압
(1957~1978)

제1장

시대 개관

1. 중국 정치 상황의 좌경화

건국된 지 5년이 지난 1954년 9월 20일 「중화인민공화국 헌법」이 제정되었다. 이 헌법의 전문에는 "우리나라 인민은 중화인민공화국을 건립하는 위대한 투쟁 중에 이미 중국공산당이 영도하는 각 민주 계급, 각 민주 당파, 각 인민단체의 광범위한 인민민주통일전선을 결성한 바 있다. 앞으로도 전국 인민을 동원하고 단결하여 국가 과도기 총책임을 완수하고 내외의 적을 반대하는 투쟁에서 우리 인민민주통합전선은 그 역할을 계속해 나아갈 것이다."라 하여 중국공산당이 중국의 여러 계급과 정당 그리고 인민단체를 앞장서서 이끌고 지도하여 국가 운영과 적과의 투쟁에 책임을 진다는 점을 명문화하였다. 이는 당시 중국공산당과 함께 중화인민공화국의 국정 운영을 담당하였던 중국민주동맹과 기타 비공산당 계열의 여러 정파의 반발을 불러왔다.

중화인민공화국은 당초에 연합정부를 표방했다. 국민당을 제외한 민주적인 정파와 계급이 연합한 통일전선으로서 연합정부를 지향한다고 선언했으나 이러한 이념적 지향은 건국 직후부터 유명무실해졌다. 중국공산당이 지도력을 강화하기 위해 국가, 정부, 사법기관, 대중단체 등 모든 중요기관에 당의 세포 조직을 설치할 것을 결정한 것이다. 당의 지배는 시간이 가면서 점차 강화되었고, 1953년에는 중국공산당이 일원적으로 국가 간부의 모든 인사를 관리한다고 결정하였다. 이로써 중화인민공화국은 중국공산당의 의견이 국가와 정부에 그대로 실현되는, 즉 하나의 정당이 국가와 정부에 대해 우월적 위치에 자리하는 '당-국가 체제'로 나아가게 되었다.

중화인민공화국 수립 이후 중국인민동맹을 비롯한 여러 민주 당파의 인사들은 연합정부 아래에서 각료급을 포함한 정부의 직책을 공산당과 함께 일정한 비율로 나누어 맡았으나, 실제 국정 운영에 있어 많은 결정은 정부 내부의 당 조직과 당 위원회 등 공산당의 조직 계통에서 이루어졌다. 중화인민공화국이 처음 지향했던 신민주주의 이념과 실제 국가 운영에서 '당-국가 체제'에 의해 나타난 이러한 현실 사이의 괴리가 「중화인민공화국 헌법」 서언에 명문화된 데 대해 비공산당 민주 인사들은 비판의 시각을 가질 수밖에 없었다. 이에 대한 불만이 폭발한 것은 1957년 4월부터 시작된 중국공산당의 기율을 바로 잡으려는 목적을 지닌 정풍운동 가운데 전개된 쌍백(백화제방 백가쟁명) 방침의 분위기 속에서였다.

1956년 2월 소련공산당 제20차 당대회에서 스탈린 격하 운동을 시작으로 수정주의로 나아가고, 폴란드와 헝가리 등 위성국가에서 자유화 물결이 일어나자 중국공산당 내에 위기감이 팽배했다. 소련의 정책 변화에 따라 소련과의 이념 갈등이 시작되자 중국공산당은 전 인민의 사회주의 이념을 강화함으로써 위기를 돌파한다는 결정을 내리게 되었다. 자본주의와 수정주의가 중국 내부에서 준동하여 사회주의 혁명이 퇴보할 것을 두려워한 중국공산당은 당원을 대상으로 이념을 강화하는 정풍운동을 시행하고, 전 인민에게 마르크스레닌주의 사상을 고취함으로써 진정한 공산주의 사회로 나아간다는 목표 아래 수정주의를 방어하고 반대하자는 방수반수(防修反修)를 내세웠다.

1956년 5월 최고국무회의에서 예술 방면에서 백화제방과 학술 방면에서 백가쟁명의 방침이 필요하다는 소위 쌍백 방침이 제기되고, 이듬해 2월 27일 마오쩌둥은 「인민 내부에서의 모순 처리」라는 연설을 통해 모든 사상과 학설을 자유롭게 발표하고 토론하자는 '백화제방, 백가쟁명'과 공산당과 여러 민주 정파 간의 '장기공존, 상호감독'을 강조하는 양대 방침을 역설했다. 이러한 현실에 관한 자유로운 토론을 장려하는 사회적 분위기에 따라 항일전쟁 시기에 일제와 국민당에 저항하던 학자와 언론인 등 많은 민주 인사가 당시 중국의 현실에 대한 의견을 발표했다. 그러자 중국공산당에서는 각 분야 전문가로 구성된 정치설계원이 필요하다는 장보쥔(章伯鈞), 각종 숙청운동에서 발생한 오류를 바로잡아야 한다는 뤄룽지(羅隆基), 국가권력을 공산당이 장악한 '당천하'가 해소되어야 한다는 추안핑(儲安平) 등 공산당의 변화를 요구한 정계와 언론계의 비판을 우파의 공격으로 규정하고, 이들을 청산하기 위한 정풍운동으로서 반우파투쟁을 1957년 6월부터 전개하였다. 이와 함께 보다 나은 신중국의 미래를 위해 사회주의 민주화와 인민의 자유를 주장한 북경대학의 탄톈룽(譚天榮)과 린자오(林昭), 인민대학의 린시링(林希翎)을 비롯한 여러 대학의 학생과 교수 그리고 지식인 등 민간에서 발생한 사상 및 정치 운동에 대한 비판도 본격화되어 반우파운동이 엄청난 규모로 전개되었다.

약 2년에 걸쳐 중국 전역에서 벌어진 반우파투쟁의 결과 55만 명이 넘는 지식인과 대학생 그리고 그들과 연루된 많은 사람이 우파로 분류되어 비판받아 사형당하거나 수감되었고, 대다수는 노동수용소에서 사상 개조를 요구받았다. 그리고 이 과정에서 적지 않은 우파 인사가 반복적인 심문과 정신적·육체적 학대 그리고 기아에 시달리다 사망하거나 자살하는 비극을 맞이했다. 그리고 실형을 면한 우파들도 공민의 자격을 박탈당한 채 농촌으로 보내지거나 사회로부터 격리되어 사상 개조를 요구받고, 정치 풍파 때마다 투쟁의 대상이 되며 문화대혁명이 끝나고 무죄 처분될 때까지 20년 이상 고통스러운 삶을 살았다. 반우파투쟁 기간에 우파 지식인에게 가해진 엄청난 탄압으로 중국 사회에는 언론의 자유가 말살되었고, 공산당의 독재가 강화됨에 따라 지식인 사회를 중심으로 성장해가던 당에 대한 비판과 사회주의 민주화에 대한 지향도 사라지게 되었다. 이는 중화인민공화국 수립 당시의 연합정부가 꿈꾸던 신민주주의의 파탄이며, 국가와 정부에 대한 당의 우위, 즉 '당-국가 체제'의 확립을 의미하였다.

반우파투쟁이 일단락된 1958년 제2차 5개년 계획이 시작되었다. 제1차 5개년 계획의 상당한 성과를 바탕으로 제2차 5개년 계획은 도시의 소자본을 인정하던 신민주주의 경제정책에서 사회주의 집단경제로의 전환을 통한 경제성장을 추진했다. 그러나 소련이 수정주의로 전환한 데 따른 중소 간의 이념 갈등이 고조되어 중국 주재 소련 과학자와 기술자들이 본국으로 소환되자 중국은 소련의 원조로 건설한 시설을 이용한 자력갱생으로 정책의 기조를 바꾸었다. 당시 중국은 농업 집단화와 공장의 공유화 등 사회주의 체제가 확립되어 생산관계는 선진적이었지만 기술력 부족으로 생산성은 낮은 수준에 있었다. 이 같은 사회체제와 생산력 사이의 간격을 메꾸고자 제2차 5개년 계획을 대신하여 인민의 힘으로 생산성을 배가하자는 대약진운동을 내세웠다. 사회주의 경제체제의 이점을 살려 '많이, 빨리, 좋게, 절약하여', '15년 안에 영국을 추월한다'는 목표를 제시하고 전국적인 노동운동을 전개한 것이다.

대약진운동이 시작될 당시 농업이 국가 경제의 주축이었던 중국은 농업에서의 원시 축적을 공업의 기본 자산으로 수용하는 순환 시스템을 형성하여 농업 생산의 지체는 공업의 발전에 악영향을 미칠 위험이 상존했다. 따라서 대약진운동은 농업 생산성을 올리기 위한 수리 시설을 확충하는 것으로 시작하였으나 생산 시설과 기술력이 부족한 상황에서 엄청난 규모의 인민을 동원하여 토목공사를 벌일 수밖에 없었다. 산업화를 추진할 기본 자산이 부족한 중국에서 농업과 공업, 경공업과 중공업이라는 모순되는 두 과제를 동시에 추진하기 위해 기댈 수 있는 유일한 자산은 대약진운동에 동원되는 인민 개개인의 혁명적 정신뿐이었다. 대약진운동은 동원된 인민의 주관적인 의지, 즉 하고자 하는 기백에 의존해야만 했고, 당시 중국공산당은 중국 인민은 그런 정신과 의지를 충분히 갖추고 있다고 선전·선동할 수밖에 없었다.

그러나 대약진운동에서 추진한 수리 시설 건설, 강철 증산, 농업 증산 등 대부분의 운동은 실패하였다. 인력을 동원하여 간단한 장비와 폭약만 사용하여 댐과 수로를 건설하는 공사는 자재와 기술력의 부족으로 많은 문제점을 드러냈다. 현대적인 제철 시설이 부족한 현실을 극복하기 위해 전통적인 토법고로

제3부 이념 과잉 시대의 정치적 억압(1957~1978)

를 사용하여 강철 증산 운동을 벌이고 인민을 동원했으나 저품위 철강 생산으로 끝났다. 또 농업 증산을 위해 새로운 농법으로 깊이 갈고 빽빽이 심는 '심경과 밀식'을 도입하였으나 오히려 소출이 급감해 경제 상황은 더욱 나빠졌다. 그러나 현장의 간부들은 목표를 달성하지 못하고도 자신의 안위를 위해 허위 보고하기 일쑤였고, 그에 따라 공출량이 과도하게 책정되고 다음 해에는 더 높은 생산 목표가 할당되어 농민의 삶이 황폐해졌다. 더욱이 이 시기 중국 전역에 걸쳐 발생한 기상이변은 농업 생산에 결정적인 타격을 입혀 수천만 명의 농민이 아사하는 지경에 이르렀다.

인민의 삶이 도탄에 빠져 있던 1959년 7~8월에 강서성 루산(廬山)에서 열린 중국공산당 8기 중앙위원회 8차 총회에서 국방장관 펑더화이가 고향 농촌 지역 시찰에서 확인한 바에 기대어 대약진운동에 대한 의견서를 제출하였다. 그는 이 의견서에서 삼면홍기 정책, 즉 사회주의 건설 총노선과 인민공사 그리고 대약진 등의 정책 방향은 옳았지만 조급한 진행과 허위 보고 등으로 실패로 귀결되어 인민의 삶이 도탄에 빠졌음을 지적하고, 대약진운동을 중단할 것을 호소하였다. 그러나 마오쩌둥을 비롯한 당 중앙에서는 루산 회의 기간 내내 펑더화이에 대한 비판대회를 진행하여 펑더화이와 그의 의견에 동조한 간부들을 우경 반당이라 규정하고 펑더화이를 해임했다. 그리고 루산 회의가 끝난 후 당과 군 내에서 반우경운동을 전개하여 수만 명의 당원과 군인을 우경 기회분자로 분류하여 직무에서 배제했다.

1957년 발생한 반우파투쟁은 후에 계급투쟁으로 규정되었다. 1956년 중국 공산당 제8차 당대회에서 사회주의가 실현되었음을 선언하였으나 그것은 제도상의 문제일 뿐이었다. 계급투쟁의 바탕이 되는 계급의식이란 인간의 내면에 존재하는 것으로 언제든 세계를 인식하는 다른 방식이 등장할 수 있기에 인간 사회에서 계급투쟁은 상존할 수밖에 없는 일이다. 소련의 수정주의를 바라보는 시각의 차이가 반우파투쟁이라는 계급투쟁으로 현실화하여, 중국공산당이 영도하는 중화인민공화국에서 당외 민주가 사라지고 말았다. 그리고 대약진운동을 바라보는 시각의 차이가 펑더화이 사건으로 나타나고, 이 역시 계급투쟁으로 규정되어 당내 민주도 사라지게 되었다. 이렇게 당 내외에서 민주가 사라지고 헌법의 논리를 계급투쟁의 논리가 대체하게 되자, 새로운 갈등 상황이 발생하면 권력이 결정한 계급의 적에 대해 군중을 동원하여 비판하는 군중전제정치가 이루어졌다. 이러한 법 위에 존재하는 군중전제정치의 반복으로 중화인민공화국은 문화대혁명이라는 전대미문의 혼란 속으로 한 걸음씩 나아가게 되었다.

문화대혁명은 1966년 5월 16일 「중국공산당 중앙위원회 통지」를 신호로 중국 전역에서 폭발되어 1976년 3월 저우언라이가, 9월 마오쩌둥이 사망하고, 그해 10월 사인방이 체포되기까지 10년에 걸쳐 전개되었다. 대약진운동으로 황폐화한 경제를 되살리기 위해 류사오치(劉少奇)와 덩샤오핑 등이 당권을 장악하고 신경제정책을 펼쳤으나, 당의 권력은 마오쩌둥에게 집중되어 있었다. 소련의 수정주의 정책을 자본주의로의 회귀라 비판한 중국공산당은 폴란드와 헝가리에서의 자유화 물결, 미국의 베트남 침공 그리고 소련과 인도와의 국경 분쟁 등을 국가 체제를 위협할 위기로 인식했다. 중국공산당 내에는 이러한 위기로 인해 피로써 쟁취한 사회주의가 전복되는 것은 아닌가 하는 우려가 적지 않았고, 당의 실권자인 마오쩌둥은 아래로부터의 의식화 운동을 통하여 중국이 수정주의로 나아가는 것을 막아야 한다고 결정하였다. 마오쩌둥의 결정은 군중을 동원해 이념을 결속함으로써 국내외적 위기를 단기간에 극복하고 진정한 사회주의를 완성하겠다는 것이었고, 이러한 무모한 시도는 기존의 질서를 전면 부정하는 문화대혁명으로 현실화되었다.

문화대혁명은 크게 세 시기로 나눈다. 첫째 시기는 당의 방침에 따라 홍위병이 기득권층과 지식인을 비판하고 조반과 탈권을 시도한 1966년 5월부터 1969년 4월 중국공산당 9전대회까지, 둘째 시기는 마오쩌둥이 구상한 사회주의 국가건설을 목표로 균등 분배의 원칙에 따라 혁명위원회가 국가를 운영하던 9전대회에서 1973년 8월 중국공산당 10전대회까지, 셋째 시기는 마오쩌둥식 국가 건설의 이상과 현실 사이의 괴리 조정을 통한 문화대혁명 성과의 정착 시도가 실패하고 문화대혁명이 종결되는 중국공산당 10전대회부터 사인

방이 체포된 1976년 10월까지이다. 이 중 중국인들에게 가장 충격적인 기억으로 남아 있고 기득권층과 지식인이 큰 피해를 본 것은 첫째 시기이다. 그러나 당의 탄압으로 홍위병의 활동이 중단된 후, 농민에게 배우자는 구호에 따라 수많은 지식 청년이 하향되어 농촌에서 집체호 생활을 한 둘째 시기 이후의 기억도 중국인에게는 처참하고 강렬한 것으로 남아 있다.

이념의 절대성을 맹신한 마오쩌둥이 군중 동원을 통해 전 인민을 이념 무장시킴으로써 외부로부터 유입되는 수정주의와 내부에서 형성된 우경화를 극복하고 사회주의를 완성하려 한 문화대혁명은 실패로 끝나고 말았다. 자본주의 교육을 받은 지식인이 국가를 경영하면 우경화될 것을 우려한 마오쩌둥이 문화대혁명 와중에 사회주의 이념으로 무장한 전문가 집단의 양성에 노력을 기울였으나 그 역시 실패했다. 그리고 농민의 헌신에 힘입어 승리를 쟁취한 마오쩌둥이 혁명을 위해 농민의 순수성을 배우자고 중학과 대학을 졸업한 청년을 농촌으로 내려보낸 상산하향 운동은 한 시대의 지식인에게 커다란 정신적 외상을 남겼다.

오랜 전란을 끝내고 치세로 나아가기 시작한 중화인민공화국은 국가 경영을 담당할 각 분야 전문 지식인의 도움이 절실했다. 그러나 마오쩌둥은 자신의 전쟁과 승리의 경험만을 절대적으로 믿어, 지식인을 배제하고 인민을 동원해 인민의 힘으로 사회주의 국가를 건설하고자 반우파투쟁을 일으키고, 문화대혁명을 발동하여 국가 대란의 상황으로 내몰았다. 이러한 정치적 격동과 집체주의적 현실 속에서 개인은 질식되었고, 사회주의 국가 건설에 독초라 분류된 우파 지식인은 말할 수 없는 고초를 당하고 죽음으로 내몰리기도 하였다. 그 결과 반우파투쟁 이후 문화대혁명까지 20년 동안 중국 사회는 발전을 멈추었거나 오히려 퇴보하여, 이 시기는 중국 현대사의 커다란 상처가 되었다.

2. 조선족 사회의 반우파투쟁과 문화대혁명의 특수성

1956년 5월에 제기되어 이듬해 2월 말부터 중국 전역에서 본격적으로 불기 시작한 '백화제방 백가쟁명'의 분위기가 연변에서는 그보다 몇 달 늦게 시작되었고, 반우파운동은 그만큼 빠른 속도로 진행되었다. 중국공산당 연변주위에서는 1957년 5월 20일부터 3일간 연변작가협회 부주석 김순기, 연변교육출판사 편집 담당 김동구와 서헌, 연변문학예술연합회 부주임 정길운, 『아리랑』 편집인 김창석, 작가 김학철 등 연변 지역의 문학예술계 인사 40여 명을 초청하여 쌍백 방침을 실천하고 연변주위의 문예사업을 전개하기 위한 방안을 모색하는 좌담회를 개최했다. 이 자리에서 연변조선족자치주 주장 주덕해는 전국적으로 전개되는 쌍백 방침을 연변에서도 전개하여 연변주위의 문예사업에 관해 자유롭게 의견을 개진해달라고 요청했다. 이 자리에 참석한 인사들은 연변 문학예술계의 발전을 바라는 쌍백 방침을 긍정하면서 문학예술계가 직면한 가장 큰 문제점으로 문학예술의 특수성을 무시하고 이를 교조적으로 다루어 사상 모자를 씌워 문학예술이 객관적 현실을 담아내지 못하고 정해진 틀 안에 맞추게 된다는 점과 연변 문예계를 지도하는 간부가 몇몇 문예인의 의견에 따라 문예사업을 처리하여 많은 문제와 혼란을 낳았다는 점 등을 지적했다.

이어서 5월 23일부터 이틀간은 과학기술계 인사들과, 29일부터 이틀간은 연변공상계 인사들과 동일한 내용의 좌담회를 개최하였고, 여기 참석한 각계 인사들도 문학예술계와의 좌담회에서와 비슷한 취지의 발언을 하였다. 그리고 연변주위의 기관지인 『연변일보』는 5월 24일부터 27일까지 여러 면에 걸쳐 문학예술계와 과학기술계와의 좌담회에서 참석자들이 쌍백 방침에 따라 발언한 내용의 요지를 게재하여 쌍백 방침과 관련한 사회 각 분야의 전문가들이 제기한 의견들을 소개했다. 연변의 각 분야 지식인들은 연변주위에서 개최한 좌담회를 끝내고 조금은 더 자유로운 분위기가 만들어지리라 기대하였다.

그러나 쌍백 방침에 대한 각 분야 전문가들의 의견이 알려진 직후인 6월 5일부터 연변주위는 문학예술계와 신문출판계와의 좌담회를 소집해 정풍운동을 준비했다. 6월 11일『연변일보』에는 신문출판계, 미술계, 의료계 등과의 좌담회를 소개하면서 각 분야에서 당의 구체적 영도를 강화해 현장의 실제적 곤란을 해결해달라는 내용의 기사가 실렸다. 이 기사는 당의 구체적 영도를 강화해야 한다는 주지로 이전의 문학예술계, 과학기술계, 연변공상계와의 좌담회에서 나온 전문가들의 의견과는 결을 달리하는 것이었다.

6월 중순부터 연변에서는 관내에서와 마찬가지로 추안핑 같은 민주당파 언론인들의 논설에 대해 반사회주의적이라는 비판이 등장하였다. 이어서 6월 12일 연변대 농학원 학생, 14일의 연변대 교직원이 좌담회를 열어 반사회주의적 언론을 비판했다. 이어서 연변 각 지역의 노동자들이 우파분자들의 반사회주의적 언론을 비판하는 대회를 열었고, 6월 말과 7월 초에는 연변의 노동자들이 우파들의 반동 언론을 규탄하였다. 이후 8월 말까지 연변 각 지역의 인민들은 독초를 식별하여 제거하고, 우파분자들과 정치적 계선을 나누고, 공산당의 영도 아래 사회주의의 길을 견지할 것을 다짐하는 군중대회를 개최하였다.

이와 함께 연변 각 지역에서 사회 각 분야의 우파분자를 찾아 그의 행적을 공개하고 비판하는 대회가 개최되었다. 우파분자에 대한 비판 대회는 우파로 점찍은 학계, 과학계, 의료계, 기술계, 언론계, 법조계, 교육계 등 각 분야의 지식인들을 군중대회에서 집단 성토하여 자신의 죄를 인정하고 자아비판하게 하고, 이를 근거로 그들을 우파로 분류해 사회와 격리시켰다. 또 우파분자들이 쓴 반동 언론을 적발하여 비판하는 과정에서 많은 문학작품이 독초로 몰려 비판의 대상이 되고, 그 작품을 쓴 작가들도 우파로 분류되었다. 조선족 문단 최초로 최정연이 우파로 비판받은 뒤 그 규모가 점점 커져서 연변작가협회가 설립될 당시의 조선족 회원 36명 중 무려 19명이 우파분자로 몰려 창작의 권리를 박탈당하고 사회로부터 격리되었다.

1966년 5월 북경에서 시작해 전국으로 퍼져나간 문화대혁명은 중국 동북 지방을 터전으로 살아가던 조선족 사회에도 불어닥쳐 조선족의 삶에 엄청난 상처를 남겼다. 그러나 조선족 사회에 미친 문화대혁명의 충격은 연변조선족자치주와 산재 지구에서 다른 양상을 보인다. 연변조선족자치주를 제외한 조선족 산재 지구에서의 문화대혁명은 중국 여타 지역에서 벌어진 좌편향적 정치운동의 피해와 유사한 양상을 보여주었다. 그러나 연변조선족자치주에서의 문화대혁명(이하 연변문혁)은 중국의 여타 지역과 동북 지방의 조선족 산재 지구에서 보여준 문화대혁명과는 달리 좌편향적 정치운동과 민족 문제 그리고 북한과의 정치·외교적 문제가 얽힌 다중적 성격을 지녀 매우 격렬한 양상을 띰으로써 연변조선족자치주의 조선족이 입은 피해와 충격은 다른 어떤 지역보다 심했고, 연변의 조선족에게 엄청난 정신적 외상으로 남았다.

문화대혁명 초기에 연변조선족자치주는 주덕해 주장의 영도 아래 비교적 안정적인 사회 분위기를 유지했다. 그러나 12월 7일 연변에 입경한 마오위안신(毛遠新)이 '주덕해를 타도하고 전 연변을 해방하자'고 선동하며 투쟁의 방향을 주덕해 타도로 집중시키자 급작스럽게 극렬성을 띠게 되었다. 이에 따라 연변 인민은 주덕해 옹호파와 비판파로 나뉘어 치열하게 투쟁을 벌이게 되어, 주덕해 처리가 연변문혁의 핵심 과제로 떠올랐다. 마오위안신 지지파가 조직한 '홍색반란자혁명위원회'에서 주덕해의 죄상을 추적하여 밝혀낸 항목은 무려 백여 개에 이르지만, 이를 요약하면 주자파, 반역자, 지방민족주의자, 매국역적, 간첩 등 다섯으로 압축된다. 연변조선족자치주 성립에 기여하고 주장의 소임에 충실했던 주덕해에게 씌워진 죄상은 주자파를 제외하고는 모두 '조국인 중국을 배반하였다'는 것으로 정리된다. 후에 조작이었음이 판명된 홍색파가 주덕해에게 씌운 죄상 모두가 북한과 관련된 것이라는 점이 특징적이었다.

문화대혁명 시기에 반대파를 비판하는 대표적인 죄명은 자본주의의 습성을 벗지 못했다는 주자파와 일제나 국민당의 특무, 즉 첩자라는 것이었다. 주덕해에게 붙여진 주자파라는 죄명은 문화대혁명 기간에 중국 전역에서 반대파를 공격하기 위해 흔히 동원된 죄명이지만, 나머지 죄명은 그 예가 드물다. 주덕해에게 붙여진 죄명 중에서 지방민족주의자이고, 북한의 간첩으로 반역자이자 매국 역적이었다는 죄명은 문화대혁명의 과정에서 조선족에게만 붙여졌다는 점에서 연변문혁의 특수성을 알게 해준다. 지방민족주의라는 용어는 반우파투쟁이 마무리되어가던 1958년 4월 연변주위에서 벌인 민족정풍운동에서 등장했다. 지방민족주의를 반대하는 민족정풍운동은 조선족 사이에 존재하는 민족우월론, 민족특수론, 다조국론 등을 지방민족주의로 규정하고 이를 바로잡고자 전개된 것이었다. 그러나 문화대혁명 중에 나타난 주덕해에게 주어진 지방민족주의자라는 비판은 조금 다른 의미를 지니고 있었다.

문화대혁명은 소련의 수정주의를 부정하고 마르크스 · 레닌주의로 무장하자는 사상운동이었기에 이외의 모든 이념은 부정되었다. 따라서 신중국이 공존을 강조했던 소수민족의 문화는 마르크스 · 레닌주의와 차이를 보인다는 점에서 척결의 대상이 되었다. 이러한 중국공산당의 소수민족 정책 변화에 대해 소수민족의 지도자들은 소수민족 문화 말살이자 민족 탄압이라고 저항하였고, 이러한 반발을 예상한 중국 당국은 폭압적인 방법을 동원해 대처하였다. 중국공산당이 자신들의 고유문화를 보존하기 위해 노력하는 소수민족 지도자를 마르크스 · 레닌주의로 무장하자는 문화대혁명에 반대하는 수정주의자, 민족주의자, 종파주의자 등으로 비판하고 엄격히 탄압한 것이다. 따라서 중국 내 소수민족은 문화대혁명 기간에 중국인 전체가 겪은 고통과 함께 소수민족이기에 겪어야 했던 핍박까지 이중적 고난을 경험하게 되었다.

한반도에서 중국 동북 지방으로 이주해 오랜 시간 터 잡고 살아온 조선족은 해방 이후 그곳에 자신들의 낙원을 세우려 하였다. 연변조선족자치주가 수립되자 연변을 조선족의 삶과 문화의 중심지로 건설하려 한 바, 그 중심에 자치주 주장인 주덕해가 있었다. 이러한 민족 중심의 정책과 민족문화 증진 활동은 중국 전체가 하나의 이념으로 통합하려는 문화대혁명 기간에는 비판의 대상이 될 수밖에 없었고, 주덕해를 비롯한 조선족 간부가 지방민족주의자로 낙인찍히는 결정적인 요인이 되었다.

주덕해를 비롯한 조선족 지도자를 지방민족주의자, 북한 간첩 등으로 비판한 것은 앞에서 조선족의 역사와 국적 문제 그리고 중국과 북한의 정치 · 외교적 갈등이 맞물린 복잡한 당시 상황의 결과였다. 해방 직후 조선인은 이중국적론, 다조국론, 단일국적론 등 국적에 대한 혼란이 적지 않았다. 또 조선족에게 북한은 타국이 아니라 떠나온 땅이자 돌아가고 싶은 고향이었기에 별 거리낌 없이 왕래하였다. 연변조선족자치주나 북한의 필요에 따라 인적·물적 교류가 흔하게 이루어졌고, 중국 경제가 어려워지면 조선족 일부는 북한으로 건너가 상당 기간 살다 오기도 하였다. 국가 체제가 정비되면서 중국 당국은 국가 정체성의 확립을 위해 조선족의 국적관과 월경 행위를 계속 용납할 수는 없었다. 따라서 중국 정부는 국민을 하나의 이념과 체제로 결속시키는 문화대혁명의 과정에서 다소 과격한 방법을 동원하여 이 문제를 해결하려 하였다.

문화대혁명 시기에 친북 정서를 가진 조선족을 비판한 것은 당시 중국과 북한 간의 정치·외교적 상황이 역사상 최악이었다는 사실과 관련된다. 중국과 북한은 항일투쟁 시기부터 한국전쟁에 이르기까지 함께 싸워온 역사를 지니고 있었고, 소련의 흐루쇼프 정권이 수정주의로 전환하자 제국주의와 수정주의를 반대하는 공동성명을 발표하여 동맹 관계를 강화하였다. 그러나 1964년 흐루쇼프가 실각한 후 북한과 소련이 접근하면서 중국과 북한의 관계가 멀어졌고, 문화대혁명 발발 이후 최악의 상황으로 전개되었다. 문화대혁명 중에 중국은 북한 지도부를 수정주의자로 비판하며 적으로 규정했고, 북한은 중국이 북한의 지도부를 경질하려 한다고 의심하였다. 양국 간의 대치 국면이 계속되면서 가장 큰 피해를 본 것은 조선족이었다. 마오위안신이 주도하는 홍색파는 북한을 비방하면서 북한과 내통한다고 의심되는 조선족을 핍박하였고, 그것은 주덕해를 비롯한 조선족 간부를 투쟁의 대상으로 삼는 빌미가 되었다.

주덕해를 실각시키려는 홍색파와 그를 옹호하는 보황파로 나뉘어 갈등을 일으키던 연변문혁의 상황은 점차 악화되어 양측이 총과 폭약으로 무장하면서 연변 여러 지역에서 무력 충돌이 발생하여 적지 않은 인원이 사망하거나 부상하였다. 특히 연변의학원과 연변병원에서 농성을 벌이던 보황파를 진압하는 과정에서 마오위안신 일파는 홍색파의 민병대와 인민해방군을 투입하여 3천여 명의 농성자를 연행하였고, 이 과정에서 53명이 사망하고 130여 명이 부상하는 대참사가 발생했다. 그리고 1967년 여름부터 1968년 봄까지 연변의 전 지역에서 무력 충돌이 계속되어 적지 않은 인명이 희생되었다. 이러한 무력 투쟁은 1968년 8월 연변조선족자치주 혁명위원회가 수립되면서 종식되었

제3부 이념 과잉 시대의 정치적 억압(1957~1978)

지만, 이 기간의 물적 · 인적 손실은 엄청난 규모였고, 연변 인민들 특히 조선족에게는 씻지 못할 상처를 남겼다.

3. 중국의 문예정책 변화

중화인민공화국 수립 이후 중국문학은 정치와 현실 생활에 봉사하며 인민대중의 생활과 감정을 반영하여 작품화할 것이 요구되었다. 문학의 가장 근본적이고 핵심적인 관건을 정치에 두어 정치적인 선전 · 선동과 찬양과 환희가 문학의 근본이 되어야 한다는 것이었다. 따라서 이 시기 문학은 작가가 어떤 소재를 다루든 국가의 이념과 정책에 대한 선전으로 연결되어야 했고, 결국 조국, 집단, 영예, 예찬, 찬송 등이 서정과 서사의 시작이자 끝이어야 했다. 문학을 이같이 하나의 이념으로 묶는 과정에서 건국 초부터 당의 공식적인 관점을 벗어난 이단적 문학론을 비판하고 제거하는 작업이 반복되었다.

당내의 반당적 문학론에 대한 청산은 후펑(胡風) 반혁명 집단에 대한 투쟁이 대표적이다. 후펑과 문학이론상으로 갈등하던 당권파 문인들은 1952년 후펑 문예사상 토론회를 개최하여 후펑의 문예사상을 자산계급의 개인주의 사상이며 그의 문예 노선은 반당 노선이라 비판했고, 후펑은 자신이 정통적 마르크스 · 레닌주의 문예사상의 계승자라 반박했다. 1954년 7월 후펑이 「해방 이래의 문예실천 상황에 관한 보고」라는 장문의 보고서를 당 중앙에 제출하였다. 중화인민공화국 수립 이후 중국문학의 경과를 통해 일부 당권파 문예 지도자들에 의해 당의 문예정책이 마르크스 · 레닌주의 문예사상을 벗어나는 커다란 착오를 범했다는 내용의 이 보고서는 문예계에 큰 충격을 주었다. 당권파 문인들은 후펑을 반당분자로 공격하였고, 이에 위협을 느낀 후펑이 자아비판서를 제출했으나, 그들은 후펑에게 반당반혁명 집단의 수괴라는 죄명을 씌워 그와 연관된 많은 문인과 함께 숙청하였다. 이 사건은 중국 사회주의 문학 진영에서 발생한 최대의 참사이며 이후 쌍백 방침이 시행되고 반우파투쟁으로 나아가는 계기가 되었다.

1956년부터 1957년 사이에 전개된 백화제방 백가쟁명, 즉 쌍백 방침은 당시 중국 문단에 몇 가지 중요한 성과를 이루었다. 당이 지도하는 문예이론에 얽매여 있던 중국의 지식인과 문인들은 문예계에 주어진 자유로운 분위기 속에서 자신들의 문학에 관한 견해를 자유롭게 전개하여 5·4문학의 전통을 부활하고 계승하려는 움직임과 교조주의를 극복하고 인도주의를 회복하려는 노력 그리고 사회주의 사회의 내부의 모순을 고발하는 문학에 대한 시도 등이 이루어지는 성과를 거둔 것이었다. 그러나 쌍백 방침으로 주어진 문예계의 자유는 아주 짧은 시간에 마감되고, 후펑 반혁명 집단에 대한 투쟁보다 더욱 심한 지식인에 대한 탄압인 반우파투쟁이 도래하였다.

반우파투쟁으로 딩링(丁玲), 펑쉐펑(馮雪峰), 친자오양(秦兆陽), 아이칭(艾青), 왕멍(王蒙), 가오샤오성(高曉聲) 등 많은 작가가 우파로 몰리고 그들의 작품은 독초로 비판받았다. 그들은 창작의 자유를 잃고 정치적 권리도 박탈당하여 생활의 밑바닥으로 떨어져 20년이 흐른 후에야 문단에 복귀할 수 있었다. 이들이 우파분자로 몰려 사회에서 추방된 일은 중국 문단의 변화를 추구하던 문인들에 대한 탄압이었고, 이후 오랜 기간 중국문학이 다양성을 상실하고 당의 문학으로 전락하는 중요한 요인이 되었다.

문화대혁명 초기 홍위병 운동이 발발하여 기존의 문화와 전통을 거부하는 열풍이 불어닥쳐 문예계의 많은 인사들이 비판의 대상이 되어 치명적인 피해를 입었다. 라오서(老舍)는 홍위병에게 구타와 모욕을 당한 뒤 자살했고, 잇따라 사망한 문인들만도 자오수리(趙樹理), 톈한(田漢), 우한(吳晗) 등 10여 명에 달했다. 반우파투쟁으로부터 문화대혁명까지 서로서로 비판하고 물어 먹는 와중에 타인을 비판한 자가 다른 타인으로부터 비판받는 상황이 전개되었다. 이 과정에서 집권자에 충성한 문인 중 운이 좋은 소수를 제외한 대부분의 문인이 비판받고, 노동 개조당하고, 수감되는 등 강도 차이는 있지만, 정신적·육체적 박해에 시달렸다. 문인들이 20년간 타자에게 선동되고 부화뇌동하는 우매한 군중들에 의해 운명이 결정되었던 고통은 그들에게 정신적 외상이 되었고, 중국문학의 발전에 엄청난 해악을 끼쳤다.

대약진운동 시기에 문학의 선전·선동성을 강조한 '중심을 묘사하고, 중심을 연출하고, 중심을 그리자'는 구호는 문학 기능을 정치에 복무하는 것만으로 한정시켜 문학의 본질인 개인적 사고와 체험 그리고 감정 등은 상실되고 마오쩌둥과 당을 찬양하는 송가, 계급투쟁 이론을 도식화하여 당에 복무하는 소설만이 남게 되었다. 이같이 문학의 다양성을 부정하는 극좌적 행보는 문화대혁명으로 극점에 도달하여, 항일전쟁이라는 시대적 상황에서 생산된 마오쩌둥의「연안 문예좌담회에서의 연설」에서 제기한 문예관이 교조적인 이론으로 자리를 잡았다.

지식인은 서구화된 교양과 표현 방식을 버리고, 자신을 개조하기 위해 공농병 대중에게 배우고, 공농병 대중 속에서 사상을 개조해 새 문화 규범에 적응하고, 공농병 대중을 위해 봉사하고, 공농병 대중의 사상적 요구와 심미적 취미를 따르고, 전쟁에서의 승리를 위해 봉사할 것 등으로 요약되는 마오쩌둥의 문예관은 항일전쟁이라는 특수한 시대 상황이 반영된 문학론이다. 이러한 전시의 문학론이 중화인민공화국에서도 그대로 받아들여지고 시대 변화에 맞추어 새롭게 변용되면서 문화대혁명 때까지 문학의 지도 이념으로 자리매김했다. 중화인민공화국 수립 후 30년 동안 전시의 문학론이 교조적 문예이론으로 자리한 것은 당대를 국민당과의 전쟁, 토지개혁 투쟁, 한국전쟁, 사상 투쟁, 양안 갈등, 방수반수, 국경 분쟁, 냉전 체제 등 혁명과 전쟁 상황의 연속으로 파악한 데 기인한다. 중국공산당은 연속되는 혁명과 전쟁에서 승리하여 진정한 사회주의 사회를 창조하기 위해서는 전체 중국인의 이념을 통일하는 것이 무엇보다 중요하다고 판단하였고, 그를 위해 문학이 가진 선전·선동성을 최대한 이용한 것이었다.

1971년 린뱌오(林彪)가 사망한 후, 문예정책이 완화되어 제한적으로나마 문학 서적과 잡지의 간행이 허용되자 이전의『베이징 문예』가『베이징 신문예』로 재발간되고 여러 성의 작가협회에서 기관지를 복간하였다. 그러나 공식적인 발표 지면은 문예를 관장하는 중국공산당의 담당 부서가 허용하는 범주 내에서 창작된 작품만 발표할 수 있었다. 따라서 이들 문예지는 문화대혁명 기간에 성장한 공농병 출신 문인들과 일부 체제에 타협한 작가들의 문학 공간일 뿐이었기에 새로운 시대의 문학을 지향하는 문인들은 그들 나름의 발표 공간을 확보해야 했다. 좌편향적 정치 상황으로 문학작품의 발표가 극도로 억압된 이 시기에 작가들은 체제가 허용하는 지면에 작품을 발표하는 공개 창작과 진정한 문학을 열망하는 작가 집단이 지하에서 공유하는 잠재 창작 중 하나를 선택해야 했던 것이다.

문화대혁명으로 문학의 전통이 사라진 상황에서 장즈신(張志新), 뉴한(牛漢), 차이치자오(蔡其矯), 궈샤오촨(郭小川) 등 기존의 문인 일부는 현실의 억압에 굴하지 않고 그들이 지향하던 5·4문학 정신을 되살려 비공개 창작을 계속했다. 그리고 문화대혁명 기간에 성장한 신세대 문인들은 공식적인 지면을 포기하고 지하 살롱과 지하 시사를 중심으로 상호 연대하여 독립적인 사고를 바탕으로 한 새로운 문학을 지향했다. 이 시기 지하에서 창작 활동을 한 문인으로 시인 황샹(黃翔), 스즈(食指), 바이양뎬(白洋淀) 시파로 불리던 망커(芒克), 건쯔(根子), 둬둬(多多), 예리(嚴力) 등과, 소설가 자오전카이(趙振開: 후에 시인 베이다오(北島)로 활동), 장양(張揚) 등이 있다. 이들은 자신들이 창작한 작품의 공개가 불가능한 상황에서 잠재 창작을 선택함으로써 지배 이념의 제약에서 벗어나 자신의 현실 체험과 상상을 통해 인간성과 예술성에 대한 자각을 작품화했다. 그리고 이들의 작품은 문학의 전통을 회복하고 정치에 종속되어 상실한 문학성을 되찾으려는 시도를 보여줌으로써 5·4문학의 전통을 계승하였고, 문화대혁명 이후 중국문학이 문학성을 되찾아 인문적 글쓰기로 나아가는 단초를 마련하였다.

4. 문학의 위기와 조선족 문단의 위축

반우파투쟁기에 당시 조선족 문인의 절반에 가까운 인사들이 우파로 분류되어 창작의 권리를 박탈당함으로써 조선족 문단은 엄청난 피해를 입었다. 반우파투쟁기에 우파로 분류된 김학철, 서헌, 주선우, 최정연 등은 조선족 문단을 대표하는 문인이었다. 그들이 숙청되자 조선족 문단에는 비판적인 시각으로 현실 문제를 문학으로 형상화할 문인이 사라졌고, 또한 그들 세대의 뒤를 이을 후배를 발굴해 작가로 성장시키는 데도 실패하였다. 그리고 반우파투쟁의 과정에서 우파로 지목된 문인들은 비판 대회에서 동료 문인으로부터 무자비한 공격을 당하고 자기변호를 하다가 결국은 자아비판으로 끝나는 과정에서 우군이 없는 군중 앞에서 공포와 모멸을 경험했다. 그리고 우파로 분류된 문인들은 창작 권리와 정치 권리를 모두 박탈당하고 농촌으로 하방되거나 노동 개조에 처해지거나 심한 경우 수감되기에 이르렀다.

이러한 과정을 옆에서 지켜보았든 비판 대회에 참가해 동료를 비판하였든 이 시기 문인들은 우파나 반당분자로 몰릴지 모른다는 불안감에 휩싸여 글쓰기에 임해서 자기 검열에 철저할 수밖에 없었다. 반우파투쟁의 영향으로 오랜 기간 조선족 작가들은 사실주의의 정신이 약화되고, 현실 대응력을 갖추어 진실을 추구하는 문학을 회피하였다. 따라서 이 시기 소설은 정치에 예속되어 당이 추진하는 구체적 정책과 정치적 과업을 도식화하고 구호화하여 선전·선동하는 도구로 전락하고 말았다.

연변에서의 반우파투쟁이 10개월 정도 진행되어 연변의 지식인 사회에 큰 상처를 남기고 마무리될 무렵 연변주위에서는 지방민족주의를 반대하는 운동을 전개했다. 지방민족주의에 대한 정풍운동은 조선족 문단에서 형성되고 있던 민족문화 전통을 계승하고 발양하려던 움직임에 악영향을 미쳤다. 특히 김창걸이 한어를 과도하게 사용하고, 한어의 중국음을 그대로 한글로 쓰며, 한어를 직역한 표현을 사용함으로써 발생하는 조선어의 혼란을 극복하기 위해 제시한 '민족어 규범화'는 지방민족주의로 몰려 격렬한 비판을 받았다. 이 민족정풍운동으로 반우파투쟁을 무사히 넘긴 몇몇 작가가 지방민족주의자로 분류되어 창작 권리를 박탈당했다.

이렇게 조선족 문단의 사회 현실이 엄혹해지던 1959년『연변문학』에 이어 두 번째로 하얼빈 지역에서 문예지『송화강』이 창간되었다.『송화강』의 발간으로 조선족 문인들의 작품 발표 공간이 확대되었고, 특히 흑룡강성 지역의 조선족 문인의 요람으로서 큰 역할을 하였다. 그러나 반우파투쟁, 민족정풍운동, 문화대혁명 등 정치운동으로 조선족 문단의 전업작가와 중견작가 중 상당수가 정치 권리와 창작 권리를 박탈당해 조선족 문단이 위축될 때마다 조선족 작가의 세대교체가 강제되었다. 이 시기 정치운동에 따른 작가의 세대교체를 정리해보면, 김학철, 김순기, 김동구, 리홍규 등 상당수의 기존 작가들이 창작 권리를 박탈당한 반우파투쟁 후에 조선족 소설계에 작품 발표를 계속한 작가들이 아주 드물었다. 이에 연변작가협회의 기관지인『연변문학』에서는 새로운 작가의 발굴에 나서 현상 모집에 응모한 작품들을 평선을 거쳐 발표하였고, 1963년 하반기부터는 응모된 작품 중 비교적 낫다고 판단한 작품을 게재하여 독자의 평의를 받게 하여 신인의 작품을 발표할 기회를 마련했다. 이는 반우파투쟁 이후 문예지를 운영하기가 어려울 정도로 작가가 부족했음을 알게 해주는바,『연변문학』의 작가 발굴 노력으로 김병기, 김영금, 김철준, 박창묵, 박태하, 림원춘, 안창욱, 윤금철, 일비, 차룡순, 허길춘, 허해룡, 현룡순, 황병락 등 30명이 넘는 작가가 등장했으나 이들 중 상당수는 문화대혁명 이후 창작을 포기했다.

문화대혁명이 발발하여 문학잡지 발간 자체가 금지되어 조선족 작가들의 소설 창작은 전면적인 정지 상태가 지속되었다. 1971년 문예정책이 다소 완화되어 문예지의 발간이 허용되자, 조선족 문단에서도 주류문단보다 조금 늦은 1974년 4월 연변작가협회의 기관지를『천지』로 개명하여 재발간하여 문화대혁명이 끝나는 1976년 연말까지 33호를 발간하였다. 조선족 문단 초기에 활동한 작가들은 이 기간에 거의 창작 활동을 중단했고, 반우파투쟁 이후 등단한 윤금철, 허길춘, 황병락 등의 작가가 소설을 발표하였다. 그리그 이 빈자리에 김길련, 김동식, 김지훈, 김철호, 남세풍, 남주길, 류복정, 리선희, 리태수, 정세봉 등 20명에 가까운 작가가 등장하여 조선족 문단을 이어갔다. 이러한 정치적 상황에 따른 조선족 문단의 잦은 작가층의 교체로 기성작가와 신진작가가 상호작용할 기회를 상실하였고, 이는 조선족 소설의 지속과 발전에 한계로 작용했다. 그리고 반우파투쟁 이후 문화대혁명까지 조선족 소설은 대약진운동, 인민공사화운동, 지방민족주의 정풍운동, 반우경투쟁, 문화대혁명까지의 계급의 절대화와 계급투쟁의 확대라는 정치 상황으로 인해 좌편향 오류에 빠져 왜곡된 모습을 지닐 수밖에 없었다.

정치논리가 지배하여 권력의 지침에 상치되는 작품의 창작과 공개가 불가능한 현실에서 작가가 이에 비판적으로 대응할 수 있는 유일한 길은 비공개를 각오하고 창작하는 잠재 창작이다. 일제 말기의 비극적 현실에 대한 비판적 의지를 시로 써서 감추어두었던 윤동주나 문화대혁명 시기에 당국의 문예이론과 상치되는 작품을 써서 비공개로 공유했던 지하 살롱도 문학에 대한 정치의 억압을 피하기 위한 잠재 창작이었다. 김학철은 중국 주류문단의 잠재 창작보다 10년 정도 이른 시기에 반우파투쟁 이후 중국 사회에 만연한 정치적 폭력과 부조리한 현실 그리고 인간성에 대한 억압을 고발한 장편소설『20세기의 신화』를 잠재 창작하였다. 문화대혁명 시기에 작품의 존재가 발각되어 작가가 현행반혁명죄로 10년의 형을 받게 한 이 작품은 중국 현대사의 가장 암울한 시기에 문학이 무엇을 하여야 하는가를 보여주었다.

제2장

인민공사와 대약진운동의 선전·선동

흐루쇼프가 스탈린의 독재정치를 비판하며 격하 운동을 벌이고 수정주의를 내세우자 중국에서는 그에 대해 비판을 가하였고, 이에 소련에서는 그간의 원조를 철회하고 중국에 파견된 기술자들을 복귀시켰다. 소련의 수정주의에 반대하고 수정주의가 중국에 유입되는 것을 막기 위한 방수반수는 중국 국민의 이념을 통일하여 사회주의를 실현하는 방안이었고, 이는 사회 전반에 숨어서 자본주의의 복구를 시도하는 우파들을 타도하는 반우파투쟁으로 마무리되었다. 이어서 중국은 인민의 힘으로 생산성을 배가하여 사회주의 이상사회를 단시간 안에 완성하기 위하여 대약진과 인민공사 그리고 사회주의 건설 총노선을 한꺼번에 이루어내자는 대약진운동을 전개하여, 이 시기의 문학은 인민들이 대약진운동에 전면적으로 나설 것을 선전·선동하는 데 앞장서야 했다.

연변조선족자치주는 중화인민공화국 동북 지역의 변방으로 소련과 북한과 국경을 이루고 있고, 만주국 시절 소규모 공장이 들어서기는 하였으나 전통적으로 농업이 경제의 중심을 이루었다. 조선조 말부터 일제강점기에 만주 지역으로 천입한 조선족은 대체로 한반도에서 농업에 종사하던 계층으로 봉천(심양)이나 신경(장춘) 등 공업화가 이루어진 지역보다 연길과 용정을 중심으로 한 연변 지역에서 농촌 공동체를 이루고 살았다. 조선족이 농업을 바탕으로 살았음은 1939년 8월 현재 만주국 노동자의 1.5% 정도만 조선인이었다는 사실에서도 확인된다. 일제가 패망하고 중화인민공화국이 수립된 이후에도 조선족 집거지인 연변조선족자치주의 공업은 농업과 연관된 소규모 공장만 운영될 정도로 중화인민공화국 전체의 공업화율에 비해 현저히 낮은 상황이었다. 이러한 조선족 사회의 특수성은 조선족 소설이 농촌 문제에 치중하는 결과를 낳았다.

1958년 3월 연변작가협회에서 개최한 '연변문학창작약진회의'에 고무된 『아리랑』 편집부에서는 4월부터 '대약진 가운데 나타나는 영웅적 인물, 위대한 변혁의 새 모습을 주제로 한 짧고 생동한 문학작품을 모집'하는 대약진 응모에 투고된 작품을 평가하여 상당수의 작품을 잡지에 수록했다. 그리고 그해 12월 대약진 응모에 투고된 작품 중에서 수상작을 발표한바, 산문 부문 입상작은 농민 김병기의 「쉬돌골의 변천」(소설), 군인 안창욱의 「병상 우의 해연」(소설), 그리고 교원 현룡순의 「대학생 장철수」(보고문학) 등이었다. 이들 작품과 이 시기 발표된 대약진운동과 인민공사를 제재로 한 소설들은 당시 국가의 핵심 정책을 어떻게 인민에게 선전·선동하였는지와 좌편향적 이념이 지배하던 시대의 소설이 어떤 특성을 보이는지 알게 해준다.

김병기의 「쉬돌골의 변천」(『아리랑』 1958.7)은 대약진운동으로 새로운 농촌 건설에 나선 농촌의 모습과 대약진 속에서의 농민들의 사상적 변화 과정을 형상화하였다. 쉬돌골은 상농군 김 영감이 50년 전에 고향을 떠나 두만강을 건너와 개척한 고장이다. 김 영감은 해방을 맞아 토지와 집을 분배받아 사회주의 건설을 위해 최선을 다해 노동 모범이 되어 현에도 다녀왔다. 그러나 골이 깊고 농지가 적고 돌만 남은 발가숭이 산골짜기여서 해방 이후 많은 사람이 들판으로 이주해서 60여 가구였던 마을에 18가구만 남게 되자 김 영감도 이주를 상의하러 작은아들네로 찾아갔다가 사정이 여의치 않음을 알게 되었다. 김 영감은 작은아들네에서 큰아들과 사는 집으로 돌아오면서 과연 자기가 개척하여 오랜 세월 터 잡고 살아온 쉬돌골을 떠날 수 있을까 하는 고민에 빠졌다. 집에 돌아온 다음 날 새벽, 마을에서 울리는 종소리를 듣고 무슨 종소리인가 궁금해하다 맏아들에게 물어보았다.

"새벽 작업을 하라는 약진 종입니다." 하는 온순한 맏아들의 대답이었다.

"이 애 약진은 어떻게 하느냐?"

"약진을요, 요전에는 도랑을 건너뛰던 것이 지금은 황하를 뛰어넘습니다."

"황하를 뛰다니? 그러면 우리 사에서는 어떻게 뛰느냐?"

"우리 사에서는 작년 매 쌍당 5,400근 산량을 금년에는 쌍당 11,000근을 목표하고 달립니다."

"허허 이 사람들 금년에는 하늘에서 무슨 거름 비라도 내려온다던가?"

"아버지도 어찌 하늘을 믿겠습니까, 뭠을 내야지요."

맏아들의 대답은 당시 대약진운동의 실상을 잘 보여준다. 1958년 시작된 제2차 5개년 계획이 소련과의 관계 악화로 실현 가능성이 희박해지자 중국 당국에서는 비상한 방법으로 대약진운동을 전개하였다. 중국 당국은 자본주의 국가와의 경쟁에서 승리하기 위해 중공업의 발전이 필요했고, 이에 요구되는 기초 자본은 농촌의 농업 생산량 증진을 통해 형성되는 잉여로 부담하여야 했다. 따라서 중국 농촌에는 생산량을 해마다 엄청난 규모로 높이고, 이를 감당하기 위해 농민의 인력을 최대한 동원하여 가열찬 노동으로 목표를 달성할 것이 강요되었다. 그러나 동일한 면적의 농지에서 기술의 개발이나 종자의 개량이 없이 수리 관리와 시비로만 연간 생산량을 두 배로 높인다는 것은 현실적으로 불가능하였다. 이런 점에서 '도랑을 건너뛰던 것이 황하를 뛰어넘는다'는 맏아들의 비유는 철강 생산을 늘려서 15년 안에 영국을 따라잡겠다는 대약진운동의 한 목표처럼 허황함을 내포한다. 즉 이 대화는 대약진운동으로 살기 좋은 새 농촌을 만들고 부강한 나라를 세우려는 농민들의 열정을 드러내기 위한 장치였지만, 다른 면으로 대약진운동의 불가능성을 보여주었다는 지적도 가능하다.

대약진운동으로 만들고자 하는 살기 좋은 농촌의 모습이 어떠한가에 대해서는 쉬돌골을 찾아와 농사일을 도와주는 현위서기와의 대화에 잘 요약되어 있다. 김 영감이 쉬돌골까지 찾아와 농민들과 똑같이 농삿일을 하는 현위서기와 인사를 나누다가 언제쯤 현으로 돌아갈 것이냐고 묻자 현위서기는 "우리는 선배들을 따라 배우고 농민 여러분들과 같이 수리화, 녹화, 전기화, 기계화 사화를 실현시키려고 왔다"고 대답하였다. 기층간부인 현위서기가 농민에게 제시한 농촌 대약진운동의 목표는 수리화, 녹화, 전기화, 기계화, 즉 사화로 당시 농민들이 가지고 있던 가장 커다란 희망 사항이었던 농지 개량, 산림 녹화, 전기 보급, 농업 기계화 등임을 분명히 하고 있다. 이렇듯 이 작품은 농촌에서의 대약진운동이 지향하는 바를 정확히 제시한 점에서 커다란 의미를 지닌다.

김 영감은 현위서기의 말에 감명받아 생산대장의 작업 배분에 따라 과수나무 전지를 나갔다가 잠깐 쉬다가 작은아들네 다녀온 불과 한 달 동안에 새로 구축된 저수지를 보고 깜짝 놀랐다. 저수지를 둘러보던 김 영감은 둑을 쌓아올린 돌 하나하나에 큰 감명을 받았다.

> 그 돌멩이는 돌마다 인공이 새겨져 있고 진합 태산으로 쌓아 올린 흙덩이는 덩이마다 농민들의 넋이라! 무궁하게 솟아오르는 새 힘에 탄복하지 않을 수 없다. 아 위대한 현실이여! 거대한 생명이여! 너는 영원하리라!
> 새 생명을 가득 담은 쉬돌골 저수지는 약진 약진 대약진하여 찰싹찰싹 파도를 친다.
> 약진의 노래 소리는 사그러져 가는 벼짚 불 같은 김령감의 늙은 가슴에도 파도를 치거던 하물며 피 끓는 청춘들이야 말을 더하여 무엇하리!

이 작품은 농촌에서의 대약진운동의 현실과 나아갈 방향을 김 영감의 감격스러운 마음을 직접 서술함으로써 제시하여 선전·선동의 기능을 충실히 담당하였다. 이는 이전 시기의 조선족 소설이 보여준 문학이 정치에 복무하고, 당의 정책을 홍보하는 것과 크게 다르지 아니하다. 더욱이 인용 부분에 그려진 김 영감의 감동 어린 독백과 영탄은 문학과 정치에 관한 좌파적 논리의 극단을 보여준다. 이는 반우파투쟁으로 중진작가들 대부분이 비판받아 창작 권리가 상실된 후 문예 분야에 대한 중국공산당의 이념적 개입이 심해져 소설다움이 사라진 이 시기 조선족 소설의 실상을 알게 해 준다.

문학에 대한 정치의 개입 현상과 좌경적 경향은 소설의 맥락과는 깊은 연관이 없이 정치적인 맥락이 작품 속에 등장하고 있다. 예를 들어 김 영감은 현위 서기와의 대화에서 그가 자신에게 자상하게 대답해주고 대약진운동으로 나아 갈 바에 대해 분명하게 제시하는 것에 큰 감명을 받았다.

> 상하의 거리가 너무 멀어 상대가 안 되리라고 여겼던 상급 간부가 농민에게 이 렇게 친절할 줄이야 그가 어찌 알았으랴! 모 주석은 언젠가 초원에 양 떼를 몰고 다니는 목자를 찾아오셔서, 그와 굳세인 악수를 하셨다지! 하고 생각하는 김 령 감은 무량한 감개에 가슴을 어루만졌다.

평범한 농민이 현의 공산당에서 가장 높은 간부인 현위서기와 대화를 나누 고 또 그가 자신에게 친절하게 대한 것에 감명받아 그의 인품을 존경하게 되 는 것은 인지상정이다. 그러나 이 부분에서 갑자기 마오쩌둥 주석이 목동을 찾아가 악수를 하였다는 행적을 끌어들여 김 영감의 감개 어린 마음을 묘사하 였다. 이는 대약진운동으로 농민들을 행복한 미래로 이끌어주는 마오쩌둥 주 석으로부터 현위서기까지 공산당 간부의 인민에 대한 애정과 희생에 감사하 고 예찬하기 위한 소설적 장치나 작품의 전개를 단절시킨다는 점에서 소설 구성상 돌출적이다. 이같이 작품의 전개 과정에 마오쩌둥 주석의 행적이나 말 씀을 인용하는 것은 이 시기에 마오쩌둥 신격화가 본격화되었음을 보여준다. 모 주석 행적이나 말씀을 인용하는 서사 장치는 정치우위의 시대의 소설에 자 주 사용되었으며, 문화대혁명 이후 극좌 편향적 이념이 지배한 시기에는 거의 모든 소설작품에서 사용되었다.

안창욱의 「병상 우의 해연」(『아리랑』 1958.10)은 수리 공사에서 머리를 크게 다 친 삼등병 김종인의 이틀간의 일기 형식을 통해 대약진운동에 참여한 인민의 열정과 헌신을 보여준 작품이다. 종인은 농민과 군인이 힘을 합쳐 수행하는 수리 공사에서 대약진의 성과를 달성하고 나아가 초과 달성하기 위해 중대 장 병과 마을 농민들과 함께 20미터 높이로 쌓아 올린 방죽으로 멜대에 흙짐을 지고 오르는 경쟁에 몰두하였다. 며칠 전까지는 네 광주리를 지고 오르면 장사라 불렀으나 이제 여섯 광주리를 지고 오르는 사람이 등장하자 김종인도 여섯 광주리를 지고 방둑을 달리다시피 기어올랐다. 중턱에 이르렀을 때 숨이 탁탁 막히고 맥이 풀렸으나 공청단원이 여기서 포기하면 안 된다는 생각에 마지막 힘을 다해 거의 꼭대기까지 갔다가 균형을 잃어 인공 절벽 아래로 떨어져 큰 부상을 입었다. 이틀 후에 깨어난 김종인은 동료들이 공사장에서 일하고 있는 시간에 자신은 위생소에 누워 있다는 것이 부끄러워 위생소장 홍 중위에게 퇴원을 요구하였으나 그는 한 달 정도 절대 안정할 것을 요구하였다.

이 작품은 대약진운동에 참여한 인민들의 열정과 헌신을 보여준 작품이다. 대약진운동은 농업사회였던 중국이 단시간에 산업사회로 나아가기 위해 전 인민을 동원하여 인민의 힘으로 생산력을 증진하고자 한 운동이었다. 농업 생산력을 높이기 위해 가장 시급한 것은 수리 시설이었고, 단시간에 수리 시설을 완비하기 위해서는 해당 지역의 농민과 인민해방군의 힘을 묶어 총력전을 벌이는 방법밖에 없었다. 그러나 건설 장비가 부족한 현실에서 인력만으로 공사를 마무리하기 위해서는 동원된 노동력의 자발적이고 적극적인 참여가 요구되었다. 따라서 공사가 진행되는 현장에서는 노동 모범이라든가 선진 부대라든가 하는 명칭을 부여하는 방식으로 노동 경쟁을 유발하였고, 노동에 참여한 인민들은 타율적이든 자발적이든 노동 경쟁에 내몰릴 수밖에 없었다. 따라서 이 시기 문학은 이러한 노동에 참여한 인민들의 노동에 대한 열정과 헌신을 고양하기 위해 영웅의 형상을 그리는 데 바쳐졌던바, 안창욱의 「병상 우의 해연」은 이러한 소설의 경향을 잘 보여주었다.

김종인은 자신의 부상이 다 나았다고 자신하며 위생소장에게 퇴원시켜달라고 간청하지만, 소장은 최소 2주간의 휴식이 필요하고 전우들이 동무의 몫까지 할 것이라며 거절하였다. 종인은 이에 머리를 조금 상했다고 두 주일이나 병원에 틀어박혀 있다는 것이 자신에게는 중상이라고 강변하며 눈물을 보이지만 소장은 말없이 종인을 침대에 앉히고는 한잠을 푹 자라고 당부하고 나가버렸다. 동료들과 대약진을 위한 노동에 참여하지 못하는 것을 아쉬워하고 아픈 몸으로라도 간고한 노동에 참여해 혁명의 영웅이 되고자 하는 종인의 모습은 당시 당과 국가가 요구하는 노동자의 모습이었다.

저녁에 문병을 온 지도원은 종인이 소장에게 퇴원시켜달라며 강짜를 부린 것을 지적하며 의사의 치료를 거절하는 것은 자신의 건강을 망치는 것이자 조국과 인민의 이익을 좀먹는 일이라며 건강을 잘 챙겨 완쾌해서 돌아오라고 당부하고 같은 중대의 병사들이 보낸 편지를 전해주었다.

> 친애하는 전우! 기뻐하라! 우리는 어제 5메터로 기적을 창조했고 오늘은 6메터로 더 큰 기적을 창조할 것이다. 전우여! 신체가 보귀함을 잊지 말고 자기로 자기 신체를 잘 돌보라. 우리는 전우의 몫까지 다 해낼 것이며 초과해낼 것을 약속한다! 속한 기일 내로 완쾌하여 돌아오라!
>
> 2중대 전체 전우들

> 종인은 두 번 세 번 다시 읽었다. 그는 쏜살같이 전우들에게로 달려가 얼싸 끌어안고 막 입맞춰주고 싶었다

인민을 위한 노동에 대한 열망과 동원된 인민 모두가 힘을 합쳐 창조해내는 기적, 그리고 몸을 다친 동료에 대한 절절한 애정이 드러나는 이 편지는 대약진운동에 나선 인민들의 열정을 잘 보여준다. 이같이 열과 성을 다해 노동하는 인민의 모습은 노동의 가치를 인민에게 선전·선동하여 전 인민이 대약진에 참여할 것을 독려하는 기능을 담당한다.

그러나 다른 한편으로 보아 대약진운동을 다룬 소설들이 당과 인민을 위해 자신을 돌보지 않고 노동에 헌신하는 인물을 그린 것은 당시 대약진운동에 참여한 인민 대부분이 집단작업에 소극적이었음을 역설적으로 보여주는 것이기도 하다. 누구도 당과 인민을 위해 헌신하지 않았기에 헌신적인 인물을 예찬하고 영웅화하여 인민들의 적극적인 노동 참여를 독려한 것 아니겠는가. 이렇듯 이 시기의 소설은 극좌적 이념에 지배되어 현실을 제대로 반영하지 못해 소설적 진실성이 결핍된 극단적인 양상을 보였다. 이는 인간의 진실한 측면을 그려야 한다는 문학의 궤를 벗어난 정치우위 시대의 소설이 보여주는 왜곡된

모습이라 하겠다.

보고문학으로 입상작이 된 현룡순의 「대학생 장철수」(『아리랑』 1958.7)는 소설적 구성을 완벽하게 갖추어 조선족 문학 연구와 문학사에서 단편소설로 다루고 있다. 이 작품은 의과대 4학년 반장 최경애가 한국전쟁에서 다리 하나를 잃은 상이용사인 의과대 학생 장철수의 장애를 고려해 대학생들이 농촌을 지원하기 위한 부르하통강 방죽 공사 노동에서 빼준 데서 시작한다. 장철수는 대학생으로서 인민을 위한 대약진운동에 예외가 될 수 없다며 자신도 참여하게 해달라고 사정하였으나, 최경애는 장철수의 건강을 보호하자는 학생 전체의 의견이라며 거절하였다. 이에 장철수는 학교 앞의 신기료에게서 신발 깁는 기술을 배워 밤중에 학생들 몰래 노동으로 해진 학생들의 신발을 수선하였다. 땅을 파고 돌을 나르는 노동에 해진 학생들의 신발을 수선해주는 것으로라도 대약진운동에 기여하겠다는 장철수의 일념은 학생들에게 큰 감명을 주었다. 이 작품에 나타난 장철수의 행동은 사실성이 부족하나 작품 내에서 선전·선동의 구호를 사용하지 않고 장철수의 생각과 행동 그리고 학생들의 반응만으로 대약진운동에 참여하는 인민의 열정을 형상화한 점에서 이 시기 소설 중에서 독특한 자리를 차지한다.

인민공사와 대약진운동을 선전·선동하는 소설은 이외에도 다양한 제재를 동원하였다. 주무경의 「근본문제」(『아리랑』 1960.1)는 수리 공정 가운데 공법과 관련한 의견의 차이를 극복하고 합작사와 이웃 합작사 사이에 존재하는 근본 문제를 해결하는 과정을 다루었다. 상평 고급합작사의 수리 공사 과정에서 해빙기가 되자 갱도를 파고 이어지는 수로 바닥에 돌을 쌓을 것인가 시멘트를 부을 것인가를 두고 고급사 주임인 룡택과 기건 대장인 국진 사이에 갈등이 발생했다. 날이 풀려 수로 바닥에 물이 고여서 공사를 계속하기 어려워지자 룡택은 이웃 남석 고급합작사로 넘기기로 한 시멘트가 아직 상평사에 있으니 그것으로 빨리 공사를 끝내자는 것이고, 국진은 마을에 배정되었던 시멘트는 이미 남석사에 넘기기로 했으니 대신 남석사에서 양수기를 빌려와 물을 빼고 돌을 깔자는 것으로 각자 주장을 양보하지 않았다. 결국 총지서기가 조정에 나서 해빙기가 되어 농사일에 필수적인 남석사의 양수기를 빌려와 공정을 마무리하였다. 상평사는 남석사와 시멘트를 양보하고 양수기를 빌리는 연대를 통해 마을 내의 갈등과 양 합작사에 존재하는 문제를 일거에 해결한 것이었다. 이 작품은 룡택과 국진 사이의 갈등과 합작사 사이의 문제를 처리하는 과정을 통해 대약진운동 과정에 발생하는 근본 문제들을 소아를 희생하는 연대 정신과 공산주의의 협작 정신으로 해결하는 인민의 자세를 찬양하였다.

조선족 사회는 농업사회였기에 농촌 문제가 조선족 소설의 중심을 이루었다. 따라서 이 시기에는 인민공사로 집체화된 농촌에서 대약진운동의 성과를 체현하기 위하여 공사에서 부여한 임무에 최선을 다하여 공사에 대약진운동의 커다란 성과를 가져온 인물을 창조해 인민을 교육하려는 목적을 지닌 소설이 많이 발표되었다. 대약진에 헌신하겠다는 강인한 정신으로 임무에 충실하여 큰 성과를 이루어내는 인물을 형상화한 작품으로 어린 날 머슴살이를 하면서 지주네 돼지를 키워보았던 경험을 바탕으로 집체의 돼지를 잘 키워 마을의 보배가 된 영채, 영정, 영림 형제를 그린 최현숙의 「우리 사양원 동무」(『아리랑』 1960.2), 소학교 출신의 나이 어린 선희가 인민공사의 양계원으로 임명되어 사원들의 우려에도 불구하고 실사구시의 정신으로 양계를 공부하고 헌신적으로 병아리들을 돌보아 현의 대표적인 양계장으로 성장시키는 과정을 그린 현룡순의 「선희」(『아리랑』 1960.12), 생산대의 우량소였던 나비코가 비쩍 말라 역우로 부릴 수 없게 되어 공사에서 도축을 결정하자 집으로 데려와 얼음이 녹기 시작한 습지에서 청초를 베어다 먹이는 등 온갖 정성을 기울여 건강을 되찾게 해 공사에 반환하는 성호를 통해 사양원의 성실한 자세를 강조한 일비의 「나비코」(『연변』 1963.1), 공사의 삼림 보호 임무를 맡자 매일 삼림을 돌아보며 산에서 담배를 피우거나 나무를 베는 등 삼림 파괴 행위를 적발해 호랑이라는 별명으로 불리지만, 한편으로 아이들에게 나무에 관해 가르치고, 함께 나무를 심고 길러 삼림 보호의 중요성을 교육하는 형철을 그린 김영의 「삼림보호원」(『연변』 1966.4) 등이 있다.

이 시기에 집체농업을 다루면서도 반우파투쟁과 대약진운동이라는 시대 정신과 거리가 있는 주제를 보여준 작품으로 차룡순의 「약초 캐는 사람들」(『연변』 1965.7)이 있다. 이 작품은 백두산 기슭에 자리 잡은 생산대가 논밭 농사가 끝난 농한기에 벌이는 약초 캐기를 제재로 자연보호의 중요성을 이야기하였다. 주인공 오왈룡 영감은 오약초, 인삼 아바이라 불릴 만큼 약초 캐기에 능한 인물이었다. 가을걷이가 끝나고 황초 캐기에 나설 지역을 정하기 위해 모인 생산대 회의에 참가한 대원들 사이에는 이미 오랜 세월 골짜기마다 돌아다니며 남획을 해서 올해는 큰 수확을 기대하기 어렵겠다는 중론이 있었다. 그러나 인삼 아바이는 간지를 짚어보더니 10년 전 초급사 시절 약초 캐기에서 엄청난 수확을 올렸던 샘골 얘기를 꺼냈다. 10년 전에 씨를 말려버린 샘골에는 황초가 없다는 것이 생산대원의 공통된 의견이었으나 인삼 아바이는 "곡식을 벤 뒤엔 또 씨앗을 묻어야 하지 않소. 산에 의지해 사는 사람은 산을 키우게 마련이지. 래일 샘골로 떠나 보기오"라고 확신에 차서 샘골로 가자고 주장하였다. 대원들은 샘골 상황에 불안한 마음을 가진 채 샘골로 향했지만, 인삼 아바이 말대로 마당 황초가 쏟아져 나와 큰 수확을 올렸다. 이것은 인삼 아바이가 샘골의 황초를 거둘 내던 해에 지속적인 약초 채취가 가능하도록 어린 뿌리는 캐지 않았고, 한편으로 황초 씨를 모아 적당한 곳에 뿌려둔 결과였다. 「약초 캐는 사람들」은 인삼 아바이의 말과 행동을 통해 산에서 지속적인 생산을 위해서는 산을 약탈하지 말고 보호하여야 한다는 주제를 다루어 이른 시기에 자연보호를 제재로 하였다는 점에서 소설사적 의의를 지닌다.

제3장

당과 인민에 헌신하는 인물 창조

중화인민공화국 수립 때부터 조선족 소설은 중국 당국의 문예정책을 반영하여 문학은 정치성을 띠어야 하며 당과 인민을 위해 복무하여야 한다는 입장을 견지했다. 따라서 반우파투쟁 이전 시기부터 조선족 소설은 당의 정책을 선전·선동하고, 당과 인민을 위하여 헌신하는 인물을 창조하여 인민에게 사회주의 이념을 교육하는 데 중점을 두었다. 특히 소련이 흐루쇼프 등장과 함께 국가정책을 수정주의 사회주의 노선으로 변경하자 중국 당국은 소련이 수정주의로 나아가게 된 것을 기술 관료로 자리 잡은 이념적으로 우파적 성격을 지닌 전문가 집단이 기득권 세력을 형성하여 권력화된 결과로 이해하였다. 이에 중국공산당에서는 전 인민의 이념을 사회주의로 강화하는 한편 전문가 집단에 대해서도 기술적인 전문성과 함께 이념적으로 사회주의로 무장한, 즉 '우홍우전(又紅又專)'의 인재를 배출해야 할 필요성을 인식하고 전문가 집단에 대한 이념 강화와 함께 문학을 통한 선전·선동을 강화하였다.

사회주의 혁명의 과정에서부터 지식인 계층의 기회주의적 속성보다는 인민 대중의 우직한 힘을 믿었던 중국공산당에서는 근로대중의 현장 경험과 전문가 집단의 이론이 현장의 문제들을 직접 만나 해결하는 노동 계층과 전문가 계층의 변증법적 상호 침투의 중요성을 강조하였다. 노동 현장 경험에 바탕을 둔 우직한 노동자가 현장의 문제를 발견하고, 이를 개선하기 위해 노력하여 커다란 성과를 이루는 과정에서 필요한 경우 전문가의 도움을 받아 문제를 해결함으로써 홍색 전문가의 양성이 가능하다고 생각한 것이었다. 이러한 인재 양성의 시각은 학교에서 과학기술 분야의 전문 이론을 교육받은 이기적이고 기회주의적인 지식인이 아닌 현장의 경험을 바탕으로 끊임없이 문제를 발견하고 해결하기 위해 연구 개발에 힘쓰는 노동자만이 홍색 전문가로 성장할 수 있다는 출신성분론의 시각을 보여준다. 이 같은 홍색 전문가의 존재가 대약진 운동 과정에서 노동 현장의 생산성이 극대화할 수 있다고 보았기에 노동자 출신 전문가를 배양하고 홍색 전문가를 예찬하는 주제가 이 시기 조선족 소설의 한 주류를 이루었다.

윤금철의 「상승하는 사람들」(《아리랑》 1959.10)은 인쇄공장에 근무하는 고중 학력의 수일과 소학교 출신 태수의 노동자 생활을 비교함으로써 진정한 홍색 전문가가 되기 위한 노동자의 자세를 소설로 보여주었다. 이 작품은 수일이 작중화자인 고참 공원 김 동무에게 자동 해판기 도면을 가져와 지금 설계 중이라며 다른 인쇄공장에 자동 해판기가 있는지를 묻는 것으로 시작하였다. 이에 장춘 신화 인쇄창 것은 대형이니 우리 공장에 맞는 소형을 개발해보라 독려하였으나 수일은 '글쎄요' 하며 뒤를 흐리고 말았다. 이에 생각해보니 수일은 고중 출신답게 아는 것도 많고 아이디어도 많아서 해판기, 제판기, 채자기, 합본기 등을 연구해 설계도 도안을 내미나 하나도 끝을 내지는 못했다.

이에 비해 태수는 지난 6개월간 30건의 합리화 건의를 제출하여 공장 합리화에 크게 기여하였고, 높은 기온에 인쇄기의 롤러가 녹아 공정에 차질이 있을까 우려되자 롤러에 바람통을 달아 문제를 해결했다. 소학교 출신인 태수는 도면도 제대로 못 그리지만, 새로운 발상이 떠오르자 경험을 동원해 만들어보고, 난관에 봉착하면 선배와 동료의 도움을 받아 공장 가동에 도움을 주는 바람통의 제작에 성공한 것이었다. 얼마 지나지 않아 태수는 봉투를 붙이는 데 필요한 인력을 줄여 생산성을 높이고 공장에 커다란 이익을 창출할 자동봉투기를 완성하여 공장 근무자 전원의 찬사를 받았다.

「상승하는 사람들」에서 태수는 초중이나 고중을 졸업한 지식인이 공장 노동자로 취업하는 현실에서 소학교 출신으로 열심히 배워 기술을 습득하고, 작업 과정에서 발견한 공장 합리화 방안을 건의하고, 공장에서 필요한 개선점을 찾아 제작함으로써 홍색 전문가의 길로 나아갔다. 이런 점에서 태수는 대약진운동 시기 사회가 요구하는 사회주의 이념과 기술적인 전문성을 겸비한 노동자의 전형이다. 이 작품이 다룬 당과 인민을 위해 헌신하는 인물의 창조는 반우파투쟁 이전의 조선족 소설에서도 중요한 주제로 사용되었다. 그러나 이 작품은 반우파투쟁과 대약진운동 이후의 시대 상황을 반영하여 노동자가 가진 이념의 절대성과 기술적 전문화를 강조하는 양상을 보였다는 점에서 전대의 소설과 구별된다.

윤금철은 「상승하는 사람들」을 발표하고 2년 뒤에 유동 복무조 운영을 통한 농기구 공장의 합리화를 다룬 「숙질간」(『연변』 1961.7)을 발표하여 문단의 주목을 받았다. 이 작품에서 농기구창의 김 창장은 조카 학선이 창지부서기로 부임하자 공석에서는 사적인 호칭을 부르지 말고 공장의 발전을 위해 함께 노력하자며 기뻐했다. 그러나 당 지부에서 농번기에 농기구 수리를 맡기러 도시에 있는 농기구 공장까지 오기가 힘든 농민을 위해 농기구 공장 기술자들로 유동 복무조를 무어서 농촌을 돌며 사업할 것을 하달하자, 이의 실행 여부를 두고 김 창장과 김 지부서기가 충돌하였다. 지부서기인 학선은 상급의 지시를 어기기가 곤란할 뿐 아니라 농기구 공장이 농민을 위해 농기구 수리를 해야 한다면 상급의 지시를 적극적으로 해석해서 최대한 많은 유동 복무조를 편성해 농번기 내내 농촌을 돌며 수리하는 것이 효율적이라는 판단이었다. 이에 비해 김 창장은 유동 복무조를 편성하면 공장에서 근무할 수 있는 기술자의 수가 줄어들어 공장 본래의 업무인 상급에서 할당된 농기구 생산량 목표에 차질을 빚을 수밖에 없으니 유동 복무조를 편성하지 않거나, 하더라도 최소화해야 한다는 것이었다.

농민의 고충을 먼저 살펴야 한다는 김 지부서기와 공장의 임무를 완수하는 것이 중요하다는 김 창장 사이의 갈등이 해결될 기미가 없자 공장 근로자들의 의견을 들어 결정짓기로 했다. 이때 김 창장이 선발하여 3공단장으로 성장시킨 기철이 공장 당지부에 유동 복무조에 관한 의견서를 제출하였다. 의견서의 요지는 춘경이 바쁜 시기에 직접 농촌에 내려가 농기구를 수리하는 것이 효율적이다, 농민의 애로 사항을 직접 들음으로써 농민의 의견을 반영하지 못해 수리해 보낸 농기구를 다시 가져오는 폐해를 없앨 수 있다, 현재 공장에서 생산하는 농기구를 개혁하기 위한 기초적인 조사 연구가 가능하다 등이었다. 기철은 인민을 위해 헌신하는 것이 노동자의 책무라는 올바른 인식 아래 적극적인 유동 복무조의 편성에 찬동한 것이었다. 공장 노동자들의 의견을 존중해 김 창장은 유동 복무조를 편성해 현장으로 찾아가는 농기구 수리를 대대적으로 벌여 농민들이 농번기에 고장난 농기구를 수리 공장에 맡기고 찾는 번거로움을 없애 농업 생산성 증대에 커다란 성과를 거두었다. 이에 김 창장이 편성한 유동 복무조의 업적이 신문에 대서특필되고 농기구 공장의 위신을 드높이는 결과를 얻게 되었다.

윤금철의 「상승하는 사람들」과 「숙질간」은 노동자는 인민을 위해 전문성을 높이고 자신의 역량을 인민을 위해 사용하여 대약진의 길로 나아갈 것을 선전·선동하는 이 시기 소설의 한 경향을 잘 보여주었다. 선진 자본주의 국가에 비해 뒤늦게 출발하여 산업사회로 조속히 진입하려는 중국에서는, 노동 소외라는 현실에 무기력해진 자본주의 국가의 노동자들과 달리, 노동자 스스로 노동을 단순한 생계의 수단이 아니라 무언가 의미 있는 일로 인식해야 했다. 이를 위해 노동자들에게 교육시켜야 할 내용은 노동이 국가와 인민의 미래에 기여한다는 사명감이었고, 이 시기 조선족 소설은 이러한 정책을 선전·선동하기 위해 국가와 인민을 위해 헌신한다는 신념으로 노동에 임하는 노동자상을 창조하였다.

박태하의 「사막에서의 조난」(『아리랑』 1959,10)은 대약진운동의 일환으로 1950년대 말 중국 전역에서 경제 개발에 필요한 자원 탐사의 결과 흑룡강성 다칭시와 감숙성 사막 지대에서 순수 중국 기술로 대규모 유전을 발굴한 일을 모티프로 한 소설이다. 이 작품은 주제나 인물 설정이 대약진 시대가 요구하는 바를 적극적으로 반영하고 있고, 작품의 구성도 매우 치밀하고 인상적이어서 발표 당시부터 독자와 비평가들의 주목을 받았다.

「사막에서의 조난」은 작품의 서두와 말미 부분은 일인칭 서술자에 의한 도입과 결말 액자로 되어 있고, 작품의 중심을 이루는 내화는 일기체 형식을 지닌 독특한 액자소설 형식을 사용하였다. 이 작품의 내화는 중국 서북의 사막 지역 석유 탐사 지원대의 대원으로서 영웅적인 행동을 보여준 김태희 대원이 사막에서 조난되어 생사의 갈림길에서 마지막까지 자신에게 닥친 일들을 꼼꼼히 기록한 일기로 제시하여 사실성을 획득하였다. 그리고 외화는 일기를 쓴 태희의 죽마고우 롱운을 작중화자로 한 일인칭 서술로 태희라는 인물에 대한 전반적 소개(전화)와 태희가 죽음 직전에 구출되어 깨어나기까지의 후일담(후화)으로 태희의 일기인 내화의 내용을 이해하는 데 필요한 정보를 제공하고 있다. 이 작품은 액자소설 형식을 이용하여 작품의 구성이 주제 형상화에 효과적으로 작용하는 결과를 얻었다.

태희는 사막 한가운데 자리 잡은 탐사 전초대에 식량과 필수품을 전달해주는 임무를 맡아 전초대원 한 사람과 지프차를 몰고 난코스인 유동성 사막에서 힘을 합쳐 나아감으로써 임무를 완수했다. 그러나 혼자 귀대하는 길에 유동성 사막에 지프차가 빠지자 태희는 차에서 내려 나무통을 잇달아 놓고 그만큼 차를 이동하고, 다시 차에서 내려 나무통을 옮겨놓고 이동하는 방식으로 유동성 사막 지대를 빠져나왔으나 고온의 사막에서 너무 오래 지체하여 냉각수가 끓어 넘쳤다. 태희는 물을 찾으러 나섰다가 신기루에 길을 헤매고 사막 폭풍까지 만나 지프차를 세워둔 자리마저 잃어버렸다. 막연하게 방향을 정하고 지프차를 찾아 헤매다 우연히 고갈된 알칼리 호수를 발견한 태희는 그것이 산업화에 매우 중요한 자원임을 알아채고는 호수의 좌표를 기록하고 표본을 떼어 가방에 넣은 뒤 사막 한가운데서 쓰러지고 말았다. 태희의 조난을 알게 된 본대 대원들은 죽음 직전에 그를 구조했고, 그가 임무를 완수하고 죽음 직전까지 표본을 챙긴 알칼리는 30년 이상 채굴할 수 있는 것으로 확인되었다.

이 작품은 척박한 사막에서 자원 탐사를 하고, 사막 전초기지까지 목숨을 걸고 식량과 필수품 전달에 나서는 탐사대원 태희의 헌신을 그렸다. 그는 사막에 조난되어 죽음을 맞이한 순간까지 당과 인민을 위해 자신이 할 수 있는 일을 완수하는 탐사대원의 강한 책임감과 희생정신을 보여주었다. 이 작품에서 태희가 홀로 물도 없이 사막에 조난되어 한 행동은 인간의 모습이라고 하기에는 현실성이 떨어진다. 그러나 태희의 모습은 당과 인민을 위해 헌신하겠다는 정신이 인간의 능력을 초월하게 만드는, 즉 정신이 육체의 한계를 넘어설 수 있게 한다는 대약진운동 시기의 자기희생적이고 영웅적인 인간관을 극단으로 보여준 것이라 하겠다.

이 작품에서도 작품의 전개에 어색하게 모 주석에 대한 기억이 등장하고 있다. 사막에서 물과 지프차를 찾아 헤매다가 죽음을 마주하였을 때 태희는 13릉 저수지 공사에서 모 주석을 만난 일을 떠올렸다.

> 평범한 로동자와 다름없이 헝겊신에 초립을 쓰신 검박하신 모 주석을 가까이에서 보았을 때 나는 갑자기 행복에 목이 메여 "모 주석 만세!"도 내 목청껏 부르지 못하였다. 그 바람에 나의 감기는 부신 듯 가셔졌고 즉시로 힘이 부쩍 솟아올라 단꺼번에 모래를 네 광주리씩 줄곧 여섯 시간을 메면서 정위와 경쟁을 했었지…… 나는 반듯이 누워서 이렇게 추억을 더듬으며 행복에 겨워 빙그레 웃었다.

태희는 일기를 쓰려 생각해보니 5월 25일이고, 자신도 모르게 작년 같은 날 모 주석을 만난 일을 떠올렸다. 태희는 그날 평범한 노동자의 모습으로 저수지 공사장을 찾아와 노동자를 격려해준 모 주석을 만나자 며칠간 고생했던 심한 감기도 나았고, 그 바람에 힘이 들어 빠졌던 모래 광주리 나르기 경쟁에 나설 수 있었던 기억이 떠오른 것이었다. 죽음을 목전에 둔 순간 모 주석을 떠올리고, 모 주석을 만나자 감기가 나았고 힘이 솟았으며, 반듯이 누워 죽음을 기다리면서도 행복한 웃음을 짓는다는 설정은 소설의 기본적인 사실성을 파괴하였다. 이러한 비사실적인 서술 방식은 반우파투쟁 이후 마오쩌둥 신격화를 반영한 것으로 이 시기 소설에 나타난 좌적 오류를 여실히 보여주었다.

제4장

민족 융화의 소설적 형상화

중화인민공화국의 수립으로 중국 공민이 된 조선족은 중국 정부의 소수민족 정책에 따라 조선족의 언어와 문화를 유지하면서 중국의 소수민족으로서 주류민족인 한족과의 공존을 모색했고, 이에 따라 조선족 작가들은 민족의 협력과 공존을 주제로 한 소설을 많이 창작하였다. 그러나 반우파투쟁 이후 중국공산당의 소수민족 정책이 변화하여 소수민족 문화 우월주의에 대해 비판이 시작되었다. 이는 지방민족주의에 대한 정풍운동으로 나타나 조선족 사회에서 추진되고 있었던 민족문화 전통을 계승하여 발전시키려는 움직임이 사라지는 결과를 낳았다. 그리고 중국의 주류문화가 조선족 사회에 스며들고 조선족 문학도 중국 주류문학의 흐름에 직접 영향을 받는 상황에 이르렀다.

민족정풍운동으로 강화되기 시작한 한족 중심주의는 조선족 문학에 적지 않은 영향을 미쳤다. 반우파투쟁이 시작되기 이전까지 많은 조선족 소설이 다룬 주제였던 민족의 협력과 공존은 금지에 가깝게 되어 이러한 주제를 다룬 작품이 거의 창작되지 않기에 이르렀다. 그리고 이 시기에 조선족과 한족의 민족 문제를 다룬 몇 되지 않는 조선족 소설은 한족과 조선족의 민족 문제를 두 민족이 대등한 위치에서 공존하기보다는 조선족의 역사에서 조선족의 삶은 한족의 방조가 있었기에 가능했고, 조선족의 현재도 한족의 도움에 힘입은 바 크다는 내용을 담고 있다.

민족정풍운동이 끝난 시점에 발표된 허해룡의 「혈연」(『연변』 1962.9)은 조선족과 한족의 융화를 다룬 작품으로 20여 년 후 류원무가 이 작품의 내용에 문화대혁명의 혼란을 보충하여 허해룡과의 공동작으로 『다시 찾은 고향』(흑룡강조선민족출판, 1985)을 출간했을 만큼 당시 조선족에게 상당한 영향을 미쳤다. 이 작품은 북경에서 임업대학을 졸업한 '나'(왕청산)가 고향 연변으로 돌아가는 기차에서 만난 오림공사 위생소 의사 슈메이(순희)와 집안의 내력을 알아가는 내용으로 되어 있다.

순희의 아버지는 지하당 책임자로 일본군의 추기대토벌 때 아내에게 배신자의 밀고 사실을 유격대에 전하게 하고 마을에 남았다가 일본군에 의해 살해되었고, 순희 어머니는 마을을 떠나 얼마 못 가서 일본군에 체포되어 임신한 몸으로 10년형을 받았다. 순희 어머니가 옥살이하면서 낳은 딸을 한족 류씨 할머니가 맡아 키우며 슈메이라는 한족 이름을 붙여주었고, 해방이 되자 류씨 할머니, 순희 어머니, 순희가 함께 살았다.

순희 아버지가 일본군에게 살해되고 그의 아내가 일본군에게 잡혀가던 날, 일본군은 세 살 난 그의 아들이 갇힌 초가에 불을 질렀는데 이를 지켜보던 한족 농민 왕씨가 아이를 구해 손자 왕청산으로 키웠다. 해방되고 20년이 지나 청산이 북경에서 임업대학을 졸업하고 고향 연변의 현 농업과에 배치받아 순희와 어머니를 만났다. 후에 청산을 만나러 온 왕씨 할아버지에 의해 이들의 혈연이 밝혀지고, 한족 왕씨 할아버지는 조선족 청산의 친어머니를 딸로 삼아 조선족과 한족이 한 가족이 되었다.

이 작품은 청산이 대학을 졸업한 후 발령을 받은 항일유적지인 고향 마을 오림에서 어머니와 감격적인 상봉을 하고, 왕씨 할아버지와 어머니가 하나의 가족으로 융화되는 과정을 보여주어 조선족과 한족이 피로 뭉쳐진 관계임을 강조하였다. 이 작품에서 조선족인 청산과 순희 그리고 어머니가 일본군의 대토벌 과정에서 살아남고 가족으로 다시 만나는 과정에는 한족의 도움과 희생이 절대적으로 기여하였다. 일본군이 항일투쟁의 근거지였던 오림마을을 대토벌하는 과정에서 청산이 살아남고 성장하여 대학을 졸업한 것은 한족 왕씨 할

아버지의 헌신이 없었으면 불가능한 일이었다. 또 감옥에서는 아이를 키울 수 없다는 규정에 따라 어머니 품을 떠난 어린 순희를 슈메이로 키워 해방 후에 어머니를 만나게 해준 것은 한족 류씨 할머니이다. 또 청산과 순희 그리고 어머니의 혈연을 확인한 것도 어머니와 오림에서 한 마을에 살았던 왕씨 할아버지가 아니었으면 불가능한 일이었다.

이렇게 청산네 가족은 한족의 도움으로 다시 만나 혈연을 확인하고 한 가족을 이룰 수 있었고, 왕씨 할아버지를 포함한 조선족과 한족으로 구성된 가정이 탄생한 것이다. 이러한 조선족과 한족이 하나의 가정을 이루어 융화하는 과정은 조선족과 한족이 대등한 관계에서 서로 협력하면서 공존하던 이전 시기의 소설과는 이질적이다. 이 작품에서는 보여준 조선족의 현재에 한족의 도움과 희생이 깔려 있다는 설정은 이전 조선족 소설에서 보여준 조선족과 한족이 협력하여 항일투쟁과 국공내전에서 승리하여 중화인민공화국에서 공존이 가능해졌다는 설정과는 대척점에 선다. 조선족 소설에서 조선족과 한족의 관계가 이전과 크게 달라진 것은 민족정풍운동 이후 변화한 현실을 반영한 것이라 하겠다.

황봉룡의 「집」(『연변』 1962.11)은 조선족과 한족이 함께 어우러져 살아온 역사를 이야기하면서도 조선족과 한족의 관계 설정에서는 「혈연」과 유사한 양상을 보인다. 최문갑은 본시 버덕(들판)에 살다가 금년 봄에 한족과 조선족이 함께 사는 소성자로 이주한 인물로 겸손하지만 잔 근심이 많아서 남의 집 사랑채에 살며 불편을 겪고 있었다. 그는 공사에서 마련해준 집터와 재목을 두고도 남들 농사일에 방해가 될까 염려해서 집을 지을 엄두를 못 내어 아내와 심하게 싸웠다. 어느 날 아들이 한족 곽 영감 아들과 놀다 팔을 다치게 하자 최문갑은 사과하러 곽 영감을 찾아가 치료비에 보태라고 돈을 내놓았다가 오히려 곽 영감에게 불호령과 함께 집이나 빨리 지으라는 말을 들었다.

"이 사람 내 말은 자네 집을 세우는데 공연한 잔 근심을 하는 것 같아서 빨리 결판을 내라는 걸세." 최문갑은 그제야 곽 령감의 뜻을 알아챘다.

"시작이 절반이라구 제깍 손을 쓰게. 우리 3대만 해두 조선족이 12호, 한족이 14호나 되는데 그까짓 집 한 채쯤 못 짓겠나?"

"에구 정말 애기 어미가 이엉새 근심을 하던데 우리 조이짚을 먼저 씁소." 마누라가 이렇게 보태었다.

"이건 빨래 바줄인데 모다구를 만들겠네 이거면 자네 집을 짓고도 남겠네."

조선족과 한족이 어울려 사는 마을에서 민족 간의 갈등은 전혀 없고 너 나 없이 돕고 사는 모습을 잘 보여준다. 최문갑이 남이 어떻게 생각할까 불편을 주지 않을까 걱정하는 것을 알아챈 곽 영감은 아들이 다친 일 때문에 찾아와 치료비 명목으로 돈을 내미는 최문갑에게 우리 마을에서 그런 일은 없다며 말을 잘랐다. 그러고는 가장 급한 일인 남의 집 사랑채살이를 끝내고 어서 집을 지으라고 당부하며 자기가 가진 자재들을 내놓겠다고 적극적으로 나섰다. 거기에 곽 영감의 아내도 자기네가 가진 물건을 가져다 쓰라고 성화를 부렸다. 최문갑은 곽 영감의 충고와 격려에 힘을 얻어 집 짓기에 나서 마을 사람들의 도움으로 얼마 안 가 조선족 가옥과 한족 가옥의 장점을 딴 번듯한 집을 지어 잔치를 벌였다.

이 작품은 조선족과 한족이 함께 사는 마을을 배경으로 조선족 최문갑이 한족 곽 영감의 받아 충고에 따라 조선족 가옥과 한족 가옥을 합친 독특한 집을 짓는다는 설정을 통해 두 민족의 화합과 융화를 강조하였다. 이 작품의 주제는 늦은 밤까지 이어진 최문갑과의 대화에서 곽 영감이 한 말에 직접 서술된다.

"자네도 알겠지만 이 고장은 한족과 조선족이 손톱으로 땅을 일구고 나무를 찍어다 집을 짓고 갖은 풍랑을 겪으면서 어떤 집은 4대를 살아왔고 어떤 집은 3대를 살아왔네. 가만있자 만철이네 하구 왕 령감네는 5대를 살았지, 그렇지 틀림없네. 10년이면 강산이 변한다고 5대를 살아왔으니 생각해보게. 왕조가 갈릴 때마다 갑주를 줄렁거리며 군마들의 발굽 소리가 보얗게 먼지를 일으켰지만 우리 두 민족은 칭칭 탈린 튼튼한 밧줄처럼 서로 떨어지지 않고 살아왔더란 말이냐. 홍수가 여러 번 집을 밀어갔지만 우리가 튼튼히 박은 주춧돌은 못 밀어갔네. 소작을 놓아 곡식가리에 앉던 멍가 놈도 결국 우리 손에 맞아 죽었네. 그러니 우리는 바위에 돋은 파랗게 돋은 이끼란 말일세. 그렇지 않은가! 자네."

곽 영감의 이야기에는 조선족과 한족의 만주 이주사가 정리되어 있다. 19세기 후반부터 조선인과 한인들이 만주로의 이주가 시작되었으니 이 작품이 집필된 1960년대면 이미 이주의 역사는 100년에 이른다. 이 작품에서는 이러한 역사적 사실을 3~5대에 걸쳐 조선인과 한인 이주민들이 함께 살아오면서 시대의 변화에도 아랑곳하지 않고 힘을 합쳐 난세를 이겨내었으며 지주와의 투쟁도 힘을 합해 승리로 이끌었다고 말한다. 이런 점에서 조선족과 한족은 바위 위에 돋은 이끼처럼 힘든 역사를 함께 함께 견뎌온 떨어질 수 없는 관계임을 강조하였다. 이 작품에서는 조선족과 한족이 거의 비슷한 가구가 모여 살면서 서로가 위하고 서로를 걱정하며 마을을 일구어 민족 간의 융화를 이루었다는 점을 강조하고 있다.

그러나 이 작품에서 조선족 최문갑을 대하는 한족 곽 영감은 아이가 다친 것은 전혀 문제 삼지 않고, 치료비도 거절하고, 최문갑의 걱정거리인 집 짓기에 나설 것을 독려하며 자신이 나서서 도와줄 것을 약속하는 대인의 풍모를 지닌다. 이에 비해 최문갑은 이주민이기는 하나 소심하며, 최문갑의 상황을 알고 있는 조선족 누구도 최문갑의 걱정거리를 해결해줄 방안을 찾지 못했다. 즉 이 작품은 조선족이 이주해 온 마을에 안주하는 데 한족의 도움을 받는 것으로 설정되어 있는 것이다. 「집」에서 보여준 최문갑과 곽 영감의 관계는 이전 조선족 소설에서 보여준 조선족과 한족이 대등한 관계에서 공존하는 것과는 다른 민족정풍운동 이후의 조선족과 한족의 관계 변화를 반영하여 약간의 결을 달리하고 있음을 알게 해준다.

연변작가협회 소속 한족 작가 하명안의 「빙설화」(《연변》 1964.2)는 이와는 다른 관점에서 조선족과 한족의 민족 융화를 다루었다. 이 작품은 선열의 자식으로 청년 시기를 국내 전쟁에 바치고 연변의 공사장으로 전업해 온 한족 리붕과 그가 해남도에서 전업해 올 때 또락또르에 태워온 공사장 운전사인 조선족 김옥화를 통해 조선족과 한족의 민족 융화를 그렸다. 항일전쟁 시 조선족 소대장 김병호와 한족 리칠성이 식량 공작 나갔다가 수비대에게 쫓겨 병호가 식량을 지고 유격대로 옮기고, 뒤를 지키던 리칠성은 전사하였다. 김병호는 칠성의 아들 복동이를 아내 숙희에게 데려다주어 메나리를 잘 불러 메나리라 불리는 다섯 살짜리 옥화와 함께 키우게 하였다. 복동이와 옥화는 남매처럼 지냈으나, 복동이는 지주의 빚값에 끌려갔다. 토벌대가 마을에 불을 지르기 전에 어머니는 조직을 따라 도피하고, 지주 집에서 도망친 복동이는 왕 영감을 따라 항일연군으로 들어가 옥화와 완전히 헤어져 리붕이란 이름으로 성장하였다. 20년이 지나 서로 알아보지 못했으나 노래자랑 날 옥화가 메나리를 불러 리붕이 옥화를 알아보게 되고 반가운 마음으로 함께 라자구에 있는 숙희를 찾아가 인사를 드렸다.

이 작품에서 항일 열사의 아들과 딸인 리붕과 김옥화는 민족은 다르지만 어린 시절 짧은 시간 남매처럼 지냈고, 숙희는 리붕에게 어머니 같은 존재였다. 이 작품에서 항일연군의 동료의 자녀인 리붕과 김옥화가 옥화가 부른 메나리로 인해 서로를 확인하고, 어린 시절 리붕을 키워준 어머니를 만난다는 전개는 「혈연」이나 「집」과는 달리 조선족과 한족이 대등한 관계로 설정되어 민족 융화와는 결이 다른 민족주의적 관점을 보여주었다. 「빙설화」가 반우파투쟁과 민족정풍운동 이후에 민족 문제를 이런 시각으로 바라본 것은 작가가 한족이라는 점과 무관하지 않을 것이나, 이 시기 작품으로서는 문제적이라 하겠다. 그러나 이 작품은 단편소설임에도 너무 많은 에피소드를 사용해 플롯의 통일성이 파괴되고, 사건 전개의 필연성이 부족하며, 인물의 관계가 작위적이라는 점 등에서 소설적으로 많은 한계를 드러내었다.

제5장

항일투쟁과 혁명전쟁에서의 영웅 창조

　김학철의『해란강아 말하라』는 단기간 인기를 끈 후 반동 작품으로 발매가
금지되었으나 이 작품이 조선족 소설에 미친 영향은 적지 않았다. 중국 공민
의 일원이 되면서 조선족은 항일투쟁이나 혁명전쟁에 참가하여 혁혁한 전공
과 그 과정에 죽어간 열사들을 기리기 시작하였다. 이러한 추모의 행사는 조
선족들의 영광스러운 투쟁의 역사를 정리하는 것이기도 하고 중화인민공화국
의 수립에 커다란 역할을 한 조선족의 자긍심을 찾는 일이기도 하였다. 이전
시기 조선족 소설은 항일투쟁과 혁명전쟁의 자랑스러운 역사를 소설화하였지
만, 그것은 대체로 국공내전에 참전했던 용사들의 개인 체험을 서사화한 것이
었다. 이때 연변 지역의 항일투쟁에 관한 체험과 기억이 전무한 김학철이 항
일투쟁의 역사를 취재하여 소설로 창작함으로써 취재 내용에 바탕을 둔 소설
창작이 새로운 방법으로 등장하게 되었다.

　『해란강아 말하라』는 비판적 사실주의적인 관점에서 항일투쟁에 참여한 인
물이나 지주나 친일 행각을 한 인물이나 모두 인간으로서의 면모를 형상화하
여 항일투쟁 문학의 한 획을 그었다. 그러나 반우파투쟁 이후 이 작품은 독초
로 분류되어 심한 비판을 받았고, 다음 세대의 조선족 작가에게 이러한 비난
은 조선족의 역사를 소설화하는 데 있어 장애로 작용하여 창작 방법에 커다란
영향을 미쳤다. 이 시기 조선족 작가들은 항일투쟁이나 혁명전쟁의 역사를 소

설화하면서 그러한 역사가 갖는 의미나 혁명과 전쟁에 휩쓸려 인간의 진실한 면모 등을 다양한 시각에서 천착하기보다는 「연안 문예좌담회에서의 연설」에서 제기한 문예관을 무작정 추종하게 되었다. 따라서 이 시기에 조선족의 역사를 제재로 한 소설은 '정치에 복종하며 폭로가 아닌 광명에 대한 묘사로 혁명의 이념을 입혀야 한다'는 정통적인 문예관이 심화된 '모순과 대립을 극복하고 반드시 승리하는 영웅주의가 중심이 되어야 한다'는 문예 창작의 원칙을 철저히 따랐다.

현룡순은 반우파투쟁이 종결된 이듬해인 1959년 2월 항일투쟁을 제재로 한 소설 「유격대의 녀전사」(『단편소설집』, 민족출판사, 1982)를 집필했다. 이 작품은 1933년 봄 동만항일유격대 팔도구 장재촌 중대가 출정하고 본대에 남은 류수병 1개 분대가 왕우구 일대의 항일 근거지를 섬멸하기 위해 초입에 자리한 장재촌 유격지대로 몰려온 중무장한 토벌군 대부대를 험준한 지세에 기대어 목숨을 담보하고 싸워 몰아낸 장재골 전투를 제재로 하였다. 이 전투에서 18세의 여전사 최영숙은 적은 병력과 가벼운 무장만으로 목숨을 걸고 치열하게 싸우다 분대장이 전사하고 탄약마저 떨어지자 분대를 지휘해 석전을 벌이고 마지막 탄환으로 토벌군 지휘관을 사살해 적을 퇴각시키는 전공을 세워 명사수로 또 유격대의 여자 영웅으로 항일유격대와 인민들 사이에 전설로 남았다. 이 작품은 만주국 시기 일본군이 벌인 항일무장세력 토벌 작전이 시작된 1933년을 시간적 배경으로 절대적 불리를 극복하고 전투를 승리로 이끈 최영숙이라는 항일투쟁의 영웅을 형상화하였다. 이런 점에서 이 작품은 김학철의 『해란강아 말하라』가 보여준 조선족의 위대한 항일투쟁의 영광과 진실을 함께 서사화한 창작 방식이 이 시기의 정치적 편향에 따라 항일 영웅을 찬양하는 경직된 시각으로 변화한 면모를 보여주었다.

김병수의 「생명의 동력」(『연변』 1962.1)은 적과의 교전에서 적탄에 관통상을 입고 적의 포위망을 피해 하룻밤을 죽음의 고통 속에서 보내고 본대로 복귀한 항일유격대의 영웅적인 모습을 그렸다. 항일무장세력에 대한 일제의 토벌이 극심했던 1933년 3월 초순, 8명의 부상병을 호송해 건강을 회복한 뒤 본대로 복귀할 것을 명 받은 호석은 호송 도중에 필수품인 식량과 의복 그리고 신발을 마련하기 위해 왕 동무와 집단부락 근처에서 노인에게 부탁하여 물건을 전달받았다. 노인의 행동거지를 의심한 일본군 토벌대가 몰려오자 호석은 일본군의 추적을 따돌리기 위해 왕 동무와 노인을 먼저 보내고 엄호한 뒤 적의 포위망을 뚫다가 총에 맞았다. 적의 포위망 속에서 피하고 숨으며 하룻밤을 죽음의 목전에서 고생한 호석은 빈사 상태로 동료들이 있는 호랑이바위로 복귀하였다. 호석은 본대에 복귀하면서 적의 포위망 속에서 지옥 같은 시간을 견디게 해준 것은 해방된 고향 조선으로 귀향하겠다는 욕망과 혁명에 대한 열정 그리고 반드시 귀대하겠다는 수장 동지와의 약속이었다고 생각하였다. 호석의 행동과 생각은 항일투쟁의 원동력이 고향에 대한 그리움, 망국 조선에 대한 사랑, 당과 함께 혁명에 투신하겠다는 열망, 그리고 죽음까지 함께 가겠다는 동료애 등 개인적이고 인간적인 욕망에서부터 당과 나라에 대한 사랑까지 다층적인 것임을 보여준다. 이렇듯 「생명의 동력」은 항일투사의 영웅적인 행동과 그 이면에 감추어진 고뇌와 열정을 고통스러운 하룻밤의 치밀한 서술과 내밀한 심리 묘사 그리고 과거 회상의 적절한 사용 등으로 소설적 긴장감을 부여한 점 등이 돋보인다.

이 시기 소설에는 항일투쟁과 해방전쟁의 영웅을 기리는 소설이 적지 않다. 1946년 늦가을 아이를 낳아 왕따마 집에 숨은 여전사 최옥과 보호 담당 련화가 비적이 들어친다는 정보에 왕따마 집을 탈출하여 임강 본대로 복귀 중 아이는 사망하고, 이동 중에 전선 교차 지구를 통과하다가 총에 맞자 왕따마가 준 털실로 짠 아기 모자를 련화에게 주며 본대 귀대를 명하고, 련화를 엄호하다 장렬하게 전사한 위대한 여전사 최옥의 용감성과 모성애를 그린 고창립의 「붉은 모자」(『연변』 1962.11), 조금은 혼돈스럽고 부자연스러운 스토리 전개가 아쉽기는 하나 항일투쟁의 과정에서 일본군의 명령으로 항일투사인 둘째 아들 석파의 머리를 작두로 벤 왕 노인이 죽음을 무릅쓰고 비밀 연락처 귀틀집에서 유격대원에게 일본군 동정을 알려주고는 변절하여 유격대를 위험에 빠뜨린 큰아들 겁파를 도끼로 때려죽이는 영웅적인 삶을 다룬 박창묵과 김철준의 공동작인 「귀틀집」(『연변』 63.11) 등이 그 예이다.

용맹스러운 투쟁과 장렬한 죽음을 그린 이들 작품과 달리 림원춘과 박창묵의 공동작 「샘물은 바위를 뚫고 흐른다」(『연변』, 1963.4)는 항일투쟁 중의 대승리를 다루어 이채를 띤다. 이 작품은 강덕 4년(1937) 여름 중공동만특위 장백지대원이 용정 신민백화상점 경리의 아들 강룡으로 위장해 용정 인근의 만군 토벌대에 잠입하여 시내의 고정 요원과 힘을 합쳐 토벌대 퇸장을 포로로 잡고 탄약과 무기 그리고 식량을 노획했다는 줄거리로 되어 있다. 이 작품에는 항일유격대원이 토벌대 활동을 희망하는 친일파의 아들로 위장하여 치밀한 계략으로 철벽같은 보루와 엄청난 화력을 보유한 토벌대를 궤멸시키는 영웅적인 전투와 승리의 과정이 생동감 있게 펼쳐져 있다.

이들 작품과 같이 전투에서 직접적인 전과를 올린 영웅을 그리기보다는 적군 점령지에 살면서 유격대원들의 지속적인 투쟁을 가능하게 협조한 농민의 활약을 그린 작품도 적지 않다. 항일유격대와 인민의 협력 관계와 유격대원에 대한 농민의 뜨거운 사랑을 보여주는 작품으로 작가 자신이 1962년 11월 집필한 것으로 밝힌 김영금의 「조약돌」(『바다가에서 만난 녀인』, 료녕민족출판사, 1987)을 들 수 있다. 이 작품에는 항일 유격전사들이 목숨을 걸고 자신들을 지원해주는 인민의 정에 가슴 뜨거운 눈물을 흘리는 모습이 잘 그려져 있다.

> 우리는 천로싼 령감의 분부대로 인츰 돌아섰다. 숙영지에 이르러 그 주머니를 헤쳐보니 거기에는 좁쌀 외에도 소금, 장, 성냥 등이 알뜰히 들어 있었고 그 조약돌도 들어 있었다.
> 동무들은 이것을 보고 누구나 얼어붙은 듯 말하지 못하였다. 유격전사들은 인민의 정에, 한족 농민 천로싼의 정에 가슴이 뜨거웠다. 림해설원에서 밤을 지새우는 혁명자들은 봄볕을 못 이겨 처마 끝에 락수지듯이 가슴이 뜨거워 감격의 눈물을 흘리는 것이었다.
> 조약돌을 다시 넣어 보낸 것은 또 쌀 가지러 오라는 뜻이다. 동무들은 이 돌을 보며 이건 정녕코 인민은 살아 있고 혁명은 기필코 승리한다는 산 증거물이라 느꼈다.

소규모 빨치산 부대를 꾸리고 있었던 항일유격대 전사들이 적군의 철저한 차단으로 식량이 떨어져 궤멸 상태에 빠지자 식량 확보에 나섰다. 얼어버린 무 줄기를 뽑고 있던 그들에게 한 노인이 나타나 조약돌 하나를 손에 쥐여주었다. 그것을 본 항일유격대 전사들은 노인이 자신들을 지원해주는 농민임을 알게 되었고, 밤중에 마을에 잠입해 필요한 식량과 물건을 보급받아 지속적인 투쟁이 가능해졌다. 눈밭에서 잠을 자며 무장 투쟁을 계속하는 항일유격대 전사에게 인민의 도움은 절대적이었다. 인민은 적지에 숨어 적군 몰래 항일유격대 전사에게 보급품을 제공하면서도 전사들에게 아무것도 요구하지 않고 다만 승리만을 기원할 뿐이었다. 이같이 항일유격대 전사와 인민의 관계가 물과 고기와 같은 관계임을 서술한 이 작품은 혁명과 전쟁을 소설화하는 또 다른 한 방식을 보여주었다. 이 작품은 항일투쟁과 혁명전쟁이 승리할 수 있었던 것은 당과 인민의 강한 믿음과 결속에 의한 것이었음과 함께 사면이 적에게 포위된 난관을 극복하기 위하여 당과 인민이 어떻게 협력하여야 하는가에 대해 당의 관점을 드러내 보여주었다.

항일투쟁과 혁명전쟁의 영웅을 예찬하는 조선족 소설이 다수 발표되던 시기에 국공내전에 참군한 소년이 혁명가로 성장하는 과정과 인민의 승리를 보여준 리근전의 장편소설 『범바위』(연변인민출판사, 1962)가 발표되었다. 이 작품은 리근전 자신의 어린 시절 참군 경험을 소설화한 장편소설로 창작 기간도 상당히 길었고, 반우파투쟁으로 조선족 소설이 위축되었던 시기에 출간한 점에서 이 작품에 대한 리근전의 애정이 느껴진다. 특히 초판이 발간되자마자 발매 중지 처분을 받아 독자들에게 읽힐 기회가 없어지자 초판 발간 20년 후에 수개본을 출간했을 정도로 리근전에게 있어 필생의 작품이었다.

리근전은 여러 편의 중·단편소설을 발표하여 소설 창작에 자신이 붙자, 자신의 해방전쟁 체험을 제재로 한 장편소설 『혁명의 씨앗』을 집필하기 시작하였다. 이 작품을 집필하는 도중에 일부를 발췌하여 단편소설 「호랑이」(『연변문학』 1959.6)라는 제목으로 발표하고, 다음 해 단편소설 「호랑이」의 내용을 발단 부분으로 처리하고 『혁명의 씨앗』의 일부분을 담아 중편소설 「호랑이」(료녕인민출판사, 1960)를 단행본으로 출간하였다. 「호랑이」 첫 면에는 다음과 같은 『혁명의 씨앗』의 개요가 실려 있다.

해방 직후 장개석 반동파들이 해방구 즉 길림 일대를 미친 듯이 대진공할 때다. 호랑이는 마을의 청년들을 따라 팔로군을 찾아갔으나 나어린 호랑이만은 받아주지 않는다. 호랑이는 팔로군을 도와 악패 지주네 총 23자루를 탈취해 온 뒤에 정식으로 입대하게 된다. 처음에 호랑이는 군대 생활에 단련이 없고 무기률, 무조직적인 행동으로 하여 혁명사업에 막대한 손실을 보게 된다. 허나 당과 벗들의 방조 하에서 자기의 결함을 뉘우친 호랑이는 적과의 치렬한 전투 속에서 인민들과 함께 백절불굴의 정신과 혁명적 영웅 기개를 발휘하여 장개석 군을 타도하고 자기의 고향 마을을 끝까지 지켜내는 무산 계급의 혁명전사로 단련 성장한다.

리근전은 「호랑이」를 출판한 후, 집필 중인 『혁명의 씨앗』의 일부를 발췌하여 「옥중투쟁」(『연변』 1961.10)을 발표하였다. 이 작품은 서두에 '편자 주'로 미출판 장편소설 『혁명의 씨앗』 중 옥중에서 국민당 비도들과 영용하게 투쟁하는 장면인 41장과 42장을 발췌하였음을 밝히고 있다. 단행본 『호랑이』에 실린 『혁명의 씨앗』의 줄거리와 이 '편자 주'로 보아 리근전은 작품의 서두에 해당하는 단편소설 「호랑이」를 발표하고 2년 정도의 기간에 걸쳐 장편소설 『혁명의 씨앗』의 창작을 마무리하였고, 어떤 이유에서인지 제목을 『범바위』로 변경하여 출간했음을 확인할 수 있다.

리근전은 초판 『범바위』를 상재한 후 1980년까지 소설 창작을 중단하였다. 약 18년에 달하는 기간 동안 소설 창작을 중단한 것은 반우파투쟁과 문화대혁명으로 소수민족의 언어로 창작 활동을 하는 것이 자유롭지 못했고, 또 문화대혁명 기간에 리근전이 반동작가로 몰려 창작 권리를 박탈당한 결과이다. 그리고 개혁개방으로 창작이 허용되자 리근전은 장편소설 『고난의 년대』를 발표한 후, 자신의 초판 『범바위』를 개작하여 수개본 『범바위』(흑룡강조선민족출판사, 1986)를 출간하였다. 수개본 『범바위』는 초판 『범바위』에 비해 분량도 2배 이상 늘어나고 줄거리도 다양해졌으나 개작 과정에서 조선족 인민을 분열시키려던 정일권의 동북민단, 조선인과 공산당을 이간질했던 리사명 그리고 종교를 가장해 활동한 국민당 하부조직 한민교회 등에 대한 비판처럼 그 내용이나 정황으로 보아 1960년대 소설로 보기 어려운 점이 있어 이 장에서는 초판본『범바위』를 중심으로 정리한다.

조선족 소설 중 최초로 처음으로 혁명전쟁을 제재로 한 장편소설『범바위』는 1945년 겨울부터 1947년 봄까지 국공내전이 한창이던 시기를 시간적 배경으로, 송화강 이북에 자리 잡은 조선족 마을 서위자촌을 공간적 배경으로 하여 전개된다.

일제가 패망한 후 서위자촌 주민들은 국민당 지하 토비들이 행패를 부리는 가운데 공산당이 오면 조선족을 박멸한다는 소문에 어수선하고 불안한 날을 보냈다. 적지 않은 주민들이 피난을 가는 때에 마을 사람들의 존경을 받는 김치백 노인의 아들 김근택(호랑이)은 마을 청년들과 함께 팔로군을 찾아갔다. 이때 김근택의 어릴 적부터 친구인 칠순은 아버지 장만화의 빚값에 서위자촌의 지주인 한족 한몽둥이 집으로 끌려갔다. 혼란의 와중에 분주소 소장 김달삼, 친일파 지주 리규동, 마름이자 예수교 장로인 박화선 등은 한몽둥이와 결탁해 자신들의 권력을 유지할 음모를 꾸몄다. 마을 조선족의 존경을 받는 김치백을 끌어들여야 서위자촌을 장악할 수 있다고 생각한 그들은 김치백에게 동북민단에 가입할 것을 권유하였다. 그러나 동북민단의 실체는 모르나 만주 경찰의 수괴 김달삼과 친일파 대지주 리규동을 잘 아는 김치백은 그들의 회유를 거부하였다.

마을이 어수선한 가운데 팔로군이 들어와 인민정권을 세우고 농촌으로 공작대를 파견해 당의 정책을 선전하여 민심은 안정되고 마을 사람들은 팔로군을 지지하게 되었다. 국민군의 대진공으로 팔로군이 전략적으로 후퇴하자 서위자촌은 전선의 한가운데 놓였다. 김치백은 팔로군의 전략적 후퇴를 이해하지 못해 팔로군을 원망하면서도 불안한 상황에서 자발적으로 마을을 보위하였다. 박화선은 종교의 탈을 쓰고 비밀리에 민족을 이간질하고 김달삼, 한몽둥이 등과 모의하여 국민군을 끌어들였다. 마을에 진주한 국민군은 서위자촌을 공산군의 배후지라 생각해 불질렀고, 혼란 중에 한몽둥이는 칠순의 어머니를 타살하였다. 그리고 한몽둥이 집에 끌려갔던 칠순은 머슴 로쑨의 도움으로 도망치다 기진하여 숲속에 쓰러졌으나 팔로군에 의해 구출되어 현 병원 간호사로 일하게 되었고, 국민당 비적을 압송하여 현공안국에 왔다가 무공대에 필요한 약을 구하러 온 호랑이를 만나 어릴 적부터 막연했던 감정이 혁명의 길에서 원수와 싸우면서 사랑으로 발전하였다.

국민군과의 전투 속에서 김치백과 호랑이의 의식은 성장하여 1947년 봄 김치백은 구농민회의 회장이라는 중임을 맡고 호랑이는 무공대 부대장이 되었다. 호랑이는 서위자촌 일대의 인민을 이끌고 반동파들이 규합한 환향단 토비와 치열한 투쟁을 벌이다 중상을 입고 체포되어 감옥에 갇히고 말았다. 또 당의 지시에 따라 노지하공작원과 적구에 잠복해 사업을 하던 칠순은 반역자의 밀고로 체포되어 감옥에 갇혀 호랑이와 상봉을 하고, 감옥에서 만난 죄수들과 함께 옥중투쟁을 벌였다. 호랑이를 항복시키면 서위자촌의 정신적 지주인 김치백도 끌어들일 수 있다고 생각한 한몽둥이와 반동파 수괴들은 호랑이에게 돈과 벼슬 그리고 술과 여자 등 각종 유인책을 사용했으나 호랑이는 미동도 하지 않았다. 호랑이의 이러한 의연한 자세에 감동한 칠순은 호랑이에 대한 사랑이 깊어져 사랑을 고백하고 호랑이도 마찬가지여서 옥중에서 백년가약을 맺었다.

호랑이가 옥중에서 투쟁하는 동안 서위자촌에서도 투쟁을 지속하였고, 호랑이와 칠순이가 옥중에서 보내준 정보에 따라 마을에서 선교 활동을 하는 박화선이 국민당과 동북민단의 첩자임이 밝혀져 서위자촌 사람들은 민족 내부에 숨은 적을 청산하고 민족의 분열을 획책한 적들을 쳐부수었다. 그리고 밀강의 무공대 본부에서 호랑이 구출 작전을 벌인 날 감옥을 벗어난 호랑이는 인민의 적이자 국민당군의 앞잡이인 한몽둥이를 찾았으나 절벽 아래로 뛰어내려 도망치자 뒤쫓아 처단하였다.

『범바위』는 빈농 김치백과 그의 아들 호랑이로 대표되는 서위자촌의 조선족 인민이 대지주 한몽동이를 대표로 하는 국민군과 국민당 토비와의 계급적 모순을 극복하는 과정을 주제로 한 작품이다. 그리고 김치백과 호랑이를 협조하는 혁명적 인물로 칠순이, 장만화, 박화춘, 이춘호, 김순옥 등 서위자촌 사람들과 왕 대장을 비롯한 공산군이 있고, 이들의 대척점에 서서 국민당 정권을 옹호하고 서위자촌을 다시 지배하려는 반동적 인물로는 한몽둥이를 필두로 김달삼, 리규동, 박화선, 정일권, 고영민 등이 있다.

이 작품에서 혁명적 인물을 대표하는 존재는 김치백과 김근택(호랑이)이다. 민국과 만주국 시대를 살아온 김치백은 감조운동을 벌였다가 경찰과 한몽둥이에게 곤욕을 치른 저항적인 인물로 마을 사람들의 존경을 받으나 해방 이후에는 매우 조심스러운 행동을 취했다. 일제가 패망한 후 떠도는 소문에 흔들리지 않고 계급 모순과 민족 모순이 뒤얽힌 형세 속에서 세상을 관망하였다. 가난한 백성을 위한다는 공산당에 관심이 없지는 않았으나 절대적으로 신봉하지는 않던 김치백은 무장공작대를 직접 찾아가 대장으로부터 공산당의 입장에 대한 따뜻한 설명을 듣고 크게 깨달아 공산당의 영도 아래 계급 해방과 민족 운명을 개척할 것을 결심하여 중국공산당에 가입하고 자신의 모든 것을 혁명을 지원하는 데 바쳤다. 김치백의 사상적 발전은 스스로의 모색을 통해 점진적으로 나아가는 빛나는 과정을 통해 이루어졌다. 이런 점에서 김치백은 보수적인 조선족 농민이 시대의 변화에 적응하며 자발적인 모색을 통해 혁명적인 사상을 접수하여 자신의 신념으로 만들어간 노년 세대 공산당원의 전형적인 인물이다.

반면 호랑이는 젊은이의 기상으로 전쟁과 계급투쟁의 격랑 속으로 스스로 걸어 들어가 사상이 성장하고 성숙해가는 청년 세대의 전형이다. 순박하면서 강직하고 용감한 성격을 지닌 호랑이는 청년답게 모험적인 행동을 즐겨 문제를 일으키곤 하였다. 그러나 무공대에 참군한 후 당의 교육과 함께 전쟁 경험이 축적되면서 점점 사상적으로 또 정신적으로 성숙하여 훌륭한 전사가 되었다. 그는 감옥에 수감되었을 때, 한몽둥이의 온갖 유혹에 넘어가지 않고, 참혹한 고문을 당하면서도 신념을 꺾지 않는 진정한 공산주의자로 성장하였다. 호랑이는 사형선고를 받고 사형이 집행되는 순간까지도 감방의 동료들에게 사상 교육을 계속하였고, 칠순에게 혁명가로서 어떻게 살아야 하는가를 이야기하는 등 신념에 찬 진정한 공산주의자로 성장하였음을 보여주었다.

『범바위』에서 김치백과 호랑이가 진실을 위해 흔들림 없이 나아가는 완벽한 혁명적 인물로 그려진 데 비해 한몽둥이를 비롯한 반동적 인물은 반동 계급의 악랄함과 교활함을 강조하여 추악한 면모만 드러나 있다. 이렇게 인물을 완전히 대척적으로 묘사한 것은 이전 시기 김학철이 『해란강아 말하라』에서 보여준 혁명적 인물과 반동적 인물 모두 선과 악, 미와 추가 공존하는 다면적 성격을 가진 인물로 표현한 것에 비해 단선적이라는 평가가 가능하다. 『범바위』가 보여준 이러한 혁명적 인물에 대한 영웅화와 반동적 인물에 대한 악마화라는 극단적인 인물 설정은 반우파투쟁 이후 좌적 이념이 전면화되어 당의 문예이론에 충실해야만 했던 시대의 한계일 것이다. 이와 함께 이 작품에는 소설이 역사적 현실을 살아가는 인간을 그리는 장르임에도 불구하고 그 시대를 살아가는 인간이 먹고 입고 사랑하는 일상적 삶이 제거되고, 공산군과 국민군의 전쟁과 혁명 세력과 반혁명 세력의 치열한 투쟁만이 전경화되어 있다. 이 역시 당대의 지배적인 문예이론에 따라 계급투쟁의 이원 대립이라는 도식화된 줄거리 설정에 함몰된 결과로 이 작품의 소설로서의 한계를 드러내었다.

『범바위』는 국공내전 시기 조선족 인민과 민족 분열자 사이의 모순과 인민의 내부에 자리한 선진 사상과 후진 사상 사이의 모순을 해결하는 조선족 인민의 역사적 투쟁을 이야기하면서 이 같은 조선족 인민의 해방은 중국공산당의 영도 아래에서만 가능하다는 것을 분명히 하고 있다.

> "지금 치백이 아저씨도 여기 계시지만 그때 도지 감소 사건 때 우리는 한결같이 일어서서 싸웠지요. 그러나 우리는 결국 실패하지 않았습니까, 무슨 원인입니까?
> 원인은 단 하나밖에 없습니다. 공산당의 영도가 없었기 때문입니다.
> 지금 우리들은 반드시 가야 할 길을 찾았습니다. 이 길은 바로 공산당과 모주석이 가리키는 길로 전진하는 것입니다.
> 우리는 이 력사의 교훈을 잊지 말아야 합니다. 꼭 잊지 말아야 합니다!……"

왕 대장을 비롯한 공산군과 함께 개최한 서위자촌의 군중대회에서 마을의 지도자 중 하나인 이춘호가 한 이 연설은 혁명에 있어 공산당의 영도가 갖는 절대성을 직접 서술했다. 이춘호의 연설은 공산당을 절대적으로 신봉하는 리근전의 가치관을 압축적으로 보여준다. 일제 말에 소학교를 졸업하고 해방 직후 16세의 나이로 동북민주연군에 참군하여 해방전쟁에 참전하였고, 1948년 중국공산당에 입당하여 사회지도층 지식인으로 성장한 리근전에게 공산당은 자신의 가치관을 형성해준 존재여서, 공산당의 영도는 절대적인 진리로 받아들여졌을 것이다. 즉 리근전의 의식 속에서 공산당은 절대 진리이며 혁명을 승리로 이끄는 원동력이었다. 리근전이 가진 공산당과 공산당원이 된다는 것의 의미는 호랑이가 옥중에서 비밀 요원인 간수로부터 어머니가 보낸 편지로 위장한 왕 대장의 친필 편지에서 '이제 당원이 되었으니 힘을 다해 투쟁하라'는 요지의 내용을 읽고 큰 감동에 빠지는 장면에 잘 나타나 있다.

> "당—나의 친어머니! 나는 어머니의 충실한 아들입니다. 오늘부터 나의 생명을 무조건 어머니에게 바치겠습니다. 세상에서 가장 위대하고 가장 숭고한 사업을 위해 바치겠습니다……"
>
> 호랑이는 입속으로 이렇게 웨치며 결심을 다지고 또 다졌다. 그이 눈에는 부지중 감격의 눈물이 괴이였다. 정녕 세상에서 이보다 더 고귀하고 행복한 눈물이 어디 있으랴! 정녕 한 개 공산당원이 지금 이 시각부터는 자기는 보통 사람으로부터 공산주의의 붉은 깃발을 높이 추켜들고 억만 인민의 철저한 해방과 조국의 번영을 위하여 혁명 투쟁의 최 전열에 선 영용한 전사가 되었음을 느낄 때, 지금 이 시각부터 자기의 운명은 억만 인민들의 운명과 긴밀히 련결되어 있고 또 억만 인민의 철저한 해방과 앞날의 거대한 행복을 위하여 자기의 생명을 아낌없이 바치게 되었다는 것은 느낄 때 어찌 가슴 깊이로부터 행복감을 느끼지 않을 수 있으랴!

리근전에게 동북민주연군에 참여하여 투쟁하고 공산당원이 된 경험은 그의 문학의 원형이 되었다. 평범한 농사꾼이었던 자신을 혁명전사로 성장시켜주고, 토지개혁을 완수하여 농민들의 삶을 보다 풍요롭게 만들어준 중국공산당은 그에게 절대적인 가치로 인식된 것이다. 따라서 그는 지주들의 악랄한 착취로 적빈의 생활을 할 수밖에 없었던 어린 시절의 빈농으로서의 삶과 혁명전사로서의 또 토지개혁대원으로서의 체험을 종합하여, 한 인물이 계급적으로 각성하고, 민중들이 직접적인 투쟁을 통해 지주들의 착취에서 벗어나고 반동 통치 계급을 몰아내는 과정을 『범바위』로 소설화하였다.

『범바위』는 작가 자신의 체험을 바탕으로 당과 영웅적 인물의 영도를 따라 일상적 인물에서 혁명적 인물로의 전환하는 과정과 중국 혁명 속에서 조선족들이 적과 투쟁하며 승리를 쟁취하는 과정을 소설적으로 재현하였다. 그 혼란의 시기를 살아가던 민중 사이에 존재했던 인간 욕망의 갈등, 계급의 대립, 이념의 대립, 민중 승리의 과정 등이 소설적으로 형상화되어 있다는 점에서 이 작품의 의의를 찾을 수 있다. 특히 『범바위』의 핵심 갈등을 이루는 지주 한몽둥이의 치부 과정과 악랄한 착취 그리고 서위자촌 인민의 강인한 삶과 반동 통치 계급과의 치열한 투쟁 양상은 이후 항일투쟁과 해방전쟁을 제재로 한 조선족 소설에서 갈등 양상의 정형적 방식으로 자리 잡았다.

제6장

잠재 창작을 통한 현실 비판

김학철은 반우파투쟁 시기에 우파, 반동 작가로 분류되어 창작의 권리를 박탈당하고 강제노동수용소에서 '노동 개조'를 하며 인간 이하의 삶을 살았다. 반우파투쟁 시기에 우파로 분류된 지식인의 대다수는 전국 각처에 설치된 강제노동수용소로 끌려가 노동 개조를 통해 소위 자본주의적 가치관을 버리고 공산주의자로 태어나기 위한 정신 교육을 받았다. 이 과정에서 적지 않은 지식인들이 과도한 노동과 반복되는 자아비판 그리고 육체적 고문에 시달리고 기아와 질병으로 고통을 당하다 목숨을 잃었다.

김학철은 강제노동수용소에서 노동 개조에 시달리면서도 공산주의에 관해 좀 더 사색하고 국내외 정세의 변화를 주의 깊게 살펴 당대 중국 현실에 대한 시각을 넓혔다. 국제 사회의 소식이 통제된 당시 여건 속에서 김학철은 남몰래 라디오를 청취해 1956년 소련공산당 20차 전당대회에서 반스탈린 숭배가 결정되고 수정주의로 변화한 사실을 알게 되었고, 자유와 민주 그리고 인권 등이 세계적인 흐름이라는 것을 확인하고 커다란 충격을 받았다. 이 과정을 통해 김학철은 반우파투쟁으로 55만 명의 지식인들이 강제노동수용소에서 고통을 겪은 것이나 대약진운동과 인민공사화로 중국 인민 전체가 물자 부족에 시달리고 아사자들이 속출한 것이나 모두 지도자의 판단 착오 때문이며, 중국 사회 전체가 시대착오적인 좌편향 사조로 흘러 개인의 자유와 인권이 박탈되고 중국 사회에 민주주의가 사라진 것은 마오쩌둥 일인 독재의 결과임을 깨달았다.

이러한 깨달음으로 김학철의 마음속에 자리한 반우파투쟁 이후 중국 사회의 흐름에 대한 회의와 마오쩌둥 신격화에 대한 분노는 이것을 글로 써서 만천하에 알려야 한다는 결심을 하게 하였다. 그러나 좌편향된 사상이 지배하고 이단에 대한 폭력이 난무하는 시대에 이러한 회의와 분노를 글로 쓰는 행위는 지극히 위험한 일이었다. 김학철은 이때 겪은 심리적 갈등을 『20세기의 신화』(창작과비평사, 1996)의 후기에서 아래와 같이 밝혔다.

> 가중되는 정치적 압박과 극단적인 궁핍(배고픔)은 나의 반발심을 더욱 불러일으켰다. 마침내 나는 일인 독재의 해악을 낱낱이 폭로해 만천하에 경종을 울리기로 마음을 먹었다.
> 마음을 먹었어도 깜냥 없는 속이 자꾸 후들후들 떨리기만 하니 이를 어쩌랴.
> '언감생심 내가 이거 미치잖았나? 죽으려고 환장을 한 게 아닌가.'
> 총살당하는 광경이 자꾸 눈에 밟혔다.
> 나는 몇 번인가 결심을 번복했으나 끝내는 붓을 들고 말았다. 량심이 공포심을 이겨냈던 것이다.

현실 비판적인 내용을 출판한다는 것은 당시의 상황으로서는 상상할 수 없는 일이기에 미래를 기약하며 잠재 창작을 시작하면서도 불안하기는 마찬가지였다. 마오쩌둥과 중국공산당을 정면으로 비판하는 글을 집필한 것만으로도 감옥에 가거나 심하면 사형선고를 받을 수 있다는 것을 모르지 않는 김학철로서는 망설임이 없을 수 없었다. 그러나 일제강점기에 중학생이었던 그가 일제의 억압을 끝장내야 한다는 민족적 양심만으로 학업을 포기하고 목숨을 건 항일투쟁의 길에 들어섰던 것처럼, 그의 투사적 성격은 공포심을 이겨내고 결국 위험한 제재를 한 편의 장편소설로 집필하게 하였다. 그러나 1년에 걸쳐 집필한 이 작품은 김학철에게 반우파투쟁 때보다 더 심한 고통을 안겨주었고, 무려 30년이 지난 뒤에야 세상에 알려질 수 있었다.

『20세기의 신화』는 책의 제목만큼이나 신화적인 경과를 겪은 소설이다. 김학철은 자신의 수용소 체험과 보고 들은 중국 현실에 대한 회의와 분노를 바탕으로 1964년 봄에 이 작품의 집필을 시작하여 주로 밤을 이용하여 신들린 듯이 볼펜을 달려 전후편 도합 1,350매를 이듬해 3월에 탈고하였다. 김학철은 작품 집필을 끝냈으나 당시 중국에서 출판은 절대로 불가능한 것을 잘 알기에 언젠가 언론의 자유가 주어지는 시기를 기약하고 집 안 구석에 감추어두었다. 그리고 작품을 일어로 번역하기 시작해 전편의 번역이 끝난 직후, 문화대혁명이 발발해 극좌파가 준동하던 1967년 12월 반란파들이 들이닥쳐 가택수색을 해 원고가 발각되어 현행반혁명범으로 몰려 연길 감수소, 장춘 감옥 등지에서 7년 4개월의 감금 생활을 하였다. 그리고 1975년 4월 3일 연변문화궁전에서 천여 명의 군중이 동원된 공판대회에서 판사에 의해 현행반혁명분자라는 죄로 10년형(형기: 1967년 12월 20일~1977년 12월 19일)의 정식 판결을 받고 돈화 추리구 감옥에 수감되었다.

출간도 하지 않은 원고를 근거로 10년의 영어 생활을 한 김학철은 1977년 12월 19일 만기 출옥하였고, 이후 3년을 반혁명 전과자라는 이유로 실업 상태로 행동 일체가 감시 대상이 되는 시간을 보냈다. 자신에게 내린 처분을 용납할 수 없었던 김학철은 1980년 초 법원에 직소하여 12월 5일 무죄 선고를 받았고, 현행반혁명의 유죄 근거였던 『20세기의 신화』도 반동소설의 누명을 벗게 되었다. 그러나 『20세기의 신화』의 원고는 무려 7년이 넘는 기간 동안 법원 금고에 갇혀 있다가 김학철의 탄원으로 1987년 8월 16일 '발표 불허'라는 조건부로 작가에게 반환되었다. 이 작품은 법원의 반환 조건대로 중국에서는 출간할 출판사가 전무해서 극소수 지인에게만 읽힌 잠재 창작물로 존재하다가 한국에서 김학철의 『항전별곡』(거름, 1986), 『격정시대』(풀빛, 1988), 『무명소졸』(풀빛, 1989), 『최후의 분대장』(문학과지성사, 1995) 등이 발간되고 난 뒤, 탈고 31년 만인 1996년 12월 창작과비평사에서 『20세기의 신화』라는 제명으로 출판되어 많은 독자에게 커다란 감동을 주었고 비평가와 연구자들에 의해 다양한 평가와 연구가 이루어졌다.

장편소설이라는 장르로 출간된 『20세기의 신화』는 그 구성과 형식이 독특하다. 장편소설로는 그리 길지 않은 이 작품은 전편 '강제노동수용소', 후편 '수용소 이후'로 나뉘어 있고, 전·후편은 각각 에피소드를 중심으로 18개의 장이 별도의 제목 없이 번호만 붙인 형식으로 되어 있다. 전편은 반우파투쟁으로 강제노동수용소라는 공산주의 농장에 갇힌 우파분자들이 겪은 노동 개조의 실상을, 후편은 공산주의 농장이 해체된 후 전국으로 흩어져 노동과 감시 속에서 생활하며 개조를 강요받는 우파들의 고통스러운 삶을 그렸다. 이는 반우파투쟁 시기에 우파로 분류된 지식인들이 강제노동수용소에서 생활에서 경험한 억압과 차별뿐 아니라 수용소가 해체된 후에도 당에서 지정한 곳에서 도시의 잡역부나 노무자 또는 농민으로 힘든 삶을 영위하는 중에 겪은 감시와 차별 또한 엄청난 고통이었음을 고발하였다.

『20세기의 신화』는 소설이라기보다는 소설과 산문 그리고 르포문학이 혼합된 특이한 장르적 성격을 보여준다. 김학철은 이 작품에서 전지적 시점으로 주인공 두 인물의 행동과 생각을 중심으로 서술하고 있으나, 일정한 줄거리에 의해 긴장과 이완이 생성되는 전형적인 소설 구성을 사용하지 않고 두 인물을 중심으로 그들이 경험한 일을 에피소드 형식으로 나열하여 그것의 실상과 그 이면의 의미를 성찰하는 형식을 취하였다. 즉 이 작품은 작가가 말하고자 하는 마오쩌둥 개인숭배의 모순과 반우파투쟁과 대약진운동의 오류에 대한 비판이라는 핵심 주제를 드러내기에 적절한 인물 주변에서 발생한 사건이나 인물의 과거 경험 등을 선택하여 에피소드로 정리하고, 작중인물이 읽거나 들은 정보 중에서 이와 관련지을 수 있는 제재를 선택해 에피소드의 의미와 의의를 해명하는 독특한 서술 방식을 사용한 것이다.

이러한 서술 방식은 우파들의 고통스러운 삶을 형상화하면서 반우파투쟁과 대약진운동으로 궁핍하고 혼란스러운 시대 상황을 보여주고 그와 함께 이러한 혼란과 비극의 원인을 분석하여, 그에 대해 냉정하게 비판하는 작가의 현실 인식을 드러내는 효과를 극대화하였다. 그러나 이 작품은 비정상적이고 광기가 가득한 비극적 현실에 강한 분노를 표출하면서도 김학철 특유의 문장과 표현으로 이를 웃음으로 승화시킨 점이 돋보인다. 이러한 점에서 이 작품은 소설이 추구하는 서술과 묘사를 통한 간접화보다 사건에 대한 서술자의 사유와 비판을 위주로 주제를 직접 표출하는 형식을 취함으로써 소설이기보다 산문에 가깝다는 인상을 준다. 주제와 관련된 에피소드들을 나열하고, 서술자의 시각으로 그것이 가진 문제점들을 정리하여 비판하는『20세기의 신화』의 이러한 구성 방식은 개혁개방 이후 김학철이 치중한 산문의 독특한 구성 방식의 뿌리가 된다는 평가가 가능하다.

『20세기의 신화』에는 다양한 인물이 등장하지만 작품의 주제를 드러내는 데 중요한 의미를 지니는 인물은 수용소의 수용자인 우파, 수용소의 관리자, 수용자이면서 밀고자 등 크게 세 유형으로 나누어볼 수 있다. 이 작품의 서사를 이끌어가는 중심인물은 잡지사 편집인 출신 림일평과 작가협회 주석 출신인 심조광 등 두 명의 우파분자이다.

김학철이『20세기의 신화』후기에서 이 작품과 관련하여 문화대혁명 때 고문치사에 이른 시적 능력이 넘치던 조선족 시인 서헌을 모델로 했다고 밝힌 림일평은 이 작품 전체 서사의 중심에서 이끌어가는 초점 주체이다. 그는 보일러공 아들로 태어나 중학 시절 사회주의 교양을 받고 중국공산당과 마오쩌둥을 절대적으로 신임한 인물로 소련공산당 20차 전당대회가 열린 1956년 대학을 졸업하고 사회주의 문학의 꽃을 피우겠다는 꿈을 안고『아리랑』편집위원이 되었다. 그러나 그는 시적인 표현은 하나도 없이 '새 시대'라는 말만 되풀이한 시를 투고한 청년을 만나 "시가 단지 새 시대니 하는 따위의 소리만을 웨쳐가지구 과연 읽는 사람들의 심금을 울릴 수 있을까요?"라고 지적했다가 새 시대를 비난했다는 이유로 우파로 분류되어 강제노동수용소에 보내졌다. 그는 자신의 억울함을 편지로 써서 상급에 재심사를 의뢰하였으나 상급에서는 검토도 하지 않은 채 반려하였고, 결국은 변화하지 않는 우파라는 딱지만 받았다. 그는 5년간 수용소 생활을 하며 심조광을 접하면서 점차 중국의 현실에 눈을 뜨고 강한 저항 의식을 가지게 되어 마오쩌둥 일인 독재를 종식시키기 위해 투쟁할 것을 다짐하기에 이르렀다.

제3부 이념 과잉 시대의 정치적 억압(1957~1978)

김학철 자신의 삶과 가치관을 가장 많이 투영한 심조광은 항일 시기 조선의 용군 일원으로 태항산에서 싸웠고, 해방 후 조선으로 갔다가 북한을 거쳐 중국으로 온 인물이다. 그 역시 마오쩌둥을 영명하고 위대한 지도자로 알고 있었으나, 반우파투쟁에서 무차별 공격으로 우파분자로 추락하고 말았다. 작가협회 주석으로서 그는 반우파투쟁 때 쌍백 방침에 따라 작가들이 모인 자리에서 당시 지도 이론이었던 무갈등론을 반대하고 "진실을 쓰라"고 호소했다가 작가들을 선동하였다는 이유로 반당반사회주의분자, 우파로 지목되어 강제노동수용소로 보내졌다. 이때부터 그는 창작 권리를 박탈당했고, 그가 쓴 모든 책은 금서에 올랐고, 갖은 유언비어에 시달렸고, 정치적 박해에 시달렸다. 그러나 그보다 더 아픈 고통은 모범생이던 아들이 하루 사이에 공청단을 뜻하는 붉은 넥타이와 반장 지위를 잃어버리고 친구들로부터 따돌림당하는 것을 바라보아야 하는 것이었다. 가족의 고통을 보면서 중국의 현실이 무언가 크게 잘못되었다는 것을 깨닫고 점차 이를 논리화하여 중국 사회를 바로잡기 위해서는 무엇보다 일인 독재를 타도하고 진정한 공산주의로 나아가는 일의 시급함을 깨달았다.

림일평과 심조광 이외에도 강제노동수용소에 수용된 우파들은 적지 않다.

> 일평이가 벌써 3년째 고역살이를 하는, 이 철조망으로 돌리지 않은 문명한 강제로동수용소 '공산주의 농장'에는 당을 공격하였다는 각종 인민의 적들이 100여 명가량 수용되어 있는데 그 대부분이 다 지식인들이었다. 대학교 학장, 검찰소 소장 같은 거물급으로부터 의사, 기사, 판사, 화가, 배우, 가수, 기자 아나운서 그리고 대학생과 고중생에 이르기까지의 지식 계층이 널리 망라되어 수용소는 흡사 인물 진렬관의 별관 같은 느낌을 주었다.

강제노동수용소에 수용된 100여 명의 지식인은 전부 우파로 분류된 인물로 회의석상에서 남들이 권하는 바람에 한마디했다가 예술지상주의자, 계급의 원수로 분류되어 들어온 채 바이올리니스트를 비롯해 소설에다 과부의 설움을 묘사했다가, 당좌예금을 활기존관(活期存款)이라는 중국어로 쓰는 것은 타당치 않다고 말했다가, '대표단'을 '대포단'으로 교정을 잘못 보았다가, 술 한 잔한 김에 선술집이 적어서 사는 게 재미가 적다고 떠들었다가 등 참으로 죄 아닌 죄를 짓고 인민의 적이 되어 사회와 격리된 사람들이었다. 림일평이나 심조광과 마찬가지로 이들은 시대의 진정한 지식인이자 시대가 낳은 피해자 였다.

이들에 비해 수용소의 관리자인 마 미이라와 성 잰내비는 공산당 당원이지 만 공산주의에 대한 이해는 부족하고 상급에서 내린 지시를 무조건 집행하여 수용자를 폭력적으로 다루고, 비논리적인 방식으로 괴롭히고, 주관적으로 수 용자의 우파 의식을 평가하였다. 미이라처럼 차갑고 표정이 없는 수용소장 마 미이라와 늘 원숭이처럼 돌아다니며 수용자들의 일거수일투족을 감시하는 성 잰내비에게 수용자들은 국가의 정책을 위반한 죄수일 뿐이며 자신들이 변화 시켜야 할 우파분자일 뿐이었다. 그들은 수용자에게 추호도 빈틈을 보이거나 관심을 보여서는 안 되며, 언제나 그들을 지시하고, 감독하고, 감시하여 국가 가 요구하는 인물로 변화시켜야 한다는 믿음을 가지고 있었다. 그들에게 수용 자는 인간이 아니라 단순히 죄수일 뿐이며 법을 집행할 대상일 뿐이었다. 이 런 점에서 이들은 반우파투쟁 이후 중국 사회에 불어닥친 혼란을 유지하는 관 료 체제의 말단에 존재하는 직급의 전형을 보여준다.

수용소의 관리자보다 더 악랄한 인물로 밀고자인 황 너구리와 박 복수주의 자가 있다. 황 너구리는 반우파투쟁 초기에 자신의 영달을 위해 수없이 많은 작가협회의 동료를 뒤에서 비수를 날리는 비열한 방식으로 우파로 몰아 고통 으로 몰아넣고 자신은 작가협회 높은 자리까지 올랐으나, 옆에서 그의 방법을 보고 배운 후배의 무함으로 우파 딱지를 쓰고 수용소에 들어왔다. 입소 초기 에는 문단의 선배인 심조광이나 림일평 등에게 무릎 꿇고 죄를 비는 형국이었 으나, 얼마 지나지 않아 본색이 다시 나와 우파 딱지를 떼고 출소하기 위해 교 육을 열심히 받고 자아비판도 열심히 하여 변화된 모습을 보이려 또다시 동료 들을 무함하였다. 해방 후 일제시대에 일제 경찰의 간부였던 아버지가 사형당 하자 아버지의 복수를 입에 달고 다녀 복수주의자라는 별명을 가진 박가는 아버지의 성분 탓에 우파로 분류되어 수용소에 들어왔으나 빠른 출소를 위해 수용소 관리자들에게 아부하고 동료들을 밀고하는 데 앞장섰다. 황 너구리와 박 복수주의자와 같은 밀고자들은 독재 정권을 유지하는 데 반드시 필요한 밀정의 전형이다.

『20세기의 신화』는 위에서 살핀 바 독특한 구성과 형식 그리고 인물을 통해 당대 사회의 부조리하고 비참한 현실을 그리면서 마오쩌둥 개인과 마오쩌둥 일인 독재, 반우파투쟁 이후 중국과 공산당의 극좌적 경향, 대약진운동의 실상과 비극 등에 대한 비판에 집중하였다. 아래에서 이 세 가지 비판을 중심으로 『20세기의 신화』의 주제를 살핀다.

심조광은 마오쩌둥의 일인 독재에 대한 꿈을 김일성의 그것과 비교하고 마오쩌둥이 중국공산당의 지도자 또 중국의 지도자를 넘어 중국의 황제가 되려 한다는 것을 지적하며 바로 이러한 욕심을 당대 중국의 모든 문제의 시발점으로 인식하였다.

> 김일성이의 두서너 살 된 아들아이가 실족하여 후원 연못에 빠져죽었을 때 북조선의 각 정당·사회단체들이 앞을 다투어 조사를 보내는데 그 조사들은 『로동신문』 『민주조선』 등 당과 국가의 기관지에 버젓이 게재가 되었다. 그때 그는 속으로 '이거 혹시 일본 황후가 맏아들 낳았다고 조선 팔도가 들썩하게 고동을 울려대던 그 세월이 되돌아온 건 아닌가?' 하고 의심을 하였다. (중략)
>
> 한데 이에 반해 조선전쟁에 참전한 마오쩌둥이의 아들이 폭사를 하였을 때 중국에서는 정당·사회단체들이 조사를 보내기는 고사하고 신문에 간단한 소식 한 토막도 실리지를 않았다. 이 사실이 그를 크게 감동시켰다. 그는 한번 만나본 적도 없는 그의 죽음을 진심으로 애도하였다. (중략)
>
> 그러나 그가 어찌 알았으리, 그 거인과 그 오뚝이가 다 한 바리에 실은 대인 야심가들일 줄을. 다만 두 사이에 차이점이 있다면 그것은 김 오뚝이의 야망이 노골적으로 표현되는 데 비하여 모 거인의 야망은 음흉하게 응숭깊게 표현되는 것뿐이었다. 김 오뚝이는 돼지 한 마리를 온새미로 삼키려고 노리고 모 거인은 황소 한 마리를 통으로 삼키려고 골몰하는 것 뿐이었다. 하나는 왕이 되고 싶어 밥맛을

모르고 하나는 황제가 되고 싶어 밤잠을 못 자는 것뿐이었다.

이 인용은 1940년대 말 북한에서 활동했고, 한국전쟁 때 중국으로 건너간 김학철이 아니라면 서술할 수 없는 내용이다. 김학철이 북한에서 겪은 사건은 북한 정권이 수립된 지 얼마 되지 않은 시기에 이미 모든 권력이 김일성에게로 집결되어 거의 왕과 같은 절대적인 자리에 있었음을 보여준다. 그리고 김학철은 이러한 상황을 보고는 김일성이 사회주의 국가 북한의 진정한 지도자가 아니라 마치 일본의 왕처럼 절대적인 신적 존재가 되려 한다는 것을 알아차리고 공포를 느꼈다. 그러나 중국의 지도자 마오쩌둥이 아들의 죽음에 대처하는 방식을 보고는 그가 진정한 민주적인 지도자라 느끼고 열광하였다. 그러나 마오쩌둥 역시 권력의 입지가 탄탄해지자 반우파투쟁에서 보듯이 김일성과 마찬가지로 황제가 되려는 욕망을 드러내고 있음을 느낀 김학철은 김일성에 대한 것과 마찬가지의 분노를 느끼게 되었다. 『20세기의 신화』에서 마오쩌둥 일인 독재와 신격화에 대한 비판은 도처에서 언급되고 있으며 특히 후편 '수용소 이후'의 뒷부분에서 집중적으로 비판이 가해졌다.

김학철은 『20세기의 신화』에서 마오쩌둥에 대한 신격화와 독재 체제 유지를 위한 대표적인 방안인 밀고제도, 선전 선동, 관료주의 등을 집중적으로 비판하였다. 일인 독재 체제를 유지하기 위해서는 비인간적이기는 하지만 사회 구성원끼리 상호 감시하고 밀고하는 사회 분위기를 유도할 필요가 있다. 마오쩌둥의 일인 독재 체제가 강화되는 반우파투쟁 시기에 사람들이 타인의 우파적 성향을 고발함으로써 자신의 충성을 확인하고 그에 따른 반사이익을 얻는 일이 많았다. 그리고 중국 사회에서 마오쩌둥 일인 독재가 강화되자 권력 차원에서 밀정을 운영하기도 하였고, 인민들은 자신이 살아남기 위하여 타인을 밀고하는 일이 일상이 되어갔다. 타인을 무고하고 물어 먹는 일이 비윤리적이고 인간으로서 할 일이 아니라는 것을 모르지 않지만, 언제 자신이 인민의 적으로 몰릴지 모르는 상황에서 자신도 모르게 자신의 안전을 위해 이웃을 밀고하는 일이 일상사가 된 것이었다. 김학철은 밀고가 사회에 만연한 당대 현실을 강하게 비판하면서 이것이 마오쩌둥 일인 독재가 가져온 폐해라는 점을 분명히 하였다.

> "당신이 요전에 시를 읊은 것까지 파출소에선 다 알고 있더래요. 점순 엄마가 거주증명인가 뭘갈 내려갔다가 저희끼리 지껄이는 소리를 들었대요."
> "내가 읊은 시…… 무슨 시?"
> "아 왜 저번 일요일 날 하이네의 뭐라나 하는 시를 읊은 게 있잖아요. '우리는 너의 염포(殮布)를 짠다. 세 겹의 저주를 섞어서 짠다.'"
> "흐웅, 그 직통전화가 무던히 빠르군."
> "그러게 내 뭐래요. 알아듣지 못할 말두 듣기가 무섭게들 꽂아바친다잖아요. 알아듣지 못할 말은 제 짐작을 섞어서 꽂아바치니까 더 위험하거든요. 그런데두 당신은 밤낮 무슨 '도적본왕신(盜賊本王臣)'이 아니면 '울어라 세상의 폭정을 위'니 옆에서 듣는 사람이 맘이 조마조마하잖구 어째요."
> 일평이는 아내의 호소를 듣고 길이 탄식하였다.

림일평의 신접 살림집에 놀러 온 주립병원에 근무하는 친구 의사를 만나 현실에 대한 이런저런 불만을 주고받는 동안 집 밖에 나가 있던 아내가 친구가 돌아가자 집에 들어와 그동안 망을 보았다며 하는 이야기는 중국 사회에 만연한 밀고의 현실을 잘 보여준다. 우파분자인 림일평은 언제 어디서나 감시의 대상이어서 주변 사람들은 그의 일상을 지켜보다가 수상한 점이 있으면 자연스럽게 경찰이나 관리에게 밀고하였다. 권력에서는 이 사회를 위험에 빠뜨리는 국민당 밀정, 소련이나 미국의 간첩, 국가의 기간을 흔들려는 우파분자 등 사회 불안 분자를 밀고할 것을 강조하였다. 밀고는 밀고자에게 아무런 이득을 주지는 않지만, 그들에게 나라를 위해 무엇인가를 하였다는 자긍심을 선사해 주었다. 이는 국민을 상대로 소련의 수정주의가 중국을 위협하니 방수반수를 해야 하고, 자본주의 국가의 침략으로부터 조국을 보위해야 하고, 사회주의로 나아가는 길을 분쇄하려는 내부의 적을 막아야 한다고 끊임없이 선전·선동한 결과 밀고라는 비윤리적인 행위가 나라를 구하는 영광스러운 일로 치환되었기 때문이었다.

이러한 사회 전반에 만연한 밀고라는 현상에 대한 비판은 소련과 미국을 상대로 한 전쟁에 대비해 전 국민이 전투 훈련을 한다는 정책에 따라 훈련에 참여하는 여덟 살 먹은 딸의 목총을 만들어준 림일평의 우스갯소리로 불만을 표하는 장면에 매우 섬뜩하게 드러나 있다.

> "'전민개병'에 여덟 살 먹은 계집애들까지 포괄이 될 줄은 정말 몰랐습니다. 그 영향으루 요즘은 계집애들두 소꿉놀이를 안 하구 전쟁놀음을 한답니다. 학교에서 그걸 장려한다니요. 유치원에서까지 장려를 하다지 뭡니까."
> 하고 놀라움을 표시하니 심은 너른 미간에 주름을 세우며
> "전민개병은 오히려 낫습니다. 그보다 '전민개탐'이 더 큰일이지요."
> 하고 개탄을 하였다.
> "전민개탐이라뇨?"
> "염탐질한다는 탐 자. 탐정이라는 탐 자."
> "네, 전민개탐!"
> "염탐질과 고자질이 미풍양속으로 공인된 사회에서 그래 인민들이 자유로울 수 있습니까. 현재 전국 인민이 다 고자쟁이루 되구 있습니다. 정말 그렇습니다. 조금두 과장이 아니라구요.(후략)"

림일평과 심조광이 만들어낸 전민개병과 전민개탐이라는 우스개는 전 인민이 병사가 되어 구국의 전쟁에 나서야 한다는 논리에 따라 소학교 학생과 유치원생까지 군사훈련을 시키고 어린아이들이 어린이다운 놀이를 하기보다 사람 죽이는 놀이를 하게 된 전민개병의 비극보다 더 무서운 것이 모든 국민이 밀정이 되는 전민개탐이라는 점을 분명히 하였다. 전민개탐을 말한 심조광이 던진 담임 선생의 일기장을 몰래 보고 거기 적힌 '마오쩌둥은 점점 살이 쪄가고 백성들은 점점 말라만 간다. 딱하다'는 구절을 밀고하여 선생을 범죄자로 모는 중학생이 찬양받고, 일기장을 훔쳐본 것은 죄가 되지 않는 세상이 무법천지가 아니고 무엇이냐는 질문은 밀고가 만연한 사회가 만들어낸 비인간성

대한 경종으로서의 의미를 지닌다. 이를 통하여 김학철은 밀고하는 데 경쟁이 붙는 이러한 말도 안 되는 사회는 바로 마오쩌둥의 일인 독재를 위한 장치라는 점을 통렬하게 비판하였다.

『20세기의 신화』에서 림일평은 길을 가다가, 공원에서 쉬다가 또는 사람을 만나 이야기를 나누다가 여성 선전원이 찢어지는 듯한 목소리로 들려오는 중국공산당의 정책을 선전하거나 국가 경제가 날로 발전하여 선진국을 곧 넘어설 것이라거나 외세를 경계하고 나라를 보위하자는 선전 방송을 듣고는 아연실색하였다. 어느 곳에서 무엇을 하고 있든 중국공산당이 선전·선동하는 방송을 듣지 않을 수 없었다. 림일평이나 심조광 같은 지식인들은 이 방송이 사실이 아니라는 점을 알고 비판적으로 받아들이지만, 일반 인민은 자신도 모르는 사이에 그것에 세뇌되어 선전 방송에서 반복되는 내용을 사실인 것으로 인식하게 된다. 그 결과 그들은 선전 방송에서 이야기된 내용과 다른 말을 하는 사람을 나라를 전복하려는 세력으로 받아들이게 되고 자연스럽게 밀고하게 되었다. 선전·선동은 이렇게 인간의 정신을 파괴하고 세뇌함으로써 일인 독재에 정당성을 부여하는 역할을 담당한다. 김학철은 이러한 선전·선동의 위험성에 대해 비난의 화살을 보냈다.

> 헐벗고 굶주리는 게 고통스러운 게 아니다. 헐벗고 굶주리면서도 쉴 새 없이 "우리는 행복합니다"를 외쳐야 하고 "위대한 수령님 고맙습니다"를 외쳐야 하는 게― 이게 고통스럽다. 이게 지겹다.

이것은 림일평의 아내가 휴지로 쓰려고 사온 『체호프 선집』에서 떨어져 나온 책장 중에 들어있는 「갑 속에 든 사람」 첫 면에 누군가 적어놓은 짧은 글이다. 이는 헐벗고 굶주리는 가운데에도 선전·선동에 세뇌되어 자신들이 행복하다고 생각하고 있거나 아니면 강제적으로 어디서든지 '행복하다', '고맙다'라고 외쳐야 하는 현실이 고통스럽고 지겹다는 것이다. 이는 이 같은 현실이 진짜 현실이 아니고 권력의 선전·선동에 따라 인민의 의식 속에 자리 잡은 거짓 현실이라는 것을 깨달은 사람이 갖게 되는 말로 하기 어려운 정신적 고통이다. 전 인민이 헐벗고 굶주리는 현실보다 지금의 이 현실이 비극이라는 사실을 깨닫지 못하는 현실이 더 비극이라는 지적은 반우파투쟁과 대약진운동의 시대에 깨어 있는 지식인 김학철이 도달한 현실 인식을 보여준다.

김학철이 보여준 이러한 선전 · 선동에 대한 비판적 인식은 관제 언론에 대한 비난으로 발전하였다.

> "솔직히 말해서 현재『뉴욕 타임즈』하구『인민일보』하구 어느 게 거짓말을 더 많이 하는가는 서루 겨뤄봐야 알 지경입니다. 김일성이네『로동신문』은 일본의 『아사히』『마이니찌』하구 시합을 해봐야 알구요. 그러니 호자의 어용 신문이란 건 그건 애당초에 신문이 아니니까 시합을 붙여볼 대상조차 없구요."
> "아 왜 전에 괴벨스의 앙 뭐라나 하는 신문이 있잖았습니까."
> "현재 지구상에서 발간되는 신문들 가운데 적수가 없단 말입니다."
> "제가 보기엔『인민일보』구『로동신문』이구 다 연월일하구 고유명사만 빼놓곤 몽땅 거짓말인 것 같습니다. 호자네 신문하구 대비를 해봤자 도토리 키다툼밖에 더 될 게 없을 것 같습니다."

심조광은 림일평에게 거짓말을 일삼는 정치 지도자의 역사에서 처음으로 사회주의 국가 정치 지도자들이 거짓말을 하지 않았는데 여기에도 예외가 있으니 마오쩌둥과 김일성 그리고 알바니아의 호자라고 통렬한 비난을 퍼부었다. 심조광은 사회주의 국가의 지도자 중에서 일인 독재 체제를 유지하기 위해 언론을 장악하여 선전 · 선동의 도구로 사용하고 있는 김일성과 호자와 마오쩌둥 세 지도자를 동렬에 놓고 비판한 것이다. 여기서 심조광은 언론을 선전 · 선동의 도구로 타락시킨 대표적인 인물로 평가되는 나치 독일의 괴벨스와 마오쩌둥, 김일성, 호자를 동일한 부류로 평가하였다. 그리고 중국과 북한 정부의 기관지인『인민일보』와『노동신문』이 사실을 왜곡하고 거짓으로 선전 · 선동에 힘쓰는 사이비 언론이며 이들에 의해 국민의 정신이 세뇌되는 결과를 낳았다는 날선 비판을 이어갔다.

또『20세기의 신화』는 반우파투쟁 이후 중국 사회에 만연한 관료주의를 강하게 비판하였다. 반우파투쟁 이후 중국공산당으로 국가권력이 집중되어 중국의 관료 체제는 당의 중앙부터 기층단위까지 각급의 최고 책임자는 법률적 제약이나 감독을 받지 않는 절대 권위와 권력을 갖는 것으로 변화했다. 그리고 국가권력이 집중화되고 일인 독재 체제가 확립되어 중국 사회에 만연한 관료주의가 사회적 병폐로 자리하게 되었다.『20세기의 신화』에서 강제노동수용소의 책임자인 마 미이라는 오로지 자신을 그 자리에 임명해준 당에 충성하고, 자신이 관리하는 수용자들에게는 절대적인 권력을 휘둘렀다. 이는 중앙의 고위 간부든 한 부서의 장이든 하급 조직의 장이든 다 마찬가지였다. 그들이 가진 권력은 상급에서 왔기에 상급에게는 무한한 충성을 보임으로써 신뢰를 받아야 했지만, 하급에는 아무 거리낌 없이 오만방자해도 되었다. 즉 관리의 삶의 이치는 '위에는 노예, 아래로는 주인'이라는 오묘함 속에 존재하였다. 바로 이러한 노예와 주인이라는 관계로 형성되는 관료 체제는 독재를 유지하는 중요한 원리임이『20세기의 신화』에서 성 잰내비가 상급인 마 미이라에게는 절대 복종을 하급인 수용소의 수용자에게는 절대 권력을 휘두르는 인물로 형상화된 점에 잘 드러나 있다.

『20세기의 신화』에서 두 번째로 비판의 대상이 된 것은 반우파투쟁 이후 중국과 공산당의 극좌적 경향이다. 반우파투쟁과 관련해 가장 중요하게 비판의 칼날을 들이댄 것은 반우파투쟁 기간에 당 중앙에서 우파의 수를 정하고 하급에 우파 할당량을 내려보낸 일이다.

상해 어느 대학의 모 교수가 포풍착영(捕風捉影)이란 네 글자를 가지고 반우파투쟁의 진상을 개괄한 것은 극히 형상적입니다. 바람을 잡고 그림자를 붙들듯이 없는 죄상을 꾸며내고 없는 말썽을 일으켜가지고 마오쩌둥 교주께서 사전에 예측하신 퍼쎈티지에 '반사회주의분자'의 숫자를 채워나가야 했던 것입니다. 기관마다 할당량을 억지 춘향으로라도 채워야 했던 것입니다. 초과 완수하고 표창을 받아야 했던 것입니다.

이는 반우파투쟁은 공산당의 일당 독재에 이의를 제기하고 마오쩌둥 일인 독재 체제를 강화하는 데 방해가 되는 지식인들을 선제적으로 공격한 것이라는 인식이다. 당시 마오쩌둥이 중국 사회에 몇 퍼센트 정도의 우파들이 잠복해 있고 그들은 국가를 전복할 기회를 엿보고 있다고 발언하자, 이에 맞추어 각 지역에 우파의 수를 할당하였고, 하급에서는 할당된 수에 맞추어 있지도 않은 근거를 만들어 반사회주의자를 양산했다는 것이다. 이러한 지적을 통해 김학철은 객관적 사실이란 아무런 소용이 없고 마오쩌둥의 판단만 있으면 바로 그것이 진리가 되어 규모가 작은 조선족 자치주에는 천 명쯤, 인적 자원이 풍부한 중국 전체에서 50~60만 명 정도가 없는 죄로 수용소에 끌려가는 것 정도는 대수롭지 않은 일로 치부하는 중국공산당의 현실 인식 태도와 그 수준을 강하게 비판하였다.

58년 한 해 동안에 이런 자유로운 강제노동수용소가 이 자치주에만도 대여섯 군데 생겼으니 전 중국 넓은 대지 위에는 몇천 군데나 생겼는지. 이런 수용소들은 그 명칭도 각기 다르고 또 규모도 대소 같지 않았으나 그 운영하는 방법만은 어디나 동일하였다. 수용자가 많든 적든 감독원은 두서넛. 현재 이 공산주의 농장만 보더라도 재소자는 100명이 넘는데 감독원은 마가·성가 단둘뿐이었다. 눈에 보이지 않는 법률의 철조망으로 포위된 재소자들은 일종의 자치제를 실시하고 호상 감독하고 호상 적발하고 또 호상 비평하는 방법으로 질서를 유지하였다. 그러나 실상 수용소의 기구는 공인된 밀고제도, 즉 장려받는 밀고제도 위에 건립되어 계속 정상적으로 톱니바퀴를 맞물고 돌아갔다. 이런 수용소들은 마오쩌둥이의 이른바 "적대적 모순이지만 인민 내부의 모순으로 처리한다"는 이념의 산물이었다.

소들이 물을 다 먹고 도랑을 건너갔다. 시의 뜻이 그윽한 분계선을 넘어서니 거기부터는 발에 밟히는 것이 지상낙원 '초미인민공사(超美人民公社)'의 풍요한 땅이었다.

림일평이 병든 소를 끌고 수의사를 만나러 가는 이 장면에는 당시 강제노동

제3부 이념 과잉 시대의 정치적 억압(1957~1978)

수용소에 수용되어 본 사람이 아니면 알기 어려운 수용소의 실상을 매우 상세하게 알려주었다. 반우파투쟁으로 쏟아져 나온 우파를 격려해 노동 개조를 시킬 수용인원 100명이 넘는 규모의 강제노동수용소가 연변조선족자치주에만 대여섯, 전국적으로 수없이 많이 건립되었다. 이들 수용소는 두어 명의 감독관만 두고 철조망도 없이 자치적으로 운영되었지만 공인된 밀고제도의 힘으로 이탈자 없이 존재할 수 있었다. 이러한 강제노동수용소는 사회의 불안 요인으로 분류된 우파를 수용해 노동과 교육을 통해 교화한다는 목적이 있었다. 수용자들은 상호 감시하고 비판하는 힘들고 치욕적인 과정을 겪으면서, 림일평과 신조광 같은 극히 소수를 제외하고는, 수용소가 요구하는 방향으로 순치되어갔다.

그러나 실상 강제노동수용소는 이보다 더 중요한 기능을 담당하였다. 강제노동수용소와 인민공사는 철조망이나 담장으로 분리하지 않고 작은 도랑이나 표지만으로 경계가 나뉘어 있어서 수용소 밖의 인민들은 수용소에서 생활하는 우파들과 접촉하면서 그들과 자신을 비교하고 스스로 자기의 삶과 행동을 경계하게 되었다. 『20세기의 신화』에서 보듯이 강제노동수용소는 우파를 인민과 격리하여 효과적으로 감시하고 통제함으로써 강제적으로 교화시키고, 이와 함께 우파와 분리된 인민은 주변에서 집단생활을 하는 우파들을 관망하며 자기 조절하여 자발적 순화가 이루어지게 하는 이중적 기능을 담당하였다. 반우파투쟁 이후 극좌적인 경향이 지배하던 시기에 국가권력은 강제수용소의 '격리-감시-통제'라는 제도적 장치를 이용해 인민들 스스로 자신을 우파와 분리하고 국가의 이념에 동조하고 나아가 국가의 명령에 복종하게 함으로써 전 인민을 타율적인 존재로 변화시켰던 것이다.

반우파투쟁으로 우파에 대한 억압이 강화되고 많은 사람이 자신도 모르게 우파로 분류되어 곡경을 치르자 사회 인심은 급격히 우파와의 거리 두기로 변화하였다. 림일평은 우파가 된 후 아는 사람을 만나 반갑게 인사를 하면 그들이 질겁을 하며 피하거나 신기한 사람을 본 듯 멀뚱멀뚱 쳐다보아 크게 당황했으나 3년 정도의 시간이 흐르면서 그는 주변 사람들의 이러한 반응에 태연해질 수 있었다고 이야기하였다. 림일평에게 큰 신세를 졌던 사람들조차 우파가 된 림일평을 만나면 질겁하는 것은 일정한 원칙도 없이 우파로 처분하는 사회에서 자신도 언제 우파로 분류될지 모른다는 공포에서 비롯된 것이다. 또 신부의 이모부가 우파분자라는 이유로 결혼식을 파기하고, 우파라는 이유로 신혼 부부가 이혼하고, 부모형제의 천륜을 부정하는 등의 극단적인 행태는 우파를 금기시한 당시 사회의 분위기를 잘 보여주었다.

이 시기에도 우파의 처지를 이해하고 동정하는 사람이 없지 않았겠지만, 대중 앞에서 우파를 만나거나 우파와 이야기를 나눈 것만으로 위험을 초래할 수 있기에 그들도 역시 우파를 회피할 수밖에 없었다. 이러한 사회 분위기는 림일평이 초미인민공사를 지나다 우연히 마주친 교통사고 현장에서 차에 뛰어들어 자살한 여인의 정황을 자세히 알려준 할아버지가 헤어질 때 자기와 이야기했다는 사실을 소문내지 말라고 당부하는 모습이나, 수의병원에서 만난 대학 동기인 수의사가 다른 사람이 있을 때는 말도 나누지 않고 데면데면하다가 그가 돌아가자 사무실로 들어가자고 권하고 문을 닫고는 반가움이 북받쳐 림일평과 8년간 밀린 이야기를 나누는 모습 등 이 작품의 여러 부분에서 사실적으로 그려져 있다.

『20세기의 신화』에서는 대약진운동의 실상과 비극을 공개하고, 이러한 비극을 초래한 지도자의 잘못된 판단을 비판하고 있다. 전편의 2장에서 마오쩌둥이 단걸음에 공산주의 천국으로 가기 위해 '대약진'과 '인민공사'를 고안하였으나 유사 이래의 대기근으로 끝나고 백성이 도탄에 빠진 경과를 해학적으로 자세하게 서술하였다. 단기간에 선진국을 따라잡자던 대약진운동과 인민공사화가 실패로 끝나면서 중국 인민은 식량과 물자의 부족에 시달렸다. '밥을 거저 먹이는 인민공사는 식충이 양성소가 되고 노력공수(努力工數)를 헤아리는 인민공사는 글자 그대로 게으름뱅이 집합소'로 변하여 대약진이 암초에 부딪힌 것이었다. 식량난에 봉착하자 인민들은 각종 나무껍질과 나뭇잎을 대체식량으로 사용했고 전국 각처에서는 수천만을 헤아리는 아사자가 발생하였다.

또한 생필품 공장의 생산성도 크게 위축되어 인민들은 물표를 가지고도 필요한 생필품을 구입하기 어려워지고, 공급이 수요를 당하지 못하니 생필품의 가격은 천정부지로 오르는 악순환이 반복되었다. 인민들은 품질 낮은 가루 석탄을 배급받기 위해 서너 시간이나 줄을 서고, 아이들은 딱지와 지우개를 구할 수 없고, 아낙네는 반침과 사발을 살 수 없고, 전구가 없어 불을 밝히지 못하고, 석유가 없어 등잔불을 켜지 않는 '고상한 시절'이 되고 말았다. 또 대약진 시기에 생산된 물자의 품질이 너무 떨어져 숟가락이 부러져 못 쓰게 되고, 칫솔이 부러지거나 칫솔모가 빠져 못 쓰고, 옷은 몇 번 빨면 줄어서 입을 수 없게 되는 등 일상생활이 어려운 지경이 되었다. 상황이 이렇게 되자 대약진운동으로 만든 물품을 뜻하는 '약진표'라는 말은 인민들 사이에서 질이 떨어지는 사물이나 허풍을 잘 치는 인간 망나니를 의미하여 대약진운동을 비하하는 새로운 용어로 자리 잡았다.

> 약진표라는 말은 관제어가 아니었다. 약진표라는 말은 인민공사의 사원들이 대약진 시기에 창조해낸 낱말들 중에서 가장 생동한 보석 같은 말이었다. 마오쩌둥 도당이 계속 정권에 매달려 피 묻은 몽둥이를 내두르는 동안은 도저히 어휘사전에 수록되지 못한 말이었다. (중략)
> 당백전이라는 말이 '대원군'의 전횡의 상징으로 남고
> 만경대라는 말이 조선 공산주의 운동사에 치욕의 낙인으로 남듯이
> 이 약진표라는 말도 중국공산당사에 특호활자로 남아가지고 당이 쇠망하는 날까지 개인숭배의 위험을 알리는 붉은 신호등이 될 것이다.

단숨에 서구 자본주의 국가들을 넘어서려던 대약진운동은 처절한 실패로 끝나 인민을 궁핍과 기아로 내모는 결과를 낳았다. 대약진을 위해 농민을 각종 토목공사에 투입하고, 철강 증산을 위해 토법고로에 농민을 투입하는 등 농민을 여러 가지 사업에 투입한 결과 농촌의 노동력이 부족해져 농업 생산력이 떨어졌고, 공장에서는 기술력이 떨어지고 원료의 보급이 부족한 상황에서 무리한 증산을 요구하여 품질이 떨어지는 물자를 생산할 수밖에 없었다. 그러나 마오쩌둥과 중국공산당에서는 정책의 실패를 대약진 초기에 중국을 덮친

자연재해의 탓으로 돌리고 아무런 책임을 지지 않았다. 오히려 이러한 물자 부족을 소련 수정주의자나 미제국주의자와 같은 외부 세력이 중국을 붕괴시키기 위해 시도한 경제 제재에서 비롯한 것으로 선전·선동함으로써 인민의 힘을 당 중심으로 결집하는 효과적인 방법으로 활용하였다. 이와 같이 대약진운동으로 인민의 삶이 황폐해진 것은 지도자의 판단 착오와 무능력에 그 원인이 있고, 이러한 대약진운동의 전개가 가능하게 한 데에는 마오쩌둥 일인 독재라는 체제의 모순이 놓여 있다는 것이『20세기의 신화』를 통해 드러난 김학철의 정확하고 첨예한 현실 인식이었다.

『20세기의 신화』에는 조선의용대 출신 김학철의 항일운동사에 대한 시각이 드러나 있어 흥미롭다. 하권 11장에 북한에서 편찬한『조선통사(하)』를 읽은 심조광이 림일평에게『조선통사』는 역사서가 아니라 날조사라 비판하는 장면이 나온다.『조선통사(하)』에는 항일투쟁사가 상당 부분을 차지하는데, 김일성을 제외한 항일투사 모두를 파쟁꾼, 변절자, 타락분자, 무능력자로 폄하하고, 당시 항일투쟁 전체가 김일성의 지도로 이루어졌고, 김일성이 만든 조선민족해방동맹의 하부조직이 서울부터 전국의 시, 군, 면, 동과 공장과 학교에까지 뻗어 있었다고 날조했다는 것이다. 더욱이 심조광은『조선통사』의 항일무장투쟁사 부분에서 조선의용군의 활동을 거의 다루지 않은 점을 커다란 문제점으로 지적했다. 이 책에서 김일성의 항일투쟁에 관해서는 100면 이상을 다룬 데 비해 한반도 내 인민들의 항일투쟁은 4면도 채 안 되게 다루면서 그나마 김일성의 전과에 고무되어 일어선 것으로 기술했고, 조선의용군의 항일투쟁사는 불과 4~5행밖에 언급하지 않았다는 데 크게 분노하였다.

심조광은『조선통사(하)』에서 수많은 항일투사가 이루어낸 업적을 가로채 김일성의 전공으로 기술하고 그를 항일운동사의 영웅으로 기술한 것은 김일성을 신격화하여 일인 독재 체제를 강화하기 위한 비열한 수단이었음을 지적하였다. 그리고 항일투쟁사에서 커다란 족적을 남긴 조선의용군의 활동을 박절하게 기술한 것은 김일성 일인 독재 체제를 수립하는 과정에서 해방 후 북한으로 귀국한 조선의용군 출신과 연안에서 활동한 공산주의자를 연안파로 몰아 숙청한 사건과 밀접한 연관이 있다는 것이 심조광의 판단이었다. 국내와 만주 그리고 중국에서 전개된 항일투쟁의 역사 모두를 김일성의 공으로 정리하여 그를 신격화하는 과정에서 자신이 숙청한 조선의용군의 행적을 자세하게 기술할 수는 없었다는 것이다.

심조광은『조선통사』의 항일투쟁사와 관련해 진정한 공산주의자라면 합리적이고 과학적인 사실 판단에 따라 역사를 기술해야 한다는 시각을 드러냈다. 이는 항일투쟁사에서 조선의용군에 대한 기록이 사라진 것은 역사 서술의 오류이거나 날조의 결과라는 인식이다. 조선의용군의 항일투쟁사는 북한에서 소루하게 다루어지듯이 중국에서는 항일연군과 함께한 소수민족의 항일부대로 다루어지고, 한국에서는 중국에서의 항일투쟁사가 광복군 중심으로 기술되어 역사 기록에서 사라질 위험에 놓여 있었다. 이러한 현실을 깨달은 김학철은『20세기의 신화』에서 김일성의 일인 독재를 비판하면서 조선의용군에 대한 기록을 삭제한 사실을 들어 이를 기록으로 남기는 일의 중요성을 강조하였다. 그리고 조선의용군과 관련한 이러한 인식은 김학철이『20세기의 신화』를 잠재 창작하고 20여 년이 지나 창작 권리를 되찾았을 때, 가장 먼저 자신의 조선의용군 체험을 정리하여 장편소설『격정시대』를 쓴 출발점이 되었다.

『20세기의 신화』는 반우파투쟁 이후 좌익 사조가 사회를 지배하고 있던 시기에 김학철이 잠재 창작한 작품이다. 정치적인 억압으로 자유로운 글쓰기가 불가능하고 작품의 발표가 쉽지 않은 시기에 작가들은 미래를 기약하며 자신의 이상에 맞는 작품을 써서 밀봉해두었다. 이러한 잠재 창작이 중국 당대문학사에서 중요하게 다루어진 것은 문화대혁명이라는 극좌의 열풍이 창작을 질식시키던 시기에 권력이 허용하는 당적 문학이 아닌 개인의 정서를 노래하는 작품을 써서 소수의 지인끼리 돌려 보는 잠재 창작이 존재했고, 이들의 잠재 창작이 문화대혁명 이후의 중국문학에 계승되었다는 점 때문이다. 그러나 김학철의『20세기의 신화』는 주류문단의 흐름과는 별도로 그들보다 10년 정도 빠른 반우파투쟁 이후 정치우위의 시대에 잠재 창작을 통해 당시 중국 사회의 절대적인 금기 영역이었던 마오쩌둥의 신격화, 반우파투쟁과 대약진운동의 오류

등을 정면으로 비판하였다는 점에서 중국 당대문학사에서 독특한 위상을 차지한다.

그러나 김학철이 자신의 목숨을 담보하고 집필한 장편 정치소설 『20세기의 신화』는 작가에게 10년형이라는 비극을 선물하였다. 이 작품은 법원의 발매 불허 판정으로 중국에서는 출간되지 못하고 한국에서만 출판되어 조선족 사회에서는 특별한 관심이 있는 독자가 아니라면 이 작품을 만날 기회조차 없다. 그리고 조선족 문학사나 문학 연구에서 이 작품을 중요하게 다루고 있기는 하나, 너무나 강한 정치적 성향과 중국공산당에 대한 비판으로 인해 중국 사회에서는 아직 공식적인 비평이 불가능하고, 조선족 문단에서도 이 작품이 지향한 문학 세계를 계승하는 작가가 등장하지 못하고 있다.

역사와 현실에 대한 진지한 성찰과 반성과 비판을 담고 있는 『20세기의 신화』가 아직 본격적인 논의조차 하지 못하는 것은 조선족 문학 나아가 중국문학의 변화와 발전에 커다란 손실이 되고 있다. 김학철이 언급한 대로 『20세기의 신화』는 강제수용소를 제재로 한 점에서 소련 작가 솔제니친의 「이반 데니소비치의 하루」와 일정한 연관성을 보인다. 이 두 작품은 단편소설과 장편소설이라는 장르적 차이가 존재하나 비교문학의 관점에서 세밀한 연구가 가능할 것이다. 그리고 『20세기의 신화』는 소련 강제수용소의 실상을 다룬 솔제니친의 장편소설 『암병동』 『수용소 군도』는 물론 아우슈비츠 수용소의 참상을 다룬 많은 소설과도 비견할 만하다. 이들 소설과의 비교 연구가 다각도로 이루어질 때 비로소 김학철의 『20세기의 신화』가 강제수용소를 제재로 한 세계 소설에서 갖는 위상을 정립할 수 있을 것이다.

제7장

문화대혁명 시기의 소설문학

문화대혁명의 발발로 중국 전역에서 문예지의 발간이 중단되어 조선족 작가들의 창작 활동도 전면 중지되었다. 1961년 창간된 종합잡지『연변』은 이전에 발간되던 각종 잡지를 통합한 종합지로 발간되어 문학 분야에는 잡지 전체 분량의 3분의 1정도만 배정되었다. 대약진운동 이후의 경제 사정으로 면수도 팸플릿을 겨우 넘는 정도로 줄어 잡지로서의 명맥만 유지했던『연변』은 문화대혁명의 와중인 1966년 9월 통권 65호를 발행하고 폐간되고 말았다. 이후 1971년 중국 당국의 문예정책이 다소 완화되어 문예지의 발간이 허용되어 1974년 4월 연변작가협회의 기관지를『천지』로 개명하여 재발간할 때까지 8년 가까운 시간 동안 조선족 소설은 전면 공백의 상태가 계속되었다.

연변작가협회의 기관지『천지』가 발간된 경과는『천지』창간호에 부친 발간사에 잘 나타나 있다.

무산 계급 문화대혁명의 전투적인 세례를 거치고 모주석의 무산 계급 혁명문예 로선과 당의 민족 정책의 찬란한 빛발 아래 상급 당위의 비준을 거쳐 조선문판 종합성적 문예간행물인『연변문예』가 오늘 독자들과 대면하게 된다. 이것은 우리 주 각족 혁명적 인민들의 정치문화 생활에 있어서의 한낱 대사이다.

이 발간사에 밝힌『천지』발간과 관련한 여러 사정은 아래와 같이 셋으로 정리된다.

첫째, 모 주석의 무산 계급 혁명문예 노선을 따른다.
둘째, 민족 정책에 따라 당의 비준을 거쳐 조선문으로 된 종합문예잡지『연변문예』를 발간한다.
셋째, 잡지 발간은 연변조선족자치주의 모든 민족에게 정치·문화적으로 큰 의미를 갖는다.

이 중 첫째 항은 이 시기 문건의 상투적인 표현이기는 하지만『천지』가 당의 문예정책을 충실히 따른다는 점을 명시했고, 셋째 항은 문화대혁명 발발 후 처음 발간되는 이 잡지를 통해 연변조선족자치주 인민의 정치적·문화적 욕구를 충족시키겠다는 의지 표현으로 잡지 발간의 일반적 문구에 해당한다.

발간사에서 우리가 짚어보아야 할 항목은 둘째 항이다. 이 항목은 민족 정책에 따라 중국공산당의 비준을 받아 조선문 문예잡지를 발간한다는 것으로 단순한 내용인 듯하나 앞의 인용에 제시된 '민족 정책의 찬란한 빛발 아래'라는 표현에서 중국 당국의 소수민족 정책의 변화를 감지할 수 있다. 즉 이는 민족정풍운동 이후 소수민족 문화를 탄압하던 당국의 정책이 이 시기에 와서 소수민족 문화와의 공존으로 전환한 결과로 조선문 문예잡지를 출간하게 되었다는 의미이다. 이로써 1971년 문예정책 완화 조치 이후 중국 전역에서 문예잡지가 출간되고, 3년 이상의 시간이 지난 후에야 조선문 문예잡지가 출간된 저간의 사정을 짐작할 수 있다. 또 둘째 항은 새로 발간된 잡지가 문화대혁명 이전에 발간된『연변』과는 달리 종합지가 아니 문예지라는 점을 밝히고 있다. 그러나 발간사에서『연변문예』를 독자에게 대면하게 한다고 공지하였음에도 제명을『천지』로 변경하여 출간한 이유는 확실치 않다.

발간사는 이어서『천지』편집의 기본 방향을 적시하였다. 다섯 문단에 걸쳐 장황하게 설명하고 있는『천지』가 지향하는 문예론과 편집 방침 등을 정리하면 ① 모 주석의 「연안 문예좌담회에서 한 연설」을 무기로 삼아 자산계급과 수정주의 문예사조의 침식과 진공을 제지하고 격퇴한다, ② 혁명적 본보기 극을 표본으로 공농병 영웅 인물 형상을 창조하고 부각한다, ③ 광범한 공농병 군중과 문예 공작자에 의거하며 정치와 예술의 통일을 견지하고 간행물의 질량을 높이기에 힘쓴다 등 세 가지로 요약된다.

『천지』 발간사에서 밝힌 편집 방침은 문화대혁명기 문학의 경향을 제시해준다. 이 시기 문학론은 문학이 당과 무산계급과 사회주의를 위해 복무해야 한다는 혁명문예론에 근간을 두고, 영웅의 형상 특히 공농병 대중의 영웅적 활동을 다루어야 한다는 점을 강조하였다. 그리고 문학 창작의 주체는 문예 공작자 즉 작가만이 아니고 공농병 군중이 자신들의 삶을 직접 작품으로 창작하는 것을 중요하게 생각했다. 이에 따라 발간사에서 업여 및 전업작가들과 함께 잡지를 꾸려가겠다고 다짐한 바대로 『천지』에 발표된 작품의 상당수가 공농병 출신 작가의 작품으로 채워졌다.

『천지』는 1974년 4월부터 1976년 12월까지 총 33호를 발간하였다. 종합문예지로서 다양한 장르의 작품을 게재한 『천지』에는 57명의 작가가 총 71편의 소설을 발표했다. 이 중 14명 작가가 쓴 14편의 소설은 재수록 작품으로 '형제 지구의 우수한 작품을 소개'한다는 『천지』의 편집 방침에 따라 『내몽고문예』 『요녕문예』 『광서문예』 등에서 선정하여 번역한 작품이다. 따라서 이 시기 『천지』에 발표된 조선족 소설은 43명 작가의 57편으로 출판 사정이 열악했던 대약진운동 시기의 종합잡지 『연변』에 비해 소설 발표가 약간 증가했다. 반우파투쟁과 문화대혁명 등으로 작가층의 교체가 심해 『천지』에는 조선족 문단 초기에 활동한 작가들은 소설을 발표하지 않았고, 반우파투쟁 이후 등단한 작가 중 림원춘, 윤금철, 허길춘, 황병락 등이 작품 활동을 재개했고, 이전 시기 작가의 빈자리를 김길련, 김동식, 김지훈, 김철호, 남세풍, 남주길, 류복정, 리선희, 리태수, 정세봉 등 20명이 넘는 새로운 작가가 채워 조선족 소설계를 이어갔다.

이 시기에 활동한 작가들의 상당수가 전문 작가가 아니고 또 발표 지면의 한계도 있어서 43명의 작가 대다수가 1편만을 발표하였고, 2편 이상의 소설을 발표한 작가는 김동식(2편), 김지훈(2편), 김철호(3편), 남세풍(2편), 류복정(2편), 리태수(4편), 허길춘(3편), 황병락(4편) 등 7명뿐이다. 그리고 이 시기 『천지』에 소설을 발표한 작가 중 리선희, 리태수, 림원춘, 정세봉 등은 개혁개방 이후에도 왕성한 작품 활동을 하였으나, 이외의 김길련, 김동식, 남세풍, 남주길, 윤금철, 허길춘, 황병락 등은 개혁개방 초기 작품 활동을 하다가 이내 중지했고, 나머지 대다수 작가는 문화대혁명의 종식과 함께 작품 활동을 더 이상 지속하지 않았다. 이러한 사실로 미루어 반우파투쟁 이후 문화대혁명까지의 정치 우위의 시기에 작가층의 교체가 심했고, 이 시기 등단한 공농병 출신 작가의 대부분이 제대로 된 문학 수업을 받지 않아 이후 창작 활동을 계속하기에는 어려움이 있었음을 알 수 있다.

문화대혁명 중에 발표된 소설들은 극좌적인 정치·사회적인 분위기의 영향으로 주제나 제재에서 매우 단순한 양상을 보인다. 이 시기에 발표된 소설은 『천지』의 발간사에서 제시한 문예이론에 충실하여 두 개 노선 간의 갈등과 투쟁을 제재로 하고 있다. 그 하나는 수정주의와 사회주의의 노선의 갈등으로 모 주석의 교시에 따라 견결히 사회주의로 전진하는 계층이 승리하여 수정주의나 복고로 나아가려던 세력을 교화하여 다 함께 모 주석이 계시한 길로 나아가는 구성을 보인다. 다른 하나는 계급 간의 갈등으로 사회주의 체제를 파괴하고 자본주의로 복귀하기 위해 조직 속에 잠입하여 암약하는 계급의 적을 타도하여 사회주의를 견결히 수호하는 계급투쟁을 그렸다. 그리고 당시 중국의 사회구조상 경제 발전에 필수적인 농업의 생산력을 배가하기 위해 공농병이 힘을 합치고, 공업이 농업을 위해 복무할 것을 강조하는 소설도 적지 않다.

이 시기 소설의 특성을 잘 보여주는 작품으로 리태수의 「들끓는 산촌」(『천지』 1974.4)이 있다. 이 작품은 경사도 가파르고 사질 토양인 미날골 논의 가뭄 피해를 극복하기 위해 논을 개간하는 방안을 두고 생산대 최 대장과 인민해방군 출신인 청년대장 이장수가 겪는 갈등과 해결 과정을 다루었다.

최 대장은 마을 사람들의 노동력 수준, 농한기의 부업 등 현실적인 문제를 고려하여 노동력이 적게 드는 계단식 논을 만드는 과도식제전을 주장하고, 이 장수는 과도식제전은 폭우가 오면 토양 유실이 심할 수밖에 없으니 많은 노동력을 투여하더라도 비탈에 돌둑을 쌓아 넓은 논을 만드는 수평제전을 해야 한다고 주장해왔다. 이 문제를 결정짓기 위해 논의하는 과정에서 최 대장은 수평제전으로 하면 과도한 노동으로 마을 사람들이 농번기가 되기도 전에 지칠 것이고, 농한기에 부업을 하지 못해 수입이 줄고, 생흙이 너무 많이 드러나 감산된다며 우려를 표했다. 이에 리장수는 그런 이유로 마을이 가야 할 길을 거부한다면 이는 노선 문제이자 사상 문제라 비판하였다.

수평제전은 논을 만드는 데만도 생산대의 인력만으로는 감당하기 어려울 정도의 노동력이 필요하고, 새 논에 드러난 생흙에 넣어야 할 두엄을 만들고 나르는 일에도 엄청난 노동력이 필요했다. 기계도 없이 이러한 난관을 돌파해야 하는 상황에서 리장수는 사원대회를 열어 기계의 힘은 제한 있으나 군중의 힘은 무궁무진한 것이니, 사원들의 적극성과 사회주의의 길로 나아가려는 정신력으로 모든 것을 극복하자고 선동하였다. 리장수의 선동에 생산대의 남성 대원들은 힘을 합쳐 논을 넓히고 채석장에서 돌을 따내어 목도로 운반해 석축을 쌓아 미날골을 수평제전으로 바꾸기로 결정하였다.

> "최 대장 동무, 총로선의 정신에 좇아 사회주의 대농업을 꾸리겠는가 아니면 소농경제의 사상으로 낡은 농법에 매달려 있겠는가 하는 문제는 두 가지 사상, 두 갈래 로선 시비의 문제입니다."
>
> (중략)
>
> "땅이 주는 대로 량식을 먹는 것은 땅의 노예가 아니고 뭡니까? 중국 혁명과 세계혁명을 위해 농사 짓는다면서 편안한 것을 바라고 수입만 타산한다면 이것이 어느 길로 나가는 것입니까?"
>
> 리 대장은 저으기 격동되었다.
>
> "내가 모 주석의 혁명로선을 거슬러 나갔단 말인가? 장수 나는 빈농이구 대장이네."
>
> "그렇습니다. 대장이라면 마땅히 군중을 묶어 세워가지고 당에서 준 이 땅의

생산조건을 근본상에서 재빨리 개변해야 합니다. 우리가 어째 땅이 주는 대로 량식을 내야 한단 말입니까! 우리는 사회주의 총로선의 요구에 따라 반드시 이 땅으로 하여금 량식을 더 많이 낼 수 있게끔 생산조건을 마련해야 합니다. 그러자면 농사질도 혁명해야지요. 억세게 싸워야만이 빨리 변혁시킬 수 있습니다."

생산대에서 수평제전 공사에 나서기로 결정하자, 최 대장은 마을 사람의 상황을 고려하고 과도한 노동을 염려해서 증산을 하든 부업을 하든 자금을 모아 내년이나 후년에 공사에 필요한 기계를 구입해 수평제전을 시작하자는 새로운 의견을 제시하였다. 그러나 젊은 세대를 대표하는 리장수는 최 대장의 생각을 소농경제 사상이며 혁명에 역행하는 것이라 비판하고, 군중을 묶어 생산조건을 바꾸는 데 일어서야 하며 그것이야말로 모 주석의 노선을 따르는 것이라 몰아세워 최 대장을 설득하였다. 그리고 전 생산대 대원과 함께 수평제전의 축석 공사에 필요한 돌을 깨기 위해 현에서 제공해준 남포로 채석장에서 발파 작업을 시작하였다. 발파 현장에서 최 대장은 리장수에게 자신은 혁명의 수레를 앞장서서 끈다고 여겨왔지만, 어느 노선을 따라야 하는지 생각하지 못했다며 리장수의 노선이 정확한 모 주석의 노선임을 인정하고 수평제전 공사에 뛰어들었다.

이 작품은 군중이 앞으로 나아가려 하는데 영도에서 앞으로 내밀지 못하는 것은 우경보수 사상이라는 마오쩌둥의 계시를 소설적으로 실천하였다. 하나의 생산 조직 속에는 이전에 해오던 방식과 노선을 답습하려는 세대와 새로운 시대의 변화한 지도 노선을 수행하려는 세대가 존재하여 노선상의 갈등을 보이게 마련이다. 이 작품은 농촌을 배경으로 두 노선의 갈등을 최 대장과 리장수의 갈등으로 제시하고, 지도자는 항상 정확한 노선에서 인민을 이끌어 올바른 미래를 개척해야 함을 강조하였다. 이는 두 노선의 갈등과 투쟁을 거쳐 모 주석의 노선이 승리하여 두 세력이 힘을 합쳐 미래를 개척한다는 문화대혁명 시기 소설의 전형적인 모습을 보여주었다.

하나의 조직 내에 존재하는 두 노선, 즉 우경보수의 노선과 진정한 사회주의 노선이 대립과 갈등을 거쳐 사회주의 노선이 승리하고 우경보수 사상을 지녔던 인물이 감화되어 진정한 사회주의자의 길로 나아간다는 플롯은 문화대혁명 시기 소설의 중요한 한 경향을 이루었다. 수입 원료인 조교가 부족하여 공장이 멈추자, 원료 수입에 차질이 발생했으니 공장 가동을 중지하자는 간부들의 수정주의 노선에 불만을 가진 공인 국화가 독립자주와 자력갱생의 방침을 받들어 공인들을 설득하여 전체 임장을 돌아다니며 가능성이 있는 모든 원료를 모아 실험한 결과 조교 생산에 성공하는 내용을 담은 류복정의 「들국화」(『천지』 1975.3)는 공장에서의 두 노선의 갈등과 해소 과정을 소설화한 작품으로 의의를 지닌다. 이외에도 생산대에서 목공일을 하며 생산대의 목재로 소품을 만들어 가사에 사용하고 시장에 팔아 푼돈을 얻는 구세대 아버지와 그의 생산 방식을 우파 수정주의라 비판하고 아버지가 빼돌린 나무를 생산대에 가져다 놓고 누구보다 앞장서 생산대 일에 헌신하는 여목공 금녀가 갈등을 겪다가 아버지가 딸의 모습에 감화되어 진정한 생산대 목공으로 다시 태어나는 과정을 다룬 리태수의 「생산대의 딸」(『천지』 1975.6)과 '의료위생 공작의 중점을 농촌에 두어야 한다'는 모 주석의 교시를 주제로 하여 공산당원으로서 금계령이라는 산골 의사로 지원해 농민을 위해 헌신하는 경호의 사회주의적 가치관과 같은 지역의 의사로 근무하며 자신의 명예와 이익을 위해 환자를 선별해 치료하는 황 의사의 우경보수 사상이 갈등을 일으키다 경호의 헌신적인 의료 행위와 진실된 설득에 감화받은 황 의사가 진정한 의사로 변화한다는 내용을 그린 리선희의 「뜨거운 손길」(『천지』 1957.7) 등도 이러한 경향을 잘 보여준다.

황병락의 「폭풍의 년대」(『천지』 1976.12)는 우경보수 사상을 지닌 공장 지도부와 사회주의 사상에 철저한 공원 사이의 투쟁을 그린 점에서는 앞의 작품들과 유사한 주제를 다룬다고 할 수 있으나 홍위병 운동의 전개 양상과 보황파에 대한 조반파의 투쟁 등 문화대혁명을 직접 소재로 다룬 최초의 조선족 소설이라는 의의를 지닌다. 문화대혁명 초기, 상당한 규모를 가진 철강 공장을 시공간적 배경으로 하는 이 작품의 기본 갈등은 해방전쟁 때 공장을 지키기 위해 목숨 걸고 적과 싸웠던 공장 당위서기 리성보와 그 전투 중에 사망한 동료의 아들인 맹호가 벌이는 공장 장려금에 대한 찬반 문제이다.

리성보가 '문화대혁명을 어떻게 대하는가 하는 태도 문제는 어디까지나 생산량을 보고 가려낼 수 있으니까 공인들도 서로 비기고 배우고 따라잡고 도와주며 임무량을 초과 완성하기 위해 힘을 다해야 할 것'이라는 주지의 보고를 하자, 단조반 노동자 맹호는 리 서기의 문화대혁명에 대한 이해에 문제가 있다고 반발하였다. 맹호는 아버지의 동료이자 장려금에 반대 의사를 지닌 최스푸를 만나 상의하고 공인들을 선동하여 장려금 문제에 대한 경각심을 높였다. 해방 이후 문화대혁명까지 초과 노동에 대해 장려금을 지급하는 것은 공업 생산성을 높이기 위한 수단으로 중국공산당에서 일관되게 중요시해온 사업 방식이었으나 문화대혁명이 시작되면서 이러한 장려금 제도가 오히려 우경보수 사상으로 취급되었다.

"그렇습니다. 리 서기 동무가 선양한 고액의 장금의 실질은 이번 운동의 대방향을 전이시킴으로써 자본주의를 복벽하려는 자기의 죄악을 덮어 감추려는 데 있습니다."

"도, 동무! 이 당위서기를 대체 뭘로 아는가 말이요? 난 동무네가 겨우 걸음발을 타던 때 벌써 동무 아버지서껀 왜놈들의 파기로부터 이 공장을 지켜내기 위해 싸웠댔소. 상급당위에서는 나를 신임하고 나한테 이 공장의 책임을 맡겼소. 지금 동무는 사회상의 우파 세력들과 맞장구를 치면서 나를 공격하고 있는데 이건 실질상 당을 공격하는 것이요."

리성보는 노발대발하여 목에 피대를 세우며 소리 질렀다.

"당신의 과거는 당신의 오늘이나 래일을 대체하지 못합니다. 오늘 당신은 이미 자산계급 대표 인물의 립장에 서고 있습니다."

맹호는 자제력을 잃고 펄펄 뛰는 리성보와 맞눈총을 쏘며 단죄하듯 내뿜었다.

"그게 바로 새로운 우파들이 간부를 공격하는 상투적 수법이요. 나는 동무가 자신의 정치적 생명도 고려하면서 행동할 것을 경고하오."

장려금과 관련한 리 서기와 맹호네의 갈등은 공장 내에서 관행으로 내려온 장려금에 대한 견해의 차이이면서 동시에 노동을 바라보는 관점의 차이를 보여준다. 노동 장려금이 노동자의 노동을 물화하는 것이자 노동자를 비인간적으로 경쟁시켜 노동을 착취하는 방법이라 생각한 최 스푸와 맹호같이 각성한 노동자들은 자신에게 할당된 장려금을 반납하며 이에 대해 항의를 표시해왔다. 더욱이 문화대혁명이 시작된 후 '사령부를 포격하자'는 모 주석의 교시에 따라 연변 지역에서는 주덕해를 비롯한 당 지도부를 주자파, 집권파로 몰아 공격하는 움직임이 있었기에 맹호네의 리 서기에 대한 비판은 전면적일 수밖에 없었다. 따라서 맹호네는 리성보와 지도부의 노선을 수정주의 기업 노선이자 자산계급 반동 노선으로 규정하고, 고액 장려금 제도를 강화하는 것은 문화대혁명의 불길을 꺼버리기 위한 수단으로 받아들였다. 반면 리 서기는 조직의 책임자인 자신에 대한 반대는 곧 당 조직에 대한 반대이고, 공산당에 대한 반대는 곧 인민에 반대하는 것으로 받아들였다. 따라서 리 서기는 맹호네가 자신이 결정한 장려금 제도에 반대하는 것을 그간 줄곧 당을 공격해온 우파들이 벌인 작간으로 이해할 수밖에 없었다.

따라서 리성보는 자신을 따르는 공인을 동원해 맹호네의 움직임을 감시하게 하고, 문화대혁명 공작조원인 석만길을 보내 맹호를 설득했으나 맹호의 반발만 불러일으켰다. 이에 맹호네는 장려금 제도를 비판하며 리 서기의 보고를 반대하는 대자보를 붙이며 투쟁에 나섰고, 리 서기네도 맹호네를 비판하는 대자보를 붙이며 반대 여론 형성에 나섰다. 맹호네가 노동자 대회를 준비하는 것을 감지한 리성보는 이를 막기 위해 주동자 맹호를 체포·감금하였다. 그러나 맹호를 감시하던 노동자들이 그를 풀어주고 대다수 공인이 맹호의 투쟁에 동조함으로써 맹호네는 조반파 대회를 성공적으로 개최하고, '공인홍색반란단'의 설립을 선포하였다.

이 작품에서 맹호네가 보여주는 투쟁과 승리는 노동자들이 스스로의 힘으로 '자본주의 길을 걷는 당권파'를 축출하고 수정주의 반동 노선과 완전히 결별하여 문화대혁명의 주체로 탄생하는 과정을 보여주었다. 이런 점에서 이 작품은 모 주석의 교시를 따라 진정한 사회주의 노선을 실천하려는 신세대가 우경화와 수정주의 노선을 견지하려는 구세대에 맞서 투쟁하여 새로운 미래를 추동한다는 이 시기 소설의 중심 조류를 충실히 따르고 있음을 알 수 있다.

반우파투쟁 이후 문화대혁명에 이르기까지 정치적 억압이 강화되어 조선족 소설은 중국공산당이 제시한 극좌적인 이념과 정책을 선전하기 위해 마오쩌둥의 교시를 구호로 내걸고 이를 무조건적으로 실천하는 인물을 창조하는 데 바쳐졌다. 따라서 이 시기 소설들은 긴장이 고조되거나 극적 전환의 장면에서 짙은 고딕체로 '정치공작은 모든 경제공작의 생명선이다', '사령부를 포격하자', '동무들은 국가의 대사를 관심하여야 하며 무산계급 문화대혁명을 끝까지 진행하여야 한다'와 같은 마오쩌둥의 교시를 생경하게 노출하여 작품 전체를 가로지르는 주제로 제시하고 소설에 등장하는 인물이나 사건은 이를 실현해 보여주는 도구에 지나지 않게 하는 기이한 현상을 보여주었다. 이러한 정치 우위의 창작 방법은 이후 조선족 소설사에서 문화대혁명 시기의 작품을 정치 편향과 문학성 상실이라고 폄하하는 요인이 되었다.

문화대혁명 시기의 소설의 핵심 주제인 두 개의 노선 투쟁 중 하나는 계급투쟁이었다. 중화인민공화국 수립 후 20년이 경과했고, 반우파투쟁과 정풍운동 등으로 당내외의 우파들이 거의 제거되었음에도 중국공산당에서는 지속적인 계급투쟁을 강조하였다. 더욱이 중국 당국은 대만의 위협과 인도와의 분쟁의 이면에 미국과 소련이 존재하는 것으로 판단하고, 적에게 둘러싸여 적대적 모순이 계속되는 현실을 극복하기 위해 중국 사회에 잠입해 있는 첩자를 색출하는 일의 시급성을 강조하였다. 따라서 이 시기 조선족 소설에도 조직 내에 잠입한 적과의 계급투쟁이 중요한 주제로 등장하였다.

류영기의 「붉은 별」(『천지』 1976.3)은 1960년대 초기 73공장에서 국방공업의 비밀자료인 '607' 설계도를 찍은 필름을 가지고 국경을 넘다 사살당한 국가기밀 유출 사건을 10년 가까이 지난 다음 재조사하여 범인을 체포하는 과정을 다루어 적과의 계급투쟁을 그렸다. 73공장 혁명위원회 판공실에서 계급대오청리운동을 시작하여 공장혁명위원회 주임이자 군인인 고붕을 주임으로 하고 뢰대강과 류소연 등을 전안조로 한 계급대오청리판공실을 꾸려 종결을 보지 못한 '607' 안건을 재수사하기로 하였다. 수사 과정에서 사건 당시 수사 대상이었으나, 수정주의 기업 노선을 수행했던 집권파들이 감싸주어 화를 모면했던, 당시 '607' 설계도 보관 담당자이며 반동자본가 출신 리장문이 범인으로 떠올랐다. 그러나 이에 의심을 품은 고봉 주임은 류소연과 뢰대강에게 광대한 공인 속으로 들어가 인민전쟁을 벌여서 한 줌도 못 되는 계급적 원수들을 몽땅 잡아내자고 독려하였다. 그들은 실사구시의 자세로 사건을 재조사하여 리장문의 무죄를 입증하고, 친장개석 반동단체 삼청단의 부서기 출신으로 73공장에 잠입해 노간부로 활동하던 락문당이 설계도를 대만으로 넘기려 했던 사실을 확인하고 그를 체포하였다.

이 작품에서 계급의 적인 락문당은 국가기밀을 적국 대만에 넘기다 운반책이 사살되자 공장 내에서의 권한을 이용해 사건을 무마하였고, 재조사가 시작되자 대자보를 붙여 리장문을 모함하였다. 모든 사실을 확인하고 범인 락문당을 체포하는 자리에서 고봉 주임은 겁에 질린 리장문에게 "계급투쟁이란 바로 이런 것이요. 우린 언제나 모 주석의 교시대로 계급투쟁을 잊어서는 안 되며 계급투쟁이란 이 기본고리를 단단히 틀어쥐어야 합니다."라고 말하여 작품에서 형상화된 작품의 주제를 직접 요약해 제시하였다. 「붉은 별」은 작품에서 밝힌 바대로 '적과 벗을 구분하는 문제가 혁명에 있어 가장 중요하다'는 마오쩌둥의 교시를 주제로 하여 인물과 사건을 조립하고 주제를 직접 제시함으로써, 목적의식의 과다로 소설적 완성도를 파괴하는 문화대혁명 시기 소설의 일반적인 양상을 보여주었다.

「붉은 별」은 계급대오청리판공실 전안조가 조직 내에 잠입하여 노간부로 신분을 바꾸어 활동하는 계급의 적을 찾아내는 투쟁의 과정을 다루었다. 따라서 이 작품은 전안조의 고봉 주임과 류소정, 뢰대강 등이 '607' 안건의 과거 수사자료와 73공장 공인들에 대한 치밀한 조사 끝에 락문당을 범인으로 체포하는 추리소설의 형식을 빌려, 조직 내에 잠입하여 암약하는 적을 찾아내어 징치하는 과정을 극적으로 소설화하였다. 이 작품이 1976년도 무산계급문화대혁명 10돐 기념 현상모집 입선작으로 선정되었던 것은 계급투쟁이라는 시대적 조류에 맞는 주제를 선명하게 제시하였다는 점과 함께 이러한 추리소설적인 서사 장치가 독자에게 주는 흥미 유발의 효과가 적지 않은 영향을 주었을 것으로 판단된다.

이외에도 조직 내에 잠입해 암약하는 계급의 적을 찾아내어 계급투쟁을 성공적으로 이끌어낸다는 시대적 주제를 소설화한 작품으로 김희철의 중편소설 「전우의 딸」(『천지』 1976.4~6)이 있다. 이 작품은 상해 지역의 악덕 지주 주세정이 해방전쟁의 와중에 빈농 호저평을 살해하고 그로 변신하여 장백산 아래 장개골에 잠입하여 암약하다가, 하향 지식 청년 왕숙지의 조사로 적발되어 타도되는 과정을 다루었다. 이 작품도 「붉은 별」에서 사용된 추리소설의 방법을 동원하여 조직 내에 숨어 있는 적과의 계급투쟁을 소설화한 점이 눈에 뜨인다. 이 외에도 청수골의 생산대장 선거를 두고 집체농업을 통해 사회주의 농촌 건설을 앞당기려는 세력과 자본주의로 되돌리려는 세력 사이의 투쟁을 다룬 정세봉의 「대장선거」(『천지』 1976.9) 역시 조직 내의 계급투쟁을 주제로 다루었다.

이 시기 산업 분야에서 일하는 사람들은 중국 사회의 중추 산업이었던 농업의 생산성을 높이기 위해 농민을 위해 복무해야 했다. 이러한 공업이 농업을 위해 복무해야 한다는 주제를 다룬 소설로 김철호의 「홍산골로 가는 길」(『천지』 1975.5)이 있다. 농기구 생산 공장장이 개최한 농업지원동원대회에서 '전당이 농업을 꾸리고 공업이 농업을 지원하라'는 상급당위의 지시를 전달받은 공원들은 공업이 농업을 위해 일해야 한다는 기치에 한마음이 되었다. 특히 수평제전에 필요한 추토기 개발에 성공한 설비과의 철송은 리 서기에게 기계와 사람이 같이 내려가 직접 농민을 훈련시키는 것이 효과가 크겠다는 의견을 제출했다. 이에 리 서기는 빈하중농 재교육을 받은 철송이 남다른 일꾼으로 성장한 것에 만족하며 그의 의견을 전체 공장의 사업으로 추진하였다. 사업 시행 단계에서 공 단장은 농업 지원이 중요하다 해도 생산 임무를 완성하는 일을 소홀히 할 수는 없다는 생각에 3호기의 실질적 일꾼인 철송을 농촌 지원에서 제외했다. 그러나 철송은 공인으로서의 본분을 다하기 위해 조수를 단련시켜 3호기를 맡기고 농촌 지원에 참여해 커다란 실적을 올렸다. 이 작품은 비교적 사실적인 전개로 개인의 편안함이나 영예보다는 '공업은 농업을 위해 복무해야 한다'는 시대적 주제를 실천하는 철송이란 전형적 인물을 창조한 점이 돋보인다.

이외에도 산업 분야에서 일하는 사람은 농민을 위해 복무해야 한다는 주제를 다룬 작품으로 농업용수 저수장 전선 설치 공사 현장에서 저수장 위치를 정하는 문제로 갈등하는 전기 기술원 김치호와 청년공 홍성철을 통해 기술 노동자가 농업을 위해 어떻게 일해야 하는가를 보여준 남세풍의 「고압선」(『천지』 1975.7)과 새끼돼지를 생산대로 안고 가는 농민을 위해 개인의 편안함을 뒤로 하고 차를 잠시 멈추고, 복무원실을 비워주고, 새끼돼지의 소화물 처리도 대신해주는 등 최선을 다해 돕는 열차 복무원의 헌신적 모습으로 대채를 따라 배우고 사회주의 농업을 꾸리기에 애쓰는 농민에게 편의를 제공하는 것이 열차 복무원이 해야 할 업무임을 강조한 허길춘의 「특수복무」(『천지』 1976.6) 등이 있다.

문화대혁명 당시 고중 졸업생의 상당수가 취업하지 못해 사회문제로 등장하자 중국 당국에서는 빈하중농에게서 배우자는 구호 아래 지식 청년을 집단으로 농촌으로 하향시켜 집체호 생활을 하게 하였다. 도시 출신 청년들에게 낯선 농촌에서 집체호 생활을 하도록 강제한 상산하향 운동은 여기에 참여한 지식 청년들이 도시 귀환 투쟁을 벌일 만큼 엄청난 고통을 안겨 중국인에게 커다란 정신적 외상으로 남았다. 그러나 문화대혁명 시기 중국 당국에서는 상산하향 운동은 청년 세대의 정신력을 강화하는 교육이자, 지식 청년이 새 농촌 건설에 헌신하고, 청년의 이상을 실현할 기회라고 선전·선동하였다. 이에 조선족 소설은 당의 정책에 따라 상산하향 운동이라는 중요한 사회문제를 소설의 제재로 다루었다.

김동식의 「청송」(『천지』 1976.9)은 중학을 졸업하고 깨암골로 하향한 청송이 새 농촌 건설의 전사로 성장하는 모습을 보여주었다. 청송은 함께 하향된 청년들과 힘을 합쳐 깨암골을 현대화된 농촌으로 발전시켜 터를 박을 생각으로 커다란 설계도에 따라 일을 진척해 마을 사람들의 칭송을 받았다. 이에 아버지는 정년 후에 깨암골로 들어와 정착할 생각을 하나, 어머니는 현의 간부인 외삼촌과 짜고 청송을 도시로 불러들이려 애를 썼다. 귀농하기 전에 깨암골을 살피러 온 아버지와 외삼촌을 대동해 청송을 도시로 데려가려 깨암골로 내려온 어머니가 깨암골에서 만나 가족 전부가 모이게 되었다. 이 자리에서 청송은 새 농촌에 뿌리 박을 것을 공식화하였고, 깨암골의 발전상을 본 부모들도 이에 찬동하였다.

이 작품은 네 개의 절로 나누어 장마다 하나의 사건을 배치하여 결말로 이르는 과정에서 청송의 의지와 함께 청송의 뜻을 이해하는 아버지와 반대하는 어머니와 외삼촌의 갈등을 긴박감 있게 전개하였다. 그리고 가족 모두가 만난 자리에서 청송의 의지가 실현되고 가족의 동의를 얻는 과정을 비교적 치밀하게 서술하여, 이 작품은 인물의 설정과 사건 전개에서 소설적으로 비교적 탄탄한 구조를 보여주었다. 그러나 문화대혁명 시기의 극좌적 이념의 한계로 상산하향 운동의 실상을 보여주기보다 청년의 이상을 실현할 수 있는 기회로 설정한 것은 이 시기 조선족 소설의 한계를 분명히 보여주었다.

김희철의 중편소설「전우의 딸」역시 상해에서 장백산 아래 산간마을로 하향된 왕숙지가 농촌에 정착하는 이야기를 다루었다. 이 작품은 중편소설답게 문화대혁명 시기의 다양한 사회문제들이 작품의 제재로 사용되었다. 이 작품은 크게 보아 하향 지식 청년의 집체호 생활과 신농촌 건설에 헌신하고 농촌에 터 잡는 지식 청년의 자세 그리고 조직 내에 잠입하여 암약하는 반동분자와의 계급투쟁 등 세 가지 제재를 다루었다. 이러한 다양한 제재의 중심에는 상해에서 중학을 마치고 장백산 아래 산골마을 장개골로 하향되어 온 왕숙지가 놓여 있다. 그녀는 하향 후 3년 만에 당지부에서 학교로 돌아가라는 소개신을 떼주어도 농촌보다 훌륭한 학교는 없다고 거절하고, 공소사에서 영업원으로 일하라는 상급의 지시에는 장개골에 저수지도 만들고 과수원도 세워야 한다고 거절하며, 장개골에서 신농촌 건설에 헌신하며 7년을 보냈다.

이렇게 장개골에서 헌신한 왕숙지가 공소 회의를 끝내고 돌아오다 칼을 든 괴한에게 공격당하고, 합작사의 암소가 독살당하여 마을 사람들이 서로 의심하는 일이 발생하였다. 이에 왕숙지는 치밀한 조사를 통하여 합작사를 파괴하려는 분자가 자신을 도시로 돌려보내려 애쓰는 장재골 집체호장인 호저평임을 밝히고 타도하였다. 호저평은 해방 전 하남성의 악독한 지주 주세정으로, 상해 해방 후 도주하여 국민당군으로 참전해 동북전쟁에서 낙오되자 빈농 호저평을 살해하고 신분을 위장하여 장재골에 스며든 계급의 적이었다. 이러한 사건 전개는 계급투쟁이라는 이 시기 대표적인 또 다른 주제를 다룬 것으로 작품의 스토리를 풍성하게 해주나 두 사건의 전개가 유기적이지 못하고, 호저평과 주세정이 동일인임을 밝히는 과정에서 장재골 생산대 림 서기가 왕숙지의 아버지와 전우였고, 주세정이 왕숙지의 어머니와 친사촌으로 왕숙지의 조부모를 빚 문제로 때려 죽인 원수라는 등 작위적인 부분이 과도하게 사용되어 소설적 핍진성과 진실성을 상실하였다.

이 작품에서 왕숙지는 신농촌 건설에 헌신하는 하향 지식 청년으로나 계급투쟁의 전사로나 상당히 전형성을 띤다. 이런 점에서 왕숙지의 형상은 마오쩌둥의 교시나 당의 방침을 실천하고 당이 정해준 노선을 관철하는 것을 목표로한 당시 소설의 전형적 인물로 평가할 수 있다. 동시에 이 작품은 왕숙지를 통해 당시 상산하향 운동과 집체호 등에 관한 하향 지식 청년의 내면 풍경을 전혀 보여주지 못해 소설로서 한계를 드러내었다. 그러나 이는 이 작품의 한계이기보다는 반우파운동 시기부터 문화대혁명까지 정치가 사회 전반을 지배하던 시대 상황이 문학을 억압함으로써 당대 소설에서 문학성이 압살된 결과였다.

개혁개방과 시장경제로의 전환
(1979~1992)

제1장

시대 개관

1. 문화대혁명의 종식과 개혁개방

10년간의 대혼란을 유발한 문화대혁명은 마오쩌둥의 사망으로 갑작스럽게 끝이 났다. 1976년 1월 8일 저우언라이가 사망하고, 그해 4월 그의 사망을 추도하던 인민을 무력 진압한 천안문 사건이 발생해 덩샤오핑이 실각하고 화궈평(華國鋒)이 총리 겸 당 부주석직을 맡아 문화대혁명은 명맥을 이어갔으나 9월 9일 마오쩌둥이 사망하여 그 추동력을 상실하였다. 마오쩌둥의 비호 아래 권력을 농단하던 장칭(江靑)을 비롯한 사인방은 문화대혁명을 이어가려 했지만, 10월 6일 덩샤오핑을 비롯한 개혁파와 군부 세력에 의해 체포되고, 다음 날 화궈평이 당 주석으로 취임하면서 문화대혁명은 사실상 종결되었다.

마오쩌둥에 의해 후계자 자리에 올랐던 화궈평은 '무릇 마오 주석의 결정은 유지 옹호해야 하며, 무릇 마오 주석의 지시는 어김없이 따른다'는 소위 양개범시(兩個凡是)를 문화대혁명 이후 중국의 정책 방향으로 내세웠다. 그러나 문화대혁명의 과정에서 피폐해진 중국의 현실을 개혁하고 인민의 삶의 질을 개선하기 위해서는 문화대혁명을 이끌었던 마오쩌둥의 정책 방향을 전면적으로 전환해야 한다는 덩샤오핑을 비롯한 중국공산당 내의 개혁파들이 화궈평으로 대표되는 보수적인 실권파를 비판함으로써 문화대혁명 이후의 정책노선을 둘러싼 대립과 갈등이 시작되었다.

1978년 5월 11일 진리 검증에 있어 실천의 중요성을 강조한 「실천은 진리를 검증하는 유일한 기준이다」라는 제명의 평문이 『광명일보』에 실리자, 마오쩌둥의 결정과 지시를 진리로 받아들인 범시파와 마오쩌둥의 이론도 실천을 통해 진리 여부를 검증해야 한다는 실천파로 나뉘어 진리 표준 문제에 관한 토론이 전개되었다. 이는 외형상 문화대혁명 이후 사회적 실천의 방향을 정하고 문화대혁명에 대한 평가와 관련하여 진리의 표준을 검증하기 위한 토론이었다. 그러나 범시파와 실천파는 각각 문화대혁명의 과정에 권력의 중심에 자리했던 세력과 문화대혁명 중에 고난을 겪고 살아남은 세력이 주를 이루었기에 이 토론은 중국공산당 핵심부의 권력투쟁으로 발전하였고, 권력의 정당성 측면에서 태생적 한계를 지닌 범시파가 몰락하고 실천파가 권력을 장악하기에 이르렀다.

이러한 진리 표준 문제에 관한 토론은 반우파투쟁 이후 문화대혁명 때까지의 경직된 사상노선을 비판하고 개인숭배와 교조주의에서 벗어나 정치, 철학, 문학 등 제 분야에 자유로운 분위기를 형성하게 했다는 점에서 사상사적 의미를 지닌다. 진리 표준 문제와 관련한 토론 과정에서 진리의 기준은 당 중앙의 이론이나 지시가 아니라 실천을 통해 인민들이 실사구시적으로 얻게 되는 공동의 인식이라는 결론이 나왔다. 이같이 진리의 기준이 변화함에 따라 이전의 극좌 정치에서 발생한 많은 오류를 시정할 수 있는 이론적 근거가 마련되어 극좌의 정치노선이 빚어낸 혼란에 따른 온갖 모순과 폐해 등 '잘못된 것을 바로잡기[撥亂反正]' 위한 노력을 전개하였고, 반우파투쟁 이후 문화대혁명까지의 정치운동 중에 발생했던 '부당하고 거짓되고 잘못 처리된 사건[冤假錯案]'을 조사하여 시정하는 사업을 전국적으로 전개하여 과거의 오류를 청산하였다.

1978년 12월 중국공산당 11기 3중전회에서는 문화대혁명을 건국 이래 당·국가·인민에게 가장 큰 좌절과 손실을 가져다준 10년에 걸친 재난으로 평가하고, 마오쩌둥 이론의 핵심이었던 '계급투쟁을 기본 고리로 한다'는 명제를 포기하였다. 이러한 기본 이념의 변화를 바탕으로 계급투쟁과 정치운동을 끝내고 경제 건설을 국가정책의 중심에 두기로 하였다. 이에 따라 중국 정부는 중화인민공화국 수립 이후 강화해온 사회주의 계획경제를 포기하고 사회주의 시장경제로의 이행을 추진하여 문화대혁명으로 피폐해진 국가 경제와 도탄에 빠진 인민의 삶을 회복하는 데 총력을 기울였다.

이러한 정책 변화에 따라 중국 경제의 바탕을 이룬 농촌을 개혁하기 위해 인민공사를 해체하고 개체농업으로의 전환을 허용하였다. 개혁 초기 개체농업으로의 전환과 관련한 세부적인 지침이 마련되지 않아 농촌에서는 영농 방식 결정에 혼란을 겪었다. 그러나 1982년 1월 조별 도급이든 호별 영농이든 자유롭게 선택한다는 결정으로 호별 영농이 합법화되었다. 이로써 토지개혁 이후 농업집단화 정책에 따라 호조조, 합작사 등 집단화를 거쳐 1958년부터 설치된 인민공사가 20여 년 만에 해체되어 농민들은 자신이 희망하던 바대로 자신의 토지를 직접 영농할 수 있게 되었다.

시장경제로의 이행은 이 시기 중국 인민들에게 커다란 변화로 다가왔다. 농민들은 호별 영농으로 얻은 잉여농산물을 상품화하여 이익을 창출했고, 농한기에 능력껏 경제활동을 하여 부를 축적하였다. 또 많은 농민은 가족 내의 잉여 노동력을 도시로 내보내 노동이나 상공업에 종사하게 함으로써 경제적 이익을 극대화하였다. 이러한 개인의 경제활동이 국가의 장려 정책에 따라 소자본 생산으로 발전하고, 향진기업으로 성장하여 국가경제의 중요한 부분을 담당하게 되었다. 향진기업의 성장은 농민의 상당수가 자기 지역에 설립된 기업에 취업함으로써 농촌에 거주하나 농업에는 종사하지 않는 계층이 증가하여 농촌 사회의 질적 변화를 가져왔다.

1979년 7월 중국 정부는 대외 개방을 통해 외국의 자본을 유치하고, 선진기술과 관리 능력을 도입하여 대외무역을 확대하고 경제를 활성화하기 위한 전략으로 광둥성의 선전, 주하이, 산터우와 푸젠성의 샤먼 등 네 개의 연안 도시에 산업 인프라를 구축하고 세제상 우대 정책을 시행하여 해외 기업이 적극적으로 진출할 수 있는 조건을 마련하였다. 그 결과 많은 외국 기업이 경제특구에 진출하여 중국의 경제를 견인하고, 전 세계의 화교 자본이 중국에 유입되는 계기가 되었다. 이러한 개방 정책에 부응하여 한국 기업들도 미수교국이었던 중국에 진출하였다.

경제특구에 대규모 공장들이 가동되어 성장을 거듭하면서 많은 노동력이 요구되어 농촌 지역의 잉여 노동력이 기업이 필요로 하는 노동력을 충당함으로써 농촌 호구를 가지고 도시로 유입되어 노동자로 살아가는 농민공이 급속히 증가하였다. 농민공은 개혁개방으로 급속히 팽창하는 공장에 값싼 노동력을 제공하여 중국의 경제 성장에 크게 기여하였으나, 농촌 출신인 농민공이 도시 호구를 취득할 수가 없는 도농이원제도로 인해 자신이 취업해 거주하고 있는 도시의 시민 자격을 획득하지 못해 불법 거주민으로서 불안정한 삶을 살아야 하였다.

개혁개방과 경제특구 중심의 경제 발전에 대해 중국공산당 내의 반대가 없지 않았다. 그러나 '조건을 갖춘 지역과 사람들부터 먼저 부자가 되자'는 덩샤오핑의 선부론(先富論)에 따라 개혁개방을 추진한 중국 당국은 이후 상당 기간 이 정책을 적극적으로 추진하였다. 이러한 개혁개방은 경제적 부의 획득에 있어 지역별, 개인별 차이를 국가가 인정한 것으로 중화인민공화국이 건국 이후 지향해왔던 사회주의적 평균주의와는 거리가 먼 것이었다. 그러나 이러한 정책은 새로운 시대를 맞이한 중국 사회가 나아갈 길을 제시하였고, 중국 경제는 세계에 유례가 없는 급속한 발전을 이루었다. 그리고 이러한 경제 분야에서의 개혁개방과 함께 정치적 · 사회적 · 문화적 부문에 있어 과거에 비해 자유로운 정책을 추진함으로써 중국 사회 전반에 질적인 발전을 담보해주었다.

2. 개혁개방과 조선족 사회의 변화

중국의 동북 변방에서 농업이 중심을 이룬 조선족 사회의 특수성을 고려할 때 중국의 개혁개방 정책 중에서 대외 개방과 경제특구 설치는 이 시기 조선족의 삶에 직접적으로 크게 영향을 미치지는 못했다. 조선족이 모여 사는 중국 동북 지방, 특히 연변조선족자치주는 지정학적으로 개혁개방의 과실이 가장 늦게 도달할 수밖에 없었다. 마오쩌둥 시절에 전쟁에 대비해 중공업을 내륙지방에 설치한 삼선 개발이나 개혁개방을 위하여 남부 연해 지역에 설치한 경제특구나 동북 지방 특히 연변과는 너무나 멀어 조선족의 삶에 직접적인 영향을 미치기는 어려웠던 것이다.

이 시기 중국 정부가 시행한 개혁개방 정책 중에서 조선족 사회에 커다란 영향을 미친 것은 인민공사 해체와 시장경제로의 이행이었다. 19세기 말 이후 한반도에서 이주해 온 이후 조선족은 농촌 지역에서 공동체를 이루어 농업에 종사하며 살았다. 그들은 중국공산당의 토지정책에 따라 공산당을 지지했고, 토지를 분배받은 후 건실한 농민으로 생활했으나 인민공사 설치 이후 시행된 집체농업에 적응하지 못하였다. 조상 대대로 농민으로 살아온 조선족 농민들은 인민공사 해체와 개체농업으로의 전환을 누구보다 지지했다. 그들은 시장경제로의 이행을 장려하는 정책 변화를 이용해 잉여농산물의 상품화에 앞장서고, 도시로 나가 소규모 상업으로 경제적 기회를 창출하기에 노력하였다.

조선족 농민은 개혁개방이 본격화하자 자기에게 부여된 토지에서 가족경제의 기본이 되는 농업을 경영하면서 농한기에 한시적으로 또는 가족의 일부가 상시적으로 도시에 나가 장사를 하거나 취업을 하여 경제적 이익을 최대화하는 방법을 꾀하였다. 그 결과 조선족 농민은 개혁개방 초기 농업을 떠나더라도 농촌을 떠나지는 않는 삶을 영위하였다. 개혁개방 이후 시간이 경과하여 상공업이 발전한 지역에서 필요로 하는 노동에서 얻는 수입이 농업이나 성시에서의 노동 수입보다 훨씬 커지자 점차 조선족 농민들 사이에도 조선족 농촌 공동체를 떠나 관내 공업 지역으로의 이주가 증가하였다.

그러나 조선족의 이농은 여타 중국인들과는 달리 중국 내의 산업 지구와 한국으로의 이주가 병존하는 특징적 면모를 보였다. 중국의 개혁개방이 시작된 1980년대 초부터 한국어와 중국어의 이중언어 사용자인 조선족은 중국에 진출한 한국 기업의 중요한 인적 자원으로 자리매김했다. 한국 기업으로서는 언어 문제와 현지 정황 파악 등에서 조선족의 존재가 필요하여 그들을 높은 임금을 지급하고 채용하거나, 그들과 동업 형식으로 중국 진출을 모색하였다. 이에 따라 조선족 사회에 경제적으로 번영한 한국의 존재가 전해졌고, 1986년 서울 아시안게임과 1988년 서울 올림픽을 통해 한국의 현실이 조선족 사회에 상세하게 알려져 노동 이주에 관한 관심을 유발했다. 더욱이 한국에 친척이 있는 조선족은 친척방문 비자로 한국 입국이 가능해지자 관내 지역의 기업보다 소득이 높은 한국으로의 노동 이주가 증가하였고, 점차 한국 열풍으로 변화하여 많은 사회문제를 유발하게 되었다.

3. 중국 주류문단의 변화와 소설의 전개

앞에서 언급한 「실천은 진리를 검증하는 유일한 기준이다」가 발표되자 사상계에서 한 차례 논쟁이 벌어지고, 5월 말에서 6월 초에 걸쳐 중국문학예술계연합회 전체 회의를 거쳐 문련과 여러 문학 단체가 문화대혁명 이후 정지되었던 업무를 재개하고, 『문예보』『문회보』 등 기존의 문예지를 복간하였다. 그리고 사상의 해방이 사회적 분위기로 자리 잡자 문화대혁명 시기에 상호 연대를 통해 지하 살롱과 지하 시사를 중심으로 은밀하게 활동하던 젊은 작가들이 등장하여 새로운 문학을 지향하였다. 그리고 1978년 11월, 중국공산당 중앙정치국에서 반우파투쟁 이후 여러 정치운동 중에 정치적 권리를 박탈당한 인사들에 대한 복권이 이루어져 많은 작가가 문단으로 돌아와 그들이 지향하던 5·4문학 정신을 바탕으로 문학 활동을 재개하였다. 그리고 정치 우위의 시대에 사상적인 이유로 금서로 분류된 작가들의 작품들 역시 복권되면서 중국 문학사는 보다 풍성해져 새로운 시대로 나아가게 되었다.

이 시기의 특징은 유례가 없는 문화열로 정리될 수 있다. 1980년대의 사상 해방의 분위기 속에서 지식인들은 문화대혁명 시기에 벌어진 미증유의 정치,

경제, 사상 등 전 분야에서의 억압에 따른 정신적 황폐화에 대한 반성적 사유를 통해 새로운 사상 체계를 세우려는 다양한 모색을 시도하였다. 그리고 이 시기 문인들은 반우파투쟁 이후 억압되었던 문학과 예술에 대한 갈망을 비교적 자유롭게 작품화하였고, 정치와 이념에 함몰되었던 인민 역시 시대 분위기에 따라 문학과 문화에 관한 관심이 폭발하여 주체적으로 이를 향유하였다. 이 시기 중국 주류문단의 문학은 과거 역사에 대한 반성과 새로운 시대에 대한 모색을 통하여 다양한 문학적 시도가 이루어졌고, 세계문학의 이론을 받아들여 문학의 예술성을 추구하는 등 이전 시대와는 다른 문학을 지향하였다.

1978년 8월 복단대학 학생 루신화(盧新華)가 문화대혁명 중에 반혁명분자로 몰린 어머니와 절연했던 주인공이 어머니가 억울하게 죽은 뒤 자신의 그 같은 어리석은 사상적 선택이 평생 지울 수 없는 상처로 남았음을 깨닫는 과정을 다룬 「상흔(傷痕)」을 상하이 『문회보』에 발표하여 중국 문예계에 큰 반향을 불러일으켰고, 비평가들은 문화대혁명의 상처를 다룬 작품을 '상흔문학(소설)'으로 명명하였다. 문화대혁명 직후 등장한 상흔소설은 도시 출신으로 인민공사로 하향되었던 지식 청년들이 느낀 상실감과 현실에 대한 회의 그리고 문화대혁명이 종결된 후에도 의식의 저변에 자리한 정신적 상처를 소설화하여 비극적 역사와 현실에 관한 지식 청년의 인식을 보여주었다. 그리고 이러한 상흔소설의 창작층이 전 작가층으로 확산하여 단순한 문화대혁명의 상처를 다루는 것에서 벗어나 정치 현실에 대한 비판으로 확산되었고, 이는 부조리한 현실에 대한 투쟁이라는 5·4신문학 전통을 복원하는 방향으로 발전하였다.

5·4신문학 전통으로 회귀하려는 노작가들의 등장과 함께 1950년대에 등단하였다가 극좌 정치의 풍랑 속에서 작가의 권리를 박탈당했거나 붓을 꺾었다가 사상 해방으로 문단으로 귀환한 일군의 작가들이 보여준 반사(反思)소설도 이 시기의 중요한 문학적 경향으로 자리하였다. 이들은 상흔소설과는 달리 고통스러웠던 역사와 개인의 체험을 직접 표현하지 아니하고, 안으로 고통을

삭이고 이를 회상하는 형식을 통해 문화대혁명이라는 역사적 비극에 대한 깊이 있는 성찰을 보여주었다. 이런 점에서 반사소설은 역사적 진실에 대한 심화된 사유를 바탕으로 극좌적 정치노선과 관료주의를 비판하고 비극적 역사를 살아온 인물의 운명과 성격을 창조하는 등 문학적 폭과 깊이를 더해주었다. 그러나 반사소설은 작가의 이성적 사유가 깊어진 만큼 상흔소설이 보여주었던 문화대혁명 시기에 경험한 개인의 고통과 회의와 절망이 약화되어 있다는 한계를 보여주었다.

개혁개방이 본격화되자 상흔소설이나 반사소설이 보여준 반우파투쟁과 문화대혁명 등 과거의 상처에서 벗어나 개혁개방으로 발전해가는 사회를 제재로 한 작품이 등장하여 개혁소설이라는 하나의 경향을 형성하였다. 이 시기의 개혁소설은 농촌이든 도시든 다양한 지역의 모든 영역에서 벌어지는 개혁과정에 나타나는 사회의 급변과 그 과정에 나타나는 인간의 심리와 삶의 변화를 소설적 제재로 사용하였다. 따라서 이 시기의 개혁소설은 상흔소설이나 반사소설과 마찬가지로 역사와 현실에 대한 지식인으로서 작가의 관점과 열정이 직접 표현될 수밖에 없었다. 그 결과 이 시기의 개혁소설은 사회주의 경제 체제나 극좌적 정치노선과 개혁 사상을 따르는 노선의 갈등이 개혁노선의 승리로 끝나는 구조를 취함으로써 좌적 논리에 따라 좌우의 논리가 첨예한 갈등을 일으키다 좌파의 승리로 마무리되던 과거의 소설과 흡사한 구조를 반복하였다.

이 시기 문인들은 정치와 문학의 관계에 대한 반성적 사고를 통해 문학과 예술 자체에 관한 인식을 심화하여 중화인민공화국 수립 이후 중국 문단을 지배해왔던 사회주의 사실주의의 한계를 벗어나기 위한 문학운동을 전개하였다. 이에 따라 중화인민공화국 수립 이후 중국 문단의 관심 밖으로 밀려나 있던 1930년대 중국 문단의 한 주류였던 모더니즘에 관한 관심이 다시 일어났고, 서구의 현대문학 이론을 받아들여 실험적인 소설 언어로 혁명적인 서사 방식 사용함으로써 인간의 본질을 소설적으로 형상화하려는 문인들이 등장하여 문단에 새로운 바람을 불러일으켰다.

1980년대 중반에 들어와 중국 작가들은 문화대혁명의 비극과 관련한 제재를 다루던 소설을 벗어나기 위하여 다양한 노력을 기울였다. 이 시기에 등장한 새로운 소설 경향으로 이데올로기에 의해 가려져 있었던 민족문화를 발굴해 소설적 제재로 사용한 심근(尋根)소설, 당이 내세운 진리를 충실히 전달하였던 과거 중국의 사실주의를 거부하고 인간 삶의 진실을 그리려 하는 신사실소설, 이러한 신사실소설의 창작 방법을 역사로 전이하여 역사의 진면목을 작품화하려는 신역사소설 등을 들 수 있다.

하향에서 돌아온 지식 청년 출신 작가들이 자기만의 독특한 문학 영역으로 선택한 것은 감수성이 예민했던 시기에 하향된 농촌에서 접했던 농민 사이에 유전되어온 민간 전통문화였다. 도시에서 성장하며 모더니즘 사조의 영향을 크게 받았던 지식 청년에게 농민들이 계승하고 있었던 민간의 전통문화는 낯선 것이었다. 그들은 자신들의 것이었지만 현재 자신들에게는 낯선 전통문화에서 현대를 넘어설 수 있는 새로운 문화적 가능성을 찾을 수 있다는 생각에서 문화적 뿌리 찾기 즉 심근소설을 주장하였다. 이는 새로운 문학적 시도로서의 의미와 함께 소실되어가는 전통문화의 뿌리를 탐색하는 과정이자 민족문화의 가치를 발견하는 과정으로서의 의미를 지녔다.

문화대혁명 이후 문인들은 '문학은 정치에 복무하여야 한다'는 전제에 따라 수시로 변하는 당의 정치노선을 선전·선동하던 창작 방법을 벗어나야 한다는 인식을 공유했다. 새로운 문학을 모색하던 작가들은 '연안 문예 강좌' 이래 중국 소설을 지배한 현실주의 문예이론을 벗어나 객관적인 시각으로 사회와 개인을 형상화하는 신사실소설을 주장했다. 외부에서 요구된 진리를 전달하기 위한 전형성과 주관성을 거부하고, 현실에 대한 냉담한 시각과 객관적인 서술을 지향하여, 삶의 궁극적 목표를 제기하기보다 구체적인 사회·역사적 환경 속에서 살아가는 인간의 생존과 욕망을 소설화하는 데 관심을 기울였다. 이러한 신사실소설로의 변화는 당의 노선을 우위에 두는 현실주의를 벗어나 진정한 사실주의의 정신을 복원하여 실천하였다는 점에 그 중요성이 있다.

신사실소설의 창작 방법을 소설의 배경을 역사로 옮긴 신역사소설은 역사 제재에 대한 정치권력의 역사 해석과 그것으로 제시하려는 보편적 진리를 소설에 담아내기를 거부하고, 역사에 담긴 인민의 삶과 욕망을 소설화하여 작가가 이해한 역사적 진실을 소설화하는 데 치중하였다. 그러나 신역사소설이 지향하는 역사에 대한 객관적 선택과 해석은 중국 당국의 역사 인식과 충돌할 개연성이 항시 존재하였다. 따라서 신역사소설의 제재는 중화인민공화국 수립 이전까지로 한정되고, 민국 시기라 하더라도 중국공산당과 직접 관련이 있는 사건은 회피할 수밖에 없어 중일전쟁까지의 역사 중에서 중국공산당의 역사와 부딪히지 않는 역사 제재에 한정될 수밖에 없었다. 그러나 이전의 역사소설과는 달리 신역사소설은 부패한 권력이나 무자비한 외세의 폭압에 대항해 스스로의 힘으로 투쟁을 이어간 민중의 강인한 생명력을 부각시켰다. 신역사소설은 이처럼 인류 역사가 하나의 영웅이나 집단에 의해 정해진 방향으로 나아가는 것이 아니라, 일상의 삶을 영위하면서도 정당하지 않은 폭력에 끊임없이 투쟁해온 민중의 힘이 역사를 변화시킨 주체였음을 보여준 점에서 소설사적 의의를 지닌다.

4. 조선족 문단과 소설의 전개

문화대혁명이 종식되고 사회 전반에 사상 해방의 분위기가 마련되자 조선족 문단에서는 『연변일보』 『연변문예』 등 신문과 잡지를 통해 반우파투쟁 이후 문화대혁명까지의 시기의 문학과 문화 정책을 비판하고 조선족 문예를 바로 세우기 위한 노력을 시작하였다. 조선족 문예인들은 사상의 해방과 성역 없는 예술 활동을 강조하면서 문화대혁명 중에 강제 해산되었던 연변문학예술일군연합회와 그 산하의 연변작가협회 등 문예 단체를 복원하고 제반 사업을 해결하기 시작하였다. 이에 조선족 문단에서는 반우파투쟁과 문화대혁명 기간에 우파 또는 반혁명분자로 분류되어 정치적 권리를 박탈당한 문인을 복권하여 명예를 회복시키고, 독초로 분류되었던 많은 작품의 누명을 벗겨 독자들이 자유롭게 접할 수 있도록 조치하였다.

20년 가까이 문단을 떠나 있다 복권된 김순기, 김학철, 리근전, 리홍규 등 원로작가와 류원무, 림원춘 등 중견작가가 활동을 재개하였고, 반우파투쟁기 이후 등단한 작가 중 김길련, 남주길, 리선희, 리태수, 정세봉, 황병락 등이 창 작을 계속하였으며, 사상 해방의 분위기 속에서 김관웅, 김혁, 류연산, 리웅, 리원길, 리혜선, 박선석, 박옥남, 우광훈, 윤림호, 최국철, 최홍일, 허련순 등 새로운 작가들이 등단함에 따라 조선족 소설계는 이전의 활기를 되찾았다.

문단의 재건이 이루어지는 가운데 10여 년간의 극좌적 정치운동으로 인한 작가 부족 현상을 극복하고 다음 세대를 이어갈 문인을 배양할 필요성을 절감 한 연변작가협회에서는 1983년 문학예술인 양성 방안을 중국공산당 연변주위 와 주정부에 제기하였다. 연변주위와 주정부에서는 이를 받아들여 연변대학 에 위탁해 4년제 '연변대학 문학반'을 꾸리도록 비준했다. 이에 따라 연변조선 족자치주와 조선족 집거 지역에서 33명의 인재를 추천받아 주정부에서 학비 를, 본인의 직장에서 월급을 지급하며 작가를 양성하여 김경련, 김동규, 리선 희, 우광훈, 윤림호 등의 작가를 배출해 조선족 소설계를 풍요롭게 하였다. 이 러한 문단적 노력의 결과 1987년 말 연변작가협회 회원이 300여 명으로 확충 되어 문인의 조직으로서 위상을 되찾게 되었다.

개혁개방 초기의 사상 해방의 분위기 속에서 민족 정책과 문예정책이 변화 하여 소수민족의 문학 활동이 장려되어 조선족 문학이 발표될 공간이 확장되 었다. 문화대혁명 이전에 조선문 문예지는 『연변문예』와 『송화강』뿐이었고, 그나마 정치운동의 와중에 정간과 폐간으로 이어져 조선족 문학의 존재 자체 가 사라지다시피 했으나 개혁개방 이후 재출간되고, 조선족 집거지마다 조선 문 문예지 창간 열풍이 불었다. 연변 지역에서는 기존의 연변작가협회 기관 지 월간 『연변문예』 외에 격월간 『문학과 예술』과 총서 『아리랑』 등이 1980년 창간되었다. 그리고 1979년 길림 지역에서 격월간 『도라지』가, 1980년 통화 지역에서 중국작가협회 길림성분회 기관지로 격월간 『장백산』이, 목단강 지 역에서 격월간 『은하수』가, 1982년 장춘 지역에서 격월간 『갈매기』가 창간되었다. 또 이 시기 조선족 번역문학지로 북경에서『진달래』가 연길에서『세계문학』이 창간되어 외국 문학의 경향과 번역 작품을 게재하고,『연변일보』『길림신문』『흑룡강조선문보』『료녕조선문보』등 많은 조선문 신문과 많은 종합잡지에도 문학작품에 지면을 할당해 문화대혁명으로 목말랐던 문학 애호가들의 문학에 대한 갈증을 해결해주었다. 이러한 조선문 문예지의 족출은 개혁개방 이후 중국 주류문단의 문예지 창간 열풍과 궤를 같이하는 것이기는 하나, 조선족 문학사에서 전무후무한 현상으로 이 시기 조선족의 문학에 관한 열정의 정도를 알게 해준다.

　　연변작가협회는 회원이 증가하고 다수의 문예지가 창간됨에 따라 조선족 문단의 규모가 확대되어 산하에 소설, 시, 문학비평, 아동문학, 번역문학 등 분과를 설치하고, 목단강, 하얼빈, 길림, 통화, 심양, 북경 등 여러 지역에 소조를 두어 장르별, 지역별로 조선족 문인의 다양한 활동을 지원하였다. 그리고 조선족 문단의 약점으로 지적되던 문학예술 연구와 문학비평의 발전을 촉진하는 방안으로 1979년 연길에 연변문학예술연구소(1985년 연변사회과학원 문학예술연구소로 개편)를 설립하였다. 이러한 문학 기구의 정비는 연변조선족자치주에만 한정되지 않고 1980년대 들어 여러 지역의 조선족 집거지에 문예 관련 조직이 구성되어 조선족 문학의 발전을 위한 연구와 창작적 실천에 커다란 성과를 이루었다.

　　개혁개방이 시작된 1970년대 말까지 연변조선족자치주와 동북 지역에 산재해 있는 조선족 집거지의 문학 수준은 지역별 차이가 작지 않았다. 만주국 시절 길림, 통화, 장춘, 목단강, 심양, 하얼빈 등지의 조선족 집거지에서 문학 활동을 하던 지식인 대부분이 연변조선족자치주 수립을 전후해 연변 지역으로 옮김으로써 이 지역에서는 조선족의 문학 활동이 미약했다. 그러나 개혁개방 이후 사상 해방의 분위기 속에서 조선족 집거지마다 조선문 문예지를 창간하여 지역 문단의 기반을 마련함으로써 연변 지역과 여타 지역 문인 간의 교류와 경쟁으로 조선족 문학이 한 단계 발전할 수 있게 되었다.

　　1978년 12월에 개최된 제2차 동북3성 조선어문사업 실무회의에서는 문학예술 분야에서 조선족의 문화를 전면적으로 부정하여 조선족 문예를 나락에 빠뜨린 민족문화 혈통론을 비판하고 새로운 민족문학의 발전 방안을 논의하였다. 특히 조선어와 조선 문자의 사용이 지방 민족주의라는 비판 아래 조선어와 조선 문자가 사멸되어야 한다는 주장을 전면적으로 비판하였다. 그리고 소수민족인 조선족의 언어와 문자가 사멸되기보다는 사회주의 중국에서 여타 민족의 언어와 문자와 함께 공존하면서 중국의 문화 발전에 기여해야 한다는 논리에 따라 조선 언어와 문자를 발전시키고 표준화하기 위한 방법을 논의하였다. 논의의 결과 구체적인 실천 작업으로 동북3성 조선어 규범화 방안 집필 소조를 조직하여 조선어 규범화를 위한 연구를 담당하게 하고, 집필 소조에서 작성한「제1차 조선말 명사 술어 통일안」을 심의, 채택하여 조선어 표기와 관련한 규범을 마련하였다. 이는 2007년『중국조선어규범집』을 만들어 신문, 방송, 출판 등에 사용되는 조선어를 표준화하기까지 지속된 조선어의 표준화 작업의 출발로서 큰 의미를 지닌다.

이러한 조선족 문단의 전개에 따라 조선족 소설도 상당한 발전을 이루었다. 개혁개방의 분위기 속에 조선족 작가들의 창작은 이전 어느 시기보다 왕성하여 기록적인 성과를 이루었다. 문화대혁명 이후 1980년대 말까지 조선족 문단에서 3천 편을 상회하는 단편소설, 120편 이상의 중편소설, 16편 이상의 장편소설이 발표되었고, 소설집만도 48권 이상이 발간되었다. 이 시기 조선문 문예지가 속출하고 엄청난 규모의 소설이 발표되었다는 사실은 이 시기 조선족 작가의 창작 열정과 함께 이 시기 독자들이 문학, 특히 소설에 관한 관심이 어느 시대보다 강렬했음을 알게 해준다.

중국 사회가 급속한 변화를 가져온 대내적 개혁과 대외적 개방 그리고 사상 해방이라는 시대 상황은 조선족 사회에 커다란 변화를 가져왔고, 조선족 문학도 사회의 변화를 주제로 하여 중국 주류문단의 변화에 보조를 맞추며 발전하였다. 조선족 소설사에서 이 시기는 중국 주류문단의 흐름을 가장 높은 수준으로 받아들인 시기에 해당한다. 이는 문화대혁명 종결 이후 중국 주류문단의 소설계에 나타난 문화대혁명의 상처를 다룬 상흔소설과 반사소설, 개혁개방의 흐름을 반영한 개혁소설, 서구 문학 이론의 수용으로 등장한 실험소설, 사라져 가는 민족문화를 되살려 소설화한 심근소설, 현실에 대한 객관적 시각으로 인간의 삶을 사실적으로 형상화한 신사실소설과 신역사소설 등으로의 변화가 조선족 소설에도 약간의 시차를 두고 그대로 등장하는 것에서 확인된다.

개혁개방 이후 조선족 소설은 중국 주류문단과 흐름을 같이하며 변화하였지만, 소수민족 정책의 변화에 따라 조선족 소설은 민족 문제와 민족문화와 관련하여 특수성을 드러내었다. 예컨대 문화대혁명의 상처를 소설화한 경우에도 연변문혁의 특수성이 중요하게 다루어졌고, 심근소설이나 신역사소설 등도 조선족 문화와 역사의 특수성으로 인하여 중국 주류문단의 소설과는 상당한 편차를 보였다. 특히 1980년대 후반에 조선족 사회에 경제 성장이 눈부신 대한민국의 존재가 알려지고, 친척방문 비자로 한국을 방문하는 조선족이 증가하면서 조선족 소설에는 적국이었던 한국에 대한 새로운 인식이 나타났고, 한국 방문과 관련한 갈등과 한국으로의 노동 이주를 제재로 한 작품이 등장하였다. 이같이 한국과 중국 사이의 수교가 맺어지기 전이었던 이 시기에 한국 이주를 제재로 한 소설이 등장하여 이후 조선족 소설의 새로운 유형으로 자리 잡았다.

이 시기 조선족 소설의 중심 과제는 정치의 시녀에서 문학의 본연으로 복귀하는 것이었다. 소설을 문학 본연의 모습으로 되돌리려는 시도는 역사와 현실 그리고 인간에 관한 객관적인 탐구를 전제로 하는 사실주의의 전통을 복원하는 것으로 나타났다. 그 결과 조선족 소설은 개혁개방과 시장경제로의 흐름 속에서 변화하는 사회와 조선족의 삶의 모습을 객관적으로 반영한 소설과 조선족 이주의 역사와 항일투쟁과 혁명의 역사를 소설적으로 재구성한 소설이 한 주류를 이루었다. 그리고 사상 해방의 시대를 맞아 조선족 작가들은 정치 중심의 시대 인식을 거부하고 보통 사람들이 일상에서 만나는 행복과 불행처럼 사소하나 이에 내재한 인간의 원초적 모습을 탐구하였다. 따라서 이 시기 조선족 소설은 어떤 제재를 선택하든 이념보다는 일상 속의 진실을 주제로 하고, 영웅보다는 소시민적 인물을 주인공으로 하고, 거시적이기보다는 미시적인 담론으로 서사를 전개하였다는 점에서 이전 소설과 다른 특징적 면모를 보였다. 이 시기에 나타난 이 같은 조선족 소설의 변화는 '문학 정신의 재건' 또는 '인문학적 가치의 부활'이라는 말로 요약할 수 있을 것이다.

제2장

문화대혁명의 상처에 대한 소설적 대응

　미증유의 정치적 · 사회적 혼란을 10년간이나 지속한 문화대혁명이 종식되고 진리 표준에 관한 토론이 이루어진 1978년 8월 루신화의 「상흔」이 발표되어 문화대혁명 기간의 상처에 대한 소설화가 주류문단의 중심 주제로 떠올랐다. 사상 해방의 분위기 속에서 문예지 창간이 시작된 조선족 문단도 이러한 분위기에 영향을 받아 문화대혁명 기간의 고통과 상처를 작품화하는 데 관심이 높아졌다. 1979년에 들어 조선족 문단에는 문화대혁명의 상처를 제재로 한 소설이 등장했고, 조선족 소설에 나타난 문화대혁명의 상처는 주류문단의 그것과는 조금 다른 양상을 띠고 나타났다.

　조선족 소설은 문화대혁명을 제재로 한 소설에서 중국 전역을 정치적 사회적 혼란으로 몰아넣은 문화대혁명 기간에 당한 육체적 고통과 정신적 상처를 다룬다는 점에서 상흔문학의 일반적 경향을 따랐다. 그러나 조선족 소설은 문화대혁명 중에 전개된 지방 민족주의에 대한 정풍운동으로 조선족 문인이 겪은 박해와 중국공산당이 지향하는 이념과 소수민족의 현실 사이의 괴리로 인한 피해 그리고 당시 중국과 북한 사이의 외교적 갈등에 따라 조선족을 북한의 간첩으로 인식하는 한족과의 갈등으로 인한 핍박 등을 소설의 제재로 사용하였다. 이는 북한과 국경이 맞닿은 연변 지역의 소수민족 조선족이 경험한 문화대혁명의 극렬성과 그에 따른 비극적 체험을 소설화한 것으로, 연변문혁의 특수성을 반영한 조선족 소설의 특징적 면모이다.

루신화의 「상흔」이 발표되고 반년이 지난 1979년 2월 박천수는 조선족 소설사 최초의 상흔소설로 평가되는 단편소설 「영혼이 된 나」(『연변문예』 1979.2)를 발표했다. 이 작품의 작중화자 '나'는 문화대혁명의 와중에 현행반혁명죄로 타살된 뒤 원혼이 되어서 집으로 돌아와 아내와 자식이 자기와 계선을 나누지 않는다는 이유로 고통당하는 모습을 보고 들으면서 회한에 사로잡혔다. 경신참변 때 아버지가 살해되고 기댈 곳이 전혀 없어 지주네 종살이하던 어머니가 아홉 살 때 죽은 뒤, 지주네 소몰이꾼을 하며 갖은 학대에 시달리다가 열여덟 살에 공산당에 입당한 '나'는 사회주의 실현을 위해 온몸을 바쳐 성과 주에서 모범 칭호도 받았다. 그러나 문화대혁명이 발발하자 상황은 돌변하였다.

> 무엇 때문에 혁명을 위하여 피와 땀을 흘린 노간부가 죄다 타도되어야 하는가? 무엇 때문에 그 많은 당원, 단원, 노동자, 빈하중농과 지식분자들이 '보수파'로 몰려야 하는가? 또 무엇 때문에 군중을 분열시켜놓고 싸움판을 벌리는가? 도대체 그 누가 이렇게 하라고 나발 부는가? 그게 바로 임표의 '일체 타도'와 강청의 '문공무의'가 빚어낸 악과가 아닌가? 그 '연락원'이 우리 연변에 검은 마수를 뻗친 결과가 아닌? 나는 한 개 젊은 공산당원으로서 더 침묵을 지킬 수가 없었다. 하여 심사숙고한 끝에 당 중앙과 모 주석께 나의 의견서를 제출하였다. 허나 누가 알았으랴! 나의 편지는 임표와 강청 따위의 손아귀에 들어가 '현행반혁명'의 죄증으로 될 줄이야! 나는 나의 이런 심정과 사실을 안해와 향숙이에게 고스란히 말해줄 수 없는 것이 한없이 안타까왔다.

인용문에는 문화대혁명의 실상에 대한 비판적 인식이 잘 드러나 있다. 문화대혁명은 군중을 동원하여 당내 주자파를 공격한 권력투쟁이기도 하고, 기득권층으로 변모해가는 당원과 지식분자를 비판하기 위해 조반을 부추긴 군중정치운동이기도 하였다. 문화대혁명 과정에 공산당 간부를 보수파로 몰아 공격을 가하고 보수파와 조반파로 나뉘어 싸움판이 벌어진 것은 마오쩌둥의 의지와는 무관한 것으로, 임표와 강청 등의 무리가 만들어낸 악과로 인식하여 혼란된 현실을 바로잡기 위한 열정으로 의견서를 올렸다가 현행반혁명죄로 비판을 받았다는 전개는 문화대혁명 당시 중국이 겪은 혼란과 고통 그리고 현실에 대한 인식을 그대로 반영하고 있다. 그러나 이 작품에서 연락원, 즉 마오위안신이 연변에 들어와 조반을 부추겨 연변 지역의 혼란이 더해졌다는 지적은 연변문혁의 특수성에 대한 정확한 인식을 보여준다.

1966년 말 연변으로 들어온 마오위안신이 연변대학에서 연변조선족자치주 주장 주덕해를 타도하자고 선동하자 이에 연변 인민이 주덕해 옹호파와 주덕해 비판파로 나뉘어 치열한 투쟁을 전개하였고 쌍방 간 폭력이 난무하는 혼란으로 빠져들었다. 이런 점에서 문화대혁명이 연변 지역에 몰아온 혼란과 갈등 그리고 엄청난 비극의 책임을 마오위안신에게 돌리는 것이 조선족의 일반적 현실 인식이나 이는 문화대혁명의 일면적 진실을 보여줄 뿐이다. 문화대혁명으로 전국 각지에서 발발한 조반과 탈권의 과정에서 조반파와 보수파가 마오쩌둥 사상에 관한 이해의 차이에 따라 다양한 조직으로 나뉘어 이념적 갈등과 폭력적인 투쟁이 난무했던 점을 생각하면, 연변 지역의 극렬한 투쟁 역시 중국 전역에 나타났던 조반 과정의 하나였다는 점에서 이를 마오위안신의 책임만으로 돌리는 것은 문화대혁명에 대한 당시 연변 지역 인민의 일반적인 인식 수준을 보여줄 뿐이다.

당 중앙과 모 주석에게 투서를 했다고 현행반혁명분자로 몰려 심문을 받는 과정에 참기 어려운 모독과 폭력을 당하기 일쑤였다. 중일전쟁 시기에 입당하고 한국전쟁에도 참여한 성실한 노당원인 '나'도 심문 과정에서 폭력과 혹형에 시달리기는 일상이었고, 심문자들이 요구하는 바에 따르지 않는 자들은 엄청난 폭행으로 죽음에 이르는 일도 적지 않았다. 한국전쟁에 참전했다가 다리하나를 잃은 '나'는 현행반혁명이란 죄로 심문을 받는 과정에서 성한 다리 하나를 공격하는 심문관의 비난에 분노에 차서 항의했다가 혹독한 고문과 폭행을 견디지 못하고 사망하고 말았다. 원혼이 되어서 집에 돌아온 '나'는 가족들을 만나 자신의 원한을 이야기하고자 하나 그들이 듣지 못하자 안타까운 마음에 사로잡혔다. 그러나 아내가 딸에게 "너의 아버지는 이렇게 강청이나 '연락원' 따위들의 더러운 손에 나어린 당원의 일생을 마쳤다"고 하는 말을 듣고는 비감해져 자신이 떠나야 할 시간임을 깨닫는다. '나'는 원한이 가득한 현세를 떠나며 '나의 가련한 안해와 아이들이여! 잘 있거라, 당과 군중은 나의 원한을 풀어줄 그날을 꼭 맞이하여줄 것이다!'라 부르짖었다.

문화대혁명의 비극을 제재로 하였다는 점에서 문학사적 의의를 부여받는 이 작품은 일인칭 서술자의 회상을 통해 문화대혁명이 국가와 인민을 위해 헌신한 공산당원들을 사지로 내몬 잘못된 정치운동이었음을 비판하였다. 그리고 반혁명죄로 살해당한 가족과 계선을 나누지 않는다는 이유로 그 아내가 혁명위원회에 끌려가 시달림을 받고, 그 자식이 동료들에게 비난받는 현실은 문화대혁명이 인민들의 몸과 마음에 남긴 상처를 여실하게 보여주었다. 이러한 소설사적 의의에도 불구하고 이 작품은 7천 자 정도의 짧은 분량 탓에 문화대혁명이 갖는 비극적 형상과 그 의미를 심화하지 못했고, 사소한 착오이기는 하나 '나'의 아버지가 경신참변 이전에 중국공산당원으로 빈고농을 조직하여 유격대를 지원했다고 설정하여 서사적 신빙성을 상실하게 한 점 등은 소설적 한계로 지적할 수 있다.

김관웅은 특무라는 죄명으로 15년 형을 받았으나 10년 만에 문화대혁명이 종결되어 누명을 벗은 억철이 문화대혁명 중에 입은 고통과 그 의미를 살핀 단편소설 「청명날」(《연변문예》 1979.12)을 발표하였다. 이 작품의 줄거리는 억철이 출소한 뒤 청명을 맞아 자신이 감옥에 가고 두 달 만에 해산하다 죽은 아내의 묘에 성묘하러 갔다가 아내와 한마을에 살았던 한족 여교사 왕수매를 만나 아내의 죽음에 대해 듣고, 왕수매가 곱게 길러준 딸을 찾게 되었다는 내용으로 정리된다. 그러나 이 작품에는 문화대혁명 중에 감옥에 간 억철, 억철과 지구당의 일을 하다 국민당 특무의 죄명으로 죽은 왕수매의 남편 그리고 우수교원 표창식에서 류소기를 만나 악수하고 찍은 사진을 소지했다는 죄명으로 박해를 받은 왕수매 등을 통해 문화대혁명 기간에 가해진 폭력으로 엄청난 고통을 겪은 평범한 사람들의 상처를 구체적으로 보여주었다. 그리고 수매 부부의 고난에 대해 듣던 억철이 "정말 그땐 사람이 요귀로 몰리우고 요귀가 사람인

체하던 세상이었지요……"라고 말해 문화대혁명의 본질을 한마디로 정의하여 문화대혁명에 대한 작가의 비판적 인식을 보여주었다.

이 작품은 문화대혁명이 끝난 지 얼마 지나지 않은 시기에 문화대혁명이 인민에게 미친 고통과 상처를 구체적으로 보여주면서 동시에 문화대혁명 기간에 조선족이 경험한 특수한 체험을 다루었다. 억철이 특무라는 누명을 쓰고 15년 형을 받은 것은 연변문혁의 특수성과 관련이 있다. 문화대혁명 기간에 연변 지역에는 주덕해의 처리 문제를 두고 반란파(조반파)와 보황파(보수파)로 불리는 두 파벌이 치열하게 투쟁하였고, 이는 조선족에게 이중의 아픔을 가져다주었다. 주덕해를 끌어내리려는 반란파는 주덕해를 비롯한 조선족이 북한과 연계하려 한다며 비난했고, 종국에는 수많은 조선족 항일열사를 북한과 결탁해 중국을 파괴하려는 특무라는 누명으로 타도하였다. 왕수매는 억철에게 이 문제에 대해 "우리나라 오성붉은기의 진붉은 바탕에는 수많은 조선족 열사들의 선혈도 물들어 있다고 생각해요. 하여 전 당초부터 연변의 조선족들이 나라를 배반하는 '폭란'을 일으키려 했다는 것을 도무지 믿지 않았어요."라고 말하였다. 이 작품은 작중인물 왕수매의 말을 통해 문화대혁명 중에 조선족들이 입은 말로 하기 어려운 고통의 원인을 명확히 하고 이는 엄청난 오해에서 비롯된 것임을 분명히 하였다. 이런 점에서 김관웅의 「청명날」은 연변문혁의 특수성을 최초로 형상화한 작품이라는 소설사적 의의를 지닌다.

박천수의 「영혼이 된 나」가 발표된 이후, 보통 사람이 반혁명죄로 적법 절차도 없이 비판받고, 투옥되고, 고문당하고, 심지어 죽음에 이르는 문화대혁명의 비극과 상처는 조선족 소설의 중요한 제재가 되었다. 장지민의 「노랑나비」(『연변문예』 1981.5)는 문화대혁명 중에 저질러진 폭력을 잘 보여주었다. 이 작품은 조선족 혁명열사의 족적을 연구하던 최명운이 특무라는 이유로 홍위병에게 끌려가 억압적 분위기에서 취조받고 고문당하다가 다리 하나가 부러지는 비극을 사실적으로 그렸다. 자신에게 잘못이 없음에도 홍위병들이 몰아세우는 죄를 인정해야만 하는 상황은 육체적인 고통보다 더 참기 어려운 모욕이었다. 결국 최명운은 2년의 수감 생활 끝에 버들골로 하방되어 외국으로 도피하자는 아내의 요구를 거절하고 아내가 출국한 후 간난의 시간을 보냈다. 그러나 문화대혁명이 끝나자 그는 누명을 벗고 다리를 치료받고 복직하고 아내도 귀국하기로 하는 등 정상적인 자리를 되찾는다. 최명운의 고난은 문화대혁명이라는 비정상적인 기간에 소나기처럼 닥쳐온 악몽이었던 것이다.

「노랑나비」에서는 문화대혁명 기간에 많은 조선족이 뒤집어쓴 특무라는 죄명이 어떻게 만들어졌는지를 구체적으로 보여주었다.

> '동북의 신서광'에서 H시에 파견되어 온 홍위병 연락소에 잡혀가던 날 저녁이었다.
> "너의 수첩에 적힌 일백오십 명 명단은 무슨 명단이냐?"
> "민족열사사전을 쓰려고 수집한 혁명가들 명단입니다."
> "무슨 혁명을 한 혁명가들이냐?"
> "중국혁명을 한 혁명가들입니다."
> "제길할, 무슨 조선 사람들이 이렇게도 많이 중국혁명에 참가했단 말이냐?"
> "그뿐인 것이 아니라 몇만 몇십만이 넘습니다. 그 일백오십 명은 대표 인물에 불과합니다."
> "옳다. 말을 잘했다. 우리는 네가 발전시킨 특무가 몇만 몇십만에 달한다는 것을 다 알고 있다. 이 일백오십 명은 특무조직의 골간에 불과한 것이고, 이제부터 묻는 말이나 바른대로 대답해라. 그렇지 않다가 산생되는 일체 후과를 네 본신이 책임져야 한다."

이는 최명운이 조선족 혁명열사 사전을 편찬하기 위해 자료를 모으다 체포되어 북한의 특무라는 죄명으로 취조받는 과정에서 특무조직을 밝히려는 홍위병과의 대화 내용이다. 항일전쟁에서 국공내전에 이르는 중국혁명에 참여하였던 조선족 중에는 후에 북한의 지도층이 된 인물들과 일정한 연계가 있거나 북한에 다녀온 사람이 적지 않았다. 이러한 조선족 혁명열사의 명단은 주덕해를 옹호하는 보수파들을 북한 특무로 엮을 증거가 될 수 있었다. 홍위병에 불려간 최명운과 홍위병 심문자와의 대화로 이루어진 이 부분은 조선족이 문화대혁명이라는 미증유의 혼란 속에서 겪게 된 이중적인 고통의 연원이 무엇이었는가를 소설적으로 분명히 보여주었다. 이런 점에서 이 작품은 김관웅의 「청명날」과 마찬가지로 연변문혁의 치열성과 비극성을 보여주었다는 점에서 의의를 지닌다.

정세봉은 문혁 기간 중 이혼을 당한 아내가 세월이 지난 후 남편에게 그간의 일을 회상하며 쓴 편지의 형식으로 문화대혁명을 비판한 「하고 싶던 말」(『연변문예』, 1984.4)을 발표하였다. 가난한 집안에 시집간 금희는 집안을 일으키기 위해 돼지, 오리, 염소 등을 키우지만 이러한 아내의 소생산 때문에 입당이 거부될 것을 우려한 남편은 아내와 이혼을 강행하였다. 이혼 후에도 시댁 마을을 떠나지 않던 금희는 남편의 핍박을 견디지 못해 친정으로 돌아가고, 문화대혁명이 종식되고 2년이 지나서 재혼하여 새로운 삶을 시작하였다. 그러나 전 남편은 결국 입당하지 못하였고, 사랑에 빠졌던 여성과 결혼도 하지 못해 금희에게 새로 시작하자는 연락을 하지만 이미 행복한 가정을 꾸린 금희는 너무 늦었다는 답신을 보냈다. 이 작품은 단란했던 부부의 삶을 파괴시키고 정신적 상처를 남긴 문화대혁명이라는 비정상적 정치 상황에 대한 비판이자, 그러한 시대적 혼란에 부화뇌동하여 인간성을 상실하고 경거망동한 행위에 대한 반성을 보여주었다.

항일투쟁 중에 헤어진 가족이 해방 후 상봉하는 내용을 다룬 허해룡의 「혈연」을 바탕으로 청년의 이상 실현을 위한 열정과 문화대혁명의 혼란상을 소설화한 류원무와 허해룡의 장편소설 『다시 찾은 고향』(흑룡강조선민족출판사, 1985)에는 문화대혁명 기간에 혁명위원회가 보여준 폭력성이 중요한 제재로 등장하였다. 대학을 졸업하고 백두산 근처 고향으로 돌아와 산림 육성에 힘쓰던 송림은 문화대혁명이 발발하자 같은 지역 혁명위원회 주임 일을 보고 있는 대학 동기 장비의 부탁으로 혁명위원회 업무를 보다가 그들의 폭력적인 일 처리 방식에 불만을 느껴 위원회 일을 떠나 임업국으로 돌아갈 생각만 하고 있었다. 그러던 그가 학습반에서 반혁명으로 체포되어 온 사람들을 대하는 모습에 격렬한 분노를 터뜨렸다.

"여기가 어딘가구? 왜놈의 감방이지 뭐야! 이 짐승 같은 놈아, 파쑈야! 학습반이라는 게 다 뭐야? 혁명위원회라는 건 또 뭐구? 사람잡이 하자구 계급대오 청리를 하냐? 이런 란장판이 어디 있는가 말이야! 이게 무산계급 독재냐 아니면 자산계급 독재냐? 그래 운동을 이렇게 하랬어, 이게 무슨 놈의 운동이야!……"

송림이는 가슴이 터지는 듯한 분노로 하여 갈범처럼 사납게 웨쳤다. 그의 기상은 험악했다. 눈에서 시퍼런 불길이 펄펄 일었다. 리병술이가 나서서 송림의 손아귀에서 겨우 장비를 빼놓자 장비는 시뻘겋게 된 목을 주무르며 발을 굴렀다.

"송림아, 너 잘 떠벌이는구나! 네 놈이 반혁명 절규를 해! 어디 보자!"

장비는 살기등등해서 방문을 탕 닫고 나가버렸다.

이 작품에서 혁명위원회에 대한 송림의 분노는 다중적인 의미를 지닌다. 그의 분노는 혁명위원회의 폭력적인 일 처리 방식에 대한 불만이자, 어릴 적에 돌아가신 줄 알았다가 어렵게 만난 어머니가 혁명위원회에서 고문당해 죽음 직전인 데 대한 절망감이자, 자기 자신의 어리석음과 부끄러움에 대한 절규였다. 그러나 송림이 장비 주임에게 퍼붓고 있는 혁명위원회에 대한 비난은 문화대혁명 기간에 중국 도처에서 발생했던 계급투쟁 과정에서 만연한 폭력에 대한 비판이자 그 시기 중국을 휩쓸었던 극좌적 오류에 대한 비판이기도 하다. 이 일로 송림은 반혁명분자로 낙인찍혀 문화대혁명이 종식될 때까지 8년간 감옥 생활을 하였다. 그사이 어머니는 혁명위원회에서 당한 고문 후유증으로 죽고, 노쇠했던 할아버지는 송림이 감옥에 가자 얼마 살지 못하고 사망하였다. 긴 시간을 보내고 출옥한 송림은 인간으로서 못할 일을 한 부끄러움이 가득한 채 임업국으로 되돌아와 노동자들과 육림 사업을 계속하였다.

열사의 자손이자 대학 졸업자라는 신분의 우위를 버리고 고향으로 내려와 산림 육성의 이상을 실현하기 위해 노력하던 송림이 경험한 문화대혁명은 자신은 반혁명으로 몰리고, 자신을 키워준 할아버지와 낳아준 항일열사인 어머니가 반혁명으로 고문당하는 비극으로 점철된 시간이었다. 그러나 8년이라는 암울했던 시간이 지나간 후 혁명위원회에서 일했던 치욕스러운 과거를 묻고 다시 자신의 이상을 실현하기 위한 공간으로 되돌아왔다. 이로써 문화대혁명은 긴 시간이었으나 과거로 흘러가고 다시 예전의 삶으로 돌아갈 수 있게 되었지만, 문화대혁명으로 송림이 겪는 고통은 그의 몸과 마음에 지우지 못할 상처로 남았음을 보여주었다.

또 문혁 시기에 타도 당한 사람들이 겪은 고통을 사실적으로 그려낸 작품으로 류연산의 「아 쪽박새」(『아리랑』 27호, 1986)가 있다. 이 작품에는 홍위병에 의해 체포되어 철저한 감시 속에 끌려가는 반란단과 이를 구경하고 있는 인민의 모습이 사실적으로 그려져 있다.

> 이튿날 '악당'들은 '홍위병'들의 총부리의 감시 밑에 일렬종대로 진 거리를 나섰다. '반란단' 두목이 전날 떠벌인 최후의 심판장으로 가는 길이였다. 철모르는 애들의 돌멩이나 무지한 인간의 우악진 몽둥이찜질에 어느 목숨이 질지 모를 일, 개개의 '죄범'들은 마치도 도살장으로 끌려가는 소처럼 걸음이 떴고 낯색이 새까맣게 죽어 있었다.

문화대혁명 당시 여러 조직과 단위에 속한 인민들은 조반파와 보수파로 나뉘어 반목과 투쟁을 계속하였다. 그들은 현실에 대해 자신과 다르게 인식하고 있다는 것만으로 반혁명 또는 특무라는 죄 아닌 죄를 뒤집어쓰고 상대에게 체포되어 비판받고, 언제 죽을지 모르는 공포 속에서 심판장으로 끌려갔다. 그러나 철모르는 아이들이나 무지한 사람들은 길가에 둘러서서 끌려가는 사람들을 구경하다가 그들의 죄가 무엇인지 정확히 알지도 못하면서 분위기에 부화뇌동하여 사람들에게 돌을 던지고 몽둥이찜질을 하기도 하였다. 이처럼 위의 인용문은 자신도 알지 못하는 죄과가 씌워져 고문당하고 언제 죽을지 모르는 불안한 처지에 놓여 있는 인물과 그들을 둘러서서 구경하면서 돌팔매질이나 몽둥이찜질 등으로 인간의 원초적 욕망을 폭발시키는 인물을 사실적으로 보여준다. 이들은 문화대혁명으로 아무 죄도 없이 비판받고 조리돌림당하고 나락으로 빠진 수많은 사람과 폭력이 난무하는 시대 분위기의 영향으로 스스럼없이 타인에게 인간의 본원적인 폭력성을 드러내는 인민들의 모습을 통해 문화대혁명이 당대 인민에게 남긴 상처를 소설적으로 복원하였다.

이외에도 한국전쟁 때 포로가 되었다가 고향에 돌아왔으나 배신자라는 주변의 시선 때문에 산속에 들어가 양봉업을 하며 외롭게 살았으나 문화대혁명 중에 또다시 비판받는 인물의 비극을 그린 리성백의 「곰사냥」(『도라지』 1986. 5기), 문화대혁명 중에 서로 모함하고 핍박하다가 한 가족 모두가 우파로 몰려 같은 마을에 모이게 되는 우스꽝스러운 비극을 다룬 리웅의 「수난자들」(『아리랑』 6호, 1983), 수정주의 교육노선을 집행한 교사라는 죄명으로 비판받아 감옥에서 노동 개조를 하던 중 아들이 썰매를 타다 다쳤으나 반혁명분자의 자식이라는 이유로 치료를 받지 못해서 사망한 이야기를 담은 리상각의 「망각을 위한 O선생의 회상」(『백두의 얼』, 민족출판사, 1991)을 비롯한 문화대혁명을 다룬 많은 작품에서 역사의 흐름 속에서 개인과 그 가족이 겪은 고통과 고난의 양상이 상세하게 묘사되어 문화대혁명 이후 조선족 소설의 한 경향을 보여주었다.

문화대혁명은 투쟁의 대상이 된 사람들에게만 비극적인 사건은 아니었다. 투쟁의 대상이 된 사람뿐 아니라 박천수의 「원혼이 된 나」의 아내와 자식처럼 남은 가족들이 더 신난한 삶을 살아가게 마련이었다. 윤림호도 「돌배나무」(『고요한 라고하』, 흑룡강조선민족출판사, 1992)에서 문화대혁명 때 투쟁 대상의 가족이 겪는 아픔을 다루었다. 이 작품은 소학교 교사였던 가장이 지식분자로 비판받다가 자살한 후, '사류분자'로 분류된 모자의 고통스러운 삶을 제재로 하고 있다. 교원의 아내로 착하게 살았던 따쎌은 남편이 죽자 생존을 위해 윤리 따위는 포기해버렸다. 그녀는 친동생처럼 대해주는 조선족 이웃에게서 작은 물건들을 훔치고, 인근 방목장의 남자들에게 몸을 팔기도 하다가 방목장 일로 구류소에 가게 되자 아들 쑈밍에게 계속 학교에 다니기 위해서라도 자신과 계선을 나누라 이르고 도주했다. 이렇듯 이 작품은 문화대혁명 중에 비판받은 사람은 물론 가족의 삶도 황폐해졌음을 보여주고 있다.

또 문화대혁명의 사회 분위기에 따라 가정을 버리거나 비판의 대상이 된 가족과 계선을 가르는 등 비인간적인 행위에 대한 반성 역시 이 시기 소설의 중요한 주제가 되고 있다. 윤림호는 「념원」(『투사의 슬픔』, 흑룡강조선민족출판사, 1985)에서 열성적으로 당의 지시에 따름으로써 혁명분자라는 감투를 쓰기 위해 남편을 고발한 여성을 통해 문화대혁명 시기 시대 분위기에 부화뇌동한 인간과 함께 평범한 사람들을 헛된 욕망으로 몰아넣은 시대상황에 통렬한 비판을 가하였다.

「념원」에서 문화대혁명에 앞장선 한길녀는 아들의 지체 장애를 치료할 돈을 마련하려 소규모 담배농사를 지은 남편 만 영감을 선전위원에게 소영농을 하였다고 고발하였다. 원래 성실한 농사꾼이었던 한길녀가 열성적으로 혁명에 앞장선 것은 인근 동네의 심정림이 남편의 계급이 상농이었음을 고발하고 계선을 구분해서 현 부녀회원에까지 오른 것이 부러워서였다. 한길녀는 심정림같이 승급하겠다는 욕심으로 남편을 고발하여 마을 사람들에게 더할 수 없는 치욕을 당하게 한 대가로 부녀위원이 되었다. 만 영감은 담배 농사로 타도당한 뒤, 깊은 골에 묵밭을 일구어 인삼을 심었으나 아내가 이를 알아차리자 또 한 번 치욕을 당하지 않으려 아내의 목을 조르고 자신도 목을 매달았다. 만 영감은 죽고 다행히 목숨을 구한 한길녀는 혁명에 대한 열기가 식어 퇴당 신청하고, 혁명한다며 돌아치던 과거를 반성하며 눈물로 세월을 보내다 마음의 병이 깊어져 죽는 순간, 아들에게 잘못을 반성하고 남편 만 영감 옆에 묻어줄 것을 당부하였다.

이 작품은 남편을 사지로 내몰면서까지 혁명에 앞장섰다가 시동생들의 칼에 맞아 죽을 고비를 넘긴 뒤 자기 행동을 반성하는 심정림과 남편의 소영농 행위를 고발하여 사지로 내몬 잘못을 반성하며 죽음을 맞이하는 한길녀처럼 문화대혁명의 열기에 편승하여 욕망을 실현하려 날뛴 인간에 대한 통렬한 비판을 보여주었다. 특히 심정림이 죽기 직전에 병원에서 우연히 만난 한길녀와 우리 둘은 죽어도 묻힐 곳이 없으니 함께 묻히자는 이야기를 나누며 자신들의 과오를 뉘우치는 장면은, 문화대혁명이 종식된 후 과거를 회상하며 잘못을 반성하는 여타의 작품보다 더 강렬한 인상을 남겼다.

이외에도 이 시기 많은 조선족 소설은 문화대혁명을 제재로 하여 시대 분위기에 부화뇌동하거나 꼭두각시처럼 윗선의 지시에 복종했던 일에 대한 반성과 비판을 작품의 주제로 다루었다. 문화대혁명 중에 자신의 안위를 위하여 은인이자 선배를 모함하여 비판받게 한 인물이 자신의 행위를 반성하고 회한에 빠져 살다가 문화대혁명이 종식된 후에 같은 사무실에서 근무하게 된 그 선배와 화해하는 과정을 그린 리웅의 「참회」(『고향의 넋』, 연변인민출판사, 1984), 항일투쟁 과정에서 여걸다운 행동으로 많은 공을 세웠고 건국 후에도 사회주의 사회의 건설을 위해 혼신을 바쳤으나 죽은 뒤 남은 것은 몇 장의 상장뿐인 한 여성의 자취를 통해 혁명이라는 미명 아래 얄팍한 명예를 대가로 사람들을 희생시킨 그 시대를 비판한 윤림호의 「자취」(『투사의 슬픔』, 흑룡강조선민족출판사, 1985), 문화대혁명이라는 혼란스러운 시대에 당을 믿고 당의 정책대로 살아야 한다는 일념으로 남편과 계선을 나누기까지 했다가 문화대혁명이 종식된 후 잘못을 깨닫는 한 여인의 삶을 그린 정기수의 「시대의 그림자」(『생활의 소용돌이』, 흑룡강조선민족출판사, 1989), 문화대혁명 중에 자신에게 닥친 위험을 피하고 개인적 영달을 위하여 동료를 모함하여 나락으로 빠지게 했던 인물을 찾아 복수하는 내용을 담은 우광훈의 「복수자의 눈물」(『메리의 죽음』, 연변인민출판사, 1989) 등 많은 소설이 문화대혁명 열기 속에서 시대 분위기에 휩쓸려 저지른 잘못을 반성하는 내용을 담고 있다.

　남주길의 「접동골 녀인」(『접동골 녀인』, 연변인민출판사, 1983)은 이들 작품과는 달리 문화대혁명의 와중에 가족을 투쟁한 인물에게 지극한 보살핌을 베푼 선숙 아주머니를 통해 인간의 도리가 혁명보다 소중함을 강조하였다. 이 작품의 작중화자인 '나'는 교양운동 공작대장으로 접동골에 파견되어, 소작농의 아들로 민주연군으로 활동했고 해방전쟁과 한국전쟁에도 참전하여 명예훈장까지 받았으나 역사반혁명으로 비판받아 접동골로 내려온 김익현을 투쟁의 대상으로 삼았다. 밤낮에 걸친 시달림으로 김익현이 소화불량이 걸리자 며느리 선숙 아주머니가 밤길에 현 병원까지 가서 구해온 소화제마저 빼앗는 치열한 투쟁을 했고, 그 결과 '나'는 공사 부주임으로 승진했다. 그러나 '나'는 문화대혁명이 발발해 주자파로 투쟁 받아 반죽음이 되어 접동골로 도망치다 길에 쓰러졌고, 선숙 아주머니는 가족도 투쟁 받는 위험한 상황에서 쓰러진 '나'를 집에 데려가 극진히 보살펴 건강을 회복시켜주었다. 문화대혁명이 종식되어 복권한

'내'가 접동골을 찾았을 때 선숙 아주머니는 문화대혁명 때 얻은 병을 치료하지 못해 죽은 후였다. '나'는 좋은 세상을 보지 못하고 세상을 떠났다며 슬퍼하는 김익현 부부와 선숙 아주머니의 남편 등 가족과 함께 산소를 찾아 벌초하고 영전에 술잔을 올려 진심으로 사죄하였다.

「접동골 녀인」은 역사의 소용돌이 속에서도 내 가족에게 폭력을 휘두른 사람이라 하더라도 몸이 아파 찾아온다면 인간의 도리를 지켜 성심으로 돌보는 여인을 통해 극좌적 정치운동으로 인한 잘못된 역사를 예리하게 비판했다. 문화대혁명으로 서로가 서로에게 폭력을 가해 정신적·육체적으로 크나큰 상처를 남긴 역사의 비극보다 그 속에서 발견할 수 있었던 선한 인간성과 사랑의 실천을 주제로 하여 이 시기 문화대혁명의 상처를 제재로 한 소설에서 독특한 면모를 보여주었다.

리원길은 대학 졸업을 앞둔 1968년 11월부터 1년 반 동안 중국 역사상 최대의 농지 개발 사업으로 평가되는 흑룡강성 북대황 현장에 하향했던 체험을 제재로 문화대혁명의 상처를 다룬 중편소설 「피모라이 병졸들」(『아리랑』 30호, 1987)을 발표했다. 1968년도에 50만 명에 달하는 지식 청년이 북대황 개발에 투입된 것은 문화대혁명 초기의 전국적인 사회적 혼란에 따른 경기 침체로 취업이 어려워진 지식 청년에 대한 하향운동의 일환이었다. 북대황에 하향된 대학생들은 군인들의 지도하에 황지를 불사르고 등걸을 제거하여 토지를 정리한 뒤, 파종하고 수확하기까지의 강도 높은 노동에 내몰렸다. 대부분 도시 생활만 했던 대학생들은 힘든 노동과 불편한 숙식 환경 그리고 여름의 벌레와 겨울의 추위 등으로 엄청난 고통을 경험했다. 이러한 체험을 바탕으로 리원길은 중편소설 「피모라이 병졸들」에서 노동을 통한 사상 개조의 허구성을 통렬하게 비판하였다.

자기네들의 부반장인 남철용님께서 로동계급으로 자처하는 괴한에게 '인민의 죄수'로 '정배군'으로 욕을 먹고 매까지 늘어지게 맞았다니 이거야말로 청천벽력이 아닐 수 없었다. 북대황에 와서 고생은 하면서도 시초 그들은 자기들을 북대황의 건설자로, 혁명의 실천파로 생각하여 그 당시 가지기 힘든 긍지감까지 가졌 댔는데 그것이 비록 점차 담박해지는 지금일지라도 '정배군'이라는 말을 듣고는 가만있을 수가 없었다. 그러나 잠시는 어떻게 하면 좋을지 몰라 모두들 머리를 숙이고 거친 숨만 내쉬고 있었다.

북대황에서 가혹한 노동에 시달리면서도 혁명을 실천한다는 자긍심을 잃지 않던 대학생들은 지방 공사판을 다니는 자동차를 얻어 타려다가 봉변을 당했 다. 북대황 개척에 참여해 국가 발전에 기여한다는 자부심만으로 힘든 노동을 버티던 대학생들에게 이 사건은 인민들이 자신들을 사상 개조를 위해 정배된 존재로 인식하고 있다는 것으로 충격이 아닐 수 없었다. 대학생들의 항의로 군인들이 명령함으로써 노동자들의 공식적인 사과를 받지만 정배된 존재라는 사실을 인식한 것은 그들의 생활에 커다란 변곡점이 되었다.

북대황 개발은 이 시기 취업난으로 인한 사회 혼란을 예방한다는 목적과 함 께, 농지를 개발해 곡물 생산량을 늘리고, 소련과의 충돌에 대비한 전략적 기 지를 만든다는 국가적 목적이 있었다. 그러나 1968년에 졸업을 앞둔 대학생 을 북대황 개발에 투입한 것은 대학에서 배운 자유주의 사상을 노동 개조한다 는 목적도 없지 않았다. 대학생들은 졸업을 앞두고 북대황에서 1~2년간의 노 동을 통해 투철한 사회주의 사상으로 무장할 것을 요구받았지만 그 결과는 만 족스럽지 못했다. 그들 상당수는 북대황의 거친 자연과 개발 현장의 강도 높 은 노동을 견디지 못하고 정신이상이 되거나, 사고로 사망하거나, 자살로 하 향 생활을 마무리하고 말았다. 그리고 탈 없이 북대황에서의 생활을 마무리한 대학생 중 소수는 반체제 쪽으로 의식화하였고, 나머지 대다수도 당국이 기대 한 만큼의 사상 변화가 있었는지는 불분명하였다.

피모라이 패장은 80리 밖인 롱진 역전까지 나와, 말썽 많던 자기의 병졸들을 전송하고 나서 무거운 심정으로 트럭에 앉았다.
피모라이 부대는 '피모신(皮毛新)' 부대가 못 되었다.
'가죽'도 새롭게 갈지 못하고 '털'도 새털로 갈지 못하였다.

'가죽'이 나빠서인가?

피모라이는 승인할 수 없었다.

그러면 '털'이 나빠서인가?

피모라이 생각엔 '털'도 그만하면 된다고 생각하였다.

그렇다면 무엇 때문일가?

피모라이는 차창 밖을 내다보았다.

흐려오는 날씨였다. 때 아닌 진눈까비가 흩날린다.

이곳은 기후가 문제였다.

　주인공이 속한 부대의 패장인 피모라이(皮毛癩)는 만기가 된 부대원들을 고향으로 돌려보낸 뒤, 부대원이었던 대학생들의 개조에 실패했다고 생각하였다. 그는 자신의 이름처럼 가죽(皮)과 털(毛)이 비루먹은(癩) 즉 사상이 불건전한 대학생들이 북대황에 하향되어 노동 개조했다면 뼈와 살 즉 내면까지는 아니더라도 가죽과 털 즉 외양만이라도 새롭게(新) 변화했어야 할 터인데 그렇지 못했다는 것이다. 그리고 교육을 담당했던 패장으로서 피모라이는 대학생들의 사상이 계획대로 개조되지 못한 이유는 강제적인 하향과 노동 개조라는 정책의 탓도 나아가 대학생들의 인성 탓도 아니라는 결론에 도달하였다.

　하향과 노동 단련으로 지식 청년의 사상 개조가 이루어지지 못해 그들이 도시와 학교에서 배운 수정주의와 자유주의가 지속되고, 강제와 억압에 반발하여 오히려 반체제 쪽으로 전환한다면 50만 명이나 되는 대학생을 북대황에서 군인들의 지휘 아래 노동 단련하게 한 것이 무슨 의미가 있는가? 또 북대황이 아니더라도 전국의 농촌과 인민공사에 수백만 명의 지식 청년을 하향시켜 노동 단련하게 한 것은 또 무슨 의미를 갖는가? 이 소설은 이런 의문에서 시작하여 하향이라는 강제적 동원과 억압적 수단을 견디지 못해 적지 않은 지식 청년이 어이없는 사고로 사망하고, 정신적 폐인이 되거나 자결하고, 극단의 경우 그들을 반체제로 내몰았던 국가 폭력의 오류를 소설적 방식으로 통렬하게 비판하였다. 이러한 비판은 어떠한 상황에서든 인간의 자유의지를 억압하고 사상을 개조하려는 시도는 옳지 않고, 국가 차원에서 강제와 억압을 동원하는 정책은 결코 존재해서는 안 된다는 작가 리원길의 자유주의적 현실 인식을 보여준다. 이런 점에서 리원길의「피모라이의 병졸들」은 문화대혁명이 중국 인민의 삶에 미친 영향과 그들에게 남은 정신적 상처를 소설적으로 형상화하고, 문화대혁명의 내면과 본질을 깊이 있게 천착한 반사소설의 백미라는 소설사적 평가를 받았다.

문화대혁명은 그 시대를 살았던 중국인들에게 트라우마로 남았다. 개혁개방에 따른 사상 해방으로 상흔문학이 등장한 후 현재까지 중국 주류문단이나 조선족 문단의 소설에서 문화대혁명의 상처는 중요한 제재로 사용되고 있다. 여러 소설 작품에서 문화대혁명의 사회적 혼란과 그것이 남긴 상처를 제재로 다루었고, 문화대혁명 기간에 겪은 정신적 · 육체적 고통이 남긴 후유증을 주제화하였다. 그리고 많은 소설에서 문화대혁명을 작중인물의 일상적인 삶이 파괴되고 내면세계가 극적으로 전환하는 계기로 설정하기도 하였다. 이처럼 개혁개방과 사상 해방 이후 조선족 소설에는 문화대혁명이 남긴 트라우마가 아주 깊게 가로지르고 있다.

제3장

당의 정책과 실천 과정에서의 오류 비판

1979년 사상 해방의 분위기 속에서 시작된, 문화대혁명의 상처를 제재로 한 소설은 정치적 혼란기에 인민이 경험한 다양한 아픔과 상처를 공유하였다. 그리고 유사한 제재를 다룬 소설이 증가하면서 인민들이 서로 증오하고 투쟁하던 그 시대의 고통의 원인에 대해 생각하고, 외적 상황에 의해 폭발한 인간의 폭력성에 대해 사유의 폭을 넓히기도 하였다. 그리고 문화대혁명과 같은 비극적인 사건이 발생하고 그토록 사태가 증폭된 원인에 대해서 사유하여 소설화하려는 시도가 나타났다. 이는 주류문단에서 문화대혁명 직후 등장한 상흔소설에 이어 극좌적인 시대의 정치적·사회적 문제의 원인을 천착한 반사소설의 등장과 소설사적 흐름을 같이하였다. 그러나 조선족 문단에서 반사소설은 정치적 혼란기에 창작 권리를 상실했다가 문화대혁명의 종식으로 문단으로 복귀한 1세대 작가가 주도한 주류문단과 달리 반우파투쟁 이후 등단한 류원무, 정세봉 등 2세대 작가들과 문화대혁명 이후 등단한 리원길, 우광훈, 윤림호 등 3세대 작가가 주도했다는 점이 특징적이다.

사상 해방의 분위기 속에서 조선족 소설은 개혁개방 직후 문화대혁명 당시 정치적 혼란에 따른 고통과 혁명의 과정 중에 벌어진 폭력적인 상황으로 입은 억울함 그리고 정치적 박해 등을 제재로 한 작품이 유행하였다. 그러나 시간이 지나면서 조선족 작가들은 주류문단과 유사하게 정치적 혼란기를 몸으로 부대끼며 건너온 지식인으로서 인민에게 지울 수 없는 상처를 남긴 비극이 발생한 원인에 대해 사유하여 그 시기 현실에 대해 비판적 시각을 드러낸 반사소설을 선보였다. 그 결과 그들은 문화대혁명뿐 아니라 그 이전의 반우파투쟁, 대약진운동, 인민공사 등 극좌적인 역사 단계가 중국 사회에 미친 악영향에 대해 총합적으로 재인식하고 평가하기에 이르렀다. 그러나 문화대혁명이 종식되고 사상 해방으로 나아갔어도 중국공산당이 국가권력을 장악하고 있는 상황에서 문화대혁명의 발발과 전개 과정 전반에 책임져야 할 당 중앙에 대한 전면적인 비판이나 사회주의 자체에 대한 회의와 같은 본원적인 반성은 불가능하였다. 따라서 조선족 작가들은 정치적으로 허용된 범위 내에서 반우파투쟁으로부터 문화대혁명까지의 극좌적 정치노선으로 인한 혼란의 원인을 소설화하였다.

리원길은 이 시기 농촌 현실과 맞지 않는 상급의 지시로 피폐해진 농촌을 더 나은 방향으로 발전시키기 위해 헌신하는 기층간부와 그와 함께하는 인민의 분투를 보여주는 소설을 다수 창작하였다. 그는 자신에게 작가적 명성을 가져다준 「백성의 마음」(『연변문예』 1981.10)에서 기층간부와 인민의 갈등을 통하여 농촌 현실을 감안하지 않고 현실성 없는 정책을 하달하는 당국을 비판하여 극좌적 논리가 지배하던 시대의 아픔을 소설화하는 새로운 방식을 보여주었다.

이 작품의 줄거리는 공출 배분으로 과도한 양곡을 공납하여 식량난에 빠진 생산대에서 모판 작업 후 남은 종곡 처리 문제를 두고 발생한 갈등을 다루었다. 작품 전체의 줄거리는 남은 종곡을 생산대장 종수의 집에 옮겨둔 것을 종곡을 독차지하려는 것으로 오해한 대원들이 종수의 집으로 몰려와 종곡을 나누어 기아를 면하자며 폭력을 휘두르자 종수도 생산대 공동 소유인 종곡을 나누기로 하였으나, 남은 종곡을 소비해버리면 어떤 이유로 모판을 쓰지 못하게 될 때 여분 종자가 없어 마을 전체가 굶어 죽는다는 전임 대장 석구 영감의 지적에 종곡을 보관하였다가 모내기를 마친 후 나누어 기아를 극복했다는 것으로 요약된다.

이 작품은 인민의 마음에 자리한 희생정신과 성실성에 대한 믿음을 바탕으로, 농민과 함께 촌민 전체가 아사할 위기를 극복하고 더 나은 미래를 개척해 나가는 기층간부를 통해 극좌적 정책으로 황폐해진 농촌 현실과 이를 극복하기 위해 분투하는 기층간부와 인민의 전형을 형상화해 조선족 문단의 주목을 받았다. 더욱이 아사 직전으로 내몰려 종곡이든 무엇이든 한 톨의 쌀이라도 얻기에 몰두하는 마을 사람을 묘사한 부분은 극단적 상황에 몰린 인간의 모습을 사실적으로 소설화한 것이었다. 그러나 「백성의 마음」이 소설사적으로 의미를 갖는 것은 당시 현실에 대한 객관적 이해를 바탕으로 반우파투쟁 이후 문화대혁명까지 인민이 경험한 비극의 원인이 당국의 정책적 오류에 있었다는 점을 지적하였다는 데 있다.

> 당의 일에 발 벗고 나서는 것이 당원으로서 할 일이다. 이래서 종수는 1958년 상급의 지시대로 가을 심경에 사람들을 동원시켰다. 베놓은 곡식은 겨울에 끌어들이기로 하고 땅 얼기 전에 석 자 깊이로 파제끼고 그 밑에 두엄을 처묻으라 해서 종수도 그것이 한 무에 만 근을 내는 위성 발사인 새 방법으로 알고 그렇게 하라고 사람들을 다그쳤다. 그때만 해도 공산주의 복지가 내일모레면 이른다고 생각되었다. 당시 부대장은 세팔이 아버지였는데 세팔이 아버지와 석구 영감 등은 미친 짓을 한다고 떠들구 일어나며 괭이를 둘러메쳤다. 종수는 그들이 그러든 말든 그냥 논판을 떠나지 않고 가을 심경을 늦추지 않았다. 결과 세팔이 아버지는 '백기'가 되어 뽑히어 나가고 종수는 '붉은기'가 되어 관리구(지금의 대대) 부주임을 겸하게 되었다. (중략)
> 공산주의로 통하는 금다리를 바야흐로 막 넘어서서 이상국의 대문을 두드릴 것 같은 그 기세는 급기야 사라지고 그 대신 뜻하지 않은 재황과 양식난이 사람들을 허덕이게 하였다. 한마음으로 혁명한다고 올리뛰고 내리뛰었으나 종당에는 남의 욕을 먹게 되었다.

생산대장 종수가 공산당원으로서 사회주의 국가로 나아가기 위해 온몸을 바쳐 헌신해도 농민의 삶이 점점 더 곤궁해진 것은 종수나 농민들의 열의가 부족했기 때문이 아니었다. 농촌에 식량난이 덮쳐 전례 없이 피폐해지고 농민들이 아사 지경이 되어 한 톨의 쌀 때문에 갈등하고 폭력을 쓰게 유발한 것은 농촌의 현실을 무시한 정책이 상급에서 지시로 내려오고, 농촌 현장의 기층간부들은 상급의 지시대로 실천할 수밖에 없는 데서 비롯되는 구조적 문제였다. 대약진운동 이후 인민공사가 설립되어 집단영농을 하자 생산성이 저하되었다. 더구나 생산대 단위로 집단노동과 집단급식을 시행하니 노동 효율이 떨어지고, 심경이나 밀식 같은 비현실적인 농법을 강요하여 해가 갈수록 생산성이 저하되었다. 상급에서 하달된 정책에 대해 농사에 밝은 농민들이 문제점을 지적해도 당국에서는 집행을 강제했고, 정책을 잘 이행한 기층간부에게는 포상을 내리고 성과가 미흡한 기층간부는 징계를 내리니, 상급에서 하달된 정책은 더욱 철저히 시행되어 그만큼 농촌 현장의 피해는 커졌다.

여기다 농촌의 피해를 배가시킨 것은 허위 보고와 그에 따른 상급의 정책 결정이었다. 자리 보전과 승급에 목맨 기층간부는 증산운동의 열풍에 들떠 생산계획 단계부터 전년 대비 높은 생산량을 설정하고, 추수 후에는 생산량 초과 달성을 보고하는 일이 다반사였다. 정책 당국은 보고된 바에 따라 공출량을 결정하여 양곡을 징수하여 농촌에서는 공출량을 채우고 나면 한 해 양식을 남기지 못하는 상황에 빠지게 되었다. 「백성의 마음」에서 "우에서는 매일 회의를 열고 량식을 들이 바치라고 성화였다. 종수는 어쨌든 나라에 큰일이 생겼으니 지은 량곡을 바치고 배급을 타 먹는 것이 응당한 일이라고 감득했다. 그래서 그는 식량을 얼마 남기지 않고 거의 가져다 바쳤다."고 서술한 것은 당시 농촌이 식량난을 맞이한 결정적인 원인이 흉년에도 너무 많은 곡식을 공출한 정책 당국의 책임임을 분명히 한 것이다.

리원길이 「백성의 마음」에서 강제적인 집단영농, 비현실적 영농정책, 강제적인 정책의 시행 그리고 과도한 공출 등이 반우파투쟁 이후 문화대혁명에 이르는 시기 농촌의 식량난과 혼란의 원인이었음을 지적한 것은 정치우위 시대의 비극에 대한 깊은 사유의 결과였다. 바로 이 점이 문화대혁명으로 입은 정신적·육체적인 상처를 직접적으로 드러내는 데 치중한 상흔문학과의 변별점으로, 조선족 소설이 문화대혁명에 대한 비판적 인식을 바탕으로 소설화하기 시작했음을 알게 해준다.

류원무는 대약진운동부터 문화대혁명까지 불가능한 목표를 설정하고, 그것을 달성하기 위해 농촌 현실에 맞지 않는 정책을 하달하여 강제로 집행한 정책적 오류를 비판한 「비단이불」(『연변문예』 1982.7)을 발표하였다. 이 작품의 주인공인 신흥평에 사는 불로송 아바이란 별명의 송희준 노인은 한국전쟁에서 전사한 아들의 위로금으로 비단이불을 지어 자기 집을 초대소로 정하고, 현에서 마을로 파견되어 온 간부들에게 인민을 위해 열심히 일하라 당부하며 비단이불을 내어 재워주었다.

현에서 기층간부들이 마을에 올 때마다 비단이불을 꺼내어 그들의 노고를 위로해주던 불로송 아바이는 잘못된 당 정책에 대해 아무런 비판 없이 농민에게 시행만 강요하는 기층간부들의 행동에 엄청난 분노를 드러내었다. 특히 상급에서 하달된 농촌 현실에 맞지 않는 정책을 막무가내로 집행하는 기층간부들에게 비판을 퍼부었다.

"글쎄 논이나 밭은 깊이 가는 건 좋지만 석 자 깊이나 파 엎어놓는 건 웬 도깨비장난이야? 그래 생땅을 그렇게 파 번져놓고도 벼가 돼? 소가 빠져서 써레질은 또 어떻게 하구. 뭐 한 쌍에서 십만 근을 낸다? 세 살 먹은 아이나 곧이듣겠는지. 미친 소리야! 그래 임장 이 추운 겨울에 죽물이나 겨우 얻어먹는 사원들이 밤낮 곡괭이질 하는 게 불쌍하지두 않아?"

"오늘 모를 꽂아봤으니 알겠지? 당초에 개지랄이야! 4월에 모가 뭐야! 그 찬물에 모가 살아나? 대채다, 다락전이다, 흙땅크다 하는 바람에 몇 년째 죽물두 못 얻어먹는단 말이야. 아들 녀석이 목숨 바친 게 아까와!"

위에 인용한 불로송 아바이의 말은 농사일을 잘 모르는 상급에서 농촌 현장에 맞지 않는 농법을 하달할 때, 기층간부가 상급의 지시대로만 시행한다면 진정한 기층간부가 아니라는 주장이다. 어떤 농촌에서 증산에 성공한 농법이라 해서 밀식이나 심경을 광활한 중국의 모든 농촌에 강요하는 것은 농사일을 너무나 모르는 결정이다. 벼농사는 밀식하면 잎이 벌지 못하고 병충해가 심해지기 쉽고, 심경하면 벼가 뿌리내리기 어렵고 김을 맬 수 없어 농사를 망친다. 또, 벼를 이모작하는 남방에서는 만숙종으로 소출을 높일 수 있지만, 무상 일수가 짧은 북방에서는 땅이 풀려야 모를 내고 서리 내리기 전에 수확해야 해서 조숙종을 선택할 수밖에 없다. 불로송 아바이는 농촌 현실을 모르지 않는 기층간부가 일신의 안위를 위해 하달된 정책을 강압적으로 시행하는 행위에 반발하여 초대소를 폐쇄했다가 문화대혁명 후 농민을 위한 정책이 시행되자 두 노친의 장례비로 남겨두었던 위로금으로 다시 비단이불을 짓고 초대소 문을 열었다.

류원무는 이 작품에서 극좌적 시기의 정책적 오류에 대해 비판하면서 리원길의 「백성의 마음」이 보여준 서술자의 직접 서술이 아니라 작중인물의 말과 행동을 통해 간접적으로 제시하여 소설적 형상화에 성공하였다. 「백성의 마음」과 「비단이불」이 높은 평가를 획득한 후, 문화대혁명 시기 농촌이 피폐해지고 농민의 삶을 곤궁으로 내몬 극좌적 정책에 대한 비판은 조선족 소설의 중요한 주제가 되었다. 이 시기 조선족 소설은 이러한 농촌에서의 농촌 정책의 오류에 대한 비판과 함께 시장경제로의 변화에 발맞추어 문화대혁명 시기 사회주의 경제정책에 대한 비판도 소설의 제재로 선택하였다.

이처럼 이 시기 조선족 문단에는 개혁개방을 정당성을 강조하고, 과거에 인민이 궁핍을 면치 못한 근본 원인이 사회주의 경제정책이었음을 비판하는 소설이 하나의 유행으로 자리 잡았다. 이러한 경향을 보여준 대표적인 소설로 자본주의로의 회귀라 비판하던 개체 경제가 개혁개방 이후 사회 전반으로 확산해가는 현실을 그려 사회주의 경제 체제를 비판한 리웅의 「고향의 넋」(『고향의 넋』, 연변인민출판사, 1984), 두부와 관련된 집안의 역사를 이야기하면서 드세다는 이유로 동네 사람의 비난을 받았으나 변화의 시기에 두부 장사로 집안을 일으킨 며느리를 통해 개체경제로의 변화를 은연중에 예찬한 리원길의 「두루미 며느리」(『백성의 마음』, 연변인민출판사, 1984), 산골 마을 샘골의 발전을 위해 헌신하다 주자파라고 핍박받던 인물이 변화한 정책에 따라 양봉을 시작해 마을의 번영을 마련해주고 병사한 인물을 통해 과거의 경제정책을 비판한 류원무의 「아, 꿀샘」(『연변문예』 1984.10) 등을 꼽을 수 있다.

경제정책의 오류를 비판한 앞의 작품들과는 달리 우광훈의 「재수 없는 사나이」(『메리의 죽음』, 연변인민출판사, 1989)는 학생을 학업 능력보다는 정치성 위주로 평가한 문화대혁명 시기의 교육정책을 비판의 대상으로 삼았다. 중학교 졸업 후 농촌에서 집체호 생활을 하던 대원 중에서 정치적인 모임에 열성적이던 남국은 당성이 충실하다는 이유만으로 대학생이 되어 집체호를 떠났다. 그러나 남국이 대학에 다닐 때는 문화대혁명 기간이어서 교육보다 농장과 공장에서 노동 단련을 통해 당성을 강화해야 한다는 정책에 따라 제대로 된 전문지식을 배우지 못하였다. 그러나 성실하게 노동 단련을 받은 남국은 공농병 결합이 우수하다는 평가를 받고 대학 졸업과 동시에 연길 시내의 공장에 배치받는 영광을 누렸고, 1년 만에 당성이 높고 대학 졸업생이라 전문지식을 갖추었다는 이유로 공장장이 되었다. 그러나 폐쇄된 공간에서는 먼지가 폭발할 수 있다는 과학 상식조차 없었던 남국은 위험을 경고하는 여공의 말을 무시하고 작업을 강행했다가 공장이 폭발하였다. 사고의 책임으로 재판을 받고 공장에서 쫓겨난 남국은 전문성이 부족해 사회의 낙오자가 되고 말았다. 이 작품은 개인의 의지나 능력과 상관없이 당성만으로 인재를 판정하고 양성한 문화대혁명 시기의 교육제도에 대한 통렬한 풍자이자, 정치교육만으로 홍색 전문가를 양성하겠다던 문화대혁명 시기 중국공산당의 교육 정책에 대한 신랄한 비판이었다.

리원길은 성실한 당원을 자살하게 만드는 부패한 공산당 간부를 그린 「한 당원의 자살」(『천지』, 1985. 7)에서 국가와 인민을 위해 헌신하는 공산당원에 대한 회의와 비판을 보여주었다. 이 작품의 주인공 김호천은 1950년대 초에 입당한 당원으로 당의 지시에 두말없이 나서 성실하게 일하는 고지식한 인물이었다. 당에서 마랍산 저수지 공사에 참여를 독려할 때 건강이 좋지 않았으나 건강이 악화된 친구 정희봉을 대신해 공사장에 들어가 용내천 민공대 대장 직무를 맡아 열심히 일했다. 신발이 낡아 겨울 추위에 발이 언 김호천은 공사에 신발을 요구했으나 지급이 되지 않자 정희봉에게 10원을 보내라 해서 갚을 생각으로 우선 당비 7원을 빼서 신을 샀다. 이를 안 공사 책임자인 당 간부 진국재는 자신의 오입 사건을 알고 있는 김호철을 이 기회에 날려버릴 생각으로 당원회의를 열어 투쟁하였다. 당비로 신을 산 것에 죄의식을 갖고 있던 김호철은 진국재가 자신을 출당시키거나 노동개조대에 보내겠다고 윽박지르자 나약하고 고지식한 성격에 억울함과 창피함과 절망감에 빠져 자살하고 말았다.

이에 정희봉을 비롯한 용내천 민공들이 들고 일어나 진국재를 타도하고 김호천의 시체를 메고 마랍산을 떠났고, 이에 다른 마을 민공들도 소동을 일으켰다. 마랍산 민공 파업 사건을 조사하러 온 현위와 지구의 지도자들은 공사비를 횡령하여 계집질하고 윗선의 간부에게 향응을 베푸는 등 부정부패를 저지른 진국재를 당적에서 제명하였다. 그리고 정희봉과 몇몇 당원은 마랍산 민공의 파업을 선동한 죄를 물어 출당 조치하였다. 사건을 종결한 후 현위의 지도자가 "김호천의 자살은 그 개인을 파괴시켰지만 진국재 같은 당원들은 우리 당 전체를 만성적인 자살에로 이끌어갈 수가 있다. 이것은 신호이다."라고 말하는 것으로 당의 중간 간부의 부패와 타락이 갖는 위험의 심각성을 지적하였다.

이 작품과는 달리 윤림호의 「기념비에 깃든 일사」(『고요한 라고하』, 흑룡강조선민족출판사, 1992)는 작은 이익을 기대하고 권력자에게 아첨과 아부를 일삼는 중간 간부를 비판한 작품이다. 궁핍한 비석골 출신으로 마을의 열사비에 적혀 있던 장군이 고향에 돌아와 마을 사람들이 고대하던 식량난이 해결해주었지만, 마을에는 비정상적인 사건들이 빈발하였다. 손녀까지 데리고 귀향한 장군은, 참군할 때 고향에 두고 간 아내가 수절하고 혼자 산다는 소식을 듣고 '귀향하지 말았어야 했다'고 후회하는 말을 했다. 이 말을 엿들은 정치대장이 노파에게 장군 앞에 나서지도 말라고 위협하여 노파는 살아 돌아온 남편을 보지도 못하고 자결하였다. 또 연애하는 청춘 남녀가 장군이 마을의 풍기를 문란케 했으니 총살감이라고 중얼거린 말을 듣고 놀라 자살해버리고, 장군이 낚시를 하고 싶다는 말에 낚시터를 만들려 둑을 쌓아 물을 막아서 아랫마을 사람들과 갈등이 발생하였다. 이러한 불상사가 계속 발생하자 되자 장군의 손녀가 비석골에 더 있다가는 더 큰 불상사가 발생할 것이라고 장군을 설득하여 함께 고향을 떠났다.

이 작품에서 퇴역 장군이 귀향한 후에 발생한 불상사는 장군이 지시한 것도 조종한 것도 의도한 것도 아니다. 단지 마을 간부들이 마을의 이익을 위하여 또는 개인의 영달을 기대하면서 장군의 마음에 들기 위해 벌인 일이었다. 이들의 행위는 권력을 가진 사람을 무조건 숭배하고, 권력자 앞에서 아첨과 아부를 일삼고, 권력자의 눈에 들어 자신에게 영달이 있기를 기대하고 불합리한 행동을 저지르는 간부들의 소인배적인 태도를 풍자하여 역사와 현실에 대한 비판적 인식을 보여주었다.

정세봉은 극좌적 이념이 지배하던 시대에 당의 정책을 한 점 회의도 없이 집행하는 순복 도구가 되어버린 기층간부의 모습을 비판한 「'볼세위크'의 이미지」(『장백산』 1991년 2기)를 발표하였다. 작품 발표·후 반당, 반사회주의 독초라는 익명의 고발로 필화를 겪을 뻔했으나 최종적으로 길림성 당위 선전부가 긍정적으로 평가해주어 이 작품은 조선족 문단에서 반성문학을 대표하는 작품으로 평가받았다.

기층간부는 당의 정책을 현장에서 실천함으로써 당이 요구하는 결과를 만들어내는 존재이다. 따라서 그들에게는 정책을 집행하는 과정에서 상당한 권위가 부여되고 일정한 범위에서는 절대적 권력을 갖게 되었다. 상황이 이러하기에 공산당원이 되고 기층간부가 된다는 것은 기층 단위에서 일정한 권위와 권력을 갖는 것으로 경외의 대상이 되었다. 국가와 인민을 위해 헌신하는 기층간부의 존재는 조선족 소설의 중요한 제재로 등장하였다. 이는 문학이 정치에 복무해야 하는 중국 현실의 영향도 크지만, 기층간부의 헌신에 대해 중국 인민이 가진 긍정적인 인식을 보여준 것이라 하겠다. 정세봉은 「'볼세위크'의 이미지」에서 공산당원인 기층간부를 이념에 사로잡혀 당이 결정한 정책의 타당성에 대한 고려 없이 인민에게 강제로 집행하는 순복 도구로 형상화하여 공산당원과 기층간부의 권위를 부정하였다.

아들 윤준호가 기층간부인 자신의 행위를 맹렬히 비난하자 뇌출혈로 쓰러진 윤태철은 병상에 누워 반의식 상태에서 지난날을 되돌아보았다. 건국 이후 당에서 수많은 정책이 구룡대대 당원과 간부들에게 하달되면 군중운동으로 전개되었다. 지금 생각해보면 헌신적으로 집행하였던 많은 정책이 현실과 맞지 않은 점이 없지 않았다. 지주를 타도하라는 당의 정책에 따라 윤태철은 구룡촌의 지주 허영세를 투쟁하여 죽게 하고, 그의 집을 몰수해 자신이 살았고, 집체영농이 시작되자 남보다 앞서 마을을 생산대로 묶었으나, 정책이 개체영농으로 바뀌자 노동력이 없는 허영세 집안의 농사를 윤태철이 직접 도와주어야 하는 아이러니한 상황도 벌어졌다. 이런 일들을 생각하면 윤태철은 당의 지시라면 그것이 무엇이든 인민에게 내리 먹이는 순복 도구였음을 자인하지 않을 수 없었다.

　　당규률을 무시하고 자기의 견해와 배짱대로 처사할 수 있는 당원질 하기란 기실 식은 죽 먹기인 것이다. 지난 세월에 당에서 하라는 일들이 윤태철의 마음에도 내키지 않았던 경우가 얼마나 많았던가? 그렇지만 윤태철은 무정무심의 강유력한 당규률과 다정다감하고 유분별한 마음과의 모순에서 오는 고민과 곤혹 속에서 결국은 일체를 무조건적으로 당규률에 복종하는 것을 철 같은 삶의 신조로 삼아왔다. 그는 당을 믿었고 또한 당에서는 그렇게 하도록 가르쳤던 것이다.

　윤태철은 당의 지시를 곧이곧대로 따른 것은 당을 믿은 자신의 결정이며 당에서 그렇게 교육한 결과라 생각했다. 윤태철의 생각은 일견 맞지만 상당 부분 사실을 왜곡한 것이었다. 중화인민공화국 초기 기층간부들은 당에 대한 열렬한 충성심으로 당의 정책을 소화하려고 노력하였다. 그러나 반우파투쟁, 대약진운동, 사청운동, 문화대혁명 등 여러 번의 정치 파동을 거치면서 당의 정책을 따르지 않거나 당이 요구하는 성과를 내지 못해 많은 당원이 투쟁당하고 폭력에 노출되고 죽음에 이르는 것을 목격한 기층간부들은 순복 도구로 지내는 것이 안위를 돌볼 유일한 방법임을 체득하였다. 이런 점에서 윤태철의 과거 회상과 반성 그리고 아들 윤준호가 평가하는 아버지 윤태철의 모습은 당의 명령에 무조건 복종하여야 하는 공산당원의 비인간성을 비판한 것이었다.

　정세봉이 「'볼세위크'의 이미지」에서 보여준 공산당원에 대한 비판은 1991

년 『장백산』지에 이 작품을 발표할 당시 발생할지도 모르는 필화를 우려해 삭제한 부분에서 더욱 분명하게 드러나 있다.

"이건 바로 '볼세비키 화석'이지요. 틀림이 없습니다. 보십시오. 이 혈색이 딴딴한 갑각이 그걸 충분히 실증해주고 있지요. 여러분들이 좀 더 상세히만 관찰한다면 복부 부위에 누른빛의 낫과 마치가 새겨져 있는 걸 무난히 발견할 수 있지요. 이건 시신 우에 덮었던 볼세비키당 기폭이 수만 년 동안 수성암 속에서 그대로 화굳어진 겁니다. 이 적색의 갑각 속에서 인간은 언녕 죽어 있었지요. 말하자면 독립적 사유체로서의 인간, 다정다감한 감정체로서의 인간은 전혀 무시되어 있었다 그겁니다. 그 대신 볼세비키당의 집단적 신념과 의지 같은 것이 로보트처럼 움직이고 있었지요."

인용 부분은 윤태철이 혼수상태에서 꾼 꿈의 내용으로 유명 인류학자가 화석이 된 윤태철의 시신을 화석인류라 결론짓고, 독립적 사유체로서의 인간이 아닌 볼세비키의 화석이라 주장하는 장면이다. 인용 부분은 볼세비키 즉 공산당원에 대한 정세봉의 부정적인 인식을 꿈이라는 형식을 빌려 직설적으로 서술하였다. 여기서 볼 수 있듯이 정세봉이 인식한 공산당원은 독립적으로 사유할 능력을 상실하여 당에 순복하는 도구였고, 인간성을 상실한 채 무슨 일이라도 당의 지시대로 실행하는 로봇과 같은 존재일 뿐이었다. 정세봉이 「볼세위크'의 이미지」에서 보여준 이 같은 비판은 당원이라는 신분 때문에 당의 정책에 순응해야 하는 공산당원의 한계에 관한 지적이며, 중국 기층사회에서 간부가 갖는 절대적 권위에 대한 부정이고, 나아가 중국의 정치적 현실과 공산주의에 대한 전면적 반성이라는 점에서 소설사적 의미를 지닌다.

이 시기에 문화대혁명이라는 불합리한 정치운동의 실상을 전면적으로 소설화한 리태수의 장편소설 「춘삼월」(료녕인민출판사, 1987)이 발표되었다. 이 작품은 문화대혁명 직전부터 홍위병 운동이 한창이던 시기의 작은 농촌 늪등골을 배경으로, 졸업을 앞두고 노동 단련을 받으러 온 대학생과 늪등골 생산대장 그리고 상부에서 파견된 공작조장이 벌이는 농업 증산과 정치운동 사이의 갈등을 치밀하게 전개하여 문화대혁명 시기에 벌어진 정치운동의 실상을 비교적 상세히 보여주었다.

「춘삼월」에는 청춘남녀가 벌이는 애정 갈등과 농촌의 미래를 위한 방향에 대한 이념 갈등이라는 두 개의 중심축이 존재하고 있다. 작품 전개에서 가장 많은 분량을 차지하는 청춘남녀의 사랑은 늪등골로 노동 단련을 온 강호, 서기만, 오정금과 마을의 부녀대장 림혜경과 청년대장 리원철 사이에 복잡하게 얽혀 있다. 강호를 사랑하는 오정금과 림혜경, 오정금을 사랑하는 서기만, 림혜경을 사랑하는 강호, 어린 시절 친구인 림혜경을 사랑하는 리원철 등 복잡한 양상을 보이던 애정 갈등은 오정금이 강호와 림혜경의 사랑을 인정하며 서기만을 받아들이고, 강호와 림혜경이 결혼함으로써 정리되었다.

이러한 애정 서사가 전개되는 가운데 문화대혁명 시기의 중국 사회의 핵심적인 사회갈등이었던 노선 투쟁이 작품의 다른 한 면을 차지하고 있다. 강호네가 늪등골에 내려오기 이전부터 마을은 생산대장인 김두철과 공작조장인 엄진 사이에는 모순이 존재하였다. 공작조장으로 상급에서 파견되어 정치권력을 쥐고 있는 엄진은 마을 주민을 사회주의로 무장시키는 정치교육보다 농사와 부업 등으로 주민의 소득 증진에 치중하는 김두철을 소자본주의자로 비판하여 생산대장에서 파직하고, 조금은 아둔하나 권력욕이 크고 실천력이 강한 리원철을 내세워 늪등골을 이념교육의 장으로 만들어 나갔다.

노동 단련을 온 대학생 중에서 열사의 자녀로 고아인 강호는 과학 영농을 통해 늪등골을 새로운 농촌으로 발전시켜야 한다는 생각에서, 벼농사 방법을 연구하는 림혜경을 돕고 그 과정에서 김두철의 도움을 받았다. 이에 비해 엄진의 오랜 상급이었던 시의 인사처 처장의 딸인 오정금은 정치 지향적인 성향이 강해 엄진을 도와 '쓰라림을 회억하는 밥' 행사를 잘 마무리하는 데 기여하고 마을의 정치 운동에 적극적으로 나섰다.

엄진은 마을 사람들에게 3대 혁명 가운데 금년 한 해의 중점 과업으로 사회주의 교양 제고를 내세워 육묘나 농법을 연구하는 과학 실험은 못 한다고 못을 박았다. 정확한 정치 방향과 사회주의 각오가 없이 과학 실험이나 무엇을 하여도 제대로 할 수 없다는 이 시기의 정치논리를 앞세운 것이다. 그러나 엄진의 반대에도 불구하고 강호와 림혜경은 과학 영농을 희망하는 김두철의 방조와 림혜경의 일을 거절하지 못하는 리원철의 도움으로 온실을 짓고 종자 발아와 육묘 그리고 농법 등의 연구에 최선을 다했다.

엄진은 강호와 림혜경의 실험을 억압하고 방해하지만, 부녀대장인 림혜경을 직접 핍박하기 어렵고 강호도 열사 자녀여서 쉽게 다루지 못하였다. 게다가 새로운 농법으로 작황이 좋아 마을 사람들이 그에 동조하고, 그해 처음 부닥친 멸구 피해로 벼농사를 작파해야 할 지경에 이르렀을 때, 서기만이 그 원인이 멸구임을 알아내고, 강호와 서기만이 퇴치 방법을 찾아 풍년을 이루었다. 일이 이에 이르자 엄진도 자신의 정치운동이 오류였음을 깨닫게 되었다.

> "그들은 나보다 지식이 있다. 모두 다 나 같은 무식쟁이면 금년 농사는 끝장났을 거야. 그래 이렇게 유익한 사람들을 내가 어째서 랭대하였던가? 어째서 그들의 실험을 반대했던가? 음, 나한테는 편견이 있어. 이미 굳어진 편견이… 지식분자를 죄다 자산계급 지식분자로 보는 건 옳지 못해. 그러니깐 개조만 강조하고 그들을 이용하지 못했어… 무서운 일면성이야. 아니 형이상학이야… 이번에 강호가 없었던면 나의 위신은 일락천장이 되었을거야… 음…"

이는 엄진이 벼농사가 제자리를 찾아가는 것을 보며 생각한 것으로, 정치투쟁만으로는 농민의 삶을 풍요롭게 할 수 없고 권력을 쥐고 있는 자신에게 진정한 권위를 주지 못한다는 깨달음이었다. 즉 정치의식의 고양과 함께 과학적인 실험을 통해 종자와 농법을 개량하고 병충해를 박멸할 기술을 축적하는 것이 농촌의 미래를 보장하게 되고 그것이 공작조장의 정당성을 확보해준다는 인식을 보여준 것이다. 이러한 현실 인식은 인민의 삶의 개선이 없이는 이 시기를 지배한 이념의 정당성도 그것을 실천한 정부의 권위도 상실할 수밖에 없다는 점을 지적한 것으로 문화대혁명에 대한 통렬한 비판이다.

문화대혁명의 광풍은 이 작품의 말미에 짧게 서술되어 있다. 문화대혁명에 대한 소식으로 마을이 어수선해지던 가을에 대풍이 들어 공사 종자보급소에 신고하러 간 강호와 림혜경은 공사 중심소학교 마당에서 벌어지는 투쟁대회를 보게 되었다. 이 자리에서 공사반란단 책임자가 된 리원철이 노간부 엄진을 투쟁하면서 사회주의교양공작대 조장이었던 엄진이 늦등촌에서 과학 실험을 허락한 것은 수정주의 노선이었다고 비판하고 있었다. 여기서 투쟁의 실상을 목격한 강호는 리원철이 자기 잘못을 엄진에게 뒤집어씌우고, 노간부에게 막말로 겁박하는 것은 부당하다고 생각하였다. 그러나 이후 문화대혁명은 늦등골까지 밀려와 강호와 림혜경의 과학 실험은 비판받고, 강호는 농학과 관련해 외국과 편지를 주고받은 일로 특무라는 죄명을 쓰고 몇 년간 투쟁 받은 뒤 감옥에 가게 되었다.

「춘삼월」은 강호와 림혜경의 애정 서사가 전경화되고, 문화대혁명을 비롯한 정치투쟁은 후경에 배치되어 문화대혁명의 상처나 그 시대에 대한 반성적 인식을 전면화하는 데에는 부족한 면이 많다. 그러나 이 작품은 애정 서사 사이에 혁명의 와중에 인민들이 겪은 삶의 실상을 적절히 담아낸 점이 눈에 뜨인다. 그리고 이 작품에는 혁명의 광풍이 도달하기 직전 산골마을의 분위기, 혁명의 광풍 속에 나타난 인심의 변화, 불합리가 판을 치는 시대에 정상적 가치관을 가진 사람이 받은 핍박의 양상 등과 함께 그러한 광기의 시대를 사랑으로 극복하는 인물의 모습이 잘 형상화되어 있다. 리태수의 「춘삼월」은 이처럼 애정 서사 속에 문화대혁명의 참상을 효과적으로 배치하여 문화대혁명이라는 트라우마를 소설화하는 효과적인 서사 방식을 보여주었다.

제4장

농촌 개혁과 시장경제 전환의 성과 예찬

1978년 12월 중국공산당 11기 3중전회에서 건국 이후 추진해온 사회주의 계획경제를 포기하고 사회주의 시장경제로의 이행을 결정하였다. 이러한 정책 변화는 그간 중화인민공화국이 추구해온 집체경제, 즉 기업의 국유화와 농업의 인민공사화 정책을 포기하여 민간기업을 허용하고 인민공사를 해체하고 개체농업으로의 전환을 허용하는 것으로 요약될 수 있다. 개혁 초기 토지제도의 개혁 방향과 관련해 정확한 지침이 정해지지 않아 농업 중심의 조선족 사회에서는 영농 방식 결정에 혼란을 겪었다. 그러나 1982년 1월 각 지역 농민들의 희망에 따라 자유롭게 영농 방식을 선택한다는 방침이 정해져 대부분 농촌에서는 호별 영농으로 전환해 농민들은 자신의 토지를 직접 영농할 수 있게 되었다. 그리고 시장경제로의 전환으로 농민들은 생산품을 시장에 팔거나 부업을 하여 적지 않은 돈을 손에 쥘 수 있는 기회가 마련되었다.

이러한 개체경제로의 전환은 대약진운동 이후 문화대혁명까지 빈궁을 벗어나지 못하던 조선족이 경제활동을 통하여 부를 창출할 수 있는 좋은 기회가 되었다. 개혁정책에 따라 개인들이 기업활동을 할 수 있게 되자 조선족 농민들은 호별 영농으로 생산한 농산물을 시장에 내다 팔아 돈을 마련하고, 부업 활동으로 부를 축적하였고, 가족 일부가 도시로 나가 노동이나 상공업에 종사함으로써 경제적 이익을 극대화하여 경제적인 안정과 풍요로운 삶을 누릴 수 있었다. 경제적인 문제가 해결되자 조선족 작가들은 개혁개방의 과정과 이에 따른 인민들의 삶의 변화를 제재로 한 소설을 창작하였다.

홍철룡의 「구촌조카」(『연변문예』 1981.11)는 농촌 개혁정책으로 삶의 활력을 찾은 농민의 삶을 다룬 작품이다. 가난한 농민인 구촌 조카는 여럿이 같이 일하고 나누어 갖는 집체농업에 불만이 많았다. 농사꾼이란 씨앗 하나 뿌려 낟알 한 줌 얻는 재미가 있어야 하는데 일을 하든 안 하든, 많이 하든 적게 하든 똑같이 분배하니 농사할 맛이 나지 않는다는 것이었다. 이런 구촌 조카는 문화대혁명 와중에 가난이 극에 달해 꾸어간 돈 10원도 갚지 못하고, 폐렴 걸린 아이를 입원시킬 돈도 없어 고생하다 나의 집에서 도와주어 어렵사리 딸의 목숨을 구했다.

그러나 1980년에 우연히 시장에서 '나'를 만난 구촌 조카는 텔레비전 부속품을 사다 모자란 돈을 대신 지불해주고, 함께 집에 와서는 최근 두 해 동안에 닭치기, 돼지치기에다 소를 세 마리나 길러 몇천 원을 벌어서 빚을 다 갚고, 텔레비전까지 갖추었는데 명년에는 고래등 같은 기와집을 지을 계획이라고 하면서 인제 일밭에 나가 일을 할라치면 일 욕심이 점점 많아져 기운만 난다고 기껍게 말했다. 그는 이제 살림이 펴서 농촌 살림이 도시 살림에 못지않다면서 '나'의 아버지에게 조부님도 퇴직하면 먹을 것 걱정 없고 돈 없어 걱정할 일 없는 자기 마을로 와서 편히 살라고 당부하였다. 그러고는 이렇게 농촌 사람이 셈평을 펴이게 된 것은 농촌 개혁정책의 결과라고 떠들었다.

"이게 다 공평한 정책이 우로부터 내려왔기 때문이꾸마. 내놓고 말이지 농사군이라는 게 제 땀 흘린 것만치 얻자는 욕심이 있다 말이꾸마. 헌데 글쎄, 그전에는 '대채평공'이요 뭐요 하고 평균주의를 실시하니 누가 맥을 내겠음둥. 밭에서 범이 새끼를 치는 데도 밭머리에선 계급투쟁을 합네 하구 입심질만 하니 그게 무슨 정책이란 말임둥? 젠장!"

구촌 조카는 잘못된 정책으로 가난에 절어 공짜술이나 노리던, 집안에서 인간 말종으로 평가되었던 인물이었다. 먼 집안이라고 수시로 '나'의 집에 들러 밥과 술을 얻어먹고, 돈을 빌리고는 갚지 않아 집안의 미움을 받던 사람이 농업정책이 바뀌어 개체영농을 하고 부업을 허용하자 일에 마음을 붙여 신바람 나게 일해서 마을에서 가장 먼저 기와집을 짓고 텔레비전을 마련하였다. 이렇듯 나태해 보이던 농민들이 열성적으로 농사일에 매달려 경제적인 성과를 올릴 수 있는 것은 바로 개체영농과 시장의 허용이라는 정책의 결과라는 것이다. 이 작품이 구촌 조카의 행적과 함께 그가 말하는 자신과 농촌의 변화에 대한 설명에서 보여주듯이 개혁개방의 성과를 예찬한 작품이다. 이러한 개혁개방의 성과를 예찬하여 국가정책을 선전하는 소설들은 이 시기 중요한 한 경향을 이루었다.

리태수의 중편소설 「조각달 둥근달」(『아리랑』 20호, 1985)은 사회주의 경제체제에서 시장경제로의 전환의 과정과 그 의미를 소설적으로 그려낸 점에서 주목되는 작품이다. 단오는 대대로 가난했던 산촌 조각달마을에서 아무도 농사를 짓지 않으려는 골짜기 과수원을 연간 2천 원을 납부하기로 하고 도거리로 맡아 과학영농으로 1만 5천 원이 넘는 큰 수익을 내었다. 이를 두고 마을 사람들 사이에 생산대에 납부하고 남은 돈은 단오 것이라는 측과 마을에서 생산되었으니 공동으로 나누어야 한다는 측의 갈등이 발생하였다. 이를 본 노당원 박봉애는 단오의 수입은 생산대 소유의 땅에서 발생한 것이니 당연히 생산대에 귀속해야 한다는 사회주의적 신념으로 현당위서기를 찾아가 상의하였다.

> "아주머니, 아주머닌 단오가 번 돈을 내놓아 촌민들이 나눠 가지고 골고루 잘 살아야 한다고 하셨지요?"
> "예, 그랬수다."
> "그건 안 됩니다. 또 그런 방법으로 부유한 길로 이끌 수 없습니다. 그건 마치 가마 땜쟁이가 구멍을 때는 것과 같지요. 우리가 몇십 년 동안 공동히 부유해야 한다면서 큰 가마밥을 먹어보지 않았습니까? 이 마을뿐만 아니라 전 향적으로 누구나 못 살았지요. 실천으로부터 보아 이런 방법으로 백성들을 부유해지게 할

수 없다는 것이 이미 실증되었습니다. 그러나 지금 생산책임제를 실시하면서 호도거리나 전업호, 중점호가 생겨 첫해에 부유해진 집이 있지 않습니까. 그들이 선두에 서서 모범이 되고 추동이 되어 지금 많은 사람들이 부유해지고 있습니다. ⋯⋯"

단오가 그 돈을 독차지하는 것은 새로운 부농을 탄생시키는 것이라 믿는 박봉애로서는 현당위서기의 말이 이해되지 않았다. 그러나 단오는 그 돈으로 시대 변화에 발맞추어 트럭을 사서 운수업을 벌이고, 과일을 직접 시장에 내다 팔아 수입을 높였다. 몇 년이 지나자 모인 돈과 현당위서기의 보증으로 대부 받은 자금으로 통조림 공장을 세우고, 술 공장을 세웠다. 사업이 번창하자 과일 생산, 통조림 제조, 과일과 통조림 수송 그리고 판매까지 담당하는 향진기업으로 성장하여 마을 주민에게 합당한 업무를 맡김으로써 함께 부유해질 기틀을 마련하였다.

이 작품이 보여주는 조각달 마을의 변화는 한 개인이 자신의 역량으로 부를 축적하면 이를 바탕으로 모두가 부유해질 수 있다는 시장경제의 원리에 따르는 새로운 정책의 우월성을 소설적으로 형상화하였다. 이렇듯 리태수의 「조각달 보름달」은 능력 있는 인재가 최선을 다해 노력하여 먼저 자본을 형성해야 이를 바탕으로 주민 전체가 함께 부유해지는 기회를 만들 수 있다는 '선부론'을 반영하여 형상화함으로써 중국 당국의 정책 변화를 충실히 홍보하였다.

김학의 「그녀는 고향에 다녀왔다」(『아리랑』 20호, 1985)는 농촌정책의 변화에 따라 기업형 영농사업으로 윤택해진 농민이 묘포장 식수를 도와줄 노동력이 부족해지자 도시에서 일손을 구해 해결하는 모습을 통해 도농 간의 역전된 현실을 그렸다. 농촌 처녀 말순은 자신을 아내로 맞고 싶어 하는 농촌 청년 강영복의 청혼을 거부하고, 안정된 삶을 찾아 맞선을 보아 도시의 직장인 청년과 결혼하였다. 그러나 세상이 변화하여 남편의 적은 월급만으로는 생활비도 빠듯해서 말순은 가정마다 필수품으로 갖추는 가전제품을 들이기 위해 모래 치기, 공사판 막노동, 각종 공장의 임시공 등 온갖 품팔이에 나서지 않을 수 없었다. 더욱이 도시인들이 선호하는 고가의 세탁기를 구입하기 위해 말순은 한 집에 사는 희숙이 큰돈을 벌 수 있다며 고향 마을 송암동에 묘목 심는 일거리를 구해오자 망설임 끝에 여러 동료와 함께 나섰다. 일터에 도착해서 본 농촌은 예전의 고향 마을이 아니었다.

말순이가 시집간 이듬해 친정집도 이사를 해서 다시 와보지 않았더니 마을은 그새 몰라보게 변모했었다. 그전엔 벽돌집이라곤 마을 한복판 공소사뿐이었는데 지금은 여기저기 일떠선 벽돌집으로 해서 공소사는 별로 눈에 뜨이지도 않았다. 제일 주목을 끄는 것은 맨 앞쪽에 있는 아담한 2층 양옥이었다. 말순이는 경황 중에도 저 집은 구락부일 것이라고 짐작하고 구락부로는 좀 작다고 애석한 생각을 하다가 생금이가 그리로 인도하자 깜짝 놀라지 않을 수 없었다.

놀랍게도 고향 송암동의 모습은 일신해 있었고, 자신들을 일꾼으로 고용한 생금이는 마을에서 가장 아담한 양옥에 가장집물을 모두 갖추고 풍요로움을 자랑하고 있었다. 궁전 같은 거실을 구경하던 말순은 벽에 걸린 강영복의 사진을 보고 놀라고 말았다. 늙고 병든 어머니로 인해 고리타분한 냄새만 가득하던 가난한 농민 강영복은 농촌정책의 변화에 맞추어 대규모 농장과 묘포장을 운영해 정미기, 제분기, 사료분쇄기, 국수 기계 등에 부화기와 양계장까지 갖출 정도로 커다란 농장을 일구었던 것이다. 묘포장에 식수할 노동력이 부족해진 강영복 부부는 도시의 유휴 노동력을 높은 노임을 주고 상당 기간 먹고 재우며 고용하였다. 이러한 도농의 역전된 상황은 농촌 개혁 이후의 현실을 그대로 반영하였다고 보기는 어렵지만, 개혁의 성과로 풍요로워진 농촌을 홍보한다는 측면에서는 충분한 의미를 지닌다.

송암동에서 일을 끝내고 생금이 운전하는 승용차를 타고 집으로 돌아오면서 불과 10여 일 만에 백여 원의 수입을 올린 아낙들은 묘포장에서의 일을 떠들어대었다. 이때 말순은 수다에 끼지 않고 혼자 생각에 파묻혔다. 그녀는 아무리 큰 벌이가 된다고 해도 죄인처럼 고향 땅에 나타나고 싶지 않았었지만 이제 미래에 대한 새로운 욕망이 꿈틀대는 것을 느꼈다. 강영복과 생금이 해냈듯이 자신도 남편과 함께 어슴푸레 떠오르는 꿈을 현실로 바꿀 수 있으리라는 믿음이 가슴에 부풀어 올랐다.

이 작품의 말미에서 보여준 말순의 인식 변화는 개혁개방이 가져온 인민의 현실 인식의 변화를 올바로 반영하였다. 주변 사람들이 성공한 것을 보면서 새로운 꿈을 꾸고 그것을 이루기 위해 최선을 다하는 자세, 이것이 바로 개혁개방이 중국 인민의 삶을 변화시킨 원동력이었다. 김학의 「그녀는 고향에 다녀왔다」는 농촌정책의 성과를 예찬하고 선전하는 것을 넘어서 도시로 이주한 인물과 고향에 정주하여 새 농촌을 일군 인물을 대비하여 개혁개방 이후 농촌의 현실을 이상화하였다.

이렇듯 개혁개방 정책으로 변화한 인민의 삶을 형상화하는 소설은 이 시기 조선족 소설의 주된 경향으로 자리 잡았다. 개혁개방 초기에 농업이 경제의 중심이었던 조선족 사회에서 경제정책의 전환이 어떻게 수용되었고 그것이 조선족의 삶을 어떻게 변화시켰는지를 보여준 대표적인 소설로 류원무의 장편소설 『봄물』(연변인민출판사, 1987)과 리원길의 3부작 장편소설 『땅의 자식들』[1부 『설야』(연변인민출판사, 1989), 2부 『춘정』(연변인민출판사, 1992)] 등이 있다.

류원무의 『봄물』은 개혁개방 초기 집체영농에서 개인영농으로 바뀌는 시기의 수리봉이라는 작은 마을을 배경으로 농촌 개혁의 과정에 조선족 농민 사회에 불어닥친 변화를 다루었다. 이 작품에서는 전형적인 악질 기층간부 남재운과 가난하나 자존심이 강한 농민 김억석 사이의 갈등을 중심으로 개혁개방을 전후한 시기의 다양한 사건이 전개된다. 평범한 농민이었던 남재운은 계급 대오청리가 시작된 사청운동과 문화대혁명 기간에 계급투쟁의 맹장으로 나서 60여 호밖에 안 되는 수리봉마을에서 10여 명의 반혁명분자를 잡아낸 공로로 공사의 회계 담당 직위를 차지하였다. 극좌적 정치판에서 타인을 물어 먹은 대가로 작은 권력을 쥔 그는 은실을 탐내 그녀의 아버지를 반혁명분자로 형부인 공사서기 백성호를 주자파로 몰아 결혼을 쟁취하였다. 또 그는 공사회계라는 감투를 이용해 빚 갚기 어려운 사람에게는 돈을 빌려주지 않고, 축구에 재질이 있는 빈농 리억석을 지원하는 일에 반대하여 꿈을 접게 하는 등 마을 사람들 위에 군림하였다.

아버지가 공사에 진 빚이 적지 않고 간병비까지 필요한 리억석의 집안은 가족 모두가 공수를 벌어도 원금은커녕 이자도 못 가렸다. 추수가 끝나고 식량을 분배하는 날, 남재운은 자존심 강한 리억석을 멸시하는 마음에 빚이 많다는 이유로 쌀은 주지 않고 잡곡만 분배하였다. 이에 분노한 리억석은 생산대 탈곡장에서 벼 마대 몇 개를 가지고 나왔다가 남재운의 고발로 감옥에 가게 되었고, 감옥에서 세상 이치를 깨달은 리억석은 인간으로 대접받기 위해 돈을 벌어야겠다고 결심하고 출옥하자마자 실천에 옮겼다. 리억석은 한겨울에 얼음을 깨고 개울에 들어가 기름개구리를 잡아 번 돈으로 종돈과 소를 사고, 생산대장에게 생산대 소유의 농지를 개체영농하게 해달라고 했다가 거절당하자, 과거에 개간에 실패하여 황무지로 버려진 약진논을 가족 모두가 나서 온 힘을 다해 개간하여 농사를 짓고, 노동력이 더 필요해지자 인부를 고용해 소득을 극대화하였다. 리억석은 애인 옥실이가 그의 행동이 사회주의에 위배되고 마을 사람의 비난도 적지 않다고 이야기하자 다음과 같이 대답하였다.

"옥실이, 나도 귀가 있어 다 듣고 있소. 욕심쟁이다, 뜨개소다, 착취다, 신부농이다, 자본주의다, 무슨 말인들 못 들었겠소. 가을에 몽땅 몰수하지 않는가 두고 보라는 으름장도 놓으면서—그러겠으면 그러라지! 설사 내가 지은 농사를 짚 오라기 한 대 남기지 않구 깡그리 몰수해 간대두 이제 와서는 나는 원이 없소. 봄까지만 해도 나는 반발심도 나고 복수심도 나서 그 많은 논을 다 갈아 엎었댔소. 이억석이가 어떤 사람인가 한번 보라구 말이요. 그렇지만 지금은 생각이 좀 달라졌소."

억석이는 말을 잠간 멈추었다가 떨리는 어조로 이었다.

"나는 내가 무슨 욕을 먹든 다 달갑소. 나를 투쟁해서 납작하게 만들자는 사람이 있는 줄도 아오. 가을에 가서 혹 약진논의 벼가 모조리 몰수당할 수도 있겠지만 우리 농민이 어떤 사람들인가 하는 걸 보여준 것으로 하여 나는 마음이 거뜬할 거요."

리억석이 마을 사람의 비난에도 불구하고 개체영농으로 성공할 수 있음을 보여준 것은 남들보다 잘살아보겠다는 욕망에서 비롯한 것이었지만, 가난 때문에 마을 사람의 멸시를 받으며 살아온 자신의 존재를 드러내 보이기 위한, 즉 인간 존엄에 대한 선언이기도 하였다. 그리고 이는 농촌 개혁의 주체가 기층간부의 손에 있는 것이 아니라 농민 개개인에게 있다는 자신의 확신을 보여주는 일이기도 했다.

리억석은 농촌 개혁의 방향이 확정되지 않은 상황에서 공사의 지지도 없이 약진논을 개체영농으로 개간하였다는 남재운의 간계에 걸려 다시 공안에게 잡혀갔다. 그러나 리억석이 잡혀갈 때 광출이, 신용해, 형락이, 백성호 등 마을 사람들이 달려 나와 그가 체포된 일에 분노하고, 광출은 억석 앞에 가서 추수는 남은 사람들이 할 터이니 아무런 걱정도 하지 말라고 고함쳤다. 이는 새로운 시대로 나아가려는 리억석을 가로막은 남재운으로 상징되는 구세력의 패배이며, 농민들이 농촌 개혁이 나아가야 할 방향을 당의 정책보다 선취하고 있음을 보여주었다. 그리고 이는 가난뱅이 리억석의 인간다움을 회복하기 위한 노력이 성공하였음을 보여주는 것이기도 하다.

악독한 기층간부와 정의감 있는 농민의 갈등을 통해 개혁개방으로 급변하는 시대에 사람답게 살기 위해 노력하는 인물을 형상화한 이 작품은 선과 악의 극단적 대립과 인물 성격의 도식화 등으로 소설적 한계를 극복하지 못했으나, 농촌 개혁이 시작되던 시기의 조선족의 현실을 소설화한 최초의 장편소설이라는 데 의의가 있다. 그리고 이 작품에서 리억석이 개체영농으로 성공할 수 있었던 것은 돈을 벌어야겠다는 강렬한 욕망에서 비롯된 것인데, 당의 정책보다 먼저 집체영농에 비해 개체영농이 성공적인 결과를 보이게 된 것은 바로 이러한 인간의 욕망 때문이었다. 이렇게『봄물』은 농촌 현실을 변화시키는 원동력을 돈에 대한 욕망으로 인식하고 소설화한 점에서 소설사적 의의를 지닌다.

리원길의『땅의 자식들』은 긴내천 마을을 배경으로 농업정책의 전환으로 변화하는 농촌 풍경을 사실적으로 그린 작품이다. 1982년 초 지역 현실에 따라 적절한 영농 방식을 결정해 시행하라는 정책이 하달되었으나 집단영농이 잘 이행되고 있던 동북 지방에서는 영농 방식의 결정이 다른 지역에 비해 늦어지고 있었다. 이미 많은 지역에서 집단영농을 포기하고 호별영농이 시행되고 있는 1982년 겨울, 긴내천 농민들은 집단영농을 포기할 것인가, 또 포기한다면 어떤 영농 방식을 선택할 것인가에 대해 각자 자신의 처지에 따라 다른 의견을 가짐으로써 심각한 갈등을 겪게 되었다.

당국에서 일정한 개혁의 방향을 내려보내고 지부에서는 시행하는 그동안의 정책과 달리 생산대원끼리 자체적으로 개혁의 방향을 결정하라는 상황에서 긴내천 생산대가 새로운 영농 방식을 결정하는 일은 각자의 신념이나 이익이 연계되어 있기에 결코 순탄할 수 없었다. 긴내천 사람들은 정치적 신념, 토지 소유욕, 노동력의 유무 등 자신의 처지에 따라 집단영농 유지부터 조별영농과 호별영농까지 자신의 이익에 맞는 의견을 제출하고 자기 뜻대로 최종 결정되도록 노력하였다.

사회주의 신념이 투철한 전 지부서기 장성식 노인과 가족 구성상 노동력이 부족한 박애실 노친과 교사 김성종 그리고 가족이 많아 평균 분배가 남보다 많은 전이복 등은 집단영농을, 사회주의 이념보다 현실 변화를 고려한 퇴역군인 황보석과 땅 욕심이 많은 황보상근 노인 그리고 과거에 장사로 돈을 벌어 본 경험이 있는 전치복, 최홍성 등은 호별영농을 주장하였다. 그리고 긴내천에서 가장 큰 영향력을 지닌 지부서기 지탁준은 집체 기간에 이룬 성과로 보아 집단영농이 옳다고 믿지만 긴내천 사람들의 뜻과 현실 상황을 고려하여 호별영농도 염두에 두었다. 영농 방식의 선택에 관한 긴내천 농민의 의견은 명분뿐인 대의보다는 개인의 이익이 걸려 있기에 그 결정 과정에 자기 의견이 반영되기를 원했다.

예를 들어 농사일에 자신이 있는 황보상근 노인은 국가가 정책적으로 강제하던 때야 게으르거나 노동력이 없는 사람과 함께 일하고 소득을 나누어 가난하게 살았지만 자유롭게 영농 방식을 결정하라는데 왜 집단영농을 유지하려는지 이해하지 못하였다. 그러나 황보 노인은 과거처럼 우파분자로 비판 당할

지 모른다는 생각에 자기 생각을 표나게 드러내지 않았다. 반면 남편은 죽고 정신지체아 자식뿐인 박애실 노친은 집단영농 때는 노동력이 없어도 쉬운 일을 배정받아 시간만 보내도 일정한 공수를 받았으나 호별영농으로 결정되어 농지가 분배되면 농사를 지을 일이 막막했다. 그래서 그녀는 장성식 노인을 찾아가 마을 회의에서 집단영농을 포기하면 노동 취약 가구들만 모여 조별영농을 하는 방법을 상의했다. 이렇듯 『땅의 자식들』에는 마을 주민 각자가 자신의 처지에 따라 나름대로 영농 방식을 선택하여 그 정당성을 들어 마을 사람들을 설득하려 애쓰고, 필요하다면 연대하여 자신에게 가장 이로운 방식이 결정되도록 노력하였다. 바로 이러한 작중인물이 영농 방식을 선택하고 타인과 의견을 나누고 공유하는 과정은 농촌 개혁 과정에 나타난 조선족 농민의 현실 대응 양상을 사실적으로 보여주었다.

지탁준은 긴내천 생산대장으로서 가난한 마을을 현의 모범생산대로 키워낸데 커다란 자부심을 갖고 있었다. 그는 그간의 경험에 비추어 집단영농으로 마을 사람이 함께 경제적 안정을 누릴 수 있으리라는 자신감에서 호별영농을 원하는 마을 사람들에게 집단영농을 지속하는 것이 낫다고 설득하였다. 그러나 지탁준은 군에 다녀와 세상물정을 잘 아는 청년대장 황보석과 긴내천의 미래에 대해 상의하던 중에 자신의 신념이 흔들릴 만한 충고를 듣게 된다.

"지서기가 긴내천을 위해 여태두룩 고생한 걸 우리 다 알아요. 전 긴내천 마을 사람들 모르는 사람 없지요. 긴내천 가로 이사 나올 때부터 지금까지 하여놓은 일을 모두들 칭찬하고 있습니다. 그리고 봄부터 가을까지 일 년 내내 제때 제때 회의를 하고 지시를 하고 감독을 하고 애를 태웠기 때문에 농사가 이만큼 된다고 사람들은 말합니다. (중략) 그러나 보시오, 지서기. 이런 일들을 하느리고 해마다 얼마나 죽을 고생을 합니까? 지서기가 땀을 한 동이씩 흘려야 밑에서 땀을 한 방울 겨우 흘리는 형편이니 그렇지요. 밑에 사원들과 간부들이 지서기 말대로 하는 사람이 얼마 있습니까? (중략) 그러니 지서기가 아무리 애를 써도 긴내천이 빨리 변하기 어렵단 말입니다. 긴내천이 빨리 변하려면 방법이 한 가지입니다. 호도거리 해보시오. 생산 열정 단번에 올라가지요. 지서기도 밤낮 이렇게 작은 일 큰일에 골머리 앓을 것 없고……"

황보석은 공산당원이면서도 이지적인 판단으로 현실적인 충고를 했다. 지탁준의 노력으로 전 마을이 이사하여 농토가 멀었던 문제를 극복하고 생산성을 높여 긴내천은 선도 마을로 선정되었다. 이를 모르지 않지만 황보석은 여러 마을에서 집단영농을 포기하고 호별영농으로 나아가 모든 농민이 능력껏 노력해서 부를 창출하는 것에 주목했다. 따라서 그는 지부서기 혼자 마을 사람을 이끌어야만 굴러가는 집단영농보다 각자가 자기 책임 아래 농사짓는 호별영농이 효과적인 농촌 개혁의 길임을 알려주었다.

자본주의 경제체제에서 비롯된 빈부의 차를 극복하기 위해 사회주의를 선택한 역사를 알고 있고, 국가의 이념도 알고 있는 당원으로서는 영농 방식의 선택이 어려울 수밖에 없었다. 이러한 긴내천 간부들이 겪는 어려움은 문화대혁명 이후 중국공산당이 농촌 개혁을 결정하고도 몇 년간 구체적인 방식을 확정하지 못한 것과 상동성을 지닌다. 마을의 미래를 책임진 지탁준에게 영농 방식 선택은 쉽지 않은 일이었고, 황보석의 지적은 그의 선택에 적지 않은 도움이 되어, 집단영농에 대한 확고한 신념이 점차 호별영농을 인정하는 방향으로 변화했다. 이 작품에서 지탁준이 집단영농과 호별영농에 대해 최종 결정을 내리는 데에는 그가 진실한 공산당 기층간부로 존경하던 박장길 부현장의 지도가 결정적이었다.

지탁준은 현3급 간부회의에서 여러 마을의 사례 보고를 듣고 상급의 방침도 들었으나 긴내천의 영농 방식을 결정하지 못하였다. 마을 분위기는 호별영농으로 흘러가는 듯하지만, 집단영농을 요구하는 장성식 노인의 논리와 노동력이 부족한 가정을 생각하면 호별영농이 걱정되기도 하였다. 박 부현장은 고민만 하는 지탁준을 데리고 집체경제로 쇠락했다가 개혁 이후 번화해진 장터로 나가, 장거리를 구경하고 함께 국수를 먹으면서 농촌 개혁에 대한 심경 변화가 있는지 물어보았다. 이에 지탁준이 이미 당의 방침이 결정되었다면 조금 일찍 호별영농으로 가지 못한 것을 후회한다고 대답하자 박 부현장은 지탁준을 위로해주었다. 그리고 박 부현장은 기층간부들의 사상이 낙후한 것은 지난 시절의 강제적인 정책 시행과 정치 풍파 때문이었다는 점을 이야기하였다. 그것은 이제 정책의 방향이 시장경제로 나아간다는 것이 명백해진 만큼 기층간부가 가야 할 방향이 무엇인지는 분명해졌다는 지적이었다.

마을로 돌아온 지탁준은 생산대 회의에서 호별영농으로 결정하는 데 앞장서지는 않으나 이를 옹호하는 자세를 취하였다. 물론 장성식 노인의 이념적인 공격이 없지 않았고 집단영농을 주장하는 소수가 조별영농을 하게 해달라는 주장도 있었지만, 마을 회의는 주민 전체가 호별영농을 하는 것으로 마무리 짓고, 농지를 나누고 생산대 소유의 농기구와 소 등 모든 재산을 개인에게 배분하였다. 결국 당의 방침대로 더 많은 마을 구성원들이 원하는 호별영농으로 결정된 것이다.

『땅의 자식들』은 긴 시간 동안의 갈등을 통하여 어렵게 농촌 개혁이 이루어지는 과정을 치밀하게 그려내고 있다. 농촌 개혁의 방향에 대한 마을 사람들의 다양한 견해와 그 속에 감추어진 그들의 속마음, 그들이 자신의 의견대로 이끌기 위해 벌이는 계략 등은 농촌 개혁의 과정의 내밀한 풍경을 사실적으로 보여준다. 이 작품이 보여준 이러한 농촌 개혁 과정의 치밀한 묘사는 이전 소설이 보여주었던 호별 영농으로 호전된 농촌 경제와 호별영농 이후에도 마을 사람들이 상호 협력하는 인정이 가득한 농민의 모습을 예찬하는 데에서 벗어나 농촌 개혁이 이루어지는 과정의 어려움과 그 결과가 긍정적인 것만은 아니라는 농촌 개혁에 관한 객관적 시각을 보여주었다.

그러나 『땅의 자식들』은 작가 리원길이 처음 기획했던 3부작이 완결되지 못하고 2부 『춘정』에서 긴내천에 호별영농이 시행되는 데서 끝나고 말아 개혁 이후 농촌의 변화는 그리지 못하였다. 그가 『땅의 자식들』을 완성하지 못한 것은 『춘정』을 발표한 후, 연변을 떠나 북경으로 이주하여 중앙민족대학에서 강의와 연구에 쫓겨 소설 창작에 몰두하지 못했기 때문이었다. 그러나 『땅의 자식들』이 완결되지 못함으로써 농촌 개혁을 대하는 농민들의 생각과 행동의 내밀한 부분에 초점을 맞추어 농촌 개혁의 진실된 모습을 보여준 리원길이 지녔던

농촌 개혁에 대한 인식과 농촌의 미래에 대한 전망을 총체적으로 볼 수 없게
된 점은 소설사적으로 커다란 손실이었다.

제5장

개혁개방에 따른 사회 변화의 소설적 형상화

농촌 개혁과 시장경제로의 전환은 조선족에게 경제적인 여유를 가져다주었다. 생산대에서 분배받은 토지를 열심히 경작하여 소출을 높여 시장에 내다 팔고, 야채나 과일을 재배하거나 닭이나 돼지를 쳐서 더 큰돈을 만질 수 있게 되었다. 또 노동력이 있는 농민은 농지를 다른 가족에게 맡기고 도시로 나가 막노동을 하여 여윗돈을 마련하기도 하였고, 장사 수완이 있는 사람들은 도시로 나가 식당이나 상점을 열어 새로운 삶의 개척하였다. 이러한 다양한 경제활동으로 조선족 농민은 농촌을 떠나 도시로 이주할 기회를 마련하였고, 그결과 한반도에서 이주해 온 후 농촌 공동체 속에서 살아오던 조선족의 삶의 방식에 커다란 변화가 나타나기 시작하였다.

개혁개방으로 외부 세계에 관한 정보가 유입되어 조선족은 대한민국의 존재를 알게 되었다. 중화인민공화국이 수립되고 한국전쟁을 거치면서 대한민국과 단절된 조선족은 북한에 대해서는 상당히 많은 정보를 갖고 있었지만 대한민국은 기억에서 희미해졌고 왜곡된 정보만 전해져 있었다. 그러나 개혁개방 정책으로 외국 자본이 중국으로 유입되어 외부 세계에 대한 정보가 비교적 정확한 정보가 전달되고, 1988년 서울 올림픽을 거치면서 경제적으로 앞선 한국의 존재가 조선족 사회에 알려지게 되었다. 그리고 한국에 사는 가족이 조선족을 초청해주면 친척방문 비자가 발급되어 한국 방문이 가능해졌고, 많은 사람이 한국을 방문하여 돈을 벌었다는 소문이 나자 조선족 사회에는 한국에 관한 관심이 급증하였다.

농촌 개혁과 시장경제의 허용으로 능력껏 부를 획득할 기회가 마련되자 조선족 사회는 급격히 변화하였다. 농사일을 천직으로 알던 조선족 농민들이 돈을 벌기 위해 도시로 이주하여 노동과 장사의 길로 나서 오랜 기간 조선족 사회를 유지해준 농촌 공동체가 서서히 무너지기 시작했다. 더욱이 친척방문 비자로 한국으로 건너가 큰돈을 벌 수 있다는 소문이 나면서 조선족 사회에는 점차 돈이 지고의 가치가 되는 부정적 상황이 나타났다. 이러한 급격한 변화 속에서 이 시기 초기에 경제적 풍요를 가져다준 개혁개방을 예찬하던 조선족 작가들은 조선족 사회에 퍼지기 시작하는 부정적 현상을 객관적으로 관찰하여 짧은 소설 형식 속에 담았다.

개혁개방으로 하나의 이념을 실천하기 위하여 사회 구성원 전체가 개인의 이익과 욕망을 억제하고 총단결할 것을 강요하던 중국 사회는 각자 능력껏 자신의 경제적 욕망을 추구할 것을 허용하였다. 농민들은 자신의 농지에 성실히 농사지어 경제적 안정을 추구했고, 부업으로 돈을 벌거나 도시로 나아가 상점이나 식당을 경영하는 등 부자가 되어보겠다는 꿈을 실현하기에 나섰다. 이러한 시장경제로의 전환은 자연스럽게 돈을 벌기 위한 경쟁사회로 나아가게 만들어 여러 사회문제가 발생하였다. 우선 모든 사람이 돈벌이에 미쳐 나서자 이전 시기 사람들이 추구하던 공동체적 가치나 사람의 도리와 같은 인간으로서 지켜야 할 덕목이 무가치한 것으로 인식되는 폐단이 사회 전체에 만연하게 되었다.

류원무는 「오이꽃」(『도라지』 1984.6)에서 시장경제로의 전환 이후 돈벌이에 급급해진 농촌 풍경을 그려 인간적인 면모를 상실해가는 현실에 아쉬움을 드러냈다. 산간벽지 고방골에서 벌말로 시집가게 되어 마을 처녀들의 부러움을 한 몸에 받았던 영순은 깨가 쏟아지는 새살림을 차리었다. 남편 태만은 일 욕심 많은 농군으로 열심히 일해 돈을 모아 부자가 되는 일에만 관심이 있을 뿐이다. 영순은 남편의 성실함으로 경제적인 문제는 해결이 되어 행복하지만 모든 일을 돈 몇 푼으로 바꾸어 생각하는 남편에게 실망이 적지 않다. 남편은 싱싱한 계란이나 농산물은 장에 내다 팔아 돈을 만들고, 남의 집 일이라도 해서 돈을 모아 경운기를 사서 짐실이를 해 돈을 벌어 트랙터를 사서 부농이 될 생각뿐이었다. 영순이 합작사에 팔면 손해라는 남편의 잔소리에 계란 백여 개를 장에 나가 판 돈으로 청어 몇 마리를 사고, 소설책 한 권을 사서 집에 돌아오니 남편은 영순을 타박하였다.

> "청어는…… 하여간 먹고 싶다니 사는 거지만…… 이까짓 책이야 사서 뭘 해. 「우제니 그랑데」가 뭐야. 혀 꼬부라진 소릴 번지자구 이런 걸 사? 저녁에 심심하면 텔레비나 보면 되는 거지. 텔레비 말두 났으니 말이지…… 당신이 텔레비 좋아하니 말이지 나 같으면 언녕 송아지와 바꿔놓았을걸. 텔레비야 전기나 소모하지만 송아지는 1년이면 곱절이 늘어나거든……"
> 영순이는 일신의 탕개가 와르르 무너져내리는 것 같았다. 천정이 빙그르르 돌며 눈앞이 아뜩하였다.

금전만능에 사로잡힌 태만에게 먹고 싶은 청어를 산 것은 그나마 이해할 수 있는 일이지만, 소설책을 사는 것은 사치일 뿐이었다. 돈이 되지 않는 것은 불필요하다고 여기는 그에게는 현대인이 가장 많은 시간을 함께하는 텔레비전도 전기료만 먹는 물건이기에 새끼를 낳아 돈을 만들어주는 송아지로 바꾸고 싶었다. 시장경제로 변화하여 같은 공수를 받아 평등하게 살던 시대가 끝나 능력껏 일해서 부유해지는 것이 장려할 일이 되었으니 돈벌이에 혈안이 되는 태만을 비판할 수는 없다. 그러나 이 작품에서는 영순이 태만의 반응에 탕개가 무너져 내리는 느낌을 받았다는 것으로 돈에 미쳐 수전노가 되는 현실에 대한 비판적 인식을 드러내었다.

인간이 문학이나 예술을 향유하는 일 그것까지는 아니더라도 텔레비전 시청을 통해 삶의 여유를 찾는 것까지 낭비로 인식하는 것은 돈의 노예가 되어 인간다움을 상실하였음을 보여주는 표지이다. 류원무는 「오이꽃」에서 영순과 태만 부부의 비교를 통하여 돈 때문에 인간이 누리고 살아야 할 모든 것을 포기하는 것이 옳은가를 회의하면서 자본주의적 시장경제로의 전환으로 돈이 인간을 지배하게 되는 상황이 불어닥칠 것에 대한 우려를 소설적으로 형상화하였다.

림원춘의 「숨쉬는 거리」(『천지』 1985.8)는 시장경제가 허용되자마자 장사에 나선 딸을 못마땅하게 생각하는 인물을 통해 개혁개방 초기 시장경제를 바라보는 지식인의 내면 풍경을 보여주었다. 평생을 남을 가르친다는 자존심으로 살아온 '나'는 딸이 시장에서 김치 장사를 시작한 것을 알고는 아내와 함께 애비 체면을 생각해서라도 그만두라고 말려보았다. 그러나 딸이 시대가 변했으니 부끄러울 일이 없다며 장사를 계속하자 '나'는 노점 거리를 피해 다녔다. 그러나 얼마 지나지 않아 딸이 국영상점에 버금가는 반찬가게를 열고, 아내도 떡 가게를 차려 성업 중이란 것을 안 '나'는 조용했던 길이 인멀미가 날 정도로 사람들로 가득해졌다며 현실의 변화를 인정하였다. 이 작품에서 림원춘은 시장 경제로의 변화에 따라 돈벌이에 나서는 현실에 관해 예찬도 비난도 아닌 자리에 서 있다. 이 작품의 '나'가 변화한 현실을 인정하는 데 그치는 것은 시장경제로의 변화가 생필품까지 돈벌이 수단으로 변화시켜 우리의 삶을 황폐하게 할지도 모른다는 우려가 바탕에 깔려 있다.

같은 시기에 림원춘은 「팥죽장사」(『천지』 1986.2)에서 정직한 팥죽장수 할머니가 가격 담합에 동참하지 않았다는 이유로 동업자들에게 배척당하는 자본주의 시장경제의 모순을 비판하였다. 이 작품에서 팥죽장수 할머니와 손녀 영실은 시장통에서 부정한 방법으로 이익을 좇는 팥죽장수들의 협잡으로 삶의 터전에서 밀려나고 말았다. 성심을 다해 맛있는 팥죽을 쑤어 적정한 이익만을 남김으로써 단골손님을 확보하여 시장에서 성업 중이던 영실이 할머니는 팥죽 가격을 담합해 이익을 늘리려는 시장 팥죽장수들의 결정에 따르지 않았다. 시장 관리소와 장사꾼들의 담합과 행패에 밀려 장마당을 떠나게 된 영실이 할머니는 노점상을 하다가 장마당 근처에 가게를 열었다. 그러나 시장 장사꾼들의 소송과 폭력에 지친 영실이 할머니는 사망하고, 영실은 할머니의 장사를 이어 노점을 하면서 그들과 타협하지 않았다.

제4부 개혁개방과 시장경제로의 전환(1979~1992)

「팥죽장사」는 개혁개방에 따라 시장경제로 전환하는 과정에 소문처럼 떠도는 성공담 이면에 존재하는 부정과 부조리를 다루었다. 가격 담합과 중상모략 그리고 폭력적인 방법을 동원한 집단적 행패는 이익을 최선으로 하는 자본주의적 시장경제의 이면이다. 림원춘은 이 작품에서 개혁개방의 성과를 보여주는 이전 시기의 소설과는 달리 시장경제에 의한 발전과 풍요로 인식되던 그 시대의 이면에 만연한 어두운 일면을 충실히 그려내어 소설이 개혁개방을 바라보는 시각의 변화를 보여주었다.

시장경제로의 전환이 가져온 어두운 이면은 개혁개방의 성과가 나타나기 시작한 얼마 후부터 조선족 소설의 중요한 제재로 자리 잡았다. 리여천은 「잠든 마을」(『천지』 1987.8)에서 시장경제로의 전환 초기에 대성공을 일구어 당국으로부터 표창받고 언론에 새 시대의 인물로 대서특필되던 아가위왕 덕수 영감의 몰락 과정을 통해 시장경제로의 전환 과정에 발생하는 성공과 실패 그리고 이에 따른 모순된 인심의 변화를 잘 보여주었다. 이 작품의 주인공인 덕수 영감은 개혁개방 이후 아가위 술 사업에 성공하여 공장 개막식에 많은 인사와 기자들이 초청되고, 언론에 아가위왕으로 소개되는 등 명성을 얻었다. 그러나 돈을 벌어서 마을의 숙원사업이었던 다리를 놓아주자 길을 닦아달라, 학교를 세워달라, 영사기를 사달라, 탁아소를 꾸려달라 등 여기저기서 지원 요청이 들어왔다. 마을을 위해 이런 요구를 들어주고, 또 큰돈을 벌었다는 기사가 나가자 아가위술 공장 정도의 기업이 감당하기 어려운 요구들이 쇄도하였다.

"그야 얼마 들겠수. 우리 영감 돈주머니에 비하면 새발에 피웨다. 그런데 어디 이뿐이우. 뭐 민위(민족사무위원회)라든가 민족 뭐라든가 하여튼 우리 조선사람들 잘 살게 해주는 어른들이라 합디다. 그들이 와서 애걸하는 데야. 그래서 무슨 운동회에 몇만 원을 때려넣었수다. 그뿐이겠수. 무슨 기금이요, 기부요, 협조요…… 그리구 왔다 갈 때에는 가방에 아가위, 아가위 술을 가득 씩 담아가는 데야 옛말에 나오는 조롱박이 아니구야 무슨 돈이 견디여내겠수……"

사업이 번창한다는 소문이 나자 많은 기관이나 단체에서 기부를 요청하였고 차마 거절할 수 없었던 덕수 영감은 그렇게 부탁을 들어주다 보니 버는 돈보다 나가는 돈이 많아지고, 돈이 나간 만큼 쓸데없는 영수증이나 감사장 같은 것만 늘어나고 사업은 점차 기울었다. 사업이 기울기 시작하자 은행에서는 더 이상의 대출을 거부하고, 빌린 돈을 갚지 못하자 집과 공장을 차압해버려 사업가로 소문이 난 지 4년 만에 초가집으로 밀려나 어려운 삶을 이어가게 되었다. 그러나 마을 사람들은 예전의 도움은 생각지 않고 개인적인 빚값으로 가장집물을 들고 가고, 예전에 만원호라 칭송하던 마을 사람들이 더러운 장사꾼이라 조소하였다. 그리고 이전에 도움을 받은 기관이나 단체에서는 덕수 영감의 존재 자체를 부정하고, 촌 정부나 은행에서는 일체 경제적인 도움을 주려 하지 않았다. 남보다 앞서 돈을 벌었을 때는 그의 덕을 보려 나서던 사람들이 주변의 청탁을 뿌리치지 못해 손실을 보고 시대의 변화에 적응하지 못해 몰락하자 차가운 평가를 하는 현실은 시장경제로 나아가는 과정에 수반되는 어두운 일면이다.

　리여천은 「잠든 마을」에서 남보다 앞서 시장경제에 투신했던 덕수 영감이 홀대받는 이러한 현실은 돈이 없으면서도 허세만 부리는 조선족의 심성과 장사를 천한 것으로 보는 농민 의식에서 비롯되었다고 지적하였다. 이 작품의 말미에서 낡은 의식을 버리지 못하는 조선족이 새로운 시대를 맞아 크게 개혁되어야 김치 통조림 공장과 방직공장과 가마니 공장이 나오고 대학생이 나오고, 기술자가 나오고 기업가가 나올 수 있을 터인데 조선족은 아직도 농민 의식이라는 구각을 벗지 못하였음을 비판한 것이다.

　리원길은 「리향」(『천지』 1988.8)에서 농촌 개혁에 대해 회의적인 시각을 드러내 보였다. 이 작품은 농지를 분배받아 열심히 농사짓던 농민들이 시장경제가 활성화되면서 큰돈을 벌겠다는 욕심에 농지를 남에게 맡기고 도시로 나가면서 농촌이 공동화되는 현실을 비판적 시각으로 소설화하였다.

　사토덕대도 이전의 사토덕대가 아니다. 이전 같으면 벌써 두엄더미들이 울멍

줄멍하겠지만 요 몇 년에 점차 줄어들다가 없어지고 지금은 임직신이네와 선우로 인네를 내놓고는 논밭도 없다. 박치원인 원래 얼간이 농사군이라 작답 역사가 넌덜머리 난다면서 땅만 차지하고 몇 해 콩 종자나 뿌려 내치다가 매화네 집에 일군으로 갔다가 쫓겨온 뒤부터는 아예 여뀌밭을 만들어버렸다. 다른 집도 피장파장이었다. 85년 큰물에 큰 강의 물길이 돌아서는 통에 봄에 건너오는 물이 메기느침 같아서 그렇게 된 것만이 아니다. 농사군들의 마음이 갈라헤지었기 때문이다.

농지에 목을 매던 조선족 농민들은 시장경제에 편승하여 쉽게 돈을 벌 수 있다는 도시로 이주해 새로운 생업을 마련했다. 짠지장사, 국수장사, 식당, 약장사, 막벌이 등 자신이 할 수 있는 일을 해서 돈을 번 사람도 있고 망한 사람도 있었지만, 공통적인 것은 도시로 나간 농민은 농사를 포기했다는 점이었다. '농민은 제 땅이 있어야 한다. 땅만 있으면 밥이 나오고 밥이 있으면 살기는 산다'는 일념으로 척박한 만주 땅으로 건너와 간고한 삶을 이어오며 갖은 고생 끝에 자기의 땅을 얻었던 조선족이 개혁개방 이후 땅을 이탈하는 일이 보편화되었다.

이 작품에서 농사를 지으며 고향을 지키며 살아온 조선족 농민들이 너도나도 도시로 나가버려 마을 사람들이 애써 가꾸어놓은 진펄땅 사토덕대도 버려질 정도로 마을은 공동화되었다. 마을 사람들 대다수가 고향을 떠난 뒤에도 마을을 지키고 있던 선우 노인도 하얼빈으로 이주해 식당 여주인 매화와 눈맞아 부자가 된 아들이 아버지를 모시겠다고 하자 고민에 빠졌다. 평생을 농민으로 살아오며 장사꾼을 경멸했던 선우 노인도 마을 사람들 다 떠나고 아들마저 하얼빈에 있어 어쩔 수 없이 땅을 처분하고 아들네와 합쳐야겠다고 생각하였다. 이 같은 농촌의 공동화 현상은 농촌 개혁과 시장경제로의 전환으로 기대하였던 새로운 농촌의 모습과는 너무나 거리가 멀었다.

리원길은 창작 초기 농촌 개혁정책으로 농업 생산이 증가하여 농민들이 경제적 안정을 이루게 되었음을 찬양하는 작품을 다수 발표하였다. 그러나 이같은 농촌 개혁에 관한 긍정적 시각은 개혁의 결과가 구체적 실체로 드러나면서 회의적으로 변하였다. 이러한 변화는 당의 결정을 절대적인 것으로 믿고, 당이 지향한 농촌 개혁이 농민의 삶을 풍요롭게 하리라 믿었던 리원길이 농촌 개혁이 시작되고 10년이 지난 시점에서 바라본 농촌 현실에 대한 비관적 인식과 농촌의 미래에 대한 암울한 전망이었다.

리원길이 「리향」에서 보여준 농촌 현실은 개혁개방 이후 조선족 사회의 중추를 이루던 조선족 농촌의 개혁과 시장경제를 바라본 작가로서의 판단이었다. 이처럼 이 시기 조선족 소설에 등장한 농촌 개혁에 대한 인식의 전환은 개혁개방의 결과에 대한 객관적 관찰과 현실에 대한 비판을 보여주어 이전 조선족 소설이 보여준 정책 예찬 일변도의 창작 방식을 탈피했다는 소설사적 의미를 지닌다. 그리고 이 같은 개혁개방이 인민의 삶과 의식에 미친 부정적 결과에 대한 비판은 이후 조선족 소설의 중요한 소설적 제재가 되었다.

농촌 개혁과 시장경제의 시행 이후 각박해진 인심과 타락한 사람들의 모습을 다양한 각도에서 다룬 소설로 고신일의 중편소설 「흘러가는 마을」(『장백산』 1990.5)이 있다. 이 작품은 중편소설답게 빈부 차, 독점의 폐해, 각박해진 인심, 윤리의 타락, 공동체 의식의 와해 등 다양한 주제를 다루었다. 주인공 강운복은 군 출신으로 생산대 민병련장을 지냈으나 농촌 개혁 후 도시로 나왔다가 성공과 실패를 경험하고 3년 만에 귀향한 인물이다. 자형의 사망으로 고향에 있는 누이 집을 찾아가는 길에 차창을 스치는 수없이 많은 간판을 보면서 세상이 많이 변했음을 느꼈다. 개혁이 아니면 어떻게 농민들이 벽돌집을 짓고 가전제품을 사고 장사를 해서 반 도시민이 될 수 있었을까 생각한 것이다.

그러나 현실은 눈으로 보듯 그렇게 아름다운 것만은 아니었다. 강운복은 생산대를 해체할 때 호도거리로 생산대 정미소를 도맡아 농번기에는 농사를, 농한기에는 정미소 일을 해서 재미를 보았다. 이듬해 촌장 공창호가 신용사에서 대부금을 받아 새 기계를 구입해 마을 입구에 정미소를 차렸다. 공창호는 마을 사람과 소비자의 편리를 위한다는 명분을 내세워 촌장 직권으로 외지인들이 쌀을 구입하러 마을에 출입하는 것을 통제하고, 자기 정미소를 사용한 사람 쌀만 시장에 내다 팔아 정미업을 독점하였다. 공창호의 독점에 밀린 강운복은 결국 자신의 정미소를 그에게 넘기고 도시로 나가 식당을 운영하게 되었다.

독점적 지위를 차지한 정미소로 돈을 번 공창호는 식당을 차려 마을 사람에게 외상으로 음식과 술을 팔아 이익을 챙기고 점차 마을의 암묵적 지배자로 군림하였다. 공창호는 비열한 방법을 동원해 부를 축적하고, 마을 사람들에게 많은 빚을 지움으로써 그들을 자기 의사대로 움직일 수 있는 존재로 만들었다. 이 작품에서 공창호가 경제적 독점을 통해 마을 사람을 장악하는 것은 사회주의 중국이 수십 년간 비판해온 지주의 행태와 다름이 없었다. 강운복이 '사원들의 마음속에 뢰봉으로 살아 있던 공 촌장이었고 호도거리를 실시할 때 생산대를 마스는 걸 그렇게 가슴 아파하던 공창호가 그 사이에 이렇게 변할 줄 몰랐다'고 생각하는 데서 알 수 있듯이, 이 작품은 자본주의 시장경제는 인간을 타락시킬 수밖에 없는 체제이고, 부자가 가난한 사람을 억압하는 이전 체제로의 복귀를 가능하게 한 것이 바로 시장경제라는 인식을 보여주었다.

또 이 작품은 공창호의 덫에 걸려 가난을 벗지 못하는 농민의 모습을 통해 물욕이 적은 사람은 열패의 구렁에 빠져 개혁의 덕은 입지 못하고 자유의 해만 입는 현실을 통렬하게 비난하였다. 그리고 가난 속에서도 외상이라면 우선 쓰고 보다가 술과 도박으로 감당할 수 없는 빚을 지고, 돈이 된다면 도적질이나 폭력 나아가 성적 타락까지도 마다하지 않을 정도로 추락한 농민들의 모습은 시장경제로 극심해진 빈부 차로 인해 인심이 각박해지고 도덕과 윤리를 상실한 조선족 농민의 형상이었다. 또 사회가 금전 지상으로 급격히 변화하여 장례 경비와 상여꾼 수고비가 무서워 상주끼리 부모상을 치르고, 잔치 비용과 다음에 갚을 부조금이 두려워 자녀 결혼식에 친지를 초대하지 않는 등 조선족 농촌이 간직하고 있던 상부상조의 정신이 사라지고 공동체 의식이 사라진 현실에 대해 강한 아쉬움을 드러내었다.

고신일의 「흘러가는 마을」은 시장경제로의 전환으로 인간성이 사라지고 윤리가 타락하고 인정이 각박해진 이 시기의 현실을 비판적인 시각에서 소설화하여 문단의 주목을 받았다. 그러나 다른 한편으로 이 작품은 중편소설이라는 장르적 조건에 비해 조선족 유지끼리 설립한 협회가 사리사욕과 응집력 부족으로 와해된 사건, 한족에 대해 조선족이 가진 여러 편견에 대한 비판, 강운복의 아내가 자신의 여성성을 확인하기 위해 탈가한 사건 등 너무나 다양한 제재를 다루어 소설적 통일성이 파괴되고, 각각의 제재에 대해 서술자의 개입이 과도하여 소설적 긴장감 떨어진 점 등 소설로서 한계를 보였다.

개혁개방 이후 외국 자본이 유입되고, 외국에 사는 친척의 방문이 허용되어 조선족 소설에는 한국과 관련한 제재를 다룬 소설이 등장하였다. 한국은 조선족 사회에 소문으로 다가왔다. 친척의 초청으로 방문 비자를 발급받아 한국을 방문한 조선족들은 당시 중국보다 엄청나게 발전한 모국 한국을 경험하였다. 그리고 그들은 한국으로 건너가 중국에서 가져간 약재를 팔든 막노동을 하든 단기간에 큰돈을 벌 수 있었고, 그 소문은 조선족 사회에 한국 방문 열풍을 불러일으켰다.

허련순은 「밤나무」(『도라지』 1990.10)에서 한국 방문에 대한 기대로 열광하는 한 가족의 모습을 소설화했다. 20여 년간 모신 장모가 떠나온 고향과 두고 온 가족을 그리며 되뇌던 고향 마을의 밤나무가 현실로 다가오자 처가 가족은 한국 방문 열풍에 휩싸였다. 고향 소식을 되뇌는 장모의 부탁에 '내'가 한국에 띄운 편지에 답장이 왔고, 처삼촌이 사업으로 큰 성공을 했으며 어릴 적 헤어진 누님을 보고 싶다는 내용이 적혀 있었다. 그러자 20여 년 동안 단 한 번도 어머니를 모시지 않았던 큰처남이 어머니를 모시겠다고 나서고, 작은처남 역시 수시로 어머니를 뵈러 들락거렸다. 장모 생신날은 처가 남매가 모두 모인 자리에서 처삼촌 초청으로 장모가 한국을 방문할 때 누가 모시고 갈 것인가로 다툼이 벌어졌다.

그러나 상당 기간 처삼촌으로부터의 연락이 끊어져 흥분이 가라앉아 다시 '내'가 장모를 모시게 되었을 때 처삼촌의 편지가 도착하였다. 그 편지에는 누님 소식을 들은 후 아들은 학생운동으로 감옥에 가고, 사업은 풍비박산되어

차마 누님을 만나 처참한 모습을 보일 수는 없다는 아픔과 조카들의 행동에
관한 아쉬움이 적혀 있었다.

> 헌데 나는 너희네 가정도 그럴 줄은 미처 몰랐다. 삼 남매가 각각 내게 보내오
> 는 편지를 보며 나는 울어야 할지 웃어야 할지 몰랐다. 여기 와보고 싶어 하는 마
> 음이야 내가 왜 짐작 못 하겠느냐만 편지마다 서로 제가 누님을 모시고 있다는
> 사실만을 강조하고 있으니 그래 이게 무슨 광대놀음이야? 누님이 그 속에서 부
> 대끼고 있는 것 같아 가슴이 아프다. 부모에 대한 효성은 말로 듣는 것이 아니라
> 행동을 통해 마음을 읽는 것이 아니겠냐? 상봉이 끊어졌지만 온 조선이 하나로
> 통일될 것이고 또 나도 다시 일어설 날이 있을 것이니 부디 누님을 잘 모셔 건강
> 장수하시게 하여라……

이 편지를 본 장모는 동생의 파산 소식도 놀라웠지만 자기와 동생의 존재가
자식들의 돈벌이 수단으로 전락한 것에 대해 절망하여 꺽꺽 소리 내어 울었
다. 편지 소식에 달려왔던 두 처남네 가족은 편지를 읽고 어머니의 울음소리
를 듣고는 슬금슬금 집으로 돌아버리고, 다시 사위의 집에 살게 된 장모는 정
신적 타격을 이기지 못하고 몸져눕고 말을 잃어버렸다.

개혁개방으로 농촌을 떠나 도시로 이주하여 돈벌이에 나선 조선족들은 돈
이 된다면 무엇이든 매달릴 수밖에 없었다. 땅에 뿌리박고 있던 시절에는 생
존에 필요한 최소한의 양식은 확보할 수 있었으나, 도시로 이주한 후에는 생
존을 위해서 돈을 벌지 않으면 안 되었다. 따라서 그들은 더욱 이악스러워질
수밖에 없었고, 부모형제 간의 도리보다는 돈을 더 중요하게 생각할 수밖에
없었다. 한국에 있는 외삼촌이 누님을 초청한다면 모시고 있는 자식이 동행하
게 될 것이라는 생각에 처남들과 아내는 각각 외삼촌에게 편지를 보내서 자신
을 초청해달라 부탁할 수밖에 없었다. 그것이 소문대로 중국에서는 만져보지
못할 돈을 벌 수 있는 기회라면 그것은 인지상정일 것이다. 허련순은 「밤나무」
에서 이러한 정황을 정확히 파악하고 소설화함으로써 한국 방문이라는 소문
이 조선족에게 어떤 의미였는지를 분명히 하였다.

이 시기에 이와 비슷한 제재를 다룬 소설로 윤림호의 「편지」(『고요한 라고하』 1992)가 있다. 이 작품의 주인공 피덕구는 한국전쟁에서 포로가 되었던 과거 때문에 정치투쟁의 대상이 되어 아내는 계선을 나누어 이혼했고, 자식들과도 계선을 나눈 채 왕래를 단절하여 혼자 외롭게 어려운 살림을 꾸려왔다. 그런데 어느 날 한국전쟁에서 전사한 줄 알았던 전우가 포로가 되어 남한에서 성공했고, 옛 전우인 피덕구를 보고 싶다는 편지를 보내왔다. 이 소문이 마을에 퍼지자 오랜 시간 왕래도 없이 지내던 두 아들이 그간 효도하지 못한 것을 사과하며 모시겠다고 하고, 새 남편이 감옥에 간 전 부인도 찾아왔다. 피덕구가 정치투쟁의 대상이 되어 힘들었을 때는 자신의 안위를 위하여 계선을 나누어 가족 관계를 끊고 왕래를 단절했던 아들들이 한국에 가서 돈을 벌 기회라는 욕심에 아버지를 서로 모시겠다고 싸우는 것이었다. 이 소설은 개혁개방 이후 한국과 관련한 소문으로 돈에 대한 욕망이 폭발한 현실을 희화한 점에서 앞에서 살핀 허련순의 「밤나무」와 동궤에 놓인다.

이와는 달리 윤림호의 「아리랑 고개」(『은하수』 1991.9)는 조선족 1세대의 고향 방문에 관한 관심과 열망을 잘 보여주었다. 한국전쟁 때 만주로 건너와 라고하에서 뱃사공을 하며 평생 고향을 그리며 살아온 아버지가 남한에 두고 온 아내의 편지를 받았다. 아내의 소식에 흥분한 아버지는 고향 방문팀에 합류하여 고향을 찾아볼 희망에 마음 설레다가 출발 직전에 지병인 심장병이 발작해 사망하였다. 이 작품은 만주로 이주하여 평생 떠나온 고향을 그리며 산 조선족의 삶을 제재로 조선족의 이산 체험을 섬세하게 다루어 이 시기 소설에서 독특한 위치를 차지하였다. 특히 이 작품은 이산 체험을 가진 조선족 1세대와 만주에서 태어나 자란 2세대의 고향 의식이 같을 수 없음을 보여주었다는 점이 문제적이다.

아름다운 라고하! 아버지께서 뿌리내린 곳, 어머니께서 묻힌 곳, 내가 나서 자란 고향, 여기에도 우리 선조들의 슬기와 자랑과 피어린 투쟁사가 찬란하게 새겨져 있는 것이다.

라고하 뱃사공이 만주에서 결혼해 늦게 얻은 딸은 아버지의 장례를 치른 후, 아버지가 평생을 잊지 못한 고향이 한국이듯이 자기 고향은 이곳 라고하라 생각하였다. 이는 조선족이 살아가고 있는 이 땅은 선조들이 이주해 와서 피어린 투쟁을 거쳐 뿌리내린 타향이지만, 자신들에게는 고향일 수밖에 없다는 인식이다. 윤림호가 「아리랑 고개」에서 보여준 이러한 인식은 한국과의 만남을 통해 조선족이 마주친 정체성 혼란에 관한 윤림호의 인식이며, 조선족이 한국 체류를 통해 경험하게 된 이중정체성을 보여준 것이라 하겠다.

이 시기 김종운은 북한에서 온 손님과 남한에서 온 손님이 한족의 집에서 만나는 상황을 그려 남북 화합을 주제로 한 「고국에서 온 손님」(『흑룡강신문』 1991. 『개혁개방30년 중국조선족 우수단편소설집』, 연변인민출판사, 2009. 재수록)을 발표하였다. 짧은 분량의 이 작품은 30여 년 만에 친형 장 교장을 찾아온 북한 정찰병 영관장교 장철과 38년 만에 어머니를 만나러 하 원장네 집을 찾은 한국의 사업가 남상호가 한족인 상업국 왕 과장이 장 교장과 하 원장 가족을 초청한 자리에서 만나 화합하는 내용으로 되어 있다. 장철은 한국 사람을 만나는 것을 꺼려 하 원장의 초청도 피하였으나 왕 과장의 가족 초청을 피할 수 없어 남상호를 만났다. 이 자리에서 남상호는 장철이 하얼빈의 대도관학교 동창임을 확인하고, 한국전쟁에서 포로로 잡힌 자신을 살려준 것을 기억해 감사하고, 서울 홍수 때 북한이 구제 물자를 보내준 것에 고마움을 표하자 장철은 적국의 인사를 만난다는 현실적 위험을 덮어두고 자연스레 남상호를 받아들여 함께 식사하고 자연스럽게 〈아리랑〉도 불렀다.

남과 북이 인간 대 인간으로서 만나야 한다는 것을 이야기한 「고국에서 온 손님」은 장철이 남상호를 단독으로 만나 많은 것을 말하고 또 듣고 싶었지만 '아직은 그렇게 할 수 없었다'로 끝맺고 있다. 이는 아직은 중국을 통해서만 한국과 북한의 일반인이 만날 수 있는 시대의 한계를 보여주었다. 그러나 이 작품에서는 왕 과장의 말을 통해 민족의 비극을 넘어서기 위한 노력을 멈추지 않아야 할 것임을 강조하였다. 이런 점에서 김종운의 「고국에서 온 손님」은 냉전이 지속되던 시기에 전 세계 한민족이 자유롭게 만날 수 있고 남북이 통일이 이루어진 시대에 대한 희망을 보여준 점에서 다소 막연한 전망이기는 하나 민족 문제에 대한 시대를 앞선 문제의식을 제기하였다는 점에 큰 의의가 있다.

이 시기에 김남현은 「한신 하이츠」(『천지』 1992.7)와 「황상동 '산장백숙'」(『천지』 1992.12) 등 한국에서 불법체류자 신분으로 겪은 힘든 노동자 생활을 제재로 한 소설을 발표하였다. 「한신 하이츠」의 김정호는 한국에 오기 위해 생긴 빚을 갚고 아내의 치료비를 벌어야 하기에 이익만을 생각해 인부를 함부로 해고하는 오야지 덕홍의 야비한 행태와 그의 아내가 술을 팔고 노름판을 벌여 돈을 갈취하는 것을 참고 적지 않은 기간을 구미의 아파트 건설 현장에서 막노동꾼으로 일했다. 중국으로 돌아가기로 한 정호가 덕홍에게 달러로 환전해야 하는 시간을 고려해 출국 사흘 전까지는 체불된 임금을 지급해달라고 부탁했다. 그러나 덕홍은 정호가 불법 체류자이니 신고하지 못할 것이라는 심산으로 짐을 부치고 인천에서 기다리면 우송해준다는 말로 속마음을 드러내 보였다. 이에 정호가 강하게 반발하고, 동료인 한국인 서승덕이 노동청에 가자고 협박하여 임금 체불 문제가 해결될 기미를 보였다.

「한신 하이츠」는 한국으로 노동 이주한 조선족이 겪은 차별과 멸시 그리고 임금 체불 등과 함께 노동 현장에서 노동자끼리 끈끈한 동지애로 공존한 체험을 모티프로 하고 있다. 이 작품에서 한국에 입국하여 막노동하는 정호는 오야지 덕홍과는 차별과 임금 문제 등으로 심한 갈등을 일으키지만 같은 노동자인 기환이나 서승덕과는 동지애를 느꼈다. 더욱이 공사판에 나오기 전에 인쇄소를 운영한 바 있는 서승덕은 정호가 덕홍과 임금 문제로 마지막 담판을 지을 때 함께 가서 정호를 지원해주었다. 덕홍이라는 비열한 오야지와의 부대낌 속에서 정호와 서승덕은 인간으로서의 신뢰를 쌓았고, 결국 정호와 서승덕은 인간적인 신뢰를 바탕으로 미래에 중국에서 함께 사업을 벌이자고 약속하는 데까지 나아갔다.

「황상동 '산장백숙'」 역시 구미를 공간적 배경으로 하여 한국에 노동 이주한 조선족의 고단한 삶을 그렸다. 경희는 구미 황상동에 자리한 산장백숙 집에서 종업원으로 일하고, 남편 명춘은 산장백숙 집에서 기거하면서 막노동하고 있었다. 아침부터 밤까지 식당 일을 해야 하는 것은 육체적으로는 힘이 들었지만 주인을 잘 만나 조선족 처지도 이해해주고 남편 출근도 시켜주어, 술을 권하며 지분거리는 남자 손님 상대하는 것 말고는 비교적 만족스러운 생활을 하였다. 중국에서 사이가 좋지 않았던 외가의 조카뻘 되는 연화와 정호 부부가 친척방문 비자로 한국에 왔다가 갈 곳이 없어 찾아오자, 그래도 핏줄이라고 산장백숙 주인에게 부탁해 정호는 막노동을, 연화는 산장백숙 종업원으로 일하게 해주었다. 그러나 연화가 남자 사장을 꾀여 불법체류자 단속을 나오도록 해서 경희는 다른 식당으로 옮기고 월세를 구해 거처를 옮겼다. 그러나 긴 노동 시간과 손님들의 지저분한 행동을 이기지 못한 연화는 경희에게 하소연하고, 연화가 유사콜레라에 걸려 병원에 입원하자 경희 부부가 찾아가 화해하고 중국에 돌아갈 때까지 함께 열심히 살자고 다짐하였다.

이 작품은 한국에 이주해 온 조선족이 겪는 차별이나 임금 문제와 같은 한국인과의 갈등을 다루지 않고 한국에 이주해 온 조선족 사이의 갈등을 다룬 점이 특이하다. 이 작품에서 식당 종업원으로 일하는 경희나 연화는 사장이 조선족의 처지를 이해하고 배려하여 사장과는 갈등을 겪지 않았다. 이 작품은 한국에 이주한 조선족들이 서로 돕고 지내야 한다고 생각하면서도 중국에서의 악연 때문에 힘들어하고, 조금 나은 직장을 두고 욕심내고 서로 차지하기 위해 갈등하는 모습을 다루었다. 그러나 이 작품의 말미에서 경희와 명춘 부부는 연화와 정호 부부와의 갈등을 극복하고, 이 힘든 날들의 끝에 행복한 날을 만들 수 있기를 기원하였다. 이 작품은 이렇듯 조선족의 한국 이주와 관련하여 한국인과의 갈등이 아닌 새로운 제재를 찾아 소설화하였다.

김남현의 「한신 하이츠」와 「황상동 '산장백숙'」은 조선족이 친척방문 비자로 한국에 입국하여 불법 체류하며 돈벌이하던 시기에 경험한 차별과 불안 등을 제재로 한 점에서 큰 의미를 지닌다. 이 시기 들어 조선족이 한국에서 경험한 차별과 멸시가 조선족 사회에 알려졌고, 조선족 작가 중 소수가 한국을 방문하여 그것을 체험하기도 했다. 그러나 돈에 대한 열망으로 조선족의 한국 이주는 더욱 확대되었고, 한중수교로 한국 이주가 쉬워져 한국 열풍이 불자 한국 이주의 체험은 조선족 소설의 중요한 제재로 자리 잡았다. 이런 점에서 이 시기에 한국 이주 조선족의 열악한 삶을 다룬 김남현의 작품은 다음 시기 소설의 핵심적 제재를 선취하였다는 소설사적 의의를 지닌다.

제6장

민족의 뿌리 찾기로서 역사 제재 소설

사상 해방의 분위기 속에서 조선족 작가들은 반우파투쟁 이후 문화대혁명 시기까지 횡행했던 소수민족 문화를 지방 민족주의, 종파주의로 비판한 것에 대한 반성적 사고를 시작했다. 조선족은 한반도에서 과경한 민족이지만 항일 무장투쟁 과정에서 중국공산당과 함께 견결히 투쟁하여 승리를 쟁취했고, 국공내전에 참군하여 공산당의 승리를 일궈낸 역사가 있다. 따라서 중화인민공화국의 수립에 기여한 조선족의 역사를 소설화하여 민족적 자존감을 함양하고, 중국공산당과 함께 위대한 역사를 창조한 소수민족 조선족의 존재를 중국 내에 확인하고자 하였다. 그 결과 조선족이 중국공산당과 함께한 투쟁의 역사를 제재로 한 소설은 조선족 소설계의 한 주류로 등장하였다. 또 한편으로는 조선족들이 오랜 시간 계급투쟁의 과정에서 잊어버린 조선족의 뿌리로서 한국사를 제재로 한 역사소설도 이 시기의 한 흐름으로 나타났다.

이 시기에 등장한 역사 제재 소설에 대해 정판룡은 2차 세계대전 이후 전 세계적으로 성행한 자민족 뿌리 찾기 운동과 일정한 관련이 있음을 시사했다. 중국에서는 근대화 이후 전쟁의 연속이었고 특히 계급투쟁이 오랜 기간 진행되어 자기 민족에 관해 생각할 기회가 별로 없었으나 이제 민족에 관해 생각해야 할 필요성이 생겼다며 현재 조선족 소설계에서 역사소설이나 역사 제재 소설이 등장하는 것은 조선족이 자신을 인식하고 싶은 단계에 도달했음을 알려주는 표지라고 그 의미를 부여하였다. 이렇듯 민족의 뿌리를 앎으로써 조선족으로서의 정체성을 확인할 수 있고, 한족을 비롯한 여러 소수민족이 함께 투쟁하여 승리를 쟁취한 역사를 통해 중국 국민으로서의 정체성을 확보할 수 있다. 이런 점에서 이 시기에 조선족 역사를 제재로 한 소설이 등장한 것은 전체보다 개체가 중시되는 새로운 시대를 맞이하여 과거를 알아야 미래로 나아갈 수 있다는 조선족 작가의 시대적 사명감을 현현한 것이라 하겠다.

류원무는 문화대혁명이 종식된 직후, 한국전쟁 막바지 휴전이 추진되던 시기에 장백산 지역에 잠입한 국민당 특수부대 천일부대원과 연변 지역의 특무를 궤멸시킨 인민해방군과 민병의 활약을 다룬 중편소설『숲속의 우등불』(연변인민출판사, 1979)을 발표하였다. 이 작품은 한국전쟁 중에 미군과 장개석이 연합하여 국민군 특수부대원을 백두산 밀림 지역에 투하하여 국공내전 시기 국민군이 동북에서 철수하면서 연변 지역에 심어둔 특무들과 연계하여 연변 지역에 국민당의 거점을 만들려 시도했다는 것을 전제로 하고 있다. 한국전쟁이 발발하자 중국 당국은 전쟁이 중국으로 확대될 것을 두려워해 압록강과 두만강 지역에 인민해방군과 민병을 배치해 철저히 감시하였다. 압록강까지 북상했던 전선이 인민해방군의 참전으로 남쪽으로 이동하고, 이후 휴전이 논의되기 시작했지만, 중국 당국에서는 백두산 지역을 비롯한 국경 지역의 경계를 소홀히 하지 않았다.

이 작품의 내용을 요약하면 다음과 같다. 미군의 지휘하에 낙하산으로 침투한 천일부대 지휘관 한 명과 부대원 다섯 명이 백두산 밀림 속에 거점을 만들어 유격전을 준비하고, 대원 한 명을 잠입시켜 숨어 있던 특무와 함께 사회 혼란을 일으키려 하였다. 그러나 민병들이 하늘에서 낙하하는 물체를 확인하고 정찰 중에 특수부대원들이 잃어버린 물건들이 발견되자 지역에 파견된 인민해방군 정찰조의 토벌이 시작되어 은신해 있던 천일부대원 전체와 이후 추가 투입된 군인들을 일망타진하였다. 그리고 특무의 활동을 감시하기 위해 부패와 연루되어 파면되어 타락한 삶을 살아가는 것으로 가장한 비밀요원의 활약으로 천일부대와 연관된 특무 전원을 체포하였다.

류원무의『숲속의 우등불』은 조선족과 한족으로 편성된 인민해방군 정찰조의 활약으로 공수 투하된 국민당 특수부대를 궤멸시키고, 공안조직과 비밀 요원이 천일부대의 지시에 따라 요인을 살해하고 교량을 폭파하려던 특무의 활동을 막아내는 과정을 박진감 있게 그렸다. 개혁개방 이후 처음 발표된 조선족과 한족이 힘을 합쳐 국가 보위에 헌신하는 모습을 보여준 이 작품은 항일투쟁이나 국공내전이 아니라 한국전쟁 시기에 후방 지역인 백두산 밀림 지역에서의 전투를 다룬 점이 독특하다. 또 미군과 장개석이 연합하여 국민당의 복귀를 위해 특수부대를 공수 투하하였고, 그들이 인민 속에 잠입해 있던 특무들과 연계하여 중화인민공화국을 전복시키려 했다는 상황 설정이 이채롭다. 이러한 상황 설정은 극좌적 정치 이념이 판을 치던 시기에 전쟁 위기론, 국민당 복귀 위험, 특무의 파괴 공작 등이 체제 보존의 논리로 등장했던 것을 생각하면 조금은 구시대적인 제재 선택이라는 지적이 가능하다. 그리고 작은 문제이기는 하나 작품 말미에서 천일부대 잠입 작전 전체를 지휘한 미군 장교가 토벌대가 보낸 유격대의 거점이 마련되어 커다란 전과를 올리고 있다는 거짓 무전에 속아 헬리콥터로 백두산 밀림을 찾았다가 체포된다는 설정은 인민해방군의 영용함을 강조하기 위한 소설적 장치이겠지만 개연성이 떨어지는 한계를 드러내었다.

리근전은 이 시기에 조선족의 이주와 항일의 역사를 다룬 대표적인 장편소설『고난의 년대』를 발표하였다. 리근전 자신의 기록에 따르면 이 소설의 착상부터 집필까지 상당히 긴 시간이 소요되었다. 리근전은 1950년대 초에 길림 지역에서 기자 생활을 할 때 촌로들에게서 조선족의 역사를 듣고 자신도 제대로 알지 못하는 내용이라 언젠가 글로 써야겠다고 생각했다. 1955년부터 연변에서 활동하게 된 리근전은 조선족이 역사의 각 시기에 중국의 여러 민족과 함께 투쟁했다는 사실을 확인하였고,『범바위』를 발표한 후에 구체적인 집필 계획을 세웠다. 그러나 문화대혁명으로 작업이 중단되었다가 개혁개방 이후 노인들의 체험을 직접 듣고, 만주의 역사와 조선족 이주사 그리고 중국공산당 만주지국의 역사 등을 섭렵하고, 안수길의『북간도』를 읽은 후『고난의 년대』

의 내용과 전개 방식 등을 결정하고 집필하였다.

한반도에서 생존을 위해 만주로 건너온 세 집안의 고난에 찬 이야기로 이루어진 『고난의 년대』는 조선족의 만주로의 이주 과정을 다룬 『고난의 년대(상)』(연변인민출판사, 1982)과, 만주로의 이주 이후 중국공산당의 영도 아래 조선족과 한족이 공동으로 벌인 항일투쟁을 다룬 『고난의 년대(하)』(연변인민출판사, 1984)로 나누어 2년에 걸쳐 간행되었다. 이 작품의 줄거리를 요약하면 아래와 같다.

「고난의 년대(상)」은 1899년 여름, 동향의 박천수, 오영길, 최영세 세 집안이 만주로 이주하기 위해 두만강을 건너다가 국경수비대에 발각되어 뿔뿔이 흩어진 것으로 시작한다. 박천수는 맏아들과 막내아들을 잃고 만주로 들어와 한족의 도움을 받아 천수동에 보금자리를 마련하고, 우물을 발견하자 많은 조선족 유이민이 천수동에 모여들어 마을을 형성하였다. 조선으로 돌아갔다가 2년 후 소문을 들은 오영길은 박천수의 큰아들을 데리고 천수동에 들어와 박천수의 도움으로 생활하다가 변발역복한 사람에게만 토지소유권을 준다는 정책에 따라 마을을 대표해 변발역복하여 토지소유권을 확보하고, 한족 지주의 마름이 되어 토지를 구입하여 악질 지주가 되었다. 최영세는 박천수와 헤어져 조선으로 돌아갔다가 용정으로 건너와 변발역복한 후 상권을 얻어 대상인으로 성장하였다. 반면 박천수는 성실한 농군으로 마을 농민들의 어른으로 숭앙받지만 변발역복을 거부하여 소작농의 처지를 벗어나지 못했다. 오영길과 최영세가 돈벌이를 놓고 죽기살기로 싸울 때, 박천수의 막내아들 박윤민은 두만강변의 지식인 노인에게 양육되며 교육받아 훌륭한 지식인이 되어 천수동으로 들어왔다. 박윤민은 농민의 삶을 위해 토지제도를 바꾸기 위해 농민을 모아 도윤공서를 포위하고 투쟁하다 실패하여 동지들과 감옥에 가고, 박천수는 이에 충격을 받아 사망하였다.

「고난의 년대(하)」는 박천수 세대로 대표되는 유이민의 이주와 정착 과정에서 박윤민 세대로 대표되는 민족의 비극적 현실을 타파하고 일제를 몰아내기 위한 항일투쟁과 당의 영도 아래의 혁명으로 서사의 중심이 전이되었다. 천수동을 비롯한 연변 지역의 각 농촌에서는 조직적으로 소작쟁의를 벌이고, 일제의 억압에 항거하고, 중국공산당의 지시에 따라 전선을 끊어 연길을 암흑으로 몰아넣는 직접적인 투쟁으로 나아갔다. 박윤민은 공산당에 가입하여 항일무장투쟁을 계속하나 정세가 점차 나빠져 일제에 대한 직접 투쟁이 더 이상 불가능한 상황으로 몰리자 일제의 역량이 미치지 않는 지역으로 이동하여 투쟁역량을 보존하면서 직간접 투쟁을 지속하라는 당의 방침에 따라 북쪽으로 이동하여 국경을 넘었다. 이 작품에서 박윤민과 동지들의 항일무장투쟁은 이것으로 마무리되어, 1930년대 후반 투쟁 역량의 보존을 위해 항일투사들이 만주를 벗어난 이후 해방 시기까지의 이야기는 생략되었다. 그리고 작품 말미에 에필로그 형식으로 일제가 패망한 후 새로운 세계를 만들기 위해 노력하는 박윤민이 미래를 기약하는 것으로 작품 전체를 마무리하였다.

이렇듯 『고난의 년대』는 1899년 여름부터 1945년 10월까지를 시간적 배경으로 하여 이주와 정착의 어려움, 토지소유권 문제, 민족 수난, 소작쟁의, 항일투쟁 등 이 시대의 핵심 사건을 다루고 있지만, 박천수가 만주로 이주하여 터를 잡고 새로운 고향을 만들어가는 과정과 박윤민과 동지들이 벌이는 항일투쟁 과정은 서사 전개 측면에서 상당한 차이를 보인다. 이 작품 상권은 조선족의 만주 이주와 정착의 역사를 상당히 치밀하게 재구성했다. 한마을에 살다함께 솔가하여 만주로 이주한 박천수, 오영길, 최영세 등 세 사람의 이주 이후행적은 초기 만주 유이민이 선택할 수 있는 삶의 전형이었다. 변발역복하여중국인 호구를 얻어서 토지를 소유하거나 사업을 할 것인지 아니면 이를 거부하고 조선인의 신분을 지키며 소작인으로 가난하게 살 것인지는 인간 본능과민족적 자존 중 하나를 선택하는 어려운 문제였다. 『고난의 년대』는 이러한 선택의 길에서 적극적인 중국화와 친일의 길을 선택한 오영길, 생존을 위해 중국화하고 생업에만 투철한 오영세, 그리고 중국화를 거부하고 조선인의 삶을지킨 박천수 등 당시 만주로 이주한 조선인들이 선택할 수 있었던 삶의 세 가지 전형적인 모습을 형상화하였다.

또 이 작품에는 식수 문제로 겪는 풍토병, 풍토병을 극복하고 정주하는 데필수적인 우물 찾기, 유이민이 집결하여 공동체 만들기, 한족 지주 집 지팡살이 등 이주 초기 조선인들이 만주에 정착하는 과정에서 겪은 어려움이 잘 그려져 있다. 또 역사적 사실로서 변발역복과 농지 획득 문제, 조선인 지주의 탄생 그리고 벼농사 방법 연구 같은 생존을 위한 각고의 노력도 충실히 다루었다. 또 이 시대에 발생했던 항일운동인 3·13만세운동과 경신참변 등에 대해서도 상세히 서술하여 조선인이 만주로 이주하는 초기 시대 상황과 조선인 이주민의 삶을 치밀하게 형상화하였다.

그러나 『고난의 년대』는 3·13만세운동 이후 만주 지역의 조선인 항일투쟁을 대표하는 역사적 사실들이 언급되지 않는 한계를 보였다. 연변 지역으로 들어온 박윤민은 3·13만세운동의 실패와 경신참변 이후 민족운동을 주도해오던 민족주의자들의 분열과 민족지도자들의 타락에 실망하여, 소작쟁의에 실패한 이후 공산당과 연계할 때까지 교사의 삶에 충실하며 사회 변화에 촉각을 세우고 있었다. 박윤민은 1920년대 말 중국공산당 만주지부가 성립되어 당과 연계되자 소극적 활동을 끝내고, 당의 지도하에 동지들을 규합하여 5월 항쟁을 일으키는 등 무장투쟁을 본격화했다. 그러나 박윤민이 잠복하고 있던 시기에 민족주의자들이 주도한 신흥무관학교 개교나 봉오동과 청산리 전역 같은 항일무장투쟁을 다루지 않았고, 1920년대 중반부터 시작된 조선인 사회주의 단체의 활동도 전혀 다루지 않았다.

간도 지역은 1920년대 민족주의자들의 독립운동 근거지였으나 3·13만세운동과 봉오동과 청산리 전역 이후 경신참변 같은 일제의 철저한 탄압과 적극적인 회유 공작으로 그 역량이 위축되었고, 민족주의자가 비운 항일운동의 자리에 상해파, 화요파, ML그룹 등 조선인 사회주의 운동 단체가 설립되어 활동을 전개하였다. 중국공산당 동북지구당은 설립 이후 당원 부족으로 연변 지역에서의 활동이 미미하였지만, 코민테른의 방침에 따라 1920년대 말부터 조선인 사회주의자를 당원으로 받아들여 투쟁 역량을 강화하였다. 이러한 역사적 사실에 비추어 볼 때, 리근전의 『고난의 년대』에서 그린 박윤민의 항일투쟁 과정은 그 시대의 일면적 사실만을 반영하였을 뿐이었다.

치열한 항일무장 투쟁을 계속하던 박윤민과 동지들은 일제의 소탕 작전에 밀려 점차 전투력이 약화되었고, 결국 당의 지시에 따라 북쪽으로 이동하여 국경을 넘었다. 이 작품의 이러한 전개는 만주국 수립 이후 관동군을 중심으로 진행된 3~4년 동안의 치안숙정 공작으로 항일무장 세력의 역량은 거의 궤멸되었고, 보갑제도와 농촌 집단화 등으로 인적·물적 통제가 강화되어 유격 활동조차 어려워져, 중국공산당에서 이 시기까지 만주 지역에서 활동하는 항일무장 세력의 전투 역량을 보존하기 위해 중국 관내나 소련으로 이동하게 하였던 항일연군의 항일투쟁 역사를 반영하고 있다. 『고난의 년대』는 이 시기의 역사를 다루지 않음으로써 오히려 소설적 진실성을 확보한 것이다.

리근전의 『고난의 년대』에서 항일투쟁의 상당 부분이 생략된 것은 만주에서의 조선족 인민의 삶과 투쟁을 형상화하면서 중국공산당의 영도만을 강조한 결과이다. 박천수가 이주하여 정착하는 상권은 중국공산당이 만주에 진출하기 전을 다루어 1919년의 3·13만세운동과 경신참변 등 역사적 사건과 지주와 소작농의 갈등 그리고 중국 정부의 정책에 대한 조선인 이주민의 대응을 사실적으로 서술할 수 있었다. 그러나 박윤민이 작품의 전면에 나선 하권에서는 박윤민이 분열된 민족지도자들을 불신하고 중국공산당을 기다려 당의 영도에 따라 반제반봉건 투쟁을 전개하는 것으로 그렸다. 항일과 해방은 중국공산당의 영도 아래 이루어낸 투쟁과 승리라는 목적의식이 과도하게 작용하여 이 작품에서 만주에서의 항일투쟁에서 민족주의 진영이 주도한 민족운동과 항일투쟁을 생략한 것이다. 이런 점에서 『고난의 년대』는 중국공산당의 영도라는 정치적 이념이 과도하게 작용하여 조선인이 벌인 만주에서의 항일투쟁의 역사를 편협화했다고 평가할 수밖에 없다.

이러한 한계에도 불구하고 리근전의 『고난의 년대』는 조선인의 만주 이주와 정착 그리고 항일투쟁의 역사를 다룬 최초의 소설이라는 소설사적 의의를 지닌다. 이 작품은 1899년부터 1945년을 시간적 배경으로 하여 만주로 이주해 조선인과 한족이 함께 이룬 만주 개척과 항일투쟁의 서사로 요약할 수 있다. 조선인 이주민 박천수가 먼저 이주해 와있던 한족 왕덕후의 도움으로 정착하고, 그와 함께 천수동을 개간하여 이주민의 마을로 개척하였다. 그리고 박천수의 아들 박윤민은 왕덕후의 아들 왕주와 함께 항일투쟁과 해방투쟁에 나섰고, 공산당에 입당하여 당의 영도 아래 힘을 합쳐 투쟁하여 최종 승리를 쟁취하였다. 조선인과 한족이 힘을 합쳐 만주의 황무지를 개간하고 지주와 일제를 몰아내었다는 이 작품의 내용은 항일과 해방의 역사에서 조선족의 역할을 강조하여 민족의 자긍심을 회복하고, 중국 내에서 조선족의 위상을 알리려던 문화대혁명 이후 조선족의 의식을 반영한 결과이다. 이러한 항일과 해방 투쟁에서의 조선족의 역할을 강조하는 서사는 이 시기 조선족 소설의 중요한 경향으로 나타났다.

1980년 25년 만에 창작 권리를 되찾은 김학철에게는 크게 두 가지 길이 열려 있었다. 그간의 정치적 억압과 감옥 체험을 바탕으로『20세기의 신화』와 같은 현실 비판적인 소설을 창작하는 길과 해방 직후 한국에서 소설로 집필한 후 지속적인 관심을 보여왔던 조선의용대의 역사를 소설화하는 길이 그것이었다. 김학철은 옥중 체험을 바탕으로 몇 편의 소설을 창작하였다. 대표적인 작품으로 류소기를 옹호하는 말을 했다는 이유로 반혁명현행범으로 복역 중이면서도 성심으로 죄수의 병을 치료하려 애쓰는 의사 현덕순의 형상을 통해 아수라와 같은 현실 속에서도 인간다움을 지키는 삶의 존엄성을 강조한「죄수 의사」(『장춘문예』 1985. 2기)와 감옥에서 비공식적으로 운영하는 밀고제도로 인해 인간성이 파멸된 인간 군상을 그려 극좌적 정치논리가 횡행하던 시기에 중국 사회에 만연했던 주변 사람을 밀고하여 자신의 안위를 돌보던 현실을 통렬히 비판한「밀고제도」(『천지』 1987.2) 등이 있다. 그러나 이 시기 김학철의 문학적 관심은 점차 현실 비판에서 항일 체험의 소설화로 나아갔다.

오랜 영어의 시간 중에 김학철은 자신을 비롯한 수많은 청춘이 항일투쟁에 몸 바친 조선의용대의 활동이 한국, 북한, 중국 어디서도 역사적 사실로 다루어지지 않는다는 사실을 확인하고는 작가인 자신이 이를 정리해 역사의 기록으로 남기겠다고 다짐하였다. 창작의 권리를 되찾은 이후 김학철은 여섯 명밖에 남지 않은 동지 대부분이 60대 중반을 넘은 현실을 감안해 시간에 쫓기듯 조선의용대에 관한 기억과 자료를 총동원하여 집필을 시작하였다. 김학철은 먼저 조선의용대와 관련한 다섯 편 글을 모아 전기문학『항전별곡』(흑룡강조선민족출판사, 1983)을 발간하였고, 이어서 소년기를 보낸 원산부터 서울에서 중학교에 다니다 중국으로 건너가 항일무장투쟁 단체에 가입하고 조선의용대원이 되어 태항산에서 일본군과 전투를 벌이기까지의 체험을 소설화한『격정시대』(전 2권, 료녕민족출판사, 1986)를 출간하였다.

　김학철의『격정시대』는 자전적 소설이다. 이 작품은 김학철의 생애가 투영된 주인공 서선장과 허구적 인물로 소설 전개에 중요한 역할을 담당하는 씨동이와 송일엽 등을 중심으로 서사가 전개된다. 그리고 이외에 어린 시절 주변사람과 그의 민족의식 형성에 영향을 준 은사와 선배 그리고 항일투쟁의 과정에서 만난 선배와 동료의 서사가 작품의 내용을 풍요롭게 해주었다. 먼저 이작품의 의의와 가치를 살피기 위해 서선장의 성장 과정을 중심으로 줄거리를정리한다.

　서선장은 일제의 침략으로 전 나라가 고통에 빠진 시기에 함경도 원산에서아들이 선장이 되었으면 해서 이름을 선장으로 지을 정도로 가난한 어부의 아들로 태어났다. 선장은 개구쟁이 때부터 일제의 착취로 빈곤에 허덕이는 주변사람을 보며 성장하였다. 동네의 어민들은 흉어에 시달리고 풍어에는 생선값이 하락해 가난을 벗어날 수 없었고, 가장이 풍랑으로 죽기라도 하면 가족은생계 유지가 어려웠다. 가난한 마을 처녀들은 강가에서 자갈을 치는 힘든 작업으로 몇 푼을 벌거나 일본인이나 지주의 집에 가정부로 들어가 가족을 먹여살렸다. 선장의 누나 정임도 자갈 치기 작업을 하다 어쩔 수 없이 한 진사네 가정부로 들어갔고, 씨동이의 애인 쌍년이는 일본인의 첩이 되어 가족의 생계를책임졌다.

　이러한 주변 사람들을 보며 자란 선장은 식민지 현실에 대해 강한 반항심리를 갖게 되었고, 소학교에서는 역사 시간에 일본 역사만 배우는 이유를 궁금해하다가 김영하 선생에게 조선 역사를 들었다. 조선 역사와 조선인의 가난에대해 의문을 키우던 선장은 원산노동연합회가 주동한 총파업을 보며 가슴속에서 무언가 격동되는 느낌을 받았다. 더욱이 파업을 주도한 씨동이가 체포되고, 김영한 선생이 해직되고, 노동 지도자 주철산이 희생당하는 것을 목격하고는 현실에 대한 적개심이 강화되었다.

중학교를 졸업한 선장은 서울 아주머니댁의 양자가 되어 보성고보에 입학하였다. 열네 살 나이에 화려한 서울에 입성하여 학교에 다니면서 선장은 서울 역시 고향 원산과 다름없이 빈궁 속에 내몰려 있음을 깨달았다. 그리고 보성고보 입학한 첫 학기에 김봉구 선배가 친일 교장을 수레에 실어 동대문 밖 쓰레기장에 내다 버리는 모습을 보았고, 다음 학기에는 광주학생의거에 따른 전국적인 동맹휴교에 보성고보도 참여해 많은 학생이 퇴학당하고 투옥되는 것을 보았다. 선장은 씨동이, 김봉구 선배 등의 행동을 보고, 동맹휴교를 겪으면서 일본을 몰아내어야만 우리 민족의 미래가 열릴 수 있다는 강한 현실 인식을 갖게 되었다. 의식이 각성된 선장은 연이어 발생하는 항일투쟁, 특히 윤봉길 의사의 의거를 알고 나서 마음이 격동되어 상해로 건너가 무정부주의자의 무장투쟁에 가담하였다.

일제 앞잡이를 살해하는 무장투쟁을 지속하던 무정부주의 단체가 개인적인 테러로는 항일투쟁을 승리로 이끌 수 없다는 판단 아래 중국군과 공동으로 항일투쟁을 지속해 나가기로 결정하였다. 이에 따라 선장은 상급의 지시대로 장개석 정부가 설립한 중국중앙군관학교에 입학하여 군사학을 배우고, 졸업과 동시에 국민당 군대의 기층간부로 배속되어 항일투쟁을 시작하였고, 효율적인 항일무장투쟁을 위해 발족한 조선의용대에 가입하였다. 그러나 국민당 군대가 전사들의 수당과 식량을 약탈할 정도로 부패하였고, 자기들의 무력을 보존하기 위해 일본군과의 전투를 회피하는 데 실망한 조선의용대원들은 논의를 거쳐 해방구로 넘어갈 것을 결정하고 위험스러운 행군 끝에 태항산에 도착하였다.

선장이는 난생처음 자유로운 땅을 디디었다. 왜냐하면 그의 조국이 망하던 그 해에도 그의 어머니도 겨우 열다섯 홍안의 부끄럼 타는 소녀였으니까.

아 태항산! 세상에두 빈궁하구 또 세상에두 부요한 태항산아, 우리는 그대의 품속에 뛰어들었다.

이러한 격렬한 감동은 선장뿐 아니라 모든 조선의용대 동지의 마음이었을 것이다. 대다수 인원이 공산주의에 심취해 있었던 그들에게 중국공산당이 지배하는 해방구는 진정한 자유의 공간이었다. 그리고 그들이 건너간 항일근거지는 선장의 기대에 부합하였다. 국통구에서 해방구로 건너온 조선의용대를 환영하는 대회에서 팽덕회 장군이 환영사를 할 정도로 팔로군은 조선의용대를 진심으로 환대하였다. 선장이 만난 팔로군은 간고한 생활이지만 장교와 병사의 차이 없이 민주적으로 생활하고 자유롭고 평등하게 생활하고 있었다. 그들과 함께 생활하면서 선장은 팔로군이 진정으로 혁명을 하는 군대라는 사실에 큰 감명을 받고, 이러한 군대와 함께 일본군과 전투를 벌인다면 얼마든지 목숨을 버릴 수 있다고 생각하며, 식량과 잠자리가 열악한 생활 환경을 낙천적으로 받아들이게 되었다.

이처럼 이 작품은 원산 바닷가의 어린 소년 선장이 원산을 떠나 서울, 상해, 남경, 군관학교를 거쳐 중국 전역으로 확장되었다가 태항산으로 들어가는 모습을 통해 진정한 항일투사이자 혁명가로 성장하는 과정을 보여주었다. 김학철은 자신의 생애를 제재로 한 『격정시대』를 쓰면서 주인공 선장이 혁명투사로 성장하는 가운데 영향을 주고받으며 영웅적으로 항일투쟁에 참여하는 씨동이, 송일엽, 김봉구 등 허구적 인물을 창조하여 서사 주체 중심으로 전개되는 자전적 소설의 단순성을 벗어나 다양한 인물들을 통한 생동감 있는 서사로 나아가게 하였다.

씨동이는 선장의 삶에 커다란 영향을 미친 노동자였다. 씨동이는 조업을 나갔던 어선이 폭풍을 만나 파선 위기에 빠졌을 때 마을의 부자 한 진사가 어민을 구하는 데 50냥을 걸자 용감히 뛰어들어 그들을 구하고는 사람의 목숨에 돈을 매기는 한 진사를 비웃고 돈을 받지 않을 정도로 정의감이 강한 인물이었다. 그는 사랑하던 쌍년이가 가족의 생계 때문에 일본인의 첩이 되자 돈을 벌어 찾겠다고 다짐했지만, 공사판에서 만난 사회운동가에게 포섭되어 투사가 되고, 원산부두 파업을 주도해 일경에 체포되어 옥고를 치르다가 탈옥해 쌍년이에게 돌아오겠다 약속하고 중국으로 건너가 항일무장투쟁에 나섰다.

선장이 상해로 건너갔을 때, 씨동이는 상해에서 활동하다 일경에 체포되어 인천으로 압송되던 배에서 뛰어내려 상해로 돌아오고, 여러 차례에 걸친 무장 투쟁에서 영웅적으로 활동하는 등 이미 전문 혁명가로서 성장해 있었다. 씨동 이는 선장에게 무장투쟁에 필요한 기술을 가르쳐 선장이 항일투사로 성장하 도록 이끌었다. 이후 씨동이는 연안으로 들어가 항일투쟁을 계속하고, 일본군 지역에서 체포되어 압송되는 동지를 구하기 위해 열차를 세우고 습격하여 동 료를 구출했다. 이 자리에서 씨동이는 재혼한 남편과 중국까지 왔다가 남편이 폭사해 고향으로 돌아가는 쌍년이를 만나 멈칫하는 순간 일본 헌병의 총에 맞 아 죽었다. 이처럼 『격정시대』에서 씨동이가 등장하는 부분은 김학철이 허구 적 상상력을 최대한 동원하여 창조한 부분으로, 자전적 성격이 강한 이 작품 의 다른 부분과 달리 소설적 박진감을 갖추었다.

송일엽은 선장이 상해로 건너가 무정부주의자 단체에 가입하여 생활할 때 같은 집에 거주하던 무희이다. 그녀는 선장과 상해에서 만나고 헤어지고 또 전장으로 함께 갔다가 헤어지면서 사랑하는 관계로 발전하였으나 끝내 하나 로 맺어지지는 못하였다. 송일엽은 전장에서 고아가 된 한족 아이를 자식처럼 보살피며 강한 모성애를 드러내 보이며 선장과의 사랑을 기다렸으나 야전병 원을 보호하기 위해 펼치는 유인기만전술에서 파편 쪼가리가 스쳐 생긴 작은 상처 때문에 파상풍에 걸려 사망하였다.

이 작품에서 송일엽의 죽음은 비장하게 그려져 있다. 목표물 없는 포탄 쪼가 리에 맞았다며 웃던 그녀가 자고 나니 고열에 근육 마비가 왔으나 함께 전장 을 누비던 동지들은 아무런 손도 쓸 수가 없었다. 그녀의 죽음은 전장에서 가 벼운 병에도 약이 없어서 허망하게 스러진 수많은 항일투사의 죽음을 전형적 으로 보여준다. 송일엽은 김학철이 상해 체험을 다룬 여러 글에서 상해 도착 초기에 같은 집에 살았던 여인으로 언급한 인물을 훌륭한 여성 항일투사로 변 형한 인물이다. 송일엽은 김학철이 상해에서 잠시 만났던 여성의 이미지에 혁명 과정에서 만난 여성 전사의 모습과 전장에서 허무하게 죽어간 동지들의 형상을 겹쳐서 창조해낸 허구적 인물로 소설로서의 재미와 소설적 긴장감을 만들어내었다.

이외에도 선장의 보성고보 선배 김봉구는 씨동이나 송일엽과 같은 큰 비중을 지니지는 않으나 소설 내에서 일정한 서사적 기능을 담당하는 인물이다. 선장이 상해에서 혁명 자금을 조달하기 위해 강도 사건을 벌였다가 국민당군 병사에게 체포되어 끌려간 자리에서 소대장이 된 김봉구를 만났다. 반갑게 인사를 나누고 선장에게서 그간의 일을 들은 김봉구는 "그러구 보니 우리가 그동안 걸은 길은 서루 달랐어도 지향하는 바는 하나였구려"라며 자신은 퇴학 후 황포군관학교를 염두에 두고 중국으로 건너와 귀인을 만나 중앙육군군관교를 졸업하고 방효삼 연대의 직할 소대장이 되었다고 얘기하였다. 이후 김봉구는 국민당군의 부패에 실망해 방효삼과 해방구로 건너갈 것을 상의하나 길을 찾지 못하다가 강서 지역 전투에 파견되어 공산당 첩자를 체포한 기회에 그를 앞세워 김무정 장군이 지휘하는 부대로 찾아갔다.

이 작품에서 김봉구는 서너 장에만 등장하는 부수적 인물이지만 선장의 항일의식 형성에 커다란 영향을 미치고, 항일정신이 투철한 조선 청년이 항일무장투쟁을 위해 중국으로 건너왔음을 보여주는 기능을 담당하고 있다. 그리고 김봉구가 직접 본 강서 지역 전투를 통해 일본군과 싸우기보다 공산군 축출에만 치중하고, 변변한 전투도 하지 못해 사기를 상실한 장병들이 백성을 재산을 약탈하고, 여성을 겁탈하는 데 여념이 없는 국민당군의 실상을 보여주었다. 또 김봉구가 공산당 비밀요원을 체포한 기회에 개인적으로 해방구로 탈출한 것은 조선의용대뿐만 아니라 일본군과의 직접적인 전투를 원하는 조선인 항일투사들이 여러 경로로 해방구로 건너가 공산군과 함께 항일전쟁을 수행하였음을 알게 해준다.

김학철의『격정시대』는 무엇보다 역사 기록에서 상실될 뻔한 조선의용대의 항일투쟁사를 매우 치밀하게 소설로 복원한 점에 그 의의가 있다. 한국에서는 공산주의자의 항일투쟁이라는 이유로, 북한에서는 김일성의 빨치산 투쟁이 항일 역사의 중심에 자리해서, 중국에서는 항일투쟁의 주류 담론이 될 수 없기에 조선의용대는 역사 서술에서 제외되었다. 현재까지도 북한에서는 의열단, 조선독립동맹, 조선의용대 등의 활동은 언급되지 않고, 한국에서는 이에 관한 연구가 소홀하다가 1986년 이정식과 한홍구가 김학철의『항전별곡』과 조선독립동맹 관련 논문을 묶어『항전별곡』(거름, 1986)이 발간한 뒤 상당한 연구 성과를 올렸고, 중국에서도 조선족 역사학자에 의해 이에 관한 많은 연구가 이루어졌다. 조선의용대의 존재와 실체를 세상에 알린 김학철의『격정시대』는 비록 소설의 형식을 취하였으나 작품에 언급된 역사적 사실이 놀라울 정도로 정확한 점과 역사의 현장에 자리한 항일투사의 편린이 잘 그려진 점에서 무엇보다 커다란 역사적 의의를 지닌다.

이 작품이 발표되기 전에 김학철은 조선의용대의 체험을 제재로 한 단편소설을 적지 않게 발표하였다. 대체로 항일의용대 시절에 겪은 힘은 들었지만 흥미로운 사건을 유머와 위트를 사용하여 서술함으로써 항일투사들이 삶과 죽음이 오락가락하는 혁명의 현장에서 늘 긴장의 끈을 놓지 못하고 치열하게 살았으리라는 일반의 예상을 깨버렸다. 기존에 발표한 소설에 등장하는 개인 체험에 항일과 관련한 몇 가지 역사적 사실을 포함하고 허구적 인물의 활동을 첨가하여 재창조한『격정시대』는 열정 가득한 한 소년이 생사의 기로를 오가면서도 꿈과 희망을 놓지 않고 미래에 대한 낙관적 전망과 승리에 대한 확신으로 위대한 혁명가로 성장해가는 과정을 보여주었다. 김학철이『격정시대』는 고통스러운 식민지 현실과 치열하고 살벌했던 항일투쟁 체험을 유머와 위트로 초극하는 인물을 그려 혁명성장소설의 새로운 형태를 개척한 점에서 소설사적 의의를 지닌다.

아울러『격정시대』는 다른 어떤 항일투쟁의 역사를 제재로 한 소설보다 항일전쟁에 있어 조선인의 역할이 적지 않았고, 항일전쟁이 조선인과 중국의 여러 민족이 힘을 합쳐 싸워 얻어낸 승리임을 강조하고 있다. 그리고 해방을 위한 전쟁에 아시아 각 민족의 힘이 함께했으며 세계의 억압받는 인민을 해방하는 투쟁에서 프롤레타리아는 힘을 합해야 한다는 국제주의적 성격을 분명히 한 점도 이 작품이 갖는 중요한 의의로 지적할 수 있다.

　김학철은『격정시대』를 발표한 후, 말하고자 하는 주제를 허구적으로 형상화해야 하는 소설보다 현실 문제를 직접 이야기할 수 있는 산문 장르에 관심을 집중하여 400편에 가까운 작품을 집필하고, 산문집『누구와 지난날의 꿈을 이야기하랴』(실천문학사, 1994)『나의 길』(민족출판사, 1996)『우렁이 속 같은 세상』(창작과비평사, 2001) 등과 자서전『최후의 분대장』(문학과지성사, 1995)을 출간하였다. 이렇듯 김학철이『격정시대』를 발표한 후 소설 창작을 중단하고 산문 집필에 몰두한 것은 김학철 문학은 물론 조선족 문학의 외연을 넓힌 점에서 문학사적 의의가 적지 않지만, 조선족 소설사로 시각을 좁혀보면 엄청난 손실이라 하지 않을 수 없다.

　이 시기에는 조선인이 항일투쟁과 해방전쟁에서 한족과 중국의 각 민족과 함께한 사실을 제재로 한 소설이 조선족 소설계의 한 경향으로 자리 잡았다. 이러한 제재를 다룬 장편소설로는 만주 지역의 항일전쟁에서 조선인들의 활약을 다룬 윤일산의『어둠을 뚫고』(연변인민출판사, 1981), 광주기의에 참가한 조선인 병사들의 전공을 다룬 김운룡의『새벽의 메아리』(료녕민족출판사, 1986), 해방 직후의 조선인 사회를 중심으로 한 호족 숙청 과정과 해방전쟁에 참군한 조선인 병사들의 영웅적인 활동과 공적을 그린 윤일산의『포효하는 목단강』(연변인민출판사, 1986), 만주국 시기 조선인 이주민이 용천골 주민과 함께 지주를 징치하고 자위대 본부를 궤멸시키는 내용을 그린 림원춘의『짓밟힌 넋』(흑룡강조선민족출판사, 1988. 후에『오랑캐령』으로 제명을 바꾸어 출간) 등이 있다.

　이 시기 조선족 소설계에는 야담류 역사소설이 여러 편 발표되었다. 이들 작품은 한국의 역사적 사실을 바탕으로 한국의 역사의 한 장면이나 영웅의 일대기를 제재로 한 역사소설이 아니라 민간에 전하던 야담을 바탕으로 한 소설이었다. 그러나 이 작품들은 봉건 사회의 질곡과 평민들의 암담한 삶 그리고 반상의 차이가 분명한 봉건적 계급 질서의 폐해를 비판하였다. 이 시기 역사제재 소설을 집필한 대표적인 작가는 김용식으로, 중편소설『규중비사』(료녕인민출판사, 1981)와『무영탑』(료녕인민출판사, 1987) 그리고 장편소설『설랑자』(연변인민출판사, 1984) 등을 출간하였다. 그리고 리근전도 야담을 소설화한『창산의 눈물』(민족출판사, 1988)을 출간하여 조선족 소설계의 역사제재 소설에 관한 관심의 정도를 보여주었다.

『규중비사』는 조선족 소설계에서 최초로 한국의 봉건적인 시대를 배경으로 야담을 소재로 한 작품이다. 이 작품의 중심 줄거리는 다음과 같다. 류영하는 봉건적인 결혼제도를 반대하고 사랑하는 여성과 결혼하겠다는 신념으로 노총각이 된 몰락 양반 가문의 자손으로, 태자비 간택을 노려 혼사를 막은 아버지 때문에 노처녀가 된 백란당을 만나 사랑에 빠졌다. 권세와 재산에 눈이 먼 어머니에 의해 허 정승 댁에 팔려갈 위기에 빠진 노처녀 백란당은 류영하와 함께 도주하려 하였으나, 그들이 결행하기 직전에 홍천사의 중 소연이 백란당을 능욕하고 살해하자 백란당과 만남이 잦았던 류영하가 범인으로 지목되어 옥에 갇히게 되었다. 남보다 빨리 범인을 체포하여 공을 세우려는 오 형리는 류영하를 살인자로 몰아 처형하려 하였으나 청렴한 법관 서익준이 권력자들이 방해하는 악조건 속에서 사건을 철저히 조사하여 소연이 살인범임을 밝히고 그의 자백을 받아내어 사건이 해결되었다.

『규중비사』의 중심 서사는 범죄 사건의 해결 과정에 사건의 이면을 밝히는 조선조 송사소설의 전통을 계승하고 있다. 그러나 이 작품은 억울한 살인 누명을 벗겨주는 가운데 밝혀지는 남녀의 자유연애와 결혼이라는 주제를 담고 있는 점이 특징적이다. 이 작품의 주인공인 류영하는 얼굴 한 번 보지도 못한 여성과 결혼하는 전통 사회의 결혼관을 반대하고 진정한 사랑을 찾다가 노총각이 되었으나, 부모의 욕심 때문에 노처녀가 된 백란당을 만나 사랑하게 되었다. 류영하는 전통적인 혼인관을 벗어나지 못하는 백련당을 설득하여 그 멍에를 벗어버리고 사랑하는 두 사람이 부모와 멀리 떨어져 독립된 삶을 꾸리기로 약속하였다. 그러나 이 작품은 이러한 시대의 제약을 뛰어넘으려는 애정 서사 속에 류영하 집안이 가지고 있는 아들의 입신양명에 대한 기대, 백련당 집안에서 딸의 재색을 통해 권력과 돈을 얻으려는 헛된 욕망, 그리고 허위에 찬 양반들의 권력과 돈에 대한 탐욕과 성적으로 타락한 모습을 치밀하게 묘사함으로써 봉건 사회의 모순에 대한 비판적 시각을 드러내 보였다.

　김용식은『규중비사』의 성공에 이어 고려 시대를 배경으로 지배 계층의 폭정과 부패에 시달리는 봉건 시기 인민의 삶을 그린『설랑자』를 발표하였다. 리 정승이 삼남 리진성을 설부용이라는 아리따운 여성과 결혼시켰으나 설부용의 미색을 시기한 두 며느리가 리 정승에게 원한을 품은 무신 최유염과 음모를 짜서 첫날밤에 사단을 일으켜 헤어지게 하였다. 혼사가 깨어지자 리진성은 전국을 방랑하며 세상을 배우다 천신만고 끝에 우연히 설부용을 다시 만나, 두 며느리와 최유염의 음모가 밝혀져 결혼에 이르는 전형적인 혼사장애담의 구조를 지니고 있다. 이 작품은 이러한 줄거리로만 보면 흥미 위주의 야담류 소설이지만 리진성이 혼사가 깨어지고 전국을 방랑하면서 보고 들은 일들, 특히 최유염의 심복인 영양현감의 폭정으로 억울하게 죽어가는 사냥꾼 내외와 청자도공 그리고 마을 여기저기서 만나는 촌민들의 비참한 삶은 권력층의 학정과 수탈을 비판하는 소설적 장치로서 의미를 지닌다.

　그러나 역사소설이 역사적 사실을 재해석하여 역사적 사실과 허구적 진실을 접합시켜 역사상의 개별적 경험을 인간의 보편적인 경험으로 특수화하는 소설 양식이라는 점을 생각하면『규중비사』와『설랑자』는 그 한계가 뚜렷하다.『규중비사』에서 조선 시대의 한양의 모습과 풍습 등을 보여주고,『설랑자』에서도 묘사와 서술을 통해 한국 산천의 아름다움과 고려 시대의 역사와 풍속 그리고 문화 등을 상세히 이야기하고 있지만, 그것은 단순히 대중문학적 흥미를 유발하는 데 지나지 않았다. 물론 이러한 모국 한국의 자연과 역사에 관한 자세한 서술은 10대 중반에 중국으로 이주하기 전까지 고향 경상북도 영양에서 한학을 공부한 김용식으로서는 한국의 역사나 전통문화에 대한 이해가 거의 없었던 조선족에게 자신이 알고 있는 한국의 역사와 전통문화를 알려야겠다는 사명감의 발로라 할 수 있으나, 이러한 한국과 관련한 장황한 서술은 오히려 소설적 긴장감과 진실성을 상실하게 하는 결과를 낳았다.

　리근전의『창산의 눈물』은 이들 작품과는 달리 과거 어느 시기를 시간적 배경으로 전제군주의 억압에 대한 투쟁을 다루었다. 이 작품의 줄거리는 백성을 이끌고 투쟁에 앞장선 리조가 성안 백성의 피해를 줄이기 위해 성을 포위만 하고 있다가 항복을 받아내기 위해 궁 안으로 들어갔으나 간신들의 계략에 빠져 시간이 흐르는 동안 투쟁에 참여한 백성들이 흩어져 투쟁이 실패로 끝났다는 것으로 요약된다. 『창산의 눈물』이 보여준 리조라는 한 영웅의 실패담은 리근전이 이전에 발표한 『범바위』와 『고난의 년대』 등의 소설에서 보여준 '혁명이란 당의 영도에 따라 투철한 이념으로 무장된 인민들에 의해서만 성공할 수 있다'는 주제 의식을 사회 변혁을 꿈꾸다 실패하는 야담류 영웅담으로 소설화한 것이다. 그러나 이 작품은 작품 구성에 드러난 시간적 배경의 모호성, 인물 설정의 단순성, 사건 전개의 환상성 등으로 야담의 세계를 벗어나지 못하였고, 주인공의 현실 변혁 의지의 형성과 투쟁 그리고 실패 과정에서 주제 의식이 전지적 서술로 직접 노출되는 등 소설적으로 커다란 한계를 드러내었다.

김용식의 『무영탑』은 기원이 분명하지 않은 앞의 야담류 소설과 달리 불국사 석가탑(무영탑)의 기원설화를 소설화하였다. 석가탑 조성과 관련한 아사달과 아사녀 설화를 10만 자 정도의 짧은 중편소설로 재구성한 이 작품은 기본 서사구조는 기원 설화와 동일하나, 아사달이 당나라 구화산 화성사의 석공으로 신라의 초청을 받아 석가탑을 조성하러 왔으며, 아사녀도 남편을 찾아 서해를 건너왔다가 남편을 만나지도 못하고 영지에 빠져 죽은 것으로 처리한 점이 독특하다. 이 작품에는 구화산이 불교 성지가 된 유래와 신라인 김교각이 지장보살이 된 설화 등이 매우 상세하게 서술되고 있으나, 구화산 화성사와 토함산 불국사 사이의 연관성이 부족하여 어떠한 의도로 작품의 상당 부분을 그에 할애했는지 모호해졌다.

『무영탑』은 구화산 화성사의 역사와 김교각의 생애 그리고 불국사와 석가탑의 조성 연대 등을 비교해볼 때 역사적 사실과 많이 어긋나고, 당나라 석공 아사달이 석가탑을 조성한 것으로 설정한 것은 한국 삼층석탑의 역사에서 석가탑의 위상을 생각하면 사실의 왜곡임이 확인된다. 이런 점으로 보아 이 작품은 설화를 소설화한 작품이나 역사소설이 지녀야 할 역사적 사실 확인 면에서 커다란 한계를 드러내었다. 특히 작품 말미에서 '뛰여난 석수 기술이 없이는 다룰 수 없는 석가탑을 세운 사람이 다른 누구도 아닌 당나라 석공 아사달이라 할 때 고대 당나라와 신라와의 문화교류에 이바지한 그의 업적이야말로 크다고 아니할 수 없을 것이다'라고 아사달의 역사적 의미를 부여한 것은 잘못된 선입견의 발로이며, 작품 말미에 소설 전개와 무관하게 작가의 진술로 등장하여 소설적으로도 실패하는 결과를 낳았다.

제7장

일상에의 관심과 새로운 소설의 시도

개혁개방과 사상의 해방은 이전 시기 조선족 소설이 가졌던 주제와 인물 설정에 있어 한계를 벗어나 새로운 소설을 모색하는 원동력이 되었다. 중화인민공화국 수립 이후 사회주의 국가 건설이라는 대전제 아래 계급 해방과 혁명이라는 주제에 얽매여 당과 인민에 헌신하는 인물의 창조와 반혁명적이거나 개인주의적인 인물에 대한 비판으로 일관하던 조선족 소설은 새로운 시대를 맞아 새로운 길을 개척하였다. 지속적인 혁명과 적과의 대치 속에서 사회주의 조국의 건설에 기여한다는 목적론적 소설관을 벗어나 타인과 갈등하고 또 공존하는 가운데 자신의 정체성을 지키며 살아가는 인간 본연의 모습을 다루기 시작한 것이다. 그리고 이에서 더 나아가 개혁개방으로 소개되기 시작한 서구 소설작품과 문학이론들을 접하면서 소설 본연의 세계에 관한 관심도 확대되었다. 그러나 이 시기까지는 서구 소설이 본격적으로 소개되지 않았고 또 한국문학과의 접촉도 미미한 상황이어서 문학 본질에 관한 관심은 제한적으로 반영될 수밖에 없었다.

이 시기 조선족 작가들은 애국이나 혁명과 같은 거대한 이념을 벗어나 사람과 사람이 함께하는 일상에서 서로 부대끼며 살아가는 모습을 통해 새 시대를 살아가는 새로운 인간형을 창조하고자 하였다. 조선족 작가들의 이러한 시도는 공산주의 사회로 나아가기 위해 헌신하는 인물 형상에 한정되어 소설이 정형화한 데 대한 비판적 성찰의 결과로서 개혁개방으로 변화한 시대를 살아가는 개성적인 인물을 창조하는 것으로 귀결되었다. 그 결과 이 시기 조선족 작가들은 예민한 감각을 바탕으로 현실의 한 장면에서 변화하는 시대가 나아갈 방향을 발견하고 그에 필요한 인간형을 창조하는 데 앞장섰다. 그리고 사상 해방이라는 새 시대를 맞이한 조선족 작가들의 다양한 시도는 서구 문학으로부터 받아들인 여성주의적 시각으로 세상 읽기, 인간의 본원적 욕망인 성에 관한 관심 그리고 새로운 서사 방식의 실험 등으로 나타났다.

일상적인 삶을 소설화하여 새로운 인간형을 창조하거나 서구의 다양한 이론을 수용하여 소설을 창작하려는 시도는 기존의 정해진 틀에 기대어 소설을 창작하던 조선족 소설에는 존재하지 않았던 새로운 창작 방법을 모색하는 일이었기에 작가의 창조적 역량과 노력이 크게 요구되었다. 이 시기 조선족 작가들이 보여준 새로운 소설 창작 방법을 찾기 위한 노력과 시도는 한 시대의 의미를 읽어내어 보편적 인간상을 창조하는 장편소설로 나아가지는 못했고, 작가의 직관에 기대어 변화하는 시대의 한 장면을 비판적으로 파악하여 그 내면의 의미를 해석하고 새로운 가치를 찾아내는 것만으로도 창작이 가능한 중·단편소설로 실천되었다.

1. 새로운 인간형의 창조

시장경제로 전환한 조선족 사회는 이전까지 극렬한 비판의 대상이었던 자본주의적인 가치와 개인주의가 보편화되었다. 국가가 지향하는 가치를 인민이 일치단결하여 수행하는 것으로 사회적 안정을 유지하고, 전체 인민이 지향하는 바에 열정적으로 참여하는 것만으로 정신적 안정을 꾀할 수 있었던 조선족들은 급작스럽게 재편되는 사회질서에 적응하는 데 어려움을 겪었다. 이전에는 생산대나 단위가 지시하는 바에 따라 노동하고 그 결과에 따라 나누어주는 공수로 생활하면 되던 인민들은 생산에서부터 소비와 판매까지 모두 스스로 해결해야 하는 새로운 질서에 적응하기 어려웠다. 더욱이 급격한 시장경제로의 전환으로 공동체 구성원들의 공존을 강조하던 사회주의적 가치가 무너져 개인의 능력에 따라 부가 편중되어 빈부차가 심화하고, 돈에 대한 탐욕이 인간답고 진정한 가치를 무화하는 현실은 새 시대의 인민에게 새로운 삶의 자세를 요구하였다.

이 시기 조선족 작가들은 이러한 사회 상황을 반영하여 탐욕의 시대에 대응하고 사회적 혼란을 극복할 방안을 찾았다. 그것은 자본주의와 개인주의로 인해 파괴되어가는 조선족 사회의 공동체적 질서를 되살리기 위한 새로운 삶의 방식을 모색하는 일이었다. 조선족 작가들의 이러한 모색은 시장경제의 활성화로 경제적으로 성장한 사회를 안정적으로 유지·발전시키고, 인민이 풍요속에 공존하는 데 필요한 새로운 윤리와 가치관을 창안하는 일이었고, 이러한 노력은 새로운 시대가 요구하는 인간형을 창조하는 것으로 나타났다.

서광억은 「가정문제」(『연변문예』 1981.9)에서 개혁개방 초기의 시대 변화에 따라 돈이 최고라는 인식이 대두하던 시기에 돈만 중시하는 가정과 사람을 소중히 여기는 가정을 비교하여 가정마다 서로 다른 가치관의 차이를 소설화하였다. 이 작품의 줄거리는 어머니와 여동생 하나뿐인 단출한 식구에 생활 수준이 높은 강남마을에서도 가장 살림 경제 형편이 좋다는 철남네로 시집간 '내'가 세간 살림도 제대로 갖추지 않고 시집오고, 시집오자마자 입원하여 돈이 들고, 공수 벌이도 못 하고, 임신해 약값 쓰고, 유산해서 병원비에 약값까지 나갔다고 크게 아까워하는 등 돈밖에 모르는 시댁 식구 때문에 이혼하고, 2년 후 철남네 집안이 망해간다는 소문 속에 가족이 많고 살림이 넉넉지 않은 남자와 재혼한 뒤 가족들의 사랑 속에 돈 걱정하지 않고 아이를 낳아 행복한 가정을 꾸리고 사람답게 살게 되었다는 것으로 정리된다. 이처럼 이 작품은 플롯은 물론 인물이나 갈등 구조도 매우 단순하여 소설의 형식 면에서 한계를 보이고, 그 주제도 사람이 살아가는 데 있어 돈이 없어서는 안 되겠지만, 가정이 화목하고 번창하는 데 필수적인 것은 가족 구성원의 사랑이라는 평범한 가치일 뿐이다. 그러나 「가정문제」는 이전의 조선족 소설이 보여주던 정치와 이념 등 거시적인 주제를 벗어나 한 가정의 화목과 가족 간의 사랑이라는 인간적인 주제를 소설화하였다는 점에서 일정한 소설사적 의의를 지닌다.

이 시기에 급변하는 사회 상황 속에서 인간다움과 건전한 가치관을 견지한 새로운 인간형을 창조한 대표적인 작품으로 림원춘의 「몽당치마」(『연변문예』 1983.1)가 있다. 림원춘은 작중화자가 시집올 때부터 보았던 집안의 큰일 때마다 낡은 몽당치마를 입고 부엌일을 도맡아 하던 큰댁 며느리 동불사 동서라는 인간다움을 간직한 인물을 형상화한 단편소설 「몽당치마」로 중국 문단의 전국 우수단편소설상을 수상하여 조선족 사회에서는 중국 주류문단에서 인정받은 작가로 인식되었고, 이외에도 전국소수민족문학상, 길림성문학상 등을 수상하여 조선족 문단에서 작가로서의 탄탄한 입지를 확보했다.

이 작품의 중심인물인 동불사 동서는 정치운동이 한창이던 시기에 남편이 정치적으로 몰락하여 경제적 나락에 빠져 친척들 잔치에 예물을 마련할 수 없게 되자, 낡은 몽당치마를 입고 잔치집에 가서 남들 잔치 구경하는 동안 허드렛일을 하여 자신이 할 수 있는 범위에서 예의를 지키면서 힘든 처지를 비관하지 않고 의연하게 행동하였다. 작은 시아버지 잔치 날에 화려하게 치장하고 와서 잔치 구경을 하다가 자기 차례가 되면 큰상을 바치고 절을 하는 다른 동서와 달리 동불사 동서는 부엌일을 하다가 자기 차례가 되면 술병 하나를 들고 다른 동서들이 올린 큰상 앞에 나가 잔을 올리고 축수를 드렸다. 큰절을 올리는 동불사 동서는 헝겊 기운 자리가 두드러져 보이는 알록달록한 내의가 낡은 몽당치마 사이로 다 드러났지만 '나'는 그녀가 절하는 맵시가 탐탁하고 진지하여 그녀의 깨끗한 마음을 흐리우지는 못하였다고 생각하였다. 낡은 몽당치마를 입고 실로 초라하고 부끄러운 축하 모습이지만 자신이 할 수 있는 최선을 다하고 움츠러들지 않는 동불사 동서의 모습은 남편이 복권하여 남들의 우러름을 받을 때도 변함이 없었다. '나'의 남편이 정치적으로 비판을 받아 경제적으로 궁지에 몰리자 다른 동서들은 발길을 끊었는데 동불사 동서만은 어려워진 동서에 관한 관심을 버리지 않았다.

그 많은 친척들 가운데서 발길을 끊지 않은 것은 유독 몽당치마인 동불사 동서였다. 남편이 로동개조를 하게 될 때도 일부러 찾아와서 나를 위로해줬고 옥천동으로 내려올 때도 와서 집까지 꾸려 주었었다. 지금은 그전보다 몇 배나 더 먼 거리에 상거해 있고 자동차까지 바로 통하지 않는 벽촌에 내려와 있건만 감자가 나지면 감자를 이고 강냉이가 나지면 강냉이를 이고 찾아오군 했다.

동불사 동서는 남편이 복권하여 다시 남들이 우러러보게 된 후에도 자신을 내세우기보다 정치적으로 몰락했거나 경제적으로 어려워 남들에게 무시당하고 주변에 사람이 없어 서글픔을 느끼는 동서들을 다독여주었다. 이렇듯 그녀는 가난할 때도 비굴하게 처신하지 않고, 돈과 권력을 잃은 자신을 낮추어 보는 타인을 비난하지 않으며, 자신의 처지가 나아져 타인들이 우러러볼 때도 타인보다 앞서고 싶은 욕망을 억제하고 사람이 해야 할 도리는 다하는 인간다운 인물의 형상이다. 이렇듯 림원춘의 「몽당치마」는 현실적이고 인간다운 인물을 창조함으로써 당이 요구하는 주제에 따라 전형적 공산당원을 창조하던 이전의 조선족 소설의 정형성을 탈피하여 새로운 소설의 길을 열었다. 이후 조선족 소설은 인간의 헛된 욕망을 비판하고, 새 시대에 요구하는 인간다움을 갖춘 인물을 창조하는 방향으로 전개되었다.

김훈의 중편소설 「청춘략전」(『아리랑』 21호, 1985)은 청춘 남녀의 사랑 이야기를 바탕으로 권력만 있으면 모든 것을 가질 수 있는 세상에서 돈이 권력보다 나아진 세상으로 변화한 시대가 요구하는 새로운 인간형을 제시하였다. 같은 마을의 생산대 소사양원 수호와 청년대장 희수는 마을에 내려온 하향 지식청년 란희를 두고 사랑을 경쟁하였으나 란희가 공산당원으로 권력을 가진 남자와 결혼하자, 희수는 도시로 이주하고 수호는 농촌에서 묵묵히 자신이 할 일을 계속하였다.

개혁개방으로 바뀐 시대에 수호는 농산물 유통 사업으로 성공하여 농산부산품연합경영공사의 경리가 되어 새 시대의 강자로 등장하여, 명민하고 영특한 처녀 설옥을 비서로 임명하여 큰 도움을 받고, 또 업무상 접대의 필요에 따라 설옥에게 사교무를 배우게 되면서 설옥은 수호를 사랑하게 되었다. 란희는 복장공장을 운영하다 경영이 어려워지자 사업에 성공한 수호의 영업 능력에 도움을 요청하고, 사기꾼 사업가가 된 희수는 그 상황을 알고는 란희에게 접근하여 사업 원조를 핑계로 육체를 탐하였다. 수호, 희수, 란희, 설옥이 사업 관계로 같은 호텔에서 묵게 되자 수호는 희수의 가면을 벗긴 뒤 적당한 사업 건을 마련해주고, 란희에 대한 마음을 정리하고는 사업을 도와주기로 하는 등 우여곡절 끝에 란희에 대한 미련을 끊고, 설옥에게 적극적으로 구애하여 사랑을 확인하였다.

이 작품에는 희수의 말을 통해 시대 변화에 의미를 부여하고 있다. 란희가 수호와 희수를 버리고 공산당원 청년을 선택하자 희수는 "지금은 별 게 없다. 권리만 있으면 뭐든지 차례진다. 그것만 있으면 모든 사람들이 푸른 등을 켜들고 어서 오십시오 한단 말이다."라고 권력 획득이 시대적 명제임을 이야기하였다. 그러나 개혁개방으로 시장경제로 변화하자 "인젠 권리보다 돈이 제일이다. 돈만 잘 벌면 입당도 시키고 벼슬도 주더구나. 옳지, 너를 봐도 그렇지. 젊은 나이에 경리가 되고 신문에도 나지 않았니? 하여간 우린 시대 하나만은 잘 만났다."고 하여 능력에 따라 부자가 될 수 있고 그렇게 되면 사회의 인정을 받을 수 있는 세상이 되었음을 이야기하고 있다.

그러나 이 작품은 돈이 지배하는 사회에서 부는 위계나 행운에 의해 주어지는 것이 아니라 능력과 성실함에 의해서만 획득할 수 있는 것임을 강조하였다. 희수가 요행에 기대어 큰돈을 버는 사업을 벌였다 결국은 사기꾼이 되고 마는 것이나, 생산품을 판매할 영업 능력이 없는 란희의 사업이 파산 위기에 빠지는 것은 당연하다. 반면 성실함을 무기로 자기가 잘 아는 농산물 유통에 뛰어들어 영업 조직 관리 능력이 뛰어난 설옥을 비서로 임명해 회사를 탄탄하게 운영하는 수호는 능력과 노력으로 부를 거머쥐고 이를 다시 타인과 나누는 인물로 성장할 수 있었다.

「청춘략전」은 시장경제로 변화한 시대가 요구하는 새로운 인간형으로 사업을 관리하는 능력과 함께 권력에 기대어 모략을 꾸미거나 요행에 기대지 않고 성심을 다하는 인물 즉 능력과 성실을 겸비한 인물을 제시하였다. 또 이 작품은 란희와 희수의 처신과 수호와 설옥의 관계 등 네 청춘 남녀의 사랑을 통해 남녀 간의 사랑도 진심을 바쳐야만 진정한 사랑을 쟁취할 수 있음을 보여주었다. 이 작품이 제시한 변화한 시대에 필요한 새로운 인간형으로 능력, 성실, 진정성 등을 제시한 것은 통속적이라는 지적이 가능하다. 그러나 이념에 충실했던 과거를 벗어나 새로운 시대를 살아가는 데에는 위대한 영웅보다는 능력 있고 성실한 인물이 필요하다는 평범한 진리를 형상화한 점에서 의미를 지닌다.

최홍일의 「생활의 음향」(박창묵 외, 『대문산비곡』, 연변인민출판사, 1985)은 공부만 하고 세상 물정에 어두운 남편 철진과 현실과 타협하여 이익을 챙기는 아내 정희의 갈등을 통해 이 시대를 살아가는 올바른 자세를 이야기하였다. 철진은 대학을 졸업하고 도시로 배정받았으나 정희가 농촌으로 발령받자 부부를 같은 지역에 배치하는 원칙에 기대어 정희를 도시로 전직시키려 애를 썼으나 실패하였다. 이에 실망한 정희가 선배와 동기 그리고 힘 있는 사람에게 연줄을 대어 도시로 전직하고, 이후 현실과 타협하여 약간의 타락도 감수하며 남보다 빨리 승진하여 철진과 갈등을 일으켰다. 유학을 원하는 철진을 위해 권력을 동원하는 일로 철진과 정희의 갈등이 심각해져 별거하기에 이르렀다. 그러나 자신의 실력으로 외국 유학 자격을 얻은 철진이 동료의 환송을 받으며 떠나는 날 철진은 남몰래 먼 발치에서 마중하는 정희를 발견하였다. 이 작품 역시 권력에 기대기보다는 능력에 따라 성실하게 노력함으로써 미래를 개척하는 것이 무한 경쟁의 시대를 살아가는 윤리의 기본임을 강조하였다.

또 허련순의 「단벌신사」(『사내 많은 여인』, 동아일보사, 1991)의 주인공인 단벌신사 노동자 길수는 노래를 잘 불러 대학생 영란의 사랑을 얻었지만, 영란의 부모에게 풍각쟁이라 모욕당하고 헤어진, 가난하나 자존심은 강한 인물이다. 길수는 없는 돈을 모아 남들 다 간다는 가라오케에 갔다가 손님을 안내하는 영란과 가라오케에 출자해 종업원 여성들을 농락하는 영란 아버지 최 행장을 만나 크게 실망하였다. 길수는 자기를 접대한 신참 종업원 향단의 어려운 집안 형편을 듣고는 무대에 올라 노래를 불러 손님들에게 팁으로 받은 2천 원을 쥐여주고, 고향으로 돌아가 다시는 몸을 팔아야 하는 이곳에 돌아오지 말라고 당부하였다. 이 작품은 다소 작위적인 설정이지만 자존감이 강하고 이타적인 길수와 세속적 욕망만 가득한 최 행장의 대비를 통하여 돈과 욕망이 들끓는 타락한 현실을 비판하고, 이를 극복할 대안으로 인간으로서의 자존감이 중요하다는 점을 지적하였다.

2. 여성주의적 시각의 등장

개혁개방 이후 여성의 삶을 집중적으로 조명하던 조선족 여성 작가들은 1980년대 중반부터 점차 조선족 사회에 만연한 여성 차별 문제에 대해 비판적 시각으로 바라보기 시작하였다. 농촌 사회에서 며느리로서 아내로서 또 어머니로서 살았던 여성들은 생산대원으로 남성과 동등한 노동을 하면서도 자신들에게 내려지는 차별을 당연한 것으로 받아들였다. 그러나 개혁개방 이후 여성들은 시장경제에 뛰어들어 가족과 자기의 삶과 운명을 개척하기 시작했고, 그 과정에서 전통적인 의식구조와 새로운 시대의 가치 관념 사이의 충돌을 경험하였다.

조선족 여성 작가들은 이러한 시대 변화를 반영하여 남편을 위해 자신을 희생하고 시부모를 잘 모시는 전통적인 여인상과 남편의 사랑은 물론 자신의 모든 것을 포기하고 자식에게 헌신하는 모성애를 강조하던 기존의 여성소설이 가진 허상을 반성적으로 사유하였다. 이를 바탕으로 조선족 여성 작가들은 연애나 결혼생활 중에 여성이 겪는 억압과 사회생활 중에 여성에게 주어지는 차별을 예민하게 바라보아 그 본질을 이해하고 해결방안을 소설화하였다.

여성의 사랑과 결혼 그리고 이별 등을 제재로 한 여러 편의 소설을 발표한 리혜선은 1980년대 중반에 쓴 「사과배꽃」(『천지』 1986.3)에서 여성은 여성스러워야 한다는 편향된 시각을 비판하였다. 대학에 입학한 직후부터 학과나 학습반 일에 적극적으로 참여한 복실은 남학생들과 학교 일을 함께하면서 동료로서 또 친구로서 편하게 지냈다. 졸업을 앞두고 복실은 남자친구가 많고, 남학생을 유혹하는 질이 좋지 않은 여자라는 소문이 돌자 학습반 동료인 성수와 사과배 밭의 인부를 만나는 답사를 포기하려 했으나, 그런 걸 무어 두려워하느냐는 성수에 이끌려 현장에 나갔다가 성수의 여자친구인 순녀에게 애인 있는 남자를 유혹한다고 매도당했다. 이 작품은 학습이나 사업을 위해 남녀가 함께 행동하여도 남성은 비난의 대상이 되지 않고, 여성만 바람기가 있다거나 타락했다는 식으로 타매하는 현실에 비판의 칼날을 들이대었다.

이후 리혜선은 이러한 여성에 대한 근거 없는 비난에 깊은 관심을 가지고 접근하였다. 중편소설 「저녁노을」(『아리랑』 26호, 1986)은 늦은 나이에 자비생 자격으로 대학에 입학한 은경이 춘자의 도움으로 그녀의 어머니인 봉녀의 집에서 기숙하면서 알게 된 봉녀의 아픈 일생을 이야기하는 형식으로 되어 있다. 젊은 시절 능력 있는 교사로 각종 상을 받는 등 성공적인 삶을 보낸 봉녀는 은경에게 까탈스러운 모습을 보이지만 할 일이 없는 노인으로 무기력하게 시간을 보냈다. 은경은 봉녀와의 대화와 그녀의 글을 읽으면서 봉녀의 성공적인 사업의 화려함 뒤에 자리한 비극적인 사랑의 기억이 그녀를 힘들게 하고 있음을 알았다. 의대생이라는 신분으로 봉녀의 집에서 지내며 공부하던 남자는 봉녀를 임신시키고는 대학 졸업과 동시에 옛 애인에게로 도망쳤고, 홀로 아이를 키우며 교사 생활을 하는 봉녀에게 다가와 진정한 사랑을 나누던 남자는 우파로 분류되자 봉녀에게 피해가 가지 않게 배신하듯 떠나버렸다.

직장 생활에 성공하여 사회적으로는 커다란 명망을 얻었던 봉녀가 평생토록 웃음을 잃고 산 것은 어린 시절 청춘을 짓밟힌 그녀에게 들씌워진 정조 관념이었다. 정조란 남성은 바람을 피워도 괜찮고 아내가 죽으면 재혼하는 것을 당연시하면서도, 여성은 결혼하기 전부터 함께 살 때는 물론 남편이 죽은 후에도 반드시 지킬 것을 강제하는 인습일 뿐이었다. 이 작품은 남성은 정조를 지키지 않아도 문제가 되지 않고, 여성은 사회적으로 성공을 한 후에도 정조 때문에 평생을 남들의 왜곡된 시선 속에 불행한 삶을 살아야 하는 현실을 고발하여 여성주의 소설의 한 정형을 이루었다.

리선희의 「거미줄」(『은하수』 1987.2)은 여성주의적 시각이 돋보이는 작품이다. 생산공장의 설계원으로 일하며 자기 분야에서 일가를 이루고 싶어 통신대학에 다니는 정혜는 자기 일을 하려는 아내를 달갑지 않게 보고 또 총설계사 장권과의 관계를 의심하는 남편과 이혼한 뒤 자기 성취를 위하여 최선을 다하였다. 혼자 아이를 기르면서 자기 경험과 학교에서 배운 지식을 동원하여 작성한 도안 설계 세 개가 공장 상급에서 수정 의견을 달아 통과되는 쾌거를 이룬 정혜는 자신이 뜻한 바를 이루었다는 데에 커다란 희열을 느꼈다. 수정된 도면을 생산에 바로 투입하여 시제품을 광주무역회의에 내놓아도 손색이 없다는 평가를 받은 정혜는 공장의 총설계사인 장권을 만나 도시락을 같이 먹으며 의견을 들으려 하였다. 그러나 장권은 이혼녀와의 만남에 의심의 눈초리를 보이는 주변을 의식하여 자리를 피해버려, 정혜는 가정의 울타리만 벗어나면 다시는 앞길을 막을 장애가 없으려니 생각한 것은 완전한 오산이었음을 깨달았다. 여성이 사회에서 성공하기에는 현실에 벽이 너무나 높았던 것이다. 여자가 공부해서 무엇에 쓰겠느냐는 고루함, 여성은 남성보다 선천적으로 능력이 부족하다는 편견, 남성과 함께 직장 생활하는 여성을 보는 불편한 시선, 이혼한 여성에 대해 사회가 보내는 왜곡된 인식 등은 여성의 자기 발현을 막는 대표적인 이유였다. 이 작품에서 정혜가 처한 거미줄에 치인 듯 사방이 꽉 막힌 여성의 현실을 확인하는 과정은 조선족 여성소설이 한 걸음 더 나아갔음을 보여주었다.

리선희의 「도라지골의 오누이」(『북두성』 1989.1)는 남성이 지배하는 세상과 대결하여 여성의 운명적인 불행을 벗어나려 노력한 시골 여성을 그려 여성주의적 경향을 보여주었다. 순희네는 아버지가 남존여비 사상에 파묻혀 '여인과 소인은 가르치기 어렵다'는 공자의 말씀만을 외울 정도로 가부장적 질서가 지배하는 가정이었다. 순희는 어머니가 어린 오빠에게 다섯 살까지 젖을 먹이느라 태어나자마자 젖도 못 먹고 자랐고, 공부 못하는 오빠는 현성에 보내 공부시키면서도 공부를 잘하는 순희는 집안일만 시켰다. 아버지의 남존여비 사상을 물려받은 오빠는 집안 살림은 생각지 않고 낭비만 일삼다가 아버지가 죽은 후

빚에 몰리자 순희를 개장국집 병신 아들에게 팔아버렸다. 사람 구실 못 하는 남편과 거칠기 이를 데 없는 시대 식구들을 돌보며 종처럼 살던 순희는 이웃 사람들의 도움으로 이혼하고 대부금을 얻어 식당을 차렸다. 몇 년 사이에 인근에 소문난 식당으로 성장시킨 순희는 자립한 사람만이 인간으로서의 가치를 갖는다는 사실을 깨닫게 되었다.

남성이 지배하는 가정에서 노예처럼 살면서 굴욕과 천대를 받던 순희의 삶은 전통 사회의 여성이 겪던 수난을 형상화했고, 순희가 과감히 이혼하고 식당을 차려 성공하는 모습은 여성이 정신적으로 자각하여 경제적으로 자립할 때 비로소 하나의 인간으로 자립할 수 있음을 웅변하고 있다. 그리고 이러한 순희의 모습은 남성중심 사회의 모순과 폐해를 지적하고, 여성이 자기의 능력을 개발하여 사회의 일원으로 성장하는 것만이 남성이 지배하는 사회를 탈피하고 남녀는 물론 모든 인간이 평등한 새로운 시대로 나아가는 첩경임을 잘 보여주었다.

> "오빠 말인가요? 공부도 바로 하지 않고 일재간도 바로 배우지 않은 그가 무슨 재간으로 전문호가 되겠어요? 저는 지금 그한테 식당의 개를 잡는 일을 시키고 있어요. 우선 종업원 제도를 지켜야 한다는 선결 조건을 내걸구요. 진짜 일꾼을 쓰자면 제가 오빠 같은 사람을 쓰지 않을 거예요. 제가 오빠를 일꾼으로 둔다고 저를 독하다고 하지만 실은 제가 어질기 때문이지요. 제 밑구멍이 구리다고 하여 베어 던질 순 없지 않아요?"

작품의 끝부분에서 순희가 하는 이 말은 여자라는 이유로 억압받고 팔려 갔던 그녀가 자기의 능력으로 성공하여 자신을 지배했던 오빠를 특수 조건으로 고용하였다는 것으로, 남성이 지배하던 가부장적인 질서가 끝나고, 남성과 여성이라는 구분 없이 능력 있는 사람이 성공하는 시대가 도래했음을 분명히 하였다. 이런 점에서 순희가 차별과 억압을 뚫고 자립하는 과정은 여성 해방의 긴 역사를 압축적으로 제시하였으며, 개혁개방 이후 시장경제로의 전환이 여성의 사회적 · 경제적 자립을 가능하게 했음을 강조하였다. 이 작품은 남성중심주의의 폐해를 구체화하고, 이러한 폐해를 극복할 방안으로 여성이 사회의 변화를 활용하여 자신의 능력을 발휘해 경제적 능력을 갖추어 사회구성원으로 성장하는 길을 제시하였다. 이런 점에서 이 작품은 이 시기 조선족 여성 작가의 여성주의적 시각이 크게 진보하였음을 보여주었다.

허련순도 「사내 많은 여인」(『장백산』 1989.3)에서 농촌에서 이혼하고 혈혈단신으로 도시에 나와 미용실을 운영하는 옥란을 통해 여성에 대한 사회적 편견을 비판하였다. 개체영업 거리인 성려관 구역 하동 거리에서 옥란파마점을 운영하는 옥란은 돈을 잘 쓰는 남성 손님이 많이 찾아와서 개체영업 거리에서 가장 수입이 좋다는 소문이 자자하였다. 옥란은 미용하러 오는 남자들 덕에 돈을 잘 벌기는 하지만 이 덕에 옥란에게는 남자들을 후려서 좋지 않은 관계를 맺고 있다는 추문이 그치지 않았다. 옥란파마점을 자주 찾던 키 큰 사내와 키 작은 사내는 미용을 하러 왔다가 옥란과 동향 사람이라는 것을 알고는 친해져서 간판을 달아주는 등 친절을 베풀다 본심을 드러내어 옥란이 관계를 끊어버렸다. 자식을 데리고 옥란파마점에 왔던 집 없는 사내는 아내 없이 혼자 아이를 키운다며 접근해 옥란의 마음을 흔들었으나 부인이 있었고, 이를 추궁하자 이혼 중이라더니 아내가 찾아와 행패를 부려 관계가 끝장나고 말았다. 옥란파마점이 영업정지가 되어 이를 해결하러 갔다 만난 이마 벗겨진 공상행정관리국 간부는 영업정지를 풀어주고 여러 민원을 도와주고는 아내가 아프다는 핑계로 파마점에 찾아오고 데이트 신청을 하는 등 접근했다가 옥란과의 좋지 않은 소문으로 단위의 지적을 받고는 발길을 끊었다.

이 작품에서 옥란을 둘러싸고 일어나는 모든 추문은 옥란이 주도한 것이 아니라 미모를 갖춘 젊은 이혼녀인 옥란의 마음을 사서 어떻게 해보려는 남성들이 옥란 근처로 모여든 탓이었으나, 주변 사람들은 이혼녀인 옥란이 이들을 유혹했다고 단정하고 안 좋은 소문을 퍼뜨렸다. 이는 옥란이 이혼녀이기에 남성을 유혹했을 것이라는 편견과 남녀 사이의 불륜을 여성의 책임으로 모는 전통적 관념으로 생긴 결과였다. 옥란은 이러한 현실을 깨닫고는 주변 사람들의 비난과 추한 소문을 아랑곳하지 않고 진정으로 자신을 사랑하는 남자를 찾기로 다짐하여 여성에게 모든 책임을 지우는 사회적 편견에 도전하는 모습을 보여주었다. 이런 점에서 이 작품은 여성주의적 시각에서 여성이 사회의 편견을 깨고 자의식과 정체성을 확보해나가는 과정을 소설화하여 여성소설의 한 새로운 방향을 제시하였다.

3. 성과 사랑에 대한 새로운 인식

목적론적 문학관이 지배하던 시기에 인간의 원초적인 욕망인 성욕은 소설로 다루어지기 어려운 제재였다. 따라서 소설에서는 남녀 간의 사랑도 육체적이기보다는 정신적인 사랑이 중심을 이루었고, 청춘 남녀의 사랑과 배신은 대체로 신분 상승을 위해 노력하는 인물과 인민을 위해 헌신하는 인물을 대비하기 위한 장치로 사용되었다. 따라서 극좌적 이념이 지배하여 문학에 대한 검열이 심하던 시기에 남녀 사이의 사랑은 소설의 소재로 사용되는 경우가 적었고, 특히 청춘 남녀의 사랑이 아닌 경우 비정상적이고 비윤리적인 것으로 취급되어 비판의 대상이 될 것을 우려해 소설의 제재로 선택되지 않았다. 그러나 사상 해방의 분위기 속에서 조선족 작가들은 사랑하는 사람과의 자유로운 만남과 인간 본연의 욕망을 소설의 제재로 사용하기 시작하였다. 이는 조선족 소설이 제재의 영역을 넓혀 문학적 다양성을 획득해가는 과정으로서 의미를 지닌다.

장지민의 「올케와 백치 오빠」(『천지』 1986.8)는 인간의 원초적인 욕망인 성욕을 본격적으로 다루어 조선족 문단에 충격을 주었다. 한국전쟁에 참전했다 연락이 두절되어 죽은 줄로만 알았던 큰오빠가 캐나다에서 백인 아내와 처녀 총각으로 성장한 조카를 대동하고 고향에 돌아오자, 평생을 수절하면서 백치인 작은오빠를 돌보았던 올케가 자살하는 충격적인 사건이 발생하였다. 한국전쟁에 발발하자 집안의 기둥이던 큰오빠는 신혼의 아내에게 백치인 작은오빠를 잘 돌봐달라 부탁하고 떠나서는 전쟁이 끝나도 돌아오지 않았다. 시댁 살림을 책임지던 올케는 시부모가 죽은 뒤, 먹고 쌀 줄밖에 모르는 백치 오빠를 남들 손가락질받지 않을 정도로 잘 챙겨주었다. 점차 성장한 백치 오빠가 성욕이 발동하여 마을 사람들 앞에서 음란한 행동을 하자 올케는 백치 오빠의 머리통에서 피가 날 정도로 패주고, 욕을 퍼부어 더 이상 그런 짓을 하지 못하도록 만들었다. 이렇듯 남편의 부탁대로 평생 백치 오빠를 돌본 올케가 큰오빠가 돌아왔다는 소식을 듣자 자살한 것은 올케와 백치인 작은오빠 사이에 지속적인 육체관계가 있었기에 남편을 만날 면목이 없어서였다.

한국전쟁에 참전한 남편을 기다려 열사 아내 칭호를 얻은 여인이 시동생과 지속적인 육체관계를 가졌다는 설정은 파격적이었다. 그러나 성욕은 식욕 다음으로 절실한, 그 누구도 견디어내기 어려운 욕망이다. 결혼하여 남녀 관계를 경험했으나 아이를 낳아 기르지 않은 젊은 여성이 백치이기는 하나 성욕이 왕성한 남성과 단둘이 한집에 살면서 아무 일 없이 생활하기는 어려운 일이었다. 성욕을 주체하지 못해 마을에 망신을 떨고 다니는 시동생을 죽일 듯이 패고 욕하는 것만으로 욕망을 없앨 수 없었고, 또 자신의 성욕도 억제하기 어려운 올케가 시동생과 육체관계를 갖는 것은 자연스러운 귀결이다. 이 작품은 함께 사는 형수와 시동생이 성욕을 참지 못해 윤리적 금기를 넘어서버린 사건을 제재로 하여 인간 본연의 모습을 보여줌으로써 조선족 소설의 주제와 제재를 확장한 점에 소설사적 의의를 가진다.

림원춘의 「볼우물」(『아리랑』 30호, 1987)은 홀아비와 술집 주인 여성 사이의 사랑이 사회에서 비난받는 상황을 통해 진정한 사랑이란 무엇인가를 제기하였다. 아내와 사별한 김 교수가 매일 저녁 다섯 시 반에 개성대포집에 들러 구석자리에 앉아 맥주 두 컵과 소고기볶음 한 접시를 시켜 먹고는 조용히 자리를 뜨자 볼우물이 예쁜 개성대포집 주인 은순은 이러한 김 교수에게 관심을 보이고 점차 김 교수도 그녀에게 관심을 가지게 되었다. 은순이 과거 문학소녀였던 청순한 마음으로 김 교수를 대하면서 두 사람 사이에는 진실한 사랑의 마음이 싹텄으나 이들 두 사람의 관계가 주변에 알려지자 좋지 않은 소문이 떠돌고, 김 교수의 딸 옥자는 개성대포집에 찾아와 두 사람의 만남을 노골적으로 방해했다. 한편 김 교수는 학교 교수 모임에서 과부인 옥란 교수를 만나 같은 처지라 서로 관심을 갖고 교류하였으나, 옥란 교수의 시댁 사람들이 자기 집안에 들어온 사람이 남편이 죽었더라도 다른 사람을 만나는 것은 인정할 수 없다고 강압하여 결국 김 교수와 옥란 선생은 헤어졌다. 그리고 세상의 비난을 견디지 못한 은순은 진정으로 사랑하는 김 교수의 앞날을 가로막을 수는 없다는 편지를 남기고 멀리 떠나버렸다.

이 작품은 홀아비와 과부의 사랑을 비난하고, 술 파는 여인이라는 이유만으로 진정한 사랑마저도 백안시하고, 과부가 새로운 남자와 만나 미래를 개척하는 일을 집안의 수치로 여기는 사회의 통념과 인습을 비판하였다. 사랑에 대한 편견을 비판한 이 작품은 진정한 사랑은 조건과 관계없이 존재한다는 점을 강조하여 기존의 사랑에 대한 편견에 반성적 성찰을 요구하고 있다.

윤림호의 「할미꽃」(『고요한 라고하』, 흑룡강조선민족출판사, 1992)은 노년의 사랑에 관해 성찰을 보여준 작품이다. 어머니가 산속 움막에 사는 육손이 노인과 정분이 나서 매일 돼지 먹일 풀을 뜯으러 나가서는 움막에서 지내다 온다는 사실을 알아차린 아들 내외는 마을 사람들이 알까 부끄럽고, 추한 소문이 나지 않을까 두려워서 어머니가 산에 갈 핑계를 없애기 위해 키우던 돼지를 내다 팔고 남은 몇 마리는 도축해버렸다. 아들과 며느리의 단속으로 육손이 노인을 만날 수 없게 된 어머니는 시름시름 앓기 시작했고, 이를 안 육손이 노인은 아들 내외를 찾아와 몸이 아픈 어머니를 산속에 데려가 자신이 알고 있는 약초 지식을 동원하여 고쳐주겠다고 부탁하나 아들 내외는 한마디로 거절해버렸고, 이에 실망한 어머니는 얼마 지나지 않아 죽고, 어머니를 죽게 했다는 죄책감에 시달리던 육손이 노인은 라고하에 투신자살하였다.

삶의 끝자락에 선 노인들이 어떤 기회에 이성에게 사랑의 감정을 느끼는 것은 인지상정이지만 자식들은 주변의 소문이 두려워서 또 인간관계가 복잡해지는 것이 귀찮아서 그것을 가로막는 것이 일반적이다. 그러나 사랑의 감정은 남녀노소를 막론하고 누구에게나 하나의 축복이며, 그 자체로 삶의 활력소가 될 수 있다. 그러나 사람들은 사랑이란 젊은 사람의 전유물이라는 편견에 사로잡혀서 노년의 사랑을 주책이라 치부하거나 비정상적인 행동으로 판단하고 만다. 그러나 윤림호는 이 작품에서 노년에 찾아온 진실한 사랑은 그들의 삶에 생기를 주는 아름다운 사건으로 무료한 삶을 살던 노인이 누릴 하나의 권리이기에 그 누구도 어떤 이유로도 노년의 사랑을 방해할 수 없다는 점을 분명히 하고 있다. 이처럼 윤림호는 「할미꽃」에서 우리 사회가 정상이라고 생각하는 사랑에 대한 편견을 반성적으로 사유하여 사랑을 바라보는 새로운 시각을 마련해주었다.

4. 새로운 소설 미학의 시도

새로운 시대의 도래는 조선족 작가들에게 정치와 이념에 종속된 소설을 벗어난 다양한 실험을 가능하게 하였다. 이 시기 조선족 작가들은 당의 정책을 선전하는 전형적 인물의 생산을 벗어나 역사적 현실 속에서 살아가는 인간의 진정한 모습을 창조해내는 실험과 함께 전대의 소설과는 다른 개성적인 서사 방식도 시도하였다. 조선족 작가들의 이러한 노력은 사회 현실을 비판적 시각으로 바라보아 객관적인 필치로 그려내는 사실주의 소설의 전통을 확대·심화하고, 서구의 새로운 소설 이론과 서사 방식을 받아들여 다양한 실험을 진행하는 것으로 구체화되었다.

전대의 소설론적 관점으로 보았을 때 이들의 소설적 실험은 소설이 현실을 반영하여 역사의 방향성을 제시함으로써 역사 발전에 기여하고 현실의 변혁을 이끌어가는 소설의 위대한 전통을 방기해버린 점에서 소설의 퇴보라 평가될 것이었다. 그러나 이 시기에 조선족 작가들이 보여준 서사 방식에 대한 다양한 모색은 새로운 방향으로의 변화를 중시한 시대정신과 함께한 것이자, 문학이 정치의 예속에서 벗어나 문학의 문학다움 즉 문학의 본연으로 되돌아가려 노력이었다는 점에 큰 의의가 있다. 그리고 이 시기 조선족 작가들의 노력이 이루어낸 결실은 이 시대 이후 조선족 소설의 창작 방식으로 자리를 잡았다는 점에서 소설사적 의의를 지닌다.

우광훈은 등단 초기부터 탐사대원 체험을 바탕으로 큰돈을 벌고 도시 호구를 획득하겠다는 개인적 욕망 때문에 노동 강도 높고 위험한 탐사대 현장에 투입된 노동자들의 삶을 박진감 있는 거친 문체와 남성적인 강인함이 돋보이는 사건 전개로 이 시기 소설의 새로운 면모를 보여주었다. 그는 이후 사냥개 메리를 주인공으로 설정한 「메리의 죽음」(『천지』 1987.10)에서 새로운 서사 방식을 실험하였다. 명포수였던 주인이 자살할 작정으로 사냥 나갔다가 곰에게 죽임을 당하고, 그 곰과 싸우다 크게 다친 상태로 집에 돌아온 메리는 주인이 돌아오지 않는 것을 깨닫고 야생으로 나가 1년을 살면서 산속의 강자로 자리 잡았다. 그러나 작은 짐승이나 잡는 어설픈 포수와 워리가 사냥하는 것을 본 메리는 사냥개의 본성이 되살아나 사냥을 도와주고, 워리를 따라와 함께 잘 지냈다. 얼마 후 새 주인과 사냥 나갔다 산돼지를 만난 메리는 주인이 산돼지를 사냥할 것으로 착각하고 몰이에 나섰으나 큰 동물 사냥 경험이 없는 워리는 산돼지 공격으로 죽고, 선불질로 위험에 빠졌던 새 주인은 사냥이 서툰 자기 탓인 것은 생각지도 못하고 주인을 위해 물러서지 않고 산돼지와 싸워 주인의 목숨을 구한 메리를 사살해버렸다.

사냥개 메리가 죽어가며 과거의 일들을 회상하는 형식으로 된 「메리의 죽음」은 사냥개 메리의 강인한 삶, 곰이나 산돼지 같은 큰 동물을 사냥하는 장면의 세밀한 묘사, 메리라는 사냥개를 통한 자연에서의 삶과 인간 속의 삶의 대비 등이 돋보인다. 특히 이 작품에서 보여준 문체의 힘은 이전의 조선족 소설이 보여주지 못한 긴장감과 강렬함으로 조선족 문단의 주목을 끌었다.

메리는 상대가 자기가 상상한 것보다 더 강한 적수라는 것을 알아차렸다. 신중해진 메리는 성급하게 재공격을 하지 않았다. 그는 심장으로부터 올리는 듯한 소리로 으르렁거리며 공격의 기회를 노렸다. 그러나 메리가 공격하기 전에 승냥이는 자신만만하게 공격해왔다. 메리는 살기와 신심으로 충만된 적수의 눈을 보았고 거기에서 뿜겨져 나오는 승리의 신념도 보았다. 그러나 메리는 주저하지 않았

제4부 개혁개방과 시장경제로의 전환(1979~1992)

다. 그는 용감하게 승냥이의 공격을 맞아 뛰쳐나갔다. 털들이 빠지고 살들이 찢기고 눈가루가 흩날렸다. 용감한 두 생명은 적수의 죽음을 믿으며 싸웠다.

싸움은 오래동안 계속되었다.

승부는 좀처럼 나지 않았다.

위의 인용 부분에는 메리가 야생에서 만난 승냥이와 목숨을 걸고 싸우는 모습이 극사실적으로 그려져 있다. 메리가 승냥이에게 승리하는 장면은 사냥꾼 손에 자라던 메리가 야생에서의 생활에 적응할 수 있게 되었음을 보여주는 서사적 기능을 담당한다. 그러나 이 장면에서 길고 생동감 있는 묘사를 통해 작가가 보여주고자 한 것은 단순한 서사 기능을 넘어 메리의 건강한 야생성과 서사 상황의 박진감과 생동감을 독자에게 전달해주는 문체의 힘이다. 이처럼 이 작품의 문체가 보여준 강렬한 효과는 소설이 단순히 줄거리의 힘에 의해서만 독자들에게 감동을 주는 것이 아니라는 것을 보여준 중요한 전기가 되었다.

그리고 「메리의 죽음」에서 사냥개 메리의 모습은 상징적이어서 다양한 해석이 가능하다. 이 작품이 발표된 1980년대 중반 중국의 주류문단에서 주체성이나 인문정신 등이 중요한 문학적 주제로 논의되고 작품화되었다. 이 점을 고려하면 「메리의 죽음」에서 주인과 함께 뛰어난 사냥개로 살았고 주인이 죽은 후 자연 속에서 야생성을 지니고 살았던 메리의 존재는 자기 삶을 스스로 결정하는 자유로운 인간의 모습을 표상하고, 새 주인을 만난 이후 메리의 모습은 자유를 박탈당하고 억압받는 인간 존재를 상징한다는 해석이 가능하다. 이러한 해석을 바탕으로 이 작품은 반우파투쟁기 이후 상당 기간 정치적 억압 속에서 명령에 순응하며 주체성을 상실했던 중국인의 비극적인 삶을 알레고리로 보여준 것이라는 평가도 적지 않았다. 그리고 이러한 해석을 확장해 해석한다면 「메리의 죽음」은 인간 사회에 만연한 '억압'과 그에 항거한 인간만이 획득할 수 있는 '자유'라는 문학의 영원한 주제를 소설적으로 형상화했다는 평가도 가능하다.

최국철의 「봄날의 장례」(『천지』 1987.12)는 「메리의 죽음」과는 전혀 다른 서사 방식을 실험하여 문단의 주목을 받았다. 소설로서 무언가 분명하고 극적 긴장감 있는 줄거리를 갖지 않은 이 작품은 좋은 시절 다 지나가고 원 영감네 집에 모여 화투나 치며 소일하는 동네 노인들, 독감이 조금 나은 날에도 자기 집에 몰려와 화투판을 벌이는 패거리는 내버려두고 집 앞뒤를 뒤져 일거리를 찾고 방에 들어와서도 새끼라도 꼬는 원 영감 등 마을 노인들의 하루를 담담하게 이야기하고, 작품 말미에서 입하가 지났으나 추운 어느 날 원 영감이 갑자기 죽고 쓸쓸한 장례를 치렀다는 것으로 마무리되었다. 이 작품은 이전 소설들이 지향한 스토리 중심의 서사를 벗어나 특별한 주제를 드러내기보다는 인물의 행동과 주변 상황을 치밀하게 묘사하여 서사를 지연하는 서술 전략으로 새로운 소설 미학을 시도하는 것만으로 한 편의 소설을 창작한 점이 눈에 뜨인다.

이와 유사한 작품으로 김재국의 「꽃다발 가게방」(『천지』 1991.4)이 있다. 산 사람이 먹을 음식을 파는 식당을 접고 죽은 사람에게 바치는 꽃다발 장사를 하게 된 '나'는 소나기를 피해서 가게에 들어왔다가 죽은 사람에게 꽃을 바치는 일에 관심을 보이는 소학교 6학년 성칠을 알게 되었다. '나'는 매일 손님이 별로 없는 가게에 들러 조잘대다 가고, '나'의 과거사를 들어주는 성칠에게 관심이 가서 점차 기다리게 되었고, 그 과정에서 성칠이 도로 청소원 어머니와 보일러공 아버지 그리고 공부 잘하는 고중생 누나를 두었고, 어머니가 다쳐 누나가 대학 진학을 포기할 정도로 형편이 어렵다는 것도 알게 되었다. 한동안 들르지 않던 성칠이 어느날 가게에 와서는 '나'의 질문에는 대답도 없이 제일 싼 꽃다발이 30원인 사실에 놀라서 잔돈으로 25원 60전을 꺼내 화환을 주문하고는 자기 집 뜨락에는 꽃다발 하나도 없다고 흐느껴 울자, 어머니가 죽은 것을 짐작한 '나'는 가장 귀중하고 아름답고 우아한 화환을 가져다 놓으리라 다짐하였다.

이 작품 역시 흥미 있고 박진감 넘치는 스토리를 통해 분명한 주제의식을 전달하기보다는 주변의 사소한 삶을 조망하고 담담하게 서술하여 독자가 개인적인 상상력으로 작품에 접근하게 하는 새로운 소설의 미학을 보여주었다. 이 작품은 초점 주체인 성칠에 관한 정보를 일인칭 서술자가 관찰하고 이해한 범위에서 서술하는 방식을 사용하여 독자들이 성칠에 관한 정보를 접하면서 사람 사이의 관계, 가난, 삶과 죽음 등 다양한 주제를 독자 나름으로 생각해보게 하였다.

「봄날의 장례」나 「꽃다발 가게방」이 보여준 평범한 일상을 담담하게 서술하면서 서사를 지연하는 전략을 사용하여 독자들이 일상에 내재한 기쁨과 슬픔, 즐거움과 괴로움, 고독과 고뇌 등 문학의 원초적인 주제를 사유하게 하는 이러한 창작 방식은 소설의 서술이 주는 울림을 극대화하여 예술로서의 소설을 가능하게 하였다. 이 시기 젊은 작가들에 의해 다양한 방식으로 시도된 새로운 서사 방식의 실험은 조선족 작가들이 소설의 문학성과 인문학적 가치를 회복하기 위한 노력의 결실이었고, 이후 이러한 서사 방식은 조선족 소설의 한 주류로 자리 잡았다.

박선석은 헛된 욕심 때문에 벌어지는 희극적인 상황을 해학적인 문장으로 그려낸 매우 독특한 작가이다. 그의 단편소설 중 대표작으로 언급되는 「털 없는 개」(『천지』 1990.7)는 탈모제를 두고 벌어지는 우스꽝스러운 상황을 통해 인간의 욕심을 풍자하였다. 야위고 털이 빠진 개의 배에서 나오는 구보는 우황과 비슷한 약효를 갖는다는 의사의 연구 결과를 신문에서 본 김성구 영감은 턱에 무성하게 자란 털을 제거하기 위해 사 온 탈모제를 개에게 발라 털을 없애버리고, 수염이 없어 발모제를 구하러 온 정영팔 영감에게 비싼 값에 팔았다. 털 없는 개를 사서 집에 돌아와서 속았음을 깨달은 정 영감은 털 없는 개를 보고 사겠다고 찾아온 김 영감 아들 덕수에게 더 비싼 값에 팔아넘겼다. 얼마 후, 중매쟁이의 소개로 선을 보러온 김 영감 집을 찾은 정 영감은 상황을 깨닫고 화해하고, 김 영감의 딸이 개에 바르고 남은 탈모제로 머리를 감아 대머리가 된 것을 본 정 영감은 자신이 쓰고 남은 발모제를 며느릿감의 머리에 발라 머리숱이 나게 해주었다.

이 작품은 희극적 상황 설정과 서사 전개 그리고 해학적인 문체를 사용하여 인간의 이기심을 폭로하고, 자신의 거짓과 위선이 밝혀진 후 부끄러워하며 화해하는 과정을 통해 인간의 헛된 욕심을 풍자하였다. 한국에서 연극 대본으로 각색되어 여러 차례 공연되기도 한 이 작품은 정치적인 색채가 완전히 배제되고 인간의 욕심과 거짓이 부딪히며 희극적인 상황을 연출하는 과정이 전통적인 희극의 구성과 일치하고, 서사 상황은 물론 서사 방식과 문체에서도 해학과 풍자가 잘 섞여 있다.

박선석은 1990년 8월 작으로 명기한 「령약비방」(『털 없는 개』, 료녕민족출판사, 1999)에서 「털 없는 개」와 유사한 방식으로 영생을 탐내는 인간의 헛된 욕심을 풍자하였다. 허춘길 부부는 수입은 적고 자식은 많아 가난에 시달리다 대들보에 목을 매달았으나 집이 무너지는 바람에 실패하였다. 그러나 단위에서 새 집을 배정해주어 전화위복이 되었고, 무너진 집채에서 발견된 허춘길의 조상 허준 선생이 쓴 듯한 『허씨비방』이라는 책에서 젊어지는 영약의 처방을 발견하여 개발에 몰두했다. 주변에서 정신병자로 취급해 개발이 어려웠던 허춘길은 정 국장의 전폭적인 지원으로 2년 만에 영약 60정을 생산하였고, 작업 중에 떨어진 부스러기를 먹은 아내가 젊어진 것으로 효능을 확인한 뒤, 영약 전부를 정 국장에게 바쳤는데 다음 날 정 국장이 사라져버렸다. 놀란 사람들이 온 집 안과 갈 만한 곳을 전부 뒤져보니 정 국장은 밤새 영약을 모두 먹어 갓난아기로 변해 있었다. 이것을 본 허춘길은 이 영약은 재력이 있는 사악한 권력자만 먹을 수 있어서 백성을 더 괴롭힐 것 같고, 불로장생 자체가 자연법칙을 어기는 일이라 생각해서 『허씨비방』을 태워버렸다.

이 작품은 권력과 부를 장악하고 젊은 여인을 거느리고 사는 환갑이 지난 노인 정 국장의 헛된 욕심을 풍자하고 있다. 세상의 모든 것을 다 가져도 늙어가는 육신은 어찌할 수 없는 것이 안타까운 정 국장은 실패하더라도 손해 볼 일이 없는 영약 개발에 자신의 권세를 동원하였다. 그는 허춘길의 영약 개발에 필요한 경비는 물론 인원과 장비를 적극적으로 지원하면서 영약을 개발하면 세상에 공개하지 말고 자신에게만 보고하고 영약을 제출할 것을 요구하였다. 그는 애초에 영약이 개발되면 자신이 차지할 욕심이었고, 영약 개발에 성공해 효능이 입증되자 일단 자신의 욕심부터 채운 것이었다.

박선석의 「털 없는 개」나 「령약비방」이 보여준 우스꽝스러운 상황을 설정하고 인물의 행동과 대화를 해학적인 문체로 묘사하거나 서술하여 웃음 속에서 인간의 욕심을 풍자하는 방식은 전통적인 판소리나 만담의 전통을 계승한 것으로 보인다. 인물의 행동과 대화를 통해 해학적인 문체로 인물이 연출해내는 희극적인 상황을 웃음으로 치환시키는 이러한 서사 방식은 인간의 거짓과 욕심을 풍자하는 데 아주 적절한 방식이었다. 위의 두 작품에서 보여주었듯이 박선석은 인간의 욕심을 풍자하면서도 소설의 결말 부분에서 갈등하던 인물이 화해하거나 인간의 욕심을 원초적으로 제거해 인간 욕심이 주는 폐해를 해소하는 것으로 마무리하여 인간의 본심에 대한 긍정적인 인식을 보여주었다. 박선석은 이러한 보여준 해학적인 서사 방식을 통한 인간 욕심을 풍자한 소설로 조선족 문단에서 독특한 위상을 차지하였다.

제5부

한중수교 이후 조선족 정체성의 혼란
(1993~2003)

제1장

시대 개관

1. 전면적 개방과 세계화 그리고 한중수교

1978년 12월 중국공산당 11기 3중전회의 결정으로 인민공사가 해체되어 개별영농이 허용되고, 시장경제로의 전환이 시작되었으며, 진리 표준 문제에 관한 토론 이후 사상 해방의 분위기가 무르익었다. 그러나 중국공산당 내의 보수파와 개혁파 간의 갈등으로 정치개혁과 경제개혁은 개혁개방의 정책 결정 당시와는 달리 개혁과 조정 사이에서 갈지자를 그리며 전개되었다. 개혁과 개방의 속도가 중국공산당 내의 역학관계에 따라 또 지도자가 누구인가에 따라 1, 2년 간격으로 조정되어 기대한 만큼의 성과가 나타나지 않았던 것이다. 그리고 개혁의 과정에서 생산되는 재부를 부패한 권력이 독점하는 현실에 대해 인민들의 불만이 증대하였고, 사상 해방의 사회적 분위기 속에서 인문정신과 관련한 고민과 토론을 계속해온 지식인 사이에서 민주화에 대한 열망이 팽배했다.

1980년대 중반에 들어 세계적인 천체물리학자 팡리즈(方勵之), 중국작가협회부주석 류빈옌(劉賓雁), 인민일보 부편집장 왕뤄수이(王若水), 반체제 작가 왕뤄왕(王若望) 등 지식인을 중심으로 자유의 확대와 민주주의로의 정치개혁을 주장하기 시작하였다. 이들은 왕성한 글쓰기와 대학생을 상대로 한 강연을 통해 빠른 경제개혁과 함께 정치개혁이 이루어져야 한다는 점을 강조하였고, 이들의 영향으로 대학가에서는 점차 민주화의 열망이 고조되었다. 중국 당국은 보수파를 중심으로 이들의 주장에 대해 '부르주아 자유화'라는 이유로 비판하고 강력한 제재를 시사하였다. 그러나 당시 당의 권력을 장악하고 있던 후야오방(胡耀邦)과 자오쯔양(趙紫陽) 등이 사상 해방과 민주화 움직임에 대해 유연하게 접근해야 한다는 사상적 기초 아래, 민주화를 요구하는 지식인들과의 소통을 통해 올바른 길로 인도해야 한다는 생각을 견지했다. 이러한 일부 중국 공산당 지도부의 유화적인 자세를 인지한 지식인과 학생들은 공산당 일당 통치를 반성하고 자유와 민주를 실현하려는 운동을 본격화하였다.

1986년 9월 중국공산당 12기 6중전회의에서 지식인 사회의 민주화에 대한 집중적인 논의가 있었다. 이 자리에서 중국공산당 총서기 후야오방으로 대표되는 개혁파와 후차오무(胡喬木), 덩리췬(鄧力群) 등 보수파가 격돌하였으나, 덩샤오핑의 의견에 따라 지식인과 학생들의 민주화 움직임을 부르주아 자유화로 규정하고 이에 반대할 것을 결정하였다. 그러나 이 결정이 지식인과 학생들의 민주화 열망을 잠재우지 못해 정치개혁에 대한 요구가 본격화하였고, 이에 미온적으로 대처했다는 이유로 후야오방이 실각되었다. 1989년 4월 후야오방이 사망하자 이를 조문하던 학생들은 천안문 광장에서 민주화를 요구하는 대규모 시위를 벌였고, 이에 당황한 중국 당국은 6월 4일 이들의 시위를 무력으로 진압하여 지식인과 학생들의 정치개혁 요구를 좌절시켰다. 지식인의 민주화 요구에서 시작하여 대규모 참사로 마무리된 천안문 사건은 중국의 개혁개방이 정치개혁이 없는 경제개혁으로 나아가는 계기가 되었다.

천안문 사건 이후 중국 사회는 국내외적으로 위기 상황에 내몰렸다. 민주화 운동의 진압에 따른 위기감으로 해외 투자가 줄어들고, 보수파가 장악한 당국이 개혁에 소극적이어서 경제 상황이 극도로 나빠졌다. 그리고 1989년 12월 25일 베를린 장벽이 무너지는 상징적 사건 이후 동유럽 공산주의 국가가 연쇄적으로 붕괴하고, 1991년 소련의 해체로까지 이어져 중국, 북한, 베트남, 쿠바를 제외한 공산주의 국가가 모두 사라지는 국제 공산주의의 위기를 마주하여,

중국공산당 내부에는 체제 유지에 관한 위기감이 팽배했다. 이러한 상황 속에서 중국공산당은 정치적 억압과 부패에 대한 인민의 불만 그리고 현실 공산주의의 몰락이라는 국내외적 위기를 극복할 정책을 조속히 결정하여야 했다.

개혁개방 이후 개혁의 속도와 관련하여 경제 발전을 위해 빠른 속도로 개혁해야 한다는 덩샤오핑과 내실을 위해 속도의 조정이 필요하다는 천윈(陣雲)의 개혁론 중 어느 것을 선택할 것인가 즉 '개혁이 조정에 복종해야 하는가, 아니면 조정이 개혁에 복종해야 하는가'와 관련하여 중국공산당 내의 개혁파와 보수파 사이의 갈등은 계속되었다. 그러나 1989년 천안문 사건으로 중국공산당은 중국 지식인 사회에 고조된 민주화 열망을 해소할 정책을 제시해야 할 상황에 직면했고, 그 대안으로 경제문제로 정치문제를 덮는 방안이 요구되었다. 1992년 초 덩샤오핑은 개혁개방 초기에 경제특구로 지정되어 경제 성장을 이룬 남방의 도시를 돌며 전면적인 개방을 강조한 남순강화를 펼침으로써 외자유치를 통한 급속한 경제 성장을 개혁개방의 방향으로 구체화하였고, 이는 이후 중국의 기본적인 정책 방향이 되었다.

1992년 10월 중국공산당 제14차 전국인민대표회의에서 덩샤오핑이 제창한 '사회주의 시장경제론'을 채택하였고, 1993년 11월 중국공산당 14기 3중전회에서 「사회주의 시장경제 체제 건립 결정」을 통과시켰다. 이로써 중국의 개혁 정책은 공식적으로 경제성 없는 중소기업이나 비독점적 국유기업을 민영화하는 국유기업 시장화, 주택 공급을 시장에 넘기고 교육과 의료 등도 산업화를 추진하는 공공복지의 산업화, 자본시장을 개방하고 기업을 미국 증시에 상장하는 금융시장의 국제화 등을 통해 자본주의 시장경제의 제반 요소를 갖추어 세계경제의 일원으로 편입되었다. 그 결과 상당 기간 중국은 연 10%가 넘는 엄청난 경제성장을 지속하였고, 2001년 WTO에 가입함으로써 세계의 공장이 되어 눈부신 경제 성장을 이룩하여 21세기 초에 G2로 나아가는 기반을 마련하게 되었다.

중국의 급격한 경제성장은 빛과 그림자를 동반하였다. 1980년대의 개혁개방으로 인민공사가 해체되고 개체농으로 전환하고 상업 활동이 가능해져 농촌의 전면적인 개혁이 이루어졌다. 그리고 향진기업의 발전으로 농민들이 농업에 종사하기보다 성시로 나아가 노동자가 되거나 장사를 하는 일이 많아졌다. 이 시기 농민들은 농촌에 뿌리를 두고 가족의 일부만 도시에 나가 임시적인 경제활동을 하는 등 농업을 벗어났으나 농촌을 떠나지는 않았다. 그러나 전면적인 개혁개방이 시작된 1990년대 중반 이후 농민들은 농촌 호구를 갖고 고향을 떠나 대도시로 나가 돈을 버는 농민공으로 변화하였다. 전면적인 개방이 시작된 시기에 농촌을 떠나 대도시에서 품팔이를 하는 농민공이 2천만 명을 조금 넘었으나 10년 정도의 시간 동안 열 배 정도로 증가하였다. 그러나 농민공의 삶은 별로 나아지지 않아 전면적인 개혁개방의 가장 큰 피해 집단으로 자리를 잡았다.

농민공은 돈을 벌기 위해 농촌을 떠나 도시로 이주하였으나 법적 제한과 경제적 한계로 도시에 뿌리내리지 못하고, 언젠가 귀향하리라 생각했으나 농토의 부족과 소득의 불안정 등 현실적 이유로 고향에 돌아갈 수도 없어 농촌과 도시 사이에서 길을 잃고 말았다. 그들은 시장경제의 그늘에서 저임금과 열악한 노동조건에 시달리며 불안정한 삶을 살았으나, 시간이 지나면서 산업사회에서 자신들의 위상을 자각하고 자신들에게 주어진 사회적 불공평을 인식하여 노동 현실을 변화시키기 위해 노력하였다. 21세기 들어와 농민공들은 노동자 연대를 통한 느슨하나마 조직적인 저항의 규모와 빈도가 증가하고, 사회 불안의 요인으로 등장하고 있다.

이외에도 남순강화 이후 본격화된 개혁개방 정책에 따라 시행된 국영기업의 시장화로 어쩔 수 없이 하강(下崗)하여 안정된 수입과 의료 혜택이 사라져 삶이 급전직하한 사람, 시장경제의 활성화를 기회로 부를 거머쥐겠다는 욕망만으로 하해(下海)하여 사업을 시작한 사람, 농업의 비경제성을 실감하고 도시로 나가 개인사업에 뛰어든 사람 등 시장경제의 명과 암을 동시에 노출하였다. 더욱이 돈벌이를 위해 타지로 이주하는 사람이 증가하여 부모와 떨어져 고향에서 조부모나 친척과 생활하는 잔류아동과 부모의 돈벌이를 따라 떠돌이 생활하는 유동아동들이 엄청난 규모로 증가하였다. 잔류아동과 유동아동은 불안정한 생활 속에 정상적인 교육을 받지 못하고, 학업을 중도에 포기하여 미래 품팔이의 대기자가 될 수밖에 없는바, 농민공 자녀의 문제는 중국 사회의 지속 성장에 커다란 장애로 등장하였다.

이와 함께 전면적인 개방으로 경제가 성장하고 보다 정책의 입안과 시행 과정에서의 전문성을 확보하고 업무에 대한 책임 범위를 확실하게 하여 당내 권력 갈등을 막기 위한 법제화도 본격화하였다. 이는 현실 공산주의의 몰락에 따른 중국공산당의 위기의식을 반영하고, 경제성장을 지속하기 위하여 공산당 중심의 정치 안정을 추구한 것으로, 마오쩌둥 시대의 일인지배 체제와 덩샤오핑 시대의 원로지배 체제를 벗어나 법과 제도에 지배받는 정치로 나아가기 위한 노력의 결과물이었다. 그것은 공산당과 정부의 각 분야 수장들이 임기와 업무 분장 그리고 책임 범주 등을 법률로 정하여, 각 부서의 지도자가 정해진 업무만을 관장하는 집단지도 체제로 현실화되었다. 덩샤오핑의 기획에 따라 장쩌민(江澤民) 시대에 정착된 이 같은 집단지도 체제는 이후 후진타오(胡錦濤), 시진핑(習近平) 시대에 이르기까지 정치 체제의 근간으로 자리 잡았다.

개혁개방 직후 중국은 미국과의 수교를 통해 세계로의 진출을 모색하였고, 이 시기에 들어와 중국보다 조금 앞서 근대화를 시작하여 급격한 경제성장을 이룬 한국과의 수교도 적극적으로 추진되었다. 1986년 서울 아시안게임과 1988년 서울 올림픽의 개최를 계기로 북방정책을 추진하던 한국은 1990년 9월 공산주의 종주국인 소련과 수교했다. 이어 중국과의 수교를 통해 북방정책을 완성하려는 노태우 정부와 한국과의 외교 수립을 긍정적으로 평가한 덩샤오핑의 입장에 따라 한중 양국은 수교를 추진하였다. 한중수교의 가장 큰 걸림돌이었던 북한 변수를 극복하기 위해 1991년 〈남북 사이의 화해와 불가침 및 교류 협력에 관한 합의서〉를 채택했고, 그해 남북한이 유엔에 동시 가입함으로써 한중수교에 유리한 국면이 마련되었다. 이후 한중 당국은 외교적 절차를 거쳐 1992년 8월 24일 유엔헌장 원칙과 평화공존 5원칙 그리고 하나의 중국을 수교 원칙으로 한 〈대한민국과 중화인민공화국 간의 외교 관계 수립에 관한 공동성명〉에 서명하고 교환함으로써 한중 관계에 새로운 국면이 마련되었다.

2. 시장경제와 한중수교가 조선족의 삶에 미친 영향

개혁개방은 조선족에게 인민공사를 벗어나 개인영농을 가능하게 하였고, 잉여농산물을 시장에 내다 팔아 가정경제를 운영하는 것을 가능하게 하였으며 능력이 있다면 성시로 나가 식당이나 상점과 같은 3차산업에 종사하는 것을 가능하게 했다. 그러나 동북의 변경에 거주하는 조선족들은 개혁개방으로 설치된 경제특구로 이주하는 것은 쉽지 않았고, 만주국 시대에 설치되고 건국 이후 중국 공업의 한 축을 담당하던 동북 지방의 국영공장은 이 시기 개혁개방의 영향을 받지 않아 기존의 공인이 아닌 이상 조선족의 삶에 큰 영향을 주지 않았다. 그러나 전면적인 개방으로 톈진(天津)과 상하이(上海) 그리고 허베이(河北), 산둥(山東), 장쑤(江蘇), 저장(浙江) 등 여러 성(省)의 연해 지역이 개방되어 상공업이 발전하자 조선족은 돈벌이를 위해 관내로 이주하기 시작하였다.

이 시기에 조선족의 삶에 더 큰 영향을 미친 것은 한중수교로 인한 한국으로의 이주가 자유로워진 데 있었다. 전면적인 개방정책으로 발전한 대도시로 이주하는 것은 이동이 자유롭고 같은 나라 안이라는 이점이 있고, 한국으로의 이주는 절차가 복잡하고 외국으로 이주한다는 두려움이 존재했다. 그러나 중국이든 한국이든 언어 소통이 자유로운 조선족이 동일 노동에 훨씬 높은 소득을 보장하는 한국을 이주의 최종 목적지로 선택하는 것은 당연한 일이었다. 친척방문 비자로 한국에 이주하여 불법체류자 신분으로 강제 출국의 위험을 감수하며 돈벌이를 하던 조선족은 한중수교가 이루어짐에 따라 공식적으로 비자를 발급받아 한국에서 노동이주민으로 장기간 거주하게 되었다.

전면적인 시장경제로의 전환과 한중수교는 조선족의 삶을 크게 변화시키고, 조선족 공동체의 존립을 위태롭게 하였다. 인민공사가 해체된 후 돈벌이를 위하여 주변의 도시로 이주했던 조선족은 이 시기에 들어와 그곳보다 큰돈을 벌 수 있는 한국과 관내로 이주하였고, 이에 따라 연변조선족자치주를 비롯한 조선족의 집거지의 조선족 수는 급격히 줄어들었다.

조선족은 한반도에서 만주로 이주한 후 농촌 공동체에서 삶을 영위해왔으나 전면적인 시장경제로의 전환과 한중수교로 돈벌이를 찾아 관내와 한국으로 이주하였다. 그리고 고향에 남은 자녀에게 보다 좀 더 나은 생활과 교육환경을 마련해주기 위해 고향과 가까운 도시에 거처를 마련해주고, 조부모에게 자녀 교육을 전담하게 함으로써 한 가족 전체가 농촌을 떠나는 결과를 낳았다. 시간이 흐를수록 관내로 이주한 조선족은 도시에서 새로운 삶을 이루겠다는 인식이 강화되어 돈을 벌어 고향으로 회귀하기보다 자녀를 관내로 데리고 가서 새로운 고향 만들기에 나섰고, 한국으로 이주한 조선족은 한국에서 장기 거주하거나 귀화를 선택하여 중국 동북 지방의 조선족 농촌 공동체는 급격히 해체되었다.

조선족의 한국으로의 노동 이주가 급증하면서 조선족 사회에는 여러 사회 문제가 발생하였다. 한중 수교 이후에도 한국 비자 획득이 쉽지만은 않아서 이주를 희망하는 조선족이 비자 사기를 당해 경제적인 손실을 겪는 일이 빈발하였다. 그리고 기혼녀가 혼인 비자를 얻기 위해 남편과 이혼한 뒤, 한국인과 위장결혼하여 한국으로 이주해 부부 관계가 파탄하는 일이 속출했다. 그리고 돈을 벌기 위해 한국인의 현지처가 되거나 한국에서 한국인과 동거하는 등 윤리적 타락도 심각했고, 한국인의 투자 사기로 인한 조선족 사회의 경제적 피해도 매우 컸다. 그리고 한국에서 유입된 돈과 저급 문화의 영향으로 과소비, 유흥, 도박, 매음 등이 만연해 조선족 사회가 지켜온 도덕적 가치와 전통문화가 크게 훼손되었다. 무엇보다 조선족 사회에서 경제활동이 가능한 세대가 대거 관내와 한국으로 이주하고, 그 부모와 자녀는 도시로 거주지를 옮김으로써 농촌의 조선족 공동체가 급격히 한족 사회로 대체되어 조선족 사회의 존속을 위태롭게 하였다.

3. 시장경제로의 전환에 대응하는 주류문단의 소설

문화대혁명 이후 중국 주류문단은 개혁개방과 사상 해방의 분위기 속에서 정치에 예속되어 있던 문학을 본연의 자리로 되돌리기 위한 도정을 시작하였다. 천쓰허는 이러한 변화를 중국의 당대 문화가 통일된 거대한 시대적 주제를 다루던 공명(共名)의 상태에서 하나의 문화적 관념이나 사조가 시대적 주제의 일부만을 반영할 뿐 통일된 이념으로 위치하지 못하는 무명(無名)의 상태로 전환한 것이라 정리하고, 전면적 개방 이후 이러한 문화의 향방이 문학에서도 뚜렷하게 나타난다고 지적한 바 있다. 물론 개혁개방 초기 일정 기간은 반우파투쟁 이후 문화대혁명 때까지의 정치적 억압이 미친 폐해를 성찰한 상흔소설, 반사소설, 개혁소설 등이 주류문단의 중심에 자리 잡았다. 이런 점에서 문화대혁명이 종식된 후 1980년대 중후반까지 주류문단의 소설은 새로운 문학정신을 찾기 위한 과정으로서의 의미를 지녔다.

주류문단의 작가들은 전 시대에 대한 반성과 성찰 그리고 인문정신에 관한 탐구를 통해 작가의 개인적 문학관을 바탕으로 한 소설을 추구하기 시작했고, 중화인민공화국 이전의 소설이 보여주었던 서사적 장치에 관한 관심도 되살아났다. 이 시기에 등장한 개인적 성찰을 바탕으로 역사와 현실을 해석하고 서술하는 신역사주의나 신사실주의나 인간의 내면 심리의 움직임을 그려내는 심리주의 등 새로운 소설 창작 방법이 시도된 것은 소설이 정치적 담론에서 벗어나려는 시대적 분위기의 산물이었다. 이러한 1980년대 후반 소설계의 흐름은 전면적인 개혁개방이 실현된 1990년대 이후 사회 변화와 맞물려 개인의 문학정신에 기대어 독창적인 창작 세계를 펼치는 새로운 소설 시대로 나아가게 하였다.

전면적 개혁개방 이후 중국 사회가 시장경제로 전환하고 경제력이 급성장하여 대중문화 시장이 확대된 것도 주류문단의 변화에 중요한 요인으로 등장하였다. 시장경제의 발달과 대중의 성장에 따른 시대적인 요구로 대중문화 시장이 형성되어 대중의 문화적 욕구를 흡수하자, 사회적 실천과 인민에 대한 지도를 강조하던 소설을 비롯한 문학은 점차 문화 시장으로부터 소외되었다. 시장은 시대를 이끌어가는 이념이나 이상과 같은 고상하고 중후한 주제보다는, 대중이 관심을 보이는 가볍고 흥미로운 제재를 요구하였다. 이러한 상황에서 작가들은 시장의 요구를 받아들여 대중문학으로 나아갈지 작가로서 문학의 문학다움을 지킬 것인지를 선택해야 했고, 많은 작가는 후자를 선택하여 순수문학을 견지하였다. 대중문화 시장의 대규모 성장에 반비례하여 소설 시장이 협소해져 순수소설이 대중으로부터 소외되었고, 작가들은 사회현실에 대한 자신의 시각을 독창적인 목소리로 소설로 창작하여 자기의 작품을 읽어주는 소수의 독자층을 상대로 자신의 문학 세계를 전파해야 하는 존재로 자리하게 되었다.

이 시기 소설이 시대 문제에 대한 공통적인 주제를 지향하지 않고 개성을 중시하고 개인주의적인 성향이 강하며 대중문학의 성행에 대한 반작용으로서 자기의 문학 세계에 함몰되었다 하더라도 소설이 시대의 문제를 완전히 간과할 수는 없었다. 전면적 개방정책에 따라 발생한 하해와 하강 그리고 개체호 등은 소수의 성공과 다수의 실패로 귀결되어 시장경제의 명과 암을 동시에 노출하였다. 이러한 시장경제의 결과로 심화된 빈부의 차이와 농촌에 대한 당국의 관심 소홀로 야기된 삼농 문제 등은 중국 사회의 심각한 사회 불안 요소로 등장하였다. 특히 빈부 차와 삼농이라는 두 문제를 동시에 보여주는 농민공의 삶을 작가들은 외면할 수가 없었다. 정치적 민주화나 개혁개방에 대한 비판을 전경화할 수 없는 작가들은 농촌과 도시에서 길을 잃어버린 농민공의 삶을 소설화하였고, 시장경제의 그늘 속에서 소외된 가난한 사람에 관한 관심도 소홀히 하지 않았다.

이 시대 작가들은 시대와 역사의 문제를 창의적으로 해석하여 개성적인 문체로 소설화하고, 나아가 개인의 심리 세계나 운명과 같은 전 시대 문학이 다루지 않았던 주제를 소설화하였다. 주쑤진(朱蘇進)은 군대에서의 체험을 바탕으로 한 개인이 군과 관련한 상황에서 갖게 되는 내밀한 심리 상태를 탐색하여 사회와 집단에 내재한 규범이나 관습에 복종하지 못하고 자신의 개성을 지키려는 개인의 정신을 탐구하였다. 또 왕안이(王安憶)는 작가 특유의 현실에 대한 인식을 바탕으로 개성적인 언어와 문체를 사용하여 독특하고 연약한 성격의 인물이 완강하고 비극적인 운명에 의해 파멸하는 구조를 보여줌으로써 시대정신의 허위성을 폭로하여 문단의 주목을 받았다.

이 시대의 작가들은 중화인민공화국 수립 이후의 소설이 보여준 이념 편향 성을 극복하고 새로운 창작 방법을 마련하고자 노력하였다. 그들은 5 · 4 시기의 사실주의 정신으로의 복귀를 주장하면서 20세기 세계문학의 다양한 소설이론을 수용하는 한편, 중국의 전통문화와 서사 방식의 재발견을 통해 급변해가는 시대에 맞는 새로운 서사 방식을 창조하기 위해 노력하였다. 위화(余華)는 『인생』 『허삼관 매혈기』 등의 소설에서 암울했던 역사를 소설화하면서 지식인 특유의 비판적 시각을 버리고 하층민들의 일상과 고난을 낙관적 시각으로 바라보아 해학적으로 소설화하였다. 이러한 낙관과 해학은 주류문화에 가려드러나지 않았던 고난에 대처하고 저항하여 극복해 나아가는 민간의 문화적 전통을 효과적으로 재창조한 것이다. 또 문화대혁명기 지식 청년의 정신적 방황을 소설화했던 한사오궁(韓少公)도 주도적 이념이 상실한 시기를 맞아 중국의 민간문화에서 새로운 서사의 가능성을 발견하고 자신의 독특한 서사 방식과 풍격을 모색하였다. 그는 1980년대 이전의 소설 창작 방법을 극복하기 위하여 중국의 민간문화를 통해 새로운 소설의 문체와 형식을 실험함으로써 새로운 서사 방식을 창조했다는 평가를 받았다.

4. 한중수교 이후 사회 변화와 조선족 소설

전면적인 개혁개방과 한중수교는 조선족 작가들의 소설에도 큰 영향을 미쳤다. 조선족 작가들은 주류문단의 작가들과 마찬가지로 자신의 시각으로 현실을 이해하고 문학관에 따라 독자적인 소설 세계를 추구하여 새로운 작품을 창작하였다. 그리고 조선족 작가들은 이 시기 주류문단의 중요한 흐름을 이루었던 전통문화와 서사 방식을 소설을 통해 재창조하는 노력을 받아들여 조선족의 전통문화와 설화를 재해석하여 새로운 서사 방식을 찾기 위해 노력하였다. 한중수교 이후 조선족 문단에 한국의 문학작품과 문학이론서가 전해지고,

한국 작가와 교류를 통해 사회주의적 사실주의 이외의 문학이론을 접한 조선족 작가들은 그간 배척하던 한국문학에 관한 이해를 높였고 이를 받아들여 새로운 문학론을 형성하였다.

조선족 작가들은 한국문학을 통해 세계문학의 흐름을 이해하고, 모더니즘, 초현실주의, 심리주의, 탈식민주의 등 새로운 문학이론을 받아들여 창작에 접목하여 소설을 일신할 수 있었다. 조선족 소설의 이러한 변화는 주류문단의 소설이 일상을 소재로 하여 다원적인 시각으로 인심의 세태, 풍속 습관의 변화를 묘사하여 이상주의적 색채가 옅어진 현실과 연결되어 더 큰 변화를 가져왔다. 더욱이 조선족 소설은 한국소설의 서사 장치를 일정 정도 수용하고, 북한어 일변도에서 벗어나 한국어 표현을 받아들여 소설의 언어와 문체를 변화시켰다. 그리고 일상의 의미와 가치, 내면 심리와 정신적 외상, 주체와 타자, 인간의 본원성, 이성과 감성, 욕망과 운명 등 한국소설이 보여준 특징적인 주제들이 조선족 소설의 새로운 경향으로 대두되었다.

개혁개방과 한중수교로 조선족은 중국의 다른 민족과 유사한 삶의 변화를 경험하였다. 전면적 개혁개방으로 연해 지역의 경제가 급성장하자 조선족은 중국의 다른 민족과 마찬가지로 관내로 이주하였고, 한중수교로 한국 이주가 자유로워지자 한국 이주 열풍이 불어 조선족 사회는 타민족보다 더 급격한 변화를 경험하였다. 관내와 한국으로의 노동 이주는 조선족의 경제문제를 어느 정도 해결해주었으나 결손 가정의 증가, 부부 관계의 파탄, 조선족 공동체의 와해 등 그에 따르는 반대급부도 만만치 않았다. 조선족 작가들은 이러한 조선족 사회의 급작스러운 변화를 지켜보면서 변화한 현실의 다양한 문제점을 소설을 통해 비판하였다.

조선족 작가들은 주류문단의 작가들과 마찬가지로 노동 이주의 급증에 따른 농촌 공동체의 붕괴, 가족 관계의 파괴, 전통적 가치관의 훼손 등을 소설의 주제로 다루었다. 그러나, 주류문단의 소설이 하해, 하강, 농민공 등 시장경제가 가져온 사회적 약자에 관해 관심을 보인 데 비해, 조선족 소설은 특히 한국 이주 열풍이 조선족과 조선족 사회에 준 충격에 더 많은 관심을 보였다. 조선족이 한국의 노동 현장에서의 경험한 차별과 멸시, 조선족 공동체의 붕괴, 결손 가정의 아동의 불안정한 삶, 조선족 사회의 급격한 변화 등을 소설의 제재로 다루었고, 한국 이주를 통해 획득한 조선족 정체성에 관한 새로운 인식을 소설의 중요한 주제로 사용하였다. 즉 조선족 사회에서는 전면적인 개혁개방과 시장경제로의 전환이 미친 영향보다 한중수교가 미친 영향이 훨씬 컸기에 조선족 작가들은 이 시대의 다른 어떤 사회적 이슈보다 한국 이주 열풍을 더 자주 소설의 제재로 사용하였다.

중국에서 조선어 출판물은 200만 명 정도의 조선족만을 소비 대상으로 하기에 시장의 규모가 크지 않다. 소수민족 문화에 대한 억압이 심했던 문화대혁명이 종식되자 조선족 사이에는 그에 대한 반발 심리와 조선족 문화에 대한 갈망으로 조선문 문학에 대한 열망이 일어나 정부의 재정 지원을 받아 조선족 집거지마다 조선문 잡지가 출간되었다. 그러나 시장경제로의 전환이 급속하게 진행되어 돈이 모든 가치의 선두에 자리하게 되자 문학이나 문화에 대한 일반인의 관심이 줄어들었다. 더욱이 많은 조선족이 관내로 이주해 노동자로 생활하며 한족 사이에 섬처럼 존재하게 되어 조선문 책을 읽을 기회가 줄어들었고, 한국으로 이주한 조선족도 낯선 한국 땅에서 차별받으며 힘들게 살아가느라 문학작품을 접할 기회를 점차 상실하였다. 열악해진 출판시장의 상황에 따라 1980년대에 창간되었던 순문예지『아리랑』『북두성』『갈매기』등이 폐간되고,『은하수』『송화강』등은 활로를 찾아 종합지로 전환해서『연변문학』『장백산』『도라지』등만 어렵게 순문예지로 유지되었다. 이러한 문학시장의 위기 속에서 조선족 작가들은 붓을 꺾고 생계를 찾아 나설 수밖에 없었다.

전면적 개혁개방의 성과가 나타나고 한중수교가 체결되어 조선족 사회는 경제적인 안정을 되찾았고, 조선족 문단도 어느 정도 정상 궤도에 오르게 되었다. 이에 따라 조선족 작가의 소설 창작도 조금씩 활기를 띠고, 어려운 출판 상황 속에서도 소설을 수집하여 소설집을 출간하는 일이 증가하였다. 그리고 이 시기에 고신일, 김학철, 리여천, 림원춘, 허련순 등 적지 않은 조선족 작가가 조선족 소설을 출간해주는 한국의 출판사에서 작품집을 내는 일이 잦아졌다. 이는 김학철의『20세기의 신화』와 같이 중국에서 발간이 허용되지 않은 작품을 출판하는 방법이기도 하고, 조선족 작가들이 한국이라는 커다란 문학시장에 자기 소설을 알리기 위한 선택이기도 하였다. 1980년대 말부터 조선족 소설이 한국에서 출간되어 한국 독자들에게 조선족 소설의 존재를 알렸고, 이에 영향을 받아 일제강점기에 일본과 구소련 등지로 이산된 조선인의 후예 재일교포와 고려인의 문학에 관심도 크게 일었다. 그리고 이 시기에 김노, 리동렬, 장혜영 등의 조선족 작가가 개인적 상황, 경제적 이유 그리고 작품 출간의 자유 등을 고려해 한국에 정착하여 재한조선족 문단의 기틀을 마련하였다.

이 시기에 조선족 작가층에 약간의 변화가 있었다. 조선족 문단 형성기에 등장한 작가들 대부분이 문화대혁명 이후에 소설 창작을 지속하지 않았다. 창작의 권리를 되찾은 후 왕성하게 소설을 창작하던 김학철은 이 시기에 산문으로 전향하였고, 리근전도 문단의 행정을 맡아서 소설 창작으로부터 멀어졌다. 그러나 반우파투쟁기부터 문화대혁명 시기에 소설 창작을 시작한 류원무, 리선희, 리태수, 림원춘, 정세봉 등과 개혁개방 직후 등단한 김훈, 리원길, 리혜선, 박선석, 우광훈, 윤림호, 최홍일, 허련순 등도 새로운 시대를 맞아 다양한 창작 성과를 보여주었고, 1980년 중반에 등단한 김재국, 김혁, 박옥남, 장학규, 조성희, 최국철 등도 왕성하게 창작을 전개하여 조선족 소설계는 이전 어느 시기에 못지않은 풍성한 성과를 거두었다. 그리고 1970년대에 출생한 구호준, 박초란, 리진화, 홍예화 등이 등단하여 소설 문단에 활력을 불러일으키고, 조선족 소설의 지속적인 발전을 기대할 수 있게 해주었다.

전면적인 개방과 한중수교 이후 조선족 문단에서 출간된 장편소설은 허련순의『바람꽃』(흑룡강조선민족출판사, 1996)과『뻐꾸기는 울어도』(료녕민족출판사, 2000), 리혜선의『빨간 그림자』(연변인민출판사, 1998), 최홍일의『눈물 젖은 두만강』(전 2권, 민족출판사, 1999), 최국철의『간도전설』(흑룡강조선민족출판사, 1999), 류원무의『아리랑 열두 고개』(흑룡강조선민족출판사, 2001), 조성희의『파애』(흑룡강조선민족출판사, 2002) 등 20여 편에 달했다. 그리고 개인 소설집도 윤림호의『고요한 라고하』(흑룡강조선민족출판사, 1993), 리원길의『피모라이 병졸』(민족출판사, 1995), 장지민의 『올케와 백치 오빠』(료녕민족출판사, 1995), 림원춘의 『눈물 젖은 숲』(료녕민족출판사, 1995), 우광훈의 『가람 건느지 마소』(흑룡강조선민족출판사, 1997), 리혜선의 『야경으로 가는 여자』(흑룡강조선민족출판사, 1997), 허련순의 『우주의 자궁』(흑룡강조선민족출판사, 1998), 정세봉의 『볼쉐위크의 이미지』(흑룡강조선민족출판사, 1998), 박선석의 『털 없는 개』(료녕민족출판사, 1999), 김혁의 『천재 죽이기』(연변인민출판사, 1999), 최홍일의 『흑색의 태양』(흑룡강조선민족출판사, 2000), 현룡순의 『우물집』(민족출판사, 2002) 등 80여 권이 출간되었다. 이는 이전 어느 시대에도 조선족 문단에서도 보지 못한 장편소설과 소설집의 출판 성과로, 사상 해방의 시대를 맞아 조선족 문단이 이루어낸 소설적 성과를 보여준 것이다.

이 시기에 조선족의 경제 상황이 호전되어 가정마다 가전제품을 갖추었고, 텔레비전이 필수품으로 자리하였다. 조선족이 가정에서 중국 방송 프로그램과 한국 프로그램을 시청하면서 텔레비전은 일상의 중요한 한 부분이 되고 문화생활의 중심에 자리하게 되었다. 라디오와 달리 시청각 매체인 텔레비전은 시청자에게 뉴스와 재미와 교양을 제공해주었고, 영화와 달리 가정에서 일상적으로 접근할 수 있어서 대중 전파력이 탁월했다. 텔레비전의 대중화로 영상과 음향의 현란함에 탐닉하여 조선족의 문화 소비가 영상매체로 집중되었고, 그 결과 조선족 소설이 문화 향유층으로부터 소외되기 시작하였다. 이는 20세기 후반부터 세계의 석학들이 지적한 음반과 사진 등 무한 복제가 가능한 매체의 등장으로 대중문화가 유행하여 인류의 상징인 예술의 위기를 불러올 것이라는 예견이 현실화한 것이다.

제2장

시장경제의 본격화와 가치 혼돈

개혁개방으로 시장화가 시행된 후, 조선족은 적극적으로 돈벌이에 나서 상당한 경제적 축적을 이루었다. 더욱이 1990년대 들어 전면적인 개방이 시행되어 조선족이 시장경제로 투신하는 규모가 커지고 한중수교에 따른 한국으로의 이주가 열풍으로 번지자 돈의 위력 앞에 정치 우위 시대에 지켜온 사회주의적 가치는 물론 오랜 시간 견지해왔던 조선족 사회의 전통적 가치관이 힘없이 무너지고 말았다. 입으로는 개도 먹지 않는 돈이라고 경멸하면서도 뒤로는 돈벌이에 혈안이 되는 것은 시장경제가 가져온 가치관 전도의 좋은 예였다. 그러나 돈의 유혹에 빠져 최소한의 도리를 지켜야 한다는 인간다움을 상실한 것보다 더 조선족 사회를 병들게 한 것은 시장의 논리에 따라 조선족 사회에 범람한 각종 유흥업소의 유혹이었다.

중화인민공화국 수립 이후 30년 가까운 기간 동안 중국 당국은 인민들에게 사회주의 국가 건설의 완수를 위하여 인간의 욕구를 억제할 것을 강요했다. 이에 따라 중국 인민은 자본주의 국가와의 전쟁에 대비하고, 소련과의 갈등을 극복하고 대만 특무의 침투를 방어하여 최후의 승리를 획득해 부강한 사회주의 국가를 건립하여야 한다는 사명을 가지고 살았다. 이 시기 조선족 역시 중화인민공화국의 위대한 미래를 완성하기 위해 마오쩌둥 사상으로 무장하여 국가와 인민에 헌신하는 것만이 국민의 사명이라는 생각으로 유흥은 봉건제

도와 자본주의의 독초로 견결한 신념을 흐리게 하는 마약과 같다고 인식하여 곁에도 두지 않으려 노력하였다.

개혁개방으로 자본주의적 시장경제가 활성화되고 돈벌이 경쟁이 치열해지자 조선족 사회에는 자연스럽게 유흥업소가 곳곳에 자리 잡아 얽매였던 인민의 욕구를 분출하는 공간이 되었다. 여기에 한중수교로 조금 더 퇴폐적이고 자극적인 한국의 유흥업이 진출하여 조선족 사회에는 유흥산업이 급성장하였고, 많은 조선족이 음주와 가무, 도박과 매음 등에 빠져 몸과 마음이 병들게 되었다. 조선족 작가들은 소설을 통해 시장경제 급성장으로 부유해지기는 하였으나 유흥에 빠져 가치가 혼돈되고 윤리적으로 타락하는 조선족의 현실을 고발하고 이에 대한 반성을 촉구하였다.

이 시기 자본의 논리가 인간을 어떻게 타락시키는가에 관해 지속적인 관심을 보인 작가로 김혁이 있다. 그는 1990년대 중반 시장경제로 인한 조선족 사회의 가치관 혼란과 윤리적 타락 양상을 집중적으로 소설화해 발표하였다. 「미망하는 도시」(『도라지』 1995. 4기)는 조선족 사회가 개혁개방으로 경제적으로 풍요로워졌지만, 이로 인해 문학이 소외되고 청년 세대가 유흥에 빠져 방황하는 현실을 소설화하였다.

시를 지망하는 대학생 리기영과 양꿰집 주인 민호 그리고 멜라민 공장 사장 아들 동운 등 세 친구는 수시로 어울려 마작을 놀고 노래방과 나이트에서 여자나 쫓으며 청춘을 소비하였다. 그들은 자기들보다 수준이 떨어진다고 생각했던 동창생 선호가 노무 송출에 나갔다가 건장한 모습으로 나타나 민호가 속임수로 꼬여 하룻밤 즐기려던 서점 점원 오월이의 사랑을 차지하자 크게 당황하였다. 시대를 바꿀 것이라 자신했던 시를 발표해주겠다던 잡지사가 폐간하자 시대 변화를 몰랐다고 자책하는 기영, 사업가라 속이고 여성 뒤꽁무니만 쫓다가 건전한 노동자 선호에게 뒤통수를 맞은 민호, 아버지 그늘에서 호의호식하고 성형이나 하며 세상을 모르고 살았던 동운 등은 시장경제로 급변하는 시대에 길을 잃고 방황하는 인간의 초상이다.

"이거, 대체 어떻게 된 판국이야!"

"기영아, 문이 어디메냐 제미랄…."

"문이 보이잖는다 문이, 어느 쪽이냐? 문, 문 쪽 말이다."

점찍어두었던 오월이를 선호에게 빼앗긴 민호를 위로하기 위해 자리한 유흥장이 갑작스럽게 정전되어 아수라장이 되자, 그곳을 탈출하려 출입구로 몰려가는 군중 사이에서 세 친구가 부르짖는 이 부분은 금전의 매력에 빠져 정신적으로 황폐해져 미망하는 인간의 모습을 잘 형상화하고 있다. 자본의 논리에 따라 문학이 소외되어 갈 길을 잃고, 개체사업으로 약간의 돈을 벌었다고 타락한 삶을 살고, 부모의 덕에 유흥에 빠져 있다가 세상의 변화를 깨달았으나 이미 어둠 속에서 벗어날 길을 찾기 어려워졌다는 암시는 작가 김혁이 시대의 변화에 대한 비판적 인식을 잘 보여주었다.

이외에도 자본이 지배하는 시대에 돈을 가치의 중심에 두어 예술이 소외되고 인간이 타락하는 현실을 비판한 소설로 「바다에서 건져올린 바이올린」(『도라지』 1996년 5기)과 「꽃뱀」(『도라지』 1997년 5기)이 있다. 「바다에서 건져올린 바이올린」의 주인공 방황은 천부적인 재능으로 장래가 촉망되는 바이올리니스트였으나 아내가 딸기술의 딱지를 붙이는 일을 해야 할 정도로 가난에 시달렸다. 딸기술 사장의 눈에 들어 광고를 찍어 엄청난 수입을 얻은 방황은 경제적 풍요가 자유로운 예술을 가능하게 해줄 것으로 생각하여, 불알친구인 신문기자 철인의 반대에도 불구하고 조강지처를 버리고 딸기술 공장주 황금전과 재혼하였다. 그러나 딸기술 공장 사장으로 취임한 방황은 몇 년 동안 몸에 맞지 않는 사업에 열중하다 몸과 마음이 피폐해져, 어느 바닷가에서 만취 상태로 철인에게 불길한 전화를 하고는 바이올린을 켜며 바다에 빠져 죽었다. 몇 달 후 그의 시체가 발견되었고, 철인은 그가 죽은 바다에서 안경과 옷가지들 그리고 해초가 가득 달라붙은 바이올린과 현을 건져내었다. 바이올린을 깨끗이 씻어 들여다보던 철인은 방황이 즐겨 듣던 베를리오즈의 〈환상교향곡〉과 그가 가장 즐겨 연주하던 파가니니의 〈24개의 광상곡〉 그리고 그의 톤이 높은 목소리가 들리는 듯한 느낌을 받았다. 철인은 아무도 없는 바닷가에서 방황이 생전에 가장 즐겨듣던 안데르센의「인어공주」를 읽어주며, 시대 변화의 거대한 힘에 밀려 천재를 발휘하지 못하고 자살한 친구에게 최대한의 조의를 표하였다.

방황이 가지고 있었던 예술가로서의 강한 자긍심은 돈의 힘 앞에 무참히 파괴되었다. 자유롭게 예술에 매진하는 데 필요한 경제력을 기대하고 재혼하였으나, 사장으로 사업 일선으로 내몰려 예술을 버려야 했던 방황은 자괴감에 빠져 잠행과 폭음 같은 기행을 일삼았고, 자신을 경제적 가치로만 바라보는 아내와도 이혼에 가까운 상황으로 내몰렸다. 그는 예술가로서의 꿈을 포기한 자기 모습을 견디지 못하고 죽음을 선택했으나, 아내와 주변 사람들은 자살 이유를 술과 여자 등 세속적인 것으로 짐작할 뿐이었다. 세상의 변화에 적응하여 자유롭게 진정한 예술을 추구하려 했으나 실패하고, 죽음을 선택할 수밖에 없었던 예술가 방황의 심경을 이해하는 것은 예술에 대한 사랑을 간직한 오랜 친구 철인뿐이었다. 이런 점에서 이 작품은 돈의 노예가 되어 예술을 소외시키는 이 시대에 보내는 조사와 같은 인상을 준다.

「바다에서 건져올린 바이올린」은 해안에서 인어와 비슷한 시체가 발견되는 것으로 시작하고, 그 시체에 관한 학자들의 연구 결과가 몇 차례 자세히 소개되고, 방황이 물고기에 대한 사랑이 자별하였고, 단심이라는 여성이 목욕하는 방황의 몸에 난 비늘을 보았다는 등 물고기와 관련한 소재가 자주 등장하고 있다. 이들 소재는 바다에서 발견된 방황의 삶과 예술혼과 관련한 상징적 장치로 이해되나, 경제 논리에 예술혼이 말살된 예술인의 삶과 죽음이라는 작품의 주제와 유기적으로 연결되지 않아, 단편소설답지 않게 작품 전개가 복잡해지고 주제가 분산되는 등 소설로서의 한계로 작용하였다.

「바다에서 건져올린 바이올린」을 발표하고 1년 후에 쓴「꽃뱀」도 거의 동일한 주제를 다루었다. 이 작품의 주인공 현식은 천재로 평가받는 시인이었으나, 문단 권력에 아부하여 자신을 알리고 자신의 시에 대한 비평을 좋게 쓰도록 비평가들과 어울리는 등의 문단 정치를 하지 않아서 열악한 출판 사정을 펑계로 번번히 시집 출간을 거부당하였다. 시가 우수하다는 평가에도 시집 출간 기회를 얻지 못해 아쉬워하던 그는 어느 출판사에서 첫 시집을 출판하겠다고 제안하자 자신의 시재를 이제야 세상이 알아준다고 크게 고무되었다. 그러나 출판기념회 자리에서 자신의 시집이 돈벌이에만 눈이 멀었다고 경멸해왔던 술 공장 사장인 동생 현우의 돈으로 자비 출판된 것을 알고 발광하여 식장을 엉망으로 만들었다. 게다가 자신의 시를 이해하고 격려해주던 애인 윤주까지 돈으로 유혹하는 동생 현우에게 마음을 돌리고 말았다.

「꽃뱀」은 비교적 긴 단편소설로 현실에 타협할 줄 모르는 완고한 천재 시인의 심리를 천착하여 자본의 위력에 눌려 예술이 설 자리를 잃어가는 현대 사회에 대한 위기감을 치밀하게 그려내었다. 그리고 이 작품은 문학이 소외되어 어려워진 문단의 현실을 이용하여 자신의 권위를 세우고 이익을 챙기는 문단 권력의 치졸함을 비판한 점도 이 시기의 조선족 문단 현실에 대한 작가의 시각을 잘 보여주었다. 더욱이 이 작품에서 현우와 윤주를 통해 가진 자의 허영과 욕망을 조소하고, 예술과 문학의 애호자이지만 돈에 굴복하는 이 시대의 경박한 세태를 풍자한 점도 이 시대에 대한 비판으로서 의미를 지닌다.

김혁은 「박쥐는 한낮이면 날지 못한다」(『도라지』 1998년 1기)에서 앞의 두 작품과는 달리 자본이 지배하는 시대에 돈의 힘과 유흥에 빠져 삶의 방향을 잃고 인간성을 상실하는 현실의 어두운 일면을 고발하였다. 주인공 박무는 씨름대회 우승상품 황소를 어려운 이웃에게 줄 정도로 건실한 청년이었다. 새 시대를 맞아 큰돈을 벌어 멋지게 살고 싶었던 박무는 친구 해리서와 고향을 뛰쳐나와 삼륜차부로 품팔이를 시작했다. 박무는 해리서와 호화 당구장에서 당구를 치고 요금 문제로 시비가 발생해 직원들과 싸우다 당구장 주인이자 사채업자인 채홍의 눈에 들었고, 노무 송출 자금으로 빌린 돈을 갚지 못해 채홍의 채무 회수 담당으로 발탁되었다. 이후 박무는 폭력과 잔인함으로 능력을 발휘해 채홍의 신임을 얻어 육체관계도 맺고, 채홍의 종합 유흥업장 사장으로 취임해 도시에서 성공하겠다던 꿈을 이루었다. 그러나 삼륜차부 시절 단골집 주인 할머니의 빚을 처리하는 과정에서 심하게 폭행한 일로 친구 해리서가 삼륜차부로 돌아가고, 농촌 처녀의 청순함에 끌려 연인이 된 노래방 도우미 오월은 폭력배 생활을 끝내는 문제로 다투다 헤어져 다른 남자와 결혼하였다. 사랑하는 사람들이 모두 떠나버린 박무는 오월이 근무하던 노래방에서 도우미와 폭음하고 발광하다가 추락사하였다.

이 작품에서 박무와 해리서 그리고 오월의 삶은 미래가 보이지 않는 농촌 청년들이 활로를 찾아 도시로 이주하고, 그들이 도시에서 부딪히는 현실을 잘 보여준다.

① "하동촌에선 제가 제일 마지막으로 시낼 왔어요. 지금 무슨 일을 하고 계셔요? 그녘에선."

② 천차만별의 신분들이 운집하고 있는 도회지에서 삼륜차부란 신근한 로력자로 부려지는 호칭이 아니라 밑바닥 삶을 살고 있는, 소외된 사람들이라는 야유로 통하고 있는 것이었다. 도회지에 나서는 첫 보조로 너나가 삼륜차부를 택했다면 어서 빨리 저력을 쌓고 그 허드레 업종에서 솟는 것이 또한 너나의 꿈이었던 것이다. 촌뜨기나 삼륜차부라는 불미의 딱지를 떼고 도회지에 굳건히 발붙이는 지름길이 또 하나 있었다. 허나 그것은 삼륜차부 업종을 얻기보다 극심히 어려운 길, 로무 수출을 나가는 것이었다. 그 길로 가려면 로무업자 송출단위들에게 옹근 3만원 각수는 내야 했다.

①은 박무가 채무 처리 담당이 되어 노래방에 갔다가 삼륜차부 시절 축구장에서 우연히 만나 가슴을 설레게 했던 고향 마을 옆 동네 처녀 오월을 만났을 때 받은 질문이다. 오랜만에 만난 사람에게 안부를 묻는 평범한 인사말 속에 농촌 청년들이 모두 도시로 이주해 품팔이가 되고, 농촌 마을은 황폐화되어가는 농촌의 불안한 현실이 함축되어 있다. 이는 농민공 문제에 대한 직접적인 서사는 아니지만 경제성장에 따른 도시 이주가 조선족 사회에 미친 영향을 생

각하게 해준다.

②에는 도시로 이주한 농촌 청년의 삶이 잘 서술되어 있다. 전면적 개혁개방의 영향에서 멀리 떨어진 연변 지역의 조선족 농촌 청년이 주변의 도시로 나가 선택할 직업은 많지 않았다. 돈 없고 재능 없는 농촌 청년이 도시로 이주하면 남이 하기 싫어하는 품팔이가 되는 길밖에 없었다. 가진 것이 몸뿐인 농촌 청년에게 몇 년이면 큰돈을 쥘 수 있는 노무 송출은 품팔이로 돈을 모아 시도해볼 일로 치부될 뿐이었다. 이러한 현실에서 고향으로 돌아갈 수는 없는 농촌 청년은 해리서처럼 품팔이에 만족하거나 박무처럼 주먹과 독기를 무기로 폭력배가 되는 길밖에 없었다.

이에서 알 수 있듯이 「박쥐는 한낮이면 날지 못한다」는 개혁개방 이후 조선족 사회에 만연한 도시로 이주해 품팔이하는 농촌 청년의 문제 즉 농민공의 문제를 본격적으로 다룬 작품이다. 그리고 이 작품에서 시장경제가 가져온 그늘에 기생하여 돈과 폭력에 맛을 들이고 술과 유흥에 탐닉하여 인간성이 파괴되는 박무의 모습은 도시를 동경하여 화려한 도시로 이주한 선량한 농민이 어떻게 타락하고 파멸하는가를 전형적으로 보여주었다. 이 작품이 보여준 도시로 이주하여 품팔이하는 농민들의 열악한 삶은 그의 장편소설 『국자가에 서 있는 그녀를 보았네』(『연변문학』 2003.9~2005.3)에서 심화되었고, 이후 조선족 소설의 중요한 제재 중 하나가 되었다.

우광훈은 이 시기 여러 소설에서 저생산에 시달리는 농촌 지역 사람들이 개방의 혜택을 직접 받은 도시로 나가는 것이 대세가 된 현실의 여러 면모를 다루었다. 농민들이 도시로 떠나면서 농촌은 점점 더 낙후되어 공동화되었고, 도시에서 돈벌이에 성공할 만한 자본도 능력도 없는 이주 농민들은 도시 빈민이 되거나 타락한 방법으로 생존을 유지해야 했다. 우광훈은 중편소설 「가람 건느지 마소」(『장백산』 1995. 6기)에서 개혁개방이 조선족 사회에 만들어낸 여러 가지 부정적 현실을 비판적으로 성찰하였다.

「가람 건느지 마소」는 전면적 개혁개방으로 조선족 사회에 불어닥친 부정적 변화를 한국인 사업가들의 비윤리성과 조선족 사회의 윤리적 타락 그리고 조선족 농촌의 공동화 등으로 형상화하였다. 신문기자에서 하해한 진이는 자신의 도움을 받아 식품기업으로 성공한 친구 용식의 동업 부탁을 거부하고, 한국인 기업의 파트너로 나섰다. 그러나 조선족 동포의 발전을 위해 중국에 진출했다는 강 사장이 사업보다 성적 욕망을 챙기는 일에 급급한 데 실망하고 사표를 던졌다. 한국인을 따라 조선족 사회에 유입된 노래방이나 카페 등이 성매매 장소로 변질하여 조선족 사회는 윤리적인 타락의 길을 걸었다. 진이도 착한 아내가 있지만 같은 직장의 어린 미스 장을 임신시키고, 카페에서 만난 미스 정과 성적인 만남을 계속하였다. 진이의 모습은 한국인의 진출과 함께 조선족 사회에 나타난 유흥 문화의 범람으로 조선족 사회가 윤리적 타락의 길을 걷게 되었음을 보여준다.

미스 정은 대학 졸업 후 농촌의 소학교 교원 생활을 지낸 엘리트였다. 그녀는 농촌에 적응하지 못하고 도시로의 전근도 불가능하여 방황하다가 농촌이 공동화되자 교원을 포기하고 도시로 나왔다. 그러나 도시에서 생활할 방도가 없는 그녀는 카페를 전전하며 남자를 꼬여 하룻밤을 보내고, 그들이 쥐여주는 돈으로 살아갔다. 어느 날 미스 정은 진이와 용식과 함께 낚시를 갔고, 그곳에서 옛 제자들과 김 교장을 만나 하룻밤 마을 사람들의 환대를 받았다. 그 자리에서 마을이 수몰되고 주민들은 도시로 이주해 네 명이던 교사 중 김 교장만 남았고, 2년 후면 중학교까지 있던 마을에 소학교마저 폐교하기에 이르렀다는 소식을 들었다. 이렇듯 「가람 건느지 마소」는 개혁개방으로 도시에 비해 농촌의 경제가 낙후되어 농촌에서는 미래가 없다고 판단한 농민들이 도시로 이주함에 따라 농촌에는 학령 아동이 줄어 각급 학교들이 폐교 위기에 몰리고, 농촌을 지키려 애쓰던 농민들도 자녀 교육을 위해 어쩔 수 없이 도시로 이주할 수밖에 없는 악순환이 계속되어 농촌이 완전히 공동화되는 현실을 간결하게 형상화하였다.

이후 우광훈은 조선족 사회에 나타난 유흥 문화의 범람과 성적 타락 현상을 사회문제로 포착하여 먹고 마시고 유흥장에서 삶을 즐기는 데 열중하고 성을 상품화하는 조선족 사회의 어두운 일면을 비판하는 소설을 다수 발표하였다. 그중 「귀소」(『도라지』 1997. 4기)는 한국이 진출한 후에 작은 도시 연길에 유흥업소가 넘쳐 나서 저녁 식사를 끝내고, 볼링을 즐기고, 가라오케에서 노래와 춤을 즐기고, 꼬치집이나 맥주집에서 한잔하고, 눈맞은 남녀가 여관에서 밤을 보내는 현실을 소설화하여 유흥과 성에 빠진 조선족 사회의 문란함을 비판하였다. 유부남인 한국 합작회사 부장 상호는 아이가 딸린 젊은 이혼녀 인숙이 만날 때마다 얼마라도 달라고 졸라, 즐길 만큼 즐기고 버릴 수 있는 값싼 여자라는 생각으로 만남을 계속했다. 또 한국인 사장인 정 사장은 여행사에서 무역 담당으로 일하는 미스 박과 현지처 같은 관계를 맺고 있다. 이렇듯 이 작품에 등장하는 인물은 정도의 차이는 있어도 유흥과 성적 욕망을 탐닉하는 데 시간의 대부분을 허비하고 있다.

상호는 교양이 부족하고 말과 행동이 거친 인숙을 만날수록 부담스러워서 관계를 끝낼 생각으로 약속 장소에 나갔다. 말할 기회를 엿보던 상호는 뷔페에서 식사하고 볼링장에서 순번을 대기하다가 정 사장 일행을 만나 가라오케로 자리를 옮겨 광란의 시간을 보내느라 기회를 놓쳤다. 3차로 옮기자는 정 사장과 헤어져 다방으로 간 상호는 어렵게 헤어지자는 얘기를 꺼냈으나, 인숙은 자식을 데려가겠다는 남편에게 아들을 보냈으니 이제는 자기 집에서 편하게 만날 수 있다고 자랑하였다. 이에 놀라는 상호에게 인숙은 상호의 가정을 파괴하지 않고 상호를 닮은 아이만 하나 낳아 혼자서 키우겠다고 소리쳤다.

이 같은 상호와 인숙의 행태는 유흥과 욕망의 강렬한 유혹에 빠져버린 이 시기 조선족의 삶을 잘 보여준다. 「귀소」는 우직하게 가정을 지키는 아내를 두고 음주가무를 즐기고 간통에 빠져드는 상호와 양육비가 부족하여 남자를 만나 몸을 팔고 언제든 편리하게 남자를 만나기 위해 자식의 친권을 포기하는 인숙을 통하여 유흥과 성의 강렬한 자극에 빠져 인간으로서 최소한의 도덕도 상실하고 허우적거리는 이 시기 조선족 사회의 어두운 일면을 통절하게 고발하였다.

최홍일의 중편소설 「주말의 광란」(『천지』 1996.9)은 고중 친구인 은희, 현자,

혜영 세 여자를 중심으로 조선족 사회에 만연한 성적 방종을 소설화하였다. 주인공 은실은 대학교수였던 남편이 하해하여 기업 경영에 성공하여 150평방 미터가 넘는 집에서 여유 있게 살고 있다. 은실은 남편이 접대로 술자리나 외박이 잦고 지방 출장으로 자주 집을 비우지만, 기업을 운영하려면 술좌석과 유흥장에서 접대할 일이 많다는 생각에 이해하고 살았다. 반면 은실의 친구 혜영은 남편의 외도를 알고 가출했다가 아이들 생각에 귀가하였으나 남편과의 관계를 회복하지 못하고 외간 남자들과 적당히 즐기며 살고, 현자는 남편에게 얽매여 살기 싫어 1년 만에 이혼하고 옷 장사로 큰돈을 벌어 성과 사랑은 별개라며 적극적으로 젊은 남자들과 향락을 즐겼다.

안정된 가정에서 교사 생활을 하며 남편 뒷바라지에 아들 돌보는 일로 만족하고 살던 은실은 남편이 출장간 지 두 달이 되고 아들은 방학이라 외가에 가서 무료하던 때에 혜영의 전화를 받고 다방으로 나갔다. 은실은 술집 같은 분위기의 다방에서 혜영의 애인과 애인의 친구 김 기자 등과 어울려 차를 마신 뒤, 저녁을 먹고, 술 마시고, 춤추는 일탈을 벌였다. 그날 만난 김 기자에게 마음이 흔들린 은실은 김 기자의 연락으로 한 차례 더 만남을 즐겼으나, 그의 일방적인 세 번째 만남을 요청받고 이럴까 저럴까 고민하던 중에 출장 일정보다 일찍 돌아온 남편의 전화를 받고 울음을 터뜨렸다.

「주말의 광란」은 이 시기 조선족 사회에 만연한 성적 문란을 여실히 보여준다. 이 작품은 남성의 외도 대상인 유흥업소 여성이 아니라 주도적으로 남성과의 성적 일탈을 즐기는 여성을 다룬 점에서 남성의 성적 방종을 제재로 한 여타의 소설과 구분된다. 혜영과 현자는 남편이 바람을 피웠다는 이유로 마음 맞는 남성을 만나 애인 관계를 맺거나, 남자에게 얽매이기 싫다는 이유로 마음에 드는 남자를 돈과 몸으로 유혹하여 성적 대상으로 삼았다. 가정에 충실했던 은실도 더 이상의 관계로 발전하지 않았지만 김 기자와의 성적 일탈을 꿈꾸었고, 남편의 전화가 올 때까지 김 기자와의 만남을 거절하지 못하고 고민하였다. 즉 은실은 남편의 귀가로 일상을 되찾기는 했으나 마음속으로 불륜에 관한 기대감이 존재했던 것이다. 이렇듯 「주말의 광란」은 은실, 혜영, 현자 등 세 여성 인물을 통해 이 시기 조선족 사회에 만연한 여성의 위태로운 성 의식을 소설화하여 성적 방종이 남성의 전유물이 아닌 이 시기의 사회적 현상이었음을 고발하였다.

제3장

한국 이주 체험과 정체성의 혼란

조선족은 서울 아시안게임이 개최된 다음 해인 1987년부터 한국에 입국하였다. 이 시기 조선족은 미수교국가 국민으로 비자 획득이 어려웠고, 친척방문 비자나 연수 비자와 같은 단기 비자로 한국에 입국했다가 귀국하지 않아 불법체류자 신세가 되어 불안하고 고통스러운 생활을 해야 했다. 1992년 8월 체결된 한중수교로 한국 비자 발급이 원활해지자, 잠시 고생하면 자신은 물론 자식의 삶까지 밝아질 수 있다는 희망으로 정치체계가 다르고 문화가 낯설어도 민족적 동질성이 있는 한국으로의 이주가 본격화되었다. 그 결과 한중수교 직전에 3만 명 정도였던 재한조선족은 수교 직후 비자 전환을 위해 출국했다 재입국하는 인원의 영향으로 잠시 감소했다가 한국 경제가 위축되었던 1998년을 제외하고 지속적으로 증가하여 10년이 지난 2003년에는 무려 13만 명을 초과하였다.

조선족의 대거 한국 이주는 한국과 조선족 사회에 동시에 큰 영향을 미쳤다. 한국인들은 처음 조선족이 한국에 입국했을 때 중국에도 한민족이 많이 살고 있다는 점에 놀랐고, 중국에서 건너와 고생하는 가난한 조선족에 대한 연민의 마음이 적지 않았다. 그러나 조선족 입국이 늘어 약장사나 단순 노동을 하는 불법체류자를 자주 접하고, 그들이 직간접적으로 관련된 사건이 보도되자 한국인은 점차 조선족을 경원시하게 되었다. 반면 조선족 대다수가 취업한 노동 현장에서는 국민과 비국민의 위계가 엄연히 존재해서 임금과 복지에서 차별이 적지 않아 한국인과 조선족 사이의 갈등이 심화되었다. 특히 불법 체류하던 조선족은 제도적 감시와 체포 그리고 강제 출국 조치 등으로 한국에서 불안한 날을 보냄으로써 한국과 한국인에 대한 피해의식과 분노가 팽배하였다.

한국과의 교류 초기 한국으로의 이주는 한국의 삼남 지방에서 이주한 조선인이나 그들의 후손이 다수 거주하는 흑룡강성을 비롯한 북만주 지역 조선족에게서 시작되었다. 그들이 친척방문으로 한국에 이주했다가 큰돈을 벌어 돌아왔다는 소문은 전체 조선족 사회에 퍼졌고, 조선족 사회에는 한국 이주와 관련한 불법과 사기가 횡행하였다. 그러나 한중수교 이후 조선족의 한국 이주는 연변은 물론 중국 동북 지방에 산재한 조선족 사회의 보편적인 현상이 되었고, 그들이 한국에 이주하여 경험한 차별과 멸시는 조선족 사회에 한국에 관한 좋지 않은 인상을 심어주었다. 또 조선족 인구의 5% 이상이 한국으로 이주하여 조선족 사회는 한국에서 유입된 돈으로 소비가 급증했고, 잔류 가족의 편의나 자녀 교육을 위해 도시 이주가 증가하여 조선족 농촌 공동체가 해체되어, 이에 따라 다양한 사회문제가 발생하였다. 특히 한국 이주에 따른 이혼의 증가와 가족 해체는 조선족 사회에 심각한 사회문제로 대두되었다.

허련순은 1989년 친척방문 비자로 한국에 입국하여 소설집 『사내 많은 여자』(동아일보사, 1990)를 출간하였다. 그리고 한중수교 이후 소설집 『유혹』(과학과사상, 1994), 『바람을 몰고 온 여자』(문원북, 1997)와 장편소설 『바람꽃』(범우사, 1996) 등 많은 작품을 한국에서 출간하였다. 허련순은 몇 차례 한국을 방문하고 한국에서 소설을 출간하는 과정에서 조선족 이주자의 삶에 관심이 깊어져 조선족의 한국 이주를 제재로 한 중편소설 「찾아든 곳은 그리운 고향이 아니었네」와 장편소설 「바람꽃」 등을 발표하여 한국 이주를 소설화한 대표적인 작가로 자리 잡았다.

소설집 『유혹』에 수록된 「찾아든 곳은 그리운 고향이 아니었네」는 작가 김영근과 그가 한국행 배에서 만난 이혼녀 윤순이가 친척방문으로 한국에 입국해 힘든 삶을 영위하는 내용이 중심에 놓여 있다. 오십이 가깝도록 월급쟁이로 한 달 한 달을 힘겹게 살아온 김영근은 한국 출국 열풍이 불자 서울에 살고 있다는 사촌형을 옹근 3년을 추적해 친척방문 비자를 받아, 경비 마련에 큰돈을 빚지고 출국하였다. 윤순이는 두 번 이혼한 뒤 가난으로 여섯 살 난 아들을 제대로 키우기 어려워지자 단기간에 아들과의 행복한 미래에 필요한 돈을 벌기 위해 무작정 장백산 호텔에서 한국인 윤씨 노인을 찾아 친척으로 초청해달라고 간청해서 친척방문 비자로 한국으로 가고 있었다. 한국에 도착해 헤어진 김영근과 윤순이는 서로 다른 모습의 신산한 삶을 이어갔다.

김영근이 혈육인데 모른 체하겠느냐는 생각에 무작정 찾아온 것이 잘못이었다는 것을 깨닫는 데에는 긴 시간이 필요하지 않았다. 그는 공항에서 만난 사촌형 부부와 집으로 이동해 짐을 푸는 순간부터 환영받지 못하는 신세가 되었고, 막노동을 끝내고 귀가할 때마다 느끼게 되는 형수의 눈치를 견디지 못해 집을 나와 월세방 신세가 되었다. 김영근은 온천 개발회사에서 막노동하다가 전 상무 추천으로 목재 가공공장으로 옮겨 조금 편해졌다지만 오십을 바라보는 그로서는 몸이 고단한 일이었다. 윤순이는 한국에 도착하자 마중 나온 윤씨 노인(화장품 회사 회장)을 만나 그의 집에서 가정부 겸, 찾아오는 자식도 만날 사람도 없는 노인의 말벗으로 지내며 적지 않은 월급을 받지만 떳떳하지 못한 생활에 마음이 힘든 날을 보냈다.

김영근은 전 상무와 여보술집에서 술을 마시고 헤어진 뒤, 월세방으로 찾아온 술집 사장 봉자와 찜찜한 하룻밤을 보내고 보니 봉자는 석 달치 봉급을 갖고 도망갔고, 여보술집은 문을 닫아 빚 갚을 돈을 다 날렸다. 분노와 실망에 연 사흘을 월세방에서 앓아누웠을 때 윤순이가 귀국 인사차 찾아왔다가 윤 회장의 주치의를 데려와 회복시켜주었다. 윤순이는 갑자기 윤 회장이 죽었고, 월급을 모아 돈도 모았고, 체류 기한도 되어서 귀국하기로 했다고 말했다. 윤순이가 귀국한 후 김영근은 막노동을 포기하고 출판사 번역일을 해보았으나 벌이가 시원치 않자 빈털터리로라도 귀국할 것을 결심하고 중국행 배에 올랐다.

이 작품에는 한국에 이주하여 약장사를 하며 불안 속에 경찰을 피해 다니고, 강도 높은 막노동에 건강을 망치고. 파출부 생활에 자존감이 무너지고, 매춘으로 인간성이 파괴되는 등 조선족의 피폐한 삶이 적나라하게 그려져 있다. 그들은 부모의 고향이라고 또는 친척이 살고 있다고 갖은 방법을 동원하여 한국을 찾았지만, 한국은 그들에게 낯설었다. 그리고 김영근의 사촌형 부부가 그랬고 윤순이가 모셨던 윤 회장의 자녀들이 그랬듯이 한국 사람들은 그들을 환영하지 않았다.

이 작품은 이렇듯 조선족 이주자의 삶과 그들이 경험하는 차별과 멸시가 잘 그려져 있지만, 이를 통해 작가가 독자에게 전하려 한 주제가 개도 먹지 않는 돈을 벌자고 타국에서 버둥거린 데 대한 절망감이고, 한국에서의 시간이 망망한 사막을 헤쳐온 것 같다는 정도의 감정적 대응에 지나지 않았다. 이런 점에서 「찾아든 곳은 그리운 고향이 아니었네」는 무직자나 기관 간부나 교원까지 돈 벌러 한국에 몰려와서 차별과 멸시를 감수하는 한국 이주 조선족의 현실을 고발하는 것으로 그치고, 그것을 바라보는 작가의 깊이 있는 현실 인식이 드러나지 못한 한계를 드러내었다.

김홍란의 중편소설 「장미빛 항구」(『장백산』 1994. 6기)는 조선족 이주자의 고통스러운 체험을 서술하는 것을 넘어 삶에 대한 새로운 인식을 확보하는 과정을 보여주었다. 이 작품에는 작가 강수미, 그녀가 존경하는 사범학교 미술교원 민철우, 강수미의 추천으로 등단한 작가인 민철우의 처형 김경희 등이 등장한다. 음식점 종업원으로 일하는 강수미는 농사일로 단련된 몸이라 음식점 일에는 자신이 있었지만 엄청난 노동 강도와 반복되는 노동 그리고 조선족이라 받는 수모로 힘든 날을 보냈다. 약장사라지만 장사보다 매춘으로 생활하는 김경희는 번역일을 원하는 강수미에게 출판사 사장 김정배를 소개해주었다. 김정배 사장은 함께 자리한 강수미, 김경희, 지 교수를 자기 차로 시내 관광을 시켜주고 호텔에서 식사도 대접했다. 김경희는 지 교수와 방으로 이동하고, 김정배 사장이 강수미에게 함께할 것을 부탁하지만 강수미는 강하게 거절하고 귀가하였다.

강수미의 서울 생활을 격려해주던 임철우는 초상화를 그려 생활했으나 일 감이 줄어 포기하고, 막노동하다가 몸을 다쳐 처형 김경희의 단칸방에서 요양 하느라 몸과 마음이 황폐해졌다. 다행히 좋은 일자리를 얻어 호텔에서 생활하 게 된 임철우는 위험 상황을 피해 자신을 찾은 강수미와 밤을 보내고, 가끔 강 수미를 만날 때마다 아직 강수미를 기다리는 남편과 재결합할 것을 당부하였 다. 김정배 사장은 작가 강수미의 능력을 인정하여 번역일을 구해주고 먼 친 척도 찾아주고 아버지 고향에도 데려다주는 등 헌신적으로 도와주었다. 강수 미는 아버지의 고향에 다녀온 후 더 이상 한국에 체류하는 것이 무의미하다고 판단하고 귀국선을 타고 천진항에 도착해 민철우에게 연락받고 마중 나온 남 편을 만나 화해하였다.

이 작품은 한중수교를 전후한 시기 조선족 사회의 변모, 지식인의 한국 이 주 현실, 노동 현장의 고통과 수모, 한국인과의 갈등, 고향 방문 등 조선족이 한국에서 경험한 다양한 면모를 두루 다루었다. 그리고 이 작품은 다양한 한 국 체험을 서술하면서 한국에서 생활하는 동안 통해 자기의 삶을 되돌아보아 새로운 인식에 도달하여 귀국 후에 가족 복원을 이루는 독특한 구조로 되어 있다. 이런 점에서 김홍란의 「장미빛 항구」는 허련순의 「찾아든 곳은 그리운 고향이 아니었네」가 보여준 한국에서의 차별과 멸시에 대한 단순 비판을 넘 어, 인간으로서 자존감이 무너지는 경험을 통해 삶에 대한 새로운 인식을 획 득하는 과정을 소설화함으로써 한국 이주를 다룬 소설의 새로운 형태를 제시 해주었다.

이 시기 조선족 작가들은 한국 이주에 따른 가족 해체가 개인의 삶에 미친 영향을 다룬 소설도 등장하였다. 최홍일은 「동년이 없는 아이」(『도라지』 1996. 3 기)에서 어머니는 외간 남자와 눈이 맞아 가출하고 아버지는 돈을 벌러 한국 에 가버려 몇 년째 친척 집을 떠도는 석이라는 소년의 성격 파탄을 다루었다. 외사촌 형인 석이는 자기 할머니를 모시는 작은삼촌 집에서 살았는데 할머니 가 연로해 운신을 못 하자 큰삼촌 집에 갔다가 고모네인 우리 집에서 지내게 되었다. 석이는 부모님이 있을 때는 착한 아이처럼 행동하여 칭찬을 독차지하지만, '나'와 둘이 있을 때는 입만 벌리면 제 어머니를 죽여버리겠다 하고, 망나니처럼 행동하고, 새끼 참새를 잡아 잔인하게 죽이며 낄낄대고, 아버지에게 뱀을 사달래서 키우다 담임 선생님께 혼나게 만든 여학생 책상에 넣어 풍파를 일으키기도 하였다. 석이는 머리는 나쁘지 않은데 난폭하고 거짓말도 잘한다고 담임 선생님이 부모님께 얘기까지 했지만, 부모님은 석이가 불쌍한 아이라며 이해해주고 사랑을 베풀었다. 어느 날 석이는 한국에서 전화한 아버지에게서 어머니가 한국 남자와 결혼해서 다시는 만날 수 없다는 얘기를 듣고 통곡하고는, 어머니와 찍은 사진을 꺼내 갈기갈기 찢어버리고, 작은삼촌 집으로 가야겠다며 어머니도 오기 전에 집을 떠나버렸다.

이 작품은 부모의 이혼으로 인한 가족 해체가 어린아이들의 성격 형성에 미치는 악영향을 사회적인 문제로 제기한 점에서 중요한 의미를 지닌다. 부부의 이혼이나 별거가 단순히 부부 사이의 갈등과 상처가 아니라 부모가 헤어짐으로써 또 부모 중 한 사람을 만나지 못하게 됨으로써 아이들이 받는 정신적 상처는 이혼 당사자의 그것보다 더하다는 인식은 이 작품이 보여준 새로운 문제의식이다. 그리고 이 작품은 한중수교 이후 조선족 사회에 만연한 가족 해체가 아동에게 정신적 외상으로 남아 정상적인 사회생활에 장애가 되고, 사회 부적응자로 성장할 위험성을 소설적으로 경고하였다.

장춘식의 「진짜, 가짜; 가짜, 진짜」(『장백산』 1996. 5기)는 이 시기 조선족 사회에 만연했던 한국 남성과 위장결혼하여 한국으로 이주하는 위법한 현실을 다루었다. 리씨와 아내 금화는 봉급과 복지가 풍족하고 평생을 보장하는 국영기업에 재직하였으나 개혁개방 이후 구조조정으로 하강되었다. 리씨 부부는 임금의 70%를 다달이 받기로 되어 있어 안정적인 생활이 가능했지만 이런 상황이 언제까지 지속될지 몰라 불안한 하루하루를 보냈다. 이러한 리씨 부부에게 금화가 위장결혼하여 한국에 이주하여 큰돈을 버는 일이 매력적으로 다가왔고, 금화는 뚱쟁이 친구의 도움으로 위장이혼하고 한국 총각과 결혼해서 한국으로 이주하였다. 금화가 위장이혼한 것이 아닌지 의심하던 한국 남편은 혼인신고 후 금화가 이실직고하자 주민등록증 발급에 필요한 1년간만 밖에서는 부부로 안에서는 파출부로 산 뒤에 이혼하고 주민등록증을 발급받아 자유롭게 살 것을 제안하였다. 이것이 한국에서 오래 머물며 돈을 벌 수 있는 방법이라 생각한 금화는 이에 동조하였으나 한국 남편의 아이를 갖고 출산하자 중국 남편과 갈라서고 한국인으로 살기로 하였다.

리혜선의 중편소설 「서로의 감옥」(『연변문학』 1997.1) 역시 이와 유사한 제재를 다루었다. 이 작품의 주인공 승구는 주변에서 위장이혼을 하고 아내가 한국 남자와 결혼하여 한국에 이주하여 큰돈을 벌어와 떵떵거리며 사는 사람이 많아지자 속이 상해서 아내와 위장이혼하고 한국 남자와 위장결혼을 시켜 한국에 건너가 돈을 벌게 하였다. 승구가 아내를 위장결혼으로 한국에 보낸 것은 가난에서 벗어나기 위해 벌인 일이지만 아내가 한국으로 건너가자 진짜 이혼을 당할지도 모른다는 사실에 불안해하고, 돈 때문에 아내와 위장이혼한 자신의 처지에 자존심이 상했다.

「진짜, 가짜; 가짜, 진짜」와 「서로의 감옥」은 조선족 여성들이 한국 남성과의 결혼을 한국 입국을 위한 수단으로 이용하는 현실을 소설화하여 돈을 위해 인간의 기본적인 윤리마저 포기하는 조선족 사회를 비판하였다. 처녀가 한국 입국을 위해 한국 남자와 위장결혼하는 것도 조선족 스스로 육체를 상품화하는 일인데, 위장이혼을 통해 한국 남자와 위장결혼하여 아내가 한국으로 이주하여 가족이 헤어지고, 한국으로 이주한 아내가 한국에 정착하여 부부 관계가 파괴되어 가족이 해체되는 현실은 조선족이 인간이 지켜야 할 최소한의 자존감마저 포기한 것이라는 통렬한 비판이기도 하였다. 이런 점에서 이 두 작품은 한중수교 이후 조선족의 비정상적인 한국 열풍으로 나타난 조선족의 자존감 상실, 돈을 매개로 한국인에게 저자세로 다가가는 조선족의 비굴함, 그리고 한국인들이 조선족 사회에서 보여주는 비윤리적 행태와 경박한 행동 등을 통박하였다는 점 등을 소설사적으로 높게 평가할 수 있다.

강호원의 중편소설 「인천부두」(『연변문학』 2000.10)는 한국에 노동 이주한 부부의 이혼이라는 흔한 제재를 통하여 한국 이주 조선족에 관한 새로운 현실 인식을 보여주었다. 이 작품은 성철과 옥자 부부와 한숙자라는 세 조선족 이주자를 중심으로 전개된다. 중국에서 체육 교사를 하다 한국에 이주한 지 1년 차인 성철은 건장한 체격과 강한 체력으로 아파트 공사 현장에서 타일팀 막노동꾼으로, 아내 옥자는 주부로 살다 한국에 와서 건축 현장의 설비팀 막노동꾼으로 일해 허름하나마 셋집을 구해 공사 현장으로 출퇴근하였다. 그리고 한숙자는 교사 생활을 하다 3년 전 딸 하나를 중국에 두고 남편과 한국에 나와 미장공 보조를 했는데 남편이 돈 많은 한국인 과부의 유혹에 빠져 헤어지고 혼자 단칸방을 세내어 지냈다.

성철은 같은 현장에서 일하는 한숙자에게 찝적대는 미장팀 오야지를 두드려 패주어 숙자와 친해졌다. 조선족을 경멸하는 타일공 엄씨와 싸우고 자존심을 지키다 실직한 성철은 한숙자와 시내 구경을 하다 옥자가 회사 사장과 바람난 현장을 보았다. 억지로 숙자네 집으로 밀고 들어간 성철은 아내에게 전화해서 담담하게 행실을 알았음을 전하고는 숙자의 집에서 며칠을 지내며 아내가 변하기 전에 귀국하기로 결심하였다. 성철은 숙자의 집을 나와 아버지 고향을 찾아 고모와 어른들에게 출국 인사를 마치고, 집에 돌아가 아내와 함께 귀국하기로 하였다. 출국하는 날 성철이 인천부두 출국장에서 출국 수속을 마치자, 아내는 돈과 편지가 든 핸드백을 남기고 사라져버렸고, 당황한 성철이 마음을 추슬러 배에 오르니 떠나는 귀국선 갑판 위에서 한숙자가 성철을 부르며 서 있었다.

「인천부두」에서 작가가 생각하는 조선족 현실에 대한 인식은 성철이 출국을 결심하고 고향을 방문하고 돌아와 배편을 구하고, 출국 인사를 위해 한숙자를 만난 자리에서 딸이 기다리는 중국으로 돌아갈 것을 당부하는 장면에 함축적으로 드러나 있다.

> 3년이면 돈도 어느 정도 벌었겠다 또 이곳이 그렇게 오래 머무를 곳은 아닌 것 같아요. 서울이란 곳은 미상불 우리 교포들까지 받아줄 그렇게 넓은 품은 아니잖아요?

이는 돈 벌러 한국에 왔다가 남편과 헤어진 한숙자가 3년 정도 일해 목표했던 돈을 벌었으니 이제 더 머물 필요가 있는가 하는 질문이다. 또 성철은 서울에는 허위와 기편, 기시와 음욕으로 충만해 있어 문화 차원이 비교적 낮은 조선족들이 순식간에 시궁창으로 빠져들기 쉽다고 열변을 토했다. 이는 성철이 한국에서 만난 타락한 조선족, 한국 여자의 유혹에 빠져 아내를 버린 한숙자의 남편 그리고 외간 남자와 바람이 난 아내 옥자 등 조선족 이주자들이 돈의 유혹을 못 이겨 타락의 길로 빠진 현실을 보고 들으며 얻은 깨달음이었다. 성철이 이러한 깨달음을 한숙자에게 말한 것은 언젠가 딸에게 돌아가야 한다는 그녀가 한국의 타락한 현실에 빠져들어 딸에게 돌아가지 못할 것을 경계한 것이다. 그러나 이 말은 작가의 한국에 대한 비판적 인식이자 한국 이주 조선족의 불안한 현실에 대한 깨달음이기도 하다.

또 성철은 서울을 떠나는 장면에서 한국은 아버지의 고향이지 2세들의 고국은 아니어서 한국에서 조선족은 언제까지나 이방인 신세라는 인식을 보여주었다. 아버지의 고향에서 고모와 집안 어른들을 만나도 그들과 성철 사이에는 진정한 감정의 교류가 없었다. 또 성철이 노동 현장에서 경험한 바에 따르면 한국인과 조선족 사이에는 국민과 비국민이라는 경계가 자리하고 있어 차별이 존재할 수밖에 없었다. 성철은 자신이 느낀 한국인과의 거리감과 한국인에게서 받은 차별에서 한국 이주 조선족은 언제까지나 재외동포이자 유사 외국인 즉 이방인일 수밖에 없다는 깨달음을 얻었다. 강호원이 「인천부두」에서 보여준 조선족은 한국에서 이방인일 수밖에 없다는 이 같은 인식은 조선족 정체성을 소설화한 것으로 이 시기 한국 이주 제재 조선족 소설의 대표적인 경향으로 나타났다.

허련순은 「찾아든 곳은 그리운 고향이 아니었네」를 발표한 뒤, 줄거리를 보충하고 주제를 새롭게 한 「바람꽃」을 집필하였다. 「인천부두」보다 5년 정도 먼저 집필된 이 작품은 고향에 묻어달라는 아버지의 유언을 지키려 한국을 찾은 조선족 작가 홍지하와 자식을 잃은 후 돈을 벌러 한국에 입국한 홍지하의 친구 최인규 부부의 한국 체험을 통해 조선족 정체성을 집중적으로 다루었다.

이 작품에는 조선족 정체성을 소설적으로 조명하기 위하여, 홍지하의 부친 가족 찾기와 유골 모시기, 홍지하가 경험한 조선족에 대한 차별, 최인규 부부가 경험한 열악한 노동 현실 등 세 가지 제재가 유기적으로 연결되어 있다.

홍지하는 아버지의 유골함을 가지고 한국에 도착해 친구인 최인규의 집에 머물며 가족 찾기에 나섰으나 아버지가 일제 말기에 징병되어 만주로 떠난 후 할아버지가 고향을 떠나버린 탓에 시간이 천연되자 최인규의 아내 지혜경이 근무하는 공사 현장에 나가 막노동하였다. 홍지하는 오랜 수소문 끝에 할아버지가 얼마 전 그토록 기다리던 아들 소식을 들은 뒤 운명했음을 알게 되었다. 할아버지를 만날 수 없게 된 홍지하는 아버지가 징병되기 전에 결혼한 부인과 그 아들을 만나 아버지의 존재를 전했지만, 그들은 할아버지 유산의 처리 문제를 우려해 홍지하의 부친을 남편과 아버지로 인정하지 않았다. 홍지하로서는 재산 때문에 부부와 부자의 인연을 인정하지 않는 그들에 분노를 느끼며, 젊은 날 만주로 흘러들어 고단한 삶을 살다 돌아가신 아버지께 유골로나마 한국의 가족을 만나게 해주겠다는 꿈을 접어야 했다. 이 장면에서 홍지하와 한국의 형을 대비한 것은 돈 앞에서는 인간적 도리도 내던져버리는 한국인들의 말류 자본주의에 대한 통렬한 비판이며, 조선족과 한국인의 정체성을 이원론적으로 대비하는 장치이기도 하다.

결국 홍지하는 아버지 유골을 한국 가족과 함께 안장하겠다는 생각을 포기하고, 혼자 아버지의 고향인 경북 달성군 다산면 깊은 산골 노송 아래에 아버지의 골회를 안장하였다.

할아버지, 제가 왔습니다. 손자 홍지하올시다. 듣고 계십니까, 생전에 두 분은 서로 만나지 못해 한을 품고 아등바등 사셨지만 이제부터 내내 함께 있게 될 겁니다……

속삭이면서 노송 앞에 무릎을 꿇고 웅크리고 앉아 아버지의 골회함을 열었다. 비닐 주머니 속에서 한 줌의 골회를 꺼내어 노송을 중심으로 골고루 뿌렸다. 뒤이어 엎드려 세 번 큰절을 올렸다.

아버지, 부디 외로워 마세요. 아버지께서 그토록 잊지 못해 그리워했던 고향 산입니다. 먼 훗날 저도 재영이도 대대손손 이 노송 밑에 와서 술을 붓고 절을 올릴 겁니다. 구천에서 제발 안식의 나날을 보내십시오……

그는 웅크린 채 까닥 움직이지 않고 골회가 뿌려진 땅을 오래오래 살폈다. 거처 없이 삭막한 사막 그 어디든 무턱대고 방황했던 아버지의 영혼이 안식 속으로 가라앉는 듯 주위는 조용했다.

홍지하의 아버지는 고향에 두고 온 아내와 큰아들에게 인정받지 못한 채 작은아들의 손으로 고향 땅에 뿌려졌다. 만주로 이주해 삶을 부지했던 조선족 1세대에게 고향은 언젠가는 반드시 돌아가야 할 공간이었다. 돌아가신 아버지의 한을 이해하는 홍지하는 자신의 기억과는 무관한 아버지의 고향 산에 유골을 뿌리고 앞으로 자신이 또 자신의 아들도 찾아올 것을 약속하였다.

홍지하가 아버지 유골을 아버지의 고향에 뿌리는 행위는 조선족에게 모국 한국이 갖는 의미를 알게 해준다. 고향을 떠나보지 않은 한국인은 고향의 의미를 제대로 인식하지 못해 그 사랑도 크지 않을 수 있다. 그러나 고향 땅에서 이산되어 만주에서 어렵게 살다가 해방이 되고 이후 30년 넘게 고향을 찾거나 그 존재를 말하는 것조차 불가능했다가 고향을 다시 찾을 수 있게 되었을 때, 그들에게 고향은 한없는 사랑과 그리움의 대상이 되었다. 그러나 돈 때문에 그들의 존재 자체를 지워버리려는 사람들이 있는 공간이 한국이라는 사실은 조선족이 한국인과 자신들을 새롭게 인식하게 되는 계기가 되었다.

공사 현장에서 막노동을 시작한 홍지하는 온갖 차별과 멸시를 감내하는 조선족 이주 노동자들을 접하면서 점차 조선족의 노동 현실에 눈을 떴다. 조선족은 잠깐이라도 일자리가 떨어지는 것이 두려워 사장의 횡포를 감내하지만, 조선족의 노동력이 없으면 사장 역시 사업을 지속할 수 없는 공사 현장의 아이러니한 현실을 감지한 것이다. 이러한 인식을 바탕으로 홍지하는 조선족에게 폭언과 폭력을 일삼는 사장에게 대들고, '잘라버린다'는 협박에 대한민국에는 조선족 일자리가 '째구비렸다'는 말을 남기고 공사 현장을 떠났다. 또 공사 현장을 떠난 홍지하는 수입이 좋다는 선원으로 취직했다가 조선족이라고 멸시하는 동료 오두석과 시비가 붙게 되고, 오두석이 '불법체류', '강제출국' 등을 운위하자 흥분하여 그를 처절하게 구타하여 그의 조선족에 대한 차별 의식을 변화시키고, 이후 친하게 지내게 되었다.

이러한 홍지하의 행동은 조선족이 한국에서 경험하는 각박한 현실과 차별과 멸시를 감내하는 것은 돈을 벌어야만 하는 상황과 불법체류라는 약점 때문이라는 현실 인식을 분명히 보여주었다. 홍지하가 공사 현장에서 사장에게 대드는 방식이나 오두석과의 주먹다짐은 한국인과 조선족 사이에 새로운 갈등을 일으킬 위험한 대응 방법이었다. 그러나 홍지하는 이러한 경험을 통하여 조선족 정체성에 대한 새로운 인식에 도달하여 조선족 불법체류자에 대한 강제 연행과 출국 정책을 비판하는 글을 신문에 발표하였고, 기자와의 인터뷰에서 동포를 박대하는 민족이라고 한국 정부를 비난한 데 대한 질문에 답하면서 조선족 차별이 갖는 문제점을 분명하게 지적하였다.

> "중국동포에 대한 한국 정부의 차별대우입니다. 재미동포와 재일동포들은 마음대로 출입국을 할 수 있는데 중국동포만은 왜 제한합니까? 그들은 잘살고 우린 못살기 때문이죠, 그렇죠?"
> 기자는 웃기만 하고 대답을 하지 않았다.
> "70년대와 80년대에 스스로 이민을 떠난 재미동포들과는 달리 중국동포들은 나라가 없고 또 나라를 지켜주는 이가 없을 때 살길을 찾아 고국을 떠났다가 조국을 찾기 위해 항일투쟁에 뛰어들었던 투사들과 그 후손들입니다. 한국이 이들을 못산다고 냉대할 수 있습니까?"

조선족은 일제강점기에 살길을 찾아 중국으로 건너간 조선인의 후예라는 홍지하의 지적은 정당하다. 그러나 한국 당국에서는 합법적으로 체류하는 재미·재일동포와 단기 비자로 들어와 불법체류하는 조선족을 동일하게 대할 수는 없었다. 그러나 조선족이 자신들을 재미·재일동포와 동일한 재외동포로 취급해 노동 현장에서 실시되는 강제 출국 조치를 자제하라는 요구도 타당하다. 이 시기 재미·재일동포와 달리 중국과 구소련 지역의 동포를 차별한 것은 「재외동포의 출입국과 법적 지위에 관한 법률」에 재외동포를 대한민국 수립 후에 해외로 이주한 동포와 그 후손으로 한정하여 발생한 조선족에 대한 법적 차별이었고, 이러한 차별은 2003년 「재외동포의 출입국과 법적 지위에 관한 법률」의 개정으로 해소되었다.

홍지하가 지적한 한국 사회가 재미·재일동포와 재중동포를 구분하여 상대한다는 생각은 조선족이 가난해서 차별한다는 인식으로 발전하였다. 조선족에 대한 차별과 멸시는 조선족 모두가 한국에서 경험한 것으로 이는 중국의 조선족 사회에 전해져 한국에 관한 좋지 않은 인상을 심어주었다. 조선족에게 한국은 낙원과 같은 공간이었다가 점차 현실의 공간 또는 지옥과 같은 공간으로 변모하였다. 그러나 조선족의 한국 이주는 감소하지 않았고, 한국에서 생활하다 출국한 조선족이 재입국하는 예가 증가하였다. 한국을 멀리하기도 가까이하기도 어려운 현실은 점차 조선족에게 '한국은 우리에게 무엇인가', '나는 한민족인가 중국인인가'와 같은 정체성에 관해 고민하게 하였다.

최인규 부부가 한국에서 겪은 고통스러운 삶은 홍지하와 다른 경로로 조선족 정체성을 획득하는 과정을 보여준다. 최인규 부부는 병원비가 없어 하나뿐인 아들이 죽자 원수 같은 돈을 벌러 한국에 건너와 막노동하며 악착같이 살았으나 불행만 연속되었다. 공사 현장에서 사고를 당해 중상을 입은 최인규는 본인 실수로 발생한 사건이라는 이유로 아무런 보상도 받지 못하고 병원 신세만 져야 했다. 월세와 병원비가 감당하기 벅찼던 지혜경은 아이 하나만 낳아달라는 사장의 꼬임에 빠져 병원비를 도움받기로 하고 받아들였으나 성 노리개로 즐기던 사장은 아이가 생기자 변심하였고, 아이를 지울 수도 없게 된 지혜경은 최인규가 이 사실을 알아채자 자살해버렸다. 아내의 자살에 분노한 최인규는 사장을 협박하여 위자료를 받아 홍지하에게 진 빚을 갚고 아무도 모르는 곳에서 자살하였다.

최인규 부부는 돈이 절대적 가치를 갖는 한국 사회에서 비인간적인 대우에 시달리다 죽음으로 내몰리고 말았다. 이러한 극단의 체험을 한 최인규는 한국인을 돈의 노예가 된 존재라 비난하면서 나름의 조선족 정체성을 확립하였다. 그가 인식한 조선족 정체성은 홍지하에게 남긴 유서에 잘 드러난다.

> 내 부탁은 너 여기에 더 머물지 말고 어서 널 키워준 고향으로 가라! 고향은 의복과 같은 거야. 비바람과 추위를 막아주면서 너를 보호해주는 것이야. 난 죽을 때 고향을 향해 머리를 놓겠다.
> 기억하라. 사람은 재물에 죽고 새는 먹이 때문에 죽는다는 것을……

최인규는 각박한 한국 체험을 통해 자신의 태어나고 자란 중국이 자신을 보호해줄 공간이라는 인식에 다다랐다. 이는 한국에 건너오기 전에 조선족이 느끼고 있었던 한민족으로서의 정체성과 중국 국민으로서의 정체성 중에 국민 정체성을 중시하게 되었다는 것이다. 그리고 이러한 국민정체성은 경제적으로는 부유하나 윤리적으로 타락한 한국 사회에서 한국인과 같이 추악해지기 보다는 가난하나마 인간으로서의 순수성을 지켜야 한다는 깨우침이었다.

홍지하는 최인규의 정체성 인식에 수긍하여, 아버지의 고향 근처에 유골을 뿌리고는 한국에서 겪은 차별과 멸시, 수모와 방황을 뒤로 하고 자기의 고향인 중국으로 되돌아갔다. 이는 아버지 또는 할아버지 세대에 고향을 떠나 이미 바람꽃 같은 존재가 된 조선족이 보호받고 살 수 있는 곳은 자신들이 뿌리내린 조국 중국일 수밖에 없다는 인식이다. 이런 점에서 「바람꽃」은 한중수교 직후 재외동포와 이주민에 대한 배려가 존재하지 않던 한국 사회에서 작가 허련순이 한국과 한국에 체류하고 있는 조선족의 삶을 체험하면서 도달하게 된 조선족 정체성을 소설로 보여준 것이었다.

「바람꽃」의 서사구조는 '한국인의 차별과 멸시―폭력적 대응―한국인과의 화해―조선족 정체성 획득―귀국'으로 단순화할 수 있다. 허련순이 「찾아든 곳은 그리운 고향이 아니었네」를 집필한 후 이어진 한국 체험과 한국 이주 조선족의 삶에 대한 이해 그리고 조선족의 현실에 관한 성찰의 과정을 거쳐 한국 이주 제재 소설을 단순한 조선족의 차별과 멸시에 대한 분노의 서사를 넘어 조선족의 정체성 획득 서사로 전이하였다. 허련순이 이 작품에서 시도한 조선족 정체성 획득이라는 서사구조는 강호원의 「인천부두」와 윤림호의 장편소설 『명암의 세계』(『연변문학』 2000.1~10) 등에서 볼 수 있듯이 이 시기 한국 이주 제재 조선족 소설의 기본 구조로 자리 잡았다.

윤림호의 「명암의 세계」의 주인공 전직 체육교사 충호는 첫사랑 전순미가 한국 남자와 결혼하여 한국으로 이주하자 홧김에 한 결혼에 실패하고 한국으로 건너왔다. 이 작품은 콘테이너 생산회사 노동자로 일하는 충호를 중심으로 한국인에게 차별과 멸시를 당하는 열악한 환경에서도 꿈을 이루기 위해 노력하는 조선족의 모습과 한국 체험을 통해 정체성을 확보하는 과정을 보여주었다.

이 작품에 등장하는 한국인 관리직 간부는 노동자를 함부로 다루며 거친 언사를 사용하고, 특히 불법체류자인 조선족에게는 무소불위의 권력을 휘둘렀다. 또 조선족 노동자가 만나는 한국인들은 웃음과 애교로 임금을 털어먹는 술집 여주인, 외로운 조선족 남성에게 성을 팔아 돈을 챙기는 여종업원, 충호의 전우 청삼이의 한의학 지식을 이용하여 불법 시술로 큰돈을 벌려는 식당 주인 등 거의 모두 조선족의 돈을 노리거나 그들을 이용해 돈벌이할 궁리만 하였다. 또 회사 간부는 조선족 여자 노동자를 성적 노리개로 삼고, 셋방 주인은 세입자인 조선족 여자를 유혹하였고, 허풍이 센 청삼에게 술과 안주를 얻어먹을 때 의리를 찾던 한국인 노동자들은 청삼이가 위급할 때는 모른 척하였다. 이렇듯 이 작품에 등장하는 한국인들은 조선족의 돈을 갈취하거나 성적 욕망을 채우는 인물로 그려져 있다. 이러한 인물 설정은 경제적으로 부유해졌지만 돈과 욕망의 노예가 된 한국인이 인간으로서의 윤리나 가치관을 상실하였다는 점을 비판하기 위한 소설적 장치로 이해된다.

반면 조선족의 처지를 이해하고 공존하려 노력하는 인물도 등장한다. 충호를 조선족이라고 업신여기던 동료 한씨는 충호와 주먹다짐한 후 충호와 친구가 되어 조선족의 처지를 이해하고 도움을 주었다. 그리고 셋집 주인의 딸 정임순은 기독교 신자로 조선족에게 사랑을 베풀어 기독교 협회의 도움을 받아

병으로 고생하는 조선족 여성을 고쳐주고 중국으로 귀국하도록 조치해주었다. 이렇듯 「명암의 세계」는 한국 사회를 조선족에게 선한 인물과 악한 인물이 공존하고, 경제적 번영과 윤리적 타락이 공존하는 사회 즉 명암의 세계임을 보여주었다.

그러나 이 작품에서 한국 사회의 명암보다 더욱 중요하게 다룬 것은 한국에서 불법체류하는 조선족의 처절한 삶이다. 이 작품에서 한국 이주 조선족들은 중국에서 겪은 견디기 어려운 상처에서 벗어나기 위해 출국하여 한국에서 신난한 삶을 살고 있다. 중국에서 겪은 견디기 힘든 고통을 회피하고 또 꿈을 이룰 자금을 마련할 공간으로 인식하고 한국으로 이주한 조선족들은 꿈을 실현하기 위하여 또 한국행으로 진 빚을 갚기 위해서라도 죽기 살기로 돈을 벌어야 했다. 그러나 한국에 와서 차별과 멸시 속에 힘든 노동을 해도 생각만큼 돈이 모이지는 않았다.

> 달세 10만 원의 방값을 같이 지내는 현실이와 5만 원씩 반분해 주인집에 내고 전기세, 물세, 위생비, 전화비 등 잡비용을 청리 당하고 나면 매달 집에 40만 원씩 송금하는 것도 아름찬 부담이 되어졌다. (중략)
> 휴무일까지 련속 작전해야 60만 원이면 기록이였고 그것으로 잡세를 물고 회사의 식비를 떼고 집에 부치고 생활을 조직해야 했다. 한마디로 꼬리에 꼬리를 물고 강을 건너는 쥐무리처럼 일단 놓기만 하면 안 되게 늘상 빠듯한 상태였다.

이런 처지에 자식을 핑계로 돈을 뜯어 술과 노름으로 탕진하는 남편을 둔 여성이나 가족의 생활비와 빌린 돈을 갚아야 하는 사람들의 삶은 암담할 뿐이었다. 불법체류자 신분이라 저금통장을 만들지 못해 몇 년 동안 월급을 한국인에게 맡겼다가 돈을 날려 절망에 빠지기도 했고, 돈은 모이지 않고 중국의 빚이 늘어가면 자포자기의 심정으로 술과 여자에 빠져 돈을 탕진하기도 하였다. 그들에게는 중국에서의 삶이 피폐했듯이 한국에서의 삶 역시 불안정하였다. 「명암의 세계」에서 이러한 상황을 나열한 것은 조선족이 가난에서 벗어나기 위해 중국을 떠나 한국으로 이주해도 삶이 크게 달라지지 않는다는 작가의 현실 인식을 보여주기 위한 장치이다.

충호는 단순 노동자로 지내다 조선족을 괴롭히는 한씨와 주먹다짐을 벌인 일로 한국인으로부터 조선족을 보호하는 인물로 존경의 대상이 되었고, 공장 측에서도 조선족 노동자 관리 직책을 맡길 정도로 우대해주었다. 또 이 일로 공장 남자 노동자의 선망의 대상이던 조홍자도 충호에게 관심을 보여 사랑하는 사이가 되었다. 한씨의 부탁으로 깡패들과 싸우던 충호는 형사를 피해 들어간 집에서 지체부자유에 성적 능력 없는 의처증 환자와 지옥 같은 삶을 사는 전순미를 만났다. 그녀가 겪는 절망의 끝을 본 충호는 그녀와 영원히 헤어지자 결심했으나, 전순미의 아버지가 사고로 사망한 사건을 처리하는 과정에서 다시 만났다. 일을 잘 처리해준 뒤 감사를 표한 전순미는 충호의 귀국 제안을 단호히 거절하였다.

충호는 한국에서 수많은 일을 경험하였다. 자신을 A시로 부른 청삼이 죽었고, 장애 남편에게서 도망치기로 했던 전순미가 남편에게 남겠다고 하였고, 함께 중국으로 가기로 한 조홍자도 동행을 거부하여 홀로 중국으로 돌아가기로 하였다. 그러나 충호의 남성다움을 사랑한 조홍자의 설득으로 충호와 귀국하기 위해 공항으로 달려온 전순미를 만난 충호는 함께 비행기에 올랐다.

> 중국민항 려객기는 활주로를 달리기 시작하였다. 해탈의 몸부림인 듯 몸체를 세차게 떨고 있었다.
> 충호의 머리 속에는 출국 나들이 붐으로 하여 황폐해져 가는 동네의 정경이 떠올랐다. 땅을 버리고 삶의 터전을 버리고 사랑을 버리고…… 사실 교포들의 비극은 한국 땅에서가 아니라 두고 온 땅에서 더 크다는 것을 충호는 깨달았다. 무엇 때문인가? 누구 탓인가?

충호는 한국 체험을 통하여 조선족의 한국 열풍이 낳은 비극은 그들이 차별과 멸시를 받은 한국 땅보다 고향에 남은 사람과 황폐해진 고향에서 더 큰 고통으로 자리 잡고 있다는 자각에 이르렀다. 이는 한국과의 교류가 시작된 후, 조선족이 한국에서 경험한 차별과 멸시보다 한국 열풍으로 나타난 조선족 공동체의 와해가 더 심각하다는 문제의식이다. 한국에 가서 돈을 벌고 그 돈으로 풍족한 삶을 구가하다 보니 선조들이 낯선 땅에서 피땀으로 일구어놓은 고향, 인정 가득하고 인간다움을 유지하며 살았던 조선족 공동체가 폐허가 되었다. 조선족이 한국에 열광하는 동안 자신들을 품어주고 키워준 고향이 사라져가는 것이 조선족이 처한 가장 커다란 비극이라는 것이 윤림호가 이 작품을 통해 독자에게 전달하고 싶은 메시지였다. 이 시기에 들어 한국 이주 제재 조선족 소설은 점차 한국 이주에 따른 조선족 공동체의 변화와 와해로 소설적 관심이 전이해 갔다.

조선족 공동체가 와해되어가는 현실에 관심을 가지고 지속적으로 소설화한 작가로 박옥남이 있다. 이 시기 박옥남은 「올케」(『송화강』 1999. 4기)에서 한국 열풍에 따른 가족 해체와 조선족 공동체의 와해로 한족과 더불어 살 수밖에 없게 된 조선족의 현실을 다루었다. 조선족은 한족 사이에서 조선족 공동체를 이루어 조선족끼리 혼인하여 민족적 정체성을 지켜왔다. 막내 삼촌이 한족 쑤즈와 결혼하려다 할머니를 비롯한 집안 어른들의 반대로 실패하고, 분이 숙모와 결혼해 선동과 후동 두 아들 얻어 집안의 경사를 만들었다.

개혁개방으로 조선족 처녀들이 도시로 또 한국으로 떠나버려 농촌 총각은 짝을 구할 수 없게 되고 말았으나 선동은 그의 외모에 빠진 경옥과 결혼하였다. 아이를 낳은 경옥은 돈을 벌 욕심에 위장이혼-결혼으로 한국에 갔다가 한국 남자와 결혼해버렸다. 선동의 재혼이 불가능해진 상황에서 후동이라도 결혼시키자는 할머니의 성화에 고모의 소개로 쑤즈의 딸과 결혼시켰다.

후동이의 결혼 잔치를 치르고 사흘이 지나 할머니가 운명을 했다. 잔치날 누운 몸으로 손자며느리의 인사를 받을 때 이미 의식을 잃고 깊은 잠에 곯아떨어진 듯 드렁드렁 코만 골았던 할머니였다. 송장이나 진 배 없이 반듯이 누워 있는 할머니를 향해 새 손부는 어디서 배웠는지 두 다리를 사리고 곱게 큰절을 올렸다. 그러고 나서 처음으로 입을 열었다.

"나이나이!"

할머니의 강력한 요구로 후동이를 결혼시키기는 했지만 이미 조선족 공동체가 와해되어 한족 처녀를 맞을 수밖에 없었다. 조선족 새각시로 차려입은 신부는 인사불성인 할머니께 조선식 큰절을 올리고는 할머니께 '나이나이(奶奶 : 할머니)'라 인사드려 앞으로의 또 다른 문화적 갈등을 예고하였다. 신부가 할머니께 드린 중국말 인사는 말이 다르면 사고가 다르고 문화가 다르다는 점에서 후동과 신부 사이의 언어와 문화의 차이가 가족 내의 문화적 갈등의 단초가 될 것임을 암시한 것이다. 이렇듯 「올케」는 조선족 공동체가 와해됨에 따라 조선족이 한족과 혼인함으로써 나타날 문화적 갈등과 이에 따른 조선족 정체성에 대한 고민의 일단을 보여주었다.

이 시기에 한국에 이주하여 정착한 조선족 즉 재한조선족의 소설 창작이 본격화되었다. 조선족 문단에서 활동하던 김노는 1992년 한국에 입국해 한국인 남자와 결혼한 후 한국 이주 체험을 소설화하여 조선족 문단과 한국 문단에 발표하여 재한조선족 작가로 활동을 시작했다. 김노는 한국인 남편과 생활하는 조선족 여성의 힘든 일상을 그린 「중국 여자 한국 남자」(『도라지』1994. 2기)를 발표하여 결혼이주 조선족 여성의 고뇌를 보여주었다. 이외에도 조선족 여성과 재혼한 남자가 부모와 자식 잘 건사해주고 집안 살림을 잘해준 아내가 고마우면서도 문화 차이로 불편함을 느끼고 중국에서 찾아온 친지들이 집에서 머물거나 짐을 맡기는 일로 갈등을 일으키는 내용을 담은 「중국 아내」(『장백산』2000. 1기), 남들이 부러워하는 공장에 다니는 덕에 여유 있는 삶을 누렸으나 한국 열풍으로 상대적 빈곤에 빠져 한국행을 시도하다 몇 차례 큰돈을 날리고 밀항을 택해 죽음의 고비를 넘긴 이야기를 담은 「밀항자」(『장백산』2000. 6기), 언제 어디서든 불심검문으로 발각되어 강제 출국당할 위험이 상존하는 불안한 조선족의 일상을 그린 「불법체류자」(『도라지』2000. 6기) 등 김노의 소설은 불법이주 과정에서의 위험과 한국 생활에서 겪는 고통 그리고 불법체류자의 불안한 삶을 현실감 있게 그려내었다. 그러나 그의 소설은 조선족이 한국에서 접하는 차별과 멸시, 고통과 불안 등을 상세하게 서술하여 현실감은 있으나, 허구적 상상력을 통해 서사를 풍부히 하는 데 이르지 못하고 서사적 사건을 통한 주제화에 일정한 한계를 보여 체험을 직접 기술하는 수기에 가깝다는 인상을 준다.

제4장

문화대혁명에 대한 반성과 상처의 내면화

문화대혁명이 종식되고 극좌적 정치운동이 남긴 상처와 그에 대한 반성이 소설의 주류를 이루었으나 15년 이상이 지난 이 시기에 이르면 문화대혁명을 바라보는 시각에 변화가 나타났다. 이 시기 조선족 소설에 문화대혁명을 제재로 다루는 방식의 가장 큰 변화는 시간의 경과에 따라 문화대혁명의 체험이 남긴 정신적 외상에 관심을 보였다는 점이다. 그리고 문화대혁명 당시 혁명적 분위기 속에서 사람들이 어떠한 삶을 살았는지 구체적 사실을 소설화하려는 시도가 나타나고 또 당시를 회상하며 간고한 시기를 넘어온 자기의 삶을 의미화하기도 하였다.

이 시기 소설이 문화대혁명을 다루는 방식에 변화를 보이는 것은 문화대혁명과의 시간적 거리가 상당해졌다는 것과 깊은 관련을 갖는다. 문화대혁명 직후 상흔소설과 반사소설을 창작한 작가들은 문화대혁명 시기에 피해를 입었거나, 그 시기의 여러 정치운동에 직접 참여하였던 세대였다. 그들은 극도로 혼란한 시기를 온몸으로 견디어낸 세대로 문화대혁명의 오류를 잘 알고 있었고 그에 대한 반감이 상당할 수밖에 없었다. 그러나 15년 이상의 시간이 지난 이 시기에 이르면 문화대혁명을 직접 체험한 세대도 그 시절을 비교적 객관화해 바라볼 수 있게 되었고, 유소년기를 문화대혁명의 광기 속에 보낸 세대는 그 시기가 아스라한 기억으로 남아 있을 수밖에 없었다. 그러나 중국인 전체의 정신적 외상으로 각인된 문화대혁명의 비극은 이 시기 조선족 소설에도 중요한 제재로 선택되었고, 많은 작품에서 문화대혁명을 가정이 몰락하거나 파괴되어 개인의 삶이 나락으로 떨어진 불행의 시작점으로 사용하였다.

우광훈은 중편소설 「숙명 20호」(『도라지』 1993. 1기)에서 시인 병태의 자결과 그의 장례식장에 모인 집체호 시절 동료들의 현재의 삶을 그려 문혁 세대들이 어떤 형태로든 문화대혁명의 상처에 시달리고 있음을 보여주었다. 병태는 문화대혁명의 상처에서 벗어나지 못해 마음 깊이 자리한 불안에 시달리다 아내와 이혼하였고, 자기만의 공간에 갇혀 타인과의 소통을 거부하고 폐쇄적인 삶을 살다가 가라오케에서 술과 독을 함께 마시고 자결하고 말았다. 장례식장에 모인 친구들 대부분은 그가 정신적으로 무엇인가에 대한 강박이 있었다는 점을 짐작하나 드러내 말하지는 못하였다.

또 대학에서 객원교수를 하는 학은 미희가 장례식날 친구들과 술집에서 술을 마시다 시비를 거는 손님의 머리를 병으로 내리쳐버린 일을 물어보자 부끄러움을 느끼면서 자신은 언제나 어디서나 무엇엔가 당하고 있다는 느낌에 시달리고 있다는 말로 답을 대신하였다. 이에 미희가 콤플렉스가 있냐고 다시 물었을 때 학은 자신의 정신적 문제에 대해 정확한 진단을 내려 보였다.

> "아니 그런 것 같지는 않아요. 그럴지도 모르지만. 저는 농촌에 하향했던 세대입니다. 세대적인 병이고 도전적인 의식인지도 모르지요."
> "그렇구만요."
> 미희는 힐끗 학이를 쳐다보며 아무런 의미도 붙잡을 수 없는 미소를 날렸다.

학은 자신의 강박 관념이 문화대혁명 때 농촌에 하향했던 일과 무관하지 않음을 얘기하였고, 미희는 그에 대해 무언의 동조를 보냈다. 이들의 대화에서 그들은 느끼고는 있으나 말로는 하기 어려운 정신적 외상에 시달리고 있으며, 그것이 문화대혁명의 비극에서 비롯되었음을 감지하고 있음을 알 수 있다. 그리고 학의 정신적 외상에 의미 없는 웃음을 날린 미희도 이혼하고. 아이들은 고향 부모님에게 맡기고 북경으로 이주해 여행사 가이드를 하며 어디에도 정착하지 못하다가, 병태의 죽음을 이혼한 아내 금란에게 알려준 날 학과 하룻밤을 보내고는 북경을 떠나 어디론가 사라져버렸다. 미희 역시 문화대혁명의 충격을 벗어나지 못하고 정신적 방황을 계속하고 있었던 것이다.

우광훈이 문화대혁명이 그 세대에게 끼친 정신적 외상을 소설의 제재로 다룬 것은 이 시기에 조선족 소설이 문화대혁명을 소설화하는 방식의 변화를 보여주었다. 문화대혁명은 워낙 방대한 혼돈의 역사여서 그 자체를 소설의 역사 제재로 다루는 일은 불가능에 가깝다. 따라서 문화대혁명이라는 거대한 혼란의 역사의 편린을 살피거나 현대인의 삶과 의식에 미친 영향을 성찰하는 것은 거대한 역사의 상처를 소설화하는 방식이 될 수밖에 없었다. 이러한 점에서 우광훈이 「숙명 20호」에서 문화대혁명이 그 세대에게 정신적 외상으로 남아 있고 그것이 어떻게 현재의 삶에 비극으로 작동하는가를 다룬 것은 소설사적 의의를 지닌다.

강효근의 중편소설 「몹시 추웠던 겨울」(『천지』 1996.1)은 문화대혁명의 극좌적 논리에 희생당한 남녀의 사랑 이야기로 그 세대의 비극과 문화대혁명이 낳은 정신적 외상을 주제화하였다. 의대생 공진태는 일본 여자와 결혼했다는 이유로 반혁명분자로 몰린 아버지 때문에 학과에서 따돌림당하는 수련에게 관심이 갔다. 그는 수련의 시절 문화대혁명의 열풍 속에 북대황의 열악한 개척 현장에 하방되어 다 같이 고생하면서도, 반혁명분자라는 이유로 남보다 힘든 날을 보내는 수련을 도와주며 서로 마음이 통하여 사랑을 약속하였다. 그러나 하방된 북대황 농장에 큰 화재가 발생하자 수련은 반혁명분자의 딸이라는 이유만으로 방화범으로 지목되어 투옥되었다가 문화대혁명이 종식된 후 혼자가 된 어머니와 일본으로 이주하였다. 수련은 일본에서 언어 소통이 어려워 힘들게 대학을 졸업하고 의사가 되었으나 공진태에 대한 사랑과 그와의 약속을 지키려 혼인하지 않았다. 공진태는 수련의 생사를 확인하지 못한 채 의사가 되고 결혼도 했으나 수련을 잊지 못하는 일로 가정이 파탄에 이르렀다. 문화대혁명이 끝나고 중국 입국이 자유로워지자 수련은 공진태를 찾아 중국으로 건너와 한번 만나기라도 하자고 연락하였고, 잊지 않고 찾아온 수련을 만나러 달려가던 공진태는 호텔 앞에서 교통사고로 사망하였다.

이 작품은 구성 면에서 다소 혼란스럽기는 하나 문화대혁명 시기의 극좌적 정치논리가 평범한 개인의 삶을 파괴하고, 그 세대에게 트라우마로 남았다는 점을 지적하였다. 이 작품은 극좌적 이념에 의해 반혁명분자로 분류되어 사회로부터 소외되고, 증거도 없이 북대황 방화범으로 지목되어 정신과 육체가 파괴된 책임은 누구에게 있는가, 또 폭력적인 정치운동의 과정에서 사랑하는 사람을 잃고 방황하다 개인의 행복을 상실해버린 책임은 누구에게 있는가를 묻고 있다. 한 시기를 고통 속에서 살게 했던 문화대혁명의 상처가 몇십 년이 지난 현재의 삶에까지 미치는 영향을 이야기한 이 작품은 이 시기 조선족 소설이 문화대혁명으로 소설화하는 한 방식을 잘 보여주었다.

이 시기 조선족 문단에는 이제는 아스라한 기억으로 남은 문화대혁명 시기의 냉혹했던 현실을 회상하는 소설도 등장하였다. 최홍일은 중편소설「푸르렀던 백양나무 숲」(『도라지』1997. 3기)에서 일인칭 회상 시점을 사용하여 문화대혁명으로 혼란스럽고 폭력이 난무했던 어린 시절을 기억해내고 있다. 당시 중학생이던 철수는 아버지의 엄명으로 친구들 모두가 나선 정치운동에 참여하지 못하고, 자기 집에 피신해 있던 어머니의 제자 옥설이 누나와 마을 근처 백양나무 숲과 개울을 돌아다니며 시내의 불안한 상황을 걱정하면서도 즐겁게 지냈다. 한여름이 지난 뒤, 보수파 간부인 누나의 애인이 연변의학원에서 발생한 총격 사건에서 부상당한 몸으로 철수네로 피신해 백양나무 숲의 낡은 오두막에 숨어 지내며 셋이 함께 재미있는 시간을 보냈다. 그러나 마을에 있던 반란파의 밀고로 몰려든 반란파와 총격전을 벌이던 누나의 애인은 철수와 누나가 보는 앞에서 사살되었다. 애인의 사살로 충격을 받은 누나는 정신이상 증세가 나타나 하얼빈에 있는 집으로 돌아갔다.

　　그 뒤로 나는 그녀를 본적이 없다. 후에 병이 나았는지 또 지금 살아 있는지 감감 모르고 있다. 대학을 졸업한 이듬해에 나는 그 백양나무숲을 찾은 적이 있다.

그러나 실망하고 말았다. 숲 자리엔 공장이 들어앉았다.

이 작품은 철수가 문화대혁명이 발발한 해 여름 누나와 시간을 보내면서 이성을 알게 되고, 누나 애인의 죽음을 보고 어른으로 성장하는 과정을 다룬 성장소설이다. 철수에게 문화대혁명은 혼란과 폭력을 동반한 충격의 시간이었으나 동시에 소년에서 성년으로 성장한 아스라하고 아름다웠던 시간이었다. 그해 여름 철수는 누나에 대한 사랑의 감정, 총격전에서 탈출해 숨어든 누나의 애인, 훔쳐본 누나와 애인의 사랑 행위, 누나 애인의 총격전과 죽음 등 소년이 감당하기 어려운 사건을 경험하였다. 충격적인 일을 겪으며 세상을 깨닫고 성인으로 성장한 어느 특정한 시간은 인간의 마음 깊이 각인된다. 철수에게 있어 그해 여름은 그런 특정한 시간 즉 통과의례의 시간이었고, 그 시공간은 그의 의식에 각인되어 영원한 그리움의 대상이 되었다.

이 작품의 초점주체인 철수에게서 볼 수 있듯이 성인으로 문화대혁명을 지나온 세대들에게 비판과 반성의 대상이었던 문화대혁명의 부정적 가치가 어린 시절 문화대혁명을 겪은 세대에게는 약화되었다. 그 결과 이들 세대에게 문화대혁명 중에 있었던 일들이 하나의 풍경으로 남아, 성인으로 전환하였던 그 시공간은 그리움의 대상으로 존재하게 되었다. 이처럼 작가층의 변화가 이 시기 조선족 소설이 문화대혁명을 소설화하는 방식의 변화를 가져온 원인으로 작용하였다.

김혁은 소년 시절에 겪은 문화대혁명의 기억을 중편소설「설태를 내보여라 어제라는 거울에」(『도라지』 1999. 4기)에서 작품화하고, 이를 수정 보완하여 장편소설『마마꽃 응달에 피다』(『장백산』 2003. 2기~2004. 3기)를 발표하였다. 두 작품은 중편소설과 장편소설이라는 형식과 분량의 차이가 있으나 장절체라는 동일한 형식에 거의 동일한 내용을 담고 있다. 그러나『마마꽃 응달에 피다』는「설태를 내보여라 어제라는 거울에」를 장편소설로 재창작하는 과정에서 작중화자 김찬혁의 성장 과정과 그가 똥파리네 폭력배에 가담하는 이유를 자세히 설명하고, 장의 수를 늘려 다양한 인물을 서술하는 등 구성 면에서 차이를 보였고, 각 장에서 다루어지는 인물과 관련한 내용을 보충하고 수정하여 줄거리의 완결성을 더하여 문화대혁명 시기의 시대 상황과 현재적 의미를 분명히 하였다.

『마마꽃 응달에 피다』는 소년 시절 보고 들은 문화대혁명의 풍경을 과거 회상체로 서술하였다. 김혁이 유소년기에 문화대혁명을 경험한 세대라는 점을 감안하면 이 작품에서 이러한 서술 방식을 선택한 것은 일견 당연하다.

> 부모님들은 혼자 묵은 밥을 들추어 먹고 시뿌둥해 있는 나에게 관심을 돌릴 사이가 없었다. 집에 들어서서는 미처 옷 벗을 새도 없이 마주하고 낮은 소리로 무언가 수군거렸다. 그러는 그들의 온몸에 긴장과 당혹감이 배여 있음을 나는 보아낼 수 있었다.
>
> 어른들이 마냥 머리를 유난히 높이 깎고 다니는 부주석과 키가 작달막한 우경 기회주의 분자에 대한 관심과는 달리 나의 관심은 온통 짜그배 누님에게만 쏠려 있었다.

이 서술 속에는 문화대혁명 당시 부모님들이 긴장과 당혹한 마음을 이해하지 못했던 소년(초점주체)의 시각과 그 시대 상황을 설명하고 의미를 부여하는 성인(서술주체)의 시각이 공존한다. 김혁이 문화대혁명을 소설화하면서 과거 회상 시점을 선택해 당시의 비극적 현실을 후경화하고, 소년이 보고 느낀 풍경과 시간이 흘러 그 의미를 이해한 성인의 해석을 전경화함으로써 문화대혁명 시기의 경험이 그리움의 대상으로 느껴지고, 시대의 아픔을 극대화하는 효과를 얻고 있다.

이 작품은 문화대혁명의 비극을 형상화하기 위해 김찬혁, 똥파리, 엄상철, 짜그배, 회충, 앵무새, 김표, 사마귀 등 여덟 명의 인물을 각 부의 부제로 하여 문화대혁명 시기의 비정상적인 상황을 표상하는 독특한 서술 방식을 사용하였다. 제1부 자화상의 인물 박찬혁은 작중화자이자 작가 자신의 초상이다. 광기와 폭력으로 모든 문제를 해결하는 폭력 세계의 지배자 똥파리는 그가 죽고 그해 가을 문화대혁명이 끝난다는 설정으로 보아 비정상이 지배하던 문화대혁명 시기를 표상하는 것으로 이해된다. 똥파리와 세력을 다투던 사마귀는 폭력배로서 잔인하기도 하나 명분을 지켜 폭력을 사용하고 부하에게 관용을 베푸는 인물로 문화대혁명 시기에도 존재했던 부드러운 지도자를 연상하게 해준다. 할아버지와 어머니가 우파였다는 이유로 핍박받다 똥파리 패거리에 의탁한 엄상철과 짜그배는 성분론에 희생되어 현실에서 소외되었던 인물을, 음식을 자제하지 못하는 회충은 문화대혁명 시기 만연한 기아에 대한 공포에 시달린 인민을, 정치투쟁에 가족을 잃어 성도착증에 시달리는 김표는 문화대혁명 시기에 횡행한 폭력으로 가치관을 상실한 인간을, 모택동 어록을 모두 외워 표창을 받은 앵무새는 문화대혁명 시기 정치구호를 외우는 것으로 권력에 부화뇌동하던 사람을 떠올리게 하였다.

이렇듯 『마마꽃 응달에 피다』의 인물들은 작중화자 김찬혁이 어린 시절 속해 있던 폭력배의 일원이나, 실은 문화대혁명이라는 미증유의 혼란 중에 가정이 파괴되고 사회의 보호를 받지 못해 폭력의 그늘로 모여든 청소년들이다. 문화대혁명으로 인한 정신적 외상에 시달리며 비정상적인 삶을 사는 그들의 현실은 그 시기 중국 사회를 뒤덮었던 고통과 절망 그리고 비정상적인 사고와 행동에 상동성을 보인다. 이 작품이 사용한 이러한 소설적 장치는 문화대혁명 시기 정치운동 속에 신음하던 인민들이 삶을 직접 서술한 어느 작품보다도 문화대혁명의 비극이 더 큰 울림으로 다가오게 하는 효과를 가져왔다.

『마마꽃 응달에 피다』는 문화대혁명 시기 낡은 것을 타파한다고 부숴버렸던 용정의 상징 용두레 우물이 복원되었다는 것으로 마무리되었다. 용두레 우물이 다시 제자리를 찾았다는 것은 비정상적 시대의 혼란과 비극이 끝나고 사회가 정상으로 돌아왔음을 암시한다. 그리고 에필로그에서 사회가 정상으로 돌아온 것과 함께 질풍노도의 청소년기를 건너온 작중인물이 건실한 성인으로 성장하여 안정된 삶을 살고 있음을 담담하게 서술하고 있다. 이는 문화대혁명이 종결된 후 용두레 우물이 제자리를 찾듯 인민들의 삶도 정상을 되찾았음을 암시한다. 바로 이 점이 문화대혁명을 시간적 배경으로 한 『마마꽃 응달에 피다』를, 소년의 시선으로 문화대혁명의 폭력성을 비판하고 어려운 시기를 극복하고 안정된 삶을 찾아가는 청소년의 모습을 그린 뛰어난 성장소설로 평가할 수 있게 한다.

박선석의 『쓴웃음』(『장백산』 1995~2002. 간헐적 연재; 료녕민족출판사, 2003)은 1963년 인민공사를 중심으로 전개된 사청운동부터 사회주의 운동이 극렬하게 전개된 문화대혁명 때까지를 시간적 배경으로 극좌적 이념이 지배하던 시기의 왜곡되고 모순에 찬 사회 현실을 비판적으로 그려내어 문화대혁명을 소설화한 대표적인 소설로 평가된다. 이 작품은 사청운동과 문화대혁명으로 전 사회가 극좌적인 정치의 시대가 도래하여 200가구에 못 미치는 팔방 마을 농민들이 벌였던 정치투쟁의 과정을 보여줌으로써 독자들에게 문화대혁명의 광기와 혼란의 속에 가난과 고난에 시달렸던 기억을 환기시켰다.

이 작품의 공간적 배경인 팔방마을에는 사청운동 이전 토지개혁 때 이미 부농으로 분류된 리용구 영감과 아들 리광수, 반우파운동 때 우파분자로 분류되어 하방된 강명길 등이 계급의 적으로 존재하고 있었다. 그러나 진정한 사회주의로 나아가자는 사청운동 때부터 마오쩌둥의 교시를 따라 배우자는 마오주석 저작 학습운동, 기득권을 유지하려는 지도부를 공격하자는 지도부 포격운동, 봉건적이고 자본주의적인 유물을 파괴하자는 파사구 운동, 계급 차이를 분명히 하고 계선을 정확히 가르자는 계급대오청리운동, 진보도 전투 이후 전쟁에 대비한 방공호 구축운동, 임표 숙청 이후 불어닥친 비림비공운동 등 정치운동이 벌어질 때마다 계급의 적을 공격해야 했기에 새로운 운동에 적응하지 못한 사람들을 계급의 적으로 분류하여 투쟁의 대상으로 삼았다. 따라서 정치운동의 광풍이 몰아칠 때마다 팔방마을 사람들은 투쟁 대상이 되지 않기 위하여 타인을 무함하는 일을 반복하였고, 이에 시간이 지날수록 마을 사람끼리의 갈등이 심해져 정치운동에 대해 염증을 느끼게 되었다.

정치운동의 와중에 팔방마을에도 권력의 흐름을 이용하여 마을을 장악하고 자신의 욕망을 달성하려는 인물이 등장하였다. 사청운동 기간에 공작대의 눈에 들어 팔방마을 농민대장 자리를 차지하고 당의 정책을 철저히 집행해 윗사람의 눈에 들어 권력을 다져가는 송길동과, 제가 좋아하는 여성을 얻기 위해 송길동의 앞잡이가 되어 마을 권력의 중심으로 나아간 방춘달이 그 예이다. 이들은 권력을 잃을까 우려해 간단없이 마을 회의를 열어 정치투쟁을 강요하고, 상호비판하게 하여 마을 사람끼리 서로 의심하고 무함하도록 만들었다. 그 결과 팔방마을에서는 문화대혁명이 진행되는 동안 서로서로 물어 먹는 상황이 연출되어 공동체 내의 인간관계가 파탄이 나고 인간성이 훼손되었다.

다른 면으로『쓴웃음』은 도시 지역과 농촌 지역에서의 문화대혁명의 차이를 보여주었다. 문화대혁명 초기에 투쟁의 양상이 극렬해진 것은 공산당 지도부의 권력을 탈취하자는 반란파와 지도부를 옹위하자는 보수파로 나뉘어 무력 충돌을 벌인 데 있었다. 그러나 소규모 농촌에서는 그러한 무력 충돌이 발생하기 어려웠다. 팔방 마을에서는 사청운동 때 마을의 발전에 힘쓰던 정인철 대장이 수구파로 몰려 해임되고 송길동이 그 자리를 차지했다. 그러나 정인철이 마을의 절대적 신뢰를 받는 상황에서 그를 투쟁하기는 어려워 산속 농장의 경영을 맡겨 마을에서 격리하는 정도로 처리할 수밖에 없었다. 이런 점에서『쓴웃음』은 정치투쟁의 강렬함이 존재했던 도시 지역과는 달리 전면적인 투쟁 없이 정치운동이 벌어질 때마다 사상을 재무장하는 정도로 진행된 농촌 지역의 문화대혁명의 양상을 여실히 보여주었다.

『쓴웃음』에서 보듯 소규모 조선족 농촌 공동체에서 벌어진 문화대혁명은 같은 마을 사람끼리 투쟁을 반복하고 계선을 나누는, 마을 사람끼리 서로 무함하여 심한 갈등이 발생하여 마을 사람 일부가 고통을 받고 주민들 사이의 인간관계가 깨어지기는 하지만 극렬한 폭력 사태로 전개되지는 않았다. 산재 지구의 우파분자인 농민작가 박선석은 자기의 경험과 주변 사람과 독자들의 제보를 바탕으로 문화대혁명 시기의 삶을 재구성하여『쓴웃음』을 집필하였기에 연길과 같이 조선족이 집거하는 도시와 다르게 전개된 문화대혁명의 양상을 다루었다. 개혁개방 이전까지 연변조선족자치주의 몇몇 성시를 제외하고는 조선족의 절대다수가 소규모의 농촌 마을 단위로 공동체를 이루고 살았다는 점을 감안하면『쓴웃음』은 산재 지역의 조선족이 경험한 문화대혁명 체험의 전형적인 양상을 소설화하였다 하겠다.

이 작품은 단기간에 공산주의 국가를 완성해야 한다는 조급함 때문에 현실을 무시한 정책을 강압적으로 집행하여 정치, 경제, 사회, 문화 전반에 극도의 혼란을 초래한 문화대혁명을 제재로 하였다. 그러나 『쓴웃음』은 문화대혁명 당시 극도의 혼란과 폭력적인 현실에 대하여 분노하거나 직접 비판하기보다 그 시기에 누구나 체험했을 불합리와 부조리를 구체적인 사건을 바탕으로 희화화하여 시대를 풍자하였다. 이러한 서술 방식은 박선석이 많은 단편소설에서 사용한 해학과 풍자를 서사 상황에 맞추어 효과적으로 운용한 것으로, 이후 대약진운동을 제재로 한 『재해』(흑룡강조선민족출판사, 2007)에서도 동일한 서술 방식을 사용하여 조선족 소설사에서 해학과 풍자를 사용하여 역사의 부조리를 희화화한 작가로 자리 잡았다.

제5장

민족정체성 찾기로서 조선족 이주사

　문화대혁명이 종식된 후 조선족 작가들은 조선족의 만주로의 이주 과정과 항일투쟁의 역사를 적극적으로 소설화하였다. 이는 문화대혁명 시기에 조선족의 소수민족으로서의 정체성을 비판당했던 역사에 대한 반작용의 의미도 없지 않아서 중국의 항일투쟁과 국공내전의 과정에서 조선족의 역할과 헌신을 제재로 한 경우가 적지 않았다. 그러나 시간이 경과하고 개혁개방으로 소수민족에 대한 정책이 변화하여 점차 조선족 소설은 중국의 혁명 과정에서의 조선족의 역할보다는 조선족 정체성을 확인하는 방안으로 한반도에서 만주로 이주해 온 조선인들이 만주에 정착하는 과정, 즉 한족과 갈등하며 척박한 땅을 개척하여 새로운 고향을 만들어가는 과정을 소설화하였다.

　조선족 작가들이 조선족의 이주와 정착의 역사에 관심을 가지는 것은 항일투쟁의 역사만이 조선족의 역사는 아니라는 자각에서 비롯되었다. 그리고 조선족 소설의 이러한 변화는 역사의 주체는 위대한 영웅이 아니라 이름 없는 민중이며 이들의 삶을 다루는 것이 진정한 역사소설이라는 주류문단의 신역사주의와 관련이 있다. 일제강점기에 살길을 찾아 만주로 건너온 조선인들은 소작농으로 살며 황무지를 개간하여 삶의 터전을 개척하였고, 일제가 패망한 후에도 토지를 두고 떠나지 못해 만주에 남아 조선족의 고향을 만들었다. 이런 역사를 떠올리면 만주 지역에 조선족 공동체를 꾸려 조선족의 고향을 만들어온 역사의 진실을 밝히는 일은 역사학의 연구 대상이기도 하지만, 조선족 소설이 재구성해야만 할 과제였다. 이 시기 조선족 작가들은 조선족 이주의 역사에 관심을 가지고 소설화했으며, 이는 조선족 정체성 찾기의 문학적 실천으로서 의미를 지녔다.

최홍일은 1992년 말부터 1994년 초까지『장백산』에 연재한『눈물 젖은 두만강』을 1999년 민족출판사에서 상, 하권으로 출간하였다. 이 작품은 조선족 소설사에서 리근전의『고난의 년대』에 이어 두 번째로 조선족 이주사를 다룬 장편소설로 용드레촌에 처음 터를 잡은 박칠성이라는 인물의 삶을 그림으로써 조선인 이주민이 용정 지역에서 벌인 이주와 정착의 역사를 소설화하였다.

칠성 영감은 1883년 조선과 청국 정부가 '길림조선상민무역지방협정'을 체결하고 양국 국경 도시에 상무국과 월간국을 개설하여 봉금령이 폐지된 이듬해 이른 봄 득보, 갑술 영감 등과 함께 식솔을 이끌고 고향 회령을 떠나 두만강 건너 륙도하와 해란강이 합수하는 곳의 잡초가 우거진 평야를 개간하였다. 인력만으로 황무지를 개간하였으나 식량도 떨어지고 종자도 없는 칠성은 화룡욕의 청인 지주 동 영감에게 아들 팔룡을 머슴으로 맡기고 식량과 종자를 구해 그해를 나고 가을걷이에 성공하였다. 이에 희망을 품은 칠성 영감 일행은 황지를 개간하여 농지를 넓히고, 용드레 우물을 발견하여 마을을 이룰 기반을 마련하였다. 칠성 영감은 황지를 일구고 조선인 이주민을 받아들여 용드레촌을 발전시켜 조선인 농민의 존경을 받았다. 그러나 조선인 이주민의 황지 개간은 조선인의 토지 소유를 금지하는 청국 정부의 정책과 청인 지주의 위세에 밀려 고난을 겪었고, 토비의 납치와 폭력에 고통받았다.

청국 정부는 간도 지역에 조선인 이주가 늘어나 토지를 소유하는 사태를 원치 않았고, 조선인 이주민 때문에 외교 문제가 발생하는 것을 예방하기 위해 조선인에게 국적 변경을 요구하였고, 구체적인 방안으로 치발역복 정책을 시행하였다. 소유주가 없는 황지를 피땀으로 일군 농지를 청국인에게 넘겨주고 소작인이 되는 것은 죽기보다 싫지만, 굶어 죽을 수는 없고 떠나온 조선으로 돌아가는 일은 더 난감한 조선인 이주민에게 토지소유권은 초미의 관심사였다. 칠성 영감이 궁리 끝에 청국이 요구하는 치발역복 정책에 대해 내놓은 방안은 가난한 한족 충 서방과 노동력이 부족한 한량 강 서방을 치발역복시켜 땅문서를 발급받고, 문서의 뒷면에 각 가구의 지분을 기록해 토지소유권을 확보하는 '마상초'였다. 황지를 수전으로 개간할 능력을 지닌 조선인의 귀환을 원치 않았던 청국 관청이 마상초를 묵인해주어, 마상초는 치발역복 정책에 대처하는 교묘한 방안이 되었다.

용드레촌 조선인 농민의 직접적인 고통은 동 영감 같은 청인 지주와 토비들 때문이었다. 지주들은 조선인 농민들의 황지 개간이 마무리 단계에 이르렀을 때, 초간국에 그 땅을 자기 땅으로 등록하고는 조선인 농민을 소작인으로 고용하였다. 칠성을 비롯한 조선인 농민이 피땀 흘려 논을 개간했을 때, 청국 관헌의 비호로 지주가 된 오강이 토지문서를 만들어 땅을 뺏으려 하자, 칠성 영감은 개간한 땅의 소유권을 포기하는 대신 누구도 그 논을 소작하지 못하게 하여 황지가 되게 하는 소극적이지만 지주에게 큰 피해를 주는 방법으로 대응하였다. 또 토비가 마을 아낙네들을 납치하고 200원을 요구하자 가을까지 못 갚으면 토지로 갚겠다는 문서를 작성하고 동 영감에게 돈을 빌려 구해내는 고통을 당하기도 하였다.

동 영감은 초간국 관리인 조카 동림의 힘을 믿고 군림하고, 오강은 돈의 힘으로 자기를 도와주던 마을 사람 위에 군림하고, 동 영감의 사위가 된 조선인 용달 역시 동 영감이 죽자 새로운 지주로 군림하였다. 이러한 어려움 속에서도 용드레촌 농민의 정신적 지주인 칠성 영감은 각고의 노력으로 이를 극복하면서 용드레촌을 새로운 고향으로 만들었다. 그러나 일제의 간도 침략이 노골화하여 청국 관헌에 의해 불법적으로 오강의 소유가 된 토지를 일제 관헌의 힘으로 친일 조선인 소유로 바꾸려는 일이 발생했다. 이에 일제의 간도 진출을 못마땅하게 생각한 용드레촌 조선인 농민들이 일제의 간섭에 반대하는 시위를 벌였고, 이 사건의 주모자였던 칠성 영감의 맏손자 금돌이가 감옥에 갇히자 충격을 받은 칠성 영감은 끝내 숨을 거두고 말았다.

칠성 영감은 남보다 먼저 용드레촌을 개척하기도 했지만, 이후 용드레촌으로 흘러드는 조선인들을 거두어 자리를 잡을 때까지 마을 사람들 집에 묵게 하고 대가를 바라지 않고 마을에 정착할 수 있도록 도와주고, 마을에 큰일이 있을 때마다 주도적으로 일을 처리하여 용드레촌 조선인 농민의 존경을 받았다. 이 작품에서 간도에서 청국 관리나 지주들과 갈등하고 타협하며 용드레촌의 발전과 성장을 지켜온 칠성 영감은 을사조약 후 일제가 간도출장소를 설치하고 조선인을 교묘하게 억압하는 현실 앞에 더 이상 버티지 못하고 숨을 거두고 만 것이었다.

칠성 영감의 아들 팔룡은 부친이 고향 땅을 떠나던 날 조상 산소를 찾아 절하고, 조부모 산소에 엎드려 통곡하고는 산소의 흙을 담아온 일을 기억하고 있었다. 팔룡은 부친의 장례 날 시신을 매장한 뒤 부친이 고향에서 가져온 흙을 봉분에 묻어주었다. 이는 고향을 떠나와 이역 땅에 묻히는 아버지의 한을 풀어주기 위한 것이자, 아버지가 묻힌 이곳이 조상들이 묻혀 있는 고향 회령과 이어지는 자신들의 고향임을 보여주는 행위였다. 그리고 이러한 팔룡의 행동은 간도에서 태어나고 자라 간도를 자기 고향으로 인식하고 있는 조선족 2~3세대의 민족 인식 나아가 고향 의식을 선언적으로 보여주는 것이기도 하였다.

최홍일이 『눈물 젖은 두만강』에서 보여주고자 한 것은 칠성 영감이 보여준 농민으로서의 범상한 삶이 간도에 새로운 고향을 만드는 위대한 과정이었다는 새로운 역사의식이다. 이 작품의 이러한 문제의식이 주류문단의 신역사소설과 일맥상통하나 간도의 역사는 정치적 투쟁사와 완전한 분리가 불가능하다는 점에서 한계를 노정하였다는 비판이 있었다. 그러나 당대 동아시아의 모순과 갈등이 압축되어 있었던 간도의 현실을 생각할 때 정치적 갈등과 항일무장투쟁 등과 관련한 거시적 담론이 제거된다는 것은 불가능하지만, 당시 만주 지역에서 생활하던 조선인 농민에게 조국 독립이나 계급 해방보다 다 중요한 것은 생존이었고 터 잡은 곳에 새로운 고향 만들기였다는 작가의 역사의식은 온당한 것이었다.

최홍일이 보여준 이러한 역사 제재에 관한 소설적 접근 방식은 『해란강아 말하라』나 『고난의 년대』에서 사용된 민족투쟁이나 계급투쟁 일변도의 서술 방식을 극복하려는 노력의 결과로 이후 조선족 소설에서 역사 제재의 소설화 방식에 커다란 영향을 미쳤다. 사회주의 문학이론의 지배적 영향으로 역사의 방향성을 인식한 주체가 자발적인 투쟁을 통하여 역사를 변화시키는 서사에 익숙한 조선족 문단에서 범상한 인물의 서사를 통해 조선족의 이주와 정착의 역사를 소설화한 것은『눈물 젖은 두만강』이 조선족 소설사에서 갖는 지울 수 없는 의의이다.

최국철의『간도전설』(흑룡강조선민족출판사, 1999)은 주인공 김원도가 1936년 온성대교 건설 현장인 양수진 근처 구영벽에 모여든 조선인 막노동꾼을 모아 구영벽 인근의 남대천에 이상촌을 만들려던 노력이 성사 직전에 실패하는 과정을 통해 조선인의 새로운 고향 만들기에 관한 꿈을 소설화하였다. 만주국을 수립하고 만주 지역이 군사적으로 안정되자 일제는 중일전쟁으로 나아가기 위해 1936년 함경북도 온성과 도문시 양수진을 연결하는 온성대교를 시공하여 1년여 만에 완공하였다. 이러한 역사적 상황을 고려하면,『간도전설』에서 선택한 1936년 온성대교라는 시공간적 배경은 만주 지역에서 중일 간 국가 갈등과, 한일 간 민족 갈등 그리고 한중 지주 사이의 갈등이 첨예화할 수밖에 없는 역사적 분기라는 점에서 유의미한 설정이다.

이 작품은 온성대교 현장의 조선인의 삶과 김원도가 상속받은 재산으로 남대천에 이상촌을 만드는 과정, 남대천에 이상촌을 세우려는 김원도의 노력을 방해하는 일제와 지주와의 갈등, 일본군이 조선인 마을을 침공하여 김원도의 꿈이 좌절되는 과정 등 세 단계로 진행된다.

1936년 온성대교 건설 현장인 양수진 일대에는 살길 찾아 두만강을 건너온 구영벽 마을의 조선인 농민, 광산이나 공사판을 전전하던 조선인 막노동꾼, 일본인 밑에서 일하며 조선인의 노동력을 착취하는 주먹패 등 수많은 조선인이 모여들었다. 조선인 노동자 중 함경남도 장진에서 도망쳐 떠돌다가 온성대교 현장에 흘러든 김원도는 학교에서 배운 지식과 공사판 사람에게 베푸는 마음 씀씀이 그리고 남자다운 의리로 광수를 비롯한 공사판에서 힘깨나 쓰는 조선인을 동생으로 삼고 공사판의 조선인들에게 존경받았다. 김원도는 모친 사망 소식에 10년 만에 고향을 찾아 큰돈을 상속받아 돌아와서는 구영벽에서 멀지 않은 남대천에 농지를 구입하여 저택을 지어 이사하고, 소작인의 집 여러 채를 지어 온성대교 현장의 조선인 노동자들을 정착시켜, 조선인끼리 상부상조하며 풍요한 삶을 이루는 이상촌을 건립하려 하였다. 이러한 김원도의 꿈으로 인해 이 소설의 본격적인 갈등이 시작된다.

이 시기 만주국은 일제가 공적 권력을 장악하고 있었으나 실제 만주국의 권력은 좀 더 복잡하게 얽혀 있었다. 이를 반영하여 『간도전설』에서 남대천은 양수진에 진을 친 일본군과 경찰, 산속에 자리한 항일연군, 자위단과 결탁한 무장 한인 지주 등이 권력의 세 축을 이루고 있다. 이러한 권력의 구조가 엄정하게 존재하는 남대천에 조선인이 토지를 구입하여 지주로 등장하는 일은 일제로서는 조선인이 조직을 구성한다는 점에서, 항일연군에서는 새로운 지주가 등장하는 점에서, 한인 지주로서는 경쟁 상대가 생기는 점에서 기존의 질서에 균열을 일으키는 사건이었다.

구영벽에 살던 김원도가 남대천으로 이주하자 원지주 한인 짱싼의 방해가 시작되어 새로 짓는 집 담장에 흠집을 내고, 무력시위와 폭력을 일삼았고, 김원도가 마을 사람과 함께 개간한 밭을 강제로 빼앗으려 자위대와 일본 경찰을 동원해 압박하였다. 또 온성대교 건설 현장 총감독 미쯔우라 소좌와 소대장 가네다니 소위 그리고 그 수하의 최 십장 등 일제 권력은 반일 의식이 강한 김원도 패거리에 경계와 감시의 눈을 떼지 않았다. 그리고 산속에 숨어 있으나 언제든 이념에 맞지 않는 지주를 징치할 항일연군도 새로운 지주로 등장하는 김원도에게 잠재적인 불안 요인이었다. 이러한 긴장 속에 김원도에게 현실적인 적대 세력인 한인 지주 짱싼과의 갈등은 어느 쪽도 상대방을 제압하지 못하는 상태로 지속되었다.

짱싼과의 갈등과 일본군과의 긴장이 계속되는 가운데 가네다니 소위와 최 십장이 장에 다녀오는 남대천 처녀를 겁간하여 처녀들이 두만강에 투신자살하는 사건이 발생하였다. 이에 분개한 조선인의 뜻에 따라 김원도는 조선인 노동자들과 힘을 합쳐 교각 사고로 위장하여 가네다니 소위와 최 십장을 살해해 시멘트 구덩이에 파묻어 버렸다. 미쯔우라 소좌는 이 사건을 빌미로 구영벽의 조선인 마을을 공격해 김원도를 포함한 조선인 노동자를 몰살시켰다. 이 토벌로 김원도가 꿈꾸던 조선인 이상촌 건립은 실패하고 말았지만, 김원도의 마름 병권 영감이 생사가 오가는 상황에서 김원도의 두 아들을 남대천으로 피신시켜 가업은 유지되었다.

『간도전설』에서 김원도가 남대천 마을의 공적 권력인 미쯔우라 소좌, 실제적 권력인 지주 짱싼, 잠재적 권력인 민주연군 등 세 권력 사이에 조선인 이상촌을 건설하려다 실패하는 과정은 어떠한 권력의 보호도 받지 못하고 떠돌던 일제강점기 조선인의 불안정한 삶과 고향을 만들기 위한 분투를 극적으로 형상화하였다. 이 과정에서 김원도의 지기인 온성대교 건설 현장 기술원 조기운은 두만강을 건너오는 조선족을 바라보며 조선인 이주민에 관한 자기 생각을 드러내었다.

> "어델 가도 뿌리 내리고 악착하게 사는 조선사람 아니면 보기엔 생명력이 강해 두 따지구 보면 산만한 유목민의 근성이 많아. 자네두 매일과 같이 보따리 들고 두만강 건너오는 조선사람을 보지. 무슨 생각이 들던가. 일본사람들이 못살게 굴고 흉년이 들어서 건너온다고만 생각 말게. 우리 민족은 앞길이 희미한 민족이야."

조기운은 조선인의 저열한 민족성과 불안한 미래를 이야기하는 가운데 가난한 망국민인 조선인이 발붙일 곳은 세상 어디에도 없음을 지적하였다. 이는 당시 조선인이 이산되어 유목민처럼 떠도는 것은 그들을 보호해주는 권력이 없었기 때문이라는 정확한 현실 인식을 보여주었다.

조선인이 빈손으로는 가난을 벗어나 만주에 터를 박을 수 없고, 토지를 구입하여 만주에 정착하려 해도 이미 만주를 장악하고 있는 공적 권력과 실제적 권력의 방해로 제대로 뿌리내릴 수 없었다. 조선인 이주민들은 생존을 위하여 온갖 노력을 기울이지만 일제와 한인들이 권력과 토지를 장악한 공간에서 그들의 시도는 실패로 끝날 수밖에 없었다. 그러기에 작가는 『간도전설』 말미에 김원도가 돈을 투자해 조선인 이상촌을 건설하려다 실패한 사건이 간도 지방의 조선인 사이에 하나의 전설 또는 꿈으로 남았다고 정리하였다. 이는 조선족 이주의 역사는 민중들의 고난과 투쟁 그리고 갈등과 실패의 역사이며, 조선족의 현재는 그러한 역사를 끝없이 반복하며 극복하여 얻어낸 고귀한 성취라는 작가 최국철의 역사의식을 대변해준다.

최홍일의 『눈물 젖은 두만강』과 최국철의 『간도전설』은 이 시기에 조선인 이주사를 신역사주의적 관점에서 정리한 대표적인 장편소설이다. 두 작품은 한반도에서 이산되어 만주로 건너온 조선인이 만주에서 가난과 억압 속에서 새로운 고향을 만들기 위해 분투하는 모습을 보여주었다. 그러나 이주의 역사를 다루는 제제의 선택과 서사 전개 방식은 상당한 차이를 보였다. 『눈물 젖은 두만강』이 용드레촌에 이주한 칠성 영감이 온갖 고난을 딛고 일어나 새로운 고향 만들기에 성공하는 서사를 만들었음에 비해, 『간도전설』은 김원도가 두만강변 양수진 인근의 토지를 구입해 조선족 이상촌을 만들려다 일제와 한인 지주의 방해로 고향 만들기에 실패하는 서사를 보여주었다. 이 두 작품은 성공과 실패라는 차이를 보여줌으로써 타국 땅에 이주민의 고향 만들기 과정에 따르는 갈등과 고난을 다면적으로 보여주었다. 이러한 다양한 방식으로 조선인 이주사를 소설화함으로써 고향 만들기의 과정에 존재했던 조선인의 눈물겨운 투쟁의 면모와 그리고 조선인의 내면에 자리했던 고민과 상처 등을 올바로 이해할 수 있게 해주었다.

권운(권중철)은 중편소설 「황소」(『연변문학』 1999.2)에서 주인공의 아버지가 살길을 찾아 두만강을 건널 때 끌고 온 함경도 황소와 관련한 에피소드를 연결하여 조선족의 이주 과정과 조선족 문화의 뿌리 그리고 개혁개방 이후 조선족 사회의 붕괴 등을 소설화하였다. 이 작품에서 황소는 조선인의 이주와 조선족의 삶을 상징하는 존재이다. 아버지는 고향을 떠나 두만강을 건너 끌고 온 황소가 처음 발걸음을 멈춘 고장인 혜장마을에 터를 잡고 땅굴 속에서 겨울을 난 뒤, 황소를 끌고 나가 부부가 함께 부대를 일구고, 자갈땅을 두지고, 밭을 갈아엎고 씨를 뿌려 수확하여 새로운 고향을 만들었다.

아버지는 평생 황소와 함께 황소처럼 일해 자식의 앞날을 위하여 혼신을 바쳤다. 황소처럼 일하는 아버지를 닮은 주인공도 아버지와 함께 두만강을 건넌 황소의 자손들과 더불어 아버지의 뒤를 이어 혜장마을을 제2의 고향으로 만들었다. 이러한 아버지와 주인공 세대는 만주 땅에 이주하여 황무지를 개간하여 농사지으며 정착하여 자식을 키우고 교육시키며 새로운 고향을 만든 세대이다. 주인공과 아버지 그리고 그들과 함께한 황소는 조선인 이주민과 성실한 조선족 농민의 표상이요, 조선족 공동체에 이어져 내려온 조선족의 전통문화를 상징하였다. 그러나 개혁개방으로 세상이 바뀌자 농촌 청년들은 돈을 벌기 위해 고향을 떠나 도시로 해외로 이주하였다. 농사일을 세상의 가장 중한 일로 여기는 주인공은 농사일에 필수적인 황소를 애지중지하였으나, 막내아들이 해외 노무 송출을 위해 목돈이 필요해지자 어쩔 수 없이 황소를 팔기로 결심하였다.

이 작품은 살기 위해 만주로 건너온 주인공 아버지와 주인공 세대의 이산과 돈을 벌어 더 나은 삶을 꾸리고 싶은 욕망으로 도시로 해외로 이주하는 조선족 역사상의 두 이주를 다루었다. 그리고 이들 이주 1~2세대인 아버지와 주인공 그리고 3세대인 주인공의 자식 세대의 조선족이 지닌 이주와 농촌 공동체에 대한 인식의 차이는 황소로 표상되어 있다. 참신한 작품의 주제와 재치 있고 상징적인 구성 그리고 박진감 있는 문장 등으로 과거와 현재의 조선족 이주를 대비한 이 작품은 조선족 이산과 이주에 관한 인식과 농경문화에서 도시문화로 변화해가는 이 시기 조선족 사회를 바라보는 불안한 시선이 잘 교직되어 조선족 이주사를 제재로 한 소설의 새로운 길을 보여주었다.

최국철은 중편소설 「당신과 당신의 후예들」(연변문학, 1999.3)에서 남대천 출신으로 사업에 대성공하고 자기 재산을 풀어 남대천과 남대천 사람들을 위해 많은 사업을 벌이는 창일의 집안사를 통해 조선족 이주사에 관한 새로운 시각을 보여주었다. 이 작품은 공간적 배경을 남대천으로 한 것이나 주인공 창일이 광수의 외손자라는 인물의 관계로 보아『간도전설』의 후일담으로 이해된다. 작가 최국철은 고향 남대천을 제재로 한 장편소설『간도전설』과 중편소설 「당신과 당신의 후예들」 등을 발표한 후, 장편소설『광복의 후예들』(연변인민출판사, 2010)과 『공화국의 후예들』(연변인민출판사, 2016)을 출간하였다. 이 중 『광복의 후예들』에는 김원도의 후손에 대한 서사 속에 광수의 후일담이 등장하고, 그 후손들의 삶을 다룬 『공화국의 후예들』에는 중편소설 「당신과 당신의 후예들」이 '나그네 흐를 길은 한이 있어라'로 제명을 바꾸어 5장으로 자리하고 있다. 이렇듯 최국철은 남대천 사람들의 삶을 중심으로 해석한 조선족 이주사를 오랜 기간 집필했다.

조선족 이주의 역사를 소설화한 「당신과 당신의 후예들」의 중심 서사는 첫째 창일의 조부 김방원이 살길을 찾아 두만강을 건너온 후 금광으로 공사판으로 방랑한 끝에 1942년경 남대천에 터를 잡는 과정, 둘째 개혁개방 이후 창일이 위장이혼으로 이주한 아내와 부부 관계가 깨어진 현실, 셋째 부부 관계가 끝나고 살길이 막막해져 해외 장삿길에 선 창일이 인연을 만나는 사건 등 셋으로 정리해볼 수 있다. 조선인이 만주에 정주하려 애쓸 때 금점으로 공사판으로 만주와 러시아를 방랑한 1세대 방원 영감과 달리 2세대인 창일 부친은 방원 영감이 나이 들어 정착한 남대천에 터를 잡고 집안 안정과 자식 교육에 힘써 고향 만들기에 성공하였다. 그 덕에 창일은 국영기관 부경리까지 올랐으나 한국 이주 열풍에 위장이혼-결혼으로 한국에 이주한 아내가 변심해 자식 하나 가진 홀아비가 되고 말았다. 그 일로 돈을 벌어야 한다는 생각에 하해한 창일은 러시아 이르쿠츠크로 옛 동료를 찾아가는 열차에서 남편이 러시아에 사업차 나갔다가 한족 여자와 결혼해 이혼녀가 된 청일이 엄마를 만나 부부 인연을 맺게 되었다.

방원 영감과 창일이 해외로 떠돌게 되는 것은 정주하던 곳에서 더 이상 살수 없게 없게 된 탓이었다. 일제강점기 조선 땅에서 살길이 없어진 방원 영감이 솔가하여 만주로 건너왔듯이 창일이가 남대천을 떠나 러시아로 건너가는 것도 아내와의 이혼이라는 충격과 아내의 한국 이주 때문에 생긴 빚 탓이었다. 이렇듯 조선족의 이주사란 생존을 위한 몸부림이었고, 창일의 부친이 보여준 정주를 위한 노력은 개혁개방이나 한국 이주 열풍 같은 외적 충격에 쉽사리 무너질 수밖에 없는 것이었다.

사지에 몰리면 선택이 없고, 가는 데까지 막 나가는 게 사람이다. 방원 영감이 조선에서 가는 데까지 가 본다고 눈보라 치는 북방 대륙으로, 만주로 겁 없이 두만강을 넘어왔다면 그 후예인 창일이도 지금 겁 없이 몽고 초원을 지나가는 데까지 가 본다고 국제열차를 타고 상상도 못 했던 이국 타향으로 떠나고 있다.

인간이 사지에 몰리면 이주를 선택할 수밖에 없다는 이러한 작가의 인식은 이 작품이 갖는 독특함이다. 그간의 조선족 이주사를 다룬 소설들이 이주와 정착 과정의 고난과 역경을 주로 다루었고, 권운은 초기 조선족 이주민들의 고향 만들기 과정과 개혁개방 이후 도시와 해외 이주로 인한 조선족 공동체의 와해를 대비하여 조선족의 미래에 대한 우려를 드러내었다. 그러나 최국철은 「당신과 당신의 후예들」에서 흉년으로 굶어 죽을 위기에 조선의 고향을 떠나 만주로 이주하여 방랑한 방원 영감이나, 아내와 이혼하고 직장에서 사직하여 궁지에 몰려 러시아로 이주를 감행한 창일이나, 남편에게서 버림받아 자식과의 삶을 유지해야 한다는 절박감에 러시아로 장삿길을 떠난 청이 엄마나 사지를 벗어나기 위해 가는 데까지 갈 수밖에 없었다는 인식을 보여주었다. 이는 인간의 이주에 대한 성찰이며 조선족 공동체가 와해되는 현실에 대한 객관적 인식이다.

이 작품에서 이러한 이주를 할 수밖에 없는 현실은 방원 영감이 손자들에게 이야기해주는 '조선 땅에 큰 흉년이 들어 살길을 찾아 꼬리에 꼬리를 물고 두만강을 건넌 왕쥐'에 관한 설화로 상징화되었다. 창일은 러시아로 돈 벌러 가는 조선족이나 한국으로의 이주 열풍을 생각할 때마다 주문처럼 '백 년 전 조선 땅, 큰 흉년, 두만강, 왕쥐'를 되뇌었다. 러시아행 열차에서 만난 청일 엄마와 침대칸에서 정사를 나누고 서로가 마음에 들어 작은 꾸러미로 쌓여 있는 청일 엄마의 짐을 창일의 트렁크에 정리해 넣고는 둘은 한마음이 되어 목적지 역에서 내릴 준비를 하였다. 그때 창일은 문득 할아버지가 들려주었던 끝없이 이주하는 왕쥐 이야기가 이민 1세대의 이야기가 아니라 이민 3세대의 이야기라 생각하였다. 그리고 이민 5세대는 조선말로 하는 왕쥐 이야기를 이해하지 못할 것이라는 생각, 즉 할아버지 세대나 자신들의 세대와 같은 이주와 방랑이 사라질 것이라는 생각을 하며 가는 데까지 가보자고 다짐하였다.

할아버지 세대의 이주, 아버지 세대의 정주, 그리고 자기 세대의 이주를 떠올리며, 조선족의 역사를 이주와 정주가 반복된 역사로 인식한 창일은 청일 엄마와 함께 최대한 노력하여 자기 아들을 거쳐 손자 세대에서는 집안에 전해 오는 왕쥐 이야기가 더 이상 전해지지 않도록 하여야겠다고 결심하였다. 이런 점에서 이 작품 말미에 창일이 '그래 가는 데까지 가 보자. 기차가 가는 데까지 가 보자'라 다짐하는 것은 가난 때문에 정주하지 못하는 조선족의 현실을 자기 세대 단절하자는 이 시기를 사는 조선족의 다짐이었다.

앞선 시기에 많은 조선족 작가가 발표하였던 항일투쟁사를 재구성한 소설은 이 시기에도 계속 창작되었다. 그중 만주 지역에서의 조선족 항일투쟁사를 다룬 장편소설 중에서 김길련의 『먼동이 튼다』(민족출판사, 1993)가 문제적이다. 이 작품은 주인공 류동하와 그의 주위에서 활동하는 몇몇 주요 인물이 망국의 설움 속에서 경험하는 기구한 삶과 운명을 중심으로 조선인의 항일투쟁사를 소설화하였다. 이 작품은 망국민으로서 항일투쟁에 휩쓸려 들어간 당시 열혈 청년의 삶을 다루면서 김학철의 『해란강아 말하라』 이후 『고난의 년대』까지 이전 시기 조선족 소설이 중국공산당의 영도로 이루어진 항일투쟁사를 다룬 것과 달리, 20세기 초부터 1920년대 말에 이르기까지 독립을 위해 민족주의자들이 벌인 항일무장투쟁 시기를 시간적 배경으로 한 점이 독특하다.

중화인민공화국의 이념과 정책에 따라 중국 현대사에서 항일투쟁의 역사는 공산당 지도하에 이루어진 투쟁 중심으로 기술되어 조선족 소설이 민족주의자가 주도한 항일투쟁을 다루기 어려웠다. 한일합방 이후 만주 지역에서의 조선인 항일투쟁은 홍범도, 김좌진, 최진동 등 민족주의자가 주도했으나 1921년 자유시사변 이후 민족주의자의 항일투쟁이 소강상태에 빠졌고, 이후 새로 유입된 공산주의를 받아들인 조선인의 항일투쟁이 이어지다가 중국공산당이 동만으로 진출한 1920년대 말부터 중국공산당이 주도한 항일무장투쟁이 중심이 되었다. 이러한 역사적 사실에도 불구하고 조선족 소설이 민족주의자에 의

한 항일투쟁의 역사를 제외해온 결과 조선족 대다수에게 초기 항일투쟁은 망각된 역사로 남아 있었다.

이러한 시기에 김길련은 조선족 이주 초기의 역사와 이 시기 항일투쟁을 다룬『먼동이 튼다』를 집필하기 위해 역사학자와 대담하고, 많은 노인과 면담하였고, 항일운동 관련 자료를 검토하였다. 따라서 이 작품은 을사조약, 고종황제 퇴위, 한일합방, 합방 직후 일인에 대한 테러, 안중근의 애국운동과 단지동맹, 용정 3·13 반일시위, 일제의 처절한 탄압, 홍범도와 김좌진 등의 항일무장대 건립, 봉오동전투와 청산리전역, 훈춘사건, 경신대토벌 등 20세기 초 한반도와 만주 지역에서 발생한 역사적 사건을 소재로 다루고, 20세기 초 한반도와 만주 지역의 역사적 사실과 실제 인물의 활동을 상세히 묘사하였다.

김길련의『먼동이 튼다』는 한민족이 망국민이 되어 항일투쟁을 시작하던 첫 시기를 역사적 배경으로 하여, 이전 시기 조선족 소설이 소홀히 다룬 조선인 민족주의자들이 벌인 항일투쟁의 역사를 다루었다는 점에서 소설사적 의의를 지닌다. 더욱이 이 작품은 역사적 사건의 실상과 실존했던 인물의 활동을 직접 서술하고, 역사적 전기가 되었던 포고문, 전보문 그리고 역사적 사실을 알려주는 신문 기사 등을 직접 인용함으로써 항일투쟁 역사에 신빙성을 더한 점이 이전 시기 조선족 소설과 변별되었다. 그리고 작품 속에 조선족의 민족종교와 민속 등을 자세히 소개하고 설화와 민요 등을 직접 인용하여 조선족 문화의 특수성을 강조하였다.

『먼동이 튼다』가 시도한 역사적 사실과 허구적 사건을 교직하고, 공식 문서나 기사를 인용하여 소설적 신빙성을 획득하고, 다양한 한민족의 민요와 민속을 삽입하여 조선족 문화의 특수성을 강조하는 서술 방식은 이 시기에 발표된 김운룡의 대하소설『광야의 아리랑』(미리내출판사, 2002)을 비롯해 이후 항일투쟁을 제재로 한 조선족 소설의 중요한 창작 방법으로 자리 잡았다.

제6장

삶의 본원성에 대한 탐구

한중수교로 조선족 작가들이 한국문학 작품을 접하고 한국을 통해 서구 현대문학 이론을 받아들임으로써 조선족 소설은 이전과 다른 주제와 서술 방식을 추구하였다. 이전 시기까지 조선족 소설은 중국의 문예정책에 따라 사회주의적 사실주의의 영향 아래 놓여 있었고, 마오쩌둥의 문예 이론을 기초로 하여 문학은 인민을 위하여 복무해야 한다는 기본 이념에 따라 존재하는 현실보다는 있어야 할 이상이, 육체나 감성보다는 정신이나 이성이, 일상이나 운명보다는 혁명이나 투쟁이 강조되었다. 그러나 개혁개방과 사상 해방에 따른 중국 현실의 변화와 한국문학과의 만남을 통해 한국문학과 세계문학을 받아들여 조선족 소설은 서서히 변화하였다.

이 시기 조선족 소설에 나타난 가장 큰 변화는 일상과 운명에 대한 재인식이다. 중화인민공화국 수립 이후 개혁개방에 이르기까지 조선족 소설은 있어야 할 것을 강조한 결과 사회 변화를 추구하는 인민의 모습은 강조되었으나, 모순된 현실을 살아가는 인민의 일상적 삶은 소설의 제재가 되지 못하였다. 더욱이 인간의 정신과 투쟁으로 모순된 현실을 변혁시켜야 한다는 혁명 이념이 지배하여 소설에서 인간에게 주어진 운명을 언급하는 것이 금기시되었다. 그러나 이 시기에 들어와 조선족 소설은 일상의 의미를 추구하였고, 강렬하고 비극적인 체험이 개인에게 미친 신경증이나 역사적인 비극이 한 집단에 미친 정신적 외상에 관심을 가졌고, 한 개인의 삶을 지배하는 운명과 같은 새로운 주제를 천착하였다. 조선족 소설에 나타난 이러한 변화는 개혁개방 이후 주류 문단의 영향으로 기미를 보였고, 한국문학과의 만남으로 조선족 소설의 중요한 한 경향으로 자리 잡았다.

김영자의「섭리」(『천지』 1995.9)는 뇌전증에 걸린 둘째 딸 치료에 특효약이라는 고양이 태를 얻기 위해 밤새 애를 쓴 박씨가 얻게 된 인간의 생명과 운명에 관한 새로운 인식을 보여주었다. 10년 전 건강하던 둘째 딸이 외가에 다녀오던 길에 교통사고를 당해 뇌전증에 시달리자 박씨는 병에 좋다는 것을 다 구해 먹이고 병원에도 수없이 다녔으나 차도가 없었다. 고양이의 태가 이 병에 특효가 있다는 말을 들은 박씨는 새끼 낳는 고양이를 구해 묶어놓고 밤새 기다려 태를 받았다. 이날 밤 석마간 집 할아버지는 노환으로 운명하고, 밤새 올가미에 묶인 채 새끼를 낳느라 고생한 어미 고양이도 죽고 말았다. 박씨는 이날 밤 삶과 죽음 그리고 운명에 관해 많은 생각을 하였다. 묶인 채로 몸부림치며 새끼를 낳던 고양이의 다리가 부러졌을 때 옆집에서 곡소리가 나자 박씨는 석마간 집 할아버지가 운명했음을 직감하고 하느님은 왜 이리도 불공평하게 명을 나누어주었을까 생각하였다. 이는 석마간 댁 할아버지는 한 세기 가까운 삶을 살았는데, 이제 명을 짓는 딸애에게는 죽음의 신이 다가오고 있다는 안타까움이었다.

바로 이 점이 인간의 삶을 변화시키기 위한 분투를 그리던 이전 시기 조선족 소설과의 차이점이다. 박씨는 어느 날 사고로 뇌전증에 걸려 발작하고 점차 죽음에 가까워지고 있는 딸을 위해 인간으로서 감내하기 어려운 노력을 하였고, 긴 노력 끝에 특효약이라는 고양이 태를 구했지만 딸의 미래는 불확실하였다. 이 작품에는 이렇듯 인간은 자기에게 주어진 비극을 극복하기 위해 온갖 노력을 다하였으나 결코 그 비극적 운명에서 벗어날 수 없다는 인식이 드러난다. 김영자의「섭리」는 인간의 운명에 대한 탐색이라는 소설의 주제를 개척하여 조선족 소설사에서 새로운 지평을 제시하였다.

허련순도「고요한 풍경」(『도라지』 1996. 4기)에서 운명적인 비극에서 벗어나지 못하는 인간의 모습을 다루었다. 지적 장애가 있는 정호의 형은 어려서부터 가족 모두가 신경을 곤두세우고 돌보아야 하는 집안의 우환거리였다. 자식들이 성가하여 고향을 떠나고, 마을 사람들도 도시로 떠나서 마을이 공동화되는 데도 형을 돌보느라 고향 집을 지키는 어머니를 도시에 사는 자식 집에서 편히 모시기 위해 형제들이 모였다. 이 자리에서 형제들이 형 때문에 어머니가 고생한다는 이야기를 나누었고, 그 대화를 들은 형이 집을 나가버렸다. 정호는 고향 집에서 몇 년 동안 형을 기다리던 어머니를 자기 아파트로 모셨으나, 어머니는 형이 언제 갑자기 돌아올지 모른다고 고향 집 문을 다 열어두었고, 정호네 아파트로 이사한 후에도 형을 기다리며 잠을 못 이루었다. 어머니의 성화에 몇 년만에 고향 집에 찾아간 정호는 형과 같이 사라졌던 검둥이가 혼자 집으로 돌아와 죽는 것을 보고 형이 근처에 있을지 모른다는 생각에 찾아보았으나 형은 어디에도 없었다.

이 작품 역시 선천적인 장애를 지닌 자식을 운명처럼 껴안고 살 수밖에 없는 어머니의 슬픔을 다루었다. 지적 장애를 가지고 태어나 성인이 되어서도 동네 아이들과 어울려 놀 정도의 수준인 형은 동생 결혼에 방해가 된다는 어머니 말에 농사일도 하고, 동생 결혼식이라 즐거워도 했지만, 형제들의 성화에 집을 나가 생사를 모르게 되었다. 형의 가출은 어머니에게는 죽을 때까지 지우지 못할 한으로 남았고, 어머니 명으로 고향 집에 갔다가 검둥이의 죽음을 목격한 정호에게도 한이 될 수밖에 없다. 이 작품은 한 인간에게 주어진 비극적 운명이 주변 사람의 노력으로 사라지지 않고, 모든 이에게 한으로 남을 수밖에 없다는, 즉 운명은 거스를 수 없는 검질긴 존재라는 운명관을 보여주었다.

「고요한 풍경」이 어머니와 형을 통해 보여준 것은 인간의 노력으로 해결할 수 없는 불행이나 운명이 존재한다는 인식이다. 이는 인간의 노력으로 세상의 모순을 극복하고 세상을 나은 세상으로 변화시켜 유토피아로 나아갈 수 있다는 이전 시기의 이념에 배치되는 현실 인식으로, 세계에는 불변하는 상황이 존재한다는 깨달음이자 인간에 관한 새로운 인식이다. 이 시기 일부 조선족 작가는 한국문학과의 만남으로 변화된 문학관에 따라 이러한 인간의 본원적

속성에 관한 탐구, 즉 운명에 관한 서사에 깊은 관심을 가졌다.

리혜선은 장편소설『빨간 그림자』(연변인민출판사, 1998)에서 한 인간의 내면에 각인된 상처가 삶을 황폐하게 하고, 한 가정이 들씌워진 운명에서 벗어나지 못하는 비극을 소설화하였다. 한국전쟁에서 한중수교에 이르는 긴 시간을 시간적 배경으로 하는 이 작품에서 모든 비극은 정우가 어머니 허씨의 지시에 따라 씨받이 봉순에게서 아들 민수를 얻은 데에서 시작하였다. 정우는 아들을 얻고도 봉순과의 연을 끊지 못하였고, 봉순은 정우가 아내 희주에게 돌아갈 것이 두려워 아무도 몰래 민수를 자기 집으로 데려갔다. 봉순을 시샘하고 아들을 유괴한 일에 분노한 희주가 아이를 빼앗아가자 봉순은 철교 기둥을 붙들고 자살해버렸다. 어린 민수는 철교를 붙들고 죽어 있는 사람이 생모라는 것은 기억하지 못했지만 빨간 스웨터를 입은 주검이 커다란 빨간 나비로 각인되어 평생 꿈이나 현실에서 강박으로 자리 잡았고, 또 젊은 나이에 억울하게 죽은 봉순의 한은 민수네 가정에 악운으로 드리워져 가족을 파멸로 이끌었다.

희주는 빨간 나비 꿈을 꾸고 불안에 떠는 민수의 증세를 고치려 점집을 찾았다가 봉순의 한이 서려 살이 끼었다는 말을 들었다. 희주는 민수의 불길한 운명 탓에 여동생까지 불행해질 것이니 방토해야 한다는 말에 충실히 방토 절차를 따랐으나 운명을 거스를 수는 없었다. 희주는 정우의 눈치에 민수를 제 핏줄인 민자보다 우대했으나 정우의 의심을 지우지 못했고, 아들만 편애한다는 민자의 불만에 가정의 화목이 깨어졌다. 희주를 친엄마로 알고 자란 민수는 무의식에 잠재한 생모에 대한 기억으로 인해 모성 콤플렉스가 생겨 자신에게 사랑을 베푸는 연상의 여성 란희에게 사랑을 느꼈고, 고중 졸업 후 집체호에서 만난 유부녀 화순과도 사랑을 나누어 군관의 아내를 겁탈하였다는 죄로 투옥되었다.

민자는 민수가 군에서 저지른 죄에 연좌되어 대학 진학이 취소되자 좌절감에 빠져 농촌 남자의 딸 애령을 낳았다. 농촌 호구가 된 민자는 개혁개방 이후 애령을 부모에게 맡기고 식당을 전전하다가 한국인 홀애비와 결혼하여 딸도 버리고 한국으로 이주했다. 민수는 출옥 후, 집체호 동료였던 일록과 결혼하고, 대학 입시가 부활하자 대학에 입학하여 우여곡절 끝에 졸업해 은행에 근무하며 딸을 낳고 안정을 찾았다. 그러나 란희와 집체호 시절의 애인 철미 그리고 화순 등과의 관계로 아내와의 갈등이 깊어져 아내가 러시아 밀무역에 나서면서 부부 관계는 완전히 깨어졌다. 민수는 해외로 나간 민자와 아내를 가정으로 돌아오게 하는데 필요한 돈을 벌기 위해 사업을 벌였으나 실패해 서른 나이에 간경화로 죽고, 그 충격으로 정우가, 몇 달 후에 희주도 죽고 말았다. 봉순이 민수 가족에게 내린 빨간 나비로 상징되는 비극적 운명의 그림자는 희주의 온갖 노력에도 불구하고 한 집안을 파멸로 이끈 것이다.

『빨간 그림자』는 인간이 거스를 수 없는 운명의 힘을 다룬 작품이다. 이 작품의 서두에서 정우가 처음 씨받이 봉순을 만나러 가면서 자신을 물끄러미 바라보는 소를 보고 '소로 된 것도 운명이겠지'라 생각하였다. 이 작품에서 '운명'이라는 단어가 처음 등장한 이 장면은 이 작품의 주제와 방향을 알게 해준다. 이는 소가 소로 태어난 것이 운명이듯 인간도 자신의 성격이나 운명을 가지고 태어나고 그것은 인간의 힘으로 결코 바꿀 수 없다는 것을 암시한다. 그리고 이 작품 도처에 작중인물의 대화나 생각으로 표현되고 있는 이러한 운명관은 작품의 말미에서 마을 사람들이 민수네를 지칭하며 이야기하는 "집안사람 중에 철교 아래에서 얼어 죽은 녀자가 있었는데 그 살이 얼마나 드셌는지 한 번에 애비, 아들이 죽구, 또 다섯 달 만에 엄마까지 죽었다재임두!"라는 말로 운명의 검질김을 강조해 보여주었다.

이렇듯 『빨간 그림자』는 주인공 민수가 아들을 빼앗긴 슬픔에 빨간 스웨터를 입은 채 자결한 생모의 주검이 내면에 각인되어 평생 빨간 나비의 환각에 시달리고, 봉순의 한이 서린 민수 가족은 빨간 나비로 상징되는 비극적 운명을 벗어나지 못하고 파멸하는 과정을 보여주었다. 이와 같이 인간의 힘으로 벗어날 수 없는 정신적 외상과 운명에 관한 서사는 이후 리혜선 소설의 한 주류를 이루었으며, 많은 조선족 작가도 인간에게 주어진 운명의 절대적인 힘을 다양하게 형상화하였다.

최홍일은 1997년 12월 창작한 것으로 명기한 중편소설 「흑색의 태양」(『흑색의 태양』, 흑룡강조선민족출판사, 2000)에서 윗사람 비위를 맞추는 일에 미숙해서 승진 기회를 놓친 신문기자 석과 그와 관계된 여성을 교차 서술하여 정신적 외상에 관한 새로운 서사의 가능성을 보여주었다. 이 소설에는 석이와 관계를 맺은 세 명의 여성 인물이 등장한다. 처녀 시절 미녀로 소문이 났던 정희는 석과 결혼하여 아이를 낳고는 기혼 여성이 흔히 갖는, 남편을 잘못 만나 자기 삶이 실패했다는 콤플렉스에 시달리다 한국으로 건너가 한국인과 결혼하고는 자식의 미래를 위해서라는 이유로 아들 철민을 데려갔다. 정혜는 어린 시절 성폭행당한 정신적 충격으로 상대에게 비정상적인 성행위를 요구하는 타락한 삶을 살았다. 그리고 석이 고중 졸업 후 집체호 시절 생산대에서 정해준 숙소의 여주인 리금옥은 자식 욕심에 생식 능력이 없는 남편 몰래 석을 유혹해 아들을 얻어 남편의 대를 잇게 했으나, 남편이 죽고 자신도 죽음에 이르자 아들 민수에게 석의 존재를 알려 찾아가게 하였다. 이 작품의 결말은 석이 아들 철민을 한국으로 보내고, 새로 나타난 아들 민수와 함께 민수 이모를 만나 정황을 확인하고, 리금옥의 산소를 찾아 예를 차리는 것으로 되어 있다.

이 작품에 등장하는 세 여성은 모두 자기 나름의 강박에 시달리는 인물이다. 리금옥은 자식을 갖지 못하고 시댁의 대를 끊게 되었다는 죄책감이 억압으로 작용하였고, 정희는 남편의 무능 탓에 불행한 삶을 살게 되었다는 강박에 시달렸으며, 정혜는 성폭행으로 인한 정신적 외상이 성도착증으로 발현하였다. 이들의 불행한 삶은 자기의 의지와 결정에 의한 것이 아니라 무의식적으로 자신을 어느 방향으로 밀어붙이는 억압과 강박의 결과이다. 석은 자신의 둘러싼 여성 인물들의 억압과 강박으로 인해 자식을 떠나보내고, 또 다른 자식을 맞아들이는 기구한 운명에 마주하였다. 이런 점에서 「흑색의 태양」은 인생이 이념이나 이성에 의해 계획된 결과가 아니고, 자신도 의식하지 못하는 힘에 이끌려가는 것이라는 운명론적 세계 인식을 보여준다. 이렇듯 이 작품이 운명론적 시각을 도입하여 인간과 인생을 새롭게 이해한 점이 이전의 조선족 소설과 변별되는 지점이다.

허련순은 「우주의 자궁」(『도라지』 1997. 6기)에서 선천적 불임인 여성이 타인이 낳은 아이를 훌륭하게 키우는 감동적인 내용을 통해 주어진 운명을 극복할 수 있는 대안은 사랑이라는 점을 보여주었다. 「우주의 자궁」의 주인공 박씨는 아이를 낳을 수 없다는 사실을 알고는 대를 이을 자식을 원하는 남편을 위해 소경 소녀를 씨받이로 들여 다섯 아이를 낳게 하였다. 박씨는 양육이 어려운 소경 소녀를 대신해 아이들을 친자식처럼 키우고, 남편이 죽고 아이들의 생모가 죽자 자식을 이 세상에 태어나게 해준 부부라는 생각에 합장했다. 다섯 아이를 잘 키워 결혼시켜 도시로 내보내고 혼자 남은 박씨는 아이들이 친모도 아닌 자기의 제사에 신경을 쓰지 않게 하겠다는 일념으로 교회에서 살다시피 하였다. 이러한 박씨의 생각과 행동은 자신의 불임을 운명으로 받아들이고, 끝없는 자기희생으로 남편과 소경 소녀와 자식들에게 헌신적인 사랑을 실천한 것이다. 이러한 박씨가 보여준 사랑은 다섯의 생명이 이 세상에 태어나 성장하게 해준 진정한 어머니의 모습이자, 인간 세상 즉 우주가 존재하게 해준 자궁과 같은 것이다. 이렇듯 허련순은 「우주의 자궁」에서 인간이 주어진 운명을 극복하고 세상이 올바른 미래로 나아가게 하는 힘은 무조건적이고 헌신적인 사랑이라는 점을 분명히 하였다.

박초란은 그의 첫 장편소설 『반야』(『연변문학』 2003.9~2004.2)에서 정신적 외상에서 벗어나 본성으로 회귀하는 힘든 과정을 보여주었다. 교수인 아버지와 공직에 근무하는 어머니의 무남독녀인 유심은 아버지의 무관심한 듯한 사랑과 엄마의 간섭 속에 어린 시절을 보냈다. 유심은 13세 때 엄마로부터 남편과 결혼하기 직전에 사랑하던 남자와 며칠을 보내고 유심을 낳았는데 전 애인을 빼닮았다는 말을 들었다. 어머니의 이야기는 유심에게 정신적 외상이 되어 자신도 모르게 아버지와의 사이에 거리감이 형성되었고, 성장해서도 아버지와의 관계는 늘 불안정했다. 그리고 유심은 고중 시절 첫사랑 정철웅이 잠자리를 같이한 날 처녀가 아니라며 결별을 선언하고 떠난 뒤 어머니의 강요로 아이를 지우고, 그 충격에 정신적 외상을 입었다.

유심은 고중을 졸업하고 북경으로 이주해 조선족 언론사의 편집 담당으로 근무하며 사람을 만나고 유흥도 즐기며 남 보기에 평범한 일상을 보내고 있었다. 그러나 유심은 가끔씩 누군가 자기를 부르는 듯한 환청과, 키 작은 여자가 아이를 업고 가는 모습의 환각에 시달렸고, 결혼 상대로 생각하지 않는 남자들과 육체관계에 집착하고, 한국 유학생 여해스님의 아이를 낳아 혼자 키우겠다며 잠자리를 요구하는 등 비정상적인 성적 욕망을 분출하였다. 정신적 혼란과 심리적 억압에 시달리던 유심은 정철웅과의 화해와 아버지의 죽음 앞에서의 반성의 시간을 거치고, 아버지 장례 후 10만 배를 하며 자신을 성찰하는 과정에서 아버지와의 상처를 치유하고 정신적 외상을 극복할 수 있었다.

이 작품은 출생의 비밀과 실연과 낙태라는 정신적 외상으로 환각과 망상과 집착에 시달리던 유심이 화해와 반성의 과정과 고행을 통한 자기 성찰 끝에 자신의 본성을 되찾아가는 과정을 보여주었다. 인간은 자기 자신을 잘 안다고 생각하지만 어린 시절의 정신적 외상은 무의식을 지배하여 의지와 상관없이 신경증을 유발해 이상 행동을 하게 한다. 이러한 자기가 통제할 수 없는 신경증적인 이상 증세와 행동은 철저한 반성과 성찰을 거쳐 자기의 상처를 객관화해 바라볼 때 비로소 극복할 수 있다. 박초란의『반야』는 유심이라는 인물을 통해 욕망과 망상을 벗고 존재의 본질과 본성에 대해 깨달아 반야의 경지에 도달하는 길을 형상화하였다.

『반야』가 주제화한 것은 정신적 외상이나 운명처럼 인간이 스스로 벗어나기 힘든 힘으로부터 자유로워지는 길이 무엇인가에 관한 소설적 응답이다. 이 작품은 자신을 얽어매는 상황의 본질이 무엇인가를 스스로 고뇌하고, 그에 대한 깊은 반성과 성찰 통해 결단을 내리는 것만이 의식의 자유로 가는 길이라는 점을 보여주었다.『반야』가 보여준 인간의 운명에 대한 종교적이고 철학적인 해결책을 제시한 것은 역사와 현실의 변혁이라는 거대 담론이 개인의 몸과 마음이라는 미시 담론으로 변화한 이 시기 조선족 소설의 변화를 전형적으로 보여주었다.

권선자의 「당신에게 아름다운 풍경을」(『도라지』1998. 5기)은 폐암 말기로 죽음을 앞둔 현주가 보여주는 남편에 대한 사랑, 가족에 대한 책임감, 가정부에 대한 질투 등을 통해 인간의 생존 본능을 박진감 있게 그렸다. 죽음을 앞두고도 사랑하는 남편에게 아름다운 모습으로 기억되기를 바라는 현주는 폐암 말기의 가누기 어려운 몸으로도 남편이 잠이 깰 때는 화장한 얼굴로 만나고, 남편이 퇴근할 때도 몸단장하고 기다렸다. 이러한 현주의 모습은 남편에게 사랑스러운 모습으로 기억되기를 바라는 마음과 죽음에 대한 공포를 벗어나기 위한 몸부림 그리고 삶에 대한 갈망을 암시한다. 그리고 현주가 남편에게 다감한 가정부 춘지를 내보내는 것은 남편에게 다감한 여성에 대한 강짜이면서 동시에 죽음을 앞두고 육체가 피폐해진 여성으로서 젊음에 대한 동경과 건강에 대한 갈망의 무의식적 표출이다.

이 작품은 죽음을 앞둔 인간의 내면을 세밀하게 그려낸 점이 돋보인다. 죽음을 앞둔 인간 앞에서 대부분 연민의 정이나 위로의 마음을 갖는 것이 인지상정이다. 많은 소설은 죽음을 앞둔 사람을 대상화하여 그의 삶과 관련한 기억과 아쉬움, 그가 평생 분투한 일에 대한 감동, 죽어가는 사람을 마주한 인간의 심리 등을 다루는 것이 일반적이었다. 이 작품은 죽음을 앞둔 사람이 가진 자기가 죽은 후에 어떻게 기억될 것인가에 관한 고민, 자신의 건강과 외모에 대한 아쉬움 등을 담담하게 서술하여 조선족 소설에 새로움을 더하였다.

김영자의 「꽃은 진붉게 진다」(『연변문학』 1999.2)는 젊은 나이에 과부가 된 여인의 억제된 성적 욕구에서 유발된 변태심리를 다루었다. 서술자의 시어머니는 남편이 죽은 뒤 자식을 키워야 한다는 책임감과 윤리의식으로 아들과 두 딸을 키우는 데 전력을 다하였으나, 그녀의 억눌린 성적 욕구는 나이가 들면서 변태로 발산하였다. 그녀는 아들이 장가가자 아들에 대한 상실감과 며느리에 대한 가학 심리가 발동하여, 아들 부부의 방의 방문을 닫지 못하게 하고 아들 부부의 잠자리를 엿보기도 하여 아들 부부를 당혹스럽게 하였다. 더욱이 그녀가 중풍으로 쓰러져 치매가 되고 나서는 수시로 성기를 노출하고 손으로 문지르는 등으로 성적 욕구를 표출하였다.

이 작품은 인간의 원초적이고 기본적인 욕망인 성욕을 주제화하여 윤리와 도덕에 맞추어 성적 욕구를 동물적이고 추한 것으로 취급하여 억압하는 것이 과연 타당한 것인가에 의문을 던지고 있다. 사회는 개인에게 윤리와 사회적 질서 등의 명분으로 가정과 가족을 중시하고, 일부일처를 제도화하였고, 부부가 사별하여 홀로 남은 사람에게 성적 욕구를 절제하여 정조를 지킬 것을 요구하였다. 특히 이러한 성적 욕구의 억제는 여성에게 강조되어 평생 수절을 절대적 윤리로 강요하였다. 이 작품은 우리가 윤리적 기본이라 생각하고 비교적 당연하게 받아들였던 성적 욕구의 억제라는 사회적 관습에 심각한 의문을 던졌다. 소설이 익숙한 것을 다르게 생각하는 데서 시작하는 장르라는 점에서 이 작품이 보여준 인간의 원초적 욕망에 대한 문제 제기는 큰 의미를 지닌다.

인간의 본원성에 대한 탐구가 이 시기 소설의 한 경향으로 자리 잡아 원초적 욕망이 소설의 중요한 제재로 등장했다. 권선자의 「당신에게 아름다운 풍경을」과 김영자의 「꽃은 진붉게 진다」는 인간의 원초적 본능으로서 여성이 지니는 아름다움에 대한 욕망과 성적 욕구를 탐색하였다는 점에서 이 시기 소설의 한 경향을 잘 보여주었다. 그리고 인간의 본원적 특성으로서 욕망에 대한 탐구는 다음 세대의 조선족 작가들에 의해 다양한 양상으로 발전하였다.

제7장

새로운 서술 방식의 실험

조선족 작가들은 북한문학을 중개자로 하여 소련의 문예이론과 소설 창작의 실제를 받아들였고, 중국 주류문단의 방조와 영향 속에 새로운 소설의 창작 방법을 형성해왔다. 한중수교 이후 한국문학을 통하여 세계문학의 새로운 문예이론과 창작 방법을 접한 조선족 작가들은 이를 소설 창작에 적극적으로 수용하였다. 이 시기 조선족 소설은 이전에 없던 새로운 서술 방식으로 독자들에게 신선한 충격을 주어, 소설이 추상적인 이념과 관념을 전달하는 도구를 넘어서 언어의 창조적 운영과 새로운 서술 방식으로 참신함과 아름다움을 창조하는 예술이라는 인식을 강화하였다.

이 시기에 조선족 작가들이 문예를 바라보는 시각이 사회적 기여라는 효용론적 관점에서 그 자체로서 예술이라는 형식론적 관점으로 변화하였다는 것은 소설사적으로 큰 의미를 지닌다. 그러나 개혁개방 시대이기는 하나 국가 이념이 사회주의를 견결히 유지하고 있었고, 오랜 기간 사회주의적 사실주의의 관점이 문예의 지배 이론으로 자리해온 중국에서 세계문학의 이론이 단기간에 문학이론의 중심에 진입하기는 어려웠다. 대부분의 조선족 작가가 전통적인 방식으로 조선족 사회를 소설화하고 있을 때, 몇몇 작가가 소설의 새로운 서술 방식을 실험하기 시작한바 그 대표적인 작가로 김혁을 들 수 있다.

작가로서 다양한 주제와 형식에 관심을 가졌던 김혁은 「적」(『도라지』 1994. 5

기)에서 서술 방식상 과감한 실험 정신을 보여주었다. 「적」은 왕이 절대권력이었던 시대에 스승의 악론을 완성하려는 일념으로 정진하던 악사가 왕의 유흥자리에서 연주할 악공으로 초빙되자 권력에 아부하여 예술을 잃기보다는 피리 연주를 못하더라도 남은 오른손으로 악론 집필을 끝내겠다는 의지로 왼손 가락을 돌로 쳐 절단하고 피리를 개울에 던져버렸다는 내용으로 요약된다. 이 작품은 악사가 예술의 순수성을 지키기 위해 세속의 욕망을 버리기까지의 과정에서 진정한 예술혼이란 무엇인가를 보여주었다.

악사는 스승을 모시고 음악을 함께 공부하던 사형은 생계를 위해 백정이 되고, 사제는 평안을 추구하여 현령이 되어버려 음악적 재능이 가장 부족했던 자신만이 음악 공부에 남았으나, 오히려 이를 자극제로 삼아 스승의 악론을 완성할 마음을 다잡았다. 또 현실의 삶에서는 자식이 우물에 빠져 익사하고 아내는 외간 남자와 도주해버렸고, 자신의 애인이자 음악을 이해해주던 가야금 명인이었던 청루의 기생은 악사가 입궁하여 임금의 향락을 도와주는 일을 하지 말라며 자결해버렸다. 악사는 이러한 유혹과 난관을 만날 때마다 심적 동요를 느꼈으나 이를 극복하고 음악에 몰두하고 스스로 자기 왼손가락을 절단하여 피리를 연주하지 못하게 하는 극단적인 결단으로 스승의 악론을 정리하는 필생의 과업을 완수하였다.

「적」은 작품 전체가 본격적인 개혁개방으로 가치가 혼돈되어 문학과 예술이 설 자리를 상실한 이 시기를 알레고리로 표현하여 커다란 상징적 의미를 갖도록 조직되어 있다. 문화대혁명 이후 엄청나게 일었던 문학과 예술에 관한 열기와 관심은 시장경제의 충격으로 급작스레 가라앉았고, 조선족 사회에는 비슷한 시기에 몰아닥친 한국 열풍으로 중국 사회에 비해 더욱 빠른 속도로 문예열이 식어버렸다. 그 여파로 조선족 문단에서는 문예지가 줄도산하고 많은 문인이 창작을 포기하고, 돈벌이에 몰두하여 한국으로 이주하기도 하였다. 김혁의 「적」은 이 시기 조선족 사회와 문단의 상황, 현실과 타협하지 않으려는 예술혼 그리고 권력에 굴하지 않는 예술가로서의 자긍심 등을 봉건 시대의 사회상과 악사의 예술혼으로 알레고리하였다.

「적」에서 실험한 작품 전체를 알레고리와 상징으로 설정하는 서술 방식은 직접 서술로 다루기 불편한 사회문제를 작품화하는 방식으로 유의미하나 우화적 서술 상황으로 인해 소설적 긴장감을 약화시킬 수 있다는 한계를 보였다. 김혁이 시장경제로 인한 문학과 예술의 소외라는 동일한 주제를 다룬 「바다에서 건져 올린 바이올린」 「꽃뱀」 「바람과 은장도」(『도라지』 1994년 1호) 등에서 알레고리와 상징의 사용을 최소화하거나 기피한 것은 이러한 서술 방식이 가진 한계를 인식한 결과일 것이다.

김혁의 「천재 죽이기」(『도라지』 1998. 4기)는 자본의 논리가 지배하는 사회에서 한 개인이 지닌 천부적 재능이 어떻게 소비되는지를 보여주었다. 이 작품의 줄거리는 매우 단순하다. 주인공 man은 엄청난 기억력의 소유자이기는 하나 대인관계가 원만하지 못하고 부조리를 범할 줄도 모르고 경제력도 없어서 동료들로부터 소외되고 아내로부터 버림받아 점차 주변부로 밀려났다. man은 뛰어난 기억력으로 텔레비전 오락 프로그램에서 대중의 호기심을 만족시켜주는 존재로 이용되다가 상품성이 떨어지자 버려지고, 사회로부터 소외되었다. 이런 과정에서 man은 자기의 세계 속으로만 파고들게 되고 점차 병세가 심해져 정신병원에 감금되고 말았다.

이 작품은 man으로 표상되는 정신적 가치가 아내, 직장 동료, 방송 시청자 등이 표상하는 자본의 논리에 의해 소비되고 파멸되는 현대사회를 풍자하였다. man이 방송에 출연하여 시청자나 출연자의 질문에 답하는 과정에 등장하는 man의 대답은 man의 천재성을 드러내는 장치이지만, 그의 답은 부조리한 현실을 풍자하는 장치로도 사용되었다. 예를 들어 man의 아내와 간통한 기업의 부사장이 출연하여 "딸라라는 단어는 사전 몇 페이지에 쓰여 있소?"라고 질문하자 man은 "그 단어는 사전에 오르지 않았습니다. 아마 그 사전을 편찬할 때에는 지금처럼 딸라에 미쳐 광분하던 시대가 아니었나 봅니다"라고 답하여 man의 천재성을 드러내는 첫 답과 함께 부연한 설명에서 돈이 지배하는 타락한 현대사회와 그 속에서 광분하는 인간을 통렬한 비판이 함께하였다.

그러나 이 작품이 특별함은 이러한 주제보다 작품에 사용된 다양한 형식의 실험에 있다. 이 작품은 천재적 기억력을 가졌으나 비현실적인 사유를 일삼고, 현실과 환몽 사이를 넘나드는 주인공 man의 의식을 그의 의식이 흘러가는 대로 기술하였다. 그리고 작품 내에서 이상의 소설 「날개」의 두 부분과 시 「정식」 「거울」 「오감도 3호」 「오감도 1호」를 인용하고, 오감도 1호의 시구를 '라다가 지나갔다/캐딜락이 지나갔다/자전거가 지나갔다/오디가 지나갔다……'라는 식으로 패러디하고, 절의 번호를 9에서 −1까지 거꾸로 붙일 뿐아니라, 0절은 '…??????…?…XX…△△△…ㅁㅁㅁ…《……?》…ㅇㅇㅇ' 식으로 의미 없는 부호를 나열하는 등 이상 문학을 모방하여 형식 파괴를 시도하였다.

그러나 김혁이 시도한 이러한 극단적인 형식의 파괴는 새롭고 놀랍기는 하나 작가가 지향하고자 하는 미학을 담보하지는 못했다. 이상은 그의 작품에서 인간의 내면심리가 지닌 모호성과 불연속성을 언어화하기 위해 심리소설과 초현실주의의 서술 방식을 도입하여 일정한 성과를 보였다. 그러나 「천재 죽이기」에서는 개인의 심리와 무의식을 서사하는 이상의 창작 방법을 개인의 능력까지 상품화하는 시장경제의 모순을 풍자하기 위한 소설적 장치로 선택하여 작품의 주제와 구조가 어긋나는 결과를 낳았다. 이 작품을 발표한 후, 김혁이 다른 소설에서 이러한 극단적인 형식 파괴를 시도하지 않은 것은 과도한 형식의 파괴와 실험이 갖는 위험성과 한계를 인식한 결과일 것이다.

고신일은 「피해자」(『천지』 1993.6)에서 두 인물의 의식을 교차 서술함으로써 서술의 효과를 높이는 방식을 사용하였다. 이 작품은 변두리 중학교 임시 교원 진숙이 시내 중학교 정식 교원이 되기 위해 교육국 장국장에게 접근하여 뇌물을 바치는 등 온갖 정성을 들였으나 끝내 차례가 돌아오지 않아 분노하였고, 상황이 꼬여서 자리를 마련해줄 수가 없었던 국장은 다음 기회를 기다리라는 말만 하다가 사고로 죽었다는 평범한 줄거리로 되어 있다. 그러나 이 작품은 이러한 줄거리를 장 국장과 하진숙이 기억하는 과거를 교차 서술함으로써 하나의 사건에 대한 두 당사자의 서로 다른 인식을 보여주어 장 국장의 죽음 이면에 감추어진 진실을 효과적으로 드러내었다. 이러한 효과적인 병행 서사는 새로운 서술 방식으로서의 가치를 지닌다.

조성희의「동년」(『장백산』, 1999. 3기)은 문화대혁명 시기 조선족 청년 석국과 한족 처녀 앤이 결혼을 약속했으나 이를 인정하지 못한 앤네 집안 청년들이 석국을 집단 폭행하고 앤을 한족에게 시집보내, 석국은 마을을 떠나 종무소식이 되고 앤은 예쁜 아들을 낳은 뒤 정신이상이 되어 본가로 돌아왔다는 참신성이 떨어지는 애정 비극이다. 그러나 이 작품은 인물이나 줄거리보다 독특한 시점과 우화적 서사의 극적 효과를 적절히 배치한 서술 방식이 돋보인다.

「동년」은 석국이 형과 앤 누나의 사랑과 이를 둘러싼 다양한 사건을 이 마을에 내려온 지 얼마 되지 않은 철부지 소년 '그'의 관점에서 '그'가 보고 들은 바를 서술하는 독특한 시점을 사용했다. 이 작품은 서술자가 작중 한 인물의 시각을 중심으로 서술하는 삼인칭 관찰자 시점을 사용하나, 어린 소년 '그'가 서사 상황에 대한 이해가 부족하여 독자들은 '그'의 서술 내용을 상상력을 동원하여 이해해야 하는 부분이 적지 않다. 이런 점에서 '그'는 서술자에 의해 관찰되는 주인공인 듯하나 서술자의 서술이 '그'가 인식하는 바에 따라 전개되는 점에서 '그'는 이 작품을 신빙성 없는 화자에 의한 서술처럼 인식하게 해준다. 이 작품은 어린 소년의 시각으로 문화대혁명과 청춘 남녀의 애정 비극이 초점화되어 신빙성이 없어야 하나 실제 서술이 작중에 등장하지 않는 삼인칭 서술자에 의해 이루어져 신빙성을 갖게 되는 독특한 서술 방식이 사용되었다. 이러한 신빙성 없는 초점화자가 바라본 서사 세계를 신빙성 있는 서술자에 의해 서술하는 이중 시점의 설정은 서술 방식의 실험으로서 큰 의의를 지닌다.

「동년」에는 부분적으로 우화적인 서사가 등장하여 효과를 보고 있고, 특히 작품 말미에 앤이 아이를 낳은 부분은 우화적 서술과 사실적 서술이 혼돈되어 압도적인 효과를 보았다.

　　그로부터 몇 달 후 누나는 예쁜 아이를 낳았다. 남자애였다. 그리고 얌둥이도 여덟 마리의 새끼를 낳았다. 그 속에 온통 새까만 강아지가 세 마리나 되었고 재빛에 검은 점이 얼룩진 강아지도 있었다. 그는 그 강아지의 아버지가 누구네 개인지 알 것 같았다.

그리고 그 여자 앤은 반년 만에 멍청해진 모습으로 본가 집에 돌아왔다. 어른들은 앤이 미쳤다고 했다. 앤은 그제 날의 예쁘고 선녀 같은 모습이 아니었다.
석국이 형은 종무소식이었다.

얌둥이는 '그'의 집 누렁이 암캐로 동네에서 가장 힘세고 멋진 맹견인 앤네 집 검둥이와 사랑했으나 검둥이가 얌둥이를 만나러 왔다가 얌둥이 동네의 개들과 싸우다 죽었고, 얌둥이는 검둥이의 새끼를 낳은 것이다. 얌둥이와 검둥이의 사랑과 검둥이의 죽음은 앤을 사랑한 석국이가 앤네 집안 청년들에게 몰매를 맞은 것과 대비적인 장치이다. 석국과 앤의 사랑이 민족의 차이로 폭력과 이별 그리고 비극으로 마무리된 것과 얌둥이가 검둥이의 피를 받은 검은 강아지와 혼혈의 잿빛 강아지와 얼룩이를 낳은 사실은 극적인 대조를 이루었다. 「동년」이 사용한 이러한 우화적 서사는 황순원의 「목넘이 마을의 개」를 연상하게 하는 바 민족 간의 문화적 반목과 융합이라는 문제와 관련하여 시사하는 바가 크다. 이러한 우화적 서사는 위에서 살핀 신빙성 없는 서술자에 의한 신빙성 있는 서술과 함께 소설의 주제를 효과적으로 형상화하는데 크게 기여하였다.

리혜선의 「병재씨네 빨래줄」(『도라지』 1998. 6기)은 보통 사람들의 평범하고 반복적인 삶을 다룬 작품이다. 이 작품의 주인공 병재씨는 직장에 출퇴근하고, 집에 들어와 가사를 도와주고, 가끔 가족에게 화를 내는 평범한 가장이어서 어쩌다 화를 내어도 아내와 딸은 흔한 감기 걸린 사람 보듯 무감각하였다. 그러나 딸의 고중 입시를 앞두고 근심 걱정이 많아진 아내가 자주 화를 내는 병재씨에게 강하게 반발하였고, 냉전이 길어지자 병재씨는 당황해 어찌할 바를 몰랐다. 어느 날 경찰들이 잘못된 정보를 가지고 병재씨네 집을 급습하자 병재씨가 당황한 가족들을 진정시키고 나서서 문제를 해결하여 남편의 권위를 되찾으나 며칠 지나지 않아 언제 그랬느냐는 듯이 다시 예전과 똑같은 상황이 되었다.

이 작품은 어제가 오늘 같은 날을 반복하며 사소한 일로 트집 잡고 화를 내고 화해하면서 새로운 일이 별로 발생하지 않는 평범한 사람들의 일상을 보여 주었다. 사람들은 이러한 일상을 반복하면서 삶이 습관화되어 일상의 소중함을 망각하지만, 돌발적인 사건이 발생하여 당황하고 곤란을 잘 대처하지 못하게 되면 일상의 소중함을 깨닫게 된다. 「병재씨네 빨래줄」은 병재네 가족의 일상에 길들여진 모습을 반복 서술하고, 갑작스러운 사건으로 삶에 변화가 생기고 가장의 무게를 알았지만 금세 원래의 일상으로 돌아가는 원점 회귀 서사를 사용하였다. 이 작품이 선택한 반복 서술과 원점 회귀 서사는 일상의 무서운 힘을 표현하기 위해 선택된 서술 방식으로 작품의 구조적 완결성을 구축해주었다. 이러한 구조적 완결성은 한 작품의 서사 내용에 가장 적절한 서술 방식을 창조해내려는 이 시기 조선족 작가들의 창작 실험과 열정의 결과이다.

홍예화는 「내 남자의 녀자들」(『연변문학』 2003.12)에서 남편에게 애인이 생긴 아내와 그 유부남을 사랑하는 여성의 심리적 고통을 교차하는 독특한 서술 방식을 보여주었다. 이 작품은 유부남과의 사랑이나 남편이 만나는 애인의 존재를 알게 된 아내의 심정 등을 서술하지 않고, 남편의 애인이 보낸 편지와 아내가 남편의 애인에게 보낸 편지를 병렬하고, 남편에게 애인이 생겼음을 안 아내의 심리를 적절히 교차하여 두 여인의 복잡한 심리를 섬세하게 표현하였다. 「내 남자의 녀자들」이 서간체를 사용하여 두 여성의 내면을 직접 드러내고, 남편에게 온 연애편지를 읽은 아내의 심리를 서술한 것은 구체적 서술과 묘사를 통해 인물의 상황과 심리를 간접화한다는 소설의 일반 원칙을 벗어나 있다. 그러나 작품 대부분을 서간체로 하고 편지 내용에 대한 아내의 반응만을 서술한 것은 서술 방식의 실험으로서 일정한 의의를 지닌다.

박초란의 「날개」(『도라지』 2001. 2기)는 유방암 수술로 한쪽 유방이 없는 선과 전위파 화가 주형이 운영하는 카페 날개를 배경으로 예술에 관한 열정을 다룬 작품으로 작품 전체의 이미지와 분위기가 중심을 이루어 줄거리는 단순하다. 여자나 결혼보다 예술에 빠진 주형은 카페 출신이라 가볍게 여긴 미현이 처녀인 것을 알고는 날개의 종업원으로 데려와 선에게 소개하였다. 주형을 사랑한 미현은 주형과 선의 사랑을 확인하고는 세면대에서 손목을 끊어 자살하였고,

이 충격으로 주형은 자택 화실에서 쳐박혀 그림만 그렸다. 주형이 걱정스러워진 선이 화실을 찾았다가 엄청나게 큰 화폭에 유방이 하나 없는 여성의 나신과 하늘에 유방이 걸려 있는 그로테스크한 그림을 보고 크게 놀랐다. 줄거리에서 알 수 있듯「날개」는 인물의 갈등과 사건보다 날개에 모인 예술인들의 대화, 그들의 그림에 대한 열정, 그로테스크한 이미지와 예술적인 분위기 등이 전해주는 강렬한 인상을 통해 독자들이 작가가 그리고자 한 인물 내면의 섬세한 감정과 예술에 관한 관심과 열정을 느끼게 하는 독특한 서술 방식을 보여주었다.

또 박초란은「날개」에서 사실적인 서술보다는 독특한 이미지와 배경 그리고 상황이 전달하는 분위기 등과 함께 생략과 비약을 통한 빠른 전개, 문장의 병치를 이용하여 독자 스스로 문장 사이의 의미적 거리를 상상하며 읽을 것을 강요하는 독특한 서술 등을 효과적으로 사용하였다.

> 늙은 비구니 스님이 '반야바라밀다심경'을 념불했다.
> 색불이공 공불이색 (중략) 능제일체고 진실불허 고설 반야바라밀다주 즉설주왈
> 그리고 나서 세 번
> 아제아제 바라아제 바라승아제 모지사바하, 하고 주문을 외웠다.
> 그리고 나는 깨닫는다. 유방 한 짝 없는 나날은 상상할 수 있지만 그림 없는 나날은 감히 상상하기도 힘든다는 걸. ……
> 어느 날 아버지가 보이질 않았다. 그리고 엄마도 보이질 않았다. 혼자 남겨질 것 때문에 걱정하시면서도 두 분은 어쩔 수 없이 떠나가셨다. 나는 혼자 사는 법을 배웠다.

인용문은 짧은 몇 개의 문단 속에 늙은 스님이 외우고 있는 불경 '마하반야바라밀다심경'에 담긴 심오한 의미, 유방 하나를 잃은 여자의 콤플렉스, 그림(예술)에 관한 관심과 애정 그리고 부모님이 돌아가신 현실을 인정하고 홀로서야 한다는 다짐 등이 동시적으로 서술되어 있다. 이는 각각의 단락이 의미하는 바는 분명하나 일반적인 문장과 달리 각각이 의미하는 바가 상충하는 문장

을 병치하여 독자가 의미와 정서 그리고 심상을 포개어 그 사이에서 새로운 의미 공간을 창출하도록 하는 몽타주 기법을 원용한 것이다. 독자의 예민한 독서와 상상력을 동원한 해석을 요구하는 이러한 서술 방식은 작품 이해를 애 매하게 한다는 한계가 없지 않으나, 독자들의 상상력을 최대한 동원하여 다양한 이해가 가능하게 하는 서술 효과를 얻는다. 박초란의 이러한 서술 방식은 몇 년 후에 집필한 장편소설 『반야』에까지 이어졌고, 이후 신세대 작가들의 소설 창작에서 이미지와 분위기를 중시하는 미시 담론의 중요한 서술 방식이 되었다.

량춘식은 컴퓨터와 인터넷이 등장한 시대를 사는 청년의 삶을 그린 「푸른 강은 흘러라」(『연변문학』 2002.7)에서 전통적인 소설 문체를 벗어난 디지털 시대의 새로운 문체를 시도하였다. 이 작품은 어머니가 한국에서 번 돈으로 현실 세계에서 오토바이를 사서 타고 다니며 멋을 부리고, 인터넷 세상에서 활발하게 활동하느라 학업을 멀리하던 철이가 친구들의 도움으로 다시 대입 준비에 몰두한다는 평범한 내용이다. 그러나 이 작품은 전통적인 소설 창작 방법에서 벗어난 인터넷으로 소통하는 청소년 세대의 문제를 인터넷에서 사용하는 언어를 사용하여 속도감 있는 문체로 서술한 점이 특징적이다. 인터넷에 사용되는 독특한 언어 표현과 부호를 이용하여 만들어낸 속도감 있는 문장은 컴퓨터와 인터넷의 보급으로 변화하는 시대 상황을 반영한 것이다. 양춘식이 이 시기의 시대 변화와 매체의 상황을 반영하여 개척한 새로운 표현 방식은 전통적 문법에 맞지 않아 어색한 느낌을 주지만, 컴퓨터와 인터넷이 보편화된 다음 시기에 등장하는 디지털 시대의 소설이 지향한 서술 방식을 선취한 것이라는 점에서 소설사적으로 적지 않은 의의를 지닌다.

제6부

중국의 경제성장과 조선족 사회의 위기
(2004~현재)

제1장

시대 개관

1. 경제대국으로의 성장과 공동부유의 꿈

'발전만이 확고한 진리'이고 '빈곤은 사회주의가 아니다'라는 덩샤오핑의 정책 기조 아래 중국 경제는 빠른 속도로 성장하였다. 1978년 개혁개방 이후 2011년까지 연평균 9.9%의 경제성장 속도를 유지하였고, 이후 성장 속도가 둔화되어도 평균 6%대 성장을 유지하여 일인당 국민소득(GNI)이 32배 증가한 것은 개혁개방 당시 중국 허약한 경제력을 감안하더라도 역사상 그 유례를 찾기 어려운 수준이었다. 이러한 경제성장을 배경으로 1990년 세계 10위였던 중국의 국내총생산(GDP)은 1995년 캐나다, 스페인, 브라질을 추월하고 2000년에 이탈리아를 추월하여 6위로, 2000년대 초반에 프랑스, 영국, 독일을 추월하고, 2009년 일본을 추월하여 2010년에는 G2로 성장하였다. 중국은 이러한 급격한 경제성장으로 새로운 중국 나아가 중국몽을 주장하기에 이르렀다.

2002년 권력을 승계한 후진타오 정부는 급격한 경제성장에 따라 중국 사회의 국가적 문제로 등장한 도농 간의 격차 해소와 환경과 생태 문제를 국가적 정책 과제로 제시하였다. 중국 당국은 2003년 삼농의 문제가 중국 사회의 핵심임을 천명하였고, 2004년에는 거시적 조정의 필요성을 강조했으며, 2005년에는 신농촌 건설과 과학적 발전을 주요 전략으로 설정하여 이후 신농촌 건설을 위한 투자가 매년 15%씩 증가하였다. 이러한 대규모 투자 덕분에 도시에서 일자리를 잃은 농민공들이 농촌에서 새로운 취업 기회를 가질 수 있게 되었다. 그러나 다른 한 면으로 2003년 제정된 농촌집체토지청부법에서 새로 늘어난 인구에게는 더 이상 토지를 분배하지 않는다고 규정하여 농민공 2세대들이 농촌에 터 잡지 못하고 농촌을 떠나도록 내몰리기도 하였다.

2007년 제17차 중국공산당 전국대표대회 때부터 후진타오는 생태 문명에 관한 언급을 시작하여 에너지와 자원의 효율적 사용, 환경친화적인 성장과 소비 등을 그 목표로 제시했다. 이러한 생태 문명이라는 정책적 목표는 지속 가능한 경제 발전을 위해서 인간과 자연의 상호관계를 이해하고 생태 보존에 노력하여야 한다는 인식에 바탕을 둔 것이었다. 이후 2012년에 제18차 전국대표회의 보고서에서는 이러한 인식을 수용하여 '우리는 생태 문명을 창조하는 데 우선 순위를 두어야 하며 아름다운 나라를 건설하기 위해 노력하고 중국에서 지속 가능한 발전을 이뤄야 한다'는 조항을 공산당헌법에 포함시켰다. 이로써 후진타오가 제시한 생태 문명은 개혁개방 이후 목표하였던 경제적 성과를 어느 정도 달성한 중국 사회가 새롭게 지향해야 할 국가 이념의 하나로 자리잡았다.

이 시기에 후진타오는 여러 자리에서 중국 경제가 합치면 G2지만 나누면 중위권 국가라는 생각을 피력하여 중국은 국내총생산으로 일본을 누르고 세계 제2의 경제대국이 되었으나 인민의 삶은 그에 합당할 만큼의 성장을 이루지 못하였다는 인식을 드러내 보였다. 고대 중국인의 이상사회였던 소강사회는 개혁개방을 설계한 덩샤오핑에 의해 경제성장과 소득 증가로 인민의 생활수준이 향상되어 의식주 문제가 기본적으로 해결된 사회로 해석되어 중국공산당의 목표가 되었다. 후진타오의 인식은 당시까지도 중국 사회에 공업과 농업 사이의 격차, 도시와 농촌 간의 격차 그리고 정신노동과 육체노동의 격차 등이 심각한 점에서 소강사회에는 미치지 못하였다는 판단에 따른 것이었다.

이러한 중국의 현실에 대한 인식은 2012년 시진핑(習近平)이 집권하면서 크게 변화하여 공동부유를 통해 대동사회로 나아갈 것을 제안하였다. 공동부유는 문자적 의미 그대로 부를 분배하여 다 같이 잘살자는 정신으로, 시진핑이 이를 강조하면서 중국의 최대 화두로 등장하였다. 시진핑은 공동부유를 사회주의 본질적인 요구이자 중국식 현대화의 중요한 특징이라 정의하고, 경제적 풍요와 정치적 안정을 바탕으로 불평등이 해소되어 인간의 존엄이 지켜지는 대동 사회로 나아갈 것을 천명한 것이었다.

시진핑의 주장은 개혁개방 시기부터 중국 특색 사회주의의 길을 걸어와 소강사회에는 도달하였으니 이제 공동부유를 실천함으로써 고대로부터 인간이 도달해야 할 최종적인 이상사회였던 대동사회를 실현하자는 국가의 미래에 관한 자신감의 표출이었다. 이는 개혁개방 이후 경제성장에 따른 중국인의 자신감과 중화민족의 위대한 역사와 문화에 대한 자긍심이 합쳐져 위대했던 과거의 중국을 부흥시키자는 꿈 즉 중국몽이라는 거시적인 역사 방향의 제시로서 의미를 지닌다. 그러나 이러한 중국몽은 자칫 문화적 우월주의나 국수주의 나아가 전체주의로 발전할 위험성을 갖는다는 우려를 낳았다.

2. 조선족 공동체의 와해와 재한조선족 사회 형성

이 시기 조선족 사회에 커다란 영향을 미친 두 요인은 한국 정부가 증가하는 재외동포에 대한 처우를 개선하기 위하여 재외동포법을 개정한 일과 중국 당국에서 국가경제의 급속한 성장에 따라 농민공에 대한 수용송환제도를 폐지한 일이었다.

한국 정부의 재외동포와 관련한 정책은 갈지자 행보를 계속하여 재외동포의 불법체류가 증가하면 법령에 따라 체포·송환하다가 재외동포의 강제송환이 비인간적이라는 여론이 팽배하면 단속을 중지하는 등 정해진 법령 내에서 강화와 완화를 반복하였다. 2003년 재외동포법이 개정되어 재외동포의 법적 지위가 향상되고, 이후 다양한 법적 완화가 지속적으로 진행되었다. 재외동포법 개정의 핵심은 1948년 대한민국 수립 이후 외국으로 이주한 자와 후손만을 재외동포로 한정하던 것을 그 이전에 이주한 자와 후손까지로 변경한 데 있다. 이로써 일제강점기에 한반도에서 이산된 조선인의 후손인 조선족이나 고려인 등이 재외동포로 인정되어 한국 이주와 체류가 자유로워지고 강제 출국이 종식되었다.

재외동포법 개정으로 조선족의 한국 이주가 급증하여 2003년 13만여 명이던 조선족 체류자가 2010년 40만여 명, 2019년 75만여 명으로 급증하였고, 한국에 거주하는 조선족의 체류 기간이 길어지고 재외동포의 귀화에 관한 규정이 완화되어, 2001년 이후 조선족의 한국 국적 취득자가 2003년 6천여 명, 2010년 6만여 명으로 급증하였고 이후 증가율이 줄어들었으나 2017년에는 9만여 명에 달하였다. 이같이 조선족의 한국 이주가 급증한 결과, 현재 조선족 인구의 1/3 정도가 한국에 거주하여 한국의 여러 지역에 재한조선족 사회가 형성되었다. 조선족의 한국 이주가 확대하면서 중국에 거주하고 있는 조선족 인구는 급감하여 2020년 현재 170만여 명의 조선족 중 절반 정도가 동북 3성을 비롯한 중국에 거주하고 그중 40% 정도가 산둥성, 베이징과 상하이 등 관내로 이주해 전통적인 조선족 밀집 지역이었던 연변조선족자치주를 비롯한 동북 지역에 거주하는 조선족이 전체 조선족 인구의 1/3에도 못 미치는 현실은 현재 조선족 사회의 심각한 문제로 대두되고 있다.

고향인 농촌에서 도시로 이주해 취업한 농민공에 대한 수용송환제도가 2003년에 폐지됨으로써 농민공은 자기가 이주해 노동자로 생활하는 지역에서 강제송환 당할 걱정이 사라졌다. 이러한 제도의 변화는 고향에서 멀리 떨어진 대도시로 이주하여 막노동하는 농민공들이 농촌으로부터 완전히 이탈하는 계기가 되었다. 언젠가는 고향으로 돌아갈 것을 염두에 두었던 농민공들이 강제송환 제도가 사라지자 자기가 돈을 벌고 있는 도시에 정주하기를 선택하였다. 그 결과 농민공들은 중국의 핵심적인 사회문제로 지적되던 삼농 문제의 피해자가 되어 농촌으로 돌아가지 못하고 도시 빈민으로 전락할 위험에 노출되었다. 그러나 조선족의 경우 한국으로의 이주와 산둥성을 비롯한 연해 지구에 진출한 한국 기업에 취업함으로써 이 시기 사회문제로 등장한 농민공의 비극을 피해갈 수 있었다.

중국 경제의 급성장으로 중국 사회에 고임금 일자리가 늘어나서 교육 수준이 높은 조선족 청년들이 중국 내에서 취업할 기회가 많아져 한국 이주에 관심이 크게 줄어든 것은 사실이다. 그러나 동북 3성에 거주하는 조선족 중장년층 대다수에게 한국은 여전히 매력적인 이주 지역으로 존재하여 한국 이주는 줄어들지 않았다. 한국 정부의 재외동포에 대한 처우가 확연히 개선된 이 시기에 조선족의 한국 이주가 엄청난 규모로 이루어져 중국 내 조선족 공동체가 급격히 와해했다. 또한 관내로의 이주도 상당한 규모로 이루어져 연변을 비롯한 동북 지역의 조선족 사회는 점차 존폐 위기로 내몰리고 있다.

현재 조선족 사회는 재중조선족 사회와 재한조선족 사회로 나뉘고 재중조선족 사회는 다시 동북 지방의 집거 지구와 관내의 산재 지구로 나뉘었다. 이 중 재한조선족은 한국 이주 기간이 길어질수록 중국으로 귀국하기보다는 한국에서 삶을 유지하려 하고, 가족 모두 이주한 재한조선족의 자녀 세대는 한국을 고향으로 인식하고 한국에서 교육받고 한국인으로 성장하고 있다. 그리고 재중조선족의 경우에도 관내로 이주한 조선족의 경우 세대가 내려가면 자기가 태어나 자란 지역을 고향으로 인식하여 조선족의 뿌리인 동북 지방의 조선족 농촌 공동체에서 확보하였던 조선족 정체성을 상실하고, 조선어 교육에 제한받아 점차 조선족 언어를 상실하는 결과를 낳을 것이다. 이처럼 조선족의 대다수가 한국과 관내로 이주하는 현실은 점차 조선족 공동체의 해체로 이어져 조선족의 문화적 뿌리를 잃어 정체성을 상실할 위기를 노정하고 있다.

3. 중국 주류문단의 흐름

이 시기에도 본격적인 개혁개방 이후 중국 주류문단의 지배적인 경향이었던 작가마다 자기의 소설 세계를 추구하여 창작함으로써 동시대 문학의 통일된 경향이 사라진 소위 무명의 문학이 지배적이었다. 무명의 문학이 10여 년간 지속되어 순수문학을 지향하던 작가들이 점점 자기 특유의 문학세계와 예술성을 추구하면서 문학이 난해해졌다. 그리고 사회문제에 관심을 보인 작가들은 급격한 사회 변화에 따른 가치관의 혼돈이나 인간성 상실과 같은 묵직한 주제와 시장경제로의 전환에 따른 인민의 삶의 변화와 하강 노동자나 농민공 등 사회적 약자에 관하여 소설화하였다. 그러나 이 시기 문화계에 만연한 상업주의로 인해 소설은 대중의 취향에 맞출 수밖에 없었고, 문학의 사회적 역할이나 예술성을 강조하는 소설은 대중소설과의 경쟁에 밀려 소수의 문학 애호가에 의해 향유되는 수준으로 밀려났다.

이 시기 중국 주류문단의 주된 흐름은 80후 세대의 열풍과 매체 환경의 변화에 따른 문학의 상품화로 정리할 수 있다. 어느 시대든 청년 세대가 그 시대의 정치적, 사회적, 문화적 제반 문제에 대해 회의하고 비판적으로 성찰하여 새로운 시대적 조류를 창조하였다. 봉건적 질서가 지배하던 시기에 청년들은 서구 열강의 침략을 목도하고 과학적 사고를 받아들여 시대의 모순을 극복하려는 5·4운동으로 중국문학의 기본정신을 창출하였고, 극좌적인 정치논리가 지배하던 문화대혁명 시기에 지식 청년들이 그 시대의 아픔을 공유하고 시대의 모순을 극복하기 위한 노력으로 반성문학과 개혁문학 등 새로운 문학을 주도한 것이 그 좋은 예이다. 시장경제로의 급격한 변화 속에서 기성작가들이 기존의 문학을 답습하고 있던 시기에 문화대혁명 이후에 태어난 즉 80후 세대가 새로운 문학운동을 전개한 것은 문학사적 의의가 적지 않다.

소위 80후 세대 작가들은 21세기 초에 출판계에 혜성과 같이 등장하였다. 대체로 10대 후반에서 20대 초반이었던 80후 세대 작가들은 기존의 소설이 보여주던 사회와 개인에 대한 성찰이라는 진지함 대신 이 시기 청춘들의 발랄하고 방탕하며 기이한 삶을 다루어 문단 내에서는 상당한 비판적 시각이 존재하였으나, 동년배 독자들에게 엄청난 인기를 끌면서 당당히 베스트셀러에 올라 문단의 주목을 받았고, 이후 여러 출판사에서 80후 세대 작가를 발굴하고 소개하기에 심혈을 기울였다.

80후 세대 작가들이 대거 등장하자 문단 내에서는 이를 하나의 조류로 인식하고, 이들 문학에 대한 비평과 대담이 줄을 이어 하나의 문학사적 흐름으로 자리 잡았다. 이러한 시대적 흐름에 영합한 출판사들은 이 시기 청년 독자의 인기를 담보할 만한 80후 세대 작가의 발굴과 출간에 서두름으로써 수준 미달인 작가가 대거 등장하고, 거짓 인기와 거품 현상이 출판계를 지배하게 되었다. 실상 문화대혁명 이후인 1980년대에 출생한 작가들을 하나로 묶어 21세기 초 중국 문단의 대표 작가군으로 정리하기에는 무리가 있었다. 연령대가 같다는 것만으로 한 세대의 작가로 묶어 작가 개인이 가지고 있는 개성이나 각각의 작품이 지닌 구조나 주제 등을 은폐한 것은 당대 문학을 과도하게 단순화한 명명의 폭력이라 할 수 있다. 그러나 80후 세대 작가의 열풍이 일정한 문학적 유파를 이루지 못하고 대중문학화된 점에서 당대 평자들의 비판적 평가가 어느 정도 정당성을 갖는다.

이 시기 80후 세대 작가는 엄청난 대중적 인기를 누렸다. 소설이 독자로부터 소외되기 시작한 21세기 초에 대중적 인기를 누린 작가가 백 명이 넘고 창작에만 전념하는 사람이 천 명을 상회할 정도로 성장하여 베스트셀러의 대다수를 차지하는 등 출판계에서의 영향은 엄청났다. 그러나 이들의 시장에서의 영향력과는 달리 학계와 평단에서는 이들의 약진에 침묵함으로써 문학적 성과에 대해 비판적 시선을 드러냈다. 80후 세대 작가의 소설을 바라보는 학계와 평단의 시선은 이들의 소설이 성장 과정의 희로애락과 청춘기의 체험과 감성 등을 제재로 하여 청춘문학으로서의 가능성을 보였으나, 제재 선택의 폭이 좁고 예술성이 부족하며, 작품에 반영된 체험이 깊이 있는 주제로 형상화되지 못하였고, 생동감 있는 문체와 다양한 비유 그리고 뛰어난 문장력에도 불구하고 소설의 구조를 형성하고 서사 전개를 조절하는 데 실패하는 등 소설로서 결점과 한계가 분명하다는 것이었다. 이러한 점에서 80후 세대 작가들의 청춘문학을 소설사적으로 자리매김하기는 어렵다는 것이 일반적인 평가였다.

21세기에 들어와 중국은 급격한 경제성장으로 출판시장이 엄청난 규모로 성장하였고, 이에 따라 출판계에서는 시장의 논리에 따라 독자의 취향에 맞는 문학작품을 출간하여 이익을 극대화하려 노력했다. 기존의 유명 작가들이 문학에 관한 자긍심으로 출판계의 유혹을 받아들이지 않을 때, 시장에서는 80후 세대의 재능이 있는 작가 지망생을 찾아 독자의 취향에 맞는 작품을 생산하여 상품화하고, 이들 작품에 관한 비평적 논의를 촉발함으로써 열광적인 독자를 창출하였다. 이렇듯 시장논리에 따라 소설을 상품화함으로써 출판계 또는 문단의 한 흐름을 만들기는 하였으나, 작가가 되기 위한 수련의 기간이 부족했던 청년 작가의 한계는 분명하였다. 그들이 상품 생산자로서의 참신성을 상실하자, 그들 중 소설에 대한 진지한 고민을 지속한 몇몇 작가를 제외하고는 문단에서 도태되고 말았다.

이 시기 중국의 문화현상에 커다란 영향을 미친 것은 새로운 대중 영상매체의 등장이었다. 20세기 말에 중국 사회에 전면적으로 보급된 텔레비전과 비디오는 문화 소비자에 대한 영향력을 넓혔다. 새로운 영상매체의 등장이 문화 전반에 미친 영향이 엄청나기는 했으나 문학을 소외시킬 정도는 아니어서 문학은 새로운 영상매체와의 경쟁이 불가피해졌다. 그러나 이 시기에 자본을 앞세운 대중 영상매체 제작사들이 대본 원고에 높은 인세를 보장하여 작가들이 대거 영화나 텔레비전 드라마의 대본 창작에 나섬으로써 문학의 사회적 영향이 위축되었다.

대중 영상매체의 등장과 그와의 경쟁 과정에서 작가들은 영상매체에 탐닉한 독자들을 끌어들이기 위한 다양한 변화를 시도하였다. 영상서사가 지닌 역동성과 속도감 있는 장면 전환 등 매체적 특성과 경쟁하기 위하여 소설의 서술에 시각적 이미지를 도입하고, 이미지를 연결하여 독자가 의미를 재구성하게 하는 몽타주 기법 그리고 서사 전개에서 간결한 문장과 빠른 장면 전환 등 다양한 서사 방식을 실험하였다. 그리고 영상매체가 서사하기 어려운 개인의 내면과 평범한 일상에 내재한 의미와 가치를 의미화하는 방식이 등장하였다. 더욱이 21세기에 대중화되기 시작한 컴퓨터와 인터넷 등 새로운 매체는 이전의 대중매체와는 획기적으로 구분되는 하이퍼텍스트성, 다매체성, 양방향성, 실시간성 등을 앞세워 내용과 형식 면에서 문학 특히 소설의 상당 부분을 변화시켰다.

21세기 들어 대중매체와 인터넷의 광범위한 영향으로 문화는 향유의 대상에서 상품으로 변화하였다. 이에 따라 문화 창조에서 경제적 이익이 정신적 가치를 대신하고, 오락성이 예술성을 압도하고 나아가 배척하기에 이르렀다. 이런 사회적 분위기 속에서 고뇌의 결과로 창작되던 소설이 여러 분야 전문가가 모여 제작하는 영상물로 대체되었다. 더욱이 등단에 필요한 절차를 거치지 않아도 인터넷 창작 동호인 사이트나 개인 홈페이지에 작품을 게시하여 자기 작품을 열람하도록 하고, 조회 수가 증가하면 대중적 인기를 누리는 작가가 될 수 있었다. 그리고 인터넷상에서 폭발적인 인기를 끈 작품을 출판사가 책으로 출간해주어 누구나 까다로운 등단 절차를 건너뛰고 작가가 될 수 있게 되었다. 이렇듯 디지털 매체의 등장에 따라 현실화된 등단의 자유는 작가적 재능을 가진 청년들이 직접 독자들에게 자기 작품을 선보이는 길을 열었다.

그리고 인터넷이 보편화되어 영상물의 제작과 공유가 편리해짐에 따라 누구나 영상물을 제작할 수 있게 되었고, 디지털 기술의 발전으로 스마트폰이 대중화되어 언제 어디서나 가상 공간에 저장된 영상을 열람할 수 있는 유비쿼터스 환경이 등장하여 서사문학은 급속히 기록서사에서 영상서사로 대체되었다. 이런 매체의 전환에 따라 문화 소비층이 지적 사유를 요구하는 문자보다는 직접적인 감각으로 다가오는 영상물을 탐닉함으로써 문학 중에서도 독서에 시간이 많이 소요되는 소설이 독자로부터 소외되기에 이르렀다. 이러한 소설 소외 현상은 21세기 중국 주류문단의 현실이자 전 세계적으로 소설 장르가 처한 위기이기도 하다.

4. 조선족 문단의 흐름

이 시기에 들어 조선족 문단에서는 시장경제의 전면화로 소멸 위기를 경험한 조선문 문예 전문지가 재발간하거나 재정비하며 서서히 그 충격에서 벗어나기 시작하였다. 20세기 말에 많은 순문예지가 경영의 어려움에 봉착하여 폐간하였고, 몇몇 순문예지는 종합월간지로 명맥을 유지해『연변문학』『장백산』『도라지』등만 어려운 상황 속에서 순문예지의 명맥을 유지하였다. 그러나 2004년부터 상해와 청도를 돌며 종합지로 명맥을 유지하던『송화강』이 2010년 하얼빈시 문화관의 지원으로 하얼빈으로 돌아와 격월간 순문예지로 재발행되었고, 그간 어렵게 명맥을 유지하던『연변문학』『장백산』『도라지』등도 재정비하여 조선족 문학을 발전시켜 나갈 힘을 축적하였다. 현재 월간『연변문학』과 격월간『송화강』『도라지』는 발행 지역의 문화광전신문출판국이, 격월간『장백산』은 길림일보가 주관하여 시장 상황에 크게 영향을 받지 않고 문예 전문 정기간행물로서의 위상을 공고히 하고 있다.

이 시기에 들어 1970년대에 출생한 김경화, 김금희, 김영해, 조룡기(조원) 등이 등단하여 전 시기에 등단한 작가들과 함께 왕성한 창작 활동을 계속하여 소설계에 새로운 바람을 일으켰다. 또 2010년대에 들어 신진 작가가 장기간 등단하지 않는 현실을 우려한 연변작가협회에서 역량을 갖춘 작가 지망생 발굴에 노력하고, 인터넷 공간에서 활동하는 문학 동호인을 끌어들이는 작업을 통해 김유미, 리홍숙, 림현호, 문설근, 백한, 전춘화, 조은경, 주련화, 최화, 환지 등이 작가 활동을 시작하였다. 이들 신진 작가는 앞으로 창작을 통하여 작가로서의 역량을 발휘하여 조선족 소설계를 이어가야 할 보배들이다.

이 시기의 조선족 소설의 상황은 크게 네 가지로 나누어 정리할 수 있다.

첫째, 문화대혁명을 전후한 시기에 등장한 작가들의 창작 활동이 여전히 왕성하게 이루어졌다. 이들은 일정한 자기의 소설 세계를 확보한 김혁, 리혜선, 우광훈, 최국철, 최홍일, 허련순 등으로, 그들은 자신의 소설 세계를 더욱 심화시켜 장편소설을 발표하였다. 그리고 단편소설 작가로 명망을 얻었던 림원춘은 만년에 들어 산촌을 배경으로 만주국 시대부터 최근까지의 역사를 다룬 장편소설『산귀신』(연변인민출판사, 2016)과『산사람』(연변인민출판사, 2020)을 출간하였고, 오랜 기간 소설 창작에서 손을 떼었던 리원길이 중앙민족대 교수직에서 퇴임한 후 국공내전 초기 조선족 인민의 처절한 전투와 비장한 희생을 다룬 장편『역관집 두 형제』를 집필하여『장백산』2019년 4기부터 연재하였다.

둘째, 이 시기 조선족 소설은 재외동포법 개정으로 한국 이주가 쉬워지고 강제송환의 불안이 해소되어 조선족의 한국에 대해 변화한 인식과 한국 이주 열풍에 대한 비판적 인식이 조선족 소설의 중요한 주제로 등장하였다. 구체적으로 조선족의 한국 이주 현실에 관한 객관적 성찰, 조선족 이주의 디아스포라적 성격, 조선족을 통한 이주의 본질에 관한 탐구 등 한국 이주와 관련한 다양한 시각을 소설화하여 그 깊이와 폭을 더했다. 그리고 조선족 공동체가 해체되어 한족 사이에서 살아가게 된 현실을 반영하여 조선족의 자기 정체성에 대한 진지한 사유도 중요한 제재가 되었다. 이외에도 개인주의적이고 자본주의적인 가치관이 지배하는 시대에 문학의 예술성을 지키기 위한 작가들의 비판적 정신은 새로운 주제를 탐색하고 새로운 서사 기법을 실험하는 작품으로 나타났다.

셋째, 이 시기에 들어 중문 창작이 조선족 문단의 관심사로 등장하였다. 과거에도 리근전이 중문으로 소설을 창작하여 타인에게 조문 번역하게 해 출간한 바 있으나, 이 시기에 들어와 김인순이 중문으로 쓴 소설을『작가(作家)』『수확(收获)』『인민문학(人民文学)』『화성(花城)』『종산(钟山)』등 주류문단의 일류 문예지들에 발표하여 여러 중요한 문학상을 획득하고 중국 주류문단에서 주목받는 70후 세대 작가로 자리 잡았다. 김인순의 활동은 조선족 문단에 신선한 충격이었고, 조문 창작만 하여 주류문단에서 소외되었던 조선족 작가들에게 새로운 도전과제를 던져주었다.

넷째, 재한조선족 문단의 형성으로 조선족 문단의 분화가 이루어졌다. 재한조선족이 40만 명에 육박한 2008년 재한조선족의 이익을 확보하고 친목을 도모하기 위하여 설립해 활동 중이던 재한동포연합회, 귀국동포연합회, 동향 향우회 등을 통합하여 사단법인 재한동포총연합회를 결성하였다. 재한동포총연합회 산하에는 각 지역의 지회가 설치되었고, 직능별 모임으로 재한동포문인협회, 재한동포교사협회, 재한동포여성협회, 재한동포예술단 등 다양한 단체들이 소속되어 있다.

이중 재한동포문인협회는 재한조선족 소설가 이동렬을 중심으로 재한조선족 문인들이 2012년 8월 19일 서울 구로구에서 창립한 문학단체이다. 비영리 민간단체인 재한동포문인협회는 산하에 시, 소설, 평론 등 하위 분과를 두어 소모임을 통해 창작 토론회를 진행하고, 협회 명의로 2013년 6월 문학 전문지 『동포문학』을 창간하여 2021년 9월 통권 12권을 간행하였다. 또 재한동포문인 협회는 역량 있는 조선족 작가에게 작품을 발표할 기회를 마련하고, 신진작가 의 발굴과 육성에 힘써 왔으며, 재한조선족 문인의 작품집을 출간하고, 각종 문학 관련 세미나와 시 낭송 대회를 개최하여 재한조선족 문학에 관한 관심을 확장하고 회원 간의 친목을 도모해오고 있다. 현재 재한동포문인협회는 연변 작가협회 회원 20여 명을 포함하여 회비를 납부하는 정회원만 80여 명인 탄탄 한 문인단체로 자리 잡았고, 협회와 별도로 개인적으로 활동하는 조선족 문인 도 적지 않아 재한조선족 문단은 상당한 규모로 성장하였음이 확인된다.

　재한동포문인협회의 왕성한 활동으로 조선족 문단은 연변 문단, 관내 조선 족 문단, 재한조선족 문단 등 크게 셋으로 분화하였다. 전통적인 연변 문단은 연변작가협회를 중심으로 『연변문학』 『장백산』 『송화강』 『도라지 』 등 문예지 와 신문과 잡지를 배경으로 왕성하게 창작 활동을 하여 조선족 문단의 중추를 이루고 있다. 관내 조선족 문단은 산둥성, 베이징, 상하이 등 관내로 이주하여 조선족 밀집 지역에서 생활하는 문인이나 문학 애호가를 중심으로 지역별로 연대하여 연변 문단과 연계를 맺으면서, 타지에서 살아가는 이주민 정서를 작 품화하여 지역 문학 동호인 문집을 출간하는 등 꾸준한 활동을 보이고 있다. 그리고 재한조선족 문단은 연변 문단과 일정한 연계하에 활동하면서 한국 문 단과도 긴밀한 관계를 맺어 한중 양국에서 문학상을 획득하는 성과를 이루고, 한국 문단에 조선족 문학을 소개하여 한국문학과 조선족 문학의 거리를 좁히 기 위해 다양한 노력을 기울이고 있다.

제2장

작품 세계의 심화와 장편소설 창작

조선족 문단이 공통된 지향성이 사라진 소위 무명의 시대로 전환하여 조선족 작가들은 자기의 문학세계를 확고하게 정하여 작가로서의 정체성을 드러낼 수 있는 작품을 창작하기에 노력을 기울였다. 특히 조선족 문단을 대표하는 중견작가들은 시장경제로의 전환이나 도시와 한국으로의 이주 열풍 등 사회 변화가 불러일으킨 조선족 문단의 새로운 조류나 경향 등에 크게 구애받지 아니하고, 자기의 문학세계를 굳건히 하고 그것을 더욱 심화시켜 소설사적으로 의미 있는 작품을 집필하였다. 그 결과 이 시기에 들어와 조선족 문단의 3세대에 속하는 김혁, 리혜선, 우광훈, 최국철, 최홍일, 허련순 등은 이전 시기부터 모색하고 지향해온 자기의 문학세계를 심화시킨 장편소설을 발표하여 문단에 바람을 일으켰다.

이들은 이전 시기부터 각각 다른 소설 세계를 지향하였다. 이 시기 들어 리혜선은 운명론적 세계관을 소설화한 장편소설을 발표하였고, 허련순은 조선족 정체성에 관한 관심을 몇 편의 소설로 심화했다. 그리고 우광훈은 이전 시기 문화대혁명의 상처를, 최홍일은 조선족 이주사를, 최국철은 고향의 역사를 소설로 형상화하였고, 김혁도 조선족의 삶과 역사를 다양한 시각으로 소설화하였다. 이들 작가는 전 시기에 깊은 관심을 보였던 주제를 자신이 지향할 제재로 선택하여, 이 시기에 들어와 각각의 주제를 깊이 있게 사유하여 장편소설로 창작한 것이었다. 이들 작품은 이전 시기에 이어지는 소설적 성과로 조선족 소설이 성숙기에 도달했음을 보여주었다.

1. 정체성에 관한 소설적 해명

허련순은 전 시기에 한국 체험을 통해 형성된 조선족의 이중정체성을 다룬 「바람꽃」을 발표한 후, 이 시기에 들어『누가 나비의 집을 보았을까』(인간과자연사, 2004)에서 정체성의 혼란으로 파멸에 이른 인물이 기억해낸 순수한 시공간으로 유년의 기억을 다루었다. 그리고『중국색시』(북치는 마을, 2016)에서는 정체성의 갈등으로 겪게 되는 인간관계의 파탄을 극복하는 대안으로 사랑을 제시하여 여성 정체성, 가족 정체성, 혼혈 정체성, 장애 정체성 등 정체성의 외연을 확장하고 심화시켰다.

『누가 나비의 집을 보았을까』에는 부모의 부재와 양부모의 교체 등을 경험하며 형성된 가족 정체성 혼란으로 피폐한 삶을 살아온 유섭과 가족 해체와 성폭력의 기억이 정신적 외상이 되어 정상적인 여성의 삶을 영위하기 어려워 여성 정체성을 찾기 위하여 방황하는 세희가 중심인물로 등장한다. 그들은 자신을 삶의 극단으로 몰아세운 중국을 떠나 한국에서 새로운 삶을 모색하기 위해 낡은 밀항선 선창에 몸을 실었다. 그러나 한국 영해로 들어온 뒤 배는 움직이지 않고 물도 식량도 공급되지 않아 선창의 사람들이 하나둘씩 죽음에 이르게 되었을 때, 선창 구석에 처박힌 세희와 유섭은 과거를 회상하였다.

세희는 밀항선에서 유섭을 본 순간 얼굴이 익다는 인상을 받았고, 신분을 밝히지 못할 힘든 시기에 세희를 만나 부끄러운 짓을 한 유섭은 세희를 모르는 척했다. 그러나 밀항이 실패했음이 분명해지자 유섭은 선창에 나란히 누워 있는 세희에게 어릴 적 송고래마을에서 지냈던 일을 이야기했고, 두 사람은 기억 저 멀리 수십 년 전 송고래마을에서의 아름다웠던 기억을 서로가 소중히 간직하고 있었음을 확인했다. 세희와 유섭은 가족 정체성과 여성 정체성의 혼란으로 힘든 삶을 살면서도 평생 간직하고 살았던 꿈 '나비의 집'은 죽음의 순간에 함께 확인한 유년기에 잠시 만났던 송고래마을에서의 기억, 그 아름다운 시공간이었음을 깨달은 것이다. 한국 해양경찰이 배의 선창을 열었을 때 유섭은 행복한 표정으로 죽음을 맞이했고, 세희는 실낱같은 숨을 쉬면서도 아직 유섭이 살아 있다고 울부짖었다. 가족 정체성과 여성 정체성의 혼란으로 삶이 황폐해진 두 사람이 그것을 극복하기 위하여 평생을 고통스럽게 찾아 헤매던 정체성의 근원을 확인한 순간 선창에서 비극적인 죽음을 맞이하고 말았다.

『중국색시』는 조선족 어머니와 한족 아버지 사이에 태어나 정체성 혼란을 겪은 단이와 교통사고로 다리 하나를 잃어 정체성 혼란에 시달리는 도균이 그 혼란을 극복하는 과정을 보여준다. 단이는 중국에서 겪는 정체성 혼란을 피하려고 한국으로 결혼 이주하였으나, 여기서도 중국색시로 명명되어 그 혼란이 계속되었다. 첫날 밤, 도균이 지체장애를 감추고 있었다는 사실에 절망한 단이는 도균을 밀쳤고, 화가 난 도균이 '더러운 짱개'라 소리쳐 두 사람의 관계가 회복되기 어려워졌다. 도균의 '짱개'라는 말은 단이의 정체성 혼란을 되살리고, 혼혈이라고 중국에서 당한 질시와 모멸을 떠올리게 하였다. 또 장애를 입은 후 의식이 교통사고 시간에 정지해 있던 도균도 장애에 대한 단이의 반응을 용납하기 어려웠다. 단이와 도균의 갈등은 다음 날 아침 단이가 가출하는 것으로 일단락되었다.

도균의 집을 나와 무작정 서울로 향한 단이는 아무것도 모른 채 티켓다방 종업원으로 근무하다 성폭행당하고 그곳을 나와 식당 종업원으로 일했다. 그러나 누군가가 단이를 결혼을 빙자해 불법이주한 여성으로 신고해 법무부에 구금되었다가 도균의 보증으로 풀려났다. 빚값에 경영하던 여관을 남에게 넘기고 잠적하며 도균이 짐을 맡긴 외숙모 집에서 1년 가까이 남편을 기다리던 단이는 도윤의 친구 경석의 아내가 신고하여 재차 법무부에 갇혔고, 그녀의 정황을 알고 있었던 도균이 보증해주어 함께 이모 댁으로 돌아왔다. 거기서 남편과 경석이 자신을 놓고 다투는 것을 본 단이는 남편에 대한 미련을 접고 중국으로 돌아가 자신을 기다리고 있는 이복동생 찬이와 뱃속의 아이를 키우며 새로운 삶을 개척하기로 하였다. 단이가 혼혈 정체성을 떠올리게 하는 존재인 한족 이복동생 찬이와 도균과의 사이에서 태어난 아이를 껴안고 새로운 삶을 개척하려는 것은 자기 정체성을 되찾으려는 처절한 노력이었다.

5년이 지난 후, 도균은 중국으로 단이를 찾아왔다. 도균은 국제결혼 시장에서 만나기는 했어도 단이를 진정으로 사랑해서 결혼식 날까지 각방을 썼고, 헤어져 있을 때도 그녀가 어떻게 지내는지를 확인하고 있었고, 단이도 도균이 여관을 정리하고 1년 이상을 떠도는 동안 이모 댁에서 하염없이 도균을 기다렸다. 그들은 이렇듯 서로에 대한 믿음과 사랑이 있었지만, 자기의 정체성이라는 울타리 속에 갇혀 서로를 용납하지 못하고 증오하며 헤어졌다. 그러나 그들은 긴 이별을 통해 상대방의 단점을 인정하고, 정체성의 혼란을 극복할 수 있는 심적 여유를 얻었기에 새로운 출발이 가능해졌다.

단이와 도균은 자기의 정체성이 혼란되고 훼손되어 마음을 다친 사람이었고, 서로 자신의 상처에만 몰두하여 상대의 상처를 들여다보지 못하였다는 도균의 말대로 삶의 여러 구비를 건너 자신과 상대의 정체성을 원만하게 바라보는 성숙한 마음을 가지게 되었을 때 비로소 자신을 사랑하듯 상대를 사랑할 수 있었다. 두 사람은 정체성 혼란으로 고통을 받고 삶이 파탄에까지 이르지만 진정한 사랑으로 이를 극복하고 화합에 이른 것이다. 『중국색시』가 보여준 이러한 정체성 혼란과 극복 양상은 이전 시기까지 허련순이 보여주었던 여성 정체성이나 조선족의 이중 정체성을 벗어나 인간의 보편적 정체성을 제재로 하여 정체성의 혼란과 그로 인한 갈등을 극복하는 유일한 방안은 진정한 사랑임을 분명히 하였다.

한국 사회에 이주노동자와 조선족의 처우에 대한 비판과 저항이 증대하여 정부의 이민 정책이 변화하고 이주민에 대한 제도적 장치가 마련되었다. 허련순은 이러한 시대적 변화를 반영하여 『누가 나비의 집을 보았을까』에서 정체성의 혼란으로 고통받고 파멸하던 인물이 한국에서의 새로운 삶을 꿈꾸고 밀항하다 자신이 찾아 헤매던 정체성이 훼손되지 않은 순수의 공간을 확인하는 순간을 다루었다. 이 작품은 허련순이 이전 시기에 치중하던 조선족의 이

중 정체성 문제를 인간의 보편적인 정체성으로 확대·심화하여 인간의 삶을 혼란에 빠뜨리는 정체성으로 관심을 이동하였음을 보여주었다. 그리고 재외동포법이 개정되어 조선족의 한국 이주가 자유로워진 시기에『중국색시』를 발표하여 서로 다른 정체성 혼란을 겪는 부부가 상대의 아픔을 이해하지 못하고 파탄에 이르렀다가 사랑의 힘으로 타자를 받아들이는 과정을 보여주었다. 이 작품은 한 인간의 삶을 고통과 파탄으로 내모는 정체성의 혼란을 극복하기 위해서는 자신의 고통을 객관화하고 타자의 고통을 받아들이는 이해와 관용의 자세 그리고 사랑이라는 점을 강조하였다. 이렇듯『누가 나비의 집을 보았을까』와『중국색시』는 인간의 정체성을 소설의 주제로 택하여 다양한 시각으로 탐구하여 소설화하여 조선족 소설의 폭과 깊이를 더했다.

2. 문화대혁명 트라우마의 흔적

문화대혁명 시기의 체험과 그와 관련한 기억을 제재로 한 여러 편의 소설을 집필한 우광훈은 이 시기에 문화대혁명의 정신적 외상을 다룬『흔적』(연변인민출판사, 2005)을 발표하였다. 우광훈은『흔적』에서 문화대혁명의 기억을 선택하여 소설화하면서 정치가 인간을 억압하던 시기에 만연했던 공포와 부조리를 다루기보다는 문화대혁명을 경험한 세대에게 남아 있는 정신적 외상이 현재를 살아가는 데 어떠한 상처로 작용하는지를 보여주었다. 즉 문화대혁명이라는 트라우마가 현대를 살아가는 우리에게 어떠한 상흔으로 남아 있는가를 보여주고자 한 것이었다.

생과 사를 넘나들었거나 엄청난 고통을 동반한 기억들은 쉽게 지워지지 않고, 정신적 무기력증이나 강박적 기억으로 현현되어 말로 할 수 없는 고통을 유발한다. 문화대혁명을 경험한 세대에게 그 기간에 겪은 고통스러운 체험은 정신적 외상이 되어 이후의 삶에 지속적으로 영향을 미쳤다. 그들은 이미지, 상기, 지각을 수반하여 고통스러운 사건을 되풀이하여 회상하거나, 꿈속에서 동일한 사건을 반복하여 보거나, 아니면 환영, 환각, 플래시백 등과 함께 사건이 마치 다시 발생한 듯 생생한 감각이 느껴지며 사건을 스스로 연출하는 등의 증상을 나타낸다. 우광훈은『흔적』에서 문화대혁명 시기의 상흔에 시달리는 창호와 그의 아내 금화, 창호가 집체호 시절 사랑하다 강제로 헤어진 카이란, 창호가 집체호 시절에 만난 반우파투쟁 때 우파분자로 분류되어 하방된 캉 아저씨 등 네 인물을 통해 문화대혁명 트라우마가 수십 년의 시간이 지난 후 그들의 삶에 미치는 영향을 소설적으로 형상화하였다.

문화대혁명은 중국 현대사의 최대 비극이었고, 그 시기를 살았던 중국인 모두에게 트라우마로 남아 있어 문화대혁명이 종결되고 30년이 지난 2000년대 초에도 중국인들은 문화대혁명의 상처로부터 완전히 벗어나지 못하였다. 많은 사람이 문화대혁명 때 받은 정신적 외상에 시달리고 있었으나 그들의 고통을 치유하기 위한 국가적 또는 사회적 애도가 이루어진 바 없었고, 문화대혁명을 기억하기 위한 기념물 건립은 시도하지도 않았고, 문화대혁명 자체에 관해 학문적으로 기억을 재구성하기 위한 시도조차 본격적으로 이루어지지 않았다. 물론 재구성된 역사의 기억이 최후의 진실이 아니겠지만, 기억은 경험한 사실의 내용을 변형시키고, 결합시키고, 일반화시켜 그것을 기억하는 주체의 일관성에 일치하는 표상을 구축하여 그 상처로부터 일정 정도 벗어나게 해 준다. 이런 점에서 문화대혁명을 기억하고 기념하는 행위는 문화대혁명 트라우마를 치유하기 위하여 반드시 요구되는 사업이다. 이러한 점에서 우광훈이『흔적』을 통하여 문화대혁명 트라우마의 흔적을 찾는 작업은 비극적 역사의 정리라는 의미를 지닌다.

우광훈은『흔적』에서 문화대혁명이 현재를 살아가는 문혁 세대에게 미치는 영향을 아래와 같이 정리하였다.

"우리 세대의 아픔이라는 건 오히려 겪는 순간의 아픔보다 지나간 후의 아픔이 더 심각했을 수 있어요. 리해가 안 되지요? 그것이 바로 우리 세대의 아픔의 특징이예요. 가슴 깊이에 도사리고 있다가 어느 순간에 독즙을 내뿜으며 물어뜯는 독사라고 할가요? 언제나 그 독즙의 고통에 시달리는 그런 아픔, 아마 그럴 거예요."

창호의 말로 표현된 문혁 세대의 아픔은 문화대혁명 때 겪은 고통만이 아니라 문화대혁명이 그들에게 트라우마가 되어 지속적으로 고통에 빠뜨리고, 그 결과 그들의 삶을 파괴하는 것이 더 문제라는 지적이다. 문화대혁명의 상처가 마음 한구석 어디엔가 숨어 있다가 자각하지 못하는 어느 순간에 튀어나와 고통에 시달리게 된다는 것은 문화대혁명 트라우마의 본질을 잘 보여준다. 우광훈의 『흔적』은 문화대혁명 트라우마가 현재를 살아가는 문혁 세대에게 남아 있는 상흔을 여실하게 보여주고, 그러한 고통스러운 트라우마를 극복하는 과정을 보여준 점에서 큰 의의를 지닌다.

이 작품에 등장하는 문혁 세대는 모두 문화대혁명 트라우마로 고통받고 있다. 창호는 문화대혁명 이후 오랜 기간 강박에 시달리고, 그의 아내 금화는 현실을 회피하고, 캉 아저씨는 고통을 감내하고, 카이란은 절망의 늪에서 헤어나지 못하는, 각각 다른 정신적 외상으로 고통받는다. 오랜 고통과 갈등 끝에 금화는 한국행을 통해 새로운 삶을 시도함으로써 상흔을 치유할 가능성을 열고, 카이란은 종교에 귀의하여 죽은 자에 대한 애도를 통해 상흔을 초월하고, 캉 아저씨는 의연한 자세로 죽음을 맞이함으로써 상흔에서 영원히 벗어났다. 그리고 『흔적』의 중심인물인 창호는 문화대혁명이 남긴 정신적 외상으로 여성 편력을 반복하나 육체관계를 맺을 때마다 카이란을 만나는 강박에 시달렸다. 그러나 남방의 오지로 출장 갔다가 관광차 찾은 절에서 비구니가 된 카이란을 만나 그녀의 과거와 현재를 듣고는 문화대혁명의 상흔이라는 실체에 마주할 수 있었다. 그리고 카이란과 헤어져 북경에 돌아온 날, 자신과의 사이에 태어난 아기를 안고 오직 사랑하는 자기만을 찾아 북경공항에 내린 나래를 만나 진정한 사랑을 확인한 창호는 비로소 자신을 괴롭히던 문화대혁명의 상흔에서 벗어났음을 느꼈다.

우광훈은 『흔적』에서 문화대혁명의 고통스러운 체험으로 형성된 트라우마의 길고 어두운 터널을 벗어나는 길은 문화대혁명 시기의 비극적인 사건들을 기억하여 그 실체에 마주하고, 그를 통해 진정으로 그 시대를 애도하고, 이해하는 데에서 시작되며, 트라우마로부터 벗어나는 힘은 무엇보다 진정한 사랑에서 비롯된다는 깨달음을 소설적으로 보여주었다. 이런 점에서 우광훈이『흔적』에서 보여주는 문화대혁명 트라우마의 양상과 치유의 서사는 풍요로우나 고통스러운 이 시대를 살아가는 사람들에게 커다란 울림으로 다가온다. 우광훈의『흔적』은 조선족 소설이 문화대혁명을 정면으로 다루기가 부담스러워 소설을 전개하는 가운데 서사 상황을 위한 소재로만 사용되던 이 시기에 문화대혁명의 상흔을 정면으로 다루고, 소설적으로 문화대혁명이 남긴 정신적 외상을 치유할 길을 모색했다는 점에 소설사적 가치가 있다.

3. 시장경제로 세속화된 사회 비판

김혁은『마마꽃 응달에 피다』를『장백산』에 연재를 하던 2003년 9월부터 2005년 5월까지『연변문학』에『국자가에 서 있는 그녀를 보았네』를 연재하였다. 여러 가지 이유로 10년이 넘는 시간이 흐른 후에 출간된『국자가에 서 있는 그녀를 보았네』(연변교육출판사, 2018)는 조선족 소설 중에서 농민공 문제를 전경화한 최초의 장편소설로 화려한 도시를 동경해 농촌을 떠나 도시로 이주한 주인공 신애가 도시에서 고난에 부닥치고 파멸하는 내용을 다루었다.

농촌 청년이 화려한 도시에서의 생활을 동경하여 농촌을 벗어나듯이『국자가에 서 있는 그녀를 보았네』의 주인공 신애도 도시에 이주해 화려해진 친구 경자의 전화번호를 들고 도시로 나왔다. 전화번호가 틀려서 경자를 만나지 못한 신애는 경자가 말한 음식점 거리에서 김밥집 종업원으로 도시 생활을 시작하였다. 첫 직장인 김밥집에서는 잘 지냈으나 건물이 재개발에 들어가 폐업하여 실직하자 신애의 삶은 급전직하하였다. 이후 그녀는 버스 안내원, 신발가게 종업원, 노래방 춤 아가씨 등 여러 직업을 전전했으나 일이 제대로 풀리지 않자 잠자리를 해결할 수 있는 찜질방 김밥말이가 되었다. 신애의 도시 생활은 전문적 능력 없는 농촌 청년이 도시로 이주해 선택하게 되는 밑바닥 직업을 전전하는 것일 수밖에 없었고, 약간의 부침이 있더라도 결국은 원점 회귀하기 마련이었다.

또 신애는 김밥집에 근무할 때 양인철과 풋사랑을 나누었으나 그가 친구 경자와도 연락하는 사이인 것을 알고 헤어졌고, 김밥집이 폐업하자 버스 안내원 자리를 챙겨준 박 기사와는 그의 아내의 오해로 봉변당하는 것으로 끝났고, 경자 소개로 만난 신발가게 사장은 신애와 동거하다 임신시키고는 도망쳤고, 낙태 후 취직한 노래방에서 만나 결혼한 시인과는 그의 괴팍한 성격 탓에 1년 만에 이혼했다. 이처럼 도시에서 신애가 만난 사랑은 정신적, 육체적 충격을 주고는 파탄으로 끝나고 원점 회귀하고 말았다.

신애가 보여준 도시 이주민의 원점 회귀적인 삶은 고향에서 사랑했던 오빠 호준의 삶에서도 크게 다르지 않았다. 그는 전재산을 투자한 비닐하우스가 폭설로 뭉개지자 빚에 몰려 도시로 이주해 여러 직업을 전전했으나 빚만 늘자 향정부의 지원을 받아 무공해 쌀농사를 짓기 위해 귀농하였다. 호준이는 귀향 계획으로 가진 이별 자리에서 신애에게 함께 돌아가지 않겠느냐는 말을 꺼냈다가 거두어들이고 말았다. 고향에 부모와 가족이 있는 자신과 달리 일가붙이 하나 남지 않은 신애는 돌아갈 고향이 없었고, 도시에서 몸과 마음이 피폐해진 신애가 고향으로 돌아가기는 어려움을 알기 때문이었다. 고향으로 돌아갈 수도 없고 도시 이주민으로서 살길도 막힌 신애는 한국 이주를 결심하나 그 역시 만만한 일은 아니었다. 이잣돈을 빌려 시도한 노무 송출은 회사가 파산해 실패했고, 위장결혼을 하려던 한국 남자는 경자가 가로채어 한국으로 가버렸고, 최후의 방법으로 밀입국을 선택한 신애는 어창에서 질식사하고 말았다.

이렇듯『국자가에 서 있는 그녀를 보았네』는 농촌에서 도시로 이주한 이주민의 삶은 원점 회귀할 수밖에 없다는 비극적 인식을 보여주었다. 이러한 원점 회귀는 신애, 호준 오빠, 양인철, 윤승원, 신애의 사촌동생 림호는 물론 김밥집 주방장 아줌마, 신애 친구 경자 등 이 작품에 등장하는 모든 도시이주민에 적용된다. 특히 이 작품의 전체 구성에서 프롤로그에 이어진 서두가 "신애는 차표를 손아귀에 움켜쥐고 사람들의 틈바구니에 끼여 개찰구로 나왔다"로 시작하고, 에필로그의 시작이 "기적을 울리며 기차가 역에 들어섰다. (2행 생략) 맨 나중에 애젊은 처녀애 하나가 마치 징검다리라도 건너듯 조심스럽게 걸어나왔다"로 되어 있는 점은 유의미하다. 신애가 도시의 역에 내려 어리둥절하는 장면에서 시작하여 온갖 풍상을 겪은 뒤 죽고, 이어 에필로그에서 새로운 농촌 처녀가 도시에 내려 어리둥절하는 장면을 배열한 것은 이 처녀의 도시에서의 삶 또한 신애와 크게 다르지 않을 것이라는 서사적 장치이다. 이러한 구성은 이 작품이 보여준 도시이주민의 비극이 한 여인의 운명이 아니라 도시화로 인해 끊임없이 반복되는 농민공의 비극임을 강조해주는 효과가 있다.

이 작품에서 나타난 농민의 도시 이주는 원점 회귀로 끝난다는 비극적 인식은 그간 이주라는 제재를 다룬 조선족 소설이 한국 이주 열풍이 미친 영향, 한국에서의 차별과 멸시, 한국 체험과 조선족 정체성, 조선족 사회의 혼란과 와해, 한국과의 공존 등과는 이질적이었다. 『국자가에 서 있는 그녀를 보았네』가 도시화에 따라 도시로 이주한 농민은 도시의 최하층 직업을 전전하는 원점 회귀일 수밖에 없다는 비극적 현실 인식을 농민공의 삶을 통해 소설화하고, 이러한 주제를 강화하기 위한 장치로 한국 이주를 사용한 것은 이주 문제를 소설화하는 새로운 서사 방식이었다.

4. 운명론적 세계관의 소설적 형상화

리혜선이 『빨간 그림자』에서 소설화한 운명론적 세계관은 이 작품을 상재한 지 8년 후 발표한 장편소설 『생명』(연변인민출판사, 2006)에서 확대 재생산되었다. 『생명』은 아버지에게서 딸로 어머니에게서 아들로만 즉 성(性)이 다른 자녀에게로만 유전되는 치명적인 병을 매개로 검질긴 운명의 힘을 보여주었다. 이 작품에서 창훈과 그의 자녀들이 겪는 운명적인 비극은 아들에게서 딸로 또 딸에게서 아들로만 전해져 30~40대 젊은 나이에 간암으로 죽는 무서운 유전병에 기인하였다. 창훈의 아버지는 아내가 그런 병을 가진 것을 알고는 집 밖을 떠돌았고, 유전병의 존재를 몰랐던 창훈은 사귀던 명희가 임신하자 결혼하였다. 창훈의 집안 내력을 알게 된 명희의 엄마는 딸의 시댁에 내려오는 운명을 끊기 위해 딸을 데리고 두만강을 건너가 출산시켰다. 명희가 딸을 출산하자 산파에게 주어버리고, 산파의 집에서 갓 태어난 부모 없는 사내아이를 데리고 돌아와 창훈과 명희의 아들 정욱으로 키웠다.

그러나 운명은 명희 엄마의 방토에도 불구하고 이 집안을 떠나지 않았다. 유전병의 존재를 알게 된 창훈은 딸이 생길까 두려워 아내 명희를 멀리하였고, 외로움에 시달리던 명희는 옛 애인 하섭과의 사이에서 딸 정은을 얻었고, 정욱이 일여덟 살이 되었을 때 산파에게 맡긴 아이 금주가 산파가 죽은 후 여러 집을 떠돌다 창훈의 집에 양녀로 들어왔다. 운명을 끊으려던 명희 엄마의 노력은 실패하여, 창훈과 명희 부부에게는 버림받았다가 양녀로 들어온 금주, 금주와는 아버지가 다른 딸 정은, 남의 집 자식을 데려와 아들로 키운 정욱 등 부모가 다른 세 명의 아이가 동기간으로 자랐다.

창훈은 정은이 자신을 친딸로 알고 있는 것이 마음 아프고, 장모에게서 금주가 친딸인 것을 듣고 애정을 베풀었으나 사실을 밝히지 못하고 젊은 나이에 죽었다. 정욱은 아버지의 장례식에서 우연히 집안 내력을 듣고는 절망하여 사랑하던 여자와 헤어지고, 자신을 좋아하는 금주에게 마음을 열었다. 그러나 아버지의 병이 아들인 자기에게는 유전되지 않고, 자신과 금주가 바뀌었다는 사실을 알고는 집을 떠나버렸다. 정은은 집안 내력을 알고 파괴적인 삶을 살다가 창훈이 친아버지가 아니라는 사실을 알고는 새로운 삶을 개척하였다. 창훈 집안의 내력을 안 명희는 정욱과 정은은 병이 유전되지 않아 안심하지만, 엄마에게서 금주가 친딸이라는 말을 듣고는 금주의 병을 고칠 돈을 벌기 위해 한국으로 밀항하였다.

금주는 집안의 내력과 함께 자신이 창훈의 친자식임을 알고는 절망에 빠졌고, 아버지가 어느 날 갑자기 자기에게 값비싼 게를 사 먹이고 애정을 베푼 것과 정욱이 자신을 떠나버린 이유를 알았다. 금주는 절망에 빠져 자살을 시도했으나 주변 사람의 도움으로 구조되고, 어릴 적부터 자신을 좋아한 얼팡의 사랑을 받아들여 딸 하나를 낳은 뒤 힘든 화학치료를 받다가 젊은 나이에 죽음을 맞이하였다. 금주의 친가에서 대를 이어 내려오던 유전병은 할머니, 아버지를 거쳐 금주에게까지 이어졌고, 온 가족이 그 운명에서 벗어나기 위해 온갖 노력을 기울였으나 실패하였고, 결국 금주는 딸 하나를 낳고 죽었다. 이로써 한 집안의 검질긴 운명은 소멸되었다.

『빨간 그림자』와 마찬가지로 『생명』이 주제화하고 있는 것은 거스를 수 없는 운명의 힘이다. 운명을 바꾸기 위해 두만강을 건너가 아이를 낳고, 저주스러운 운명을 벗어나기 위해 다른 사람의 아이와 바꾸어보지만, 버린 자식은 다시 자기 부모의 양녀가 되어 운명을 이어갔다. 창훈의 어머니나 창훈이나 운명을 알지 못한 시기에는 행복하게 살았으나, 어느 나이에 운명을 알고는 거기에 순응하여 지독하리만치 깔끔하게 주변을 정리하고, 완벽한 삶을 살려 애쓰고, 자식에게 무언가를 남기고자 노력하였다. 그들은 운명에 항거해보지만 불가능하다는 사실을 알고는 운명에 순응하고 죽음을 준비함으로써 불안 속에서 행복을 찾았다.

정욱과 정은은 운명의 주인공이라 생각해 삶을 포기했다가 운명이 자신의 것이 아님을 안 순간 새로운 삶을 개척할 힘을 얻었다. 그리고 명희는 엄마에게서 금주가 출산 때 바꾸었던 친딸이라는 이야기를 듣고는 운명의 검질김에 절망했다. 명희는 딸을 살리기 위해 한국으로 밀항하다 죽을 고비를 넘기고, 한국에서 병에 걸려 생사의 고비를 넘나들면서도 악착같이 돈을 모으지만 끝내 금주의 운명을 바꾸지 못하였다. 이렇듯 『생명』은 창훈과 금주 그리고 주변 사람의 삶을 통해 인간은 주어진 운명을 거역할 수 없고, 정해진 운명에 순응하는 것이 소극적이기는 하나 행복을 찾을 방법이라는 메시지를 전하고 있다.

리혜선의 『생명』에는 인간의 삶이란 사회의 변화나 인간의 노력에도 변하지 않는 그 무엇 즉 운명의 힘에 지배받는다는 보수적이고 운명론적 세계관이 깔려 있다. 사상 해방이 되었지만 사회주의 문학이론이 중요한 창작 방법론이었던 조선족 문단에서 리혜선이 보여준 이 같은 운명론적 문학관은 그의 독특한 문학세계의 기반이 되었다. 역사의 방향성을 깨달은 문제적 개인의 노력과 투쟁으로 현실이 변혁되고 역사의 모순을 극복할 수 있다는 사회주의적 역사의식과 대척적인 자리에 서 있는 리혜선의 이러한 문학정신은 조선족 문단에서 매우 이질적인 존재였다. 문학의 다양성이라는 시각에서 또 새로운 시대의 문학을 열어가야 하는 이 시기의 시대 정신을 생각할 때 리혜선의 소설이 보여준 보수적이고 운명론적인 문학관은 그 독특함으로 인해 소설사적 의의를 지닌다.

5. 조선족 정착사의 소설적 형상화

최홍일은『눈물 젖은 두만강』을 발표하고 10여 년이 지난 시점에 4년 이상의 집필 기간을 거쳐『룡정별곡』(전 3권, 연변인민출판사, 2013~2015)을『눈물 젖은 두만강』의 속편이라는 부제를 붙여 완간하였다.『룡정별곡』은『눈물 젖은 두만강』과 동일한 공간적 배경, 동일한 인물의 이야기가 이어진바, 조선인이 용정에 터를 잡은 시기부터 조선이 일제에 합병되기 직전인 1907년까지의 역사를 다룬『눈물 젖은 두만강』에 이어『룡정별곡』은 칠성 영감이 죽고 4년이 지나 용정대화재가 발생한 1911년부터 일본이 패망하고 국공전쟁과 한국전쟁으로 이어지는 1950년까지의 용정의 역사를 다루었다.

『룡정별곡』 1권은 신해혁명이 일어나고 용정대화재가 발생한 1911년부터 3·1운동과 청산리전투 등 민족주의 진영의 항일운동이 왕성하게 전개되던 1921년까지의 이야기를 다루었다. 2권은 용정에 철도가 놓인 1923년부터 흑하사변과 경신참변 등으로 민족주의 계열의 항일세력이 약화하고, 조선공산당 계열의 항일세력이 등장하였다가 점차 중국공산당의 영도로 변화하고, 9·18사변이 발생하는 1931년까지를 시간적 배경으로 하였다. 그리고 3권은 9·18사변 이튿날부터 만주국 수립과 중일전쟁을 거쳐 일본의 항복 후 중국

이 공산화되고 한국전쟁이 발발하기 직전인 1950년까지의 비교적 긴 시간을 다루었다.

이러한 용정 역사의 시기 구분은 한국인이 한국사와 관련해 생각하는 '한일합방-삼일운동-청산리전투와 경신참변-만주국 수립과 중일전쟁-해방'으로 이어지는 시간적 계기와 크게 다르다. 『룡정별곡』은 1권이 용정대화재, 2권이 용정-개산툰 열차 개통, 3권이 만주사변에서 시작하고 있다. 이러한 용정 역사의 시대 구분은 용정의 역사는 만주 지역의 변화를 반영하고, 당시 재만조선인의 삶과 현재 조선족의 현실에 영향을 미친 사건을 중심으로 정리해야 한다는 조선족의 역사 인식과 관련된다. 최홍일은 『룡정별곡』의 전체적인 줄거리에 대해 용정 지방의 변화와 발전 그리고 능욕의 역사 즉 1911년부터 1950년에 이르기까지 용정에서 발생한 중대한 사변과 변천이 외적 스토리로 되어 있고, 내적 스토리의 중심은 일제의 침략과 약탈에 좌절하고 실패한 중심인물 철진과 금돌의 재부 축적과 생업을 위한 분투의 과정으로 용정 공상업의 흥기와 발전 그리고 사멸의 과정이었다고 밝힌 바 있다.

『룡정별곡』은 『눈물 젖은 두만강』의 중심인물이었던 칠성 영감의 손자 금돌과 석돌, 조선인 지주 용달의 아들 철진과 철수, 그리고 용정 지역의 교육자 석준의 아들 호범과 룡범 등을 중심으로 전개된다. 이들 중 철진과 금돌은 사업가로 성장해 용정의 흥망과 함께하며 일제의 수탈을 몸으로 견뎌내었고, 항일무장투쟁에 헌신한 석돌, 철수, 호범, 룡범 중 형 세대인 호범과 석돌은 민족주의 계열로 아우 세대인 룡범과 철수는 사회주의 계열의 항일무장투쟁에 투신하여 조국과 계급의 해방을 위하여 헌신했다. 사업가로 투신한 두 인물이 용정 지역 조선족 공상업의 흥망과 용정의 역사를 보여주었다면, 항일무장투쟁에 헌신한 네 인물은 일제강점기 조선인의 고난에 찬 항일투쟁의 역사를 대변해주었다. 이러한 인물의 설정을 통하여 반세기에 걸친 용정 지역의 공상업을 중심으로 민생, 교육, 종교, 민속, 혁명, 항일 등 제 분야를 다각적으로 반영하여 효과적으로 형상화하였다.

『룡정별곡』은 항일투쟁사를 다루면서 이념적 제한에 따라 역사 제재 선택이

제한되던 기존 조선족 소설의 한계를 벗어나 투쟁의 주체가 민족주의자든 공산주의자든 이념적 성향과 관계없이 모두 서술한 것은 항일투쟁사의 완전한 소설적 재구로서 의의를 지닌다. 또 이 작품은 정치적, 항일투쟁사적, 계급 해방적인 관점에 집중하여 역사의 일면만이 강조한 기존의 조선족 소설의 틀을 벗어나 정치, 경제, 문화, 사회 등 다방면으로 제재를 확대하여 조선족 역사의 전모를 보여주었다. 이러한 시도의 결과『룡정별곡』은 정치운동과 항일투쟁으로 일관하지 않고, 공상업의 변화, 전기, 수도, 철도, 학교, 병원 등의 설치 등, 용정 사람들의 삶에 직접적인 영향을 미친 사건들을 자세하게 서술하였다. 또한 조선족의 전통문화에도 관심을 두어 종교, 제례, 민속, 민요 등을 세밀하게 묘사하여 조선족의 역사를 완벽하게 재구하려 한 작가의 창작 의도를 훌륭히 뒷받침해주었다.

『룡정별곡』이 보여준 조선족 역사 재구의 새로움은 역사의 주체에 대한 인식 변화의 결과이다. 조선족 소설은 사회의 모순, 문제적 개인, 역사의 방향성 등으로 대변되는 사회주의 역사 인식에 따라 문제적 개인의 영웅적 투쟁을 그려왔다. 그러나 개혁개방 이후 중국 주류문단에서 이러한 역사소설을 반성하여 민중의 삶을 원래의 모습으로 재생하려는 신역사소설이 등장하였다. 최홍일은『눈물 젖은 두만강』에서 신역사소설의 이론에 따라 조선족 이주사를 소설화하였고, 이후 사회주의적 역사소설과 신역사소설이라는 이질적인 소설이론을 종합하여『룡정별곡』에서는 역사의 변화를 추동하는 주체와 시간의 흐름 속에 변화해가는 인간의 삶을 통합해 다루었다. 이는 역사란 정치적 변화에 조건 지어지는 바 크지만, 최종적으로는 평범한 개인들의 삶의 작은 변화가 역사를 추동한다는 역사 인식으로 용정 역사를 소설화한 것이다. 최홍일이『룡정별곡』에서 사용한 항일투쟁 중심의 거대서사와 사회문화적인 변화를 다룬 미시서사를 결합하여 소설화하는 특유한 역사소설의 창작 방법은 조선족 역사를 총체적으로 서사화하는 방법으로 소설사적 의의가 크다.

6. 고향 사람 이야기로 소설화한 조선족 현대사

최국철의『광복의 후예들』(연변인출판사, 2010)은『간도전설』의 배경인 남대천 사람들의 광복 이후의 삶을 다루어『간도전설』과 일종의 연작으로서의 성격을 지닌다. 그러나『간도전설』이 단일 갈등 중심의 극적 구성으로 되어 있음에 비해,『광복의 후예들』은 광복 이후 3년간 남대천마을에서 중국공산당이 주도하는 토지개혁을 중심으로 발생한 크고 작은 사건들을 나열하는 병렬적 구성으로 되어 있다.『광복의 후예들』에는 온성대교가 폭파되고 일본이 패망한 뒤 남대천 사람이 느끼는 불안감, 양수진에 진주한 소련군의 만행, 일본군 시체의 구두와 의복을 벗겨 겨울나기, 악덕 지주의 토지를 농민에게 분배한 토지개혁, 소작농 중심의 농민회 조직, 재산에 따라 계급을 나누는 성분 획분, 국공전쟁에 따른 참군 등 이 시기 발생한 역사적 사건들이 남대천 사람의 경험 수준에서 서술되어 있다. 이는 남대천 사람이 경험한 토지개혁 시대의 역사이며 또한 조선족이 경험한 역사의 실체이기도 하였다.

『광복의 후예들』은 소설의 일반적인 구성 방식과 달리 인과 관계가 없는 사건이 시간 순서에 따라 서술되고 있다. 이 작품의 공간적 배경인 남대천에는 중심 스토리를 이루는 토지개혁의 대상은 일제와 결탁하여 농민들을 착취한 악덕지주 짱싼과 남대천에 조선인 이상촌을 세우려던 김원도의 아들 영수뿐이었다. 짱싼은 남대천 사람이 원망하던 대상이지만 영수는 아버지 꿈을 받들어 낮은 소작률을 유지하고 소작인의 삶을 챙기는 등 소작인과 공존하기 위해 노력한 덕에 마을 사람에게 존경받았다. 따라서 남대천에 들어온 토지공작대는 곧바로 짱싼의 토지를 몰수했으나, 영수의 토지는 상당 기간 권리를 인정해주다가 모든 토지가 공유화되는 시기에 공작대가 접수하였다.

『광복의 후예들』에서 토지개혁은 토지의 소유를 두고 지주와 소작인이 첨예하게 갈등하는 극적 전개를 보여주기보다 공적 권력에 의해 지주의 땅이 소작인에게 무상 분배되고, 자기 명의의 토지를 소유한 농민이 환호하고, 착한 지주 영수의 몰락을 안타까워하면서도 점차 제도에 적응하는 농민의 모습 등이 시간의 흐름에 따라 전개된다. 또 영수는 토지 소유가 유지될 수 있을까 걱정하고 약간의 행동도 취해보지만 변화하는 상황을 거스르지 않고 순응할 뿐이었다. 토지개혁은 지배 계층인 지주가 몰락하고 피지배 계층인 소작인이 평등해진 혁명이지만『광복의 후예들』은 사건의 혁명성보다는 시간의 흐름에 따라 발생하는 사건과 그 과정에서 변화하는 조선족 삶과 인심을 병렬적 구성으로 보여줄 뿐이다.

이렇듯『광복의 후예들』이 토지개혁이라는 역사적 사건을 다루면서도 병렬적으로 선택한 것은 이 작품의 제재가 극적인 갈등 구조를 만들기 불편했음과 관련이 있다. 토지공작대가 남대천마을에 들어와 악덕 친일 지주 짱싼을 타도하는 과정은 인민의 칭송을 받을 일이어서 극적 서술을 사용하여 전개했다. 그러나 영수는 농민의 존경을 받는 지주여서 일방적 타도의 대상으로 삼아 극적 구성으로 서술하기에는 어려움이 없지 않았다. 따라서 모든 토지를 공유화하여 농민에게 분배하는 토지개혁의 마지막 단계에서 영수의 토지를 몰수하였다. 이러한 서사 전개는 악덕 지주와 선량한 지주를 나누어 악덕 지주를 먼저 타도하고, 몇 년 후에 법제를 정리하여 모든 토지를 공유화한 토지개혁의 역사적 실체와도 일치한다.

『광복의 후예들』에서는 병렬적 구성으로 전개되는 중에 필요한 경우 '화외음 (話外音)'이라는 작품 전개와 직접적인 관련이 없는 내용이 짧게 달려 있다. 이 작품의 첫 화외음은 "온성다리—그곳은 작은 주인의 아버지 어머니, 수많은 조선 젊은이들의 원혼이 묻힌 곳이다. 지금 온성다리는 도문시 관광국에서 레드 관광이란 이름을 달고 관광지로 추진하고 있다. 온성다리는 끊어진 다리라는 의미에서 관방에서는 '단교'라는 새로운 이름도 출시했다."라는 식으로 서술되어 있다. 이 화외음은 온성대교를 '조선 젊은이의 원혼이 묻힌 곳'이라 하여『광복의 후예들』이『간도전설』의 후편임을 공식화하고, 일제 말기에 폭파된 온성대교의 현재의 모습을 설명하였다.

이 작품에는 이러한 '화외음'이 27번 사용되었다. 그 기능이 모두 일치하지는 않으나 '화외음'은 소설에서 서술할 수 없는 내용을 보충하거나, 작중인물의 과거나 미래를 이야기하거나, 한 사건이 가지고 있는 의미를 작가의 시각에서 전달하는 기능을 담당한다. 작가가 서술 상황 밖의 사실까지 전달하는 '화외음'은 소설 속의 허구적 사건을 실재 사건으로 느껴 작품을 실화로 인식하게 한다. 최국철은 화외음 부분이 군더더기임을 알았으나 독자들이 작품 속의 남대천을 자기 고향 도문시 량수진 남대촌으로 알고 있었기에 진실성을 강조하고자 장르적인 파괴를 감수했음을 밝혔다. 이 말대로 이 작품에 사용된 '화외음'이라는 장치는 소설 내용을 보충하고 사건의 실제성을 강화한 효과는 없지 않으나 이로 인해 소설적 긴장감을 약화하고 소설의 장르 규칙을 파괴하는 등 한계를 노정했다는 평가를 벗어나기 어렵다.

고향 마을의 이야기를 통해 조선족의 역사와 삶을 소설적으로 재현하는 창작 방법은『광복의 후예들』에 이어지는『공화국의 후예들』(연변인민출판사, 2016)에서 또 다른 방식으로 나타났다.『공화국의 후예들』은 토지개혁 이후 남대천 사람의 삶을 제재로 하여 집필된 중·단편소설을 각 장으로 배치하여 인물과 사건이 느슨하게 연결된 한 편의 장편소설로 구성하였다.『공화국의 후예들』은 이러한 구성 방식을 통해『광복의 후예들』에 등장한 인물이나 그 자손들로 1950년대부터 2000년대에 이르는 기간 동안 시대의 흐름에 따라 변화해온 남대천 사람의 삶을 연대순을 무시하고 시공간의 제약 없이 병렬시켜 반세기에 걸친 조선족의 현대사를 소설화하였다. 이 작품은 일정한 시각을 가지고 집필하여 발표한 중·단편소설을 모아 병렬적 구성으로 재편집하여 장편소설로서의 일관성이나 통일성이 부족한 한계를 지닌다. 그러나 공통된 주제를 지닌 장의 내용이 옴니버스 형식으로 조선족의 삶의 모습을 제시하여 독서 과정에서 독자가 나름의 방식으로 조선족의 역사를 재구성하게 하는 독특한 구성을 보여주었다.

『광복의 후예들』과『공화국의 후예들』은 조선족의 역사를 정면으로 역사소설로 창작하지 아니하고, 작가의 고향 남대천 사람들의 삶을 이야기함으로써 조선족의 삶과 역사의 파편을 소설화하는 방식을 취하였다. 작가의 가장 원초적인 체험이 고향이라는 점에서 고향 이야기는 많은 작가에게 있어 창작의 중요한 모티프가 되었다. 『광복의 후예들』과 『공화국의 후예들』에서 작가의 고향을 공간적 배경으로 하여 격동의 시대를 산 마을 사람들의 흥미로운 일상을 서술함으로써 조선족의 삶과 역사를 재구성한 방식은 최홍일이 『룡정별곡』이 선택한 조선족 역사를 소설화한 방식과 전혀 다른 창작 방법으로 신역사소설을 실천하여 조선족 역사를 소설로 형상화하는 새로운 방식을 제시해주었다.

제3장

한국 이주 열풍에 대한 비판적 인식

재외동포법 개정으로 한국 입국이 편리해지고 한국 체류 기간이나 직업 선택도 비교적 자유로워져 조선족의 한국에 대한 인식은 크게 변하였다. 조선족은 차별과 멸시로 인해 상처받고 한국인과의 갈등으로 분노하던 데에서 벗어나 점차 한국 생활에 적응하고 한국과 중국을 드나들면서 자기가 처한 현실에 대해 객관적으로 바라볼 수 있게 되었다. 조선족의 삶과 의식을 민감하게 반영하기 마련인 조선족 작가들은 이 시기에 들어와 한국 이주 열풍에 대해 반성적 사유를 시작하여 이전 시기의 소설이 보여준 좌절과 분노를 딛고 또 조선족 정체성에 관한 고민에서 벗어나 조선족이 처한 현실을 비판적으로 인식하기 시작하였다.

이 시기 조선족 소설에 나타난 주제 경향의 두드러진 변화는 한국 이주 열풍의 결과로 나타난 조선족 공동체의 와해, 가족 해체 그리고 이주민의 삶에 관한 비판적 성찰이 두드러진다는 점이다. 이러한 변화는 지난 시기 허련순이나 윤림호 등 여러 작가가 한국으로의 이주 열풍을 다룬 소설에서 보여준 현실 인식에 대한 반성의 결과였다. 이 시기 조선족 작가들은 외적 현상으로서 한국 이주 조선족들이 경험한 차별과 멸시로 인해 받는 고통과 한국 이주로 조선족의 뿌리인 고향이 황폐화한 상황 그리고 위장결혼으로 한국에 이주한 가족의 문제 등에 관하여 보다 근원적인 성찰을 보여주었다.

박옥남은 조선족 공동체의 해체를 바라보는 아쉬움과 과거에 대한 그리움을 소설적으로 형상화한 대표적인 작가이다. 박옥남의 「둥지」(『도라지』2005. 1기)는 어린 학생의 시점으로 개혁개방 이후 조선족이 도시로, 관내로 또 한국으로 이주하여 조선족 농촌 공동체가 사라지는 현실을 형상화하였다. 이 작품의 배경이 되는 벽동마을은 평안북도 벽동 사람들이 이주해 세운 조선족 마을로 한창 번성할 때는 100가구가 넘을 정도의 작지 않은 촌으로 마을 내에 있는 벽동소학교의 재학생이 200명도 넘었다. 그러나 마을 주민이 줄어 학생 수를 채울 수 없자 당국에서는 이 학교를 폐교하고, 남은 학생은 현성에 있는 한족 학교에 전학하는 것으로 결정하였다. 방학한 뒤, 학교가 폐쇄되고 친구들이 현성으로 떠나고 나자 울적한 마음에 집을 나온 진수가 학교에 가보니 학교 간판이 두 동강이 나서 땅에 떨어져 있고, 학교 건물은 이웃 한족 마을 양들의 우리로 변하고, 운동장에는 양들이 돌아다니고, 학교 마당 한 편을 갈아엎어 양을 키울 시설을 마련하는 것을 보고는 마음의 고향인 학교가 사라져 처연한 기분에 젖었다.

통계에 따르면 2001년 연변의 농촌지역 조선족 소학교의 신입생 수가 421명으로 1995년에 비해 82%가, 재학생 수는 4368명으로 1995년에 비해 67%가 감소했고, 조선족 소학교도 2001년 43개소로 1989년 188개소에 비해 77%가 폐교되었다. 「둥지」에서 방학식 날 벽동소학교의 마지막 수업을 하면서 담임선생은 학생들에게 학교가 문을 닫는 원인에 대해 산아 정책 탓으로 농촌 인구가 줄었기 때문이라고 설명하였다. 그러나 진수 엄마가 진수에게 말했듯이 마을 인구가 감소한 가장 중요한 이유는 마을 사람들이 돈을 벌기 위해 도시로 관내로 또 한국으로 이주한 탓이다.

이 작품에서 보여주듯이 진수와 같은 어린 세대는 한국과의 교류에 따른 조선족 공동체의 와해와 가족 해체의 피해자이다. 진수가 다니는 학교는 작년까지 열두 명의 학생이 있었으나 부모를 따라 도시로 나가고 또 부모가 한국으로 돈벌이를 가며 도시에 있는 친척 집에 맡겨져 이제는 일곱 명밖에 남지 않았다. 이제 학교가 폐쇄되고 아버지에 이어 어머니까지 한국으로 가면 진수는 시내에 있는 외가에 맡겨지게 되었다. 조선족이 돈 벌러 도시로, 한국으로 이주하면 조선족의 전통과 문화를 지켜주던 공동체가 사라지게 되고, 어린아이들은 정확한 이유도 모르면서 정든 친구들과 이별하고 어린 시절을 보낸 고향 마을을 떠날 수밖에 없었다.

「둥지」는 한국으로의 이주로 인하여 와해되는 조선족 공동체의 실상에 관한 이해가 부족한 어린아이를 작중화자로 하여 서술함으로써 조선족 공동체의 해체를 바라보는 아쉬움을 더욱 애잔하게 느껴지게 하였다. 진수가 마을 여기저기를 돌아다녀보니 익숙했던 모든 것들이 사라지고, 마을 사람이 떠난 자리에 말도 입성도 낯선 한족들이 그 자리를 채웠다. 그리고 학교에 가면 언제나 반갑게 맞아주던 선생님도 안 계시고, 친구들과 공부하고 뛰어놀던 학교는 양들이 우글거리는 이상한 풍경으로 변해버렸다. 울음이 터질 듯해 집으로 돌아오지만 너무나 낯설어진 고향 마을이 적응되지 않는 것은 어쩔 수 없는 일이었다. 이 작품은 어린아이의 눈을 통해 해체되어버린 조선족 마을의 정경을 서술함으로써 사라진 고향을 바라보는 아쉬움과 아련한 슬픔을 효과적으로 그려내었다.

「둥지」에서 소년의 시선으로 바라보아 아련한 그리움과 안타까움으로 그려진 조선족의 공동체인 농촌의 고향 마을이 사라져버린 현실을 「작은 진 이야기」(『도라지』 2009. 2기)에서는 보다 구체적인 상황으로 보여주었다. 벌목기지 대산진 외곽의 조선족 마을 석도 출신인 주인공 '나'는 학교 진학으로 고향을 떠나고, 부모도 도시로 이주하여 오랜 시간 고향 마을을 가보지 못해 고향 마을은 아름다운 기억으로만 남아 있었다. 회사 일로 출장길에 오른 '내'가 고향 근처까지 온 김에 고향마을을 찾아볼 요량으로 대산진에 이주해 사는 소학교 동문인 한족 산산이를 찾아 함께 석도 마을에 가볼까 하였으나 산산이는 석도에 갈 필요가 없다며 아래와 같이 말하였다.

"석도는 왜 가는데? 너희가 살던 그 마을은 이제 마을도 아니야. 작년까지만 해도 조선 전통음식 맛을 낼 줄 안다는 음식점이 그 마을에 하나 있어서 우린 쩍하면 차를 몰아 그곳으로 먹으러 다니기도 했는데 그것도 금년엔 우리 한족 사람으로 주인이 바뀌어 인젠 조선 음식 전통음식 맛이 아니라 니 맛도 내 맛도 아닌 그런 짬뽕 음식점이 되여버렸지. 정말이라니깐. 가보나 마나야. 네가 살던 그때 그 초가집들이 한 채도 아니 남고 다 허물어졌더라. 그리구 그곳엔 조선 사람은 한 집도 안 살아. 가봐야 아무것도 없어. 못 믿겠으면 저 아래에 있는 양고기 구이집에 가서 물어봐. 그 음식점에 팔백 원씩 받고 밑반찬 버무리는 일을 하는 아낙이 하나 있는데 듣건대 석도에서 나온 아낙이라더라."

소학교 시절 석도마을은 인근에서 상당히 풍요롭고 규모가 있는 조선족 마을이었다. 논농사로 흰 쌀밥을 먹어 잡곡을 주식으로 하는 한족 친구들의 부러움을 샀던 고향 마을에 대한 기억은 산산이와 만나 옛날의 즐거웠던 추억을 나누는 과정에서 산산조각이 나고 말았다. 석도에는 이제 조선족은 한 가구도 남지 않았고, 조선족 특유의 초가집은 다 무너졌고, 조선족 음식점마저 문을 닫았다는 소식은 고향 상실감을 느끼기에 충분하였다. 이제 석도를 떠올릴 수 있는 것은 친구 산산이와 나누는 어린 시절의 기억과 대산진 음식점에서 허드렛일하는 아줌마밖에 없었다.

농촌의 삶은 고되고 가난밖에 남을 것이 없다는 생각에 조선족이 고향을 떠나고 나면 그 자리에는 한족들이 터를 잡아 조선족은 뿌리 뽑힌 존재가 되고 말았다. 조선족은 농촌의 고향을 떠나 도시와 한국에서 벌어온 돈으로 짧은 시간에 경제적 여유는 가졌으나 부의 대가로 돌아갈 고향이 사라진 현실은 조선족에게 커다란 상실감으로 남았다. 「작은 진 이야기」에서 작중화자가 고향 석도의 조선족 마을이 사라졌다는 데 커다란 상실감을 느낀 것은 도시에서 삶의 소중한 무엇인가를 상실한 채 살아가는 자기 모습을 반성적으로 바라볼 수 있는 공간, 즉 조선족의 정체성을 지켜주던 고향을 영원히 잃어버렸다는 현실 인식이었다.

2008년 『흑룡강신문』에 발표한 「찐구」(『장손』, 연변인민출판사, 2011)는 조선족이 모두 떠나 한족 마을로 변한 고향의 구체적 형상을 통해 조선족 공동체의 상실에 대한 안타까운 심경을 보여준 작품이다. 이 작품은 어린 시절 숫기가 없고 칠칠치 못해 또래들의 놀림거리였던 찐구가 장가도 못 간 채 고향에 남아 한족들 틈에서 살아가는 기구한 모습을 그렸다. 18년 만에 찾아간 고향 마을은 외관상으로는 별다름이 없었으나 마을에 늘어선 기와집 안에서는 한 번도 본 적 없는 한족들이 마작을 놀고 있었고, 양 뜨락이며 집 주위가 한족식으로 어수선해진 것이 옛날에 살던 조선족 자취는 찾아볼 수 없었다. 예전 조선족 초가는 무너져 터만 남았고, 개혁개방으로 호도거리를 실시해 목돈이 생긴 마을 사람들이 지은 기와집에는 한족들이 살고 있고, 마을 사람들을 편안하게 맞아주던 논들이 밭으로 바뀐 고향 마을은 짙은 아쉬움을 느끼게 하였다.

마을 여기저기를 돌아다니다가 어릴 적 친구 찐구를 만났다. 몸이 약한 탓에 겨우 먹을 만큼만 농사짓고 삶의 즐거움을 잃어버린 채 살아가고 있는 그는 '나'를 보자 반가움을 드러내기보다 그저 인사만 나누고 돌아섰다. '나'는 멀어져가는 찐구를 보며 가족처럼 서로 돕고 지내던 조선족과 친한 친구들이 모두 떠난 고향 마을에서 원래 숫기 없고 제집 논바닥밖에 모르는 그가 말도 다르고 풍속도 다른 한족 사이에서 어떻게 여생을 살아갈 것인가 하는 걱정에 가슴이 시렸다.

토지가 국가 소유인 중국에서 농민이 도시로 이주하면 토지소유권을 포기하거나 타인에게 위탁 관리하게 해야 한다. 조선족이 한국으로 이주하여 돈을 벌어서 가족 전체가 도시로 이주하면 고향의 집과 땅을 고향에 남은 조선족에게 맡겨 관리하게 했으나, 조선족 공동체가 완전히 와해되는 지경이 되면 결국 토지소유권을 한족들에게 팔아버릴 수밖에 없었다. 이러한 과정으로 연변을 비롯한 중국 동북 지방 도처에 존재했던 조선족 마을이 한족 마을로 변해버렸다. 한국 이주 열풍으로 조선족이 부딪힐 수밖에 없었던 고향 상실은 조선족에게는 희망을 찾아간 결과이지만 조선족의 또 다른 이산의 아픔의 실상이기도 하였다. 박옥남의 「찐구」는 한족 마을로 변한 고향 마을의 풍경과 고향에 남아 외롭게 살아가는 찐구의 모습을 한 폭의 풍경화 같은 분위기로 그려내어 조선족의 고향상실의 아픔을 소설적으로 형상화하는 데 성공하였다.

이외에도 박옥남은 논농사로는 가난을 벗어나지 못한다고 남들을 따라 도시로 나가 음식점을 하다 망하고, 위장결혼으로 한국으로 이주하려 재산을 다 날려 가족과 헤어져 식당에서 일하는 형수를 그린 「세뚜리 밥집」(『도라지』 2007. 2기), 주민들 모두 도시 이주해 농사지을 사람이 부족한 조선족 마을에서 조선족 주민을 초빙하는 공고를 내야 할 상황이 되고, 이 공고에 어린 시절 고아가 되어 한족 노인에게 맡겨져 고향을 떠났던 썬딕(순덕)이가 조선말을 못하나 조선족이긴 하니 주민으로 받아달라며 지원하자 받아들일 수밖에 없는 현실을 그린 「썬딕이」(『도라지』 2007. 5기) 등 여러 소설에서 한국 이주 열풍으로 조선족 농촌 공동체가 사라져버린 현실을 극적으로 보여준다. 이렇듯 박옥남은 조선족 사회에 미친 한국 이주 열풍의 현실을 세밀하게 관찰하여 한국에서 겪은 차별이나 멸시 또는 정체성 문제보다 더 중요한 후유증으로 고향상실의 문제를 집요하게 천착하여 한국 이주가 조선족 사회에 미친 근원적인 아픔을 소설적으로 형상화한 대표적인 작가로 자리 잡았다.

이 시기에 등단한 김경화는 「개구리는 없다」(『도라지』 2011. 2기)에서 부모의 이혼과 한국으로 이주로 외톨이가 된 아이를 통해 가족 파괴가 자녀의 삶을 얼마나 황폐화하고 그것이 어떠한 사회문제를 낳을 것인가를 보여주었다. 아버지의 실직으로 부모가 이혼한 후 시내 학교에서 시골 학교로 전학해 외톨이로 지내던 아이는 조부모와 사는 뒷집 수길이와 크게 싸우고는 동네 아이들과 어울릴 수 있게 되었다. 그러나 엄마는 한국으로 이주하고, 2년쯤 지나 마을의 학교가 폐쇄되어 수길이와 자신만 남게 되었다. 엄마는 10리나 떨어진 학교에 다니라 하며 점차 아이의 일에 무관심해지자 아이는 가출하여 수길이와 수길이 형이 근무하는 노래방에서 일하였다. 그러나 엄마도 한국 남편의 아이를 가져 무관심해지고, 외가에서는 아이가 아버지를 찾아간 것으로 생각해 찾지도 않자 아이는 강하게 살아남겠다고 다짐했다.

이 작품은 부모 모두에게 버림받았음을 알게 된 아이가 수길이와 수길이 형이 보는 앞에서 어항의 금붕어를 잡아 씹어먹으며 강하게 살겠다고 다짐하는 것으로 끝났다. 개구리잡이 그물 속의 개구리처럼 아무리 발버둥쳐도 현실의 절망을 벗어날 수 없음을 깨달은 아이는 잡은 개구리를 살려주던 착한 마음으로는 이 사회에서 살아남을 수 없으니, 악하게 강하게 살아서 잡아먹히기 전에 먼저 잡아먹겠다고 다짐한 것이었다. 소학교 5학년 아이가 이런 결심을 하는 이 작품의 결말은 한국 이주로 인한 가정 파괴가 단순히 부부만의 문제가 아니라 부모로부터 버림받은 아이들의 생존 문제와 직결되고, 정신과 가치관이 비뚤어진 아이들이 미래에 커다란 사회문제가 될 수 있음을 보여주었다. 「개구리가 없다」는 조선족의 한국 이주가 가져온 조선족 공동체의 와해, 이혼의 급증과 가족의 해체 등을 사회문제로 다루던 조선족 소설의 시각을 벗어나 어린아이들의 사회 적응 문제를 다룬 것에 큰 의의가 있다.

조선족의 한국 이주에 지속적인 관심을 보인 김경화는 「두 번 내리는 비」(『연변문학』 2014.12)에서 심장병 앓는 아들의 병원비를 벌기 위해 위장결혼으로 한국에 이주한 여자를 통해 한국 영주권 취득과 관련한 문제를 다루었다. 하나밖에 없는 아들의 심장병이 언제 다시 발병해 엄청난 수술비가 필요하게 될지 모른다는 걱정에 위장이혼–결혼하여 한국에 입국한 여자는 첫 한국 남편에게서 도망쳐 식당에서 일하다 2년 후 영주권을 받게 해준다는 조건으로 단골 노인과 결혼하였다. 자녀의 돌봄을 받지 못하는 노인과 영주권이 필요한 여자의 결합으로 서로가 서로에게 감사하는 마음으로 잘 지냈다. 영주권 신청에 필요한 예금액 중 모자라는 절반을 마련해주기로 한 노인이 여자가 맡긴 통장의 돈을 찾아 가족 모두 길에 나앉게 된 막내딸의 빚을 갚도록 주어버려 두 사람은 진퇴양난의 상황에 빠지고 말았다.

> 녀자는 머리를 감싸쥔다. 로인네는 녀자의 울음을 말릴 생각도 못하는 양 녀자의 무릎에 얹은 두 손만 간헐적으로 떨며 으으 신음소리를 내고 있다
> 윽윽. 녀자가 흐느껴 운다. 녀자의 어깨가 오르락내리락한다. 로인네가 심하게 떨고 있다. 두 사람의 울음소리가 합쳐진다. .

「두 번 내리는 비」는 여러 명의 자녀 모두 거들떠보지도 않아 생활에 애로를

겪던 노인이 여자를 만나 안정되자 여자의 존재를 부담스러워하는 자녀들과, 어려운 상황에 빠진 자녀가 도움을 요청하자 거절하지 못하는 부모의 마음을 잘 보여준다. 그리고 이 작품은 결혼 이주 여성의 한국 국적 취득 자격 조건 중에서 ① 입국한 지 2년 이상으로 규정한 귀화 신청 기한 ② 국적 취득 신청 때 남편과 동행해야 하는 조항 ③ 3000만원 이상 예금통장·부동산 증명이나 취업 증명을 요구하는 조항 등에 대해 비판적 시각을 보였다. 이 작품은 한국의 노인 문제와 결혼이주 여성의 영주권 문제를 결합시켜 사회적 약자를 보호하기 위한 사회적 안전망의 필요성을 강조한 주제의 새로움이 눈을 끌었다.

한국 이주가 조선족 사회에 미친 영향을 다양한 시각에서 다루었던 허련순은 「하수구에 돌을 던져라」(『연변문학』 2004.5)에서 조선족이 위장이혼-결혼으로 아내를 한국에 보낸 동생의 거짓된 삶과 타락을 통해 위장결혼으로 한국행을 선택하고 중국에 남은 가족의 삶에 비판적 시선을 보내고 있다. 삶이 팍팍해지자 남들처럼 한국에 나가 큰돈을 벌어오고 싶지만 출국할 길을 찾지 못하던 동생 부부는 위장이혼을 하였고, 제부(弟婦)는 한국 남자와 결혼하여 출국에 성공하였다. 출국한 아내가 제대로 취업하여 돈을 부쳐올까에 노심초사하던 동생은 아내가 한국에서 돈을 부쳐오자 자기의 결정이 성공했다고 친구들을 '나'의 가게에 불러 모아 크게 잔치를 베풀며 이제 남부럽지 않은 삶을 살수 있게 되었다고 자랑을 쏟아내었다. 이러한 동생과 그의 친구들을 바라보며 '나'가 하는 독백은 위장이혼-결혼으로 출국하는 조선족의 현실에 대한 비판적 시각을 보여주고 있다.

> 동생이 성공이라고 이름 지은 그것이 언제까지 이어질 것인지 모두가 그녀한 테 달려 있다. 지금 낯선 남자이지만 법적으로 자기 남편인 사람과 한방을 쓰고 사는 그녀의 장래는 어디로 튈지 그녀 자신도 아마 모르고 있을 것이다.

이는 이전 시기에 조선족의 한국 이주를 제재로 한 소설에서 다루었던, 아내와 위장이혼하고, 아내를 한국 남자와 위장결혼시켜 한국에 보낸 남편이 갖는 자존심을 다룬 작품이나, 한국에 간 아내가 연락을 끊고 부부 관계가 파탄 나는 작품을 이은 것이기는 하다. 그러나 이 작품은 중국에 남은 남편이 위장이혼하고 한국에 이주한 아내가 부쳐준 돈을 받고는 자랑스러워하는 모습과 그런 사람을 바라보며 미래가 어떻게 될지 알 수 없다는 진단을 내리는 모습을 그리며 위장이혼–결혼으로 출국하는 부부의 미래에 대한 객관적이고 비판적인 인식을 보여준다는 점에 의의가 있다.

리혜선의 「터지는 꽃보라」(『장백산』 2006. 5기)는 장기간의 한국 생활을 끝내고 가족의 품으로 돌아온 여성이 겪는 내면의 불안을 다루었다. 한국에서 10년 이상 생활하다 돌아온 여성들은 돈은 벌어왔어도 오랜 기간 함께하지 못한 남편과의 거리감과 가장 중요한 시기에 돌보지 못한 자식에게 느끼는 미안함에 집안에서 가족들과 생활하는 것이 편하지 않았다. 그녀들은 한국에서 함께 생활했던 친구들과 사우나에 모여 수다를 떠는 것으로 허망해진 자기의 삶을 위로받곤 했다. 이 작품의 주인공 윤정은 성장기에 엄마의 사랑을 받지 못하여 인터넷상에서 아바타를 키우는 것으로 위로받는 대학생 딸을 보며 엄청난 죄책감에 시달렸다. 또 남편이 집안에까지 여자를 끌어들인 것을 알고 분노하다가도 한국에서 생활하며 외로움에 지쳐 숙박비를 아낀다는 명목으로 조선족 남성과 동거한 것을 생각하며 아내 없는 외로움에 시달렸을 남편의 마음을 이해하기로 하였다.

이 작품의 백미는 한국에서 생활할 때 알게 된 여성들이 부녀절 날 가족으로부터 해방되어 사우나에 모여 술을 마시며 함께 한탄하는 부분이다. 그녀들은 한국에 나가 큰돈은 벌었지만 그 결과 가족과 고향이 모두 낯선 존재가 되어버렸고, 한국에서는 모든 일에 자신만만하고 미래에 대한 꿈을 꿀 수 있었고 또 생활이 즐거웠는데 고향에 돌아와 가족 사이에서 생활하면서 오히려 홀로 떨어진 듯한 느낌을 갖게 된 공통 심리를 확인하였다. 이런 점에서 「터지는 꽃보라」는 한국에서의 고생담이 주를 이루었던 한국 이주 제재 소설이, 이주의 역사가 길어지고 한국의 이민 정책으로 한국에서의 생활이 자유로워진 현실의 변화를 반영하여 장기간 한국에서 생활하였던 조선족이 귀국 후에 겪는 현실 부적응을 다루었다는 점에서 커다란 의미를 지닌다.

박초란의「하늘 천 따 지 하다」(『도라지』 2009. 1기)는「터지는 꽃보라」가 보여준 한국에서 귀국한 조선족의 현실 부적응을 넘어 귀국 자체를 포기하고 노마드가 되는 조선족을 다루었다. 이 작품은 위장이혼-결혼으로 한국으로 이주한 아내를 둔 남성 '나'의 서술로 되어 있다. 금융계에서 성실히 일해 어느 정도 경제력을 갖추었으나 아내에게 화려한 삶을 보장해주지 못한 '나'는 자식의 먼 미래를 걱정하며 한국에 가서 돈을 벌어오겠다는 아내의 주장을 거절하지 못하고 위장이혼-결혼으로 한국에 이주하게 하였다. 한국 남자와 결혼하여 산다는 소문을 뿌리던 아내는 한국에 가고 얼마 되지 않아 송금을 끊었다. 6년 만에 아들의 미래를 위해 한국으로 데려가 키우겠다는 생각으로 집에 돌아온 아내는 부부 관계에 냉담하다가 '나'를 설득해 아이를 데리고 출국해버렸다.

이 작품은 한국 열풍으로 중국에 남은 사람의 힘든 삶과 함께, 부부 관계가 파탄이 나고 자식을 한국으로 데리고 가서 가족 관계가 파괴되는 것이 누구의 책임인가 하는 진지한 물음을 던지고 있다. '나'는 아내가 화려한 삶을 살겠다는 허영심 때문에 한국 이주를 선택했다고 생각했으나, 아내가 한국으로 가고 얼마 지나지 않아 아내는 허영이 아니라 자존심 때문에 한국을 선택한 것이었음을 깨달았다. 그렇다면 한국에 남편을 둔 아내가 이혼한 '나'에게 돌아오기도 어렵고, 또 자존심 때문에라도 다시 중국으로 돌아올 수 없게 된 것이었다. 남편과의 잠자리에서 몸이 뜨거워지지 않는 아내가 아들을 데리고 한국으로 돌아가고 싶은 자기의 내심을 남편에게 전한 것은 이혼하기 전에 자주 사용하던 녹음 일기였다.

> 걱정이 하나 있다면 아들이다. 이 아들만 곁에 있어준다면 난 이제 아무 걱정이 없을 것 같다. 남편은, 아들애를 키우느라 남편은 많은 고생을 했다. 그것도 안다. 돈을 남겨주고 싶지만 남편 자존심을 많이 상하게 할 것 같고… 남이면서도 남 아닌 남편을 어떻게 해야 할까? 내가 왔다고 좋아하는 남편에게 어떻게 이 말을 꺼낼까? 곤혹스럽다. 남편을 마주하면 찾아오는 이 죄의식, 남편은 그걸 알

가? 남편 탓을 할 내 처지가 아닌데… 내 허영 탓인데… 아직도 내 죄의식과 수치심에 견딜 수 없다. 그것 때문에 남편을 마주할 수가 없다. 이건 정말로 남편 탓이 아니다. 아마 나는 그래서 더욱 돌아가야 할가 보다. 거기엔 누가 뭐라고 할 사람도 없고 눈치를 볼 사람도 없다.

이미 한국 남편에게 아들을 데리고 올 것을 허락받은 아내는 남편에게 장문의 음성 일기로 자기의 마음을 전하였다. 아내가 한국 남자와 결혼하였다는 사실을 알고 있는 남편으로서는 아내가 자식의 미래를 위하여 한국에 데려가 교육시키겠다는 주장을 거부할 명분이 없었다. 다시 한국으로 돌아갈 수밖에 없는 현실에 놓인 아내는 자식을 이유로 들고 있지만 가장 중요한 것은 한국이 이미 익숙하고 편해졌기에 중국에서 살 수가 없다는 사실이다. 더욱이 중국에서 산다면 위장이혼−결혼으로 한국에 가서 한국 남자와 정식으로 결혼 생활을 한 사실은 수치이고, 또 평생을 남편에게 죄책감을 갖고 살아야 한다는 것도 힘든 일이었다. 자신의 과거를 알지 못하기에 누가 뭐라고 할 사람도 없고 눈치 볼 일도 없는 한국, 더구나 경제적으로 안정되고 미래의 편안한 삶이 보장되고 자식에게 훌륭한 교육 기회를 만들어줄 수 있는 한국으로 되돌아가는 것이 아내가 선택할 수 있는 유일한 길이었다.

이 작품은 조선족이 한국으로 이주하여 생활한 기간이 길어지면 길어질수록 한국 생활에 익숙해지고 한국에 얽힌 것들이 많아져 결국은 중국으로의 귀국이 불가능해지는 현실을 소설적으로 보여주었다. 이런 점에서「하늘 천 따지 하다」는 조선족 이주 현실에 관한 깊이 있는 사유를 통하여 이주민들이 이주 기간이 길어지면 이주지에서의 삶이 더 편해져서 결국은 그곳에서 정주민이 되는 이주민의 현실을 소설화한 것으로 높이 평가할 수 있다.

강호원은「방문」(『연변문학』 2009.5)에서 한국 이주로 이혼하는 상황을 조금은 다른 각도에서 바라보고 있다. 이 작품의 주인공 김철원은 문단 모임에서 기획한 한국 방문단의 일행으로 참석하여 한국에 도착한 날 밤, 오랜 기간 연락을 끊은 아내 오영숙을 만나려고 용접공으로 일하고 있는 형 김철수에게 연락하였다. 김철수는 한국에서 만난 조선족 여자와 동거하며 사고뭉치로 자란 아들을 건사하며 짠지 장사를 하는 아내에게 가끔 돈을 부치기는 하나 연락을 거의 끊고 살았고, 오영숙 역시 한국에 이주한 후 운 좋게 전 차관 집에서 파출부 겸 현지처로 일하며 남편과 거리를 두고 있었다. 김철수와도 연락하지 않고 지내던 오영숙은 김철수의 연락을 받고 부잣집 사모님의 모습으로 나타나 김철원을 만나지 않을 터이니 상황을 전해달라는 얘기만 전하고 급히 사라졌다.

오영숙을 만나고 마음이 답답해진 김철수는 동생을 만나 술을 마시면서 오영숙을 만나고 난 뒤 느낀 자기의 생각을 조심스레 전하였다.

> "책 많이 읽은 네가 더 잘 알겠지만 여기 사람들은 쩍하면 이런 말을 한다. 로마에 가면 로마법을 따르라. 근데 법을 오래 따르다 보면 결국 로마 사람으로 되고 말 테지. 모두 그렇게 된다고 말하긴 어렵지만 내 꼴을 봐도 어쩔 수 없는 일이야. 점점 여기 생활에 적응돼 가고 편해지니 말이다. 진이 엄마도 례외가 아니라고 본다. 십중팔구는 여기 사람이 다 됐더라. 그것도 상류층 쪽으로 말이다. 이제 다시 처음처럼 수습한다는 것은 아마 불가능할 것이야. 기어이 가겠다는 사람을 잡을 수가 없을뿐더러 또 잡는 것이 도리가 아니라고 본다. 네가 진짜 사내놈이란 걸 알고 있으니 네가 진이 엄마를 놔주라."

김철수가 동생에게 한 말은 한국에 이주한 조선족 현실과 상황을 객관적으로 보여주고 있다. 한국으로 이주한 조선족은 한국 사람처럼 살 수밖에 없고, 그렇게 사는 시간이 길어지면 낯설고 사람답지 않다고 느꼈던 한국인의 삶이 점차 익숙해지고, 자기도 모르게 한국적인 것에 적응이 되어 과거의 삶으로 되돌아가는 것은 불가능하게 된다는 지적이다. 그의 이러한 지적은 조선족의 한국 체류 기간이 길어져 초기에 느끼던 한국 문화에 대한 이질감이 어느 정도 해소되었고, 재외동포법의 개정으로 법적 제약이 줄어들어 한국에서 적응하고 살기가 나아진 조선족의 현실을 반영하고 있다.

이미 현실이 된 오영숙의 한국 생활을 인정해야 한다는 김철수의 말을 듣고 분노한 김철원은 그 자리에서 폭음하고 호텔로 돌아와 쓰러져 잤다. 다음 날 아침 귀국을 준비하던 김철원은 자신의 배신을 사과하기 위해 찾아온 오영숙이 한국에 남겠다면 좋은 자리를 알아봐주겠다고 제안하자 한마디로 거절하고, 이혼서류를 작성해 보낼 테니 아들에게 쓸데없는 돈을 부쳐 허영만 가득하게 만들지 말라고 쏘아붙였다.

김철원은 형이나 아내의 말을 좇아 돈을 벌겠다는 욕심에 한국에서 이주민으로 살다 보면 점차 한국이 편해져 한국 사람처럼 살게 되고 이주민이 되어 인간다움을 상실할 수는 없다는 마음에 귀국을 결정하였다. 그러나 연길 공항에 도착하여 대학생 아들 성이 마중 나온 것을 보고는 아내의 도움도 거절한 상황이니 아들을 대학은 물론 석박사까지 공부시킬 학비를 벌기 위해서 자기가 한국으로 나갈 수밖에 없다고 생각하게 되었다. 이상에서 보듯 「방문」은 조선족에게 있어 한국이란 존재는 부정하면서도 보다 나은 미래를 위해 또 자녀의 교육을 위해 필요한 돈을 벌 수 있는 희망의 공간이라는 현실 인식을 보여준다. 이는 부정하고 싶지만 부정하지는 못하는 한국이라는 존재에 대한 조선족의 객관적이고 비판적 인식으로 큰 의미를 지닌다.

김금희의 「노마드」(『장백산』 2010. 2기)는 한국에 이주해 돈을 벌어 돌아온 조선족이 고향에 정착하지 못하는 현실을 그리고 있다. 이 작품의 주인공 박철은 한국에 가면 큰돈을 번다는 것을 믿지 않았으나 한국으로 시집간 누나의 초청으로 한국행 기회를 잡았다. 그는 한국에서 한국인의 인정을 받을 때까지는 차별을 감내하다가 자신의 가치를 인정받은 후에는 정확히 자기 몫을 챙기는 요령을 터득해 어느 정도 돈을 벌자 원천을 버려서는 안 된다는 생각에 귀국하였다. 그러나 고향에 도착해 친구 호영에게서 자기보다 먼저 방랑의 끝이라고 생각하고 고향에 돌아왔던 친구들이 자의든 아니든 다시 떠날 수밖에 없었다는 말을 듣고는 자기도 친구들처럼 꿈이 깨어져버릴지 모른다는 불안감에 사로잡혔다.

박철은 한국에서는 노동으로 쉽게 목돈을 만들 수 있었는데 고향에 돌아오니 돈벌이 방안이 떠오르지 않아 장사로 성공한 사촌 동생에게 도움을 청한다. 동생은 가게든 식당이든 번듯한 회사든 무엇을 하더라도 그것을 운영할 능력이 없으면 실패로 끝날 것이라 조언했다. 오랜 고민 끝에 박철은 돈은 있어도 고향에 정주할 방도가 없고, 그렇다고 평생을 한국에서 이주민으로 살수는 없다는 결론을 내렸다. 현실의 벽을 깨달은 박철은 농촌에 내려가 작은 농장을 만들어 조선족 음식점을 해볼 계획을 세웠다. 사촌 동생의 충고대로 최선을 다해야겠지만 성공 가능성은 매우 희박했다. 박철 역시 다른 친구들처럼 또다시 한국으로 나가 이주민으로 살아가야 하는 운명이 예정되어 있는지 모를 일이었다.

「노마드」가 조선족의 이주 열풍을 다루는 독특함은 이주를 선택한 이주민이 다시 정주로 돌아가지 못하는 것을 이주민의 현실 나아가 숙명으로 인식한 데 있다. 이 작품에서 수많은 아무개가 고향에 돌아왔다가 적응하지 못하고 다시 이주를 선택하여 떠도는 것은 정주하지 못하는 것이 이주민의 숙명임을 보여주기 위한 소설적 장치이다. 작품에 언급되었듯이 이주는 '가능성의 유혹'에서 비롯하는 것으로, 인간은 자기의 거주지에서 미래의 전망을 찾을 수 없다고 느낄 때 새로운 가능성을 찾아 이주를 시도한다. '북한 사람은 중국을, 중국 사람은 한국을, 한국 사람은 미국을 동경하듯이 어차피 좀 더 잘 살고 싶어 하는 사람들의 욕망은 다 같은 것'이어서 이주민의 삶은 부평초처럼 떠돌 수밖에 없고, 그들의 최종적인 정주지는 존재 자체가 불가능하다는 인식이다. 이렇듯 김금희의 「노마드」는 작품의 제목 그대로 조선족의 한국 이주 열풍에 관해 치열한 반성적 사유를 거쳐 그 이유와 본성을 소설적으로 형상화하여 이주 제재 조선족 소설의 수준을 이주에 관한 인문학적 성찰로 끌어올렸다.

제4장

조 · 한 문화의 대비와 이주에 관한 재인식

개혁개방으로 조선족 공동체가 해체되어 조선족이 한족과 같은 공간에서 살아야 하는 이전 시기부터 조선족 작가들은 민족성에 대해 성찰하였다. 연변 조선족자치주의 경우 자치주가 설립되던 1952년 자치주 인구의 60%를 상회 하던 조선족이 개혁개방이 본격화된 1993년에 처음으로 40% 아래로 떨어졌 고 이후 조선족 비율은 조금씩 줄어 2015년경부터는 36%를 오르내릴 정도가 되었다. 조선족 인구가 한족보다 줄어든 현실도 그렇지만 개혁개방 이전 조선 족의 대부분이 농촌에서 공동체를 이루고 살았기에 도시나 관내로 이주하면 갑작스레 한족 사이에서 섬처럼 존재하게 되어 민족정체성을 유지하기가 쉽 지 않았다. 이런 현실을 반영한 듯 이 시기 조선족 학계에서 조선족 민족 문화 와 민족성에 관한 논의가 본격화되어 『당대중국조선족연구』『중국조선족우열 성연구』 등이 간행되었다.

이러한 조선족 현실의 변화를 반영하여 이 시기 조선족 소설은 한족과의 대 비를 통하여 조선족의 민족적 특수성을 드러내려는 시도가 한 경향을 이루었 다. 이전 시기에 조선족의 허영 심리와 과소비 풍조를 소설화한 김영자의 「가 는 세월, 오는 세월」(『천지』 1993.3)이나 조선족의 과도한 음주 습관을 비판한 김 동규의 「누님이 그린 그림」(『도라지』 1999년 2기) 등은 조선족 민족성의 저열성을 비판함으로써 한족과 공존하게 된 현실에 대응하는 방안을 모색한 것이었다.

그러나 이 시기에 들어와 한국 이주 열풍과 도시와 관내로의 이주가 증가하여 조선족 공동체가 공동화되어 조선족 작가들은 점차 분산되어 살아야 하는 조선족이 보존해야 할 민족적 우수성에 관해 사유하였고, 그것은 소설 속에서 조선족과 한족의 관습과 문화를 대비하여 객관화해보는 것으로 나타났다. 또 이 시기 조선족 소설은 제재상의 이러한 변화와 함께 조선족이 중국의 다수민족인 한족 사이에서 어떻게 조선족 문화를 지키며 살아갈 것인가가 중요한 주제로 떠올랐고, 다른 한편으로 같은 민족으로서 상당한 거리감이 존재하는 한국인과의 관계에 관한 새로운 인식도 소설화하였다.

류정남의 「오랜 우물」(『연변문학』 2004.6)은 한 마을에서 어울려 살던 조선족과 한족이 우물을 두고 일으킨 갈등을 통해 조 · 한 두 민족의 풍습을 대비하였다. 아주 오래된 우물을 중심으로 앞부락에는 조선족 여남은 집이 뒷부락에는 한족 스무남은 집이 마을을 이루어, 서로 문화는 달라도 같은 우물의 물을 먹으며 격의 없이 지내왔다. 마을 사람들은 우물을 항상 깨끗이 거두고 겨울이면 앞뒤 부락 남정네가 힘을 합쳐 우물가에 꽁꽁 언 얼음을 깨어내곤 하였다. 그리고 우물가에서 정이 통한 조선족 순희는 아버지의 반대를 이기고 한족 주칠과 결혼해서 남편의 좋지 않은 습관을 바꾸며 행복하게 살았다.

그러나 우물의 물이 마르면서 마을의 인심이 흉흉해져 급기야 싸움으로 번졌다. 조선족 종식과 한족 마가네 둘째가 물을 푸는 순서로 싸운 뒤 분이 안 풀린 종식이 우물에 쇠똥을 넣어 패싸움으로 발전하였다. 순희의 노력도 허사였던 갈등은 현에서 나서 마무리되었으나 뒷부락 사람은 우물물을, 앞부락 사람은 옆 마을 우물물이나 강물을 먹으며 상종을 안 했다. 물이 점점 더 마르자 대책 마련에 나선 뒷부락 한족은 기수제를 지내고, 앞부락 조선족은 물길을 찾으려 노력하였다. 끝내 물길을 찾지 못한 조선족은 한둘씩 마을을 떠났고, 한국 열풍이 불자 앞부락 전체가 비어버렸다.

중편소설인 「오랜 우물」은 누가 팠는지도 모르는 우물을 두고 벌이는 조선족과 한족의 갈등을 서술하는 가운데 두 민족의 습관이나 풍습이 저절로 드러났다. 물 푸는 순서로 싸우고 분이 안 풀려 우물에 쇠똥을 넣는 것은 종식의 성질 탓이기는 하나 조선족의 급한 성격을 잘 보여주었고, 쇠똥을 푼 우물에 대처하는 방식에서 민족 사이의 차이가 확연히 드러났다. 조선족은 물이 더러워진 후부터 그 우물물을 쳐다보지도 않았지만, 한족은 우물을 깨끗이 씻어낸 후 그 물을 떠다 마셨다. 이러한 차이는 주칠의 지저분함을 고치는 순희의 모습에서 마을 사람들이 패싸움에 대응하는 모습에서, 또 우물이 극도로 말랐을 때 대응하는 방식에서도 드러났다.

「오랜 우물」에서는 조선족의 민족성을 한족과 대비하여 청결/불결, 합리/비합리 등으로 긍적적 면모를, 조급/여유, 분열/단결 등으로 부정적 면모를 대립적으로 이해하고 있다. 이러한 대비적 시선은 앞에서 언급한 「가는 세월, 오는 세월」과 「누님이 그린 그림」에서 보여준 조선족의 저열성 위주의 서사에 비해 조선족의 성격을 한족과 대비하여 객관화한 시각을 드러낸 점이 돋보인다. 「오랜 우물」에서 조선족은 한족에 비해 현상에 대해 즉각적이고 조급하게 대응하는 바, 개혁개방에 따른 이주 문제에서도 남들이 이주해 성공했다는 소문을 급하게 따름으로써 오랜 우물은 물론 마을 전체가 한족 차지가 되어버렸다. 이런 점에서 이 작품에서 조선족이 정착하며 팠을 것이 분명한 우물과 부락 전체가 한족 차지로 바뀌는 모습은 간도를 개간한 조선족이 도시와 한국으로 이주하여 연변 지역이 한족의 공간으로 변화하는 작금의 현실에 대한 풍유라는 해석이 가능하다.

박옥남의 「마이허」(『도라지』 2006. 6기)는 마이허를 사이에 두고 조선족이 사는 물남마을과 한족이 사는 상수리촌의 문화와 풍습을 대비하여 조선족 정체성을 드러내었다. 이 작품의 도입부에는 '민족이 다르면 언어도 다른 법이다. 그러나 말을 시켜보지 않아도 마이허 강가에 나와 빨래질하는 모습만 보고도 어느 녀인이 상수리촌 녀인이고 어느 녀인이 물남마을 녀인인 줄 대뜸 알아맞힐 수 있다'로 시작하여 200자 원고지 20여 매 정도의 분량으로 물남마을과 상수리촌 사람들의 삶의 방식과 풍습의 차이를 길게 진술하고 있다. 박옥남은 이 부분에서 이불 덮기, 남편 대하기, 산후조리 같은 생활 풍습과 집짓기와 꾸미기, 정주간의 구조, 실내에서 신발 신고 벗기 같은 주거문화 그리고 음식을 나누고 먹는 방법, 김치와 쏸채의 차이, 냉수와 온수 마시기 같은 식문화 등에 있어 조선족과 한족의 차이를 작가 특유의 섬세함으로 관찰하고 세밀하게 정리하였다. 박옥남은 이 부분에서 조선족과 한족의 문화적 차이를 '깨끗함/더러움, 교양/무지, 부지런함/게으름, 베풀기/아끼기' 등으로 구분하는 조선족의 이항대립적인 인식을 구체적인 예를 통해 상세화하였다. 이는 공동체가 와해된 시기에 조선족의 민족정체성을 규명하여 조선족으로서 자긍심을 키우고 이를 계승하여야 한다는 인식을 보여주었다.

두부를 잘 앗는 상수리촌 한족에게서 두부를 사다 먹는 정도로만 교류를 하고 지낸 물남마을의 조선족은 마을 처녀 신옥이가 상수리촌 총각과 연애하자 아버지가 딸을 두들겨 패고, 마을 여자들이 풍기문란이라 비판하여 신옥이가 마이허에 뛰어들어 죽었다. 이렇게 조선족 정체성을 지키던 물남마을이었으나 조선족이 도시로 한국으로 이주해서 상수리촌 한족이 물남마을의 조선족 집을 사들이고, 뜨락에 옥수수와 콩을 심고 텃밭 둘레에 담을 쌓아 물남마을은 한족 마을로 변해버렸다.

조선족이 거의 떠나버린 물남마을에서 노총각 귀식은 한국에 이주한 누나가 부쳐온 돈으로 상수리촌 처녀를 얻어 결혼식을 올렸다. 정체성을 지키기 위해 한족과의 결혼을 거부하던 조선족도 이제는 시대가 변해 한족 처녀와 결혼할 수밖에 없는 것이다. 귀식의 결혼식은 한족식으로 진행되고, 진행 안내는 하객에 맞추어 조선말과 중국말로 낭송되었다. 이는 이미 조선족끼리 조선족 식순으로 결혼하던 시대가 마감되었음을, 이제 조선족은 민족정체성을 확인하면서도 시대 변화에 맞추어야 할 때가 되었음을 알게 해준다. 이렇듯 「마이허」는 조선족의 정체성은 분명히 하되 한족과 함께하지 않으면 안 되는 시대의 변화를 형상화하였다. 이러한 소설의 변화는 한중수교와 한국의 재외동포법 개정 이후 조선족 사회가 급격히 붕괴되는 현실에 소설적으로 대응한 것이었다.

「마이허」에서 보여준 조선족이 모두 떠나 버린 농촌에 남은 총각이 결혼하기 위해 한족 여성을 찾는 모습은 량춘식의 「달도적」(『도라지』 2006. 6기)에도 중요한 제재로 사용되었다. 이 작품은 농촌 출신 방귀가 한국 나가 벌어온 돈으로 오토바이 타고 다니며 허송세월하다 친구 몇이 오토바이 사고로 죽자 이러다 객사하거나 거렁뱅이가 될지도 모른다는 두려움에 장사거리나 찾을까 하는 마음으로 농촌을 찾았다. 오토바이를 타고 낯선 길을 달리다 길을 잃고 헤매던 중 한족 아가씨들을 만나 한족 마을에 갔다가 도시로 나가고 싶어 하는 처녀 하나를 꼬드겨 데리고 도망쳤다. 소설적으로 개연성이 부족하고 구성이 허술하다는 평가를 받을 수밖에 없는 작품이나 결혼 상대가 없는 조선족 청년이 한족 여성을 아내감으로 구한다는 발상은 조선족 농촌 청년의 현실을 여실하게 반영하였다는 점에서 의미를 부여할 수 있다.

박옥남은 「장손」(『연변문학』 2008.12)에서 「마이허」에서 보여준 조·한 문화의 대비에서 한 걸음 더 나아가 한족 문화에 젖어 산 조선족의 문화적 정체성의 혼란을 보여주었다. 이 작품에서 '나'의 사촌 형은 어릴 적부터 한족들과 친하게 지내 한족 문화에 젖어 있었으나 부모의 강권으로 조선족 아내를 맞아들였다. 그러나 첫 아내는 문화적 차이를 견디지 못하고 도망쳤고, 이후에 재산을 탐내 들어온 여러 조선족 여자들도 모두 그를 떠났다. 마흔이 넘어 폐병이 걸린 사촌 형의 재산을 탐내 결혼한 한족 여성은 사촌 형의 임종은 지켰으나 아내로서의 정성은 부족하여 장례조차 의례적으로 치를 뿐이었다.

문상 간 '나'는 사촌 형수가 곡꾼을 사서 대곡하고, 발인 날은 한족식으로 처량한 새납 소리만 울리고는 재빨리 화장을 치러 조선족식 장례에 비해 성의가 없는 것 같아 섭섭함을 느꼈다. '나'의 이러한 느낌은 집안 장손의 장례식으로는 절차가 너무 소루해 망자를 보내는 슬픔이 빠진 것 같다는 느낌으로 한족 문화에 대한 거리감을 느끼게 해준다. 낯선 장례가 끝나자 사촌 형의 처가 사람들은 유물을 정리한답시고 집안을 뒤져 값나가는 물건들을 나누어 갖는 데 정신이 없다. 그런 모습을 외면하고 마지막으로 형님의 방 안을 둘러보던 '나'는 한쪽에 버려둔 사촌 형의 유품 속에서 액자 하나를 발견하였다.

퇴색한 사진액자 하나가 허접쓰레기 같은 옷가지에 휘말려 나뒹굴고 있는 게 눈에 들어왔다. 주어들고 보니 설날 아침이면 차례상 우에 모셨던 할아버지와 할머니의 영정사진이었다. 유물을 정리한답시며 여기저기를 마구 뒤지는 통에 뒤지는 한데 끼여 나와 흘려진 게 분명했다. 솜두루마기를 입은 할아버지와 앞가리마를 곧게 내여 깔끔하게 빗어 붙인 머리를 한 할머니가 똑같은 시선으로 나를 올려다보고 있었다. 어렸을 땐 차례 제를 내면서도 무섭다고 똑바로 쳐다 보지도 않았던 사진이었다. 그러다 후에 철이 들면서 차차 익숙해져 다시 정을 가지고 대했던 할아버지와 할머니의 유일한 사진이었는데 이렇게 이곳에 흘려져 있을 줄이야.

　　나는 메고 온 가방에 사진액자를 챙겨 넣고 벌떡 일어섰다.

　　시댁에 무관심한 사촌 형수는 유품을 정리하다가 집안 어른의 영정사진을 태워버릴 물건 속에 버린 것이다. 버려진 조부모의 사진을 발견하고 놀라서 주워든 '나'가 분노에 가까운 느낌을 받는 것은 너무나 당연하다. 일부 연구자들은 이 장면에 대해 조상의 영정마저 챙기지 못하고 개처럼 죽어가는 모습이며 이는 소설적 허구가 아니고 피땀으로 일군 땅을 지키지 못하는 조선족의 현실이라 지적하기도 하였다. 조선족으로서의 정체성을 지키지 못해 한 집안의 장손이면서도 죽은 후에 제대로 된 망자 대접도 받지 못한 것도 창피하고, 문화가 다른 아내를 맞은 탓에 조부모의 영정사진도 보존하지 못한 것은 자손의 도리도 지키지 못한 부끄러운 일이다. 「장손」에서 이 장면이 의미를 갖는 것은 조선족 사회가 해체되어 한족과 가정을 이루고 살아가야 한다면 이러한 문화적 차이 때문에 발생할 사건들을 어떻게 하여야 할 것인가에 대해 심각한 고민을 하게 해준 데 있다.

　　그러나 다른 면으로 보면 이 장면은 작가 박옥남의 인간 심리와 행동에 대한 섬세한 시각을 보여준다. 조부모의 사진은 할아버지와 할머니와의 기억이 존재하는 '나'나 사촌 형에게는 큰 의미를 갖는 유물이지만, 이들에 대한 기억도 없고 제사를 지낸 적 없어 조부모의 사진을 보지도 못한 한족 형수와 친정 식구에게는 의미가 없는 물건일 뿐이다. 사촌 형수가 유품을 정리하다가 발견한 낯선 사진을 버리고, 조부모의 영정사진에 대한 기억을 가진 '내'가 놀라 주워들어 가방에 챙겨 넣는 이 장면은 인간의 기억과 행동에 관한 치밀한 관찰과 사유의 결과이다. 그리고, 이 작품에서 조부모의 사진이 버려진 것은 한족으로 살았던 사촌 형이 조선족으로서의 삶을 완전히 상실했음을, '나'가 그것을 집어 들고 나오는 것은 조선족으로서의 정체성을 이어가려는 노력을 암시한 것으로 이해해 볼 수 있다.

「장손」은 조선족과 한족의 문화적 차이에서 발생하는 여러 문제를 보여주었다. 한 집안의 장손인 사촌 형은 어린 시절부터 한족들과 어울리고 한족 문화에 젖어 조선족의 정체성을 상실한 탓에 조선족 여성들과의 결혼 생활을 유지하지 못하였다. 그런 그가 부모가 돌아가시고 몇 번의 이혼을 겪은 후에 한족 여성과 결혼하였으나 이 역시 문화적 차이로 인하여 원만한 가정으로 이어지지 못하였다. 문화적 동질성이란 조상에게서 자손에게로 전달되는 후천적인 세계 인식의 틀이다. 박옥남의 「장손」에서 조선족과 한족의 문화적 차이를 대비하면서 조선족의 정체성을 버리고 한족으로 살아감으로써 또 다른 대우와 멸시를 받는 모습을 보여주는 것은 조선족 사회가 와해되는 시기에 조선족 문화의 정체성을 지키는 일의 중요성을 에둘러 이야기하는 장치로 판단된다.

조룡기는 「포장마차 달린다」(『연변문학』 2009.7)와 「기차놀이」(『도라지』 2009. 5기) 등에서 관내로 이주하여 새로운 고향 만들기에 노력하는 조선족의 삶을 통해 한국인에 대한 열패감 극복과 조선족 정체성 찾기라는 주제를 소설화하였다. 「포장마차는 달린다」는 2007년 금융위기 전후의 항주 지방을 시공간적 배경으로 한국인 가이드에서 한국 음식을 거리 음식화한 포장마차로 전업하여 성공한 준성이란 인물을 중심으로 하여 줄거리가 전개된다. 많은 사람이 가이드를 포기하고 장사를 시작한 것을 깔보았지만 한국인에게 전적으로 기대어 구전을 챙기는 가이드란 직업에 환멸을 느낀 준성이는 포장마차에 몰두하였다. 금융위기로 한국 경제가 기울면서 가이드란 직업은 함께 몰락하고, 준성이는 포장마차 사업을 하여 한국의 경제위기에도 승승장구하여 가이드 업에 종사하던 친구들을 돕고, 외환위기로 유학을 포기해야 할 처지에 놓인 한국인 유학생에게 장학금을 지급하기도 하였다. 이 작품은 가이드와 포장마차라는 직업을 대비하여 한국인에게 종속되지 말고 자립할 힘을 키워야 한국의 외환위기 같은 외부적 충격을 극복할 수 있다는 자신감을 보임으로써 한국에 대한 열패감에서 벗어나려는 의지를 보여주었다.

반면 「기차놀이」는 조선족의 관내로의 이주라는 주제와 한족으로 성장한 조선족의 정체성 찾기라는 두 주제를 다루었다. 가난을 피해 한족과 재혼한 엄마를 따라 한족 마을에서 자라며 조선족 학교에 다닌 춘은 큰 덩치에 한족 문화에 젖어 있어 친구들에게 따돌림당하였다. '나'는 그러한 춘의 처지를 이해하고 친하게 지냈으나, 춘이 한족 끄나풀이라는 이유로 친구들에게 집단폭행당해 자퇴하고 한족 학교로 전학한 후에는 가끔 길에서 만나 인사 정도만 하고 지내게 되었다. 오랜 시간이 지난 후 춘이 북경 유수 대학에 다니는 '나'를 찾아오자 불편한 마음에 상해의 친지에게 부탁해 한국인 상대 가이드 일을 하도록 해주었다. 그리고 10년도 더 지난 후 '나'는 학회 일로 떠난 상해 출장길에서 안내자로 만난 춘과 며칠 함께 술을 마시며 회포를 풀었고, 춘네 부부가 북경 '나'의 집에 방문해 며칠 보낼 때 아이가 생겨 이후 부부 모두가 친한 사이가 되어 연락하며 살았다.

이 작품의 '나'와 춘은 관내로 이주하여 학자로 또 가이드로 살아가는 조선족의 새로운 이산의 모습을 보여준다. 특히 한족으로 성장하여 한족으로 살다가 북경에서 어릴 적 조선족 친구인 '나'를 만나 한국인 상대 가이드가 되기 위해 한국어를 새로 배워 상해에 정착한 춘의 모습은 한족으로 살았던 어린 시절과 조선족으로서의 정체성을 찾은 현재의 삶을 대비하여 민족정체성의 중요성을 보여주었다.

구호준의 「연어들의 걸음걸이」(《도라지》 2012년 5기)는 한국에 이주하여 차별과 멸시에 정신과 육체가 피폐해진 조선족 '나'의 현실 인식과 재기의 의지를 다루었다. '나'는 아내가 온몸이 간지러워지는 성병을 남겨주고 전 재산 500만 원을 훔쳐 달아나버려 빈털터리가 된 채, 서울의 조선족 밀집 지역에서 흔히 볼 수 있는 날품팔이가 되었다. 일거리가 없는 날 아내를 만날 수 있을까 하는 생각에 대림역 8번 출구에 있는 휴게실에서 노숙자와 지내던 '나'는 아내와 비슷한 여자를 뒤쫓았다가 만난 한국 아가씨와 인연이 되어 낙지집에서 함께 일하게 되었다. 신문사 기자로 일하다가 다리를 다쳐 허드렛일로 내몰린 사려 깊은 한국 아가씨는 '나'와 함께 매주 도봉산을 등반하면서 조선족의 삶에 대한 커다란 각성을 주었다.

"그럼 교포들의 정신이 무너지는 원인은 뭐라고 생각해?"

다시 천축사로 가는 길을 향해 걸음을 떼면서 이번에는 내가 질문을 만들어본다.

"우선은 자신들의 문제겠지요. 조금 더 긍정적인 사유로 산다면 정신은 쉽게 무너지지 않지만 스스로 피해의식을 갖고 살아가면 어떤 환경에서건 정신이 무너지게 되어 있으니깐요. 그리고 한국 정부도 동포들이 이민해오는 것을 받아들이지 못하니 책임이 있고, 중국 정부에서도 따로 한국으로 진출하는 동포들에게 어떤 배려도 주지 않으니깐 결국 이중으로 버림을 받은 셈이지요."

나도 그래서 술을 빙자하면서 살아왔던가?

"한국에서 성공한 동포들도 적잖아요. 그 사람들도 꼭 같이 정신이 무너졌다고 생각하나요? 생각의 차이가 서로 다른 인생을 만들게 하거든요. 오빠도 그럴 거고."

한국으로 이주해 고달픈 삶을 사는 조선족 사내와 부상으로 삶이 나락에 빠진 한국 아가씨는 산 정상을 향해 돌층계를 오르면서 조선족의 현실 인식에 관해 의미 있는 대화를 나누었다. 그녀와의 대화를 통해 '나'는 등산 과정에서 육체적 건강과 정신력이 함께해야 정상에 오를 수 있듯이, 인생의 여정도 건강과 정신력이 바탕이 되어야 살아가며 부딪치는 난관을 헤쳐갈 수 있음을 깨달았다. '나'는 그동안 한국인의 차별과 멸시 그리고 아내의 배신 등에 분노하여 정신과 육체를 황폐화했으나, 그녀와의 대화를 통하여 현실의 비극을 극복할 수 있는 것은 바로 자신일 수밖에 없음을 깨달은 것이다. 이 작품은 이러한 '나'의 깨달음의 과정을 출구를 찾는 지하철 승객, 산을 오르는 등산객, 모천으로 회귀하는 연어라는 이미지와 겹쳐 뛰어나게 소설적으로 형상화하였다.

「연어들의 걸음걸이」에서 작가는 한국에 이주한 조선족이 자기 삶이 피폐해진 원인을 한국인의 차별과 멸시, 가족이나 친지의 배신과 사기 그리고 한국과 중국 정부의 무관심 등 외부적 요인으로 돌리는 것을 강하게 비판하였다. 그들이 실패의 책임을 타자에게 미루는 순간, 타자에 대한 피해의식과 사회에 대한 분노에 빠져 정신과 의지가 무너져 다시는 일어설 수 없는 나락으로 빠진다는 것이다. 수많은 조선족이 한국에 이주해도 중국이나 한국 정부가 배려해주지 않고, 그들의 삶이 성공하거나 실패해도 관심을 보이지 아니하고, 한국인은 조선족을 타자로 인식하여 차별하고, 가족이나 친지도 자신의 이익을 좇아 생활할 뿐이다. 이 작품은 이러한 현실 속에서 조선족은 한국에 이주한 순간부터 자기 앞에 닥치는 모든 일에 스스로 책임져야 하고, 자기의 삶이 원하는 방향으로 나아가지 않을 때 현실을 변명하고 타자를 비난하거나 그에 대해 분노하기보다, 강한 정신력으로 그것을 극복하고 현실을 변화시키기 위해 부단히 노력해야 한다는 이주민으로서 삶의 자세를 제기하였다.

「연어들의 걸음걸이」가 보여준 이러한 현실 인식은 한국에서 이주민으로 살아가는 조선족의 현실에 관한 반성적 사고의 결과로서 이주민의 삶을 성공으로 이끌고, 조선족과 한국인이 공존할 방향을 제시해주었다. 더욱이 이러한 방향 제시는 인간이라면 누구나 삶의 과정에 부닥치게 마련인 고난과 절망을 극복하는 방안으로서 강한 정신력과 의지를 강조한 것으로, 조선족 이주민의 삶의 문제를 인간 보편적인 주제로 확장하였다는 점에서 소설사적 의의를 갖는다.

김금희의 「월광무」(『장백산』 2015. 4기)는 조선에서 중국으로 건너와 3대에 걸쳐 이주민으로 살아가는 조선족 유와 아버지를 따라 유네 집안이 살던 조선족 마을에 이주해 정주민이 된 유의 한족 친구 마로얼의 삶을 대비하여 이주와 정주라는 주제를 심도 있게 다루었다. 이 작품에는 조선 반도에서 만주로 이주한 과경민족인 조선족의 이주민적인 성향이 잘 그려져 있다. 유의 증조부는 가솔을 이끌고 두만강을 건너 연변 벽촌에 터를 잡았고, 유의 조부는 군인으로 전장을 누비다 전쟁이 끝나자 수전을 풀 땅을 찾아 장춘 근처에 조선족 마을을 개척했다. 유의 아버지는 문화대혁명으로 대학 진학 기회를 놓치고 전국 순회를 다니다 방랑벽이 발동해 농번기에는 농사일을 농한기에는 장사로 떠돌다가 젊은 나이에 병사했고, 유의 삼촌은 사육하던 곰을 한족 마로얼네에 넘기고 미국으로 이주했다. 또 유의 고향 동네 조선족들은 개혁개방 이후 도시로 한국으로 이주해버렸다. 유 역시 어머니의 권유로 타지의 대학을 졸업한 후, 고향으로 돌아가기보다 대도시의 국영기업에 취업했고, 개혁개방으로 많은 사람이 기회를 찾아 장사를 시작하자, 그들처럼 꿈을 찾아 하해하여 참신한 아이디어로 사업을 벌여 남들이 부러워할 정도의 성공을 거두었다. 이렇듯 「월광무」에서 유의 가족과 조선족이 쉽게 이주하는 모습은 이주에 대한 부담을 갖지 않는 조선족의 과경민족으로서 특성을 형상화한 것이다.

마로얼은 유의 삼촌이 사육하던 곰을 물려받아 형제들과 힘을 합쳐 곰 사육에 몰두하고, 가축을 키우고, 황무지를 개간하여 유네 마을에 뿌리내렸다. 그리고 개혁개방 이후 조선족들이 마을을 떠나자 그 땅을 임대해 농사를 짓던 마로얼 형제들은 마을이 도시로 개발되어 큰돈을 보상받아 아파트에 들어가기도 하고 젖소 농장을 꾸리기도 했지만 마로얼은 더 깊은 산골로 들어가 보상받은 돈으로 땅을 구입하고 다시 정주를 시도하였다.

마로얼이 산골로 들어가기로 하자 북경에서 관광 관련 사업으로 성공 가도를 달리던 유는 마로얼에게 딸의 미래를 위해서라도 도시로 이주하라 권하였다. 그러나 마로얼은 땅을 떠나 살 수 있는 사람은 없다는 말로 유의 제안을 거절하였다. 유와 마로얼이 보여준 입장의 차이는 꿈을 좇아 새로운 미래를 개척해야 한다는 이주민과 꿈보다는 현실에 충실해야 한다는 정주민의 현실 인식에 기반한 것이다. 유와 마로얼은 인생 설계에 있어 꿈과 현실 즉 이주와 정주라는 서로 대척적인 자리에 있었기에 상대방의 삶의 방식을 받아들일 수 없었고, 그들의 선택은 삶의 행로를 크게 바꾸어놓았다.

돈과 꿈을 좇아 시작한 유의 사업은 주변 상황에 따라 호황과 불황이 반복되고, 한 사업이 망하면 다른 사업을, 또 망하면 또 다른 사업을 시작하면서 상황은 점점 더 나빠졌다. 반면에 마로얼은 산골에 터를 잡고 황무지를 개간하고 나무를 심고 가축을 기른 결과 농장의 규모도 커지고, 땅값도 상승해 인근에서 가장 규모 있는 농장주로 성장하였다. 새 사업을 구상한 유는 초기 자금을 마련하지 못해 사업을 포기해야 할 상황이 되자 마지막으로 기댈 곳이라는 심정으로 마로얼에게 전화하였다.

상황이 절박해진 유가 강남에서 동북으로 이동하면서 과거를 회상하는 형식으로 되어 있는 「월광무」는 유가 마로얼이 일구어놓은 농장 앞에서 그 규모에 놀라는 장면에서 끝맺었다. 꿈을 좇아 도시로 이주해 전국을 떠돌며 사업에 몰두한 유는 몰락하고, 주어진 현실에 충실하려는 의지만으로 농촌에서 정주한 마로얼은 대성한 이 같은 결말은 이주민의 불안정한 삶보다는 정주민의 삶이 올바른 삶임을 보여주었다. 이처럼 「월광무」는 돈을 좇아 관내로 한국으로 이주한 조선족이 안정된 가정을 이루지 못하고 인간다운 삶이 파탄에 이르는 현실을 비판하고, 이를 극복할 수 있는 대안으로 현실에 순응하며 노력하면 안정된 삶과 성공을 담보할 수 있는 정주를 제시하였다는 점에서 소설사적 의의를 지닌다.

역사적으로 토지에 기반한 농민은 산업혁명 이후 기업의 필요에 따라 도시로 이주해 임금노동자가 되었고, 산업이 고도화되어 더 많은 노동력이 요구되자 농민의 도시 이주가 엄청난 규모로 증가했다. 중국에서 개혁개방 이후 농민들이 도시로 이주해 단순노동자가 되었고, 중국 사회에 삼농의 문제가 심각하게 등장한 것은 이러한 세계사적 과거가 반복된 것에 불과하다. 물론 후진타오 정부 이래 정책적 지원에 따라 중국 농촌의 상황이 크게 개선되었다고는 하나 현재까지도 도농 간에는 상당한 경제적 격차가 존재한다. 그리고 농촌에서 농장을 운영하기 위해서는 많은 노동력이 요구되어 임금노동자를 고용해야 하는 점을 고려하면 그 성공 가능성은 도시에서 사업하는 것에 비해 그리 높지 않다. 이런 점에서 「월광무」가 보여준 이주로 인한 조선족 사회의 해체와 불안정한 삶을 해결할 대안으로 성실로 무장하여 농촌에 정주할 것을 제시한 것은 현실 인식의 한계를 보여준다.

「월광무」는 이주와 정주에 관한 현실 인식의 한계에도 불구하고 세 가지 점에서 문제적이다. 첫째, 이주를 조선족만의 특별한 현상으로 보지 않고 인류 역사의 한 중요한 양상으로 이해하였다. 둘째, 인간은 꿈과 기회를 찾아 이주하나 이주민의 삶은 불안정할 수밖에 없기에 이를 극복할 수 있는 대안으로 농촌이라는 정주의 터전을 제시하였다. 셋째 과경민족인 조선족이 현대사회의 초국가적 이주를 전형적으로 보여준다는 점을 지적하였다. 「월광무」는 이러한 이주에 관한 다양한 시각을 소설로 형상화함으로써 이전 시기의 소설이 조선족의 한국 이주 열풍만으로 한정해서 이해하던 이주의 문제를 인류사적 주제로 확장한 점에서 조선족 소설의 새로운 지평을 열었다는 평가가 가능하다.

제5장

주제의 다양화와 서사 기법의 실험

이 시기에 들어와 작가들은 자기의 소설 세계를 특화하여 심화하거나 아주 독창적인 주제를 다루어 소설의 세계를 넓혀 나갔다. 이전 시기부터 불교적 세계관을 바탕으로 번뇌와 고통을 벗어나려는 인물을 형상화하던 박초란은 자기의 독특한 소설 세계를 심화시킨 대표적인 작가였다. 그리고 조성희, 김금희, 김영해 등은 새로운 주제와 제재를 선택하여 이전 시기까지 조선족 소설이 보여주지 않은 독특한 소설 세계를 창조하여 조선족 소설의 폭을 넓혔다.

이 시기의 많은 젊은 작가가 소설의 서술 방식에 관심을 가져 소설의 제재나 주제를 새롭게 하기보다 서사의 힘으로 소설의 예술성을 확보하는 모더니즘 소설을 선보였다. 이전 시기부터 다양한 서술 방식을 실험하던 젊은 작가 구호준, 김금희, 리진화 등이 새로운 서술 방식을 다양하게 실험하여 조선족 소설이 현대소설적인 면모를 일구어 나갔다. 그리고 이 시기에 구호준, 허련순 등의 작가가 포스트모더니즘의 유행으로 등장하여 세계적인 관심을 보인 2인칭 소설을 시도하여 조선족 소설의 실험성이 강화되었다.

박초란은 이 시기에 현실의 고통과 외로움으로 정신적으로 방황하는 여인을 삶을 다룬 중편소설 「스팽글」(『도라지』 2008년 4기)을 발표하였다. 이 작품의 주인공 S는 부모의 싸움과 폭력에 시달렸고, 한국으로 이주한 어머니에게서 돈과 선물은 받았으나 사랑을 받지 못했고, 할아버지 고향을 찾아 한국에 갔던 아버지는 공사판에서 죽고, 가장 마음을 주고받았던 친구 미옥은 돈을 벌기 위해 한국에 가버려 정신적 혼란과 고통과 외로움에 시달렸다. 깨어진 가족, 남들 손에서 자란 상처를 걷어내고 진실한 삶을 찾아 방황하는 S는 돈을 추구하는 시대에 진실함이 무엇인가를 고민하며 글 쓰는 일에 몰두하였다. S는 자주 다니던 카페에서 아내와 딸을 두고 출가하여 떠도는 스님 Z를 만나 삶에 대해 이야기를 나누다 친숙해졌다. S는 Z가 오래전에 구해둔 산속 집에서 홀로 자신의 상처를 되돌아보며 편안히 글을 쓰는 시간을 가지고, 가끔 찾아오는 Z와 삶과 예술에 관해 이야기하고 차도 마시고 산속을 거닐기도 하였다.

고해 같은 현실에 고통받고 방황하던 S는 자기 생각을 글로 정리하고, Z가 데려다 준 산속의 집에서 자기 발견을 위해 노력하였다. S는 이 과정에서 떠오른 생각과 삶의 의미에 관한 고민 등을 글로 쓰며 자기 치유에 노력하였으나, 사천 지진으로 많은 사람이 죽은 일에 충격받아 삶과 죽음 그리고 가족 등에 관한 고민을 거쳐, 하나밖에 남지 않은 가족인 어머니와 함께하는 것이 방황을 마감하는 길이라는 결론에 이르렀다. 이때 S는 엄마가 귀국한다는 전화에 '엄마, 우리끼리지만 더 늦기 전에 같이 살자. 내가 갈게'라 말했다며, 이제 '엄마가 비춰주기만을 바라지 말고 내가 엄마를 비춰줘야겠다. 엄마와 내가 서로를 비추면서 서로의 태양이 되어야겠다'는 요지의 글을 자신의 노트에 적었다. 그리고 Z가 있다는 보문사를 찾았으나 만나지 못하고는 북경까지 걸어와서 엄마가 있는 한국으로 떠났다.

「스팽글」은 박초란이 욕망과 망상을 벗어나기 위해서 존재의 본성을 깨달아야 한다는 종교적이고 철학적인 주제를 다루었던 『반야』와 마찬가지로 불교적인 색채가 강한 소설이다. 이 작품의 주인공 S는 업보처럼 얽혀 있는 가족으로부터 받은 상처와 외로움 등으로 고통받았다. S는 불교적 사유를 통해 번뇌로부터 벗어나려 Z를 따라 출가의 중간 단계인 듯한 산속의 집에서 사색의 시간을 보내다가 사천 지진을 보고 들으면서 자신을 옭아매고 있는 고통과 번뇌에서 벗어나기 위해서는 하나 남은 가족 엄마와 화해해야 한다는 것을 깨달았다. 이는 S가 부모의 다툼과 아버지의 죽음 그리고 어머니의 사랑이 부족해 고통받았지만 내가 그들의 사랑을 바라기 전에 내가 먼저 사랑을 베풂으로써만 나의 고뇌에서 벗어날 수 있다는 각성이었다. 「스팽글」은 운명적인 고뇌와 고통으로 벗어나는 길이 고뇌의 근원을 바로 바라보아 그 근원을 이해하고 사랑으로 그것을 받아들이는 것이라는 점을 보여주었다.

박초란은 장편소설 『나는 내가 두려워』(『도라지』 2014. 1기~2015. 6기)에서도 『반야』와 「스팽글」의 주제와 구조를 반복하였다. 윤은 아버지가 죽고 어머니가 출가하여 조부모 집에서 사촌들과 자랐고, 결혼하자 남편이 교통사고로 죽고 아이를 잃은 뒤 시어머니의 핍박을 못 이겨 가출한 충격을 지고 살았다. 무녀의 딸로 신기가 있어 방언하고, 타인의 마음을 읽고, 미래를 보기도 하여 일상의 삶이 어려워진 윤은 류를 만나 그의 도움으로 생활하며 함께 삶의 본원에 대해 고민하였다. 윤은 류를 따라 서안의 종남산 자락에 자리한 재가승 양의 집에 가서 류의 스승이자 윤의 생모인 지족스님이 은거하던 작은 집에서 스님이 남긴 노트를 읽다 크게 깨닫고 양의 집을 떠나 북경으로 돌아왔다.

윤의 어머니 연은 신기가 강해 무당인 어머니를 도우며 반무당으로 살았다. 조카의 음악 선생을 사랑해 아이를 가졌으나 남자가 혁명의 열기 속에 풍기문란으로 사형당하자 충격을 받은 연은 윤을 낳은 뒤 출가하였다. 스님이 된 후에도 지족스님은 딸의 운명이 불행해질 것을 예견하여 류를 통해 윤을 돌보고, 죽기 전에 은거하던 집에 노트를 남겨 윤이 읽도록 하였다.

'나'는 참 힘들었다. 과거의 '나'를 들고 업고 메고 다니는 내가 힘들지 않다고 하면 그런 망발이 어데 있을가?! 그것이 뭔 좋은 것이라고 이다지도 쉽게 버리질 못하고 메고 이고 다닌 것인지… 바보스럽다는 한심하다는 생각을 한다. 모든 '나'를 그 자리에 놔둬야겠다. 그리고 현재의 '나'는 다만 '현재' 속으로 가볍게 성큼성큼 걸어 들어가리라. 한 발자국도 움직이기 힘들 정도로 겼던 짐을 모조리 그 자리에 부리워 놓고 말이다.

윤은 어머니 연이 사람들의 슬픔을 달래주어야 하는 무당의 업보를 갖고 태어나, 자신의 운명을 극복하기 위해 불교에 입문하여 고행의 길을 걸었음을 알게 되었다. 그리고 윤은 어머니 연, 즉 지족스님이 딸인 자기에게 노트를 남겨 딸이 무당의 운명을 벗어나기 위해 자기처럼 불교로 귀의하지 말고 일상으로 돌아가라는 가르침을 남겼음을 깨달았다. 커다란 깨달음을 얻은 다음 날 새벽, 윤은 류가 모르게 양의 집을 나서서 인가를 만나는 지점에서 어머니의 노트를 태워버렸다. 그러고는 북경행 비행기를 타는 공항 대합실에서 조선족 미혼녀가 아기를 맡기고 사라지자 운명이라 생각하고 그 아기를 안고 북경으로 돌아왔다. 윤은 한으로 얽혀 있던 사촌 형제들과 화해하고, 치매기가 있어 윤이 데려온 아기를 자기 아들로 착각하는 시어머니와 아직도 며느리인 자기를 기다리는 시아버지와도 화해하고, 남편과의 기억이 남아 있는 집에서 아이를 키우며 일상의 행복을 느꼈다.

　　이것이 나의 일상이다. 이런 일상에 만족스러워하는 자신이 사실 놀라울 때가 있다.
　　콩알이 손끝에서 구르는 느낌 하나에서도 금방 우러난 뽀얀 뜨물에서도 보글보글 끓어 넘치기 시작한 콩죽의 구수한 냄새에서도 이 아침 창을 밝혀주는 햇살 한점에서도, 그리고 내게 엄마, 하고 불러주는 아이에게도 나는 기적을 발견한다.
　　가장 신기한 기적은 이 안에 있었다. 내가 늘 매일 스쳐 지나는 평범한 일상 속에 말이다.

　삶의 고뇌와 고통 그리고 신기의 공포 속에서 방황하다 삶의 진리와 자기가 갈 길을 찾기 위해 불교에 빠져들었던 윤은 자신이 겪고 있는 고통과 공포는 누군가가 도와주어 구원을 얻고 벗어날 수 있는 것이 아니라 스스로 자신을 구원해야 함을 깨달았다. 이는 인간이 짊어진 운명이나 삶의 과정에서 끓어오른 고통과 번뇌는 무속이나 종교와 같은 외부적인 도움이나 가르침으로 극복할 수 없다는 인간학적 명제이다. 『나는 내가 두려워』에서 주제화한 자기 결단을 통한 일상의 회복이라는 평범하나 심오한 대안은 불교적 세계관을 탐닉했던 작가 박초란이 도달한 새로운 인간관과 철학의 경지를 보여주었다.

김경화는 「원점」(『연변일보』 해란강부간 2007.12.9)에서 경제력 없는 남편 때문에 집안일과 농사일을 다 해내던 언니가 가출을 반복하는 모습을 통해 부부 관계에 관한 새로운 인식을 보여주었다. 이 작품은 어머니의 전화로부터 시작한다.

> "언니가 또 집을 나갔다."
> 늙은 엄마의 목소리는 여름날 아스팔트길 껌딱지처럼 후줄근했다.

언니는 어린 나이에 가난이 싫어 여유 있는 집안이라는 이유만으로 부실한 남편에게 시집갔으나 삶은 녹록지 않았다. 1년여를 친정엔 발걸음도 않던 언니가 남편의 무능에 절망해 친정에 왔다가 사흘 만에 남편 따라 돌아갔고, 이후 수시로 가출하여 친정에 왔다 갔고, 친정이 고향을 떠난 후로는 옛 친정집에서 며칠 묵다 돌아가곤 했다. 엄마의 전화를 받고 얼마 후, 언니의 전화가 와서 만나보니 언니는 총각과 살림을 차렸고, 넉넉한 살림에 착하기도 해서 행복하다고 말했다. 아내를 찾던 형부도 언니가 직장에 다닌다는 거짓말에 돈이나 부치라는 말로 좋은 내색을 하고, 조카는 엄마가 가출해도 아무 걱정도 없었다. 얼마 후 언니는 나를 찾아와 그 남자가 뇌수술하고 입원했다며 시댁으로 들어갈 생각은 없고, 수술 결과가 안 좋으면 다른 방도를 대겠다며 '녀자 게걸이 들어서 겔겔거리는 총각들이 이 땅에 널렸더구나. 아무튼 이젠 예전처럼 부실하게 살지는 않겠다'고 당당하게 말했다.

능력 없는 시댁 식구들 먹여살리다 지쳐서 20여 년 동안 가출을 밥 먹듯 하는 언니지만, 돈만 보내주기를 바라는 반편 같은 형부를 생각하면 언니를 탓할 수가 없었다. 더욱이 사흘이 멀다고 유부녀를 바꾸는 오빠와 그런 오빠를 따라다니는 유부녀들 그리고 그런 여편네를 두고 한국에 간 남편들을 생각하면 언니의 행동을 이해할 수도 있었다. 경제력도 성적 능력도 아내에 대한 사랑도 없는 남편에게서 일탈하는 언니의 가출은 모든 게 톱니처럼 착착 제자리를 찾아갈 것이고, 또 원점으로 돌아가 마치 아무 일도 없었던 듯이 지나갈 것이다. 이 작품은 무능력한 남편에게서 벗어나 잠시의 일탈을 즐기고 여성으로서 자기 행복을 추구하는 것이 죄악인가, 즉 부부에게 있어 사랑과 책임은 어디까지인가에 관한 질문을 던지고 있다. 「원점」이 보여준 이러한 시각은 이 시대의 성 인식의 변화를 반영한 것으로 조선족 소설의 주제 변화의 한 모습을 보여주었다.

조성희의 「조개료리」(『장백산』 2009. 1기)는 여성성은 부족해도 경제력은 강한 조선족 여성과 남성 중심 사회에서 성공을 위해 몸부림친 한국 여성이 서로를 사랑하게 되는 동성애를 다루었다. 살림도 요리도 잘 못하고 아이도 못 낳았으나 노동력은 남달라서 남편보다 돈을 더 잘 벌었던 녀자가 큰돈을 벌러 한국에 이주해서, 먼 친척 동생 소개로 패션계에서 명성이 높은 그녀의 집에 파출부로 들어갔다. 쌀쌀맞은 성격에 남을 믿지 못해 파출부를 수도 없이 갈아치웠던 그녀가 녀자의 성실함과 정직함에 마음을 열었고, 성공에 방해가 된다는 이유로 자궁을 들어낸 그녀는 선천적으로 아이를 낳지 못하는 녀자와 여성으로서의 아픔을 공유하게 되었다.

> 녀자는 그녀를 꼭 안는다. 서로 그렇게 꼭 안는다. 그녀의 몸 어디에서 은은한 쑥냄새가 향기롭게 난다.
> 살과 살이 부딪치고 온기와 온기가 전해지자 그네들은 서로의 생명을 의식한다. 녀자를 확인한다. 비록 상처 입은 녀자이지만 엄연한 녀자이다. 그들은 서로의 상처를 말없이 이런 식으로 위로한다. 이렇게 사는 것도 좋은 것 같다는 생각을 녀자는 한다.

이 작품은 무엇보다 제재가 파격적이다. 조선족 사회나 한국 사회나 모두 남성 중심적인 사회이고, 그 속에서 여성은 아이를 낳아 기르는 일이 가장 중요한 역할로 치부된다. 이 작품에서 선천적 석녀인 녀자와 경쟁이 심한 패션계에서 성공을 위해 자발적으로 석녀가 된 그녀는 가정이나 사회로부터 소외되기 마련이었다. 그들은 가족의 경제를 책임짐으로써 존재를 인정받았으나 아이를 못 낳는다는 것 때문에 가족과 사회에서 항상 일정한 강박관념을 지니고 살았다. 그러나 사회생활에 몸과 마음이 지친 그녀는 녀자의 성실함과 인간다움에 자기의 상처를 치유받기 위해 밤늦은 시간에 녀자의 방에 들어와 잤고, 어느 날 함께 목욕하다 서로의 몸을 확인하고는 여성으로서의 아픔을 공유하고 사랑에 빠졌다. 「조개료리」는 여성이기 때문에 사회생활에 제약받고, 아이를 낳고 키우는 일이 여성의 사회적 성공을 제약하며, 석녀라는 이유로 사회와 가정으로부터 소외되는 사회 현실을 여성주의적 시각에서 비판적으로 형상화한 점이 돋보인다. 또한 이 작품은 조선족 소설사에서 동성애라는 파격적인 제재를 최초로 소설화한 점에서 문제적이다.

김금희는 「빼앗긴 것들」(『도라지』 2009. 1기)에서 현재와 과거를 교체 서사하는 서술 방식을 사용하여 자본주의 사회의 어두운 일면을 작품화하였다. 이 작품의 주된 내용은 성심자동차회사의 경영권을 두고 한국인 투자자 김 사장, 그의 오랜 사업 파트너였던 '나', 자동차 정비 기술자로 새로운 동업자가 된 '나'의 삼촌이 벌인 경영권 다툼이다. 자본을 투자한 김 사장과 기술력과 중국 내의 인맥을 쥐고 있는 삼촌 사이는 동업자이기는 하나 경영권을 두고 경쟁하는 사이이기도 하였다. '나'의 중재에도 불구하고 김 사장과 삼촌의 갈등은 점차 격렬해져 김 사장은 삼촌을 회사에서 밀어내려 하고, 삼촌은 권력 쪽의 인맥과 검은 세계의 힘을 동원하여 김 사장을 몰아내려 하였다. 사태의 진전을 바라보던 '나'는 삼촌이 김 사장을 몰아내고 결국은 회사의 지분을 가지고 있는 '나'마저 내쫓고 회사 전체를 자기 것으로 만들려 한다는 것을 알고는 혼란한 시간을 틈타 회사의 모든 자산을 자기의 차명계좌로 옮기고 삼촌이 찾지 못할 곳으로 사라지기로 하였다.

사회주의 사회에서 자본주의적인 사회로 전환하면서 시장경제의 모순이 분출하였고, 조선족 작가들은 이러한 경제적인 부패와 그로 인한 사회적 갈등을 소설의 제재로 삼았다. 그 결과 조선족 문단에는 시장경제의 모순과 비인간성, 권력과 기업의 결탁으로 인한 부패, 회사 경영을 둘러싸고 벌어지는 부조리 등을 다룬 소설이 적지 않게 발표되었다. 「빼앗긴 것들」 역시 이전 시기부터 조선족 소설에 등장한 기업 경영의 부조리와 부패를 다룬 점에서 제재 선택의 독창성이 부족하다. 그러나 이 작품은 성심자동차회사의 경영권 다툼이라는 구체적 상황을 설정하고, 그 과정에서 다툼에 관계된 인물들이 각자 자기의 이익을 위해 벌이는 권모술수와 비열한 행동이 매우 구체적으로 다루었다는 점에 기업소설로서의 모습을 갖추었다.

이 작품은 '내'가 회사의 재산을 챙겨 남방으로 도피하는 열차에서 과거를 회상하는 형식으로 회사 경영을 둘러싸고 벌어지는 금권 결탁, 회계장부 위조, 폭력과 사기 등 약육강식의 현장을 보여주었다. 이 과정에서 자동차 정비 기술을 익혀 장인의 경지에 오른 삼촌과 삼촌의 도움으로 명문대학을 졸업한 '나'는 집안의 영광으로 서로의 힘이 되었으나 회사 일로 서로를 물고 뜯는 관계로 변해 버렸다. 이는 돈 앞에 인간의 도리조차 잃어버리는 자본주의 사회의 속성을 비판하는 장치이다. 그리고 또 작품의 말미에서 남방의 역에 도착한 '내'가 착해 보이는 모자에게 열차표 값 정도를 사기를 당하는 장면은 인간 사회란 어차피 서로가 서로에게 사기를 칠 수밖에 없는 곳이라는 점을 보여주었다.

'나'는 허술한 사기 행각에 속절없이 당했음을 깨닫고 헛웃음을 치고는 그 모자가 이런 작은 사기에서 얻은 것은 무엇일까 생각하였다. 그러고는 자연스럽게 이번 회사에서 자기가 한 일의 의미가 무엇인지, '내'가 얻은 것은 무엇이고 빼앗긴 것은 무엇인지에 대해 생각하게 되었다. 오랜 동업자와 삼촌과의 경영권 다툼을 통해 거액의 현금과 밥그릇을 빼앗고 남을 속여 더 누리고 살 능력을 얻었다. 그러나 '내'가 빼앗긴 것은 '내'가 그동안 지키려 애썼던 사랑과 믿음 같은 인간다움이어서 이제 '나'는 누구도 믿지 않고 누구도 '나'를 믿지 않아 고독한 삶을 살 수밖에 없게 되었음을 깨달았다. 이렇듯 「빼앗긴 것들」은 기업의 경영권 전쟁이라는 참신성이 부족한 제재를 선택하여 대중소설적 성향을 보이지만 돈을 차지하기 위한 전쟁에서 승리하는 일이 의미하는 바를 비판적으로 인식하여, 돈이 지배하는 시장 경제의 위험성을 경고하고 인간성의 회복을 강조하여 이 시기 자본주의화한 사회를 비판하는 소설로서 일정한 가치를 차지하였다.

김영해의 「버마재비」(『도라지』 2009. 5기)는 제목이 암시하는 바와 같이 애비의 죽음을 딛고 자식이 태어나는 불우한 가족사를 다루었다. 길남의 아버지는 문화대혁명 때 소련 특무로 몰려 취조받다가 열 살짜리 길남이가 실수로 우사에 낸 화재의 범인으로 몰려 사형당했고, 길남은 그 충격으로 실어증에 걸렸다. 길남이 농민 신분에 실어증까지 있어 노총각이 되자 어머니는 이웃 마을에서 명호라는 아들 하나를 둔 지적 장애 이혼녀를 데려와 길남과 결혼하게 하였다. 아내가 임신하자 출산에 필요한 돈을 벌러 탄광 노동을 하던 길남은 갱도 사고로 죽음을 앞둔 순간에 아버지의 기억을 떠올려 자기가 방화범이었음을 고백하는 몇 마디 말을 하다 죽고, 길남의 어머니는 산 자는 살아야 한다는 일념으로 길남을 병사로 처리하기로 하고 5만 원을 받아 돌아왔다.

이 작품은 단편소설이라는 분량의 제약에도 불구하고. 아버지의 죽음과 길남의 실어증, 어머니의 계선 나누기, 여자의 불행한 결혼과 이혼, 길남의 사고와 죽음 등 적지 않은 비극을 나열하였다. 「버마재비」에 나열된 비극적 사건은 문화대혁명과 한국 이주 등으로 힘들고 혼란스러웠던 조선족의 삶을 반영하였다. 그리고 이러한 역사 속에서 아버지가 죽음으로써 길남은 방화에 대한 책임을 피했고, 길남의 죽음으로 아들이 살아갈 방도가 마련되었다는 전개는 부모의 헌신으로 자식이 태어나고 생명을 유지하여 다음 세대로 이어지는 삶의 보편적 진리를 주제화하는 소설적 장치였다. 「버마재비」는 비교적 평범한 주제를 다루었으나 시공간적 배경의 역사성을 활용하고, 인물의 성격을 전형화하고, 거친 문장으로 사건을 역동적으로 서술함으로써 효과적으로 주제를 형상화했다.

리진화는 이 시기에도 다양한 서술 방식을 동한 창작 실험을 계속하였다. 「바늘」(『도라지』 2005. 2기)은 남편에게 버림받은 한을 수놓는 일에 쏟아부어 자수를 예술의 수준으로 승화한 여인 3대를 그리고 있다. 매일 가게에서 홀로 앉아 수를 놓는 여자의 자수는 보는 사람마다 감탄하였다. 여자는 값을 물어보면 가격표를 가리키고, 비싸다고 깎아달라면 대꾸도 하지 않았다. 시간이 나면 가게 밖을 바라보고, 건너편 신기료장수의 가게를 바라볼 뿐 누구도 만나지 않고 하루를 보냈다. 그녀의 외할머니도 어머니도 아름다운 수를 놓았지만, 외할아버지는 젊은 여자와 살림을 차려 다시는 아내를 찾지 않았고, 남들이 감탄해 마지않는 수를 놓았던 어머니도 아버지의 버림을 받았다. 그리고 그녀도 본능적인 욕구에 가깝게 바늘을 손에 쥐자 수놓이(자수)에 천부적인 재능이 있음을 알게 되었다. 그녀에게 자수는 외할머니나 어머니처럼 운명이었으며 그녀 또한 남편에게 버림받았다.

어느 날 신기료장수 노인이 그녀의 가게에 들어와 자수를 구경하다 갔고, 계속 신기료장수를 관찰하던 그녀는 노인을 찾아가 이야기를 걸었다.

> "설매는 잘 지내구 있는가요? 그 남자랑 아직 잘 살구 있죠?"
> 녀자의 물음에 영감이 흠칫한다.
> "우리 딸이랑 아는 사이요? 잘 있소. 잘 있구말구."
> "손자가 지금 막 벌거지처럼 기여다니는데… 내 이렇게 신 깁고 구두 닦아서 손자 우유값 톡톡히 번다오."

아이 하나 두지 않고 떠난 남편은 신기료장수의 딸과 살림을 차려 아들을 낳고 아내와 행복하게 살고 있었다. 남편이 떠난 후 수놓이를 하던 그녀의 외할머니와 어머니의 삶이 그녀에게 내림이 되어 그녀 역시 남편을 기다리며, 남편의 장인이 된 신기료장수를 하염없이 바라보며, 바늘에 전 생애를 맡기는 운명에 처한 것이었다.

이 작품은 그녀와 관련한 줄거리보다 수놓이를 하는 그녀를 둘러싼 분위기와 그녀의 행동과 생각을 서술하는 문체의 힘에 기댄 작품이다. 소설이 언어로 된 예술작품이라는 점에서 소설의 문장이나 문체 그리고 서사의 분위기 등을 중시하는 모더니즘 소설은 개혁개방 이후 작가들이 독창적인 소설 세계를 추구하던 이 시기에 본격화되었다. 리진화의 「바늘」은 언어적 감수성을 중시하는 모더니즘 소설을 추구하여 조선족 소설에 새로운 창작 방법을 선보였다. 이후 리진화는 「꽃말」(『연변문학』 2009.9)에서 「바늘」과 유사한 모더니즘적인 서술 방식을 사용하여 꽃가게에서 판매하는 산 자에게 드리는 생화와 건너편에 들어선 수의점에서 파는 죽은 자에게 바쳐지는 조화를 대비하여 인간에게 꽃이 갖는 의미를 소설화하였다. 리진화가 이들 작품에서 보여준 문체와 문장의 힘에 기대어 소설의 미적 효과를 만들어내는 서술 방식은 작품의 제재나 주제보다 서술의 힘을 중시하는 모더니즘 소설 기법을 조선족 소설의 한 경향으로 실천한 점에서 소설사적 의미를 지닌다.

이외에도 이 시기에 활동한 여러 조선족 작가는 독창적인 소설 세계를 창조하기 위해 각고의 노력으로 새로운 서술 방식을 보여주었다. 조성희는 「빛의 피안」(『도라지』 2006. 6기)에서 디자인 회사를 그만둔 뒤 외부와 단절하고 아파트에 스스로 감금된 남자가 그림 그리러 외출했다 돌아왔으나 집 안에 열쇠를 두고 나와 집에 들어가지 못하고, 관리인에게 자기 존재를 확인시킬 방법이 없어 아파트에서 쫓겨나 노숙인이 되는 어이없는 과정을 다루었다. 이 작품은 줄거리의 참신함보다 서술된 시간보다 서술 시간이 긴 지연 서술을 사용하여 독자를 작품에 집중시키는 서술 방식의 힘이 돋보인다. 그리고 필요한 경우 "아빠트 주민들은 조망권을 침해받았다. 그러나 조망권이 침해받았는지, 조망권이 시민으로서의 당당히 받아야 하는 권리인지 모르고 있는 아빠트의 순진한 주민들은 항의나 의견 한번 발표하지 않고 조용히 살고 있다."는 식으로 남자의 생각을 삽입하여 현실에 대한 비판적 인식을 보여주기도 한다. 이렇듯 「빛의 피안」은 작품 전체를 일관하는 지연 서술 사이에 이와는 이질적인 서술자의 직접 서술을 삽입하여 작품 분위기를 전환하고 작가가 비판하고자 한 바가 독자에게 강렬하게 전달되는 효과를 얻고 있다.

김금희의 「개불」(『연변문학』 2007.11)도 작품의 내용보다는 서술 방식이 두드러진 작품이다. 개불이라는 상징물을 매개로 하여 남녀의 사랑과 성에 있어 여성의 내밀한 감정을 그린 이 작품은 줄거리보다 개불이라는 상징물을 매개로 한 의미화 방식이 참신하고 소설적 재미를 유발하며, 병렬 서술로 현재와 과거가 뒤섞이는 서술을 사용하여 인물의 내면 심리를 그려내는 새로운 서술 방식을 선보였다. 또 구호준의 「바람의 언어」(『장백산』 2016. 5기)는 손톱으로 바람을 그리던 초등학교 때 남자친구를 쉰이 넘은 나이에 이혼녀가 되어 다시 만나게 되었다는 단순한 줄거리를, 간결한 문장의 반복과 암시와 비약을 혼재시켜 아버지와 아이 엄마의 관계, 아이의 그림에 대한 주변의 반응, 그녀와 아이의 관계 등 작품 전체의 내용과 분위기를 모호하게 만들어, 독자에게 작품의 이해를 지연시키는 독창적인 서술 방식을 사용하여 작품 내용보다 서술 방식의 독특함과 참신함에 주목하게 된다.

기존의 예술 장르를 파괴하고 혼합시키려는 포스트모더니즘이 시대정신으로 시도된 2인칭 소설은 1990년대 중반부터 한국 문단에 등장하였고 많은 작가가 이에 관심을 보여 새로운 서사 방식으로 실험되었다. 그리고 한국 문단과의 교류에 따라 이 시기에 조선족 작가들은 2인칭 서사라는 새로운 소설 형식을 실험하였다. 조선족 작가 중 2인칭 서사를 시도한 대표적 작가인 구호준은 「사랑의 유통기간」(『도라지』 2008. 1기)에서 죽은 남편에 대한 사랑을 아들에게 전이하여 성인이 된 아들을 목욕까지 해주는 엄마의 영향으로 형성된 여성기피증을 극복하는 과정을 2인칭 서사로 그렸다. '너'가 암펌 같은 엄마에게서 벗어나기 위해 기자 생활을 하며 결혼한 아내는 '너'의 무관심을 못 견뎌 3개월 만에 한국으로 이주해버렸다. '너'가 신문사 동료인 그녀와 가까워지나 의처증 남편 때문에 관계가 부진했고, 그녀가 '너'에게 사랑의 유통기한을 묻자 산속에 들어가 외딴집에서 홀로 생활하며 그녀의 말이 의미하는 바를 찾으려 노력하였다. 그곳에서 '너'는 예전에 취재하러 와서 만났던 삼밭의 여자와 동침하게 되고, 다음 날 아침 일주일 이상의 변비를 끝내고 시원하게 변을 보고 고개를 들어보니 하늘에서 그녀의 미소가 보였고, 길 하나가 앞에 뚫려 있다는 느낌을 받았다.

외모 때문에 남편에게 버림받은 여자와의 동침으로 어머니에게서 받은 정신적 억압으로 형성된 여성기피증을 벗어날 수 있었다는 내용을 다룬 이 작품은 구호준의 여타 작품처럼 제재나 주제보다 서사 속도의 지연과 암시와 상징 등 소설적 장치 등이 돋보이고, 무엇보다 2인칭 시점을 사용한 것이 특이하다. 이 작품에서 사용된 '너'는 작품 속에 존재하는 서술자로 '나'로 바꾸어도 무방하다. 그러나 이 작품은 2인칭 서사를 사용하여 엄마와의 관계에 대한 기억과 비사교적이고 소심한 성격 등 자기혐오의 상황과 자기의 행동과 사유에 일정한 거리를 두고 묘사함으로써 자전적 서술자의 자기 성찰이라는 주제를 형상화하는 서사 전략을 성공적으로 수행하였다.

구호준은 「환」(『연변문학』 2009.9)에서도 2인칭 서사를 사용하여 촌놈이라는 말을 듣기가 싫어 대학을 포기하고 한국계 회사에 취업하고, 직장 생활을 경험과 번 돈으로 무역회사를 차려 밀수업으로 성공한 '너'가 남편의 무관심에 분노한 아내의 신고로 파산하고, 전 회사 직원이 차린 토장 공장의 수출 업무를 맡아 재기하는 과정을 그렸다. 이 작품은 3인칭 전지적 시점을 2인칭 서사로 변형한 것으로 작품에 사용된 '너'는 '그'로 바꾸어도 무방하다. 이런 점에서 「환」에서 사용된 2인칭 서사는 「사랑의 유통기간」에서 보여준 2인칭 서사에 비해 긴장감이 다소 부족하다는 한계를 보였다.

이 시기에 허련순도 「엄마를 찾습니다」(『연변문학』, 2009.3)에서 2인칭 서사를 실험하였다. 늘 건강할 줄로만 알았던 엄마가 조금씩 이상한 행동을 하자 '너'는 엄마를 곁에서 보살펴 드려야겠다는 생각에 집으로 모셔왔다. 그러나 익숙한 곳에서 낯선 곳으로 옮겨온 엄마의 치매 증세는 더욱 심해져 앞뒤가 맞지 않는 질문을 하고, 동네 할아버지에 관심을 보이고, 손녀가 먹는 성장호르몬제를 보약이라고 먹기도 해 '너'의 속을 썩였다. 자궁탈출증으로 고생하는 것을 알고 병원에 가기로 한 날 엄마는 사라져버렸고, '너'는 엄마를 찾아 헤매다가 딸의 약을 사는 약국 근처에서 망가진 작은 우산을 쓰고 쪼그려 앉아 있는 엄마를 발견했으나, 엄마는 완전히 '너'를 알아보지 못하였다.

이 작품은 2인칭 시점으로 되어 있으나 '너'는 일인칭 관찰자 시점의 작중화자 '나'와 마찬가지로 엄마를 바라보는 존재이므로 '나'로 바꾸어도 무관하나, 이 작품에 사용된 '너'는 조금 더 독특한 기능을 담당하고 있다. 이 작품에서는 작품 내적 세계를 바라보는 관찰자와 관찰한 바를 서술하는 서술자를 분리하여, 엄마와 함께 생활하고 바라보는 관찰자를 '너'로 지칭하고, 작중에 드러나지 않는 서술자가 관찰자에게 직접 이야기하는 형태의 2인칭 서사를 사용하였다. 이렇게 1인칭 서사의 관찰자와 서술자를 분리함으로써 작품에 노출되지 않은 서술자가 엄마의 치매가 어떤 병인지 이해하지 못하고 낯선 장소로 데려오고 엄마의 이상 행동을 비난하고 일방적으로 그런 행동을 하지 못하게 하는 관찰자 '너'의 잘못된 행동을 비판하는 형식을 취하여 '너'가 자기의 행동에 대해 느끼는 죄책감을 극대화하는 효과를 거두었다.

제6장

신진작가의 작품 경향

이 시기 초기에 1970년대에 출생한 작가가 몇몇이 소설을 발표한 이후 조선족 문단에는 새로운 작가가 등장하지 않았다. 이에 조선족 소설의 단절을 우려한 연변작가협회에서 작가 발굴에 노력을 기울여 적지 않은 신진작가를 발굴하였다. 이는 중국 주류문단에서 신문과 잡지들의 상업적 배려 아래 80후 세대 작가가 대거 등장하여 신세대 소설의 열풍이 일었던 것과는 크게 다른 양상이었다. 그러나 이 시기에 조선족 문단에도 10여 명의 신진작가가 등장하여 작가층이 두터워지고, 이들 세대의 현실 인식과 상상력을 바탕으로 한 새로운 소설적 경향이 형성되었다.

이 시기에 등장한 조선족 작가들은 개혁개방 이후 도시에서 태어났거나 어린 시절 도시로 이주한 세대로 조선족 농촌 공동체에 대한 기억이 이전 세대에 비해 희박하였다. 그리고 이들 작가 대다수가 경제적으로 다소 윤택해진 도시에서 대중적인 영상매체의 영향 아래 성장하였고, 교육 수준도 상당히 높아 대도시로 이주해 생활하였다. 그 결과 이 시기에 등단한 신진작가들은 이전 세대 작가와는 달리 농촌보다는 도시를 상상력의 원천으로 하였고, 영상매체의 영향으로 소설의 서사 기법보다는 영화적 기법을 소설에 차용하는 예가 적지 않았다. 그리고 이들은 고학력을 바탕으로 한국이나 관내로 이주하여 장기간 생활한 경험을 바탕으로, 이전 작가들과 달리 조선족 공동체를 벗어나 새로운 공간에 정착하려는 디아스포라 조선족의 현실과 삶에 대한 고민을 소설화하였다.

또 이 시기에 등장한 몇몇 신진작가는 우리 사회의 약자들이 겪는 아픔을 다양한 서사 방식을 동원하여 소설화하였다. 이들이 보여준 사회적 약자에 관한 관심은 이 시기에 들어 조선족 작가들이 사회적 강자에 대한 도전의 서사와 사회에 만연한 부패와 부조리와의 투쟁의 서사에서 벗어나 약자에 대한 이해와 공존의 서사를 보여주었다는 점에서 의의를 지닌다. 그리고 이 시기에 들어 신진작가들이 현대사회의 변화를 촉발시킨 디지털 매체와 사회적 네트워크 등을 소설의 소재로 사용하거나 디지털 매체에서 소비되는 작품의 주를 이루는 판타지에 관심을 보인 것 등은 나름의 소설사적 의의를 지닌다.

신진작가들의 소설은 이러한 소설사적 의의에도 불구하고 상당수의 소설에서 구성이나 서술 방식 그리고 문장 등에서 몇 가지 소설로서의 한계를 노정하였다. 첫째, 멜로드라마와 판타지와 같은 대중매체의 영상 서사가 사용하는 시각적이고 비현실적인 구성을 실험하여 소설로서의 핍진성이 부족해졌다. 둘째, 서술자나 인물이 작품의 주제를 직접 진술하거나, 1인칭 서술자가 과거의 경험이나 사건을 전면적이고 요약적으로 서술하여 소설적 형상화에 실패하였다. 셋째, 호응 관계의 오류로 인한 모호한 문장과 어휘의 정확한 의미를 몰라 발생한 틀린 문장의 사용이 잦다. 신진작가들의 소설에 나타나는 이러한 한계는 이후 이들이 지속적인 창작을 통해 극복해야 할 과제이다. 이 장에서는 신진작가의 소설이 보여주는 공통의 한계를 가졌더라도 신진 작가의 작품 중에서 주제나 제재 면에서 참신한 작품을 중심으로 소설사적 의의를 살핀다.

1. 재한조선족 현실의 재인식

이 시기 신진작가 중에서 한국으로 이주한 조선족 즉 재한조선족의 현실을 심각하게 고민하여 치밀하게 소설화한 작가로 조은경이 있다. 조은경은 「걸어

다니는 나무」(『연변문학』 2017.1)에서 재한조선족이 왜 이주하였고, 어떻게 살았으며, 언제 돌아갈 것인지 등에 소설적으로 응답하였다. 이 작품에는 네 명의 재한조선족이 등장한다. 지욱은 고중 낙방 후 무용단 출신인 알코올의존증 아버지의 권유로 군대에 다녀오고 일본에 유학했다가 중퇴한 뒤, 한국에서 혼자 생활하는 엄마가 함께 지내자고 요청하여 한국으로 왔다. 세영은 어릴 적 부모가 이혼한 뒤, 새엄마는 낳은 자식만 예뻐하고 친엄마는 키운 자식을 더 예뻐해 자기 자리가 없어져 자기 처지를 아는 사람이 없는 한국에 이주했다. 지은은 대학 졸업 후 중매로 결혼한 의사 남편의 도박과 폭력으로 이혼한 뒤 한국으로 건너왔고, 지욱의 엄마는 돈을 벌기 위해 한국에 왔으나 기간이 길어져 남편의 장례에도 가보지 못했고, 일본 유학 중이던 아들을 불러들여 가끔 연락하며 지냈다.

지은은 지욱과 만난 자리에서 자기의 힘들었던 결혼 생활과 이혼 과정을 이야기하고 상당한 위자료가 있었음에도 한국행을 선택한 이유를 '나를 버렸던 사람들이나 자랐던 곳으로부터 벗어나 새로운 환경에서 내 삶 자체를 리셋'하고 싶었기 때문이라며, 한국에서 자기가 잘할 수 있는 일을 생각하다 대학원에 다닌다고 말했다. 이는 이제 한국은 지욱의 엄마 세대처럼 돈을 벌기 위한 공간이 아니라 자신의 과거를 벗고 새로운 미래를 찾기 위한 공간이 되었다는 재한조선족의 변화된 현실 인식을 보여준다. 이러한 현실 인식의 변화는 한국의 재외동포법 개정으로 입국과 거주가 자유로워진 재한조선족의 현실을 반영한 것이다.

> 엄마는 엄마 나름대로 가족의 뒷바라지를 하겠다는 야망을 실행하고 있었다. 늘 괜찮다고 했고 나는 그 말을 믿었다. 그저 '나중'에 고향으로 돌아가 한 시절을 같이 보냈던, 마음 맞는 사람들끼리 모여 수다를 떨면서 살고 싶다고 했다. 그런데 그 '마음 맞는' 사람들이 정확히 누구인지, '나중'이 언제인지에 대한 대답은 매번 달랐다. 아마도 자식들 시집장가보낸 후 노후 준비를 하다가 엄마의 그 '나중'이 무색하게 지나가는 게 아닌지 모르겠다.

지욱이 엄마의 현실을 보고 떠올린 이러한 생각은 재한조선족의 미래를 잘 보여준다. 엄마는 아들과 딸의 안락한 미래를 마련하기 위해 한국행을 선택한 재한조선족 1세대였다. 그들은 자기를 희생하여 자식 교육을 뒷바라지해 결혼시키고 노후 자금을 마련하면 돌아가리라 생각했으나 현실은 그렇게 흘러가지 않았다. 그들이 한국에서 10여 년의 시간을 보내는 동안 떠나온 고향은 너무나 변해버려 자기가 기억하는 고향이 아니고, 고향에 돌아가도 함께 지낼 친구들은 이미 고향을 떠나버렸다. 이주의 시간이 길어질수록 고향의 인적 네트워크는 끊어지고, 부모를 따라 자녀도 한국으로 이주해 타향이었던 한국이 고향보다 편한 곳이 되어 그들은 한국에 귀화하거나 영주권을 얻어 재한조선족으로 자리 잡게 되었다.

「걸어다니는 나무」는 이렇게 변화한 조선족의 이주 현실에 대한 정확한 인식을 바탕으로 재한조선족의 삶과 의식의 이면을 훌륭하게 그려내었다. 이 작품이 재한조선족이 한국으로 이주하게 된 이유와 그들이 처한 현실이 서술자의 서술이나 인물의 대화 가운데 직접 노출되어 서술적 형상화에 실패하였다는 한계를 드러내지만, 재한조선족의 현실을 정확하게 파악하여 이전 조선족 소설이 보여준 한국 이주 조선족에 대한 인식을 극복한 점에서 커다란 의의를 지닌다.

조은경은 「새들은 저녁이면 집으로 돌아온다」(『연변문학』 2019.2)에서 재한조선족의 현실에 관한 다른 시각을 보여주었다. 이 작품은 신혼여행지로 서울을 선택한 중학교 친구 진호와 정란을 안내하던 태호가 진호 부부가 마련한 식사 자리에 초대된 아버지를 만나 화해하는 과정을 통해 가족을 위해 한국에 이주했던 부모 세대의 희생에 관해 물음을 던졌다. 태호의 아버지가 딸의 병원비와 가족의 생활비를 벌러 한국에 왔다가 빚도 다 갚기 전에 연락이 끊어져 가장의 짐을 졌던 태호는 이웃의 도움으로 겨우 학교에 다니고, 돈을 벌기 위해 온갖 고생을 하면서 폐쇄적이고 고집스러운 성격이 형성되었고, 가족을 위해 한국에 와서 생활하면서도 아버지에 대한 원망을 지우지 못했다. 그러나 진호 부부의 초청으로 만난 아버지가 어렵사리 하는 말을 듣는 순간 아버지의 삶을 이해하게 되었다.

> "네 누나의 병원비와 너희들 생계 때문에 진 빚이 있었다. 불법체류자 신세에
> 내가 무슨 힘이 있어서 빚도 갚고 집도 사고 꼬박꼬박 생활비도 보내줬겠니? 없
> 으면 빌려서라도 보냈다! 그땐 그렇게 살아야 되는 줄 알았다. 나는…."

아버지는 한국 이주 비용과 딸의 병원비 때문에 진 빚을 갚기 위해 한국에서
불법체류자가 되어 막노동하다 돈이 부족하면 빚을 내어서까지 가족에게 돈
을 부쳤으나, 진호 부모에게 진 빚을 갚은 후에는 아들에게 비밀로 하라 부탁
하고 자기를 위한 삶을 살았다. 아버지가 빚을 다 갚았다는 사실을 몰랐던 태
호는 다달이 진호 아버지에게 빚을 갚았고, 진호 아버지는 태호 아버지의 부
탁대로 그 돈을 모아 언젠가 목돈으로 돌려줄 생각이었다.

조선족들은 한국 이주 경비로 진 빚을 갚고, 가족 생활비와 병원비 등을 감
당하고, 중국에 돌아가 살 집과 돈까지 마련해야 한다는 생각으로 살았으나,
과연 한 인간의 삶이 타지에서 이렇게 망가지는 것이 올바른 일인지는 누구도
정답을 말할 수 없다. 아버지의 변심에 분노했던 태호도 아버지의 말을 듣는
순간, 한국에 이주해 가족에게 헌신한 아버지의 삶을 바라보는 시각을 바꾸게
되었다. 이 작품은 가족을 위해 자기 삶의 행복을 포기하는 재한조선족의 현
실에 연민의 시선을 보내고, 그들의 삶의 희생이 갖는 의미를 다시 생각해보
도록 요구하였다.

백한은 「물레방아 도는 내력」(『연변일보』 2020.10.23)에서 의도적으로 1인칭 서
술자의 이름이 백한으로 하여 작가와 화자를 일치시켜 서술 세계가 실제 세
계인 것으로 읽게 하는 독특한 서사 방식을 사용하여 한국 이주 조선족의 현
실 인식을 구체화하였다. 중국에서 한량으로 살아 벌인 일마다 실패하던 아버
지는 억척같은 엄마의 덕으로 생활했으나, 한국 열풍이 불자 가족 먼저 한국
에 이주하여 한국이 살기 좋은 나라라고 입에 침이 마르도록 찬양하였다. 그
바람에 온 가족이 한국으로 이주하였고, 한국에 잘 적응하여 가정을 윤택하게

만든 어머니 덕에 편안하게 살던 아버지가 나이가 들어 향수병에 시달리다 어느 날 갑자기 사라져 가족 모두가 마음을 졸였다. 얼마 후 아버지는 위챗 가족방에 중국 고향에서 게이트볼 감독을 하며 즐겁게 지내고 있다는 연락을 보내왔다. 이 작품은 위에서 다룬 조은경과는 전혀 다른 시각에서 한국 이주 조선족이 나이가 들어갈수록 고향에 대한 그리움이 커진다는 인식을 보여주었다. 그러나 고향을 떠난 오랜 후에도 돌아갈 고향과 함께할 친구가 있어 즐거운 삶을 유지할 수 있는 것은 오히려 특수한 경우라는 점에서 이 작품은 재한조선족과 이주민의 현실을 정확히 반영하지는 못했다는 한계를 보여주었다.

또 백한은 「먹골에는 겨울에도 비가 내린다」(『연변문학』 2019.6)에서 여동생 영숙이 어린 나이에 딸 서연을 낳고 죽자 맡아서 키운 미혼모 '나'를 통해 한국에 사는 조선족 미혼모의 고단한 삶을 보여주었다. 초등학생 때 한국에 데려온 서연이 잘 적응하다 중학교 2학년이 되어 친구들과 1학년 후배를 폭행하는 일에 개입되고, 그 자리에서 동영상을 촬영했다는 이유로 불려간 '나'는 무조건 사죄하겠다고 다짐했지만, 조선족 미혼모의 딸이라는 이유로 피해 학생의 엄마가 멸시하는 말을 하자 크게 반발하고 말았다. 어디서나 조선족이라고 색안경을 끼고 보아 서연의 마음을 다칠까 걱정되어 조선족이 거의 살지 않는 묵동으로 이사까지 왔는데 학부모로부터 그런 멸시를 당하자 독립운동하러 만주로 갔던 선조들을 들먹이며 대판 충돌하였다.

이 작품은 이전의 조선족 소설에 나타난 불법체류자나 이주노동자들이 겪는 차별과 멸시가 아니라 한국인과 대등하게 살아가는 재한조선족이 자녀 문제로 겪는 문제로 다룬 점에서 특이하다. 이는 한국인과 같이 한국에서 회사원으로 근무하고, 같은 아파트에 살고, 같은 학교에서 아이를 교육시키는 재한조선족에 대해서도 한국인들이 가진 차별 의식이 뿌리 깊음을 보여준다. 이렇듯 「먹골에는 겨울에도 비가 내린다」는 재한조선족이 한국에서 느끼게 되는 이주민 의식을 잘 보여주었다.

전춘화는 「릴리, 릴리」(『장백산』 2020. 6기)에서 이전의 한국 이주 조선족과 달라진 조선족의 삶을 이야기하고 있다. 중국에서 대학을 졸업하고 한국에 이주한 '나'는 나름 인텔리 직업을 전전하다 자기 발전을 위하여 대학원에 입학하고는 학비를 벌러 방학 때 친구 춘자가 다니는 회사에서 아르바이트를 시작하였다. 이 작품에서 '내'가 '고깃집 설거지나 건축 현장에서 맨몸으로 일하던 부모 세대의 자리는 오리지날 외국인들의 몫이 되고 우리는 여전히 뻔하지만 예전보다는 새롭게 소비됐다'고 생각하는 것은 재한조선족이 느끼고 있는 조선족의 위상 변화에 대한 인식을 잘 보여준다. 이는 조선족은 아직 값싼 노동력으로 분류되지만, 상당수의 조선족이 엘리트 직장에 근무하는 현실을 반영한 현실 인식이다. 이 작품은 나와 사장 아들인 오 과장과의 인연, 한국 남자와 조선족 여자 사이의 연애 회고 등이 전경화되어 작가의 조선족의 현실에 관한 정확한 인식이 후경화되기는 하였으나 과거와는 변화한 재한조선족의 현재를 소설화하였다는 점에서 커다란 의미를 지닌다.

2. 관내 이주 조선족의 삶

조선족의 상당수가 관내로 이주하여 생활하면서 관내의 조선족 작가는 자신들의 삶을 소설화하였다. 이들 작품은 북경, 상해, 청도 등 조선족이 집거하는 지역을 조선족 소설의 공간적 배경으로 하여 그곳에 사는 조선족의 현실과 이주민으로서의 의식을 잘 보여주었다.

림현호의 중편소설 「작은 방」(『장백산』 2019. 1기)에서 주인공 김준은 대학을 졸업하고 대도시로 나가 자기의 꿈을 이루기 위하여 상해로 이주하여 5년 동안 두 번 업종을 변경하였고, 일곱 번 이직하였으나, 미래를 위한 투자로 여기고 입사한 직장이 부도가 나서 석 달 전에 실직하였다.

전공은 별로였지만 준이가 졸업한 대학은 번듯했다. 다녔던 대학이 있던 도시에서는 그래도 나름 알아주는 학교였고 그 학교 졸업생이라는 리유 하나만으로도 어느 정도 대우를 받았었다. 남자가 어찌 좁디좁은 웅뎅이에서 살 수 있냐며 더욱 큰 도시에서 보란 듯이 성공하겠다며 다니던 회사를 뒤로하고 객기를 부리면서 찾아왔던 이곳, 상해는 결국 호락호락하지 않았다. 나름 중점대학이라는 곳을 졸업했지만 이 도시에는 그보다 뛰어난 학교들이 수두룩했고 졸업장 하나만을 믿고 뛰어들기에는 상해라는 벽은 너무나도 높았다.

실직하고 난 뒤 구인광고를 찾아 이력서를 제출하고 남은 돈을 절약하며 살았지만 얼마 지나지 않아 돈은 바닥을 드러내어 번역일을 하며 어려움을 견뎌내었다. 그러나 상해의 비싼 임대료 때문에 낡은 아파트의 작은 방 하나에 부엌, 욕탕을 공용으로 쓰고 용돈도 없어 쩔쩔매는 김준의 현실을 견디지 못한 여자친구는 이별을 선언하고, 실의에 빠져 있던 김준은 달리기 운동을 시작하였고 거기서 만난 배드민턴 동호회에서 활동하면서 삶의 자신감을 되찾게 되었다.

이 작품은 관내로 이주한 조선족의 치열하고 고달픈 삶을 다루었다. 대도시의 화려함 뒤에는 어두움이 공존한다. 직장은 많으나 인재도 적지 않으니 취업은 어렵고, 월급은 적지 않으나 방세가 비싸고 생활비도 너무나 많이 든다. 도시의 집주인들은 공용을 제외한 공간을 작게 나누어 비싼 값에 세입자를 들이는데 방세가 밀리면 여지없이 집에서 몰아내버린다. 이런 열악한 현실 속에서 이주민들은 미래를 계획할 힘을 잃고 하루하루를 견디며 살아갈 수밖에 없게 된다. 이 작품은 이러한 열악한 현실을 견디는 도시 이주민의 각박한 삶을 통해 관내 이주 조선족의 현실에 대한 정확한 인식을 보여주었다.

주련화의 「꿈꾸는 도시」(『연변문학』 2019.11)는 「작은 방」과 흡사한 제재를 다루었다. 대학을 졸업하고 북경에서 어렵게 생활하던 '나'는 실직으로 원룸 월세가 밀려 쫓겨날 처지가 되자, 자기 방 열쇠로 열리는 방을 찾아 여기저기 돌아다니다 원룸 건물 안에 자신과 처지가 비슷한 사람이 적지 않음을 알게 되었다. 엄청난 규모의 원룸 건물에서 아침마다 혼잡한 엘리베이터를 타고 인형 같은 얼굴로 출근하는 직장인들 모두가 자신과 큰 차이 없이 넉넉지 못한 주머니 사정으로 허덕이며 하루하루의 삶을 견디고 있었던 것이다. 이렇듯 암담한 시간을 보내고 있는 '나'에게 연락이 왔다.

> 핸드폰을 확인하니 두 개의 문자가 들어와 있었다. 하나는 면접 기회가 취소되었음을 알리는 S회사의 문자였다. 다른 하나는 그의 사촌 동생 문자였다.
> "형, 전화를 하니 안 받아서 문자 남겨. 엄마가 나보고도 북경 가라네. 형이 이미 길을 잘 닦아났을 테니 나보고도 북경 가서 분투해보래. 남자는 큰물에서 놀아야 한다고 난리도 아니야. 그럼 일자리 부탁해도 될가?"

'나'는 명문대학인 동북대학을 졸업했음에도 취직이 어렵고 직장 생활을 해도 북경의 높은 방세로 삶의 여유는 생각도 할 수 없었고, 실직하고 방도 못구해 여자친구에게 차인 상태였다. 이러한 각박한 현실임에도 농촌의 어른들은 북경에 산다는 것만으로 '나'를 대성한 인물로 생각하고 사촌 동생까지 맡기려 하였다. 「꿈꾸는 도시」는 도시로 이주한 농촌 출신들의 신난한 삶과 도시로 나간 가족에 대한 과도한 기대를 대비하여 도시 이주 조선족 청년의 불안한 현실을 극적으로 소설화하였다.

최화 역시 「빈집」(『연변문학』 2018.4)에서 집세가 비싼 상해에서의 삶을 소재로 하였다. 이 작품의 작중화자 '나'는 실직하고 셋집에서 쫓겨나 길을 헤매다 치매 노파를 만나 집까지 데려다주고, 실수로 주머니에 넣어온 열쇠를 복사하고 할머니 집에 열쇠를 반납한 후, 몇 달간 할머니 집에서 몰래 생활하였다. 이 작품은 '나'의 무단 주거 침입의 경험을 서술하여 상해의 심각한 주택 문제와 상해 이주 조선족의 고통스러운 삶을 잘 보여주었다.

주련화는 「쿵…」(『장백산』 2020. 2기)에서 북경의 오래된 사합원에서 세입자 생활을 하는 가난하나 성실한 서민들의 삶을 소재로 다루었다. 이 작품은 각 장마다 쿵 하는 소리에 대한 궁금증으로 방 밖에 나온 인물의 시각으로 서술하는 독특한 방식을 사용하여, 자식을 부모에게 맡기고 도시로 나와 열심히 야채 장사를 하는 부부, 아내가 죽은 후 혼자 폐지 수입으로 입에 풀칠하고 사는 김씨 영감, 젊었을 때는 부유했으나 친구 투자 유혹에 사기당하고 아내에게 이혼당하고 마지막 남은 사합원에서 월세를 받아 생활하는 집주인, 동업으로 큰 규모 식당업을 하다 부도가 나 빚을 갚으려 배달원으로 일하는 동씨 등 북경 서민들의 팍팍한 삶을 보여주었다.

이 작품의 중심인물인 동씨는 사업 빚을 갚느라 오토바이로 30분 내 배달하는 힘든 일에 6년을 보냈고, 3년 후에 빚을 다 갚으면 고향에 돌아갈 꿈에 부풀어 있었다. 그러나 밤늦게 일을 마치고 숙소에 돌아와 아버지와 아들과 영상통화를 하고 밥을 먹으려다 심장마비로 쓰러지며 쿵 소리를 내어 놀란 사합원 사람들이 방 밖으로 나와 둘러보게 하였다. 다음 날 아침 동씨 집에 들른 주인이 주검을 발견하여 사합원이 잠시 혼란스러웠으나, 며칠 후 새해맞이 폭죽이 쿵쿵 터지는 소리에 야채장수 부부와 김씨 영감 그리고 집주인 모두 행복한 새해를 빌었다.

이 작품은 북경 이주민들의 고단한 삶을 소설화하면서, 심장마비로 쓰러지는 쿵 소리와 신년 맞이 폭죽이 쿵쿵 하는 소리를 대비하여 같은 집에 사는 사람이 죽어도 며칠이면 망각되는 허망한 현실과 팍팍한 삶 속에서도 새해의 행복을 기원하는 서민들의 작은 행복을 강조하는 효과를 얻고 있다. 그러나 「쿵…」은 북경 사합원의 집주인과 세입자의 삶을 통해 북경 서민의 고단한 삶을 현실성 있게 그렸지만, 이것이 대도시로 이주한 조선족의 현실을 반영하지 않은 점은 조선족 소설로서 일정한 한계를 지닌다.

3. 새로운 주제와 서사적 실험

이 시기 신진작가들의 소설 중에서 장애를 본격적으로 다룬 김유미의 「한 줄기 빛」(『장백산』 위챗판 1호)은 어머니 미숙의 시점과 아들 영복의 시점을 교차시켜 지체장애인인 영복이 사회로 나아가는 과정을 그렸다. 중학생 아들 영복이 교통사고로 반신불수가 되고, 남편과 이혼한 후 미숙은 오랜 간호와 투병 끝에 중증 지체장애인이 된 영복의 미래를 위해 한국으로 이주해 지하방에서 생활했다. 문밖을 나갈 수 없었던 영복은 유일하게 자신 있는 글쓰기에 도전했고, 글쟁이 카페에 짧은 글을 올려 세상과 소통하기 시작하였다. 이를 안 미숙은 글쟁이 카페에 가입해 이현이란 인물로 위장하여 영복과 친해지고 키우던 강아지를 두고 1년간 해외에 나가야 하는데 맡아줄 수 있느냐고 부탁하였다. 답을 하지 못하던 영복은 단편소설 공모에 동상으로 당선되어 상금을 받고 자신감이 생기자 미숙에게 이현이 강아지를 맡아달라는데 키워도 되겠느냐고 물었다. 미숙이 허락하자 영복은 급하게 이현에게 연락했다.

　　"사실 나는 장애인이에요."
　　영복이의 고백이 미숙이를 또다시 혼란스럽게 만들었다. 미숙이는 거리에 걸터앉아 '이현'으로 어떻게 얘기를 해야 영복이가 상처를 덜 받고 도움이 될지 한참을 생각하였다. 이미 출근 시간도 훨씬 지났는데 말이다.
　　"장애의 다른 이름은 편견이라 들었어요. '비정상'과 '정상'은 사람들의 시선으로 만들어진 말이에요. 우주에서 바라보면 우리는 하나의 생물체에 불과해요. 짧게 살다 가는 인생 굳이 남의 시선으로 자신을 '비정상'으로 보지 말아주세요. 당신은 그저 당신입니다."
　　영복이가 어떤 답변을 보낼지 초조했다. 혹시 앞뒤가 잘 안 맞나? 넘 딱딱하게 말했나?
　　"그렇게 말해줘서 고맙습니다."
　　가슴이 뭉클했다. 영복이가 먼저 '이현'이한테 자신의 얘기를 꺼냈다는 건 있을 수 없는 일이다. 다가오는 옛 친구들을 매정하게 돌려보냈던 영복이는 그 누구든 허락하지 않았다. 세상과 벽을 쌓고는 자기만의 성안에서 자신을 가두었던 아이다. 그런데 그것을 '현이'가 해냈다.

이로써 영복은 세상으로 나아갈 가능성을 보였다. 타인에게 자신이 장애가 있음을 밝힐 수 있게 된 것이다. 미숙이 생각한 대로 강아지를 키우면 책임감이 생기고, 먹이를 줘야 하고, 관리도 해야 하고, 산책도 시켜야 한다. 이런 과정을 통하여 영복은 당당하게 세상으로 나아갈 수 있을 것이다. 미숙은 모두가 포기해야 한다는 아들 영복을 끝내 포기하지 않고 2년 이상 사랑으로 보살펴 전신마비를 반신불수로 바꾸어놓았다. 이제 영복은 미숙이 지켜보는 가운데 자신의 힘으로 당당하게 세상으로 나아갈 수 있게 된 것이다.

이 작품은 장애를 극복할 수 있는 것은 주변의 사랑과 격려의 힘이고, 그보다 중요한 것은 스스로의 의지라는 점을 보여주었다. 아버지도 포기하고 주변 사람들도 불가능하다는 상황에서 미숙이 영복의 침대 옆에서 끝없이 문학작품을 읽어주고, 사랑으로 격려해주어 영복이 의식과 무의식의 경계에서 강한 의지를 다질 수 있었다. 그리고 미숙은 아무것도 할 수 없다고 포기하려는 영복에게 책상 앞에 앉아서도 할 수 있는 글쓰기를 찾아주고 격려함으로써 스스로 장애를 딛고 일어날 힘을 키워주었다. 이렇게 「한 줄기 빛」은 장애가 단순한 편견일 뿐임을, 인간은 장애 여부에 따라 정상과 비정상으로 구분되어서는 안 된다는 점을 훌륭하게 소설화해 보여주었다.

이외에도 최화는 「빈집」(『연변문학』, 2018.4)에서 앞 절에서 언급한 바 상해의 심각한 주택 문제와 함께 사회적 이슈 중 하나인 노인 문제를 다루었다. 한 아파트에 사는 치매 걸린 할머니의 집에 무단 침입해 생활하던 중에 알게 된 할머니는 평생 자녀들에게 헌신하여 사회적으로 성공한 사람으로 키웠으나, 늙은 부모를 돌보려는 자식이 하나도 없어 치매에 걸려 정상적인 생활이 힘든 상황에서 홀로 살고 있었다. 「빈집」은 외로움에 시달리며 힘들게 사는 할머니의 삶을 통해 이 시기에 중국에서 사회문제로 대두된 노인 문제의 심각성을 경고하였다.

또 문설근은 「의식의 목적」(『장백산』 2020. 3기)에서 망상과 환각을 특징으로 하는 조현병 환자의 정신세계를 소설화하였다. 한 사람의 의식 속에 다른 의식이 들어와 혼란을 일으키고 타자와의 연결이 단절되는 양상을 이중적인 시점을 통해 서술함으로써 조현병에 관한 인식의 전환을 요구하였다. 그러나 이 작품은 독창적인 주제를 선택한 점은 의미가 있으나 조현병 환자의 증세만을 이야기함으로써 소설적 의미화에 실패한 아쉬움을 보였다.

환지는 남성 간의 동성애를 영화적 상상력을 동원하여 하나의 활극처럼 그린 중편소설 「화등」(『장백산』 2014. 3기)을 발표하였다. 윤서우는 미모를 앞세워 남성 편력을 일삼은 엄마의 존재 탓인지 여자에 별 관심이 없고, 어릴 적부터 친구인 빈을 사랑하였다. 빈도 동성애 성향이 있으나 자기 엄마와 여자친구의 엄마를 생각해 아이는 낳지 않기로 하고 결혼하고는 서우와의 관계를 지속하였다. 이 작품은 서우와 빈의 동성애라는 제재와 함께 엄마의 남성 편력이 또 다른 줄거리를 이룬다. 엄마는 미모의 미혼모라는 호조건을 무기로 남성을 유혹하고, 가끔씩 서우를 동반하여 남성들의 보호 심리를 유발하여 적절히 성을 주고 얻는 대가로 엄청난 부를 쌓았다.

이 작품은 동성애와 남성 편력이라는 문제적이기는 하나 자극적인 제재를 멜로드라마나 범죄영화 등에서 사용되는 비현실적이고 극단적인 상황을 설정하고 전개하여 흥미 위주의 소설이 되고 말았다. 예를 들어 엄마가 마지막 남자로 여겨 결혼까지 생각한 가면학자가 아내와 단란한 가정을 꾸리고 있는 여성 편력이 심한 사기꾼임을 알고는 배신감에 사로잡혀 살인청부업자에게 개 사료로 만들라 지시하고, 가면학자가 살인청부업자를 매수해 살해 장면을 CD로 제작하여 보내주어 엄마와 서우를 협박하고, 살해 위협을 느낀 서우가 에스컬레이터에서 엄마를 보호하려다 실수로 밀어 식물인간이 되게 하고, 열아홉 살이었던 엄마와 은하 이모가 생면부지의 미혼모가 윤서우란 이름표를 단 아이를 맡기고 사라지자 자식으로 맞아 정성을 다해 키웠고, 서우의 소설을 영화로 제작해주기로 하고 제작을 끝내자마자 자살한 털보 감독이 서우의 친 아버지였다는 등의 상황 설정은 영화로 제작해도 비현실적이란 비판을 받았을 정도이다. 이런 점에서 환지의 「화등」은 동성애와 남성 편력이라는 참신하고 의미 있는 주제를 설정하였음에도 불구하고, 멜로드라마적 상상력을 극단으로 몰아감으로써 소설로서의 진지함이 묻히고, 오락 위주의 대중소설로 빠져버린 아쉬움을 남겼다.

전춘화는 「뱀 잡는 여자」(『도라지』 2019. 3기)에서 지독한 가난과 아버지의 폭력에서 벗어나기 위해 땅꾼 생활을 한 어머니를 통해 두려움의 본질을 해명하였다. 처녀 시절 어머니는 외할아버지의 폭력에 시달리다 뱀술만 먹으면 잠을 잔다는 사실을 알고는 집안의 화평을 위해 땅꾼이 되었고, 땅꾼으로 번 돈을 보고 외삼촌들이 돈 투정을 하자 뱀을 던져 제압하는 등 두려움이 없는 여자가 되었다. 땅꾼이라 결혼하지 못할 것이라는 주변의 우려를 깨고 부잣집 아들을 만나 재취로 들어간 엄마는 결혼 후에도 불의의 일에 대비해 땅꾼 생활을 계속하다 딸인 나를 가진 후 완전히 끝냈다. 어머니는 이런 과거사를 이야기하면서 뱀을 잡으면서 느낀 두려움에 관해 말하였다.

사람은 자신의 안에 마주하고 있던 두려움이 없어진 뒤에야 그런 두려움이 존재하고 있었다는 사실을 알게 되는 거라고 엄마는 늘 내게 말했다.

어머니는 자신이 일상으로 마주했던 아버지의 폭력으로부터 벗어나기 위해서는 자기가 가장 무서워하던 뱀이라는 존재에 대한 두려움을 잊고 자기 손으로 뱀을 잡아야 하였다. 어머니는 뱀을 잡기 시작하면서 자신의 깊숙한 곳에 자리했던 두려움의 존재를 알게 되고, 또 다른 두려움을 정면으로 바라볼 수 있게 되었다. 이후로 어머니는 자신의 앞에 닥친 많은 두려움에 정면으로 마주할 수 있었고, 친정 부모나 형제들과의 갈등에 정면으로 부딪쳐 이겨낼 수 있었다는 것이다. 이렇듯 이 작품은 뱀잡이라는 독특한 소재를 통해 두려움과 용기의 본질이라는 독특한 주제를 훌륭히 소설화하였다.

박진화는 「꿈꾸는 물고기」(《연변문학》 2019.11)에서 한 사회 내에서 구성원들은 다소간의 갈등이 있더라도 결국은 하나의 생태계를 이루어 살아가는 법이라는 평범하나 일상에서 의미가 적지 않은 주제를 다루었다. 이 작품은 방송국에서 한 프로그램을 담당하는 팀 내의 협조와 갈등, 낙하산 직원이라는 오해로 비롯된 질시, 능력과 성과에 따라 평가받는 현실, 진급에 대한 욕망과 일에 대한 사랑 등 방송국 내의 일상의 삶을 담담하게 그려내었으나 작품 말미에 '어쩌면 우리 모두에게는 저마다의 크고 작은 세상이 따로 있을 것이다. (중략) 그러니 어찌 누가 맞고 누가 틀렸다고 섣불리 판단을 내릴 수 있겠는가.'라고 작가가 이 작품에서 말하고자 한 바를 직접 서술하여 소설적으로 안이한 처리라는 한계를 보였다.

백한은 「나는 앤디가 아니다」(『연변문학』 2021.6)에서 다큐멘터리 감독으로 바쁜 일상을 보내던 남편이 작가인 아내가 가출한 뒤 자기 성찰을 하는 과정을 다루었다. 아내는 가출하면서 아래와 같은 수수께끼 같은 메시지를 남겼다.

> −3년에 걸친 투쟁에 종지부를 찍은 사건
> 그 아래에는 이런 말이 씌어 있었다.
> −아내를 믿습니까? /

이것이 무슨 뜻인지 고민하면서 촬영차 출장을 반복하며 남편은 두 계절이 지나도록 소설만 발표하고 연락을 끊은 아내를 떠올리면서 점차 아내를 이해하게 되었다. 이 작품에서 남편이 아내를 이해하는 과정은 일정한 사유의 시간이 지날 때마다 변화하는 심리를 아래와 같은 조금씩 다른 문장을 사용하여 감각적으로 표현하고 이어 그 구체적인 상황을 서술하는 독특한 방식이 사용되었다.

> 아내를 믿냐고? 믿지, 믿고 말고. /
> 나는 아내를 믿는다. /
> 나는 아내를 믿었다. /
> 나는 아내를 믿었다. 아니, 믿고 싶었다. /

남편이 아내를 완전히 이해한다는 것은 불가능할 것이다. 그러나 다큐멘터리 감독이라는 직업을 이유로 수시로 출장을 다니느라 소설 쓰는 일에 몰두하는 아내에 무관심했던 자신을 반성하고, 작가인 아내가 자유롭게 집에서 소설을 쓸 수 있도록 서재를 꾸며주었음에도 가출하여 홀로 창작에 몰두하는 심경을 조금씩이나마 이해하기 시작하였다.

이 작품에서는 아내를 기다리며 아내가 좋아해서 심어둔 꽃무릇 화분을 관리하다 보니 아내가 가출한 후 시들었던 꽃무릇이 점차 건강을 되찾고, 어느 날 꽃이 피었다는 것으로 남편이 아내의 마음을 조금씩 이해하였고, 이제 아내가 귀가할 것임을 암시하였다. 이 작품은 부부 사이의 정서적 간격을 메우기 위해 부부가 특히 남편이 아내를 이해하는 마음이 요구된다는 비교적 평범한 주제를 다루었다. 그러나 이 작품은 철저하게 배치된 서사 구조, 문장의 변화를 통한 암시, 상징의 적절한 사용 등으로 소설적 밀도를 높이고 있는바, 이는 작가의 서술 방식에 대한 깊은 성찰의 결과라 하겠다.

최화의 「숲으로 가는 길」(『연변문학』 2020.9)은 문화대혁명이라는 용어를 피하고 복잡했던 시기라 명명했지만, 이 시기 젊은 작가들이 거의 다루지 않던 문화대혁명을 제재로 선택한 점이 눈에 뜨인다. 이 작품은 할머니의 한을 풀어드리러 큰아버지를 찾아간 '나'가 단편적으로만 알고 있었던 할머니의 과거와 큰아버지를 만나 들은 이야기를 연결해 할머니와 큰아버지의 비극, 즉 문화대혁명의 비극을 효과적으로 소설화하였다.

상해의 유복한 가정에서 자란 할머니는 수십 명의 청년과 하향했으나 마을 남자와의 사이에 아들을 낳아 청년들이 귀향할 때 혼자 남았다. 몸이 약한 할머니는 집체의 할당량을 못 채워 고생했고, 남편의 폭력과 시어머니의 시집살이를 감내해야 했고, 시동생들에게도 시달렸다. 당연하지 않은 일을 당연한 듯 살던 할머니는 아버지가 누명을 쓰고 감옥에 갇혔다가 돌아가셨다는 비보를 받고는 상해로 도망쳤다. 그 이듬해 큰아버지 집안은 연초에 새어머니가, 봄에 여동생이, 가을에 막내동생이 죽고, 아버지는 충격으로 술에 빠져 집안이 풍비박산되고, 어렵게 결혼한 큰아버지는 사고로 휠체어 신세가 되자 아내가 도망쳐 평생을 혼자 고향에서 엄마를 떠나보낸 한을 삭이며 살았다. 큰아버지 기억 속의 엄마는 하얀 한복을 입고 있었다. 그날 밤 엄마가 어딘가 떠날 것 같아 옷고름을 틀어쥐고 자지 않고 버티려 했는데 어느 결에 잠이 들었고, 아침에 깨어 보니 가위로 옷고름만 베어낸 채 엄마는 무정하게 떠나고 없었다. 평생 그 순간을 후회하며 산 큰아버지는 잘린 옷고름을 보물처럼 간직하고 있었다.

나는 죽음을 앞둔 할머니가 50년 전에 버린 아들을 보고 싶어 해서 먼 이방까지 찾아가 접근을 거부하는 큰아버지를 설득하며 시간을 보내면서 조금씩 조금씩 할머니와 큰아버지의 비극을 알게 되었고, 할머니의 위독 소식에도 큰아버지가 상해행을 거부해 혼자 돌아왔다. 임종 직전 병원으로 찾아온 큰아버지를 만난 할머니는 긴 밤을 무슨 얘기인가 나누고 평온한 얼굴로 죽음을 맞이하였다. 고모는 아들을 버려두고 도망친 후 단 한 번도 한복을 입지 않은 할머니가 평생 간직한 옷고름이 잘린 한복을 찾아 큰아버지가 가져온 옷고름을 붙여 할머니의 수의로 만들어 입혀 보내드렸다.

　이 작품은 문화대혁명의 기억이 존재하지 않는 신진작가들이 소설화하지 못한 문화대혁명의 비극을 감동적으로 그려내었다. 이 작품에서는 사회 전체에 혼란과 고통이 만연하던 시대에 어쩔 수 없이 헤어져 평생 한을 가지고 살던 모자가 어머니의 임종 자리에서 화해하는 모습으로 문화대혁명의 상처가 현존하는 비극이라는 점을 여실히 보여주었다. 더욱이 이 작품은 할머니의 비극과 나와 동업자이자 애인인 리명 사이의 갈등을 병치하여 할머니의 비극을 확인하고 화해하는 과정에서 나와 리명 사이의 갈등이 해소되는 것을 보여주어, 문화대혁명의 비극을 치유하는 일이 현대사회의 인간적, 사회적 갈등을 넘어서는 길이 될 수 있음을 암시하였다. 이런 점에서 「숲으로 가는 길」은 신진작가의 여타 작품과 달리 역사적이자 사회적인 무거운 주제를 감동적으로 형상화하여 갈등을 치유하는 길을 제시한 점에서 신진작가 소설의 새로운 가능성을 보여주었다.

제7장

중문 창작의 의미와 한계

 연변조선족자치주가 설립된 후 성급 작가협회의 대우를 받는 연변작가협회가 출범하여 조선족 문학의 기틀이 마련되고, 조선족 문학의 발표 지면인 문예전문지『연변문학』과『송화강』이 창간되어 조선족 문학은 재만조선인 문학의 영향권을 벗어나 독자적인 문학을 형성해 나갔다. 반우파투쟁과 문화대혁명 기간 위축되었던 조선족 문학은 개혁개방으로 창작의 자유를 되찾은 후 조선족 작가의 창작 활동으로 재외한인 문학으로서의 위상을 상실한 재일교포 문학이나 고려인 문학과 달리 공전의 번영을 누려 한국문학, 북한문학과 더불어 세계 한인문학의 중심축으로 자리 잡았다.

 조선족 문학은 세계 한인문학의 한 갈래이자 중국의 소수민족 문학 중 하나라는 이중적 성격을 지닌다. 조선족 문학은 중국의 정치, 경제, 문화 등 제반 사회적 조건 아래서 생산되었으나, 조선족 공동체라는 제한된 공간 속에서 조선족만을 독자로 하여 자신들의 삶을 조문으로 창작함으로써 조선족 문학의 독자성을 유지해왔다. 이는 조선족 문학이 등장한 이후 조선족 작가 중에서 중문으로 창작하여 번역해 출간한 작가가 리근전밖에 없었다는 점에서 확인되는 바이다. 그 결과 조선족 문학은 중국 내의 소수민족 문학 중에서 중국 주류문단에 거의 알려지지 못했지만, 조선족 작가들은 민족문학을 유지·발전시켜야 한다는 소신과 민족적 자긍심으로 조문 창작을 유지해왔다.

조선족 작가들이 가지고 있었던 조문 창작에 관한 자긍심은 대부분의 조선족 문예지에서 중문 창작품을 수록하지 않고 필요한 경우 번역 게재한 데에서 드러나고, 리근전이 중문으로 작품을 창작한 작품을 타인에게 조문으로 번역하여 출간한 것을 작가 스스로 조금은 부끄러워한 사실에서도 확인된다. 또한 조선족 문학 연구자들이 언어적 순정성을 강조하여 조문 창작을 조선족 문학의 기본 범주로 삼고, 중문 창작품을 조문 번역한 경우 비평과 연구의 대상으로 삼는 데 비판적 시각을 보인 것도 저간의 상황을 알게 해준다.

그러나 개혁개방과 한중수교로 조선족 사회가 해체된 이 시기에 들어 조선족 문단에서는 중문 창작에 대해 새롭게 인식하기 시작했다. 그것은 중화인민공화국 수립 이후 조선족 문학이 지켜온 조문 창작의 한계에 관한 인식으로 중화인민공화국 14억 인구 중에 조선족은 2백만 명에도 미치지 못하는 현실에서 조문 창작을 고집해서는 조선족 문학은 중국 독자로부터 소외되고, 중국 주류문단의 주변부에 놓일 수밖에 없다는 위기감이었다. 실제로 조선족 소설은 조문으로 창작되었기에 주류문단에 소개되지 못하였고, 조선족 작가는 중국의 대표적인 문학상인 모순문학상, 노신문학상, 노사문학상 등의 후보에도 들지 못하였다. 따라서 조선족 문학은 중국 문단에서 주변부 문학이 되고, 조선족 사회라는 좁은 울타리 안에서만 존재하는 문학으로 될 수밖에 없었다.

1990년대 말부터 연변작가협회에서는 중문 창작을 장려하고, 조문 창작된 작품을 번역하여 중국 주류문단과 중국 독자에게 소개하는 작업을 하고 있으나 자금난과 번역 전문가의 부족으로 실효를 거두지 못하고 있다. 더욱이 최상의 번역 전문가가 번역하였다 하더라도 한족 작가나 여타 소수민족 작가들이 스스로 중문 창작을 하는 데 비해 조선족 작가가 조문 창작을 하고 이를 중문 번역하는 것은 원작자의 문학적 정수를 지킬 수 없다는 한계를 드러낼 수밖에 없다.

이러한 조선족 소설이 지닌 조문 창작의 한계는 유년기부터 중국어 언중 속에서 성장하고 중국어로 교육을 받은 작가들이 등장하면서 해소되기 시작했다. 그 대표적인 작가로는 비즈니스 세계의 비리와 비정을 다룬 정용호, 법조계와 언론계 그리고 기업계 등의 비리를 고발한 소설가 김창국, 스파이 소설의 신경지를 개척한 전용선, 수준 높은 소설을 발표하여 주류문단의 주목을 받아 길림성작가협회 주석으로 활동한 김인순 등이 있다. 이 장에서는 대중작가적 성향이 강한 앞의 세 작가를 제외하고, 우수한 순수 소설을 지속적으로 발표한 김인순의 소설을 간략히 살펴 중문 창작의 문제를 검토하고자 한다.

중국 주류문단에서 이른바 '70후 세대 여성작가'의 대표 주자로 평가되는 김인순이 발표한 열 권이 넘는 소설 중에서 장편소설 『춘향』(김인덕 역, 연변인민출판사, 2017)을 비롯해 단편소설 「친구 김지를 생각하다」(우광훈 역, 『중국당대문학선집; 단편소설선집』, 작가출판사, 2015), 「송수진」(김호웅 역, 『장백산』 2016. 1기), 「유진씨」(김염 역, 『장백산』 위챗판) 등이 조선족 문단에 번역 소개되었고, 한국에도 『녹차』(김태성 역, 글누림, 2014), 『승무』(신진호 · 탕쿤 역, 문예원, 2019) 등 두 권의 작품집에 총 15편의 중 · 단편소설이 번역 출간되었다. 한국어로 번역된 김인순의 소설을 검토한 결과만으로 그의 작품 전반을 정리하기에는 무리가 없지 않으나, 이들 작품과 김인순 소설에 관한 기존의 연구 결과를 검토하여 그의 소설이 지닌 소설 창작의 기본 원리와 주제 경향을 정리하고 조선족 소설로서의 의미와 한계를 살펴 조선족 작가의 조문 창작의 의의를 점검하고자 한다.

김인순의 소설 창작의 기본 원리는 영상매체가 대중문화를 장악하기 시작한 이 시기 소설의 일반적 양상 중 하나인 영화적 상상력에 의한 서사이다. 21세기에 들어와 컴퓨터와 인터넷이 보편화되고 스마트폰이 등장하여 영상이 대중문화를 지배하였고, 이러한 시대적 상황의 변화에 따라 전통적인 문학 장르에 영화의 기법이 틈입하였다. 특히 서사를 본질로 하는 소설에서는 같은 서사 장르인 영화의 상상력에 기대어 인물의 갈등과 사건 전개를 서술하기보다 연관된 장면을 중첩하여 발생하는 분위기로 서사하고자 하는 바를 암시하고, 유사한 이미지를 연쇄적으로 포갬으로써 작가가 말하고자 하는 바를 독자가 연상하게 하는 몽타주 기법이 서사의 중심을 이루었다.

김인순은 대학에서 영화를 전공한 작가답게 이 시기에 유행한 영화적 상상력을 바탕으로 한 서사에 뛰어난 능력을 발휘했다. 그는 현대 중국 사회를 시공간적 배경으로 한 「복숭아꽃」「녹차」「달빛」「희미하게 은은하게」 등은 물론 『춘향』과 같은 조선시대를 배경으로 한 소설에서도 이러한 소설 창작 방법을 사용하였다. 그의 소설은 영화와 비슷하게 인물의 성격이 극단적이고, 인물 사이의 갈등을 직접 서술하기보다 인물의 모습이나 주변 상황을 치밀하게 묘사하여 비현실적 분위기를 형성하고, 이러한 시각적 이미지를 통해 주제화하고자 한 바를 암시하는 방법을 사용하였다. 그리고 김인순 소설은 시각적 이미지의 적극적인 활용으로 소설 세계를 환상적이고 비현실적으로 만들어 작품에서 이야기하고자 한 바를 자유로운 상상력으로 해석하도록 하는 효과를 준다.

또한 김인순은 이들 소설에서 영화적 상상력을 동원하여 장면을 중첩하고 이미지를 연쇄함으로써 전통적인 소설과 다른 새로운 소설 미학을 형성하였다. 첫째, 전통 소설이 지향하던 '발단-전개-위기-절정-결말'이라는 서사적 선조성을 파괴하고, 서사적 사건의 전개를 지연시키거나 생략하거나 비약하는 방법으로 서술된 사건 사이에 불명확한 틈새를 만들어 독자가 상상력을 동원하여 그 부분을 채워가며 작품 내용을 재구성하게 하였다. 둘째, 언어적 표지 없이 장면이나 이미지를 바꾸는 영화의 장면 전환 방식을 도입하여 서사 상황에서 장면을 빠르게 전환함으로써 소설의 템포를 빠르게 조정하고 박진감을 확보하였다. 셋째, 인물 간의 대화와 그에 따른 행동을 직접 보여주는 영화의 장르적 특성을 차용하여 인물의 생각과 심리를 서술하기보다 한 장면에서 인물 간의 대화로 처리함으로써 독자가 작품 속의 인물을 직접 대면하는 듯한 효과를 얻었다.

김인순의 문학세계의 핵심은 여성주의로 정리할 수 있다. 김인순은 「복숭아꽃」의 지롄신, 「녹차」의 우팡, 「달빛」의 '나'에서 볼 수 있듯이 여성의 외적 아름다움과 특유의 내면세계를 독특한 문체로 섬세하게 그려내었다. 김인순이 이러한 여성주의적 시선을 통해 드러내고자 한 것은, 가부장적 폭력을 비판하고 여성을 미모를 기준으로 판단하고 섹스의 대상으로만 인식하는 남성을 조롱하여 여성이 주체적으로 사랑하고 독자적으로 사회생활을 할 수 있는 세상에 대한 동경이었다. 전통 사회의 남성중심주의의 모순을 벗어나 새로운 시대를 지향하는 이 시기에 김인순 소설이 보여준 여성주의는 시대정신을 담보했다는 평가가 가능하다. 그러나 「복숭아꽃」의 지롄신을 비롯한 여러 작품에 등장한 미모의 여성이 남성을 성적 대상으로만 이해하고, 남성을 성적 노리개로 다루는 것 등은 과도한 여성주의이자 여성에 의한 성의 상품화를 옹호한 것이라는 지적을 피하기 어려울 것이다.

김인순은 등단하고 4~5년이 지난 후부터 한민족의 역사와 문화를 제재로한 소설을 집필하기 시작하여 「기생[伎]」(『종산(鐘山)』1999. 2기), 「고려의 옛 이야기[高麗往事]」(『장강문예(長江文藝)』1999.12) 등을 발표하였고, 한국의 고전소설 「춘향전」을 작가 특유의 여성주의적 시각에서 재구성한 「춘향(春香)」을 2008년부터 상해작가협회의 기관지 『수확(收穫)』에 연재하고, 이듬해 장편소설 『춘향(春香)』(중국부녀출판사, 2009)을 출간하여 2012년 제10회 준마상을 수상하였다. 그리고 이 시기 10년 정도에 걸쳐 발표한 한민족 역사와 문화를 제재로 한 단편소설을 모아 소설집 『승무(僧舞)』(중국대외번역출판공사, 2013)를 발간하였다. 이런 점에서 김인순은 이 시기부터 조선족으로서 정체성 탐구를 시작했다는 평가를 받았다.

『춘향』은 남원부사였던 춘향의 아버지가 춘향의 어머니 향부인과 함께하기위해 건립한 환상적인 분위기의 저택을 향사라는 기녀들의 이상향으로 만들어 은거하는 향부인과 태어난 후 향사에서만 살아 속세를 거의 접해보지 않은 춘향의 비현실적이고 초월적인 삶을 그렸다. 이 작품에서 가장 문제적인 인물은 향사의 주인으로서 미모를 바탕으로 남성들에게 기예와 술과 성을 매매하여 남원부의 유명인사가 된 춘향의 어머니 향부인이다. 그리고 이 작품은 여성주의 시각에서 전래의 춘향이 지녔던 열녀 이미지를 벗기고 여성 정체성을 획득하여 남성에 대한 자기 선택권을 행사하는 여성으로 재탄생시켰다. 그리고 춘향의 하녀였던 향단을 자기 의지와 소신에 따라 춘향을 대하는 소선으로 재탄생시켰으며, 변학도를 사헌부의 청렴한 하급 관리로 지내다 남원부사로 내려와 향부인의 죄상을 밝혀 이를 빌미로 춘향을 후처로 맞으려는 인물로, 이몽룡은 소설 내적 기능을 약화시켜 춘향과 사랑을 나눈 후 부모를 따라 한성으로 가서 부마가 된 인물로 설정하는 등 춘향의 서사를 완전히 새롭게 재구성하였다.

이렇듯 「춘향전」을 재구성한 『춘향』은 열녀 서사를 자유로운 여성상의 창조로 대치하여 고전의 현대화를 넘어 완전히 결이 다른 소설로 재탄생하였다. 작품에 관한 자세한 논의는 기존의 연구에 넘기고, 이 작품에서 문제점으로 지적할 세 가지를 정리한다. 첫째, 『춘향』에서 향부인과 춘향의 삶을 이상화한 것은 여성의 자유를 추구하였다는 점에서는 일정한 의미를 지니나, 여성의 완전한 성적 자유와 성의 매매가 진정한 자유인가에 대한 반성적 사고가 필요하다. 이것이 춘향이 일부종사하는 것이 열녀라는 중세적 질서를 극복하기 위한 소설적 장치라 하더라도 성적 자유의 한계에 관한 고민은 반드시 필요하다. 둘째, 기녀에게 필요한 춤과 창을 전문적으로 교육하였고 기녀인 춘향이의 의술이 일정 수준을 지녔다는 것은 역사적 사실에 어느 정도 부합하나, 기녀들의 공간인 향사의 규모나 이상향의 모습 그리고 향사에서 기녀에게 필요한 모든 교육이 이루어졌다는 설정은 조선 시대의 기방에 대한 이해가 부족했음을 보여준다. 셋째, 『춘향』이 고전소설의 허구적 재창조이기는 하나 이 작품에 등장하는 판소리, 마차, 다도 등 많은 소재가 조선의 역사적 사실과 당대의 문화 그리고 양반이나 서민의 삶에 비해 비현실적이다.

한민족의 고전을 다룬 김인순의 소설은 고려와 조선 역사에 관한 이해 부족이 드러나 소재 차원의 민족주의라는 한계가 분명하다. 예컨대 「고려 이야기」는 고려 현종 시기를 시간적 배경으로 하나 고려 현종에 대한 설명이 역사적 사실과 전혀 일치하지 않아 소설의 배경을 이 시기로 한 이유를 알 수 없게 하였다. 또 「성안에 봄은 왔건만 잡초만 무성하고」에서도 조선과 청의 전쟁을 소재로 선택했으나 조선군 총지휘관 격인 안찰사 김의필의 존재가 역사적 사실과 부합하지 않고, 이 전쟁이 소설 전개에 필수적인 소재도 아니다. 더욱이 이 소설들에서는 한민족의 역사와 문화가 여성주의적 시각으로 보편적인 인간성을 그려내는 과정에 하나의 몽롱하고 아스라한 배경으로만 다루어져, 여타의 조선족 작가의 역사 제재 소설처럼 그렇게 핍진하게 다가오지는 않는다. 이렇듯 김인순은 민족적 제재의 작품에서 작가 자신이 본인의 민족정체성을 찾기 위한 노력의 결실로 중국 독자에게 소수민족의 문학으로 의미화되어 일정한 성과를 거두었지만, 조선족 역사와 문화에 대한 왜곡된 시각을 형성시킬 위험이 적지 않고, 조선족이 당면한 다양한 문제와 디아스포라 조선족이 처한 위기 등을 외면했다는 비판을 피하기 어렵다.

김인순은 「춘향전」을 소설화한 『춘향』을 창작하던 시기에 황진이의 전설을 바탕으로 기녀인 황진이를 사모해 죽은 청년의 관에 가슴가리개를 덮어 떠나게 해주었다는 「대면한 적 없는 사랑」, 근엄한 큰스님이 기녀 금화와 하룻밤 지낸 뒤 가부좌한 채 죽었다는 「조그만 성 이야기」, 명월과 지족선사의 하룻밤 만남을 통해 몸과 춤의 의미를 소설화한 「승무」 등 세 편의 단편소설을 발표하였다. 이 작품들은 황진이의 설화가 「춘향전」에 비해 주제 면에서 봉건적 윤리로부터 상당히 벗어나 있고, 서사적 완결성도 부족했기 때문에 작가의 상상력을 발휘하기에 유리했다. 그 결과 이들 작품은 조선 민족의 전통과 문화를 일정 정도 살리면서 그간 김인순이 추구해왔던 여성주의의 시각에서 여성의 몸과 금기로부터의 자유라는 주제를 효과적으로 소설화할 수 있었다.

여성주의의 시각으로 청춘남녀의 사랑을 다룬 애정 소설로 중국 독서계에서 주목받았던 김인순은 「송수진(松樹鎭)」(『춘풍문예(春風文藝)』 2008. 3기)에서 사회 현실에 대한 비판적 인식을 드러내어 문학세계의 변화를 보여주었다. 「송수진」은 작중화자 '나'가 영화 촬영을 위한 사전 답사차 찾은 송수진마을에서 만난 손첨이라는 소녀의 모습과 10년 후의 충격적인 만남을 대비해 보여준 작품이다. 이 작품에서는 송수진마을의 한적하나 음침한 분위기와 그곳에서 만난 건달 같은 청년들과 다양한 사람들 그리고 영화의 배역을 맡기기 위해 접촉한 손첨을 비롯한 어린아이들에 관한 치밀한 관찰과 생생한 묘사가 돋보인다. 그리고 영화 촬영이 무산되어 얼마 있다 다시 오겠다던 마을 어린아이들과의 약속을 지키지 못한 '나'는 10년이 지난 뒤 경찰의 연락을 받고 경찰서에 가서, 수줍고 겁 많아 보이던 소녀 손첨이 텔레비전 방송국 아나운서가 되어

국장과 애매한 사이로 지내다 남자친구가 이것을 문제 삼으려 하자 자기 성공을 위해 남자친구를 살해했다는 놀라운 사실을 알게 되었다.

'나'는 송수진에서 만난 거칠지만 순박한 사람들, 영화 출연이라는 희망에 눈을 반짝이던 어린아이들, 외진 마을을 찾은 영화인들에게 친절을 베푸는 마을 어른들에게서 농촌의 인정을 느낄 수 있었다. 그러나 한가하고 고요하나 스산한 느낌을 주는 송수진 거리에서 음침한 살기를 느꼈던 '나'의 예감이 적중하였다. 이 작품은 10년 전에 만났던 손첨의 순진한 모습과 현재의 손첨의 충격적인 상황을 대비하여 소박한 농촌 사람들이 시장경제의 와중에 돈과 성공을 향한 욕망이 팽창하여 몰락한 이 시대의 비극적 현실을 비판하였다.

이 작품에서 보여준 김인순 소설의 소설 세계의 변화는 다단계회사에서 높은 자리에까지 올랐다가, 회사를 나와 다단계사업으로 성공의 가도를 달리던 펀팡이 우연한 사고로 죽는 이야기 다룬 「펀팡」에서 비슷한 양상을 보였다. 그리고 김인순은 「유진 씨」에서 미국에서 열린 세계문인회의에 참석했다가 만난 한국 여류 시인 유진을 통해 여성이 유명 시인이 되기도 가정주부로 살기도 어려운 현실을 담담하게 그려 변화한 소설 세계의 새로운 면모를 보여주었다.

김인순을 디아스포라 조선족으로서의 문화적 혼종성을 보여주는 대표적 작가로 평가하기도 한다. 그의 문화적 혼종성은 중국 문화적 요소와 조선족 문화적 요소가 합쳐져 김인순의 문화 의식의 저변을 구성하였다는 지적으로 이는 디아스포라 조선족 작가라면 누구나 갖는 문화 의식의 구조일 것이다. 그러나 김인순은 조선족의 삶에 관심을 보인 작품을 집필하지 않았고, 한국의 전통 서사와 역사도 인간의 보편적인 주제를 다루기 위한 소재로만 사용한 것은 그가 중국 문화적 요소에 더 깊은 관심을 보인 작가라는 평가를 가능하게 한다. 이런 점에서 김인순의 소설은 중문 창작으로 중국 주류문단의 중심으로 나아갈 수 있었으나, 그 결과 조선족 소설의 자장에서는 멀어졌다고 평가할 수 있다.

조선족 문학은 중국문학의 일원이면서 동시에 세계 한인문학의 중요한 자원이다. 일제강점기 이산된 조선인의 후예인 조선족, 재일교포, 고려인 중에서 현재 한국어 창작은 조선족 문학에서만 이루어지고, 재일교포와 고려인 문학의 한국어 창작은 거의 소멸되어 현지어 창작만 이루어지는 단계에 이르렀다. 그리고 해방 이후 한국인이 이주한 지역의 재외한인들은 1세대들의 경우 한국어 창작이 유지되나 2~3세대로 이어지면서 급속도로 언어의 현지화가 이루어져 현지어 창작만이 가능할 뿐이다. 이런 재외 한인문학의 상황을 고려하면 추상적 개념으로 존재하는 세계 한인문학의 중심에는 한국문학, 북한문학, 조선족 문학 등이 있고 재외한인이 많이 거주하는 미국의 한인문학과 기타 북미와 남미 지역 그리고 호주, 유럽 등지의 한민족 집거지에서 한인문학이 명맥을 유지하고 있다.

세계 한인문학을 개념화하기 위해 그 범주를 설정해보면 무엇보다 한국어 창작이라는 조건이 중요한 요건이 되고, 이외에 한인의 역사와 삶, 이주지의 소수자로서 한인의 정체성 등은 부수적인 요건이 될 것이다. 이는 창작 주체인 작가가 선택하는 언어는 독자를 전제로 한 것일 수밖에 없기 때문이다. 예컨대 독일에서 체코로 이주한 유대인의 손자인 프란츠 카프카는 유대어, 체코어, 독일어 모두를 자유롭게 사용하였으나, 모든 소설을 독일어로 썼기에 그는 독일 문학사에서 가장 중요한 작가 중 하나로 평가되나 체코 문학사에서는 거의 언급되지 않는다. 이는 한인문학을 논의하는 자리에서 한국어 창작 여부가 가장 중요한 기준이 되어야 한다는 방증이다. 다음으로 한인문학에 포함하기 위한 범주로 문학의 제재를 생각해볼 수 있다. 우선 어떤 작품이 한민족의 역사와 문화, 이주 지역의 한인이 삶과 문화, 소수자로서 한인의 디아스포라 정체성 등을 제재로 다루었는가 등을 판단의 기준으로 고려해야 할 것이다.

이러한 관점에서 본다면 앞에서 논의한 김인순의 소설은 중문 창작이라는 점, 소설의 제재로 디아스포라 조선족의 삶 문화를 다루지 않은 점에서 세계 한인문학의 중심에 놓이기 어렵다. 또 한국의 고전과 설화를 차용한 작품도 한인의 역사나 문화의 특수성보다 인류 보편적인 여성주의를 작품화하는 소재로 사용된 점에서 마찬가지의 어려움을 생각하게 된다. 이는 중문 창작하는 조선족 작가는 중문으로 읽는 중국인을 독자층으로 하여 그들의 기대 지평에 맞추려는 의식적 또는 무의식적 의도가 개입할 수밖에 없어 소재나 제재의 선택과 주제화 과정이 조문 창작의 경우와 달라질 수밖에 없었던 결과이다.

한 작가가 선택하는 언어는 세계 인식의 틀을 결정한다. 글쓰기에서 한국어를 선택한다는 것은 한국어로 사고하여 한국어의 체계 내에서 사유하고 세계를 이해하는 행위이다. 이중언어사용자인 조선족이 중국어로 글을 쓰고 한국어로 옮긴다면 자신의 글이라 하더라도 사유의 체계가 바뀌기 때문에 완벽하게 일치하는 글을 만들어 내기는 어렵다. 더구나 인지적이고 논리적인 글쓰기가 아닌 정서적이고 직관적인 상상력에 기반을 둔 문학 작품은 두 언어 사이에 존재하는 내연 의미의 간격과 정서상의 차이까지 완전히 옮기는 것이 불가능하다. 이런 점에서 문학은 작가의 모어에 의해 창작될 수밖에 없고, 민족문학의 범주를 설정할 때 작품의 언어가 가장 중요한 기준이 된다.

조선족 작가가 여타 소수민족 작가와 마찬가지로 중문 창작의 길로 나아간다면 그것은 중국 주류문단에 편입되어 소수민족 문학으로 일정한 입지를 차지하겠지만, 조선족 문학으로서의 정체성은 사라지고 한인문학으로서의 위상은 포기하는 일이 된다. 사실 김인순의 장편소설『춘향』을 번역본으로 읽는 것은, 김학철의『격정시대』를 읽는 일과는 달라서, 루쉰의「광인일기」를 번역본으로 읽는 일과 비슷한 외국 소설을 읽는 일이 되고 만다. 리근전의『고난의 년대』가 중문으로 창작한 것을 다른 사람이 조문으로 번역해 출간한 작품이어서 소설 연구의 대상으로 삼기 곤란한 점이 많다던 논리는 현재 조선족 작가의 중문 창작에도 그대로 적용될 수 있다.

조문 창작을 포기하고 중문 창작을 지향한다면 조선족 문학의 정체성은 사라질 수밖에 없다. 조선족 소설이 발전하기 위해서는 무엇보다 조선족 작가가 중국 주류문단과 경쟁할 수 있는 소설을 창작할 수 있어야 한다. 조선족 소설의 작품 수준이 높아져야만 조문과 중문 창작이 모두 자유로운 작가는 작가 스스로 조문과 중문으로 창작하고, 중문 창작 능력이 부족한 작가는 조문으로 창작하여 전문 번역인을 통해 번역 출판하여 중국 주류문단에 소개해야만 중국 주류문단의 소설들과 경쟁할 수 있다. 이에 앞서 중국 주류문단에 조선족 소설의 존재와 수준을 알리기 위한 작업으로 기존의 조선족 작가의 명작을 전문 번역인을 통해 중문 번역하여 출간하고, 신문이나 문예지에 발표된 소설 중 심사를 거쳐 전문 번역인에게 중문 번역을 의뢰하여 별도의 지면에 싣는 방안도 고려해야 할 것이다.

이제 조선족 소설을 중국 문단에 알리기 위해 조선족 작가들이 직접 조문 창작과 중문 창작을 병행하거나 조문으로 발표된 소설을 전문 번역인을 동원하여 중문으로 번역해 출간하는 일에 조선족 문단 차원의 대응이 필요한 시기가 되었다. 그러나 조선족 작가의 중문 창작은 세계 한인 문학의 범주에서 멀어질 위험이 상존한다는 사실은 늘 염두에 두어야 할 것이다.

제7부

조선족 소설의 미래

조선족 소설의 미래

    일제가 패망한 직후, 만주국 시대에 신경(장춘)과 용정을 중심으로 활동하던 재만조선인 작가의 거의 전부가 해방된 조국으로 귀환하여, 조선족 소설은 문학적 황무지에 뿌리를 내려야 했다. 전문적인 습작과 훈련을 받고 작품 활동을 한 작가가 전혀 없는 현실에서 조선족 소설은 무에서 유를 창조하는 마음으로 당의 문예이론을 연구하고 중국, 소련, 북한 등의 문학작품을 섭렵하여 소설 창작 방법을 개척했다. 그러나 조선족 소설은 시간의 경과에 따라 순탄하게 발전해 나아가지 못하고, 사회주의 중화인민공화국을 건설하기 위한 중국 정부의 정책에 따른 사회의 급격한 변화로 인해 발전과 쇠퇴 그리고 부흥으로 점철된 굴곡진 역사가 전개되었다.

    해방 직후 박영준, 안수길, 염상섭, 현경준, 황건 등이 귀환하여, 연변 지역에 기존의 등단 작가는 유년기에 간도로 이주해 성장한 김창걸뿐이었다. 조선족 소설은 현역 작가가 한 사람밖에 없는 열악한 현실에서 해방 이전에 기자나 교사 생활을 하며 소설가의 꿈을 키우던 소수의 소설지망생과 조선의용군 문화공작대 출신들 중심으로 형성되었다. 그들은 혁명과 문학에 대한 열정만으로 신중국의 이념과 문예이론을 받아들여 새 시대에 맞는 소설을 창조하기 위해 노력했다.

이 시기 조선족 소설의 발전에 큰 영향을 미친 작가로는 한국, 북한, 북경 등지에서 작가로서의 명성을 얻은 후 연변에 입경한 김학철과 항일연군 출신으로 당 사업과 기자로 일하다 소설을 발표한 리근전이 있다. 김학철은 이 시기에 비판적 사실주의적 경향의 단편소설과 조선족 소설계 최초의 중편소설과 장편소설을 발표하여 초기 조선족 소설 형성에 커다란 족적을 남겼다. 그리고 리근전은 계급투쟁을 다룬 최초의 단편소설과 동북에서의 해방전쟁을 제재로한 장편소설을 발표하여 이후 조선족 소설의 발전에 적지 않은 영향을 미쳤다.

중화인민공화국이 수립된 지 10년도 채 되지 않아 조선족 소설은 엄청난 시련에 봉착하였다. 중국 인민 속에서 암약하는 우파분자를 색출하기 위한 반우파투쟁은 조선족 사회에도 커다란 파장을 미쳐 김동구, 김순기, 김학철, 리홍규 등 대다수 작가가 창작 권리를 박탈당하고, 나머지 작가들도 공포 분위기 속에서 창작을 포기함으로써 조선족 소설계는 피폐해졌다. 그리고 이어진 문학 활동 자체가 반혁명으로 취급되는 엄혹한 10년간의 문화대혁명으로 조선족 소설은 암흑시대를 맞이하였다. 그러나 이 시기에도 조선족 문단에서는 새로운 작가 발굴에 노력하여 적지 않은 작가의 작품을 소개했고, 이들 작가 중 류원무, 리선희, 리태수, 림원춘, 정세봉 등이 조선족 문단을 대표하는 작가로 성장하였다.

문화대혁명이 종식된 후, 개혁개방과 사상 해방의 분위기 속에서 조선족 소설은 재건의 시대를 맞이하였다. 지난 시기 정치 우위의 상황에서 정치 권리를 박탈당한 문인들이 복권하여 창작 활동을 재개하였고, 독초로 분류되어 금서가 되었던 그들의 작품이 재출간되어 소설계를 풍성하게 하였으며, 정치적으로 암울했던 시기에 등단하여 침묵할 수밖에 없었던 많은 작가도 왕성한 소설 창작을 시작하였다. 그리고 새로운 시대의 사상 해방의 분위기 속에 출간된 여러 조선문 문예 전문지를 통해 김혁, 김훈, 리여천, 리원길, 리혜선, 박선석, 박옥남, 우광훈, 윤림호, 최국철, 최홍일, 허련순 등 새로운 작가가 등단하여 조선족 소설계는 유례가 없는 활기를 띠게 되었다. 아울러 문학과 예술에 관한 독자의 열광적인 관심 속에 많은 문예지가 발간되고, 각 신문의 문예부

간의 지면이 늘어나고, 소설집 발간도 활성화되어 이 시기 조선족 소설은 역사상 전무후무한 성과를 이루었다.

전면적인 개혁개방으로 중국 사회가 급격히 시장경제로 전환하고, 한중수교로 한국으로의 취업이주가 자유로워지면서 조선족 소설의 상황이 급변하였다. 조선족은 농촌 공동체에서 생활하며 가난하나마 인간적 가치를 지향하며 문화 향유에 일정한 관심을 가지고 살았다. 그러나 시대의 변화에 따라 조선족은 가난에서 벗어나기 위해 농촌에서 도시로 또 한국으로 취업이주하여 경제적으로는 풍요로워졌지만, 점차 돈이 가치의 중심에 자리 잡고 자극적인 대중문화와 유흥에 빠져들어 문화와 예술이 조선족으로부터 소외되고, 조선족 소설은 위기의 상황에 빠졌다.

이와 함께 중국에 몰아닥친 대중 영상매체의 영향으로 그간 인민의 문화적 욕구를 채워주던 문학의 자리를 영화나 텔레비전 방송 등이 대체하고, 상업주의의 팽배로 문학이 상품화되어 조선족 소설은 새로운 암흑기에 빠져들었다. 문예지가 폐간되거나 종합지로 전환하여 소설 작품의 발표 공간이 사라지고, 독자의 감소로 작품의 수요가 급감하자 조선족 작가들은 생계를 위하여 붓을 꺾고 막노동에 나서기도 하였다. 이후 중국 경제가 급속히 성장하여 문화에 대한 예산 지원이 증가함으로써 조선족 소설의 상황이 조금은 나아졌으나 문화대혁명 직후의 영광에까지는 미치지는 못하였다. 그리고 이 시기에 전 세계에 밀어닥친 디지털 혁명은 문화의 소비 행태를 완전히 바꾸어, 문학은 물론 전통적인 문화의 존속 자체를 위태롭게 하였다. 조선족 소설은 이러한 세계적인 위기 외에도 조선족 인구의 급속한 감소와 조선족 공동체의 붕괴로 그 존재 자체를 위협받고 있다.

현재 조선족 소설은 자본주의적 욕망과 디지털 매체의 영향 그리고 조선족 사회의 붕괴 등 삼중적인 위기로 인해 그 미래조차 불투명한 상황으로 빠져들었다. 이 중 자본주의적 욕망이나 디지털 매체의 영향 등은 세계사적으로 문화의 패러다임에 일대 새로운 변화가 예견되는 현상으로 세계사의 변화 추이를 보아야 한다는 점에서 조선족 소설만의 문제는 아니다. 현시점에서 조선족 소설의 미래를 위협하는 가장 급박한 문제는 조선족 사회의 붕괴 위기이다.

중국의 인구총조사에 따르면 1953년 112만여 명이던 조선족이 2000년 192만여 명으로 정점을 찍은 뒤 감소하기 시작해 2020년 170만여 명으로 집계되었다. 이러한 조선족의 인구 감소는 자연적인 인구 감소와 한국 귀화자의 증가에 따른 결과로 이해된다. 2020년 현재 170만여 명 조선족 중에서 해외 거주자는 한국에 귀화자(약 10만 명) 포함 75만여 명, 일본 10만여 명, 미국 유럽 기타 지역 8만여 명으로 절반 정도가 해외에 거주하고, 중국에는 동북 3성에 50만여 명, 산둥성 25만여 명, 베이징과 상하이 등 기타 지역에 10여만 명 등 절반을 조금 넘는 인구가 거주하고 있다. 인구 통계가 보여주듯이 조선족 집거지였던 연변조선족자치주를 비롯한 동북 지역의 조선족이 전체 조선족 인구의 1/3 정도밖에 되지 않는 현실은 조선족 사회의 심각한 문제로 대두되고 있다.

또 다른 한 면으로 조선족 사회를 유지해주는 원동력이 되어온 연변조선족자치주의 전체 인구 대비 조선족 인구의 비율은 자치주 설립 당시 70.5%에서 60년이 지난 2012년 35.6%로 지속적인 감소 추세였고, 현재는 자치주 인구의 30.8%로 자치주 유지를 위한 소수민족의 비율 규정인 30%를 겨우 상회하고 있다. 이러한 인구 감소를 이유로 연변조선족자치주를 없애고 조선족 인구 비율이 높은 연길, 용정, 도문 등을 합쳐 연용토조선족자치시를 설립하자는 주장이 등장하기도 하였다. 물론 중국 당국의 소수민족과 관련한 정책적인 문제와 기타 여러 현실적인 이유로 연변조선족자치주가 상당 기간 유지되리라 예상하지만, 현재의 속도로 조선족 인구가 줄어든다면 머지않아 조선족 공동체의 뿌리인 연변조선족자치주가 사라져 조선족 사회의 존립 자체가 불가능해지리라는 불안을 지울 수 없다.

조선족 인구의 감소와 연변 지역 전체 인구에 대한 조선족 비율의 하락은 자연스레 조선어를 모어로 사용하는 조선족이 줄어들고, 조선어 사용 능력을 상실한 조선족이 증가하리라는 것을 예견하게 한다. 인간은 태어나서부터 부모 형제와 주변의 언중과 생활하며 모어를 습득하고, 학교 교육을 통해 모어를 학습한다. 특히 학교 교육에서 이루어지는 모어 학습은 한 개인의 모어 형성에 결정적인 역할을 한다. 언어 습득 능력만을 갖고 태어난 인간이 언어 사회에서 자연스럽게 모어를 습득하고, 학교에서 모어를 학습함으로써 지적 사유와 의사소통의 도구인 모어가 완성되기 때문이다. 즉 모어 사용 능력은 사춘기를 전후해 완성되고, 이후의 모어 교육을 통해 모어로 사유하고 수준 높은 모어를 사용하는 능력이 형성되는 것이다.

조선족 공동체가 와해되는 작금의 현실은 조선족 사회에서 조선어가 모어로서의 기능을 상실할 위험을 동반한다. 조선족 공동체가 사라져 한족이 주를 이루는 언어 사회에서 성장하는 조선족 유소년은 집안에서는 조선어를 집밖에서는 한어를 사용하는 언어 환경에 노출된다. 이러한 언어 환경에서 조선족 유소년은 자연스럽게 조선어와 한어를 습득하여 이중언어 사용자로 성장하게 되므로 학교에서 시행되는 언어 교육에 따라 모어가 형성될 수밖에 없다. 즉 조선족 유소년이 학교에서 조선어나 한어 중 어떤 언어로 교육받았는가에 따라 그들의 모어가 결정된다. 이런 점에서 사춘기 이전에 교육받는 학교 즉 소학교의 언어 환경은 조선족 유소년의 모어 형성에 커다란 영향을 미친다.

2000년대 초까지만 해도 동북 3성에 1천여 개였던 조선족 소학교가 학생 수 감소로 225개만 남아 77%의 소학교가 폐교된 것으로 나타났다(『동북아신문』 2021.1.18). 조선족 소학교가 이렇게 급격히 감소한 것은 조선족 인구의 감소와 출산율 저하, 관내와 한국으로의 이주, 소규모 조선족 학교의 일반 학교로의 전환, 교육 환경이 나은 일반 학교로의 조선족 입학 증가 등에 따른 것이다. 조선족 소학교 폐교는 조선족 유소년이 조선어를 교육받을 기회를 상실하게 한다는 점에서 우려할 상황이다. 더욱이 폐교를 면한 조선족 소학교도 조선족 학생의 부족으로 한족 학생을 받아들여 그 비율이 급증하자 연변조선족자치주에서 발행한 조선어 교과서가 아닌 중국 중앙정부에서 외국어 교재로 발행한 조선어 교재를 사용하는 학교가 늘어나 조선어 교육의 근간이 흔들리는 실정이다.

조선족 소학교는 별개의 교육과정으로 운영하여 조선어와 한어 수업 시수가 비슷하고 수업을 조선어로 진행하는 것이 일반적이나, 일반 소학교에서는 중국 전체의 교육과정에 따라 한어로 수업하고, 조선어는 외국어 교과로 다루어진다. 따라서 소학교 교육을 조선족 소학교와 일반 소학교 중 어디에서 받았느냐는 조선족 유소년의 모어 형성에 커다란 영향을 미친다. 그리고 소학교 졸업 후 중학교와 고등학교 교육을 조선족 학교에서 받았는가 여부는 그들의 사유 방식과 모국어 사용 능력의 수준을 결정해준다는 점에서 매우 중요하다. 그러나 조선족 소학교의 감소는 자연스럽게 조선족 중 · 고등학교의 감소로 이어져 조선어를 모어로 사용하지 못하거나, 모어로 사용하더라도 진정한 모어 수준이 되지 못해 조선어로 대화는 가능하나 조문으로 논리적인 글을 쓰거나 문학작품을 창작할 능력을 상실한 조선족을 생산할 위험이 상존한다. 더욱이 관내로 이주한 조선족의 자녀는 해당 지역에 조선족 소학교가 아예 없어서 부모가 특별히 관심을 가지고 모어를 교육하지 않는 한 조선어 사용 능력은 현저히 약화될 수밖에 없다.

조선족 사회에는 세대별로 조선어와 한어의 사용 능력에 차이를 보인다. 조선족 공동체에서 성장한 세대는 조선어 언중 사이에서 성장하고 조선족 학교에서 교육받아 자연스럽게 조선어를 모어로 하여 조선어문으로 말하고 썼다. 그러나 점차 조선족 사회에 한족의 유입이 늘어 한어 환경에 노출되는 빈도가 늘어나고, 학교 교육에서 한어 교육이 확대되어 조선어와 한어를 거의 유사하게 사용할 수 있는 이중언어 사용자 세대가 등장하였다. 그리고 조선족 공동체가 와해된 후에 교육받은 세대는 소학교 또는 중학교나 고등학교부터 일반 학교에 다니는 등 개인별로 상황이 달라 개인차가 상당히 크겠지만 전체적으로 조선어보다 한어 사용이 편한 조선족이 늘어났다. 즉 세대를 내려오면서 점차 조선족의 모어가 조선어에서 한어로 대체되는 양상을 보이는 것이다.

조선족의 모어가 현지의 언어 즉 중국어로 변화하는 것은 너무나 당연한 일이고, 오히려 조선족이 아주 오랜 기간 조선어를 모어로 하여 문학 창작을 계속한 것이 대단하고 특이한 일이다. 해방 후 재일교포는 국적은 한국이나 북한으로 했으나 일본의 교육제도로 교육받아 소수를 제외하고는 한국어 사용이 불가능하고 극소수의 문인만 한글로 창작한다. 고려인은 소련의 소수민족 정책에 따라 한국어 사용이 억제되고 러시아어로 교육을 받았기에 이주 2~3세대를 지나면서 한국어 사용자가 사라져 한글 창작이 절멸되었다. 같은 시기에 조선족이 70년이 넘는 동안 조선어를 모어로 사용하고 조문 창작을 유지해 온 것은 중국의 소수민족 자치 정책으로 조선족 공동체를 유지하고 모어인 조선어를 학교에서 교육한 결과이다. 그러나 조선족 공동체가 와해되는 상황에서 조선족 문학은 재일교포나 고려인 문학의 역사를 반복할 수밖에 없다는 우려를 갖게 한다.

재일교포 작가 중에 이회성, 유미리, 이양지, 현월 등 일본의 유명 문학상을 수상한 작가가 많고, 또 고려인 중에서도 아나톨리 김처럼 세계적인 명성을 얻은 작가가 존재한다. 그들의 작품은 소설로서 커다란 명성을 얻었으나 현지어로 창작되어 있어 전문가가 번역하여 한국에 소개되었다. 이렇듯 현지어로 창작된 재외한인 문학은 번역 과정을 거치지 않으면 한국어 사용자가 접근할 수 없고, 또 번역 과정에서 발생하는 오류와 거리감 그리고 의미상의 애매함을 피하기 어렵다. 이런 점에서 현지어로 창작된 재외한인 소설을 한글로 창작된 소설과 동일한 범주에 놓을 수는 없다. 이는 현지어로 창작한 재외한인 소설을 번역본으로 읽는 것은 중국의 루쉰이나 일본의 나쓰메 소세키의 소설을 번역본으로 읽는 것과 마찬가지이기 때문이다. 마찬가지로 조선족 작가가 중문으로 창작한 뛰어난 소설은 중국 소수민족의 소설로서 가치가 있고 조선족 독자에게 중요한 문학적 자산이 될 것이나, 한국어로 번역이 되지 않는다면 한국과 북한 나아가 세계 한인 독자들에게는 단지 유명한 중국 소설로만 존재하게 될 것이다.

조선족 공동체의 와해와 그에 따른 수준 높은 조선어문 사용자의 감소는 조문 창작 집단의 약화와 급감으로 이어질 것이다. 이는 1~2세대들에 의해 한글 창작이 왕성하게 이루어지던 재일교포와 고려인 문학이 3~4세대로 내려가면서 일본어나 러시아어 창작으로 전환하고, 한글 창작이 사라진 역사가 반면교사가 된다. 또 미주의 한인문학도 한국인 이주민들이 가진 현지 정착에 대한 강한 의지로 인해 자녀들에게 현지어 교육을 강조한 결과, 1세대의 한글 창작과 2~3세대의 현지어 창작이 병존하는 것도 마찬가지 정황이다. 이러한 재외한인 문학의 현지화는 조선족의 이산이 심화한 21세기에 들어와 조선족 문단에도 신진작가의 등장이 감소한 현실에서 예견해 볼 수 있다.

재일교포와 고려인의 한글 창작이 사라지는 과정은 소설 창작에서 시작하여 점차 수필과 시 창작 순으로 진행되었다. 소설은 분량 면이나 언어의 다양성에서 모어 창작의 정수라 할 만하다. 조선족 작가들이 아직 장편소설을 왕성하게 집필하는 것은 현재까지 조선족 대부분이 조선어를 모어로 하고, 학교 교육을 통해 모어 글쓰기 능력을 강화해온 결과이다. 그러나 현재 조선족 사회에는 일상어는 조선어를 사용하여도 글쓰기는 조문보다 중문이 편한 사람들이 늘어나고 있다. 이러한 현상으로 인해 조문과 중문 창작을 겸하는 조선족 작가가 등장하고, 점차 중문으로 창작하는 조선족 작가가 증가하여, 결국 중문 창작만 가능한 조선족 작가만 남아 조문으로 쓴 조선족 소설이 사라지는 결과로 이어질 것이다.

먼 미래에도 조선족 작가가 조문 창작을 계속하리라는 것은 기대하기 어렵다. 작가 개개인의 노력과 연변작가회의와 연변대학 조문학부가 상부상조하여 조문 창작이 한참은 더 존속할 수 있겠지만, 조선족 소설의 미래는 불투명하다. 조선족 공동체가 해체되고, 조선족 대다수가 한어로 사유하고 글을 쓰는 상황이 도래하면 조문으로 된 조선족 소설은 역사의 뒤안길로 사라질 것이 명약관화하기 때문이다. 현 상황에서 조금이라도 조문 창작을 더 오래 유지하기 위해 조선족 작가들의 고민과 노력이 필요하다. 그러나 조선족 소설이 중국 주류문단으로부터 소외되는 현실을 극복하는 방안으로 중문 창작을 선택하는 것은 개인의 작업으로는 의미가 있다 하더라도 조선족 작가 대부분이 나아갈 방향은 되지 못한다.

조선족 소설의 불투명한 미래는 연변 문단의 현실이고, 이는 관내조선족 소설과 재한조선족 소설의 존재 양상에도 영향을 미칠 것이다. 관내조선족 소설의 미래를 생각하면 중문 창작하는 작가는 빠른 속도로 주류문단으로 흡수되고, 조문 창작하는 작가들은 연변 문단의 약화와 함께 서서히 사라질 것으로 예상된다. 그리고 재한조선족 작가들은 한국에 거주하며 창작 활동을 하기에 연변 문단의 현실 변화와 큰 상관 없이 한글 창작을 지속할 것이고, 점차 연변 문단과의 거리가 형성되어 연변 문단에서 조문 창작 소설이 사라지기 전에 한국문학의 자장 안으로 편입될 수밖에 없을 것이다.

조선족 소설의 존속을 위해 분투할 때이나 남은 시간은 넉넉지 않다. 조선족 문학의 현황을 파악하여 정전을 확정하고 문학사를 정리할 일이 시급하다. 이 역시 시간이 얼마 남지 않았다.

조선족 작가 약력

강철　　　　　조선족 문단 초기에 「나루터의 쑹령감」 「어머니와 아들」 「아버지
　　　　　　　　의 비밀」 「입단의식날」 등 단편소설 다수 발표.

강호원(1958~)　도문시 작가협회 주석 역임. 재한동포문인협회 이사. 한국 거주.
　　　　　　　　단편소설 「쪽빛」 「인천부두」, 중편소설 「방문」, 장편소설 『어둠의
　　　　　　　　유혹』 등 50여 편 발표. 윤동주문학상, 연변일보CJ문학상 등 수상.

강효근(1935~)　길림성 길림시 출생. 길림시 은행 정년퇴직. 1964년 단편소설
　　　　　　　　「영각소리」로 등단. 장편소설 『산 너머 강』, 소설집 『살아 숨쉬는
　　　　　　　　상흔』 『정신 있소』 『꽃피는 시절』 『둥지를 떠난 새』 등 6권, 에세이
　　　　　　　　집 『저문 들녘 노을처럼』, 장편 르포 『혼자 사는 녀인들』 등 출간.
　　　　　　　　윤동주문학상, 장백산모드모아문학상 등 수상.

고신일(1942~2009)　길림성 반석현 출생. 길림시 조선족중학교 졸업. 『도라지』 잡지
　　　　　　　　사 주필 부편집 역임. 중국작가협회 회원, 연변작가협회 리사, 길
　　　　　　　　림시조선족문학예술연구회 부주석 역임. 단편소설 「높은 자각」
　　　　　　　　으로 등단. 소설집 『성녀』 『등나무골둥지』, 중편소설집 『유정세월』
　　　　　　　　『흘러가는 마을』 『9월은 울고 있다』, 장편소설 『흰 구름 불구름
　　　　　　　　(상)』, 실화문학 『룡담산의 봇나무』(공저) 등 출간. 전국소수민족문
　　　　　　　　학창작 준마상 등 수상.

구호준(1972~)　1992년 연변일보 해란강문학상 신인상으로 등단. 화룡시 문화
　　　　　　　　예술관 창작평론실 전업작가, 연변인민방송국 문학편집 역임.
　　　　　　　　2008년부터 한국 거주. 수필집 『당신의 그늘』, 중편소설집 『사랑
　　　　　　　　의 류통기간』 등 출간. 중국과 한국에서 20여 차례 문학상 수상.

권선자	재한동포문인협회 이사. 1971년 등단. 60여 편의 소설과 수필 발표. 작품집『초록빛 보따리』『엄마의 대지』 등 출간. 진달래문학상, 윤동주 문학상, 도라지문학상 등 수상.
권운(1957~)	본명 권중철. 중국소수민족작가협회 회원, 연변문화예술발전촉진회 이사, 연변조선족아동문학학회 명예회장, 연길시문화관 창작원 등 역임. 소설, 수필 등 백여 편 발표. 윤동주문학상, 해란강문학상, 한중아동문학상 등 수상.
김경화(1978~)	필명 하몽, 김림성 화룡시 청산리 출생. 2007년「적마, 여름 지나가다」로 등단. 단편소설「원점」「락타에게 묻지 마라」「노을빛 눈동자」, 중편소설「우리들의 천국」「겨울개구리」「복녀」 등과, 수필「당신의 풍경」「아버지의 하늘」 등 발표. 소설집『적마, 여름 지나가다』 출간. 해란강문학상, 민족문학년도상, 연변문학문학상 등 수상.
김관웅(1951~)	길림성 연길시 출생. 연변대 조문계 졸업. 동 대학원 수료. 문학박사. 연변대학 교수, 연변작가회의 부주석, 중국작가협회 전국대표회의 대표 등 역임. 단편소설「청명날」「신념」 등 발표. 소설집『소설가의 안해』 출간. 학술서『한국고대한문소설사략』『중국고대소설비교연구』『중조고대시가비교연구』『중국조선족문학통사』 등 출간.『문심조룡』『유림외사』 등 번역 출간. 장백산문예상, 해란강문예창작상, 중국조선족문학비평상, 윤동주문학상 등 수상.
김금희(1979~)	연길사범학교 졸업. 노신문학원 수료. 2006년「남희」로 창작 활동 시작. 단편소설「슈뢰딩거의 상자」「옥화」, 중편소설「월광무」「노마드」, 장편소설『신부』 등 발표. 소설집『슈뢰딩거의 상자』『세상에 없는 나의 집』, 장편소설『천진시절』 등 출간. 윤동주신인문학상, 연변문학소설대상, 두만강문학상, 백신애문학상, 신동엽문학상 등 수상.
김길련(1933~)	연변대학 조문학부 졸업. 장기간 연변라디오텔레비죤방송국 기

자, 출판사에서 편집 등 사업. 장편소설『먼동이 튼다』, 소설집 『김길련작품집』등 출간.

김남현(1956~) 단편소설「한신 하이츠」「황상동 '산장백숙'」「인천 가는 부두」 「마가툰 사람들」「록색의 분노」, 중편소설「한 사나이의 전기」「로 농병대학생」「제2의 시험장」등 발표.

김노(1956~) 본명 김춘란, 1992년 6월 한국 정착. 단편소설「밀항자」「중국 아 내」, 중편소설「어떤 결혼」「지하 생활」등 발표. 소설집『한심한 세상』『중국여자 한국남자』출간. 장백산모드모아문학상, 남양주 신인문학상 등 수상.

김동구(1924~) 조선의용군에 참가. 길림성민족사무위원회 비서처,『동북조선인 민보』총편집, 연변문학예술계련합회 창작원, 연변인민출판사 편 집 등 역임. 중편소설「꽃쌈지」, 단편소설「전우」등 발표. 소설집 『꽃쌈지』출간.

김동식(1946~) 문화대혁명 시기 단편소설「동산의 봄물」「청송」발표. 이후「당 위서기」「새각시의 마음」등 발표.

김병기 반우파투쟁 후 단편소설「홍수」「쉬돌골의 변천」「두 사이」「꽃수 건」「세호마을의 전망」등 발표.

김병수 반우파투쟁 후 단편소설「생명의 동력」발표.

김순기(1925~2001) 교원, 연변전원공서 교육도서편집, 연변인민출판사 부사장, 연변 조선족자치주문화처 부서장, 연변문련 부주석, 연변작가협회 부 주석 등 역임.『만선일보』에 시「봄」발표. 1944년부터 극본「가락 지」「잔치」등 집필. 단편소설「돼지장」, 중편소설「그리운 고향」 등 발표. 중편소설집『그리운 고향』, 소설집『잔치 전날』출간.

김영금(1938~) 『연변일보』『중국조선족소년보』등에서 기자, 편집 근무. 단편소 설「생일상 전주곡」「바다가에서 만난 녀인」「사랑의 빈 구석」등 발표. 소설집『세월이 흘러 락엽도 지고』, 저서『빛나는 탐구의 길』등 10여 권 출간. 국내외 문학상, 저작상 등 수상.

김영자(1949~) 길림성 화룡시 룡명촌 출생. 중학교 졸업. 1991년 단편소설「금반지」로 등단. 연변일보해란강문학상, 제일제당본상, 천지문학상, 별나라아동문학상 등 수상.

김영해(1975~) 길림성 훈춘시 출생. 연변제1사범학교 졸업. 현재 교사로 재직. 소설과 수필 70여 편 발표. 소설집『소리가 보이니』출간.

김용식(1925~1986) 경상북도 영양군 청기면 성청동 출생. 1940년 강제이민으로 중국 흑룡강성 해림현 안성촌 정착. 1940년 「보름달」을 『만선일보』에 발표. 『아리랑』 잡지 편집, 연변군중예술관, 화룡현 문화관, 『문학예술연구』 잡지 편집담당 등 역임. 장편소설『규중비사』『산골녀성들』『설랑자』, 소설집『무영탑』 등 출간. 전국소수민족문학창작상 준마상 등 수상.

김운룡(1943~2005) 필명 김추, 김림. 길림성 부여현 출생. 흑룡강성 흥안고중 졸업. 휘남현 평안촌 홍덕소학교 교원, 휘남현 조직부, 선전부, 휘남현 정치협상회 문사사무실 부주임 등 역임. 소설집『사랑의 그림자』, 장편소설『밀림의 딸』(공저)『새벽의 메아리』, 대하소설『광야의 아리랑』, 전기『리홍광 이야기』『남만봉화』『김구평전』(중문) 등 출간. 역사 부문 공동저서로『조선족백년사화집』(전 3권),『조선족렬사전』(전 3권),『조선독립군동북활동사료습유』(한문) 등 출간. 동북3성우수도서상 등 수상.

김유미(1984~) 본명 김해연, 길림성 왕청현 출생. 2018년 수필 「상처의 공소시효」 발표. 소설「날 사랑해주세요」「겨울이 가고 여름이 왔다」「한줄기 빛」「할머니 제가 모시겠습니다」 등 발표.

김인순(1970~) 길림성 장백산 출생. 길림예술학원 연극과 졸업. 길림성 작가협회 주석 역임. 1996년부터 중문으로 소설, 산문, 시나리오 등 다수 발표. 소설집『사랑의 냉기류』『달빛』『피차』『유리커피숍』『도화』『송수진』『승무』『사랑시』(대만판), 장편소설『춘향』, 산문집『백일몽처럼』『세월의 화골면장』『백여백합』, 시나리오『녹차』『에스콰이어』『기류』, 희곡『타인』『량소』『화피』 등 출간. 전국소수민족문학창작 준마상, 작가출판그룹상, 소설월보백화상, 장백산문예상 등 수차 수상. 많은 작품이 한국어, 영어, 일어, 독일어로 번역 출간.

김종운(1933~) 평안도 용천군 출생. 상지조선족중학교 졸업. 하얼빈시조선족문화관 연극보도원,『송화강』편집부 주임 역임. 희곡「식량」「아리랑」, 단편소설「아버지와 아들」「행운아의 고민」「배반당한 사나이」「고국에서 온 손님」등 발표. 소설집『고국에서 온 소식』, 장편소설『북만의 풍운』등 출간. 하얼빈백조문예대상 등 수상.

김지훈 문화대혁명 시기 단편소설「꽃무늬 밥식기」「첫 근무」발표.

김창걸(1911~1991) 함경도 명천군 출생. 필명 추소, 황금성, 강철. 1916년에 부모를 따라 명동촌 이주. 1928년 대성중학 재학 중 적색혁명자후원회, 동만청년총동맹에 가입, 학교 중퇴 이후 서울, 연해주, 북관 지방 방랑. 1938년 명동촌으로 귀향해 교사, 점원, 사무원 재직. 1949년부터 연변대학 조문학부 교수로 재직. 1938년에 단편소설「무빈골 전설」발표 이후「두번째 고향」「락제」「암야」「건설보」등 발표. 소설집『김창걸단편소설선집』(해방전편) 출간.

김창호 조선족 문단 초기 단편소설「그들의 길」발표.

김철준 반우파투쟁 후 단편소설「귀틀집」(박창묵 공동작) 발표.

김철호(1951~) 길림성 룡정시 출생. 연변인민방송국 문학편집, 연변일보 논설부, 문화부 주임 역임. 시와 소설을 다수 발표. 동시집『연필 숨쉬는 소리』, 시집『우리는 다 한올 바람일지도 모른다』등 출간. 진달래문화상, 정지용문학상 등 수상.

김학 단편소설「꽃시절」「미운 정 고운 정」「그녀는 고향에 다녀왔다」「농막집」「생활의 무대」등 발표.

김학철(1916~2001) 함경도 원산 출생. 서울 보성고보 재학 중 상해 망명. 의열단, 조선민족혁명당 참가. 중앙육군군관학교 졸업. 조선의용대원으로 항일투쟁. 나가사키 형무소 수감. 해방 후 한국에서「지네」「담배국」등, 월북 후 중편소설「범람」등 발표. 한국전쟁 중 중국 이주. 1950년대 초 중앙문학연구소 연구원 재직 시 다수의 중문소설 발표. 연변 이주 후 중 · 단편소설 다수와 장편소설『해란강아 말하라』발표. 반우파투쟁 이후 20여 년간 창작 권리 박탈. 복권 후소설 및 산문 집필. 소설집『김학철소설집』『태항산록』, 장편소설『해란강아 말하라』『격정시대』『20세기의 신화』, 전기문학『항전별곡』, 산문집『나의 길』『천당과 지옥 사이』, 자서전『최후의 분대장』등 출간. KBS해외동포상 특별상 등 수상.

김혁(1965~) 길림성 용정시 출생. 고중 중퇴. 노동자 생활 중「피그미의 후손들」로 등단.『길림신문』『연변일보』기자 역임. 소설 창작에 몰두해 소설집『천국의 꿈에는 색조가 없었다』『천재 죽이기』『피안교』, 장편소설『마마꽃, 응달에 피다』『국자가에 서 있는 그녀를보았네』『시인 윤동주』『완용 황후』『춘자의 남경』『무성시대』등과 평전『윤동주 평전』, 연작칼럼집『윤동주 코드』등 출간. 해란강문학상, 김학철문학상, 윤동주문학상, 진달래문학상, 한인문인협회 해외문학상 등 수상.

김홍란(1963~) 중앙민족대학 조문학부 졸업, 연변대학 조문학부 석사과정 수료. 2003년 노신문학원 고급연구반(주필반) 수료.『도라지』잡지사 편집, 주필 역임. 소설, 수필, 실화 다수 발표. 실화집『룡담산의 봇나무』(공저)『겨울에도 얼지 않는 강』, 작품집『오늘 밤 커피는 향기로왔다』등 출간. 화림신인문학상, 장백산문학상, 해란강문학상 등 수상

김훈(1955~) 길림성 연길시 출생. 1976년 연변대학 조문학부 졸업. 1990년 북경영화학원 문학부 석사연구생. 1976년부터 전업작가로 있다가1994년 중국국제방송 조선어부로 전근. 연변작가협회 부주석, 길림성 연극가협회 부주석, 연변라지오텔레비전방송국 부총편집, 중국국제방송국 역심 역임. 2015년 퇴임. 소설집『청춘의 활무대』『어머니의 비밀』『수도권의 촌놈들』『또 하나의 나』, 희곡집『김훈 극작선』등 출간. 전국소수민족문학창작상 준마상 등 수상.

김희철 문화대혁명이 끝날 무렵부터 중편소설「전우의 딸」「림해의 풍

파」「아버지와 아들」 등 발표. 중편소설집『대문산비곡』(박창묵·최홍일 공저) 출간.

남세풍(1938~) 흑룡강성 영안현 동경성 출생, 연변대학통신학부 졸업, 연변전업국에서 사업, 1987년 연변작가협회에 가입. 촌극「복도에서」, 단편소설「고압선」, 실화문학「로동메달」, 아동소설「두 송이 월계화」 등 발표. 창작동요제 우수상 수상.

남주길(1942~1988) 길림성 왕청현 출생. 1967년 연변대학 조문학부 졸업. 1970년 서란, 왕청현에서 교원, 왕청현문화관 문학창작보도원, 연변인민출판사 편집직원 역임. 단편소설「사랑에 대한 이야기」「생의 노래」「갑석이와 을석이」「신동향과 응생원」, 중편소설「꿈의 만리」 등 발표. 소설집『접동골 녀인』 출간.

량춘식(1957~) 흑룡강성 목릉현 보흥촌 출생. 길림대학교육관리통신학부 본과 졸업. 훈춘시제2고중 조문교원, 고급중학교 교사 역임. 중국작가협회 회원. 중·단편소설 100여 편, 장편소설『장야몽』『한몽가』『지옥은 천당이다』 등 발표.

렴호렬 조선족 문단 초기에 단편소설「새길을 찾아서」「소골령」「붉은 별」「여공」 등 발표.

류복정 문화대혁명 시기 단편소설「들국화」「차엽통」 발표.

류연산(1957~2011) 필명 류일엽. 길림성 화룡시 서성진 출생. 연변대학 조문계 졸업. 연변인민출판사 문예편집 담당, 연변대학 조문계 교수, 전국 소수민족문학연구회 이사 역임. 수필집『서울바람』『백두산과 천지와 강과 그리고 나』『일송정 푸른 솔에 선구자 없었다』『인류 속의 우리 민족』, 소설집『황야에 묻힌 사랑』『수리재의 망부석』『고향행』, 장편기행문학『혈연의 강들』(전 2권)『고구려 가는 길』『발해 가는 길』『만주 아리랑』, 전기『중국 조선족 정초자 심여추 평전』『불멸의 지사 류자명 평전』『불멸의 영혼 최채평전』『내를 건너 고개 넘어』『삼인삼색의 운명』 등 출간. 장백산문예상, 진달래문예상, 연변작가협회문학상, 도라지문학상, 장백산모드모아문학상 등 수상.

류원무(1935~2008) 함경도 신흥군 출생. 1941년 흑룡강성 영안현으로 이주. 연변대학 조문학부 중퇴. 연변인민출판사 번역 편집 담당 역임. 중국작가협회 문학강습소 연수. 연변작가협회 전업작가, 중국작가협회 회원. 두 권의 아동문학 작품 출간. 단편소설「오이꽃」「현위서기의 그의 부인」「비단이불」등 발표. 소설집『우리 선생님』『아 꿀샘』『류원무단편소설자선집』, 장편소설『다시 찾은 고향』(허해룡 공저)『봄물』『아리랑 열두 고개』, 수필집『회한』등 출간. 제1차 전국소수민족문학창작상 준마상 등 수상.

류정남(1963~) 흑룡강성 립구현 출생. 오상사범학원 졸업. 연변대학 조문학부(함수) 졸업. 연변작가협회 이사. 훈춘시 제1실험소학교 교사, 훈춘시 교사연수학교 부교장, 훈춘시 교육학회 회장 등 역임. 중편소설집『오랜 우물』, 소설집『파뿌리』『이웃집 널다란 울안』, 아동문학집『류정남아동문학집』, 장편 르포『청화대학 꿈을 이루기까지』등 출간.

리강철(1959~) 길림성 연길현 출생. 고중 졸업 후 로투구진 렴명대대 5대에서 농업 종사. 중앙민족대 정치계 철학전공. 일본 릿쿄(立敎)대학 경제학연구과 박사 수료. 동아시아종합연구소 연구원, 동경재단 연구원, 나고야 경제학부 국제경제동태연구센터 외국인 교수 등 역임.

리근전(1928~1997) 평안도 자선군 삼풍면 운봉동 출생. 길림성 반가자위에서 성장. 국민우급학교 졸업. 1945년 혁명사업 참가. 길림시위상무위원회 비서, 길림일보 농촌조 조장, 길림일보 연변주재소 소장, 연변일보 주필, 연변주위선전부 부부장, 연변문학예술계련합회 주석, 연변작가협회 주석 등 역임. 소설집『화물차』, 중편소설『호랑이』, 장편소설『범바위』『고난의 년대』(전 2권)『창산의 눈물』, 산문집『연변산기』『흘러간 세월』, 전기문학『주덕해의 일생』(공저), 실화문학『아름다운 생활에로』등 출간. 리기영의 장편소설『고향』중문 번역 출간. 동북삼성 조선문 우수창작 1등상, 중국작가협회 연변분회 편소설 1등상, 길림성 창작상 등 수상.

리동렬 길림성 길림시 서란구 출생. 동북아신문 대표, 재한동포문인협회 회장, 월간『차이나위크』(중국어판) 편집주간, 도서출판 바닷바람 발행인 등 역임. 한국 거주. 중국작가협회 회원, 한국문인협회 회원. 소설집『눈꽃서정』『토양대』, 장편소설『고요한 도시』『낙화유수』등 출간. 연변조선자치주 문학상 등 수상.

리상각(1936~2018) 강원도 양구군 출생. 1938년 중국으로 이주. 연변대학 조문과 졸업.『연변문학』총편, 연변작가협회 부주석 역임. 단편소설「12호 병실」「망각을 위한 O선생의 회상」등 발표. 소설집『백두의 얼』, 시집『리상각시선집』등 20여 권 문집 출간. 중국소수민족문학상 등 수상.

리선희(1953~) 연변대 졸업. 연길시 문련 비서장,『연변여성』잡지사 사장 주필, 연변작가협회 겸직부주석, 연변작가협회 비서장 역임. 단편소설「뜨거운 손길」「세월의 매듭」「마음의 천평」「락엽」「거미줄」, 중편소설「아버지의 비밀」「너는 웃고 나는 울고」「역광」등 발표. 소설집『인생을 가꾸는 사람들』출간. 윤동주문학상, 연변작가협회문학상, 제일제당문학상, 도라지문학상, 전국소수민족문학상 등 수상.

리성백 개혁개방 후 단편소설「곰사냥」발표.

리승국(1964~) 함경도 회령군 출생. 제15기북경노신문학원 소수민족문학창작반 수료. 중국작가협회 생활탐방지원항목 향수, 중국작가협회제10차전국대표대회 대표, 연변작가협회 부주석, 룡정시작가협회 주석 역임. 1992년「사랑고개」로 등단. 50여 편의 중·단편소설과 장편소설『룡정 1920』, 10여 편의 수필 등 발표. 소설집『풍경소리 아름답네』출간. 천지신인문학상, 도라지문학상, 김학철문학상, 민족문학(한문판)연도상, 연변작가협회문학상 등 수상.

리여천(1955~) 길림성 매하구시 출생, 중앙민족대학 조문학부 졸업,『장백산』잡지사 전임 사장 겸 주필. 중국작가협회 회원. 단편소설「잠든 마을」「인연의 숲에서 하느적이던 풀은」, 장편소설『리태백』『소인은 취했나이다』『달아 달아 밝은 달아』등 발표. 소설집『너와 나』
『울고 울어도』등 출간.

리웅　　　　단편소설「새 세대」「마음」「끝나지 않은 이야기」「달빛 푸른 강
변길」「들꽃」「수난자들」, 중편소설「하늘길」등 발표. 소설집『고
향의 넋』출간.

리원길(1944~)　　길림성 유하현 출생. 연변대학 조문학부 졸업. 교사 역임. 중앙민
족대학 대학원 수료 후 북경대학에서 문학석사 취득. 연변작가협
회 부주석과 연변인민출판사 부총편집 역임. 중앙민족대학 교수
로 퇴임. 소설집『백성의 마음』『피모라이 병졸들』, 장편소설『설
야』『춘정』등 출간. 전국소수민족문학창작 준마상 등 수상.

리진화(1978~)　　길림성 서란시 출생. 단편소설「꽃말」「소설 쓰는 소선생」등과
수필 다수 발표. 소설집『꽃말』출간.

리태수(1934~)　　길림성 룡정시 출생. 연변대 통신대학 어문계 졸업. 룡정중 체육
교원, 노동자 생활 등을 함. 룡정현 예술관 보도조 국장과 연변문
화국 산하 창작조 편집주임 역임. 문화대혁명 중『천지』에 4편의
소설 발표. 소설집『우두봉의 매』『체포령이 내린 강도』『춘삼월』
『사랑의 S』, 장편소설『춘삼월』『해란강』(전 4권) 등이 있음.

리혜선(1956~)　　길림성 연길시 출생. 연변대학 한어학부 졸업. 연변일보사, 길림
신문사 편집, 주임, 연변작가협회 전업작가, 창작실 주임 등 역
임. 노신문학원 수료. 중국작가협회 전국위원회 위원 역임. 소설
집『푸른잎은 떨어졌다』『야경으로 가는 녀자』, 장편소설『빨간그
림자』『생명』, 아동소설『폭죽소리』『사과배 아이들』『자유찾아 만
리길-김학철이야기』, 장편르포『코리안드림-그 방황과 희망의
보고서』『두만강의 충청도 아리랑』『정률성 평전』등 출간. 전국
소수민족문학창작 준마상, 연변작가협회 문학상, 흑룡강성 장편
공모 최우수상 등 수상.

리홍규(1960~)　　흑룡강성 방정현 출생. 치치할사범대학 수학학부 졸업. 북경사범
대학 현당대문학 석사과정 수료. 흑룡강조선어방송국 부국장 역

임. 중국작가협회 회원, 중국소수민족작가학회 이사, 흑룡강성조선족작가협회 회장. 중문 소설 다수를 『민족문학』『소설림』 등 문예지에 발표. 시집 『양파의 진실』, 수필집 『우리가 살며 사랑하는 방식』 등 출간. 시리즈 소설 「고려라자 사람들」로 중국작가협회 소수민족문학중점작품지원금 수혜. 윤동주문학상, 한국재외동포문학상 등 수상.

리홍숙(1981~) 길림성 서란시 출생. 현재 청도 거주. 무역업 종사, 온라인 꽃방 운영. 노신문학원 소수민족창작반 수료. 연변작가협회 회원, 청도작가협회 부회장 역임. 소설 「열려라 참깨」「튀는 심장엔 자신이 없다」「화려한 외출」 등 발표. 도라지문학상, 청년문학상, 민들레문학상 등 수상.

림원춘(1937~) 길림성 룡정시 덕신향 출생. 연변대학 조문학부 졸업. 1958년 단편소설 「쇠물」로 등단. 연변 텔레비죤방송국 문예기자, 연변작가협회 전업작가. 중국작가협회 회원, 국가 1급작가. 소설집 『몽당치마』『꽃노을』, 중편소설집 『눈물 젖은 숲』, 장편소설 『짓밟힌 넋(오랑캐령)』『우산은 비에 젖는다(족보)』『그날의 25시』『산귀신』『산사람』, 소설선집 『림원춘소설선집』, 장편실화 『개척자의 발자국』 등 출간. 전국제1차소수민족문학상, 전국우수단편소설상, 연변작가협회 성립 50주년 특별공헌상 등 수상.

림현호(1983~) 필명 신조. 길림성 용정시 출생, 2007년 동북대학교 신문학부 졸업, 현재 상해 거주, 소설 「마스크」「암」「작은 방」「하얀 봉투」 등 발표.

마림 조선족 문단 초기에 단편소설 「세투리 밭」「동트기 전」 발표.

마상욱 단편소설 「거름 한 수레」「허무한 고민」「풍년 벌의 웃음」「따발령에서」「다시 핀 사랑」 등 발표.

문설근(1985~) 필명 해피투데이. 길림성 안도현 석문진 북산촌 출생, 장춘대학 통신학과 졸업. 중편소설 「석국의 비밀」, 단편소설 「어느 바보의 사랑일기」「거짓말」「우리 집」「환청」 등 발표.

박선석(1945~2021) 길림성 집안시 출생, 매하구시 제2중학 졸업. 단편소설 「웃는 얼굴」「즐거운 인생」「털 없는 개」 등 발표, 소설집 『털없는 개』, 장편소설 『쓴웃음』(전 3권) 『재해』 등 출간. 전국 소수민족문학창작준마상 등 각종 문학상 수상. 1993년 길림성문화청으로부터 '길림성민간예술가' 칭호 수여.

박옥남(1963~) 흑룡강성 탕원현 출생, 흑룡강성 오상조선족사범학원졸업, 상지시 조선족중학교 교원 퇴직. 현재 한국 거주. 1981년 소소설로 문단 활동 시작. 단편소설 「오가툰 일화」「마이허」「둥지」 등 발표. 소설집 『장손』 출간. 장락주문학상, 한국재외동포문학상 대상, 김학철문학상 우수상, 윤동주문학상 등 수상.

박진화(1984~) 길림성 연길시 조양천 출생. 연변대 조문학부 석사. 노신문학원 소수민족창작반 수료. 연변작가협회 이사, 연변인민출판사 근무. 소설 「꿈꾸는 물고기」「영금이 언니」「완벽한 하루」 등 발표.

박창묵 단편소설 「가라지매」「사생지간」(림원춘 공동작), 「과수원에서」「별들이 반짝인다」 중편소설 「대문산비곡」 등 발표. 중편소설집 『대문산비곡』(김희철, 최홍일 공저) 출간.

박천수 문화대혁명 직후 단편소설 「원혼이 된 나」 발표.

박초란(1975~) 길림성 룡정시 출생. 길림예술학원 연변분원 음악교육학부 졸업. 현재 북경 거주. 1996년 단편소설 「소녀의 기도」 이후 「날개」「너구리를 조심해」「스팽글」, 장편소설 『반야』『나는 내가 두려워』 등 발표. 소설집 『너구리를 조심해』 출간. 화림문학상, 도라지문학상, 민족문학년도상 등 수상.

박태하 반우파투쟁 후 단편소설 「사막에서의 조난」 발표.

백남표 조선족 문단 초기 단편소설 「김동무네 왕동무네」「쌍무지개」 등 발표.

백한(1976~) 본명 곽미란. 흑룡강성 탕원현 출생. 숭실사이버대 방송문예창작학과 졸업. 현재 한국 거주. 재한조선족작가협회 소설분과 분과장, 한국문인협회 회원. 단편소설 「나는 앤디가 아니다」「달걀과 보잉 737」「물레방아 도는 내력」 등 발표. 수필집 『서른아홉 다시 봄』출간. 중국조선족호미문학상 대상, KBS북방동포체험수기 우수상, 안민동포문학상 등 수상.

백호연(1920~1996) 필명 목일성. 소학교와 중학에서 교원사업. 하얼빈시 3지대선전대 문화간부, 하얼빈민주일보, 연변일보, 연변교육출판사에서 편집 담당 역임. 화룡2중 부교장, 화룡현정협 부주석, 주정협 위원 등 역임. 단편소설「꽃은 새 사랑 속에서」「산촌의 한 선생」「두 형제」「앞으로」「어머니」등 발표.

살춘각(1968~) 본명 량영철. 중학교 중퇴. 전국소수민족작가반, 노신문학원 수료. 1994년「개 짖는 밤의 고요」로 등단. 단편소설「우리들의 강」「개 같은 날의 프란체스카」, 중편소설「동굴 지나는 법」등 발표. 광선컵문학상, 만석문학상, 해란강문학상 등 수상.

서광억(1939~) 길림성 연길현 연집향 출생. 연변대학 조선어문학부 졸업. 1956년 소설「후걸이」로 등단. 단편소설, 중편소설, 벽소설, 시, 아동문학, 수필, 희곡 등 300여 편 발표. 고희기념문학작품집『인정 안 퐈』출간.『연변』지 문학공모우수상, 연변문예문학상, KBS 생활수기공모상 등 수상.

안창욱 반우파투쟁 후 단편소설「심오한 교육」「붉은 수첩」「병상 우의 해연」「길동무」등 발표.

우광훈(1954~) 길림성 연길시 출생. 연변대학 조문학부 문학반 수료. 연변작가협회 창작연락부 주임. 길림성정치협상위원회 제9, 10기 위원 역임. 중·단편소설「외로운 무덤」「묘지명」「메리의 죽음」「시골의 여운」「숙명」(연작)「커지부리」등 발표. 소설집『메리의 죽음』,『가람 건느지 마소』, 장편소설『흔적』등 출간. 중국작가협회 제6기 소수민족문학 준마상, 길림성정부 제6기 진달래문예상 등 수상.

윤림호(1954~2003) 흑룡강성 동녕현 출생. 1979년「셋째 사위」로 등단. 연변대학 조문학부 문학반 수료.『송화강』『꽃동산』『소년아동』편집부, 흑룡강조선민족출판사 조문편집부에서 편집원 역임. 중·단편소설「투사의 슬픔」「호박꽃」「길섶의 민들레」, 장편소설『명암의 세계』

등 발표. 소설집『투사의 슬픔』『고요한 라고하』『조막손 노친과 세다리 개』, 장편소설『승냥이가 울던 계절』등 출간. 여러 잡지사의 문학상, 한국 재외동포문학상 소설부분 우수상 등 수상.

윤일산 단편소설「지부서기의 마음」「한 혁명가의 여생」등 발표. 장편소설『어둠을 뚫고』출간.

일비 조선족 문단 초기에 단편소설「산판」「나비코」등 발표

임효원(1926~2006) 함경도의 부전령 산골 출생. 어려서부터 부모를 따라 시베리아 유랑. 9 · 18사변 후 동북에 정착. 장춘사범학원, 북경노신문학원에서 문학 전공. 소학교원, 신문기자, 문학지 주필, 연변작가협회 주석 등을 역임. 아동소설「미친이」와 동요, 동시, 소설, 수필 등 발표. 시집『진달래』『마음의 지평선』『인생살이』『오늘은 너의 푸른 하늘』등 출간. 제1차중국소수민족문학상 등 수상.

장지민(1948~) 길림성 훈춘시 출생. 연변농학원 졸업. 연변작가협회 부주석 겸 비서장, 연변문화예술교류협회 회장,『연변문학』총편집 등 역임. 소설집『올케와 백치 오빠』출간.

장춘식(1959~) 길림성 용정시 개산둔진 선구촌 출생. 중앙민족대학 조문과 졸업. 전북대학교 인문과학대학 국어국문학과 대학원 수료(문학박사). 중국사회과학원 민족문학연구소 연구원 역임. 중 · 단편소설 30여 편, 문학평론 50여 편, 시 50여 편 등 발표. 소설집『음성양쇠』『파멸에로의 욕망』, 문학평론집『시대와 우리 문학』, 저서『해방전 조선족 이민소설 연구』『일제강점기 조선족 이민문학』등 출간. 광선컵문학상 평론상,『흑룡강신문』시문학상,『장백산』소설상, 연변작가협회 문학평론상, 조선족문학비평상 등 수상.

장학규(1964~) 요녕조선문보, 흑룡강조선민족출판사, 흑룡강신문사에서 편집 담당, 현 흑룡강신문사 산동지사 편집국장. 1984년「청춘과 불구자」로 등단. 소설집『청도 로그인』, 수필집『머리 잃은 곤혹』『연장된 아빠』, 평론집『문학, 자타의 시각 속에 내세우다』, 기자문선『황해의 시련』등 출간. 흑룡강소수민족문학상, 김학철문학상 등 수상.

장혜영(1955~) 흑룡강성 밀산시 출생. 교원, 출판사 편집 역임. 현재 한국 거주, 단편소설「하이네와 앵앵」「부조」, 중편소설「피는 흘러 오천년」「청춘교향곡」, 장편소설『천년의 전설』『홍수와 악마』등 100여 편 발표. 소설집『하늘과 땅과 바다』, 장편소설『희망탑』을 중국에서 출간. 이후 한국에서 장편소설『여자의 문』『살아남은 전설』『바람의 아들』『무지개 그림자』『카이네 기생』『붉은 아침』『유리 언덕』등과 인문서『한국의 고대사를 해부한다』등 출간. 장편소설대상, 도라지문학상 등 수상.

전용선(1966~) 흑룡강성 이춘시 출생. 중문으로 장편소설『독신자』, 소설집『소화 18년』『한사(恨事)』, 영화 시나리오『벼랑 우에서』, 드라마 시나리오『벼랑』『설랑(雪狼)』『세월』, 번역시집『별 헤는 밤』(공역) 등 출간.

전춘화(1987~) 길림성 화룡시 출생. 연변대학교 조문학부 졸업. 한국 중앙대학교 대학원 문예창작과 졸업. 현재 한국 거주. 2019년 단편소설「뱀 잡는 여자」로 등단. 이후「블링블링 오여사」「릴리, 릴리」등 발표.

정기수(1938~) 흑룡강성 수화시 출생. 하얼빈기능공양성학교 졸업. 하얼빈증기타빈공장 재직. 흑룡강성작가협회, 중국소수민족작가협회 회원. 단편소설「량심의 평행선」「생활의 소용돌이」「봄비」「시대의 그림자」「쓰디쓴 웃음」등 발표. 소설집『생활의 소용돌이』출간.

정세봉(1943~) 흑룡강성 하얼빈시 출생. 문화대혁명 기간 중 산문「불로성」, 단편소설「대장선거」를 발표. 1980년 연변작가회의 가입. 화룡시문련 전업작가,『연변문학』소설 편집 역임. 소설집『하고 싶은 말』『볼쉐위크의 이미지』등 출간. 전국소수민족문학상, 연변문예문학상, 해란강문학상, 배달문학상, 장백산문학상, 연변조선족자치주정부문학상 등 수상.

조룡기(1972~) 필명 조원. 흑룡강성 해림시 출생. 소설집『항주를 지나면 천당?』, 수필집『떠돌이 수첩』, 장락주문학상, 윤동주문학상 등 수상.

조성희(1954~) 길림성 연길시 출생. 1982년 연변대학 조문학부 졸업후『연변문예』소설 편집, 소설부 주임, 부총편, 연변인민출판사 문예부 주임 역임. 소설집『파애』출간. 김학철문학상, 진달래문예상, 도라지 만석문학상 등 수상.

조은경(1982~) 본명 조홍매. 길림성 화룡시 출생, 연변대학 조문학부 졸업. 현재 한국 거주. 단편소설「걸어다니는 나무」「새들은 저녁이면 집으로 돌아온다」「신발을 넣어줘」등 발표. 연변문학문학상 등 수상.

주련화(1979~) 흑룡강성 영안시 출생. 목단강언어학교 졸업. 단편소설「꿈꾸는 도시」「마지막 지푸래기」「쿵…」등 발표.

주무경 반우파투쟁 직후 단편소설「근본문제」발표.

차룡순(1936~) 길림성 연길시 동성용 석마장 출생. 단편소설「약초 캐는 사람들」「발자국」「백양나무 길」「곰 뜯개 영감」「후풍동 효자」등 발표. 소설집『곰 뜯개 영감』출간.

차창준 조선족 문단 초기에「박 촌장」발표.

채운산(1965~) 길림성 용정시 출생. 연변대학 조문계 졸업. 연변주위 지부생활 잡지사 편집,『청년생활』부주임,『연변문학』주임 역임. 현 연변인민출판사 문예편집부 주임, 연변작가협회 부주석. 소설집『두만강에 살어리랏다』, 장편소설『숙명』출간. 김학철문학상, 두만강문학상 소설 본상, 제5회 중국조선문신문출판문화대상 우수편집상 등 수상.

최국철(1962~) 길림성 훈춘시 양수진 남대촌 출생. 남대고중 졸업. 연변대학 정치학부의 전주 중학교정치교원양성전문반 수학. 양수진 공청단 서기, 사법 조리원, 사법소 소장, 도문시문학예술련합회 주석,『연변일보』도문주재 기자, 연변작가협회 주석 등 역임. 1986년「시골의 빛깔」로 등단. 100편이 넘는 중·단편소설을 발표. 장편소설『간도전설』『광복의 후예들』『공화국의 후예들』평전『주덕해 평전』,『석정 평전』등과 여러 권의 민속문화기행 출간. 전국소수민족문학창작 준마상 신인상, 자치주창립 40주년 문학상, 아리랑문학상, 도라지문학상, 두만강문학상, 윤동주문학상 등 수상.

최학윤	조선족 문단 초기에 단편소설「녀총무주임」「애숭이 교원」「비 내리는 밤에 생긴 일」등 발표.
최현숙(1924~1991)	길림성 연길시 출생. 룡정명신여고 졸업. 중국작가협회 회원.『인민신보』『민주일보』『연변일보』편집 및 기자,『연변문학』소설조 조장,『새 농촌』주필 역임. 목단강여성동맹 위원장, 중국작가협회 연변분회 부주석, 연변부련회 부주임, 연변정협 상무위원, 길림성정협 위원 등 역임. 소설「이사」「나의 사랑」「첫 승리」「원예가의 안해」「호박꽃이 필 때」등 발표. 연변조선족자치주성립 10주년문학상 수상.
최홍일(1954~)	요녕성 무순시 신빈현 출생. 3세 때부터 연길시에서 성장. 연변대학 조문학부 졸업.『연변문학』, 연변인민출판사 편집 담당 역임. 2000년부터 전업작가로 활동. 중편소설「생활의 음향」「도시의 곤혹」등 발표, 소설집『흑색의 태양』『도시의 곤혹』, 장편소설『눈물 젖은 두만강』(전 2권),『룡정별곡』(전 3권) 등 출간. 윤동주문학상, 단군문학상, 진달래문예상, 김학철문학상 등 수상.
최화(1981~)	필명 작도, 썬샤인. 길림성 용정시 출생. 현재 상해 거주, 한국 회사 관리직. 소설「겨우살이」「길 잃은 구두」「숲으로 가는 길」「빈집」등 발표. 연변문학문학상 등 수상.
하명안	연변작가회의 소속 한족 작가. 단편소설「빙설화」「열사비」등 발표.
허길춘	문화대혁명 시기에 단편소설「위스푸」「특수복무」「기관사」등 이후「거울」발표.
허련순(1954~)	길림성 연길시 출생. 연변대학 조문학부 졸업, 한국 광운대학 국어국문학과 석사 수료. 중국작가협회 회원. 연변작가협회 부주석 역임. 소설집『사내 많은 여자』『우주의 자궁』『유혹』『바람을 몰고 온 여인』『우주의 자궁』, 장편소설『잃어버린 밤』『바람꽃』『누가 나비의 집을 보았을까』『뻐꾸기는 울어도』『중국색시』『안개의 문』등 출간. 전국소수민족문학창작준마상, 길림성 정부상, 흑룡강신문 신춘문예상, 동북3성금호상, 운동주문학상, 김학철문학

상, 장백산문학상, 도라지문학상, 연변문학상, 민족문학상, 한국
해외동포문학상 등 수상.

허해룡 단편소설 「혈연」 「사직신청서」 「녀주인」 「계성장군」 「황소영감」,
중편소설 「길」 등 발표. 소설집 『세 번째 비밀』, 장편소설 『다시 찾
은 고향』(류원무 공저) 출간.

현룡순(1927~2009) 연변대학 조문계 졸업. 연변대학인사처 부처장, 어문학부당총 전
임서기, 부주임, 조문학부학부장 등 역임. 단편소설 「대학생 장철
수」 「선희」 「유격대의 여전사」 등 발표. 소설집 『우물집』 『기구한
운명』 『용두산』 등 출간. 『수호전』 『홍루몽』 등 번역 출간.

현춘산(1950~) 흑룡강성 수화시 출생. 연변대학통신학부 조문전업 졸업. 중소
학교 교사. 1980년대초 단편소설 「구두」 「형제지간」 등으로 등단.
수십 편의 중·단편소설, 장편문학비평 「남영전 토템시의 문화
상징」 등 발표. 장편소설 『호란강반의 비가』와 세 권의 수필집 출
간. 흑룡강신문 신춘문예대상, 흑룡강소수민족문학상 등 수상.

홍예화(1980~) 길림성 연길시 출생. 뉴질랜드 오클랜드대학 졸업. 사회학 박사.
소주대학 교수. 2000년 「순수의 시절」로 등단. 단편소설 「내 남자
의 녀자들」 「내 이름을 불러주세요」 등 발표. 해란강문학상, 제1
회 중국조선족청년문학상 은상, 제2회 계림문화상 금상, 해외동
포문학상, 두만강문학상 신인상, 윤동주문학상 신인상 등 수상.

홍천룡(1954~) 길림성 연길시 출생. 연변대학 중문학부 한어전업 졸업. 『연변문
학』, 연변인민출판사 등에서 문화사업. 소설 「구촌조카」 「언덕길」
「호박골의 떡호박」 「경력담」 「가마목 위치」 등 발표. 연변문학문
학상, 길림신문사 '미인송'컵 금상, 진달래문학상 등 수상.

환지(1972~) 본명 남명숙. 길림성 룡정시 세린하향 출생. 길림성장춘육재학교
졸업. 기업재무원, 상업 등과 한국에서 한어 강사 재직. 현재 자
유여행자. 소설 「룰」 「천국동 33번지」 「크로노스의 시간」 「화등」
등 발표. 연변작가협회 화림문학상, 해란강문학상 대상 등 수상.

황병락 단편소설 「다시 쓴 따즈보」 「일밭에서 만난 친구」 「첫 시련」 「기

본적 담보」「폭풍의 년대」「붉은 화살」「무쇠들 속에서」「귀중한 존재」, 중편소설「그 처녀의 선택」등 발표.

황봉룡(1925~1998) 길림성 안도현 차조구 출생. 와세다 상과학교 중퇴. 목단강시 고려중학교 수학. 목단강시 민문공단, 하얼빈송강노신문공단, 연변가무단, 연변연극단, 연변문예창작평론실에서 극 창작. 단편소설「집」「전등불」「라관지」「새벽은 지새고」등 발표. 1946년 처녀작 단막극「광명」이후, 장막극「봄철에 생긴 일」「보통로동자를 위하여」「장백의 아들」「배우와 강도」「산귀신」등과 시나리오「죄 없는 죄인」등 다수 발표, 『황봉룡희곡집』 출간. 자치주성립 10주년 우수작품상, 건국 30주년 자치주정부 2등상, 길림성 소수민족 우수작품상 등 수상.

정리 : 김 호
필명 모동필, 시인
전 연변교육출판사『조선어문』교재 편찬원
전 연변작가협회 창작연락원
현 연변군중예술관 조사연구원

인명 및 용어

작품 및 도서

조선족 소설사

최 병 우